I0586419

Rudolf Genée

Shakespeare: Sein Leben und seine Werke

Rudolf Genée

Shakespeare: Sein Leben und seine Werke

ISBN/EAN: 9783743620391

Hergestellt in Europa, USA, Kanada, Australien, Japan

Cover: Foto ©Raphael Reischuk / pixelio.de

Manufactured and distributed by brebook publishing software (www.brebook.com)

Rudolf Genée

Shakespeare: Sein Leben und seine Werke

Shakespeare.

Shakespeare.

Sein Leben und seine Werke.

Von

Rudolph Genée.

Hildburghausen.

Verlag des Bibliographischen Instituts.

1872.

Vorbemerkung.

Bei einer neuen Arbeit auf dem Gebiete der Shakespeare-
literatur muß der Verfasser sich ganz besonders gedrungen fühlen,
dieselbe mit einigen Worten über den Zweck des Buches einzuleiten.
Eine Rechtfertigung der Arbeit wird man — ich gebe mich der Hoffnung
hin — in dem Inhalte des Buches selbst finden. Nicht etwa, daß
ich mir einbildete, unsere reiche, ja überreiche Shakespeareästhetik
durch Entdeckung und Darlegung neuer Gesichtspunkte noch weiter
bereichern zu können; im Gegentheil: Ich habe bei dieser vorliegenden
Schrift ebenso, wie bei meiner unlängst erschienenen „Geschichte der
Shakespeare'schen Dramen in Deutschland", an dem Grundsatz fest-
gehalten, daß eine Erkenntniß der wahren Größe und Schönheit
dieser außerordentlichen Erscheinung nur erschwert werde, wenn
man den Weg, der zu dieser Erkenntniß führen soll, mit psychologischen Experimenten, ästhetischen Spekulationen und mit moderner
Kunstphilosophie überdeckt. Von dieser Ueberzeugung geleitet, bin
ich vor Allem bemüht gewesen, das geschichtliche Material, das
wir dem enormen Fleiße der englischen Gelehrten verdanken, aufs
beste zu verwerthen; die deutschen Shakespearefreunde werden
daher, trotz des verhältnißmäßig geringen Umfanges dieser schwierigen
Arbeit, darin manches ihnen neue Material zur Beurtheilung und
richtigen Erkenntniß des unvergleichlichen Dichters finden, während
daneben der ästhetischen Seite der Abhandlung nur so viel Raum
belassen ist, als dem Verfasser nöthig schien, um die großen Hauptzüge der betreffenden Dichtungen und ihrer bedeutendsten Charaktere,
mit Ignorirung aller verwirrenden Details, klar und verständlich

hervortreten zu lassen. Daß diese Schrift nicht für den Shakespearegelehrten kat'exochen bestimmt ist, brauche ich hiernach kaum erst
zu sagen, ich hoffe aber, daß eben deshalb dem gebildeten Laien ein
um so größerer Dienst damit erwiesen wird.

Verleitet durch die große und gerechte Anerkennung, welche die
geistvollen Arbeiten unsers A. W. Schlegel auch in England fanden,
bildet sich die deutsche Shakespearekritik seit längerer Zeit etwas
darauf ein, die Engländer in der richtigen Würdigung ihres Dichters
überflügelt zu haben, und diese Ansicht hat bei uns auch im großen
Publikum willige Zustimmung gefunden. Das ist aber eine bedenkliche Selbsttäuschung. Die Engländer sind von den Deutschen nur
durch eine Unmasse zweckloser, ja zweckwidriger — weil vom Wesen
der Sache abschweifender — Experimente überflügelt worden,
welche dem lesenden Publikum den Weg zum Verständnisse
Shakespeare's geradezu versperren müßten, wenn nicht des Dichters
eigene, urgesunde und unzerstörbare Kraft ihn auch gegen solche
Gefahr schützte. Es ist nicht zu leugnen, daß in derartigen philo-
sophisch-ästhetischen Ausschweifungen oft viel Geist entwickelt ist.
Wenn aber das Geistreichsein an die Stelle der objektiven Kritik
tritt, so wird die Gefahr der Abirrungen mit jedem Schritte größer.
Was neben allerlei Absonderlichem die deutsche Shakespearekritik
Ausgezeichnetes geleistet, wie viel sie zur weitern Kenntniß und
Würdigung des Dichters beigetragen hat, das brauchen wir dabei
nicht zu verkennen. Aber wir können deshalb auch um so weniger das
Verfahren vieler unserer Shakespearegelehrten gutheißen, welche auf
die englische Kritik mit Geringschätzung blicken, und dabei doch ganz
und gar auf dem Ackerland bauen, das Jene uns zugewiesen haben.
Und alle seit mehr als anderthalb Jahrhunderten von der philologischen Kritik und der historischen Forschung gewonnenen Resultate,
ohne welche eine vollkommene Würdigung des großen Dichters nicht
möglich wäre, haben wir in der That dem erstaunlichen Fleiße und
dem unermüdlichen Forschergeiste der Engländer zu verdanken.
Es ist deshalb auch eine vollkommen falsche Annahme, daß in Deutschland die wahre Größe Shakespeare's früher erkannt worden sei als
in England, daß die Zeitgenossen des Dichters noch gar nicht gewußt
haben, was sie an ihm hatten. Man wird auch hierüber in den
nachfolgenden literarhistorischen Mittheilungen das Thatsächliche, so
weit es uns ein Interesse erregen muß, dargelegt finden.

Was des Dichters Persönlichkeit betrifft, so mag es für Viele, die ihn in seinen Dichtungen wahrhaft lieben, genügend sein, ihn eben nur da aufzusuchen, wo er zu uns spricht; ihn selbst aber unsichtbar, „wie die Gottheit hinter dem Weltgebäude", zu wissen, wie dies Schiller so groß und schön äußerte. Anderseits aber, da er nun einmal keine Gottheit ist, sondern ein Mensch, den uns die Gottheit zur Wonne geschenkt hat, ist es sehr begreiflich, wenn wir hinter jenen Schöpfungen auch den Menschen zu erkennen, zu messen suchen. Hat doch, außer der unendlichen Vielgestaltigkeit seines Genius, auch die Dürftigkeit der Nachrichten über seine Person und seine persönlichen Beziehungen viel dazu beigetragen, daß man mit seinen so inhaltreichen Schöpfungen den schnödesten Mißbrauch trieb. Was hat man nicht Alles daraus zu destilliren versucht! Die Sucht, aus den dramatischen Charakteren des Dichters Shakespeare's Persönlichkeit zu konstruiren, hat dahin geführt, daß man ihn auf der einen Seite zum Katholiken, auf der andern zum eifrigsten und inkarnirten Protestanten gemacht hat; daß man ihn hier als Atheisten, dort als Pietisten schilderte; daß man in ihm gleichzeitig einen eingefleischten Aristokraten und einen Volksfreund, einen Weltbürger und prononcirten Engländer zu erkennen vorgab!

Mit derlei Experimenten haben wir es hier nicht zu thun; wir wollen uns nur mit dem außerordentlichen Dichter beschäftigen, und über seine persönlichen Verhältnisse nur das berichten, was ein reales Fundament hat. Im Großen und Ganzen hat sich der Verfasser nachfolgender Abhandlung zur Aufgabe gemacht, das geschichtliche Material, das im Laufe von Jahrhunderten über Shakespeare aus Licht gebracht worden, sofern es für die Beurtheilung und Erkenntniß seiner Eigenthümlichkeit und seiner Größe wesentlich ist, in übersichtlicher Darstellung zu geben. Von den dafür mit Sorgfalt benutzten und zu Rathe gezogenen Werken der englischen Literatur mögen hier nur die wichtigsten genannt sein. Von den besten und anerkanntesten kritischen Shakespeareausgaben lagen mir zur Benutzung vor: die durch ihre historischen Erläuterungen, Prolegomena ꝛc. am reichsten ausgestattete Ausgabe von Johnson und Steevens (in der Bearbeitung von Reed, 1793), und die spätere Ausgabe desselben Werkes von Boswell (1821); ferner die sogenannte Cambridge-Edition: „The Works of W. Shakespeare", herausgegeben von W. G. Clark und W. A. Wright

(Cambridge und London 1864), welche namentlich für die Geschichte der Textkritik, die Kenntniß der verschiedenen Lesarten und das Verhältniß der Folios zu den ältern Quartos das werthvollste und zuverlässigste Buch ist. Von den ältern Ausgaben waren mir die von N. Rowe (1709), Pope (1714) und Warburton (1747) zu Vergleichungen zur Hand; ebenso die vier Folios in den Originaldrucken. Für die Kenntniß der Quartausgaben dienten mir Steevens' „Twenty of the Plays etc." und die vereinzelten neuen Drucke in den Publikationen der Shakespeare-Society und in der Cambridge-Edition. Von der bei J. B. Lippincott und Co. in Philadelphia erscheinenden neuesten Variorum-Edition (ed. by Horace Howard Furness), welche die umfassendste ihrer Art zu werden verspricht, liegt bis zu diesem Augenblick nur der erste Band vor, welcher „Romeo und Julie" enthält.

Außer den genannten Ausgaben wurden für die vorliegende Arbeit benutzt: Halliwells „Life of Shakespeare" (1848), sowie desselben Verfassers großartige Prachtausgabe der Werke Shakespeare's*), die musterhafte zweite Ausgabe von Alex. Dyce (1866); Hudsons „Account of the Life etc." (The works of Shakespeare, 11. Bd., Boston und Cambridge 1853); Colliers „History of the English Poetry etc." Daß den Werken der Zeitgenossen Shakespeare's dabei die ihnen gebührende Aufmerksamkeit geschenkt werden mußte, ist selbstverständlich, und was sonst aus den sehr zahlreichen größern und kleinern Schriften der englischen wie auch der deutschen Shakespeareliteratur zu erwähnen wäre, wird man im Texte selbst, oder in den Anmerkungen angegeben finden.

Der biographische Theil mußte gerade wegen der Mangelhaftigkeit des Materials die größten Schwierigkeiten bieten. Seit Nicolas Rowe's erstem Versuch einer zusammenhängenden Biographie (1709), für die wir außerordentlich dankbar sein müssen, sind die Nachrichten über Shakespeare's Leben hauptsächlich durch Arbeiten von Malone, von Collier und von Halliwell mehr und mehr bereichert worden. Es war ursprünglich mein Wunsch, aus dem Stückwerk von wirklich beglaubigten Nachrichten und Hypo-

---

*) The Works of William Shakespeare. The Text formed from a new Collation of the early Editions, to which are added all the Original novels etc. London 1853 ff. Der Werth dieses höchst kostbaren Werkes wurde noch dadurch gesteigert, daß der Herausgeber nur 150 Exemplare davon drucken ließ.

thesen einmal ein abgeschlossenes lebendiges Bild des Dichters, seines Werdens und Wesens zu geben; aber ich sah bald ein, daß die Durchführung einer solchen Form bei dem lückenhaften Material und bei den durch die leidige Shakespeare-Controversy der letzten Jahre noch mehr gehäuften Schwierigkeiten unmöglich sei, wenn man nicht willkürlich die Lücken zu stopfen und durch eine mehr poetische als historische Darstellung die vorhandenen Widersprüche zu lösen entschlossen ist. Ich glaube aber, wenigstens das sorgfältig gesichtete und von überflüssigen Nebendingen befreite Stoffliche dieses Abschnittes vollständiger gegeben zu haben, als es den deutschen Lesern bisher geboten wurde. Von der Einrichtung der alten englischen Bühne, deren Kenntniß so sehr wichtig ist für die Beurtheilung der Stücke Shakespeare's, habe ich versucht, ein möglichst anschauliches und zugleich zuverlässiges Bild zu geben; die genaue Chronologie der ältesten Ausgaben von den einzelnen Stücken und den gesammelten Werken, die genauen Mittheilungen aus der ersten Folioausgabe, die vollständigen Titel der Stücke, wie sie in den alten Quart-ausgaben gegeben sind, — das Alles dürfte nicht so unwesentliches Beiwerk sein, und wird, das wage ich zu hoffen, besonders denjenigen deutschen Shakespearefreunden willkommen sein, welche kein Bedürfniß nach einer neuen ästhetischen Kritik des Dichters empfinden. Daß die Aesthetik dabei nicht ganz ausgeschlossen ward, ist selbstverständlich, und wenn in diesen Theilen einige Polemik eingeflossen ist, — was heutzutage bei einer Arbeit über Shakespeare schwerlich zu vermeiden sein dürfte, — so war der Verfasser besonders in solchen Fällen dazu genöthigt, wo es galt, seine Grundsätze über die Shakespearekritik im Großen und Ganzen ausdrücklich hervor-zuheben; und auch in solchen Fällen konnten oft ganz kurze Hin-weisungen genügen. Dieselben werden bei den Besprechungen der einzelnen Dramen zu finden sein, wie auch in den Schlußbemer-kungen, in welchen dem Leser Rechenschaft abgelegt werden soll über die Art der Behandlung, die ich für den großen Gegenstand gewählt habe.

Wenn aber auch dieses Buch weder eine eingehende Shake-speareästhetik, noch eine umfassende Geschichte des Dichters und seiner Werke sein soll, so wünschte ich dennoch, daß es seinem ganzen Inhalte nach — vornehmlich durch die Kürze und ver-hältnißmäßige Vollständigkeit des literarhistorischen Materials —

sich als nützliches Handbuch, als Begleiter und Rathgeber für den deutschen Leser erweisen möge. Nebenbei kann es vielleicht Einiges dazu beitragen, die Anschauung des unvergleichlichen Dichters wieder etwas mehr auf seine großen, einfachen und erhabenen Züge zurückzulenken. Solche Aufgabe kann nicht von einem Einzelnen gelöst werden, am wenigsten in einer Arbeit wie diese, deren Begrenzung soeben angedeutet ist. Wohl aber möchte ich diese Schrift als einen Beitrag für die Lösung jener Aufgabe betrachtet wissen.

Dresden, im Juli 1871.

Rudolph Genée.

Erster Abschnitt.

— — —

Das Leben Shakespeare's

und das englische Theater seiner Zeit.

I.

Entwickelung des englischen Drama's. „Gorboduc". Shakespeare's Vorgänger: Lily, Kyd, Green u. s. w. Christopher Marlowe und seine Bedeutung.

Ehe wir den Dichter an seiner Geburtsstätte aufsuchen, um von hier aus die Verhältnisse seiner Familie, seiner Jugendjahre kennen zu lernen und ihn auf seiner künstlerischen Laufbahn zu begleiten, müssen wir den Blick nach dem Boden richten, aus welchem er als Dichter erwuchs. Die Grenzen einer Monographie hierbei berücksichtigend, werden wir aus der frühesten Geschichte des englischen Drama's und Theaters nur die Hauptabschnitte ganz kurz kennzeichnen. Wir werden daraus zu erkennen suchen, was Shakespeare auf dem von ihm betretenen Boden vorfand, als er die bedeutungsvollste Epoche der Bühne und der dramatischen Dichtkunst vollendete, die ein Volk der neuern Zeit aufzuweisen hat.

Wie in Deutschland und bei andern europäischen Völkern so war auch in England das Theater und die dramatische Poesie aus den geistlichen Spielen des Mittelalters hervorgegangen. Wenn auf jenem Boden die Keime des Drama's auch in England später sich zeigten als bei uns in Deutschland, so war doch dafür — sobald die Richtung gegeben war — dort die Entwickelung eine viel beständigere und deshalb schnellere als bei uns, wo nach den ersten so bedeutenden Anläufen (Hans Sachs) durch fortwährende Reaktionsperioden auch wieder die gewonnenen Resultate verloren gingen. Die Entwickelung des englischen Drama's war aber zugleich auch eine viel selbständigere als bei irgend einem der christlichen Völker — die Spanier ausgenommen. Es ist begreiflich, daß bei den

Anfängen eines eigentlichen Drama's eine starke Scheidung in der Richtung der germanischen und romanischen Völker erst mit der Reformation eintrat. Und in der Zeit dieser Scheidung beginnt auch zugleich die Selbständigkeit des englischen Drama's.

In England reichen die frühesten Spuren der sogenannten Mysterien oder Mirakelspiele bis in den Anfang des 12. Jahrhunderts zurück. Auch dort eine ursprünglich nur den Klöstern angehörende Sitte, wurden diese Spiele lange Zeit hindurch von der Geistlichkeit so streng umzäunt, daß wir uns über die mehrere Jahrhunderte hindurch dauernde Stagnation auf diesem Gebiete nicht wundern können. Obwohl auch diese miracle-plays in sich mancherlei Variationen aufzuweisen haben, so konnte doch erst im 15. Jahrhundert mit den sogenannten „Moralitäten" (oder moral-plays) eine neue Gattung dramatischer Spiele sich Geltung verschaffen, indem an die Stelle des ausschließlich religiösen Inhalts die Tendenz allgemeiner Moral trat. Diese Moralitäten blieben aber trotzdem von wirklich dramatischem Leben noch sehr weit entfernt: sie hatten es nur mit Personificirungen allgemeiner sittlicher Begriffe, mit allegorischen Darstellungen der verschiedenen Laster und Tugenden zu thun. Da auch bei diesen Moralitäten anfänglich die lateinische Sprache vorherrschend war, so wurden sie vielfach in Schulen u. s. w. dargestellt, bis sich mit der wachsenden Anwendung der englischen Sprache auch der Schauplatz mehr und mehr erweiterte. Mit dem Beginn der Moralitäten hatten aber noch keineswegs die Mysterien oder Mirakelspiele aufgehört. Diese blieben vielmehr daneben bestehn, in manchen Gegenden bis gegen das Ende des 16. Jahrhunderts.

Daß ein künstlerischer Fortschritt in der Form aller dieser Spiele nicht früher stattfand, ist um so bemerkenswerther, als in England doch schon um die Mitte des 15. Jahrhunderts ein eigentlicher Schauspielerstand sich gebildet hatte. In einer Parlamentsakte vom Jahre 1464 werden schon „players of interludes" erwähnt, und Richard III. hatte schon als Herzog von Gloster seine eigene Schauspielertruppe. Gegen Ende des

15. Jahrhunderts waren in allen Theilen Englands theatralische Darstellungen bekannt. Wir finden einzelne Truppen unter den Bezeichnungen „the King's players", „the Prince's players", „the players of the Chapel" x. erwähnt. Schon damals also war die Sitte aufgekommen, daß von einzelnen fürstlichen Personen Schauspielertruppen gehalten wurden, die dann die Erlaubniß hatten, den Namen ihres Protektors als Firma anzunehmen und unter solcher im Lande herumzureisen.

Die hier schon erwähnten „Interludes" waren keineswegs aus den moral-plays hervorgegangen; sie sind vielleicht eher älteren Ursprungs und bestanden neben denselben. Häufig fand auch eine Zusammenlegung beider Gattungen statt, und sie wurden anfänglich auch als moral-interludes bezeichnet. Wenn auch in ihnen noch die Personificirungen abstrakter Begriffe, Allegorien von Tugenden und Lastern, vorkommen, so nahm doch mehr und mehr die realistische Handlung einen breitern Raum ein, und sowohl die ältere Geschichte, wie auch das bürgerliche Leben der Gegenwart, in Vertretern verschiedener Stände, diente bereits der Bühne zu ihren Zwecken. Wie in Deutschland, so waren übrigens auch in England in der ersten Hälfte des 16. Jahrhunderts alttestamentalische Stoffe und Personen mit besonderer Vorliebe gewählt. John Heywood († 1565) war es, der die Interludes zu einer wirklich volksthümlichen Gattung ausbildete, der ihnen einiges Blut und Leben verlieh. Die dramatische Form dieser Komödien war freilich auch hier noch äußerst dürftig, und auch Heywoods Interludes stehen noch auf der Stufe unserer ältern Fastnachtsspiele, der Vorgänger des Hans Sachs; es waren meist nur einzelne Scenen, von wenigen Personen dargestellt, gewöhnlich in wechselnden Zwiegesprächen.

Nachdem durch die Interludes wenigstens die Keime für die Komödie gelegt waren, traten auch bald Versuche ein, die simple Form höher auszubilden, und zwar geschah dies offenbar unter dem Einflusse der antiken Vorbilder. Das berühmteste Stück, das aus diesen frühesten Versuchen der Komödie hervorging, war Nicholas Udalls „Ralph Roister Doister", das der Verfasser selbst im Prolog als „Comedy or Interlude" bezeichnet. Das Stück ist regelrecht in Akte und Scenen getheilt; die Sprache ist abwechselnd in Prosa und in gereimten Versen, und es hat insofern eine gewisse historische Wichtigkeit, als es das erste regelrechte Stück dieser Gattung ist. Auf dem tragischen Gebiete folgte sogleich die Tragödie von „Gorboduc", auch „Ferrex und Porrex" genannt; sie wurde 1565 gedruckt, aber schon einige Jahre früher aufgeführt. In dem ersten Druck ist als Verfasser der ersten drei Akte Thomas Norton genannt, für die andern beiden Akte Thomas Sackville. Außerdem berichtet das Titelblatt des alten Druckes, daß das Stück von der Königin und dem Hofe zu Whitehall am 18. Januar 1561 aufgeführt worden sei. Bei der großen Wichtigkeit dieses Stückes möge hier der Inhalt in Kürze berichtet werden. Gorboduc, ein König von Britannien (aus vorchristlicher Zeit), theilte sein Königreich unter seine beiden Söhne Ferrex und Porrex. Mehrere Jahre stritten die beiden Prinzen um die Herrschaft, so daß ein Bürgerkrieg entbrannte, in welchem der ältere Bruder Ferrex durch den jüngern, Porrex, erschlagen wurde. Der Erschlagene aber war der Liebling seiner Mutter, Videna, gewesen, und um seinen Tod zu rächen, drang sie in des andern Sohnes Schlafgemach und ermordete ihn. Das Volk, wüthend über diese Grausamkeit, empörte sich, und sowohl die Königin Videna, als auch Gorboduc (denn auch dieser war noch am Leben) wurden umgebracht. Dem Adel gelang es, mittelst eines Heeres die Rebellion zu dämpfen, aber auch zwischen den Häuptern des Adels entspannen sich Streitigkeiten wegen der Thronfolge, und das Land wurde in Unglück und Elend gestürzt. — Bemerkenswerth ist hinsichtlich der Form dieses Stückes, daß alle Akte durch den Chorus geschlossen werden, der über die Handlung moralisirt, und der durch „vier alte und weise Männer von Britannia" repräsentirt wird. Der Einfluß der wieder belebten antiken Vorbilder ist, wie in der ganzen Komposition des Stückes, so auch in dieser Theilnahme des Chors unverkennbar. Durchaus eigenthümlich aber ist die Pantomime — dumb show — oder wie es in dem Buche heißt „domme shewe". Jeder der fünf Akte wird durch solche Pantomime eingeleitet;

die des ersten Aktes bezieht sich auf den Inhalt des Ganzen und ist also vorgeschrieben:

„Zuerst beginnt die Musik von Violinen zu spielen, während dem sechs wilde Männer, in Blätter gekleidet, auf der Bühne erscheinen. Der erste von ihnen trägt auf seinem Rücken ein Bündel von Stäben, welche sie Alle, nacheinander und zusammen, mit all ihren Kräften zu brechen versuchen; aber sie vermögen es nicht. Endlich nimmt Einer von ihnen einen von den Stäben heraus und bricht ihn; und hierauf die Andern, einen nach dem andern herausnehmend, brechen dieselben mit Leichtigkeit, während vorher, als sie beisammen waren, sie dies vergeblich versucht hatten. Nachdem sie solches vollbracht, verlassen sie die Bühne, und die Musik hört auf. Hierdurch wurde bedeutet, daß ein Staat in Einigkeit fest besteht gegen alle Gewalt, aber, getheilt, leicht zerstört wird rc." Es sei noch erwähnt, daß für jede dieser die Akte einleitenden Pantomimen der Charakter der Musik vorgezeichnet ist. So heißt es beim dumb show zum zweiten Akt: „Musik von Hörnern", zum dritten und vierten Akt: „Musik von Hoboen" und zum fünften: „Trommeln und Flöten".

Außer dieser Pantomimen-Beigabe ist in der Form des „Gorboduc" noch bemerkenswerth, daß das Stück durchgängig in ungereimten fünffüßigen Jamben (blanc verso) geschrieben ist, eine Neuerung, welche — so viel bekannt ist — erst mit diesem Stücke eintritt. Aber bei aller Bedeutung dieses Drama's war auch hierin das Wesen des Dramatischen noch keineswegs erkannt; denn, abgesehen von der noch völlig mangelnden Charakteristik der darin vorkommenden Personen, wird die eigentliche Handlung von denselben meist nur berichtet. Also auch nach dieser Seite hin steht „Gorboduc" noch keineswegs auf der Stufe, zu welcher jene unmittelbaren Vorgänger Shakespeare's gelangten, die schon mit seinen Anfängen sich berühren. Auch John Lily nimmt noch einen ganz eigenthümlichen Platz ein. Er war es, der dem sehr derb gewordenen Volkston der Komödie seine mit gelehrtem Kram, mit Antithesen, gesuchten Witzeleien u. dgl. überladenen Comedies entgegensetzte. Lily's einflußreichste

Thätigkeit begann um 1575, da er — noch sehr jung — die Würde eines bachelor of arts erlangte. Er wurde sehr bald der Dichter des Hofes und jener Gesellschaftkreise, in denen man geschraubtes und gekünsteltes Wesen für die wahre Bildung ansah. Die „Kunst" des Witzes und der absonderlichen Redeform wurde nach Lily's Anweisung förmlich studirt; er selbst legte seine Ansichten darüber in seiner 1579 erschienenen Schrift „Euphues" dar, und suchte zu der Kunst, durch witzige und gesuchte Redeform zu glänzen, eine förmliche Anleitung zu geben. Man hat die geschraubte symbolische und von aller Natürlichkeit des Ausdrucks sich entfernende Sprache nach Lily's „Euphues" (dem Helden seiner Erzählung) Euphuismus genannt.

Daß auch Shakespeare noch in seinen Erstlingswerken von diesem zur Mode gewordenen „Euphuism" abhängig war, macht uns die Kenntniß jener Richtung besonders wichtig; am stärksten herrscht sie noch in den ersten Lustspielen vor, so namentlich in „Verlorne Liebesmüh".

Auf dem tragischen Gebiete ist eine für die Beurtheilung Shakespeare's nicht minder wichtige Erscheinung dieser Zeit hervorzuheben, weil sie für das ungemein schnelle Wachsthum des Drama's gewissermaßen den Ausgangspunkt bildet: es ist die „Spanish Tragedy" von Thomas Kyd, die sich an ein früheres Werk des Autors, die Tragödie „Jeronimo" anschließt. Gegen die kühle Gemessenheit der versuchten antikisirenden Richtung nahm die romantische Tragödie in Inhalt und Form einen so kühnen Anlauf, daß sie damit auch gleichzeitig in die stärksten Extreme gerathen mußte. Uebervoll an Handlung, die Gesetze der Einheiten völlig ignorirend, erscheint uns diese „Spanische Tragödie" in den aufgehäuften Ungeheuerlichkeiten, Blutthaten und Schrecknissen geradezu monströs. Aber sie bezeichnet dennoch wieder einen sehr kühnen Fortschritt, denn in ihr war Alles volle und wahre Aktion, wenn auch unorganisch, wild übereinander gethürmt. Kyd war aber nicht der Schöpfer dieser Richtung (die „Spanish Tragedy" kam angeblich erst nach 1589 zur Aufführung), er war nur Derjenige, der am kühnsten darin vorging. Die beginnende Hyperromantik auf der Bühne, der schnelle Wechsel in den Ereignissen u. s. w. wurde schon 1578 ein Gegenstand der Verspottung; George Whetstone charakterisirt diese Gattung von Stücken in der Vorrede zu seiner „History of Promos and Cassandra" folgendermaßen: „Der Engländer (in seiner Eigenschaft als Dramatiker) ist oberflächlich, rücksichtslos und unordentlich. Er gründet sein Werk erst auf Unmöglichkeiten; dann durchläuft er in drei Stunden die Welt, heirathet, zeugt Kinder, macht aus Kindern Männer, welche Reiche erobern, Ungeheuer tödten, und holt die Götter vom Himmel herab, die Teufel aus der Hölle. Was das Schlimmste dabei: seine Grundlage ist nicht so mangelhaft wie seine Arbeit rücksichtslos .... Oft, nur um des Ergötzens willen, machen sie einen Possenreißer zum Begleiter eines Königs; in den ernstesten Verhandlungen gestatten sie dem Narren mitzusprechen. Nur Eine Art der Sprache ist es, welche von allen Personen geführt wird, was eine grobe Unziemlichkeit ꝛc." Dieser letztere Punkt wird von dem gelehrten Herrn, der — wie man erkennen wird — als ein Anhänger der klassischen Richtung diese romantische Verwegenheit verurtheilte, weiter ausgeführt. Fast gleichzeitig (1579) erschien Stephen Gossons scharfer Angriff gegen die Bühne in seiner „Schule des Mißbrauchs", welcher Schrift zwei Jahre später seine „Plays confuted in five actions" folgte, worin er sich auch über die Art der englischen Dramatiker, die Geschichte zu behandeln, und über das Berauben französischer und italienischer Stücke für das englische Theater ausläßt. „Manchmal", raisonnirt Gosson unter Anderm, „kriegt man nichts zu sehen als die Abenteuer eines verliebten Ritters, wandernd von Land zu Land aus Liebe zu seiner Dame, oft ein furchtbares Ungeheuer von braunem Papier bekämpfend; und bei seiner Rückkehr ist er so wunderbar verändert, daß er nicht erkannt würde, wenn nicht durch irgend einen Denkspruch in seiner Schreibtafel oder einen zerbrochnen Ring, ein Tuch oder ein Stück von einer Muschelschale."

Aus dieser hier, theils vom Standpunkte des Klassikers, theils aus puritanischem Eifer verspotteten Gattung von Stücken, in denen der wachsende Einfluß der neuern romanischen Lite-

2*

ratur sich zeigt, sind uns nur wenige aufbewahrt geblieben. Das darin vorherrschende naiv Abenteuerliche der Handlung trat bald im Interesse zurück gegen die Blutthaten, mit denen Kyd und Andere die Bühne überbürdeten. Hinsichtlich der schon erwähnten „Spanischen Tragödie" ist es sehr interessant für uns, daß einer unserer ältesten deutschen Dramatiker, der Nürnberger Jakob Ayrer († 1605), der die „englische Manier", d. h. die sichtbare Aktion in diesen Stücken, mit bestimmter Tendenz für Deutschland nachbildete, gerade diese Tragödie von Kyd in ziemlich getreuer Bearbeitung wiedergab*), nämlich in seiner „Tragedie von dem Griechischen Keyser zu Constantinopel, und seiner Tochter Pelimperia, mit dem gehengten Horatio". Das englische Original zu diesem Stücke, eben jene „Spanische Tragödie" von Horatio und Pelimperia, ist eine Aufhäufung von Abenteuerlichkeiten und gegen den Schluß hin sich drängenden Greuelthaten, Verstümmelungen und Morden, daß daneben selbst Shakespeare's „Titus Andronicus" schon als eine Milderung, wenigstens in der Art der Behandlung erscheint. Ein sehr wesentliches Motiv in der Handlung der Kydschen Tragödie: verstellter Wahnsinn, der zur Ausführung einer blutigen Rache dienen soll, — ist auch von Shakespeare wiederholt gebraucht worden, zunächst im „Titus Andronicus", dann im „Hamlet". Mit Letzterm hat die Tragödie Kyds noch das Motiv eines Schauspiels (im Schauspiel) gemein. Daß an jenen Bluttragödien, unter denen noch später (von Ben Jonson) Kyds „Hieronymus" und Shakespeare's „Titus" als hervorragende Muster erwähnt werden, das Publikum wirklich Geschmack fand, ist unzweifelhaft, und die „Spanische Tragödie" erhielt sich noch ziemlich lange auf der Bühne.

Von den Dramatikern G. Peele, Lodge u. A. finden wir diesem outrirt dramatischen Stil noch keineswegs gehuldigt. Weniger grausam, aber auch weniger dramatisch, schweifen sie vielfach wieder in die Allegorie und in symbolische Darstellungen hinüber; sie trachteten hierbei, die ziemlich nüchterne Auffassung

---

*) „Opus theatricum" von J. Ayrer. Nürnberg 1618.

des Realen mit etwas poetischen Reflexen zu erwärmen, wodurch
aber die Nüchternheit der realistischen Theile nur um so stärker hervortritt. Auch Robert Greene, obwohl bedeutender als die
Letztgenannten, war doch noch theilweise in jener Richtung befangen. Auch er sucht noch hin und her, um das Geheimniß
des Dramatischen zu finden, und bringt dabei eine oft wunder-
liche Mischung sich widerstrebender Elemente zu Stande. Aber
mehr als in der Komposition des Drama's zeigt sich der mit
ihm eintretende Fortschritt in der Ausarbeitung. Die Sprache
erscheint bei ihm schon ungleich geläuterter, reiner, natürlicher,
als bei seinen Vorgängern. Sein Dialog überrascht oft durch
seine Wendungen, wie durch poetische und dabei ungesuchte
Metaphern. In seiner „Wunderbaren Sage von Pater Baco"
glaubt man zuweilen schon die Sprache Shakespeare's zu hören,
wenn sie im Ganzen auch weniger gedrungen, weniger voll ist.
Greene war sehr fruchtbar, und es sind uns von ihm verhältnißmäßig nur wenige seiner Arbeiten erhalten geblieben, unter
denen hier noch „Alphonsus, König von Aragon", ferner seine
„Schottische Geschichte Jakobs IV." und ein „Orlando furioso"
genannt sein mögen. Die „dramatische Dichtung" nahm damals
noch keinen Platz in der Literatur ein, sondern war — und
darin eben lag der mächtige Trieb für die Förderung des wahren
Drama's — eine bloße Unterhaltung für's Volk; die Stücke
wurden für ein bestimmtes Theater geschrieben, und wenn das
eine oder das andere nach dem auf der Bühne errungenen Erfolg
durch den Druck vervielfältigt wurde, so geschah dies meist durch
unberechtigte Spekulanten.

Die Aufführungen der Stücke von Peele, Lodge, Kyd
und Greene füllen etwa den Zeitraum von 1580—90 aus,
ein hochbedeutungsvolles Decennium, welches in rastloser Arbeit
und in dem Ringen zahlreicher Kräfte zu der Entwickelung einer
solchen Riesenerscheinung wie Shakespeare hindrängte.

Kurze Zeit konnte es scheinen, als sollte die Vollendung
dieser Epoche einem andern Genie bestimmt sein: Christopher
Marlowe, mit dessen „Tamburlaine" (1586) vielleicht das Erscheinen Shakespeare's in London zusammenfiel. Obwohl

Tamerlan oder Tamburlaine, jedenfalls eine der ersten Tragödien Marlowe's, keineswegs dessen bedeutendstes Werk war, so
zeigt sich doch schon darin eine gewisse Kühnheit, die nur einer
so ursprünglichen Natur eigen ist, und mit der er gegenüber dem
sanftern, ruhigern Gange, den das englische Drama angenommen, seine wilde Natur rücksichtslos offenbarte. Christopher
Marlowe, aus niederm Stand geboren, hatte in demselben
Jahre wie Shakespeare (1564 im Februar) das Licht der Welt erblickt. In Cambridge hatte er seine akademische Bildung erlangt,
wurde 1583 bachelor of arts und 1585 Magister. Da er Cambridge verlassen hatte, ward er in London durch seinen abenteuerlichen Sinn in wüste Gesellschaft gebracht; und dem wilden
Geiste, der in seinen Dichtungen waltet, entsprach sein gewalt-
sames frühes Ende. Er wurde 1593, also noch nicht dreißig
Jahre alt, wie es heißt im Streite mit einem Nebenbuhler,
getödtet; und da er im Rufe eines Atheisten stand, so fehlte nicht
viel, daß man ihn — gleich dem Faust in seiner eigenen Dichtung — als ein Opfer des Teufels betrachtete. Marlowe's
Tragödien fallen in die Jahre 1586—90*). Sein „Tamburlaine the Great" scheint auf der englischen Bühne epochemachend
gewesen zu sein. Was er aber hierin Neues brachte, konnte
kaum als Verbesserung betrachtet werden, indem durch den
außerordentlichen Pomp langer Reden die Natürlichkeit des
dramatischen Dialogs eher vermindert als vervollkommnet wurde.
Auch die Komposition selbst läßt keinen Fortschritt wahrnehmen,
denn wir sehen in den sich drängenden Ereignissen, die meist in
Schlachten, Siegen und Eroberungen wechseln, dasselbe Nebeneinander wie bei den bisherigen Tragikern, die an historische
Stoffe sich lehnten, ohne künstlerische Gruppirung. Aber die
trotzdem in dieser Dichtung herrschende poetische Kraft ver-
schaffte dem Stücke sogleich einen ungewöhnlichen Erfolg.

---

*) Bodenstedt im 3. Band von „Shakespeare's Zeitgenossen" gibt
Analysen und Auszüge sämmtlicher Marlowe'schen Stücke — den „Faust" vollständig; letztere Tragödie wurde früher schon von W. Müller und A. Böttger übersetzt. Die „Altenglische Schaubühne", herausgegeben von Ed. von Bülow
(1831), enthält die bessern Marlowe'schen Stücke vollständig übersetzt.

In gesteigerter Weise tritt jener starke poetische Zug uns in seinem „Juden von Malta" entgegen, obwohl er auch hierin noch keineswegs in das eigentliche Wesen der Tragödie eindrang. Die Folge schrecklicher Ereignisse berührt unsere Theilnahme nur sehr äußerlich; aber in der Hauptfigur des Juden („Barrabas"), der für die erlittenen Beschimpfungen und für das seinen Glaubensgenossen angethane schwere Unrecht die raffinirteste Rache gegen die Christen ersinnt, tritt uns die Energie des Charakters in seiner wenn auch übertriebenen Schärfe der Zeichnung imponirend entgegen. Die wenn auch nicht vollkommenste, aber für die Schätzung seines Genie's wohl bedeutsamste Tragödie Marlowe's ist sein „Doctor Faust" („The tragical history of Doctor Faustus"). Leider ist dies Werk nicht in seiner ursprünglichen Gestalt uns erhalten, sondern in einer wenige Jahre nach seinem Tode erschienenen Ausgabe, welche mit „Zusätzen" versehen war. Trotzdem nöthigt uns der darin herrschende hohe Stil, das mächtige Pathos der Rede und die Tiefe der Gedanken unsre volle Bewunderung ab. Daß Marlowe nicht schon den Faustgedanken im Sinne Goethe's erschöpfend darlegte, ist wohl ganz selbstverständlich. Wäre dies überhaupt in jener Zeit denkbar gewesen, so hätte Shakespeare's Geist sich den Stoff gewiß nicht entgehen lassen, trotz Marlowe. Genug, daß dieser beinahe zwei Jahrhunderte vor Goethe den Keim dieses Gedankens berührte und der erst wenige Jahre zuvor aus Deutschland nach England gekommenen Faustsage eine tiefere Bedeutung gab.

Von den andern Werken Marlowe's sei hier nur noch seine Tragödie „Eduard der Zweite" („The troublesome raigne and lamentable death of Edward the Second") erwähnt, welche der Shakespeare'schen Behandlung geschichtlicher Stoffe schon weit näher steht als alle Werke, die bis dahin sich mit der „Historie" befaßten. Die starke Koncentrirung der Ereignisse in Zeit und Raum, welche uns bei Shakespeare so großartig, oft aber auch so befremdend entgegentritt, sehen wir in Marlowe's „Eduard II." in viel roheren Zügen; Eduards Thronbesteigung, die Rückkehr seines Günstlings Gaveston aus der Verbannung, dessen Uebermuth, die Beleidigung der Peers und ihr Wider-

stand, des Königs Schwäche, Gaveston's neue Verbannung und
neue Rückberufung u. s. w. — das Alles folgt hier aufeinander
in Einer Scene. Daneben aber enthält dies Drama weitere
Partieen, die es als Vorbild für Shakespeare's „Richard den
Zweiten" deutlich erkennen lassen. Die Scene bei Marlowe,
da der bald herrisch aufbrausende, bald wieder schwächlich nach-
gebende und sich wegwerfende Fürst zur Abdankung genöthigt
wird, ist in der Aehnlichkeit mit der Shakespeare'schen Tragödie
frappirend. Auch die Ausführung des Dialogs, bei höherer
Vollendung des Blancverses, zeigt bei Marlowe einen außerordentlichen Fortschritt. Trotz alledem ist kaum anzunehmen,
daß Marlowe, hätte ihn nicht der Tod so frühzeitig in seiner
Laufbahn gehemmt, ein ebenbürtiger Rival Shakespeare's
geworden wäre. Marlowe's innerste Natur war der Art, daß
sie ihn, auch bei fortgesetztem Schaffen, von einer höhern Kunst-
vollendung zurückhalten mußte. Einseitig, wie seine Anschauung
des Lebens war, zeichnete er in seinen Tragödien immer nur die
schwarzen Schatten, weshalb auch alle seine Charaktere keine
rechte Plastik erlangen können. Die Ereignisse voll Schrecken
und jammervollem Untergang sah er eben nur als solche, ohne
ihren tiefinnersten Zusammenhang mit dem Menschheits-
prozesse, und deshalb ohne Wirkung auf das Gemüth. Seinen
leidenschaftlichen Charakteren fehlen diejenigen Ruhepunkte, in
denen wir im Stande sind, Blicke in das allgemein Menschliche
zu thun, um sie danach in den Triebfedern zu ihrem Handeln
besser zu verstehen. Marlowe's ganze Erscheinung macht den
Eindruck eines Torso; und obwohl er als ein solcher gewissermaßen
in die Welt gesetzt wurde, so hat er doch etwas Imponirendes,
und seine Bedeutung erhält er nicht nur durch die nachfolgende
Epoche des englischen Drama's, sondern schon durch sich allein.
Diesem merkwürdigen Dichter, dem durch einen jähen Sturz der
Weg in seinem kühnsten Laufe abgeschnitten ward, könnte man
als Motto die Worte des Chorus geben, mit denen er selbst
seinen „Faust" schließt:

> Gebrochen ist der Zweig, der nach den Wolken strebte,
> Verbannt Apollo's grüner Lorbeersproß 2c.

Da Marlowe's Tragödien noch in das letzte Decennium des 16. Jahrhunderts hineinragen, so hatten sie noch neben den ersten Erfolgen Shakespeare's Stand zu halten. Wir sehen ihn die Hand nach dem Lorbeer ausstrecken; sein finstrer Genius aber riß ihn hinweg von dem Schauplatz, welcher von dem Glanze des neuen Kometen erhellt werden sollte.

II.

Die Schauspielertruppen. Die Feinde und Freunde des Theaters. Stephen Gosson und die Puritaner. Entstehung des Blackfriars-Theaters.

Wir haben bisher — wenn auch nur in ganz allgemeinen Zügen — den geistigen Inhalt derjenigen Epoche des englischen Drama's zu kennzeichnen gesucht, welche die Erscheinung Shakespeare's vorbereitete. Um letztere jedoch in ihrem nothwendigen und vollen Zusammenhang mit den Vorgängern und Zeitgenossen beurtheilen zu können, müssen wir auch den Blick nach dem Gerüste richten, das für diesen Aufbau vorhanden war, nach den äußerlichen, den mechanischen Mitteln, welche dafür zu Gebote standen. Es ist natürlich, daß auch diese mit der so schnell gewachsenen und so populär gewordenen dramatischen Dichtung Schritt halten mußten.

Von den ältesten Schauspielertruppen, welche unter der Firma einer bestimmten hohen Persönlichkeit im Lande spielten, sind ein paar schon erwähnt worden. In der ersten Zeit der Regierung der Königin Elisabeth finden wir zunächst genannt die Spieler (players) des Lord Leicester, des Lord Clinton, des Lord Warwick und des Lord-Kanzlers, und der Grafen Sussex, Essex und der Lords Howard und Derby. Alle diese treten schon in den siebenziger Jahren auf; und mehrere dieser Gesellschaften spielten auch am Hofe, neben den besondern players of the Queen. In dem Etat der Königin aus dem Jahre 1571 finden wir außer den zahlreichen Musikern auch zehn besoldete Sänger und vier „players of interludes" aufgeführt. Wenn jene

vorgenannten Gesellschaften in London oder in Provinzstädten sich
öffentlich producirten, so wurden anfänglich dazu geeignete Räume
in den Wirthshäusern, auch in passenden Höfen gewählt (wie ehe=
mals bei den Mysterien und Passionsspielen); für die angesehenern
oder besonders empfohlenen Truppen wurden auch die Hallen der
Gildenhäuser bewilligt, bis für London sich endlich das Bedürfniß
nach eigenen Localitäten, die ausschließlich dem Zwecke des Schau=
spiels zu dienen hatten, herausstellte.   Wie sehr das Schauspiel=
wesen bereits das Volk beschäftigte, ersieht man am besten aus
den mannigfachen Verfolgungen oder Einschränkungen, die es
von Seiten der Behörden, der Geistlichkeit oder gewisser Gesell-
schaftsklassen erfuhr; Verfolgungen, die sich zum Theil gegen den
Mißbrauch, gegen die wirkliche Unsitte richteten — denn
Prügeleien und grober Unfug fanden hier häufig genug einen
Sammelpunkt, — zum Theil aber auch von dem puritanischen
Eifer ausgingen, der gegen Alles sich richtete, was zum
Charakter des „lustigen Altengland" gehörte.   Wenn auch neben
den öffentlichen Schauspielen theatralisch=musikalische Aufführ-
rungen in den Stiftsschulen, sowie durch Chorknaben königlicher
Kapellen immer größere Ausbildung fanden, wenn daneben gleichzeitig in den gelehrten Schulen unter besonderer Leitung theatralische Darstellungen gepflegt wurden, wobei es nebenbei auch
auf die deklamatorische Uebung in der lateinischen Sprache
abgesehen war, so nahmen doch die Schauspieler von Profession
damals noch in der Gesellschaft eine ziemlich untergeordnete
Stellung ein.   Dies gilt jedoch besonders von den Mitgliedern
der herumziehenden herrenlosen Truppen.   Bezüglich derselben heißt es in einem Gesetze aus dem Jahre 1572: „Alle
Fechtmeister, Bärenführer, gewöhnliche Schauspieler von
Interludes, Musikanten, Gaukler, Hausirer, Kesselflicker und
Schnorranten — nicht solche Schauspieler, welche irgend einem
Barone dieses Königreichs oder irgend einer andern ehrenwerthen
Person höhern Ranges zugehören und damit bevollmächtigt
sind, unter Hand= und Waffensiegel eines solchen Barones oder
einer solchen Person zu spielen — welche keine Erlaubniß von
wenigstens zwei Friedensrichtern haben, von denen der eine zu

dem quorum der Grafschaft gehören muß, wo und in welcher sie gerade wandern, sollen festgenommen, verurtheilt und behandelt werden wie Schelme, Vagabunden und hartnäckige Bettler, und sollen solche Buße und Züchtigung empfangen, als durch jenen hierauf bezüglichen Akt bestimmt worden ist."

Allerdings sieht man aus diesem Gesetz, daß damit gerade die dabei von den harten Maßregelungen ausgenommenen Truppen der Lords 2c. gewissermaßen in Schutz genommen werden sollten.

Ehe unter der Regierung der Königin Elisabeth die Sache der Reformation so kräftige Förderung erhielt, waren zu wiederholten Malen die Schauspiele wegen ihrer Angriffe gegen die römische Kirche Gegenstand der Verfolgung. Eine dahin zielende Parlamentsakte erschien bereits im Jahre 1543, und zehn Jahre später suchte die katholische Maria auch diejenigen Stücke zu unterdrücken, die aus dem reformatorischen Geiste hervorgegangen waren. Für gewisse Zeitperioden im Jahre wurden aus religiösen Gründen die theatralischen Aufführungen ganz untersagt. Mit der Befestigung des Protestantismus durch Elisabeth (seit 1558) erhielt jedoch das Theater immer mehr Freiheit und Ausdehnung; und während die Königin selbst das Schauspiel entschieden protegirte, erhoben sich nunmehr bald die puritanischen Eiferer, um das Theater überhaupt, das sie als eine Unsittlichkeit erklärten, wie das Tanzen um den Maibaum u. dgl., zu verfolgen. Stephen Gosson, in seiner berühmten „Schule des Mißbrauchs" (erschienen 1579), welche sich gegen die Poeten, Schauspieler, Pfeifer „und ähnliche Raupen des Gemeinwohls" richtet, ruft darin aus: „Niemals haben Köche mehr Macht gezeigt, durch Leckereien den Geschmack zu besiegen, noch Maler, das Auge zu ergötzen, als die Theaterpoeten, das Gewissen zu verwunden!" Schauspieler, Poeten, Pfeifer (pipers) und Tänzer werden in all diesen puritanischen Schriften gewöhnlich zusammen genannt. Unter „pipers" verstand man Musiker überhaupt. Th. Lodge hatte schon gleich nach dem Erscheinen der „School of Abuse" eine sehr eingehende Vertheidigung des von St. Gosson angefeindeten Theaters und der Musik 2c. veröffentlicht*). Daß denjenigen Truppen, welche „einem Barone dieses Königreichs" zugehörten, besondere Rechte ausdrücklich zugestanden wurden, ist schon durch das oben mitgetheilte Gesetz erwiesen. Unter diesen Truppen waren wieder einzelne, die sich besonderer Bevorzugung erfreuten, und darunter waren vor Allem die Schauspieler Lord Leicesters, die es denn auch durch den Einfluß ihres Protektors erreichten, daß sie in den Besitz eines besondern Theaters in London, oder vielmehr in unmittelbarer Nähe der Stadt, gelangten.

Die nächste Veranlassung dazu war folgende. Der Lord-Mayor und die Aldermen von London, welche gegen das mehr und mehr aufkommende Theaterwesen eine feindselige Stellung einnahmen, verlangten im Jahre 1575, daß ihnen die Oberaufsicht über die in der City aufzuführenden Stücke, also eine ausdrückliche Censur, eingeräumt werde, und daß die halben Einnahmen für fromme Zwecke verwendet werden sollten. Als Gründe dafür wurden die gebräuchlichen Beschwerden gegen das zu allerlei Unfug führende Schauspiel in den Höfen der Wirthshäuser geltend gemacht. Die Schauspieler reklamirten dagegen, aber Lord-Mayor und Aldermen bestanden darauf: die Schauspieler sollten in der City sich auf Privatvorstellungen beschränken, an Sonntagen aber sollten sie gar nicht, und an Festtagen nur nach dem Abendgebet, um 4 Uhr, die Vorstellungen beginnen. Diese Maßregeln führten nur dahin, daß die Schauspieler ihre eigenen, ordentlich von Holz erbauten Schauspielhäuser außerhalb der City errichteten und so sich durch die sogenannten „Freiheiten" (liberties) von London schützten. In dem Bezirk und der Freiheit von Blackfriars, so genannt nach einem Kloster schwarzer Mönche, entstand so das nach diesem Bezirk benannte Theater, das schon im Jahre 1576 eröffnet wurde, und zwar durch James Burbadge, den Vater des späterhin durch Shakespeare's tragische Charaktere so berühmt

---

*) „A Reply to Stephen Gosson's School of Abuse, in defence of Poetry, Musicke and Stage-Plays". (1580.) Neu herausgegeben in den Shakespeare Society Papers, 1853. — Ein früherer Band enthält auch Gossons genannte Schrift.

gewordenen Richard Burbadge. Jener ältere Burbadge stand damals an der Spitze der Schauspieler Lord Leicesters.

Schon ein Jahr nach Eröffnung von Blackfriars erstanden in London zwei Schauspielhäuser; es war dies das sogenannte „Theater" und „der Vorhang" (the curtain); beide sind schon in einer Predigt aus dem Jahre 1578 erwähnt. Ein puritanischer Eiferer gegen das Theater zählte bereits im Jahre 1578 acht in und bei London befindliche Lokale, in denen dramatische Vorstellungen gegeben wurden. Begreiflich ist es, daß mit der Vermehrung der Theater auch der Widerstand gegen das Schauspiel sich von Neuem erhob. In einer Predigt, welche 1578 im Druck erschien, aber schon Ende des Jahres 1576 gehalten worden war, heißt es: ... „Blickt nur auf die prunkenden Schauspielhäuser (theatre houses), ein fortdauerndes Monument von Londons Verschwendung und Narrheit ... die Ursache der Seuchen sind die Sünden, die Ursache der Sünden sind die Schauspieler, — und deshalb sind diese auch die Ursache der Seuchen. Soll ich aufzählen die monströsen Vögel, die in diesem Nest gebrütet werden? Ich müßte mich dessen schämen, denn ich würde sicher eure züchtigen Ohren beleidigen. Das Sodom der alten Welt ist übertroffen; denn mehr entsetzliche Frevel und überfluthende Sünden sind durch die Theater hervorgebracht, als irgend Jemand zu denken im Stande ist. Der Vater verliert aber sein Kind, der Meister seine Diener, und Jeder, sei er was er wolle, verliert sein Selbst in der Gewohnheit dieser Schulen des Lasters, dieser Diebshöhlen, dieser Theater aller Gottlosigkeiten 2c."

Gingen solche Aeußerungen auch nur von den extremsten puritanischen Zeloten aus, so versuchten jetzt doch auch die städtischen Behörden wiederholt, die Theater von sich abhängig zu machen, indem sie die nunmehr außerhalb der City entstehenden Bühnen unter ihre Jurisdiktion zu bekommen trachteten. Ein solcher im Jahre 1578 gemachter Versuch scheiterte jedoch an dem Widerstande des Geheimen Raths (Privy Council), welcher entschied: daß die Schauspieler des Grafen Leicester zu Blackfriars auf keine Weise in ihren Vorstellungen belästigt ober behindert werden sollten, damit sie um so besser zu ihrem Spiele vor Ihrer Majestät sich einüben könnten.

Aus einem spätern Bericht, aus dem Jahre 1584, erfahren wir, daß es in dieser Zeit, also vor Shakespeare's Ankunft in London, schon etwa 200 Schauspieler in der Hauptstadt gab. Zu den schon genannten Theatern kamen um diese Zeit noch das zu „Whitefriars" (über dessen Entstehungszeit jedoch jede sichere Kunde fehlt), der „Rothe Ochs" (red bull), „The fortune" und der „Phoenix"; letzteres führte auch noch den Namen Cock pit, womit man ehedem den Schauplatz für Hahnenkämpfe, später aber das zum Stehen eingerichtete Parterre bezeichnete.

Auf das durch Shakespeare so berühmt gewordene Globe= theater, sowie auf die innere Einrichtung der damaligen Schauspielhäuser, Beschaffenheit der Bühne zc. kommen wir später zu sprechen, nachdem wir erst den Lebenslauf des Dichters, bis zu dessen Eintritt in den Schauspielerstand, kennen gelernt haben.

III.

Shakespeare's Abkunft. Seine Jugendjahre. Seine Verheirathung und Entfernung von Stratford.

Der Name Shakespeare kommt in der Grafschaft Warwick schon im 15. und 16. Jahrhundert häufig vor, und zwar in höchst mannigfaltiger Schreibweise, als: Shakspere, Schackespere, Schackespeyre, ja auch Chacsper u. s. w. Noch im Jahre 1579, also im Knabenalter des Dichters, kommt (in einer Angabe des Kirchenregisters zu St. Nicolas) in Warwick sogar ein William Shakespeare vor (in der lateinischen Notiz: Gulielmus Saxspere), welcher im Flusse Avon — ertrunken! Die große Willkür, mit der ehemals die Orthographie der Eigen= namen behandelt wurde, mußte natürlich auch die Nach= forschungen über des Dichters Abstammung sehr erschweren; ja bis heute noch sind die Ansichten über eine begründete Schreib= weise des Namens unsers Dichters sehr getheilt, und es möge

deshalb gleich an dieser Stelle das Nöthige darüber gesagt sein.
Der Name John Shakespeare's kommt in Stratforder Dokumenten in mehr als einem Dutzend verschiedener Formen vor;
die erste Sylbe wird bald Shack, bald Shak, — ausnahmsweise
auch mit dem e am Ende, Shake, geschrieben; die zweite Sylbe
abwechselnd sper, spere und speare, auch speyr. Noch weit mannigfaltiger aber sind die Abweichungen beim Namen des Dichters
selbst. Für uns kommen nur zwei Fragen dabei in Betracht.
Wie schrieb er selbst seinen Namen? und: Wie war die allgemeine
Annahme seiner literarischen Zeitgenossen? Vom Dichter selbst
haben wir nur wenige eigene Namensunterschriften, von denen
wir hier vier in genauer Nachbildung mittheilen:

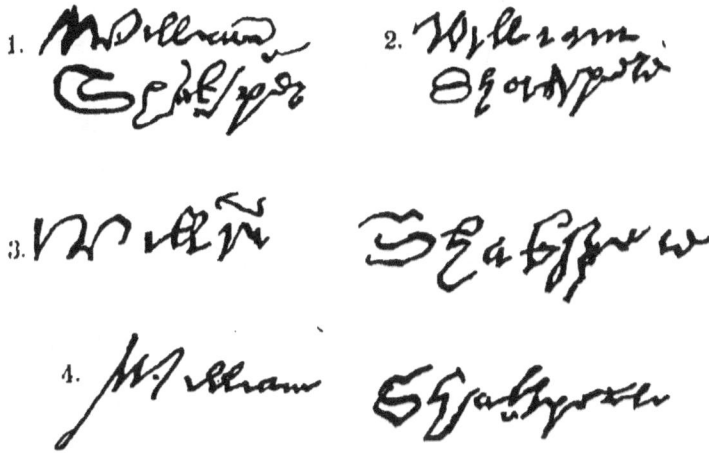

Shakespeare's Handschrift.

Es sind dies 1. die Unterschrift unter einem Kaufkontrakt (ein
Haus zu Blackfriars betreffend) vom Jahre 1613; 2.—4. die Unter-
schriften auf den drei Blättern seines Testamentes vom Jahre 1616.
Man wird aus diesen Zügen erkennen, daß es eines speciellen
Studiums bedarf, um die Orthographie danach festzustellen.
Unzweifelhaft ist nur, daß die erste Sylbe kein e hat, also kurz
(Shak) lautet; über die zweite Sylbe lautet das Urtheil der

Mehrzahl der englischen Kritiker, daß sie kein a habe, also spere laute. Diese Schreibweise Shakspere kommt auch in den Stratforder Tauf- und Begräbnißregistern am häufigsten vor. Hiernach könnte man also annehmen, die Sache müsse entschieden sein. Dennoch hat man mehr und mehr, im Gegensatz zur Stratforder Schreibweise, die Londoner acceptirt; denn nicht nur bei den gleichzeitigen Dichtern, sondern auch in sämmtlichen Quartausgaben der einzelnen Stücke (mit geringen Abweichungen) und in der ersten Folio der sämmtlichen Dramen ist die Schreibweise Shakespeare beibehalten, und diese hat denn auch bis heute — trotz mehrfacher Opposition — sich nicht verdrängen lassen.

Als des Dichters Großvater — weiter zurück läßt sich die Abstammung nicht verfolgen — kann mit einiger Sicherheit Richard Shakespeare bezeichnet werden, welcher zu Snitterfield Pächter eines Robert Arden war. Unter den muthmaßlichen Söhnen jenes Pächters wird John Shakespeare schon im Jahre 1552 zu Stratford am Avon (Grafschaft Warwick) genannt. In einem Dokument vom Jahre 1556 ist dieser John Shakespeare als Handschuhmacher bezeichnet; andere Notizen deuten darauf hin, daß er auch mit Landwirthschaft zu thun hatte; so ist er 1579 einmal ausdrücklich als „yeoman" (Freisasse, Besitzer eines zinsfreien Gutes) bezeichnet. Rowe, in seiner Lebensbeschreibung Shakespeare's, nennt dessen Vater einen Wollhändler, und es ist wahrscheinlich genug, daß er als Landbesitzer mit der Viehzucht ebensowohl den Wollhandel (vielleicht auch Metzgerei), wie auch die Fabrikation von Handschuhen betrieb*). Schon 1556 wurde John Shakespeare Eigenthümer zweier Erbzinsgrundstücke in Stratford, von G. Turner und E. West veräußert. Die eine dieser Besitzungen, aus Haus und Garten bestehend, war in der Greenhillstraße zu Stratford,

---

*) In einer der ältesten biographischen Mittheilungen, von Aubrey aus dem Jahre 1680, wird John Shakespeare als Metzger bezeichnet, und lächerlicher Weise hinzugefügt: wenn William, der dem Vater in seinem Handwerk beistehn mußte, ein Kalb schlachtete, so that er dies „in a high style" und hielt eine Rede dabei! — Die Fabel, daß der Dichter ursprünglich Metzger war, ist denn auch bis zur Gegenwart oft genug wieder aufgetaucht.

die andere in der Henleystraße. Letzteres ist wahrscheinlich dasselbe, das er schon früher (1552) bewohnt hatte, und in welchem — wie die Tradition berichtet — der Dichter geboren ward.

Im Jahre 1557 heirathete John Shakespeare die Tochter eben jenes Robert Arden, bei welchem Richard Shakespeare als Pächter bezeichnet ward. Robert Arden zu Snitterfield (Warwickshire), drei Meilen von Stratford, starb 1556 und vermachte seiner Tochter Mary — der jüngsten unter sechs Schwestern — den Landbesitz zu Wilmcote, genannt Ashbyes. Da diese Farm aus 56 Aeckern, zwei Häusern und Gärten bestand, so war dies für John Shakespeare keine unbedeutende Erhöhung seines Wohlstandes.

Das erste Kind aus der Ehe John Shakespeare's mit Mary Arden war ein Mädchen, Johanna, 1558 getauft; ein zweites Kind Namens Margarethe, geboren 1562, lebte nur wenige Monate.

William Shakespeare's Geburtstag kann nicht mit Bestimmtheit angegeben werden; man weiß nur, wann er in der protestantischen Kirche Holy Trinity zu Stratford getauft wurde. Im Kirchenregister derselben steht er unter dem Datum des 26. April 1564 als „Wilhelm, Sohn des John Shakspere"*) verzeichnet.

Als den Tag der Geburt hat man später ziemlich allgemein den 23. April angenommen, weil es damals Sitte war, daß die Taufe drei Tage nach der Geburt stattfand. Völlige Sicherheit ist uns aber dadurch nicht gegeben, um so weniger, als diese Annahme mit der Inschrift auf seinem Grabstein im Widerspruche steht**). Ein jüngerer Bruder Williams, der · den Namen Gilbert erhielt, wurde im Oktober 1566 geboren, und 1569 kam wieder eine Schwester zur Welt, die den Namen Johanna erhielt. Aus der Wiederholung dieses Taufnamens

---

*) Im Original: Gulielmus filius Johannes Shakspere.
**) Auf dem Monumente heißt es, nach Angabe seines Todestages, des 23. April 1616: „im dreiundfünfzigsten Lebensjahre". Dies Lebensjahr hatte er aber noch nicht angetreten, wenn sein Todestag auch sein Geburtstag gewesen sein sollte.

läßt sich annehmen, daß auch die erste Tochter, die diesen
Namen erhalten hatte, bereits gestorben war, wenn wir auch
kein Zeugniß sonst darüber besitzen. Aus dem frühzeitigen Tod
der beiden ersten Kinder Johns mag man sich übrigens den
Widerspruch erklären, daß nach älteren Angaben William als
das älteste der Kinder bezeichnet wird. Seltsam genug erscheint
der Umstand, daß die ersten Kinder Johns, beides Mädchen,
in frühester Kindheit starben, während der Knabe William
am Leben blieb, obwohl gerade zur Zeit seiner Geburt in der
Grafschaft eine Seuche herrschte, welche auch die Einwohner-
zahl Stratfords erheblich verringerte.

Auch das fünfte der Kinder, Anna (geboren 1571), starb
bereits im neunten Lebensjahre. Die jüngsten Geschwister
Williams (geboren 1579 und 1580) waren wieder Knaben; sie
erhielten die Namen Richard und Eduard.

Ein Jahr nach der Geburt Williams war sein Vater
Alderman, drei Jahre später bekleidete er das Amt eines high
bailliff, und 1571 wurde er durch die hohe Würde eines Oberalderman (chief- oder head-alderman) ausgezeichnet, die er bis
1586 bekleidete. Das Ueberraschendste bei alledem ist, daß der
Vater Shakespeare's nicht schreiben konnte. Wir würden
dies, bei der Stellung, die er einnahm, kaum für glaublich halten,
wenn es nicht durch mehrere gerichtliche Dokumente erwiesen
wäre, unter welchen die zur Unterzeichnung vorgeschriebenen
Namen stehn und wobei neben den Namen John Shakespeare
(Shecksper, Shakspeyr ꝛc.) stets nur ein die Namensunterschrift
vertretendes Zeichen, in späterer Zeit ein Kreuz, gesetzt ist. Eines
dieser interessanten Dokumente verschafft uns aber gleichzeitig die
Ueberzeugung, daß jener Mangel der Schreibkunst unter derartigen
Würdenträgern in damaliger Zeit nichts so Ungewöhnliches
war. Man denke, daß unter einem Aktenstücke vom Jahre 1565,
das von neunzehn Bürgern und Aldermen zu unterzeichnen
war, sich dreizehn mit dem Kreuzeszeichen behelfen mußten, —
und unter diesen der Vater des Mannes, der mit seiner Feder
Jahrhunderte in Erstaunen setzen sollte. Es spricht dies gleichzeitig dafür, daß die Bildung, die man dem Zeitalter der

Elisabeth nachrühmt, sich längere Zeit auf gewisse vornehme Kreise oder sogenannte „Gelehrte" beschränkte, in den mittleren Bürgerstand jedenfalls erst später durch die Verbesserung der Schulen Eingang gefunden haben kann.

Die Vermögensverhältnisse John Shakespeare's hatten zunächst nach seiner Verheirathung sich noch mehr gehoben. Nach 1575 erhielt er zu seinem bereits erlangten Landbesitz durch Kauf ein ferneres Grundstück in der Henley-Straße zu Stratford, bestehend aus zwei Häusern nebst Gärten und Obstland. Man nimmt an, daß — während in dem schon 1556 erworbenen Hause derselben Straße William Shakespeare geboren sein soll, — das eine dieser neu erlangten Häuser von dieser Zeit an (1575) das Wohnhaus des Eigenthümers wurde, daß also der Dichter hier den fernern Theil seiner Jugendjahre verlebte.

Drei Jahre aber nach dieser letztern Besitzvergrößerung treten Anzeichen ein, daß es mit dem Wohlstande John Shakespeare's abwärts ging. Namentlich in den Jahren von 1578—80 kommen wiederholt Entäußerungen seiner Besitzthümer und Verpfändungen derselben vor. Da er aber immer noch viel besaß, so ist bei seiner so umfänglichen Thätigkeit wohl anzunehmen, daß er sich eben zu viel aufgebürdet hatte und dadurch sich mancherlei Verlegenheiten und Verluste zuzog. Diese Annahme wird noch durch die Thatsache unterstützt, daß ihm die seit 1571 von ihm bekleidete Würde des Oberalderman im Jahre 1586 genommen werden mußte, und zwar weil er meist die Sitzungen versäumte.

Noch im Jahre 1592, also da William schon längst in London war, ist sein Vater unter mehreren andern Bewohnern von Stratford verzeichnet, welche die Kirche nicht besuchten. Bei John Shakespeare ist als Grund dafür angegeben, daß er seinen Gläubigern und einer ihm drohenden Schuldhaft zu entgehen trachtete. Wir verdanken diese Mittheilung dem Berichte einer Kommission, die auf Befehl der Königin im Lande umherreiste, um — im Interesse der protestantischen Kirche — auf Jesuiten und Recusanten zu fahnden. Diese

3*

Kommission, welche 1592 in Stratford war, und zu welcher Sir
Thomas Lucy gehörte, hatte diejenigen Personen, die sich der
Vernachlässigung des Kirchenbesuchs schuldig machten, auf einer
Liste zusammengestellt, mit Hinzufügung der für ihre Unter-
lassung angegebenen Gründe, sei es Krankheit, Alter oder der-
gleichen mehr. Bei neun Personen (unter ihnen John
Shakespeare) heißt es hierbei: dieselben gingen nicht in die
Kirche „aus Furcht vor Schuldprozessen" (for feare of processe
for debtte). Daß Shakespeare's Vater, wie man auch angenommen hat, aus Abneigung gegen den Protestantismus den Kirchen-
besuch unterließ, erhält durch die erwähnte Aufzeichnung keine
Bestätigung; denn hinter jenem Verzeichniß der neun Personen,
mit Angabe der genannten Ursache, werden wieder sechs andere
Personen angeführt und ausdrücklich als „Recusanten" — in
diesem Falle so viel wie päpstlich Gesinnte — bezeichnet. Auch
dieser Punkt hat als Mittel für Jene dienen müssen, die daraus
Schlüsse auf den Dichter zogen, auf dessen angebliche „heimliche Neigung zum Katholicismus".

Ueber den Charakter der Mutter Shakespeare's konnte
bisher so gut wie nichts ermittelt werden. Man weiß von ihr
nicht viel mehr als Namen und Herkunft. Was man von
ihrer Einwirkung auf das Gemüth des Knaben und des Jünglings folgern zu dürfen glaubte, sind rein willkürliche Annahmen.

Williams Schulbildung hat ganz besonders von jeher
seinen Biographen und Erklärern viel Kopfzerbrechens gemacht. Sein erster Biograph, Nicol. Rowe, der in dem
Wenigen, was er über das Leben des Dichters berichtete, sich
als sehr zuverlässig erwies, sagt: sein Vater habe ihn in die
Stadtschule gegeben, wo er unter Anderm auch Lateinisch lernte;
aber da der Vater seines Beistandes im Hause bedurfte, so habe
der Unterricht nicht lange gedauert. Ben Jonson, der über den
Dichter aus persönlichem Umgang urtheilen konnte, sagte von
seiner Sprachkenntniß: er habe nur wenig Latein und noch
weniger Griechisch gewußt („small Latin, and less Greek").
Daß er aber ein glücklicher Kopf war, der das, was er gelernt,
aufs beste sich zu eigen zu machen und zu verwerthen wußte,

kann man wohl getrost annehmen. Vor Allem ist es wichtig,
zu wissen, daß durch die häufig in Stratford anwesenden
Schauspielertruppen frühzeitig seine Phantasie Anregung erhielt. Als sein Vater Bailiff in Stratford war, hatte derselbe
als solcher Gelegenheit, jenen Truppen der verschiedenen Lords
seine Protektion zuzuwenden; wenigstens ergeben die Kanzlei-
bücher aus jener Zeit, daß er wiederholt kleine Summen für
dieselben als Beisteuer zahlte; die frühesten derartigen Notizen,
welche für die Anwesenheit von Schauspielern in Stratford Zeugniß geben, fallen in das Jahr 1569 und betreffen die „Queen's
players" und die „Earl of Worcester players". Ueber die Art,
wie die Truppen damals in den von ihnen besuchten Orten sich
einführten, gibt uns ein Bericht gerade aus der Knabenzeit
Shakespeare's einigen Aufschluß. Es ist der von R. Willis in
seinem „Mount Tabor" 1639 gegebene Bericht „über ein
Theaterspiel", welches er in seiner Kindheit — er war gleichen
Alters mit dem Dichter — gesehn. Wenn, heißt es darin, die
Spieler von „interludes" nach einer Stadt kamen, so präsentirten sie sich zuerst dem Mayor derselben, um sich auszuweisen,
welchem hohen Herrn sie angehörten, und hiernach die Erlaubniß zum Spielen einzuholen. Der Mayor ließ dann zuerst die
Leute in seiner und der Aldermen Gegenwart spielen, wobei im
Uebrigen freier Zutritt war, und dafür erhielten sie vom Mayor
eine Gratifikation. So hatte sicher auch der kleine William in Be-
gleitung seines Vaters dieser und jener Vorstellung beigewohnt,
mit der die Truppen sich in Stratford einführten. Zuverlässige
Nachrichten über die Anwesenheit solcher Truppen kommen seit
1569 erst wieder aus den Jahren 1573 und 1576 vor; von hier
ab jedoch hat fast jedes Jahr solche Notizen aufzuweisen, welche
meist die Anwesenheit mehrerer Truppen in einem und demselben Jahre bekunden. Am häufigsten genannt ist die schon erwähnte Truppe des Earl of Worcester, außerdem die Players
des Lord Bartlett, des Earl of Essex u. a. m. Im Jahre 1584,
also da der Dichter schon zwanzig Jahre alt und sehr wahrscheinlich noch in Stratford war, waren dort nacheinander die
Schauspieler der Königin, die der Grafen Worcester und Essex

anwesend; ja aus dem Jahre 1587 werden fünf verschiedene Truppen verzeichnet.

Was die Person William Shakespeare's betrifft, so sind aus dem ganzen Zeitraum von seiner Taufe bis zu seiner — allerdings sehr frühzeitigen — Verheirathung keinerlei Dokumente vorhanden. Diese Lücke bietet also allen möglichen Kombinationen genügenden Spielraum. Der schon genannte Aubrey (1680) gab an, Shakespeare sei in seinem Heimatsort Schulmeister gewesen; und bekanntlich hat man aus den in seinen Stücken häufig und mit gewisser Sicherheit gebrauchten juristischen Wendungen und Ausdrücken gefolgert, daß er eine Zeit lang als Schreiber bei einem Advokaten fungirt habe. Mit gleichem Rechte könnte man aber folgern, er sei Arzt, Geistlicher, Staatsmann oder was sonst noch gewesen. Jedenfalls ist jene Advokatengeschichte nichts als eine Hypothese von jener Gattung, zu der auch die Nachricht gehört, er habe als Knabe, in seinem elften Jahre, den Festen zu Kenilworth beigewohnt, welche Lord Leicester der Königin veranstaltet.

Seine Verheirathung mit Anna Hathaway fand gegen Ende des Jahres 1582 statt, also da er noch nicht das neunzehnte Lebensjahr vollendet hatte. Man hat aus dieser großen Jugendlichkeit auf einen vorausgegangenen Fehltritt schließen wollen, um so mehr, als man aus der die Heirath betreffenden Licenz *) eine besondere Beschleunigung folgern zu müssen glaubte. Ob jener Licenz solch ein Sinn unterzulegen sei, mag dahingestellt bleiben. Auffallend ist, daß in den Kirchenbüchern über die Vollziehung der Ehe selbst eine Eintragung nicht zu finden ist; was vielleicht nur so sich erklären läßt, daß der kirchliche Akt in einem der kleinern benachbarten Orte stattgefunden hat, von welchen keine Kirchenregister existiren.

Anna Hathaway, die das Schicksal zur Gattin dieses Mannes bestimmt hatte, stammte aus dem Dorfe Shottery, ganz in der Nähe von Stratford. Sie war zur Zeit ihrer Verheirathung bereits 26 Jahre alt. Zwar geben die Kirchen-

---

*) Dieselbe ist vom 28. November 1582 datirt, und des Dichters Name wird darin Shagspere geschrieben.

bücher von Stratford, da sie nur bis 1558 zurückreichen, über ihre Taufe keine Auskunft; aber aus der Einzeichnung ihres im Jahre 1623 erfolgten Todes erfahren wir, daß sie 67 Jahre alt geworden. Ihr Vater Richard Hathaway war Landbesitzer (yeoman, Freisasse) zu Shottery, und aus seinem unlängst ans Licht gebrachten Testamente vom Jahre 1581, in welchem er selbst sich als „husbandman" (Hausherr, auch Landwirth) bezeichnet, ersieht man, daß Anna viele Geschwister hatte. John Shakespeare und Richard Hathaway standen als nahe Nachbarn sowohl, wie auch durch geschäftliche Interessen in freundschaftlichem Verkehr. Daß bei solchen Beziehungen der Väter zu einander auch zwischen dem heißblütigen Jüngling und der um sieben Jahr ältern Anna Hathaway sich ein Verhältniß gestaltete, welches schließlich nur durch die geschehene eheliche Verbindung zu legalisiren war, ist wohl nichts so Außerordentliches, daß man deshalb nöthig hätte, den Dichter zu vertheidigen; ganz abgesehen davon, daß ein etwaiger Vorwurf in solchem Falle viel eher das um so viel ältere Mädchen treffen müßte. Wie man aber darüber auch denken möge, die Thatsache steht fest, daß schon sechs Monate nach der officiellen Verbindung, den 26. Mai 1583, das erste Kind, Susanna, zur Taufe kam.

Ob die Heirath selbst von dem dadurch so früh Gefesselten bereut wurde, dafür fehlen uns ebenfalls genügende Zeugnisse. Wenn in „Was ihr wollt" der Herzog zu Viola sagt:

> Wähl' doch das Weib sich einen Aeltern stets,
> So herrscht sie dauernd in des Gatten Brust, ꝛc.

so kann dies für uns, die wir wissen, daß der Dichter j ü n g e r als sein Weib war, nicht bedeutungslos sein; obwohl es unter allen Umständen gewagt ist, aus den Aussprüchen seiner d r a m a - t i s c h e n Personen Schlüsse auf die wirklichen Verhältnisse zu ziehn.

Daß aber Shakespeare's Verbindung mit Anna nicht gerade ein ideales Glück der Ehe in sich schloß, dafür scheint viel mehr die Thatsache Zeugniß zu geben, daß der Dichter bald danach — und zwar o h n e sein Weib — S t r a t f o r d v e r l i e ß. Als Entschuldigung dafür ist geltend gemacht worden, es habe in seinem energischen Willen gelegen, vor Allem im Interesse seiner Familie in London sich eine bessere Lebensstellung zu erringen; und in der That wissen wir, daß — nachdem ihm dies gelungen war — er häufig zum Besuch nach Stratford zurückkehrte, ja daß er endlich, als sehr wohlhabender Mann, seine letzten Lebensjahre wieder in seinem Heimatsort verlebte. Daß der Jüngling bei seiner so frühzeitigen Verbindung einer entschiedenen innern Neigung folgte, ist kaum zu bezweifeln; daß ferner bei der so schnell fortschreitenden Reife seines Geistes und Erweiterung seines Gefühlslebens die früh gewonnene Gattin nicht gerade für alle Zeiten sein Herz ausfüllte, ist zwar nicht eine nothwendig sich ergebende Folgerung, wohl aber liegt es im Bereich der Wahrscheinlichkeit.   Wenn wir denjenigen Theil seiner Dichtungen zu erforschen suchen, welcher mehr als irgend einer auf seine Individualität zurückzuführen ist, seine Sonette, so finden wir Manches, was uns einen Fingerzeig zur Erkenntniß jenes Verhältnisses geben könnte. Ist auch den Sonetten Nr. 135, 136 und 143 *), die eine ziemlich äußerliche Wortspielerei mit dem Namen (William = Will, Wille) enthalten, wenig Gewicht beizulegen, so könnten dagegen die Sonette 97 — 99, in denen er die Trennung von der Geliebten beklagt und derselben auch in der freudlosen Ferne seine unwandelbare Treue versichert, uns eine bestimmtere Weisung geben; wir müßten dann aber für andere Sonette wieder einen andern Ursprung suchen, so z. B. für das 129. Sonett, welches eine sehr bittere, reuevolle Selbstanklage enthält, dem Sinnenreize zu willig nachgegeben zu haben. In der That könnte der hier ausgestoßene Seufzer auf mancherlei Fälle seines spätern Lebens ebenso gut angewendet werden, wie auf jenen frühern Fall. Daß die Sonette dennoch eine große Wichtigkeit haben, daß in ihnen gerade persönliche Stimmungen und bestimmte Beziehungen des Dichters in Fülle enthalten sind, kann gar nicht im Ernste bezweifelt werden; und sie würden die

---

*) Es sind hier die Nummern nach der alten Reihenfolge gegeben. In den neuern englischen wie deutschen Ausgaben ist die Reihenfolge, je nach der Auslegung der Gedichte, wiederholt geändert worden.

reichste Quelle für das Leben des Dichters und für die Beurtheilung seiner Individualität sein, wenn es sich ermitteln
ließe, in welcher Zeit und in welcher Reihenfolge sie entstanden
sind. Wir werden später genöthigt sein, auf diese Sonettenfrage nochmals zurück zu kommen.

Auch über den Zeitpunkt, in welchem Shakespeare nach
London ging, haben wir keine sichere Kunde. Im Jahre 1585,
Ende März, wurden ihm zu Stratford Zwillinge geboren, welche
die Namen Hamnet und Judith erhielten. Ueber seine Anwesenheit in London liegen uns erst aus spätern Jahren Zeugnisse vor.

Unter den Ursachen, welche ihn von Stratford weggetrieben
haben sollen, wird schon von Nicol. Rowe eine Angelegenheit
berichtet, die seitdem in allen Lebensbeschreibungen des Dichters
eine hervorragende Stelle einnimmt. Es ist die berühmte Wilddiebstahlsgeschichte und seine damit verknüpfte Affaire
mit Sir Thomas Lucy. Der früheste Bericht, von Rowe, sagt
über diese Angelegenheit: Shakespeare sei durch den Verkehr mit
andern jungen Leuten in schlechte Gesellschaft gerathen und habe
sich zum Wilddiebstahl verleiten lassen, welcher namentlich auf
der Besitzung des Sir Thomas Lucy, auf Charlecote, in der
Nähe von Stratford, verübt wurde. Darüber ertappt, sei
Shakespeare von jenem Lucy streng verfolgt worden, was ihn
veranlaßte, diesen Mann in einem Spottgedicht lächerlich zu
machen; vielleicht — meint Rowe — sei dies sein erster poetischer
Versuch gewesen. Da die Rache des Wilderers dem mächtigen
Herrn Friedensrichter zu Ohren gekommen, habe dieser seine
Verfolgungen verstärkt und den Dichter endlich genöthigt, Strat-
ford ganz zu verlassen.

Die englischen Shakespeareforscher haben zur Ermittelung
der Wahrheit dieses Falles die allergründlichsten Untersuchungen
angestellt, wobei namentlich die Verhältnisse des Sir Th. Lucy
zu Hülfe genommen wurden. Malone, Knight und Andere versuchten, die Sache überhaupt als unglaubwürdig darzustellen;
doch wurden in neuerer Zeit ihre Argumente besonders durch Halliwell zurückgewiesen. Diejenigen, welche zur Bekämpfung der
Anekdote hauptsächlich durch das Gefühl geleitet wurden, den

unvergleichlichen Dichter von einem Flecken, der damit seinem
moralischen Charakter anhaften sollte, zu reinigen, gingen dabei
offenbar von einem sehr beschränkten Gesichtskreise aus. Denn
schwerlich ist eine solche Jugendverirrung — wenn sie stattgefunden hat, — geeignet, dem Dichter etwas von seiner Größe zu
rauben; anderseits läßt sie den Menschen eben — nur menschlich
erscheinen. Dabei ist noch zu beachten, daß die Wilderei — wie
sie ja in der Volksmeinung auch noch heute einen viel weniger
kriminalistischen als romantischen Charakter hat — auch damals
im lustigen Altengland diesen Nimbus in noch viel höherm
Grade besaß, so strenge auch das Gesetz den Wilddiebstahl verfolgte.

Was Rowe's Bericht, den er sicher nach Bettertons Mittheilungen gab, noch glaubwürdiger macht, ist der Umstand,
daß auch noch andere Zeugnisse dafür auftauchten, deren Ursprung vor dem Erscheinen des Rowe'schen Berichtes (1709) zu
suchen ist, die aber erst später an die Oeffentlichkeit kamen. Zunächst hatte der ehrwürdige Pfarrer Mr. Davies, welcher um
1690 in den Besitz gewisser Manuskripte gelangt war, dieselben
durch Zusätze ergänzt. Dazu gehörte eine kurze Notiz über
Shakespeare, zu welcher er einen die Wilddiebsgeschichte betreffenden Zusatz machte, — wohlgemerkt vor Rowe's Veröffentlichung. In diesem Berichte des Hergangs wird außer dem
schon Gemeldeten noch gesagt: Shakespeare sei durch Th. Lucy
mehrfach „gezüchtigt und eingekerkert worden" (who had him
oft whipt, and sometimes imprisoned); der Dichter habe aber
dafür seinen Gegner zum Richter Dummkopf (clodpate) gemacht
und ihm, in Anspielung auf seinen Namen, drei Läuse in sein
Wappen gesetzt.

Mr. Davies deutet mit dieser Bemerkung, ohne die bekannte
Stelle in den „Lustigen Weibern" zu citiren, vielleicht selbst ohne
Kenntniß des Lustspiels, doch auf das hin, was eben in jener
Stelle dem Sir Lucy, substituirt durch den Richter Shallow,
vom Dichter verliehen ward. Die Stelle ist gleich in der
ersten Scene des Stückes, und das Wortspiel beim Erwähnen
des Wappens des Herrn Friedensrichter Schaal, in welchem

ein Dutzend „weiße Hechte" (luces) befindlich, ist im Deutschen nicht wieder zu geben, indem hier Evans aus dem Dutzend
„luces" ein Dutzend „louses" (Läuse) macht. Da das Wappen
des Sir Lucy in der That drei Hechte führte, und da hier der
Friedensrichter in sehr lächerlichem Hinweis auf die Bedeutung
seiner Person und auf sein Wappen gegen Falstaff klagt, daß
dieser ihm „seine Leute geprügelt und sein Wild erlegt" habe, so
ist die Anspielung handgreiflich genug.

Die oben erwähnten Manuskripte des Rev. Davies kamen
nach seinem Tode in die Oxforder Bibliothek, und es kann nahezu
mit Gewißheit behauptet werden, daß die betreffende Notiz zum
ersten Male durch Malone in die Oeffentlichkeit gebracht wurde.

Ein andrer Zeuge beruft sich auf einen im Jahre 1703 verstorbenen Mr. Jones, der berichtete, er habe von alten Leuten
in Stratford die Wilddiebsgeschichte erzählen gehört, und zwar
— in sonstiger Uebereinstimmung mit dem später von Rowe gegebenen Bericht — mit der Hinzufügung des Umstandes, daß
Shakespeare sein Pasquill an das Gitterthor des Sir Lucy'schen
Parkes gesteckt habe. Dieser Mr. Jones will denn auch einen
Vers des Spottgedichtes — nach den Stratforder Mittheilungen — niedergeschrieben haben*). Den Inhalt dieses Gedichtes
bilden die stärksten Injurien gegen den Herrn Friedensrichter,
welcher Vogelscheuche und Esel als Titel erhält, und wobei die
Wortspielerei mit „Lucy" und „lowsie" (lausig) abgepeitscht wird.

Die Echtheit jenes angeblichen ersten poetischen Versuches
des Dichters wird wohl bis auf Weiteres ernstlich bezweifelt
werden können. Daß aber die Wilderergeschichte wenigstens

---

*) Steevens theilte diesen Vers nach einem Manuskripte Oldy's mit. Hier-
nach lautete derselbe:
  „A parliament member, a justice of peace,
  At home a poore scare-crowe, at London an asse;
  If lowsie is Lucy, as some volke miscall it,
  Then Lucy is lowsie, what ever befall it:
      He thinkes himselfe greate,
      Yet an asse in his state
  We allowe by his eares but with asses to mate.
  If Lucy is lowsie, as some volke miscall it,
  Sing lowsie Lucy, what ever befalle it."

eine in Stratford ganz verbreitete Tradition war, und zwar
ziemlich alten Datums, ist sicher.   Die Anekdote wird durch die
angeführte Stelle in dem Lustspiele noch glaubwürdiger.   Denn
daß man erst aus diesem Dialog der Herren Shallow und
Slender die Anekdote fabricirt habe, ist aus mehreren Ursachen
unglaublich.   Erstens stammt die Geschichte nicht etwa aus
London, sondern aus dem Ort, wo sie spielt, aus Stratford;
ferner würde wohl Niemand darauf gekommen sein, hinter der
Person des Falstaff in diesem Falle den Dichter selbst zu suchen;
wie ja überhaupt die Dialogstelle an sich gar nichts so Auffallendes hat, daß man daraus eine besondere Beziehung hätte
wittern müssen, wäre nicht jene Geschichte selbst schon bekannt
gewesen.   Es ist wohl glaublich, daß der Dichter eben durch
jene Anspielung die Wahrheit gewissermaßen zugestehen wollte.

Auch noch in einem andern und zwar viel frühern Werke
Shakespeare's wird ein gewisser Lucy in lächerlicher Weise dargestellt.   Im ersten Theile König Heinrichs VI., Ende des vierten
Aufzuges, kommt ein Sir William Lucy in das französische
Lager, um über das Schicksal des großen Feldherrn Talbot
Kunde zu erlangen, wobei dieser William Lucy mit einem so
lächerlichen Wortpomp die sämmtlichen Titel des schon gefallenen Helden vorbringt, daß die Pucelle sich über diesen „ein-
fältig prächtigen" Stil lustig macht.   Dies hat nun zwar mit
der Wilddiebstahlsgeschichte nichts zu thun, aber es erinnert
doch daran, daß Sir Lucy — der Friedensrichter in Stratford —
nicht nur dem Dichter unangenehm war, sondern daß er in
Stratford und in Warwickshire sich durch seine Amtsthätigkeit
theils lächerlich, theils verhaßt gemacht hatte.

Schon aus früherer Zeit haben wir Nachricht von einem Sir
Thomas Lucy, welcher mit den Stratfordern in Streitigkeiten
gerieth, die zu einem Aufstand führten.   Aber auch hinsichtlich
unsers Sir Thomas Lucy ist es sehr wahrscheinlich, daß der
Dichter nicht allein sich persönlich an ihm rächte, sondern ihn
auch dem Spotte Jener preis gab, die durch ihn belästigt oder
gekränkt worden waren.

IV.

Shakespeare in London. Anekdoten. Spensers „Thränen der Musen". R. Greene's Angriff und Chettle's Entschuldigung. Shakespeare's erste Erfolge.

Zur Erklärung der Entfernung Shakespeare's von seinem Geburtsort wissen wir also so viel: daß in der Zeit, da dem Dichter die Zwillinge Hamnet und Judith geboren wurden, die Vermögensumstände seines Vaters schlecht waren, daß der Dichter selbst wohl kaum die Mittel besaß, seine eigene so schnell wachsende Familie nach Wunsch zu erhalten, daß endlich seine Stellung zu Sir Lucy ihm den Aufenthalt in Stratford noch mehr verleidete. Außerdem ist es sehr wahrscheinlich, daß er bei seiner Entfernung von Stratford schon ein gewisses Ziel für London ins Auge gefaßt hatte, daß schon dort von ihm seine Verbindung mit dem Theater eingeleitet war. Wir wissen, daß mehrere der Schauspieler, denen wir späterhin in Gemeinschaft mit Shakespeare beim Theater begegnen, ebenfalls aus Warwickshire stammten, so unter Andern John Heminge, einer der Herausgeber der Shakespeare'schen Dramen. Der berühmte Richard Burbadge war aus Stratford selbst, und sein Vater James Burbadge gehörte schon 1574 zu den Schauspielern des Grafen Leicester, derselben Gesellschaft, welche später (1587) als „des Lord-Kanzlers Diener" (the Lord Chamberlaine's Servants) auftritt, und zu der Shakespeare gehörte. Auch Thomas Green, zu dieser Truppe gehörend, war aus Stratford, und bei dem schon erwähnten häufigen Erscheinen der Schauspieler in Stratford liegt die Vermuthung nahe genug, daß der Dichter schon dort in persönliche Beziehungen zu denselben getreten war, die wohl auch seiner Neigung zum Theater Vorschub leisteten und ihm den Weg nach London ebneten. In welchem Jahre dieser bedeutungsvolle Schritt von ihm gethan wurde, konnte bisher nicht ermittelt werden, doch dürfte es um 1586 gewesen sein.

Eine die erste Zeit seines Londoner Aufenthalts betreffende Anekdote lautet: Es seien damals Kutschen noch wenig im Gebrauch gewesen, und Theaterbesucher, welche nicht zu Fuße kamen,

pflegten zu reiten. Shakespeare's erster Erwerb in London habe
nun darin bestanden, daß er vor dem Theater stand, um denjenigen Gentlemen, die nicht mit eigenen Dienern kamen, die
Pferde zu halten. Ja, der gelehrte Dr. Johnson will sogar
wissen, Shakespeare habe auch in diesem Berufe schon ein
gewisses Genie gezeigt und sei für diese Dienste so gesucht
gewesen, daß er sich zu seiner Hülfe Knaben hielt, die sich den
ankommenden Reitern als „Shakespeare's boy's" präsentirten.

Was dieser wunderlichen Geschichte vor Allem den Stempel
der Erfindung verleiht, ist der Weg, den sie bis zu ihrer ersten
Veröffentlichung im Jahre 1753 gemacht hat. In einem in diesem
Jahre erschienenen Werke: „Leben der Dichter von Großbri-
tannien und Irland", wird nämlich berichtet: die Geschichte wäre
zuerst von Davenant dem Schauspieler Betterton mitgetheilt
worden, der sie Mr. Rowe übermittelte. Letzterer hat sie Pope
mitgetheilt, bis sie endlich an den Herausgeber gekommen. Von
Letzterm, einem Schotten Namens Shiels, hat sie Dr. Johnson
acceptirt und hübsch aufgeputzt. Daß man aber hier gerade
Mr. Rowe als Autorität anrief, macht die Sache schon genügend
verdächtig; denn — so kann man fragen — warum hat denn
Rowe etwas so sehr Interessantes den Lesern in seiner eigenen
Lebensbeschreibung des Dichters vorenthalten? Wußte Rowe
überhaupt von der Fabel, so hat er sie gewiß mit gutem Grund
aus seiner eigenen Abhandlung über den Dichter weggelassen.
— Eine andere Tradition war, daß Shakespeare beim Theater in
London zuerst als call-boy fungirte, d. h. daß er den Schauspielern
zuzurufen hatte, wenn sie auf der Scene erscheinen mußten.
Doch auch diese Geschichte hat nicht mehr Anspruch auf Glaubwürdigkeit als jene Pferdeanekdote. Rowe selbst berichtet
über diesen Zeitabschnitt nur: Shakespeare habe nach seiner Ankunft in London einen niedern Rang eingenommen.

So spät wir auch über Shakespeare's Anwesenheit in London
und seine dortige Betheiligung am Theater Kunde erhalten, so
ist leider auch die Echtheit der darüber existirenden Dokumente
in neuester Zeit sehr bestimmt in Frage gestellt worden. Zu
diesen Dokumenten gehört das erst unlängst entdeckte, für den

Geheimen Rath (Privy Council) in London bestimmte Certifikat aus dem Jahre 1589, in welchem der Name unsers Dichters in der Liste von sechzehn Schauspielern des Blackfriarstheaters enthalten ist*). Das Certifikat soll durch gewisse Maßregeln hervorgerufen worden sein, die der Master of the Revels wegen des Verhaltens der Theater bei Behandlung politischer und religiöser Fragen ergriffen hatte. Die in der Schrift aufgeführten „armen Schauspieler Ihrer Majestät" sind hier als „sharer" (Antheilhaber oder Aktionäre) des Blackfriarstheaters bezeichnet, und es wird versichert, daß sie „niemals Anlaß zu Mißvergnügen" gegeben dadurch, daß sie „Staats- und Religionssachen auf unschickliche Weise in ihren Darstellungen vorgebracht" hätten, und es sei auch niemals eine Klage deshalb gegen sie erhoben worden.

Wann aber die ersten dramatischen Dichtungen Shakspare's entstanden, würde, auch wenn wir hier ein glaubwürdiges Dokument vor uns hätten, noch ungewiß bleiben. Unter den Schauspielern von Blackfriars — es war die Truppe, welche früher als die Lord Leicesters herumzog und seit 1587 sich des Lord-Kanzlers Diener nannte — befand sich bereits eine hervorragende Größe wie Richard Burbadge, als ein ungewöhnliches Genie später mit Uebereinstimmung gepriesen. Neben ihm war William Kempe bekannt als der unwiderstehliche Komiker. Daß Beide damals schon der Truppe angehörten, ist — auch abgesehn von dem zweifelhaften Dokument — mit Bestimmtheit

---

*) Dieses Dokument ist erst von Collier in dem Archiv des Lord Ellesmere aufgefunden und wurde in Colliers „New facts regarding the Life of Shakespeare" 1835 veröffentlicht. Schon Halliwell (The Life of Shakespeare, 1848) hatte sich gegen die Glaubwürdigkeit des Dokumentes erklärt; C. M. Ingleby, in seiner „Complete view of the Shakespeare-Controversy" 1861, verwirft es, wie fast Alles, was von den Bridgewater- und Dulwich-Manuskripten die Geschichte Shakespeare's betrifft, ganz entschieden, und die neueste englische Kritik ist dem verwerfenden Urtheil beigetreten. Wir müssen an dieser Stelle uns auf diese Mittheilung beschränken und wollen wenigstens die Namen der in dem Schriftstück verzeichneten Schauspieler hier wiedergeben. Es sind dies: „James Burbadge, Richard Burbadge, John Laneham, Thomas Green, Robert Wilson, John Taylor, Anth. Wadeson, Thomas Pope, George Peele, Augustine Phillips, Nicolas Towley, William Shakespeare, William Kempe, William Johnson, Baptiste Goodale und Robert Armyn.

zu sagen. Die Schauspielkunst hatte also bereits ihre Vertreter, die eine dichterische Begabung zu höherem Fluge treiben konnten. Aber auch dramatische Dichter, wie George Peele und Marlowe, hatten gleichzeitig als Schauspieler gewirkt; es war also nicht neu, daß der dramatische Dichter und der Schauspieler zusammenfielen, gleichsam nur Ein Ziel erstrebend.

Wenn wir als ein für Shakespeare's Thätigkeit gültiges Zeugniß das im Jahre 1591 erschienene Gedicht „Thränen der Musen" von Spenser betrachten könnten, so müßte daraus hervorgehen, daß Shakespeare um diese Zeit schon eine allgemein bewunderte Größe war. Dies ist aber mehr als zweifelhaft. Das Gedicht befindet sich in einer Sammlung: „Complaints, containing sundrie small Poemes of the Worlds Vanitie", und nach dem Vorworte des Herausgebers wären die meisten der darin enthaltenen Gedichte schon früher als 1590 entstanden. In den „Tears of the Muses" klagt Thalia über den Verfall der komischen Muse und fährt fort: „Und Er, der Mann, den die Natur selbst erschuf, sie zu überbieten, unser „pleasant Willy" ist todt und mit ihm alle Freude, alle Lust gestorben und in Schmerz versenkt"*). Hierauf folgt eine Strophe,

---

*) „And he, the man whom Nature self had made,
To mock herself, and Truth to imitate,
With kindly counter under mimic shade,
Our pleasant Willy, ah! is dead of late;
With whom all joy and jolly merriment
Is also deaded, and in dolour drent."

Hieran schließen sich dann die oben erwähnten zwei Strophen:

„Instead thereof, scoffing scurrility,
And scornfull Folly, with Contempt is crept,
Rolling in rhymes of shameless ribaudry,
Without regard or due decorum kept;
Each idle wit at will presume to make,
And doth the Learned's task upon him take."

„But that same gentle spirit, from whose pen
Large streams of honey and sweet nectar flow,
Scorning the boldness of such base-born men,
Which dare their follies forth so rashly throw,
Doth rather choose to sit in idle cell,
Than so himself to mockery to sell."

in welcher beklagt wird, welche elende Possenreißerei u. s. w. an
seine Stelle getreten wäre. In der nächsten Strophe heißt es
dann: „Doch jener feine Geist, von dessen Feder breite Ströme
von Honig und süßem Nektar flossen u. s. w.", er zieht es vor,
„in müßiger Zelle zu sitzen u. s. w." — Daß wir nun heutzutage
bei der Schilderung solcher außerordentlichen Geistesgaben nur
auf Shakespeare rathen können, hat dazu verleitet, in ihm wirklich den Gegenstand der Klage Thalia's zu erkennen. Wenn
man aber auch das Todtsein des pleasant Willy symbolisch
nehmen und darunter nur ein längeres Schweigen seiner Muse
verstehn wollte, so würde dennoch — abgesehn davon, daß dieser
Sinn der Verse doch sehr zweifelhaft ist — die Beziehung schwer
glaublich sein. Malone hatte diese Klage in den „Tears of the
muses" auf Lily bezogen, und es wird diese Deutung viel wahrscheinlicher, wenn wir weniger unser eigenes Urtheil, als vielmehr das jener Zeit in Berücksichtigung ziehn, das doch hier
allein maßgebend ist. Halliwell beruft sich auf Todds Annahme,
daß jenes Gedicht schon 1580 entstanden, und daß sich jene Stelle
auf Ph. Sidney bezog, der häufig auch Willy genannt worden
sei. Ludwig Tieck hat schon in seiner Einleitung zum zweiten
Bande von „Shakespeare's Vorschule" (1829) in dem „pleasant
Willy" eine Beziehung auf Shakespeare ganz ignorirt, indem er
darin nur eine Anspielung auf einen damaligen Schauspieler,
gleichviel wen, findet. In Folge dessen kommt bei Tieck nur die
Beziehung in der andern Strophe

                „But that same gentle spirit etc."

in Frage, und er meint, daß diese Verse durchaus auf einen gebildeten, vielleicht vornehmen Mann hinweisen, der auch versucht hatte, für die Bühne zu schreiben, und sich jetzt zurückgezogen hatte in seine „müßige Zelle". — Aber Tieck verbindet
hiermit noch eine ganz andere Auffassung jener Klage der Thalia,
eine Auffassung, welcher nicht die Beachtung zu Theil geworden,
die sie wohl beanspruchen dürfte. Es ist nämlich in verschiedenen Strophen jenes Gedichts von der „rohen Unwissenheit",
von „gemeinem Witz" und „Barbarism" die Rede, im Gegensatz
zu der „gelehrten" Arbeit. Nun ist es aber bekannt, daß Shake-

speare gerade von seinen rivalisirenden Zeitgenossen keineswegs
zu den „gelehrten" Dichtern gezählt wurde, und Tieck findet es
naheliegend, daß jener Ausfall eben auf den, die „gelehrten"
Dichter verdrängenden, ungelehrten Eindringling Shakespeare
gemünzt war; wonach sich also die Bedeutung jenes Gedichtes
in Bezug auf Shakespeare — wenn überhaupt eine solche Beziehung vorhanden — geradezu umkehren würde*). In
einem dramatischen Werke des Dichters, dessen Entstehung man
allerdings erst in spätere Jahre versetzte, befindet sich nun
wirklich eine handgreifliche Anspielung auf die „Thränen der
Musen". Im letzten Akte des „Sommernachtstraum",
als Theseus das ihm von Philostrat überreichte Verzeichniß der
vorbereiteten Lustbarkeiten prüft, liest er u. A.: „Der Musen
Neunzahl" (eigentlich: Die drei mal drei Musen) „trauernd um
den Tod der jüngst im Bettelstand verstorbenen Gelahrtheit",
— und Theseus fügt hinzu: das sei eine streng beißende Satire,
die nicht in die Lustbarkeit passe. In welchem Jahre auch
des Dichters Komödie entstanden sein möge: daß er darin mit
solcher Ironie auf Spensers Gedicht anspielte, macht es noch
glaublicher, daß der Stachel desselben unter Andern auch gegen
i h n gerichtet war. Zwar bekundet ein Gedicht in Shakespeare's
„Passionate pilgrim" eine große Verehrung des Verfassers für
Spensers Poesien**). Aus verschiedenen, hier nicht näher zu
erörternden Gründen ist jedoch Shakespeare die Autorschaft
gerade dieses Gedichtes abgesprochen worden. Aber gleichviel;
auch w e n n es von ihm wäre, so könnte das bei unsers Dichters
hohem Sinn sehr wohl neben jenem Angriff Spensers bestehen.

---

*) In einer neuerdings erschienenen Untersuchung über diesen Gegenstand,
welche unser trefflicher Literarhistoriker H e r m a n n K u r z (im Shakespeare-Jahrbuch 1869) anstellt, kommt derselbe ebenfalls auf das Wesentliche der Tieckschen
Auffassung zurück, obwohl er die Tieckschen Bemerkungen nicht gekannt zu haben
scheint. Dabei bringt aber unser scharfsinniger Gelehrter, der auch Shakespeare
gegenüber stets einen ungleich klareren und freieren Blick zeigt als die meisten seiner
Jahrbuchgenossen, manches neue und sehr werthvolle Beweismaterial herbei, nach
welchem die oben mitgetheilte Auffassung sich noch mehr befestigen muß.

**) Im Sonettenkranz „The passionate pilgrim" heißt es einmal
   Ich liebe Spenser, dessen tiefsinnige Erfindungen,
   Die alle andern übertreffen, keiner Rechtfertigung bedürfen.

Die Art, wie Shakespeare den Angriff Spensers lächelnd mit einer gelegentlichen Schalkheit beantwortete, würde dadurch an Reiz noch gewinnen und nach Allem, was wir von Shakespeare's menschlichem Charakter wissen, mit diesem vollkommen im Einklang stehn.

Die Frage der „Gelehrtheit" Shakespeare's ist, das wissen wir, nicht erst in späterer Zeit — bei seiner Wiedererweckung in England — stets mit Eifer diskutirt worden, sondern sie hat auch schon bei Shakespeare's Lebzeiten seine rivalisirenden Genossen, gelehrte und ungelehrte, sehr in Bewegung gesetzt. Daß Robert Greene ein paar Jahre nach dem Erscheinen des Spenserschen Gedichts den gewaltig wachsenden Dramatiker geradezu als literarischen Räuber bezeichnete, ist nur Eines der dafür sprechenden Zeugnisse. Robert Greene, bis zu Shakespeare's ersten großen Erfolgen einer der gefeiertsten Schauspieldichter, scheint kurz vor seinem Tode nicht nur an einer großen Verbitterung des Gemüths, sondern auch an einer Art frömmelnder Schwermuth gelitten zu haben. Diesen Eindruck macht eine Schrift von ihm, die gleich nach seinem Tode (1592), unter dem Titel „Ein Groschenwerth Witz erkauft mit einer Million Reue", von H. Chettle herausgegeben wurde. In Form eines Briefes redet Greene hierin diejenigen „Gentlemen" seiner frühern Bekanntschaft an, die „ihren Witz im Dramenmachen verschwenden", und ermahnt sie, von solchem Thun abzulassen. Unter den Angeredeten sind Marlowe, Lodge und Peele zu verstehn. „Wenn", so ruft er ihnen zu, „traurige Erfahrungen Euch bewegen können, auf der Hut zu sein, so zweifle ich nicht, daß Ihr in die Vergangenheit mit Reue, in die Zukunft aber mit dem Vorsatz blicken werdet, die Zeit besser anzuwenden." Hiernach redet Greene Jeden besonders an; mit dem gottvergessenen Marlowe verfährt er am schlimmsten, ihm ebensowohl wie den andern Beiden ihre hohen Vorzüge an Geistesgaben vorhaltend, die sie jedoch vergeudeten, weil sie „an Marionetten kommen, die aus unserm Munde sprechen, an Gaukler, mit unsern Farben geziert. Wie ich selbst, dem sie Alle verpflichtet gewesen sind, von ihnen verlassen bin,

4*

so würde es Euch ergehn, wenn Ihr Euch in meiner Lage befändet. O traut ihnen nicht, denn da ist eine aufsteigende Krähe, welche, mit dem Tigerherzen in eines Schauspielers Haut gehüllt, sich die Fähigkeit zutraut, einen Blancvers auszustaffiren, so gut wie Einer von Euch, und, als ein vollkommener Johannes Factotum, nach seinem Begriff der einzige Scenenerschütterer im Lande ist." (Dieser letzte Satz lautet im Original: Trust them not; for there is an upstart crow beautified with our feathers, that, with his tiger's heart wrapp'd in a players hide, supposes he is as well able to bombast out a blanc-verse as the best of you; and, being an absolute Johannes Factotum, is in his own conceit the only Shake-scene in a country.) „O könnte ich doch bewirken, daß Eure seltenen Gaben eine vortheilhaftere Verwendung fänden" u. s. w.

Daß die Pointe dieses giftigen Ausfalls auf Shakespeare ging, zeigt erstens das Wortspiel mit seinem Namen — Shake-scene —, dann das parodirte Citat eines Verses aus Heinrich VI., in welchem der gemarterte Herzog von York der Königin Margarethe u. A. zuruft:

Du Tigerherz, in Weiberhaut gehüllt!*)

Ob Shakespeare von Greene selbst einen dramatischen Stoff benutzt hatte (wie Manche, aber wohl mit Unrecht, Diesem den 2. und 3. Theil Heinrichs VI. in den 1594 und 1595 veröffentlichten Ausgaben zuschrieben), ist unerweislich. Die Anklage tritt hier aber so bestimmt auf, daß man wohl glauben sollte, sie müsse sich auf irgend welche Vorgänge gründen. Als gewiß ist anzunehmen, daß in dieser Zeit von Shakespeare's Stücken nicht nur „Heinrich VI.", sondern auch „Titus Andronicus", „Perikles", sowie von seinen Lustspielen „Verlorne Liebesmüh", die „Komödie der Irrungen" und die „Beiden Veroneser" aufgeführt waren; außerdem vielleicht auch „Romeo und Julie" und die „Widerspänstige", nach den ersten Entwürfen. Daß einige von

---

*) O tiger's heart, wrapt in a woman's hide! (Heinrich VI., dritter Theil, 1. Akt, Scene 4.)

diesen Stücken nach vorhandenen Mustern gearbeitet waren, ist
zweifellos; bei andern ist es wenigstens zu vermuthen. Sowohl
die genannten Historien, wie auch der sehr wahrscheinlich noch
früher verfaßte Perikles, ebenso Titus Andronicus, hatten dem
Dichter sogleich großen Erfolg verschafft. Wurde bei Titus
Andronicus dieser Erfolg durch die an schrecklichen Ereignissen
und furchtbar blutigen Thaten so reiche Handlung bewirkt, so
ist es uns noch viel einleuchtender, daß ein Stück wie Perikles,
trotz der so höchst mangelhaften dramatischen Form, welche
noch ganz die vor-Shakespeare'sche Richtung erkennen läßt,
dennoch durch den hyperromantischen Inhalt, durch die fortwährend wechselnde Bewegung in den abenteuerlichsten Er-
lebnissen des vielgeprüften Helden, vor Allem aber doch durch
die starke Wirkung auf das Gemüth ganz besonders beliebt
wurde. Mochte dem Dichter der Beifall anfänglich nur von
der großen Menge des Publikums zu Theil werden, so mußte
mit der so schnellen Läuterung und Steigerung seiner Fähigkeiten auch sehr bald den kritischeren Zuhörern das Ungewöhnliche
dieses neuen Genies zur Erkenntniß kommen. Seine Vorgänger
und Rivalen waren bald verdunkelt, und gerade Derjenige,
der bisher die größten Erfolge gehabt, Robert Greene,
wurde dadurch mit größter Erbitterung gegen diese „upstart
crowe" erfüllt.

Wie hoch aber Shakespeare schon in der ersten Periode
seines Schaffens über dergleichen kleinliche Interessen sich zu
erheben mußte, wie er Alles überwand, was ihn in den kleinlichen Kampf des Neides, der unwürdigen Rivalität, der persönlichen und Tagesinteressen hätte ziehen können, wie er Alles
mit einer bewundernswürdigen Objektivität betrachtete, das
stimmt vollkommen zu der Art, mit welcher er auch als dramatischer Dichter derlei menschliche Schwächen und kleinlichen
Jammer des Lebens behandelte. Hierin war er eine wahrhaft
vornehme Natur, und hierin trifft bei ihm der außerordentliche
Dichter und der seltene Mensch durchaus zusammen.

Wodurch übrigens Greene sich selbst von Shakespeare's
Feder für beraubt hielt, bleibt uns verborgen. Das „Winter-

märchen", welchem eine Greene'sche Erzählung zu Grunde liegt, ist erst viel später geschrieben. Auch spricht ja Greene es deutlich aus, daß es sich hier nicht um benutzte Erzählungen, sondern um geplünderte Stücke Anderer handle. Ein dramatisches Vorbild für „Titus Andronicus" ist uns nicht bekannt; ebenso wenig wissen wir von einem Stücke, das er für „Verlorne Liebesmüh" (jedenfalls eine seiner frühesten Arbeiten) benutzt haben könnte. Ein Stück „Romeo und Julie" scheint allerdings schon vor 1562 existirt zu haben, und daß Shakespeare's Tragödie in ihrer ersten Gestalt schon 1592 gegeben war, ist sehr wahrscheinlich. Aber Greene deutet ja doch ganz klar darauf hin, daß die „aufsteigende Krähe" die gleichzeitigen Dramatiker beraubt habe; er spricht doch wiederholt von „unsern" Federn u. s. w. — Man hat jenen Ausfall Greene's besonders dafür als Judicie genommen, daß von ihm die beiden Stücke herrühren, welche bei Shakespeare den Inhalt des zweiten und dritten Theils von „Heinrich VI." ausmachen, und welche, ohne Namen des Autors, in den Jahren 1594 und 1595 in Quartausgaben unter den Titeln erschienen:

1. The first part of the contention betwixt the two famous houses of Yorke and Lancaster etc. (1594).

2. The true tragedie of Richard, Duke of Yorke etc. (1595).

Erstens aber ist es sehr unwahrscheinlich, daß R. Greene den Vers: „the tiger's heart, wrapt in a woman's hide", welcher wörtlich auch in jener Quartausgabe von 1595 steht, parodirt haben würde, wenn er selbst der Verfasser jener true tragedie und jenes bombastischen Verses wäre. Ferner aber darf es jetzt wohl als feststehend betrachtet werden, daß jene beiden Stücke keine Vorbilder für Shakespeare waren, sondern daß wir hier seine eigenen Arbeiten in unrechtmäßigen Ausgaben, und vielfach korrumpirt, vor uns haben, obwohl unter Andern A. Dyce der Meinung ist, daß Marlowe der Verfasser der beiden Stücke sei. Die eingehendere Erörterung dieser Autorschaftsfrage suche man in dem nächsten Abschnitte unsers Buches. Ob nun Shakespeare diese Stücke ganz selbständig nach Holinschebs Chronik dichtete, oder ob er schon ausgeführte Dramen dabei zu Vorbildern hatte, von deren Existenz wir noch nichts wissen, muß dahingestellt bleiben. Es bliebe noch der erste Theil Heinrichs VI. als Motiv für Greene's Anklage übrig, wenn sich erweisen ließe, daß Shakespeare die Autorschaft dieses Stückes, an dem er vielleicht nur wenig Antheil hat, sich zugeschrieben hätte. Nach dem Allen ist es nicht unwahrscheinlich, daß der Neid, welcher Greene verzehrte, ihn auch zum Verleumber machte, daß wenigstens das Verfahren des großen Dichters selbst keineswegs genügenden Grund zu solchen Schmähungen bot.

Wenn wir übrigens zu den bereits erwähnten dramatischen Werken Shakespeare's, die in diese erste Epoche von etwa 1587 bis 1592 fallen, noch die lyrischen Arbeiten rechnen, und dazu in Betracht ziehen, wie manche erste Entwürfe von erst später in vollendeter Form erschienenen Stücken in diesem Zeitraum ihren Ursprung haben, so erkennt man, daß bei solcher Thätigkeit und so umfassender Vielseitigkeit der junge Shakescene die Throne der „gelernten" oder „gelehrten" Dichter wohl ein wenig erzittern machen konnte.

Was es nebenbei mit Shakespeare's Mangel an Gelehrtheit für Bewandtniß hatte, braucht kaum des Weiteren erörtert zu werden. Schon Dryden (in seiner 1668 erschienenen Abhandlung über die dramatische Poesie) erklärte: „Shakespeare war gelehrt, ohne es geworden zu sein." Und der sehr gelehrte Pope (in seiner Shakespeareausgabe von 1725) wies auf den tiefen historischen Blick Shakespeare's hin, den er namentlich bei seinen römischen Tragödien „Coriolan" und „Julius Cäsar" zu erkennen gebe, in den seinen Unterscheidungen der Sitten der Römer aus der einen und der andern Zeit. Für des Dichters Unkenntniß in der Geographie wird auch heute noch das Beispiel aus dem „Wintermärchen" — allerdings mehr als interessantes Curiosum — angeführt, daß er darin von einer Meeresküste Böhmens spricht. Noch interessanter aber ist es, daß dieser Schnitzer schon in der dem Stücke zu Grunde liegenden Erzählung — des sehr gelehrten Rob. Greene zu finden ist!*) Daß Shakespeare in der lyrischen Poesie, die damals als „Kunst" weit höher stand als das Verfertigen von Theaterstücken, die Sonettenform mit Meisterschaft beherrschte, entspricht wohl nicht gerade der Vorstellung, die man von einem „barbarischen" Dichter hat. Es ist bekannt, daß man zur Zeit der Elisabeth und auch noch König Jakobs mit der Kenntniß der Klassiker und der alten Sprachen viel Prunk trieb, ebenso mit Brocken aus der Mythologie; und Shakespeare selbst zeigt sich darin bewandert genug, sowohl im tragischen Pathos, wie auch in manchen humoristischen und unverkennbar travestirenden Zügen. Seine umfassende Belesenheit in der Geschichte und in der Erzählungsliteratur erkennen wir aus seinen Dramen selbst. In Diesem, wie in vielem Andern, hatte er mit rastlosem Eifer und großartiger Energie seinen Selbstunterricht gefördert. Daß aber zu einem großen Dramatiker weniger trockne Gelehrtheit gehörte, als vielmehr Kenntniß der Welt, des Lebens und vor Allem des menschlichen Herzens in seiner unermeßlichen Weite, das freilich mußte durch Shakespeare erst bewiesen werden, denn diese Art von Wissen war seinen dramatischen Vorgängern und seinen vor ihm erbebenden Rivalen noch neu.

Abgesehen von seinen Erfolgen beim Theaterpublikum mußten, wie gesagt, auch die Gebildeten seine außerordentlichen Fähigkeiten mehr und mehr zu würdigen. Einen Beweis dafür liefert uns u. A. gerade der Herausgeber jenes Greene'schen Pamphlets, H. Chettle, der in einer Schrift „Kind-Heart's Dream" von sich selbst die Schuld an dem boshaften Angriff abzuwälzen für nöthig fand. In der That war Chettle ver=dächtigt worden, vielleicht gerade von Freunden des verstorbenen Greene, daß die angeblich Greene'sche Schrift diesem nur von Chettle untergeschoben worden sei. Während nun Chettle in seiner Vertheidigung über Marlowe mit einer für Diesen wenig schmeichelhaften Kürze hinweggeht, — wobei man übrigens er=fährt, daß auch Marlowe sich durch Greene's Pamphlet schwer

---

*) Die Greene'sche Erzählung ist neuerdings von Alex. Schmidt in der neu revidirten Ausgabe der Schlegel-Tieck'schen Shakespeareübersetzung (9. Bd.) mit=getheilt worden.

beleidigt fand, — suchte er Shakespeare gegenüber sich selbst
mit großem Eifer rein zu waschen. Da Greene, sagt Chettle
u. A., todt sei, und die Beleidigten Diesen nicht mehr zur Verantwortung ziehen konnten, so hätte man versucht, die Schuld
einem Lebenden zuzuschieben. „Ich aber", so fährt er fort,
„kannte Keinen von den Beiden, welche sich beleidigt gefühlt
haben. Mit dem Einen wünsche ich nie bekannt zu werden; daß
ich den Andern aber damals nicht so geschont, als ich jetzt
wünschen muß es gethan zu haben, bedaure ich so sehr, als
wenn der von einem Andern begangene Fehler mein eigner
wäre. Denn des Angegriffenen Verhalten als Mensch ist nicht
weniger vortrefflich als seine Thätigkeit in dem Berufe, den er
erwählt hat. Viele ausgezeichnete Personen (divers of worship)
bekunden seine Aufrichtigkeit im Verkehr, und preisen ebensowohl
seine Rechtschaffenheit wie auch die Grazie seines Witzes, die
seine Schöpfungen zeigen, mit denen er seine künstlerische Fähigkeit beweist. Was den Erstern betrifft, dessen Wissen ich hoch-
schätze, so habe ich beim Lesen des Greene'schen Buches dasjenige
ausgestrichen, was er nach meiner Ueberzeugung in großer
Mißstimmung geschrieben hatte; — wenn es wahr gewesen,
so war es doch unrecht, dergleichen zu veröffentlichen, und ich
wünsche von Diesem, er möge mich nicht schlechter behandeln,
als ich es verdiene. Beim Abschreiben des Greene'schen Manuskriptes bin ich also verfahren: Es war schlecht geschrieben,
wie Greene's Handschrift zuweilen nicht die beste war; es mußte
durchgesehen werden, ehe es zum Druck kam, da es sonst unleser-
lich war. Kurz, ich schrieb es ab, wobei ich dem Original so
genau als möglich folgte; nur in jenem Briefe strich ich Etwas
aus, fügte aber in dem ganzen Buche kein Wort hinzu, so daß
ich versichern kann, daß Alles Greene angehört, weder mir, noch
Master Nash, wie Einige fälschlich behauptet haben."

Nash selbst, der hier als gleichfalls Verdächtigter genannt
wird, hatte die ihm zugeschobene Autorschaft mit den heftigsten
Ausdrücken der Entrüstung zurückgewiesen: „Gott möge meine
Seele nicht bewahren, wenn das geringste Wort darin aus
meiner Feder gekommen ist!"

Gleichviel nun, wie viel Schuld man Herrn Chettle, der ja auch Dramendichter war, an Greene's Pamphlet zuerkennen möge, so ersieht man doch mit Interesse aus seiner Rechtfertigung, wie viel ihm daran lag, Shakespeare gegenüber sich reinzuwaschen; und dies beweist wieder, daß der Angriff einen übeln Eindruck auf das Publikum gemacht, und daß Shakespeare die öffentliche Meinung für sich hatte.

Bald hiernach erhielt das Theaterunternehmen, bei welchem Shakespeare betheiligt war, einen neuen Aufschwung durch die Errichtung des Globetheaters, desjenigen, mit welchem Shakespeare's Name am innigsten verknüpft ist. Ehe wir ihm dorthin, in Betrachtung seines Wirkens, folgen, möge hier eine Uebersicht der bis zu diesem Zeitpunkt — d. h. bis zum Jahre 1593 — erstandenen Londoner Theater und eine Betrachtung ihrer innern Einrichtung folgen.

V.

Wachsende Popularität des Theaters. Einrichtung der Schauspielhäuser und der Bühne zu Shakespeare's Zeit.

Die Zahl der schon früher erwähnten Theater Londons (vergl. S. 29) hatte bis zum letzten Decennium des Jahrhunderts sich noch um einige vermehrt. „Die Rose" war schon 1591 ausgebessert und erweitert worden und bestand wahrscheinlich schon vor 1587; der „Schwan" stand gleichfalls nahe der Themse; die „Hoffnung", ebenfalls schon 1591 neu ausgebaut, wird ausdrücklich als Biergarten bezeichnet, wie überhaupt bei einigen schwer zu bestimmen ist, ob ihnen die Bezeichnung eines „Theaters" gebührt. Man hat mit Erstaunen auf diese große Zahl von Theatern hingewiesen, welche London in einer Zeit besaß, da die Hauptstadt kaum den achten Theil ihrer jetzigen Bevölkerung hatte. Man wird aber dabei doch berücksichtigen müssen, daß mehrere der Lokalitäten sehr untergeordneter Art waren, und daß selbst die angesehenern Theater nicht so viel Zuschauer faßten, wie gegenwärtig unsere

mittlern Provinzialtheater*). Wohl aber wuchs mit der Zahl
der Theater auch die Produktion der dramatischen Dichter.
Philipp Henslowe, welcher an der „Rose" und der „Hoffnung"
Antheil hatte, stand auch mit andern Theatern in geschäftlicher
Verbindung, welchem Umstande wir ein nicht unwichtiges Tage-
buch verdanken. Dasselbe wurde bis zum Jahre 1597 geführt,
und wir erfahren daraus u. A., daß von den Schauspieler-
gesellschaften, mit denen Henslowe in Verbindung stand, in dem
Zeitraum von 1591—1597 nicht weniger als 110 verschiedene
Stücke aufgeführt wurden.

Unter den hier genannten Theatern waren zunächst zwei
Hauptgattungen zu unterscheiden, welche als private theaters
und als public theaters bezeichnet wurden; die ersteren waren
oben gedeckt, während bei den public theaters der Zuschauerraum oben offen war. Die angesehensten der in London
spielenden Truppen waren die des Lord-Chamberlain und die
des Lord-Admiral. Die erstere Truppe, zu welcher — wie wir
wissen — Shakespeare gehörte und die bisher zu Blackfriars
spielte, machte um 1593 Anstalt, ein neues Theater zu errichten,
welches zum Sommertheater dienen und mehr Zuschauer fassen
sollte, als das gedeckte und mit Kerzen zu erleuchtende Blackfriarstheater. Ein Vertrag über den Neubau des „Globus"
wurde (nach Colliers Mittheilung) schon 1593 geschlossen, und
der Bau gemeinsam von den Mitteln der sharer (Theilhaber)
der Lord-Chamberlaintruppe bestritten. Zu dem Baue des
„Globus" mag nebenbei auch der Umstand hingedrängt haben,
daß im Blackfriarstheater vielleicht damals schon zwischen den
Vorstellungen der Lord-Kanzlerstruppe auch noch die „Kinder
der königlichen Kapelle" spielten, gewöhnlich die „Children of the

*) Im Jahre 1633 waren nach Prynne's Angabe (in dessen „Histriomastix")
in London folgende sechs Schauspielhäuser geöffnet: das Theater zu Blackfriars;
der Globus; der rothe Ochse; Fortuna; Phönix (sonst Cockpit) und Whitefriars in
Salisbury-Court. — Bald nach Shakespeare's Tode — 1622 — sollen nur fünf
Schauspiel-Gesellschaften in London gewesen sein: The king's servants (Globe und
Blackfriars); Prince's servants (Curtain); The Palfgrave's servants (Fortuna);
The players of the Revels (Rother Ochs) und The Lady Elisabeth servants —
oder The Queen of Bohemia's servants — (Cockpit zu Drurylane).

Revels" genannt, weil sie unter dem „Master of the Revels"
(der Lustbarkeiten) standen. Diese Sitte der Kindervorstellungen
bestand schon lange vor Shakespeare's Erscheinen in London,
obwohl wir nicht mit Sicherheit angeben können, wann ihnen
das Blackfriarstheater zur Benutzung überlassen wurde*).
Aber noch auf dem Titel eines im Jahre 1609 gedruckten
Stückes von Ben Jonson finden wir die Bemerkung: „wie es
von den Kindern zu Blackfriars dargestellt worden". Daß
diese Vorstellungen der Kinder nichts mit der dramatischen
Kunst zu thun hatten, läßt sich denken; es war eben nichts als
eine Modesache, und Shakespeare selbst persifflirte diesen Mißbrauch in einer ganz deutlichen Anspielung, welche „Hamlet"
enthält, in der Antwort, welche dort Rosenkranz dem Prinzen
auf dessen Befragen ertheilt, ob die Schauspieler aus der
Stadt noch dieselbe Achtung genießen wie sonst. „Nein", erwiedert Rosenkranz, „denn da ist eine Brut von Kindern, Nest-
linge, kaum aus dem Ei gekrochen, die bis zum Ueberschnappen
der Stimme schreien und ganz grausam dafür beklatscht
werden", u. s. w. (Hamlet, 2. Akt, 2. Scene.)

Das Globetheater, zu Bankside am südlichen Themse-
ufer gelegen, war wie alle damaligen Theater von Holz erbaut.
Ueber die innere Einrichtung der Theater jener Zeit können wir
uns aus den zahlreichen Andeutungen, die darüber in Stücken
sowohl, wie in gleichzeitigen andern Schriften gegeben werden,
ein ziemlich genaues Bild konstruiren. Die Bühne war mit
dem Zuschauerraum mehr verbunden, als es bei den Theatern
der Gegenwart der Fall ist. Der Hauptraum des Auditoriums,
das ziemlich tief liegende Parterre, auch Hof oder Grube
genannt, enthielt fast nur Stehplätze. Wir finden deshalb
wiederholt (z. B. bei Ben Jonson) das Wortspiel, daß die
Zuhörer dieses Raumes die „understandings" genannt werden;

---

*) Das Patent, durch welches nach Jakobs I. Thronbesteigung die „Children of
the Chapel" die Titulatur „Children of her Majesties Revels" erhielten, wobei
ihnen die Benutzung des Blackfriarstheaters zugesichert wurde (wahrscheinlich nur
für den Sommer, während die „players" im Globus spielten), mag nur eine Er-
neuerung ihrer frühern Rechte gewesen sein.

die Bezeichnung „Gründlinge" kommt auch bei Shakespeare selbst vor. Die äußere Form des Globetheaters war ein Sechseck oder Achteck; das Innere wird von Shakespeare selbst im Prolog zu Heinrich V. als ein O von Holz bezeichnet. Ob man jedoch hiernach die ovale Form annehmen darf, bleibt zweifelhaft, da der Dichter auch einmal (in „Antonius und Cleopatra") die Erde mit dem O bezeichnet. Der (beim Globus offene) Hof (yard) oder das Parterre war gleichzeitig der allgemeine Platz, auch für solche Besucher, die von dort aus erst nach den Gallerien die Blicke schweifen ließen, um daselbst sich den ihnen am meisten konvenirenden Platz zu suchen.

Die Preise der Plätze in Globus und Blackfriars waren für das Parterre sechs Pence, in Häusern niederern Ranges nur zwei Pence oder gar nur ein Penny. Für die bessern Plätze in Globe und Blackfriars, auf den Gallerieen, auch Gerüste (scaffold's) genannt, und in den Logen (boxes) auf der Bühne scheint der Preis ein Shilling gewesen zu sein; im Prolog zu Shakespeare's Heinrich VIII. ist dieser Preis ausdrücklich genannt*).

Ein Vorhang, der von beiden Seiten auf- und zuzuziehen war, scheint nur für die Eröffnung und für den Schluß des Stückes gebraucht worden zu sein, während man die Abscheidungen nur durch kurze Pausen markirte, in denen von der Musik etwas „geblasen" oder „gespielt" wurde. Die Einfachheit der Bühneneinrichtung war gleichzeitig eine außerordentliche Zweckmäßigkeit. Die Bühne hatte keine Kulissen und keine wandelbaren Dekorationen, sondern sie war ein geschlossener Bau, ebenfalls mit Logen für die vornehmern Zuschauer umgeben. In der Mitte des Hintergrundes war ein durch einen Vorhang zu schließender separater Raum; über diesem wieder eine Loge, mit einem Balkon versehen. Die Auf-

*) Als er von den Zuschauern spricht:
— — if they be still and willing
I'll undertake may see away theyr shilling etc.
In andern Schriften jener Zeit ist von den Zwölfpence-Plätzen, als den besten Plätzen im Hause, die Rede. Die Preise wurden aber hiernach bald gesteigert, und wir finden im dritten Decennium schon zwei Shilling angegeben.

tritte der Personen geschahen von beiden Seiten dieser Mittel-
logen, und diese Seiten waren ebenfalls durch Gardinen
verhängt. Sowohl jene untere Nische oder abzuschließende
Vertiefung der Bühne, wie auch der darüber befindliche
Balkon, mit der hinter demselben gelegenen Loge, waren für
bestimmte Momente der Handlung trefflich zu verwerthen, und
die Vorhänge, welche beide übereinander befindliche Räume
von der Scene abschließen konnten, spielten jedenfalls auch für
das Markiren von Aktschlüssen eine wichtige Rolle, wenn
nämlich gewisse Momente der Handlung auf jenen kleinen
Nebenraum der allgemeinen Bühne sich koncentrirten, so daß
dann nur dieser kleine Vorhang zugezogen zu werden brauchte,
um einen Abschnitt oder eine Veränderung der Scene anzu-
deuten. Der untere Verschlag in der Mitte des Fonds war
gewöhnlich die Stelle, wo in den historischen Stücken der König
vom Throne seine Audienzen gab. In denselben abgeschlossenen
Theil wurden bei den historischen Stücken vielleicht gewisse
Scenen der Häuslichkeit verlegt, während der vordere Raum
für die größeren Aktionen blieb. Bei sich erweiternder Aktion
konnten ja die Darsteller — z. B. in „Heinrich IV." Lady Percy,
im „Julius Cäsar" Portia und Calpurnia u. s. w. — aus dem
Hintergrund, der eben die Behausung andeutete, mehr und
mehr vortreten. Für die Darstellung von Desdemona's oder
Imogens Schlafgemach, für den Tod Heinrichs IV. und dergl.
mehr war diese Einrichtung überaus vortheilhaft. Jener
Balkon im Hintergrunde diente für Julie — in der zweiten
Unterredung mit Romeo; die darunter befindliche Nische wurde
für die Scene benutzt, da sie den Gifttrank nimmt, und endlich
für die letzte Scene im Grabgewölbe. Oben auf dem Balkon
hatte Richard III. seinen Platz, wenn er dem Lord-Mayor die
Komödie vorspielte; ein andermal stellte er eine Burgmauer
vor und dergl. Die mannigfache Benutzung dieser aparten
und durch Vorhänge verschließbaren Räumlichkeiten läßt sich
natürlich für alle Einzelheiten in den Dramen jetzt nicht
mit Bestimmtheit angeben. Für manche Fälle haben wir
aber ausdrückliche Hinweise in den Vorschriften der Folio-

ausgabe Shakespeare's, oder auch in den frühern Quartos.
So heißt es in der Quartausgabe „The first part of the contention etc." (Heinrich VI., 2. Theil), als Warwick zum König
sagt, er möge in das Zimmer des Herzogs Gloster treten:
„Warwick zieht den Vorhang und zeigt den Herzog Humphrey
in seinem Bett." In dem nämlichen Stücke — da, wo nach den
spätern Ausgaben der König, Salisbury u. A. vor dem Bette des
Kardinals Bauford erscheinen, — heißt es in der Quarto, ohne
daß ein Scenenwechsel angedeutet wird, nur: „Der König und
Salisbury treten ein, der Vorhang wird aufgezogen und man
sieht den Kardinal in seinem Bette." Auch in Heinrich VIII.
heißt es (Akt I, Scene 2) in der Folioausgabe von 1623:
„Der König zieht den Vorhang und sitzt nachdenklich lesend."
So viel ist sicher, daß jene Bühneneinrichtung ungemein zweck-
mäßig war, weil dieser feststehende und unveränderliche Bau die
natürlichste Gruppirung der Handlung zuließ und durch keine
jener Schwerfälligkeiten störte, wie sie die Verwandlungen
unserer komplicirten Scenerie mit sich bringen. Um aber die
Phantasie der Zuschauer doch etwas zu leiten, so wurde durch
eine herabhängende Tafel angezeigt, ob die Scene einen Saal,
Wald oder ein Schlachtfeld, eine Burg und dergl. darzustellen
hatte. Kleine Versetzstücke, ein Busch, ein Stückchen Mauer,
Tische und Stühle, genügten, um die Vorstellung zu fördern.
Auch der Name der Stadt und des Landes, wo die Scene
spielte, wurde gewöhnlich durch die herabhängende Tafel angezeigt. In der „Spanischen Tragödie" können wir lesen:

Hieronymus (zu Balthasar).
Häng' auf den Plan jetzt: Unsre Scen' ist Rhodus.

Und Ph. Sidney sagt in seiner Apology of Poetry: „Welches
Kind, das ein Schauspiel zu sehen kommt, und sieht auf ein
altes Thor „Theben" mit großen Buchstaben geschrieben, würde
danach glauben, daß dies Theben sei?" Dagegen ist in einem
der Jugendwerke Shakespeare's, in „Perikles", mehrmals durch
den einem jeden Akt vorausgehenden Chorus angezeigt, wo
sich die Zuschauer jetzt den Schauplatz zu denken haben.

Diese außerordentlichen Zumuthungen, welche unter solchen Umständen an die Phantasie der Zuschauer gerichtet wurden, haben übrigens schon in auffallend früher Zeit zum Spotte Gelegenheit gegeben. Philipp Sidney, der ein eifriger Anhänger der antiken Richtung war, gibt im Jahre 1583 folgende Beschreibung der englischen Bühne:

„... Auf der einen Seite haben wir Asien, auf der andern Afrika oder irgend ein Königreich, so daß der Schauspieler, wenn er auftritt, erst damit beginnen muß, uns zu erzählen, wo er ist...

„Jetzt sehen wir drei Damen erscheinen, welche Blumen sammeln, und wir müssen deshalb die Bühne für einen Garten halten. Gleich darauf hören wir von einem Schiffbruch, und wir würden uns schämen müssen, wollten wir die Bühne nicht als einen Felsen anerkennen. Aus dem Hintergrunde desselben kommt ein scheußliches Ungeheuer mit Feuer und Rauch, — natürlich nöthigt uns dies, uns in eine Höhle zu versetzen. Gleich aber sehn wir zwei Armeen vorüberfliehn, dargestellt durch vier Schwerter und Schilde, — und welches Herz wäre dann wohl so hart, das Theater nicht für ein Schlachtfeld anzusehn?“

Auffallend muß uns diese Schilderung Sidney's deshalb sein, weil sie beweist, daß man damals schon eine Vervollkommnung der Scene zur Bewirkung der nöthigen Illusion für möglich hielt. Vielleicht war dem Spötter die vorgeschrittene Scenerie aus den Theatern anderer Länder, namentlich Frankreichs, bekannt, wo ja besonders die geistlichen Spiele einen enormen Luxus an dekorativer Ausstattung herbeigeführt hatten. Im Allgemeinen mußte eine Anschauung, wie die Sidney's, dem Londoner Publikum noch fern liegen, und wir wissen auch, daß noch nach Jahrzehnten die Scenerie durchaus keine Vervollkommnung erfahren hatte. Noch aus dem Anfang des 17. Jahrhunderts haben wir mehrere Nachrichten, in denen mit Bewunderung von der ausnahmsweisen Anwendung beweglicher Dekorationen und Verwandlungen gesprochen wird. Eine dahin zielende Notiz kommt allerdings schon im Jahre 1605 vor, also noch in der Blüthezeit des Shakespeare'schen Drama's. Sie betrifft die theatralische Aufführung bei einer Hoffestlichkeit, und es wird darin geschildert, wie der obere Theil der Bühne durch eine Mauer abgeschlossen war; diese Mauer aber, mit Säulen geschmückt, sei nur gemalt gewesen, und mittelst anderer, ebenfalls gemalter Vorhänge habe die Bühne dreimal verwandelt werden können. In so früher Zeit aber, wie 1605, konnte dies nur — wie gesagt — als eine ganz vereinzelte Erscheinung gelten, die außerdem nicht in einem eigentlichen öffentlichen Theater vorkam, sondern in einer für die festliche Gelegenheit dazu besonders eingerichteten Halle eines andern Gebäudes. Auch finden wir noch bei einem Stück von Thomas Heywood („Love's mistress, or: the Queen's masque"), aus dem Jahre 1636, die bei der Vorstellung desselben „vor Ihren Majestäten" angewendete Scenerie rühmend erwähnt, indem für jeden Akt, ja beinah für jede Scene, die Bühne sich verwandeln ließ, was die höchste Bewunderung der Zuschauer erregte.

Trotz dieser vereinzelten Vorgänge hatte die zum allgemeinen Gebrauch werdende Einführung wechselnder Dekorationen erst in der Mitte des 17. Jahrhunderts stattgefunden, und zwar durch Davenant, der diese Richtung denn auch gleich zum wahren Mißbrauch ausdehnte. Bereits im Jahre 1664 bespricht ein englischer Schriftsteller die „frühere Bühne" im Gegensatz zu derjenigen seiner Zeit, wobei er anführt, daß ehedem die Bühne keinerlei andere Dekorationen hatte, als die alten Teppiche. Eine Zeit lang war es Sitte, daß diese Teppiche, welche die Bühne drapirten, durch Unterscheidung in der Farbe den Charakter des Stückes — Komödie oder Tragödie — andeuteten. So lesen wir im Prolog zu einer Tragödie vom Jahre 1599, ausgeführt von drei Personen, welche die Tragödie, die Komödie und die Historie darstellten, wie die History zur Comedy spricht:

Sieh, was ich nicht bis jetzt bemerkte,
Die Bühn' ist schwarz behängt, und ich vermuthe,
Das Publikum erwartet 'ne Tragödie.

Shakespeare's Leben.   5

Ebenso heißt es in Marstons „Insatiate Countess" (1603): die Bühne sei für die Tragödie mit „feierlichem Schwarz" behängt. Und noch aus mehreren ähnlichen Erwähnungen gleichzeitiger Schriftsteller geht dieser Gebrauch des Wechsels der Teppiche — schwarzer und hellfarbiger — unzweifelhaft hervor. Wie übrigens diese Sitte bei Stücken gemischter Gattung angewendet wurde, so z. B. bei mehreren „Historien" u. s. w., wissen wir nicht.

Es ist schon erwähnt worden, daß zu Shakespeare's Zeit nicht nur im Hintergrund der Bühne Logen für das Publikum waren, sondern daß dasselbe auch auf der Bühne Platz nahm. Es geht dies aus mehrfachen Andeutungen damaliger Schriftsteller hervor, in denen von den „gentlemen on the stage" die Rede ist. Diese Bühnenplätze waren von jungen Aristokraten besetzt, oder von Solchen, die für die Kritik den Ton angaben. Auch in dem Vorworte zur ersten Folioausgabe von Shakespeare's Dramen (1623) kommt die Stelle vor: „Und obwohl Ihr eine Obrigkeit des Witzes seid und auf der Bühne von Blackfriars sitzt 2c." Daß bei den Vorstellungen nicht nur im Parterre, sondern auch auf der Bühne geraucht wurde, wird mehrfach erwähnt, und die Gentlemen hatten dabei ihre Diener hinter sich stehn, um ihnen die kurzen Pfeifen zu stopfen. So heißt es in H. Parrats „Springes for woodcocks": Wenn der junge Rogero ins Schauspiel gehe, so liebe er es, seinen Platz auf der Bühne zu nehmen, damit er seinen Anzug besser zeigen könne; sein Diener (page) warte ihm auf, indem er ihm seine Pfeife zum Rauchen besorge. (Wir geben die Verse des Orginals hier in Prosa.) Daß dieses Rauchen auf der Bühne auch im Globus und Blackfriars Sitte war, und nicht nur in Theatern geringern Ranges, ist wohl anzunehmen, obwohl besondere Beziehungen auf eines der Theater in diesen wie in ähnlichen Stellen nicht enthalten sind. Doch ist zu vermuthen — und zwar gerade aus jenen Versen, — daß solch Verhalten als eine Unsitte einfältiger Stutzer betrachtet wurde. Nebenbei war die Feuergefährlichkeit um so größer, als der Fußboden der Bühne mit Binsen oder mit Matten bedeckt war.

Mehr Luxus als mit dem scenischen Ausputz wurde in jener Zeit mit dem Kostüm getrieben. Bei den römischen Tragödien war natürlich von einem historischen Kostüm nicht die Rede, wie man überhaupt auf eine gewisse historische Treue des Kostüms nicht sah. Aber daß man bei der Darstellung fürstlicher oder anderer Standespersonen viel auf reiche Kleider von Sammet und Seide verwandte, um sie von der einfachen bürgerlichen Kleidung stark zu unterscheiden, ersehen wir aus manchen uns erhaltenen Schriftstücken. Auch für Waffen, Harnische und Helme, wie überhaupt für Alles, was den Glanz der Personen — wo es erforderlich war — erhöhen konnte, geschah verhältnißmäßig viel.

Am schwersten werden wir uns heute vorstellen können, wie es möglich war, daß auch die weiblichen Charaktere in den Stücken von jungen Männern oder Knaben dargestellt wurden; denn der erste Fall, daß man in London Frauen auf der Bühne mitwirken sah, kam erst 1629 vor, und da war es eine französische Truppe, welche das Unerhörte einführen wollte und dafür ausgepfiffen wurde. Nun denke man sich die Charaktere einer Julie, Desdemona, Miranda, Imogen u. s. w. von jungen Männern dargestellt, und man wird auch hinsichtlich dieses Umstandes erkennen müssen, wie groß die Anforderungen waren, die der dramatische Dichter, wie auch der Schauspieler, an die Phantasie der Zuhörer stellte. Wir können auch aus diesem Grunde das Publikum des altenglischen Theaters nicht gar so gering schätzen, wie es häufig geschieht. Denn wenn damals der Reiz dekorativen Pompes fehlte, wenn unter den Darstellern nicht einmal die Mitwirkung der Frauen auf einen Theil des Publikums besondere Anziehung üben konnte, so muß man sich sagen, daß es doch einfach der Reiz der Dichtung selbst war und ihre lebendige Verkörperung, wodurch das Publikum so bedeutend angezogen wurde. Aber die Ausschließung der Frauen von der Bühne, sowie der Umstand, daß die Frauen aus der höhern Gesellschaft die Theater nur maskirt zu besuchen pflegten, läßt uns auch zugleich begreifen, daß der Dichter keine Prüderie kannte, daß er seine Sprache nicht

5*

nach verkehrten Begriffen des Anstandes richtete. Man kann
hier getrost von verkehrten Anstandsbegriffen reden, denn
Diejenigen, welche heutzutage über Shakespeare'sche Derbheiten
die Nase rümpfen, leihen mit Freuden ihr Ohr den halbver-
schleierten Obscönitäten und Frivolitäten aller Art.

Ueber den Stil der damaligen Schauspieler können wir
natürlich heute keine bestimmte Vorstellung mehr gewinnen.
Aber auch in dieser Hinsicht hat uns Shakespeare im „Hamlet"
werthvolle Winke gegeben. Indem er die schlechte Manier der
Schauspieler in jenen kritischen Bemerkungen Hamlets (Akt 3,
Scene 2) scharf geißelt, zeigt er dadurch doch gleichzeitig an,
daß es daneben auch eine richtige und gute Manier zu sprechen
und zu spielen gab; er hätte sonst den Schauspielern im „Hamlet"
nicht die goldenen Regeln geben können, die ja auch noch für
unsre Zeit ihre Gültigkeit behalten haben. Ebenso geht aus
jenen Lehren hervor, daß Shakespeare der Willkür des Clown
bestimmte Schranken setzte. Die beiden Freunde des Dichters,
welche die erste Ausgabe seiner gesammten Dramen (Folioausgabe
1623) veranstalteten, haben uns u. A. auch ein vollständiges Verzeichniß der Schauspieler gegeben, welche hauptsächlich in allen
seinen Stücken beschäftigt gewesen sind. Es sind im Ganzen,
mit Einschluß des Dichters selbst, sechsundzwanzig Namen;
außer den Herausgebern, John Heminge und Henry Condell,
sind darunter die am meisten Genannten: der berühmte Tragöde
Richard Burbadge, der Komiker William Kempe, John Lowin,
Nathaniel Field und John Underwood (die beiden Letztern vor-
züglich für die weiblichen Rollen), Joseph Taylor, Th. Pope,
William Slye u. A. Thomas Heywood in seiner „Apology for Actors" (erschienen 1612) nennt von den ausgezeichneteren der bereits
verstorbenen Schauspieler namentlich Wilhelm Kemp, Gabriel,
Singer, Pope, Phillips und Sly, und fügt hinzu, daß sie, obgleich
schon verstorben, doch noch in der Erinnerung Vieler leben.

Von dem berühmten Komiker William Kempe (auch
Kemp oder Kempt geschrieben) sagt Heywood, daß er „ebenso
hoch in der Gunst Ihrer Majestät als des allgemeinen Publikums" gestanden habe. In Shakespeare'schen Stücken spielte er

den Dogberry in „Biel Lärm um Nichts", und den Peter in
„Romeo und Julie"; wahrscheinlich auch Lanzelot Gobbo und
andere Clowns. Kempe war auch zugleich beliebter Theater-
dichter und Berfasser mehrerer Jiggs. Von einem dieser
komischen Nachspiele, in denen der Clown der Alleinherrscher
ist, existirt eine alte Ausgabe (von 1600) mit der Abbildung
des Komikers. Wir geben eine Kopie dieses alten Holzschnittes

William Kempe, der Darsteller komischer Rollen.
(Nach einem Holzschnitt vom Jahre 1600.)

hier wieder, weil sie uns zugleich die interessante Darstellung
des dem Narren der alten Bühne meist beigesellten und ihm
vorausgehenden Knaben mit Trommel und Pfeife zeigt. Auf
einem alten Holzschnitt, welcher Kempe's Vorgänger, den berühmten Komiker (und gleichzeitig Tragöden) Tarlton, darstellt*), sehn wir den Schauspieler selbst die Trommel und

---

*) Einem neuern Abdruck von Tarltons „Jests" in den Shakespeare-Society
Papers (1844) in genauer Kopie beigefügt.

Pfeife handhaben. Kempe scheint um 1610 gestorben zu sein. Heywood führte ihn, wie wir oben gesehn, im Jahre 1612 unter den Verstorbenen auf. Von den Lebenden wird dann namentlich der „most worthy" und „famous Maister Edward Allen" genannt. Ed. Alleyn war der hervorragendste Schauspieler der Admiralstruppe (the Lord Admiral's players), welche erst in der „Rose" und dann in „Fortuna" spielte. Auf den berühmtesten der hier genannten Schauspieler, Richard Burbadge, erschien nach seinem Tode ein Gedicht, aus welchem wir alle seine Rollen kennen lernen. Es waren dies: Hamlet, Romeo, Heinrich V. als Prinz und als König, Macbeth, Brutus, Coriolan; Shylock (der hier der rothhaarige Jude — the redhaird Jew — genannt wird) Lear und Perikles. Als seine Hauptrolle endlich wird Othello bezeichnet. Ueber Shakespeare selbst als Schauspieler ist wenig bekannt; auch unser ältester Gewährsmann N. Rowe konnte trotz eifriger Nachforschungen nur ermitteln, daß er den Geist des alten Hamlet gespielt. Verschiedene Zeugnisse machen es wahrscheinlich, daß er vorzugsweise Könige und fürstliche Personen darstellte, wozu seine Persönlichkeit und sein vornehmes Wesen ihn besonders befähigten. So existirt u. A. ein Vers von Davies in seiner 1611 erschienenen „Geißel der Narrheit", welcher mit der Ueberschrift „An unsern Englischen Terenz, Mr. Will. Shakespeare" diesem das Zeugniß gibt, daß, wäre er nicht berufen gewesen, nur im Spiele Könige darzustellen, er der Genoß eines Königs hätte sein können*). Aus seinen treffenden Lehren, die er selbst (in jener Hamletscene) den Schauspielern gibt, geht freilich nur hervor, daß er die richtigste Erkenntniß von wahrer Künstlerschaft habe, nicht aber, daß er selbst mit dieser seiner Erkenntniß des Richtigen auch das Talent besessen habe, es richtig zur Anwendung zu bringen. Wir können froh

---

*) Der Vers, welcher sich schwer im Deutschen wiedergeben läßt, lautet im Original:

„Some say, good Will, which I in sport do sing,
Hadst thou not play'd some kingly part in sport,
Thou hadst been a companion for a king,
And been a king among the meaner sort."

sein, daß aus seiner doppelten künstlerischen Thätigkeit sich der
Dichter zu unvergänglicher Bedeutung entwickelte, während
wir vom Schauspieler Shakespeare, auch wenn er alle seine
Kollegen überragt hätte, doch heute keinen Gewinn mehr, ja
nicht einmal eine Vorstellung von dem Werthe seines Darstel-
lungstalentes haben würden.

Aus der möglichst genauen Betrachtung des altenglischen
Theaterwesens und besonders des ganzen materiellen Apparats
haben wir gesehn, wie gering, wie bescheiden die äußerlichen
Mittel jenes Theaters waren. Von scenischem Luxus, der für
die Täuschung der Sinne mitzuwirken hat, war noch keine Rede,
der Schauplatz selbst war ein beschränkter. Um so intensiver
aber war die Kraftfülle, in welcher die an der Schwelle der
höchsten Popularität angelangte Kunst sich entwickelte. Wir
können sagen: Auch Shakespeare's Drama war in einer Krippe
geboren.

VI.

Des Dichters Freundschaft mit Lord Southampton. Das Globetheater. Der Dichter erwirbt Besitzungen in Stratford.

Schon in der erwähnten Rechtfertigung H. Chettle's war
die Rede von der Anerkennung, die dem Dichter selbst von hervorragenden Personen zu Theil geworden. Gleich hiernach
erschienen seine beiden größern erzählenden Gedichte, die mit
den Worten innigster Verehrung dem Lord Southampton
gewidmet waren. Vielleicht schon früher verfaßt, erschien
das erstere, „Venus und Adonis", erst im Jahre 1593, mit
folgender Widmung:

„Dem sehr ehrenwerthen Henry Wriothesly, Grafen
von Southampton und Baron von Tichfield.

„Höchst zu verehrender Herr! Ich weiß nicht, ob ich durch
die Zueignung meiner ungefeilten Verse Eure Lordschaft belei-
dige, noch wie die Welt es beurtheilen wird, daß ich eine so
starke Stütze für eine so schwache Last wähle. Wenn aber Eure

Edeln zufrieden scheinen, so würde ich mich aufs höchste belohnt fühlen, und würde geloben, alle müßigen Stunden zu benutzen, bis ich Euch geehrt hätte mit einer gewichtigeren Arbeit. Wenn aber der erste Erbe meiner Erfindung (the first heir of my invention) als ungestaltet befunden wird, so müßte ich es beklagen, ihm einen so edeln Pathen gegeben zu haben, und würde einen so unergiebigen Boden nicht wieder pflügen, aus Furcht, er möchte mir eine gleich schlechte Ernte ergeben. Ich überlasse es Eurer Durchsicht und Euer Gnaden der Zufriedenheit des Herzens, welches, wie ich wünsche, stets Eurem eignen Wunsche entsprechen möge, wie auch der hoffnungsvollen Erwartung der Welt."

Der hier gebrauchte Ausdruck „der erste Erbe (der richtigere Sinn wäre allerdings — wie es auch Andere übersetzten — Sprößling) meiner Erfindung" scheint einen unerklärlichen Widerspruch zu enthalten, da es ja erwiesen ist (namentlich durch den citirten Angriff R. Greene's), daß schon viel früher Schauspiele Shakespeare's aufgeführt worden. Man sucht sich über diese Schwierigkeit meist dadurch hinwegzuhelfen, daß man eine viel frühere Zeit für die Entstehung des Gedichtes als für das Erscheinen desselben annimmt; ja Manche wollen sogar annehmen, es müsse noch der Zeit angehören, ehe der Dichter Stratford verließ. Das wäre wohl möglich, jedoch ist diese Annahme zur Erklärung jenes Ausdrucks nicht gerade nöthig. Denn man hat hier auch den Ausdruck „invention" wohl zu beachten. Die Dramen galten damals wohl kaum als poetische „Inventions"; und wenn auch der Dichter hier Ovids Metamorphosen folgte*), so darf er doch eine vollkommen selbständige Behandlung des Stoffes für sich in Anspruch nehmen. Der Dichter selbst hat, indem er es als den „ersten Sprößling seiner Erfindung" bezeichnet, jedenfalls sich ungenau ausgedrückt, d. h. für uns, denn Derjenige, dem die Widmung galt, wußte ja, was damit gemeint war. Shakespeare selbst hielt

---

*) Dieselben erschienen in englischer Uebersetzung von A. Golding zuerst im Jahre 1567 und erlebten viele Auflagen.

es für die erste „Dichtung" im strengern (damals gebräuchlichen) Sinn; war es ja doch auch in der That die erste, die er selbst der Herausgabe durch den Druck werth gehalten. Außerdem ist es uns ja bekannt, wie damalige Kritiker sein in den Gedichten offenbartes poetisches Genie mit den Ausdrücken höchster Bewunderung priesen, während sie seine Schauspiele nur nebenbei berührten. Noch in den im Jahre 1598 erschienenen „Poems in divers Humours" von R. Barnfield heißt es, nachdem der Autor Spenser u. A. gepriesen, von Shakespeare: daß seine „honigfließende Ader" die Welt entzücke, daß seine „Venus" und seine „Lucretia" seinen Ruhm „ins Buch der Unsterblichkeit eingetragen". Von den „play's" ist keine Rede.

Das zweite von Shakespeare's großen Gedichten: „Der Raub der Lucretia" erschien 1594, und zwar wieder mit einer Dedikation an den Grafen Southampton. Dieselbe lautet:

„Die Liebe, die ich Eurer Lordschaft widme, ist ohne Ende; und diese Schrift, ohne Anfang, ist nur ein überflüssiger Theil davon. Die Gewähr, die ich von Ihrer gnädigen Gewogenheit habe, nicht der Werth meiner unbewachten Zeilen, gibt mir die Sicherheit ihrer Annahme. Was von mir geleistet wurde, gehört Ihnen, was ich noch zu leisten habe, gehört Ihnen, da es nur einen Theil dessen bildet, das Ihnen gewidmet ist. Wäre mein Werth größer, so würde auch meine Verpflichtung sich größer zeigen. So wenig es aber auch sei, so gehört es doch Eurer Lordschaft, der ich ein durch beständige Glückseligkeit verlängertes Leben wünsche."

Es kann den Lesern nicht entgehn, daß in dieser zweiten Widmung ein freierer, mehr freundschaftlicher als unterwürfiger Ton vorherrscht, der annehmen läßt, daß ein schnelles Wachsen der freundschaftlichen Beziehungen stattfand. Man braucht, mit Berücksichtigung der Verhältnisse, den Dichter nicht des Servilismus anzuklagen, wenn man annimmt, daß der hohe Stand seines jungen Protektors und begeisterten Verehrers ihm dessen Freundschaft besonders werth machte. Vernehmen wir ja doch in seinen Sonetten wiederholt die schmerzliche Klage, daß er selbst, als Schauspieler, einem in der Gesellschaft wenig

geachteten Stande angehörte. Um wie viel mehr mußte für ihn
der Werth der Freundschaft Southamptons sich erhöhn!

Um diese Zeit wird unsre Aufmerksamkeit gleichzeitig nach dem
väterlichen Hause des Dichters hingelenkt. Im Jahre 1596
war nämlich John Shakespeare um Verleihung eines Wappens
eingekommen, und in der ersten, im Heralds College befindlichen
Urkunde wird von Sir W. Dethick auf die Verdienste hingewiesen, welche John Shakespeare's Vorfahren dem König
Heinrich VII. erwiesen haben; und gleichzeitig wird seine Verbindung mit der Familie der Ardens hervorgehoben, und sein
Schwiegervater Arden ausdrücklich „a gentleman of worship"
genannt. W. Dethick, principal king of armes, wurde zwar später
wegen Mißbrauchs seines Amtes angeklagt, und es wurde ihm
zur Last gelegt, Wappen an „niedrige und unedle Personen"
ertheilt zu haben; doch ist dabei John Shakespeare's Fall n i c h t
genannt. In einer zweiten Verleihungsurkunde*) vom Jahre
1599 werden ebenfalls die Verdienste John Shakespeare's und
seiner Vorfahren, sowie die Auszeichnungen, welche bereits den
Ardens zu Theil geworden waren, hervorgehoben, und hinzugefügt, daß das Wappen — es zeigte auf goldenem Grunde
einen schwarzen Schrägbalken mit silbernem Speer (speare) —
„in Betracht der Prämissen und zur Ermuthigung seiner Nach-
kommenschaft" ihm und den Nachkommen verliehen werde. —
Wenn wir bei dieser Wappengeschichte in Berücksichtigung
ziehen, daß die erste Bewerbung John Shakespeare's zwei
Jahre nach dem Erscheinen der „Lucretia" stattfand, so wird es
nicht unwahrscheinlich, daß jene Bewerbung seines Vaters zu
des Dichters Umgang mit seinen vornehmen Gönnern in der
Hauptstadt in Beziehung gestanden hat.

Wenn wir einem Berichte N. Rowe's Glauben schenken
dürfen, so hätte der Dichter von dieser Freundschaft auch einen
sehr reellen Nutzen gehabt, indem er einmal von Southampton
die (für die damalige Zeit allerdings enorme) Summe von
1000 Pfund als Darlehn erhalten habe, um damit in Stand

---

*) „Draft of a Grant of Arms to John Shakespeare."

gesetzt zu sein, einen beabsichtigten Kauf auszuführen. Mag auch vielleicht diese Summe zu hoch gegriffen sein, so ist es doch nicht unwahrscheinlich, daß für den projektirten Bau des Globe-

Das Globetheater.
(Nach einer Abbildung aus dem Anfange des 17. Jahrhunderts.)

theaters die dazu verwendeten Ersparnisse von Blackfriars einen Zuschuß erforderlich machten. Der Vertrag zum Baue des Theaters war schon im letzten Monate des Jahres 1593 geschlossen, und im Frühjahr 1595 fand die Eröffnung unter

Leitung R. Burbadge's statt. In den Grundzügen scheinen
alle Theater jener Epoche sich sehr ähnlich gewesen zu sein, nur
mehr oder weniger gut gebaut und an Größe verschieden.

Die erste hier beigegebene Abbildung ist die Kopie einer
Darstellung, welche Steevens nach einem alten Stiche, einer
Ansicht von London (von der Südseite), mitgetheilt hat. Ob
die Verhältnisse darauf in allen Theilen genau gegeben sind,
ist sehr zu bezweifeln; doch stimmt die Abbildung in den Hauptlinien mit einer andern Zeichnung (auf dem Brit. Museum) überein. Auf beiden Abbildungen, die eher auf eine achteckige Form
als auf ein Sechseck schließen lassen, unterscheiden wir den nach

Das Globetheater.
(Nach einer Zeichnung im Brit. Museum.)

oben offenen Theil des Hauses, der den Hof (yard) bildet, von
dem verdeckten, der die Seite der Bühne bezeichnet. Den Namen
Globus soll es (nach Malone) von dem daran angebrachten
Wahrzeichen, einem die Weltkugel tragenden Herkules, mit der
Unterschrift: „totus mundus agit histrionem", erhalten haben,
doch fehlt uns eine authentische Mittheilung darüber. Die
Fahne, die wir darauf sehn, hatte der Globus, wie es scheint,
mit allen damaligen Theatern gemein; sie wurde, wie aus
Anspielungen in verschiedenen Schriften hervorgeht, aufgezogen
zum Zeichen, daß im Theater Vorstellungen stattfänden.

Von einem andern Londoner Theater, nämlich dem „Rothen
Ochsen" (Red Bull), haben wir auch eine alte Abbildung der
Bühne. Sie ist zwar aus dem Jahre 1662, aber da sie keine
Vervollkommnung gegen das Globetheater zeigt, im Gegentheil

von eher einfacherer Konstruktion ist, so läßt sich daraus schließen, daß diese Einrichtung auch zu Shakespeare's Zeit bestand. Hier sehn wir die Bühne von drei Seiten frei und vom Publikum umgeben. Doch kann man annehmen, daß der unbehülfliche

Das Theater „Der rothe Ochs" (Red Bull). Innere Ansicht.
(Nach einer Abbildung aus dem Jahre 1662.)

Zeichner damit nur die auf der Bühne sitzenden Personen andeuten wollte. Dagegen ist aus dieser sonderbaren Abbildung zu erkennen, daß der Hintergrund mit dem Vorhang, darüber die geschlossene Loge für die Schauspieler und neben derselben zu beiden Seiten die Logen für das bessere Publikum,

auch mit der uns bekannten Einrichtung des Globetheaters übereinstimmt.

Der Globus war, wie wir wissen, als Sommertheater gebaut. Die Vorstellungen in diesen „public theaters" fanden nur bei Tageslicht statt; deshalb war der Zuschauerraum ohne Bedachung, aber geräumiger als in Blackfriars, denn mit dem Frühling begann die eigentliche Theatersaison. Da man jedoch das alte Theater für die Vorstellungen im Winter zu konserviren hatte, so wurde bald eine Renovirung desselben beschlossen. Darauf bezieht sich eine in neuerer Zeit als unecht erkannte Eingabe der Schauspieler *).

Die Entscheidung erfolgte zu Gunsten der Bittsteller, und das von denselben angeführte Argument, daß sie durch das Wintertheater in Stand gesetzt sein müßten, für die vor der Königin stattfindenden Vorstellungen sich zu üben, mag dabei von Einfluß gewesen sein. Das Globetheater wurde — wie

---

*) Collier, der dies Dokument in seiner „History of english dramatic Poetry etc." (1831) mittheilte, betrachtete dasselbe zwar nicht als Original, wohl aber als zuverlässige Abschrift. Halliwell acceptirte es ohne Einwand; und erst 1859 erhoben sich Angriffe dagegen. Eine im Jahre 1860 zusammenberufene Kommission von fünf Paläographisten entschied sich endlich: sie wären nach Prüfung des Dokumentes überzeugt, daß dasselbe unecht sei. Trotzdem hält ein Theil der englischen Kritik das Dokument noch für ein glaubwürdiges, und wir lassen es deshalb hier wenigstens als Anmerkung in deutscher Uebertragung folgen:

An die höchst ehrenwerthen Lords des höchst ehrenwerthen Geheimen Rathes Ihrer Majestät.

Demüthige Bitte von Thomas Pope, Richard Burbadge, John Heminge, Augustine Phillips, William Shakespeare, William Kempe, William Slye, Nicolas Toolan, und Andern, Dienern des höchst ehrenwerthen Lord-Kanzlers Ihrer Majestät — zeigen ganz ergebenst an, daß die Bittsteller Eigenthümer und Schauspieler sind des Privat-Hauses, oder Theaters, in dem Bezirk und der Freiheit von Blackfriars, welches seit Jahren benutzt und eingenommen worden ist zum Spiele von Tragödien, Komödien, Historien, Interludes und Schauspielen. Daß dasselbe, schon vor so langer Zeit erbaut, sehr in Verfall gerathen ist; und daß, neben der Ausbesserung desselben, es nöthig gefunden worden, dasselbe angemessener für die Zuhörer einzurichten. Zu diesem Zwecke haben die Bittsteller, ein Jeder derselben, Geldsummen niedergelegt, gemäß ihres Antheils an dem genannten Theater, und welche sie rechtmäßig und ehrlich erworben haben in Ausübung ihrer Eigenschaft als Schauspieler; aber gewisse Personen aus dem Bezirk und der Freiheit von Blackfriars haben, wie den Bittstellern bekannt geworden, Eure hochehrenwerthe Lordschaft ersucht, nicht zu gestatten, daß genanntes Haus länger geöffnet bleibe, sondern geschlossen und versperrt werde, zum offenbaren und großen Schaden Eurer Bittsteller, welche zur Er-

hier gleich eingeschaltet sein möge — schon 1613 (im Juni) durch eine Feuersbrunst, die bei einer Aufführung von „Heinrich VIII." ausbrach, vollständig zerstört, danach aber — wie versichert wird — weit schöner wieder aufgebaut.

Wie sehr um die Zeit der Entstehung des Globetheaters des Dichters Vermögensverhältnisse sich gebessert hatten, ersehen wir namentlich aus den Erwerbungen, die er gleich danach in seinem Geburtsorte Stratford machte. Ob Shakespeare während dieser seiner ersten Epoche in London weder sein Weib, noch seinen Vater oder seine Mutter bei sich hatte, läßt sich zwar nicht mit Bestimmtheit erweisen; daß er aber allein und frei dastand in seiner energischen Arbeit, wird schon durch den Umstand wahrscheinlich, daß er die zur Wiederherstellung des frühern Wohlstandes seiner Familie erworbenen Mittel zunächst in seinem Heimatsort verwerthete. Von dort erfahren wir, daß des Dichters zwölfjähriger (einziger) Sohn Hamnet im Jahre 1596 zu Stratford gestorben war. Und aus dem Frühling des Jahres 1597 erhalten wir dann die Kunde von einem respektabeln Kaufe, den der Dichter selbst in Stratford für die Summe von 60 Pfund machte. Es war dies ein im besten Theil des Städtchens gelegenes gutes und geräumiges Wohnhaus, sonst „the great house", seit Shakespeare's Besitz „New Place" genannt, mit Gärten, Scheunen u. s. w. Es ist sehr

---

haltung ihrer Frauen und Kinder keine andern Mittel haben, als welche sie bisher in ihrer genannten Eigenschaft in Anwendung brachten. Während der Sommersaison sind die Bittsteller im Stande, in ihrem neu erbauten Hause zu Bankside, genannt der Globus, zu spielen; aber im Winter sind sie genöthigt, nach Blackfriars überzusiedeln. Wenn Eure Lordschaft die Zustimmung dazu ertheilen, was gegen Eure Bittsteller gewünscht worden, werden sie nicht nur während des Winters der Mittel beraubt werden, durch die sie sich selbst und ihre Familien erhalten, sondern auch unfähig sein, sich in den Schauspielen und Interludes zu üben, um, sobald sie dazu berufen werden, zur Erheiterung und Erholung Ihrer Majestät und Höchstderen Hofes sich zu produciren, wie sie es sonst zu thun gewohnt waren.

Unsere unterthänige Bitte geht dahin, daß Eure Lordschaft die Erlaubniß gewähren wollen, die Ausbesserungen und Veränderungen, die sie begonnen haben, zu Ende zu führen; und da Eure Bittsteller bisher in ihrer Aufführung wie in ihrem Berufe sich wohl verhalten haben, daß Eure Lordschaft sie am Spielen in vorgenanntem Privathause, im Bezirk von Blackfriars, nicht hindern wollen. Die Bittsteller in tiefster Verpflichtung werden stets für die Mehrung des Ruhmes und Glückes Eurer hochedeln Lordschaft bitten.

wahrscheinlich, daß dieses Haus zunächst von seinen Eltern und von seiner Frau bezogen wurde. Es ist dies auch das Haus, vor welchem der Tradition nach der Dichter einen Maulbeerbaum gepflanzt hatte, und welches bis zur Restauration der Familie Shakespeare's angehörte *).

Den wachsenden Wohlstand des Dichters bezeugen noch mehrere andere Angaben aus jener Zeit. Im Jahre 1598, als eine große Theuerung herrschte, wurde bei den Stratforder Bürgern deren Besitz an Korn abgeschätzt; in dem uns erhaltenen Verzeichniß finden wir „William Shakespeare" verhältnißmäßig ziemlich hoch geschätzt, wobei er als townsman — so viel wie Bürger der Stadt, Mitbürger — bezeichnet ist. Aus derselben Zeit haben wir einige Schriftstücke, welche zeigen, daß an den Dichter mehrfach Gesuche um gewisse Geldsummen als Darlehen gerichtet wurden; so u. A. von Richard Quiney, dessen Sohn Thomas kurz vor des Dichters Tode seine jüngste Tochter heirathete. Das Schreiben Quiney's, in welchem er den Dichter bittet, ihm seine Schulden in London zu bezahlen, datirt aus dem Jahre 1598. In den folgenden Jahren vermehrte Shakespeare — als townsman von Stratford — seine dortigen Besitzungen durch weitere Käufe von Häusern und Land. Im Frühjahr 1602 kaufte er ein kleineres Haus in der Nähe von New Place; im Herbste desselben Jahres wurde ihm ein Lehnszinsgut zugeeignet, und bald hatte er wieder Scheunen und Gärten dazu erworben. Aus der Unterzeichnung eines bezüglichen Schriftstückes können wir nebenbei vermuthen, daß des Dichters Angelegenheiten in Stratford von seinem Bruder Gilbert daselbst verwaltet wurden. Im Jahre 1605 kam Shakespeare so weit, daß er in Stratford den Ertrag der Zehnten für 440 Pfund kaufte. Kurz, seine ganzen geschäftlichen Angelegenheiten aus dieser Periode seines Lebens können uns einen recht ausgiebigen Beweis dafür liefern, daß es nicht gerade unumgängliche Bedingung für ein Genie sei, im Kon-

---

*) Der letzte Käufer desselben, Francis Gastrell, der es um die Mitte des vorigen Jahrhunderts an sich brachte, machte sich dadurch unsterblich, daß er das Haus abbrechen und den Maulbeerbaum umhauen ließ.

flifte mit dem materiellen Leben zu Grunde zu gehn, oder doch wenigstens keine Fähigkeit zum Erwerben zu haben. Das Wenige, was wir von seinen Lebensumständen wissen, ist gerade geeignet, unsre Begier zu steigern, von der menschlichen Seite dieses Dichters mehr kennen zu lernen; eines Dichters, welchem neben seinem so einzigen dichterischen Genie die großartige Fähigkeit gegeben war, das Leben mit all seinem kleinen Jammer, seinen Bedürfnissen, Mängeln und Unannehmlichkeiten sich selbst vollkommen zu unterwerfen. Es ist nicht die geringste Seite an diesem außerordentlichen Menschen, daß Er, dessen poetischer Blick nach allen Richtungen hin die weitesten Ziele und Grenzen der Menschheit klar erkannte, gleichzeitig alle Hemmnisse und Widerwärtigkeiten des ihn eng beschränkenden bürgerlichen Lebens, das ihn herabzuziehen drohte, siegreich überwand.

· VII.

Shakespeare auf der Höhe des Ruhms. Erwähnung in Meres' „Palladis Tamia". Die Sonettenfrage. Fälschungen und widerrechtliche Ausgaben. Shakespeare's Beziehungen zu Ben Jonson. Anekdoten.

Einzelne anerkennende Erwähnungen Shakespeare's durch zeitgenössische Schriftsteller sind schon angeführt worden; u. A. auch die Lobsprüche, welche Barnfield im Jahre 1598 seinen Gedichten spendet. In demselben Jahre finden wir aber auch über den Dichter das erste Urtheil, in welchem seine dramatischen Schöpfungen mit Bewunderung hervorgehoben werden. Diese Erwähnung ist um so wichtiger, als uns dabei durch Nennung einer ganzen Reihe seiner Dramen ein Maßstab für die ungefähre Zeit ihrer Entstehung gegeben wird, wenigstens für das erste Decennium seiner dichterischen Thätigkeit. Francis Meres ist der Mann, der uns diese historisch so werthvollen Angaben hinterlassen hat; sie sind in seinem 1598 erschienenen Werke enthalten, das den Titel führt: „Palladis

Tamia, Wit's Treasury, the second part of Wit's Common-wealth". Ein Abschnitt dieses Buches, betitelt: „Discours über unsere englischen Dichter im Vergleiche mit den griechischen, lateinischen und italienischen Dichtern", enthält folgende Sätze über Shakespeare:

„Wie die Seele des Euphorbus in Pythagoras leben sollte, so lebt Ovids anmuthiger witzreicher Geist in dem honig-strömenden Shakespeare: Zeugen seine Venus und Adonis, seine Lucretia, seine süßen Sonette (seinen nähern Freunden bekannt). Wie Plautus und Seneca in der Komödie und Tragödie als die besten unter den lateinischen Dichtern galten, so ist unter den Englischen Shakespeare der ausgezeichnetste in beiden Schauspielgattungen. Für die Komödie bezeugen dies seine Edelleute von Verona, seine Irrungen, seine Verlorne Liebesmüh, seine Gewonnene Liebesmüh*), sein Jo-hannisnachtstraum und sein Kaufmann von Vene-dig; für die Tragödie sein Richard II., Richard III., Heinrich IV., König Johann, Titus Andronicus und Romeo und Julie. Wie Epius Stolo sagte, daß die Musen mit Plautus' Zunge reden würden, wenn sie Lateinisch sprächen, so sage ich, daß die Musen in Shakespeare's feingefeilter Redeweise (fine-filed phrase) sprechen würden, wenn sie Eng-lisch sprächen."

Man hat bei den hier namhaft gemachten Stücken zu beachten, daß hiermit nicht alle genannt sein sollten, die er bis dahin geschrieben, — sondern Meres führt nur diejenigen auf, die nach seiner Meinung am meisten für Shakespeare's Treff-lichkeit zeugen; daß er dabei „Heinrich VI." und die „Wider-spänstige" wegläßt und dennoch „Titus Andronicus" nennt, mag nicht allein sein individuelles Urtheil, sondern auch die damals allgemeine Meinung bezeichnen.

Außer dem von Meres gegebenen Verzeichniß der Schau-spiele hat für uns auch seine oben angeführte Erwähnung der Shakespeare'schen Sonette ein besonderes Interesse. Das Er-

---

*) Es bleibt dahingestellt, welches der uns bekannten Stücke damit gemeint ist; die allgemeinere Meinung bezieht es auf „Ende gut Alles gut".

scheinen derselben im Druck fällt erst in das Jahr 1609, während sie hier, also elf Jahre früher, schon mit dem Ausdruck der Bewunderung genannt sind. Die Sonettenfrage ist von uns schon früher — bei Erwähnung des ehelichen Verhältnisses des Dichters — berührt worden. Und in der That kann man annehmen, daß der Cyklus, dessen Hauptinhalt vielleicht erst um 1600 entstanden war, doch nicht in eine bestimmte Zeit fällt, daß er vielmehr aus den Stimmungen verschiedener Zeiten und Situationen des Lebens Elemente enthält. Die Lösung des Räthsels dieser Sonette wird noch schwieriger dadurch, daß auch hier der Dichter selbst nicht der Herausgeber war, sondern daß eine fremde Hand die Veröffentlichung unternahm, ohne — wie es scheint — vom Dichter dazu autorisirt zu sein. So erklärt sich aus manchen Partieen — abgesehn von dem umfangreichen Hauptthema: der Besingung des unbekannten Freundes — der bei mehreren der Sonette uns stutzig machende Mangel eines innern Zusammenhangs mit der Gesammtheit der Sonette. Um die Verwirrung vollständig zu machen, hatte der Herausgeber, der Buchhändler Thomas Thorpe, eine sehr seltsame und unklare Widmung davor gesetzt, welche lautet:

„Dem einzigen Erzeuger (begetter) dieser Sonette, Herrn W. H., wünscht alles Glück und jene von unserm ewiglebenden Dichter verheißene Unsterblichkeit der wohlmeinende T. T."

Daß also der Dichter selbst der Herausgabe der Sonette ferne stand, ist aus der Widmung mit ziemlicher Sicherheit zu entnehmen. Es ist dies um so mehr zu beklagen, als in Folge dessen jenes Dunkel, das viele dieser Poesieen umhüllt, erstens durch eine so mysteriöse Dedikation des Herrn T. T. (Thomas Thorpe), zweitens durch die augenscheinlich unkritische Zusammenstellung der Gedichte noch bedeutend vermehrt wurde. Die bei weitem größte Zahl der Sonette bilden allerdings diejenigen, die an den Freund gerichtet sind, und diesen schließt sich die geringere Anzahl derjenigen an, die einem weiblichen Wesen gelten. Dazwischen aber sind wieder mehrere eingestreut, die weder der einen noch der andern Gattung angehören. Dieser Umstand könnte nur dann, wenn der Dichter selbst der Herausgeber wäre, die Meinung Derer einigermaßen unterstützen, welche in den Sonetten nicht persönliche Stimmungen und persönliche Beziehungen des Dichters zum Leben sehen, sondern sie nur als poetische Fiktionen gelten lassen wollen. Die Hauptvertreter dieser Auffassung sind in England Charles Knight, in Deutschland Nic. Delius. „Gewiß", sagt Letztgenannter, „sah Shakespeare und seine Zeit in den lyrischen Gedichten keine Beiträge zu seiner Biographie, keine zusammenhängenden Bekenntnisse eigener Leiden in Liebe und Freundschaft, sondern zerstreute Blätter, Darstellungen poetischer Seelenzustände. Dieselbe Fähigkeit, sich tief in alle Gefühle und Situationen wie in selbstempfundene hinein zu versetzen, die wir in Shakespeare's Dramen bewundern, dieselbe Fähigkeit beweist der Dichter in seinen Sonetten, und in dieser Beziehung kann man sie, obgleich lyrisch der Form nach, als wesentlich dramatisch bezeichnen. Sie schildern uns die Liebe, die Eifersucht, die Freundschaft, die Reue, alle die Regungen des menschlichen Herzens in ihrer unmittelbarsten Wahrheit, aber nicht speciell W. Shakespeare's Liebe, Eifersucht, Freundschaft und Reue, nicht die Regungen in W. Shakespeare's eigenem Herzen."

Bei dieser Deutung müssen wir zunächst erstaunen, daß ein namhafter Gelehrter den Ursprung und das ganze Wesen des lyrischen Gedichts, im Gegensatze zur dramatischen Dichtung, so vollständig verkennen kann. Außerdem kommt es hier wahrlich doch nicht darauf an, wie Shakespeare das in diesen Gedichten behandelte Freundschaftsverhältniß betrachtet wissen wollte, sondern vielmehr darauf, ob wir Ursache haben, in jenem in den Sonetten poetisch dargelegten Verhältnisse die subjektiven Empfindungen und realen Beziehungen des Dichters zu erkennen. Und wenn irgend etwas in Shakespeare's Dichtungen uns einen Einblick in das Wesen des Menschen gewährt, so ist dies bei den Sonetten, ja bei diesen fast ganz ausschließlich der Fall. So gewiß es ist, daß in Shakespeare's dramatischen Charakteren und deren Aeußerungen nicht stets die

Grundsätze des Dichters selbst ausgesprochen sind, so gewiß
einem Richard II. oder III., einem Percy oder Falstaff, einem
Romeo oder Bruder Lorenzo, einer Desdemona oder einem
Jago, einer Imogen oder Lady Macbeth u. s. w. ihre besondere
Sprache, ihre besondern Empfindungen und Grundsätze angehören, so gewiß athmet in den Sonetten nur die Persönlichkeit des Dichters. Hier hören wir: Selbstanklagen
über unbezähmbare Leidenschaft, schmerzliche Betrachtungen
über die Probleme dieses Lebens und gesellschaftliche Mißstände, über Vergänglichkeit und Ewigkeit, über den eigenen
mißachteten Schauspielerstand, — kurz Alles, was das Herz
des Menschen Shakespeare bewegt. Was könnte nun wohl
dabei diesen Dichter veranlaßt haben, die Empfindungen der
Freundschaft zu einer — ausdrücklich immer einer und
derselben — Person in 126 Sonetten darzulegen, ohne daß
eine solche Person für ihn existirt hätte! Man hat sittlichen
Anstoß daran genommen, sowohl an den Freundschafts- wie
an den Liebessonetten. In der That, daß diese Dichtungen mit
den persönlichen Verhältnissen des Dichters nichts zu thun
haben, sondern müßige Spielereien, poetische Fiktionen ohne
Ursprung und ohne Ziele sind, auf diese Idee konnte kein Mensch
— nicht einmal ein Shakespeare-Gelehrter — kommen, wenn
nicht Einiges in diesen Gedichten wäre, das, auf des Schöpfers
Persönlichkeit bezogen, uns peinlich berührte. Mögen uns nun
aber auch die an den Freund gerichteten Sonette noch so viel
Nachdenken und Zweifel verursachen: dadurch, daß wir sie für
gegenstandslos erklären, hellen wir doch wahrlich das
Dunkel nicht auf, denn — nochmals sei es gesagt — mehr als
hundert solcher Sonette, die kein eigentliches Objekt haben,
müßten uns die Persönlichkeit des Dichters zu einem geradezu
unlösbaren Räthsel machen. Aus den Dramen Shakespeare's
hat man in unberechtigter Weise alles Erdenkliche herausgefunden, um es zur Ergründung der Individualität des
Dichters anzuwenden, während doch gerade die dramatischen
Charaktere von einem solchen Mißbrauch zurückhalten sollten.
Und in den lyrischen Gedichten, in denen gerade die volle Sub-

jektivität des Dichters zum Ausdruck kommt, hier sollten wir
eine bloße Gedanken- und Versspielerei erkennen? Hier, wo
der Dichter von sich selbst in einer Weise spricht, die mit den
uns bekannten Thatsachen seines Lebens durchaus im Einklang
steht: er spricht von sich als Dichter, spricht von seinem
Stande als Schauspieler, in welchem er sich gedrückt und
bekümmert fühlt, um so mehr, als er dabei die Kluft empfindet,
die zwischen ihm und seinem hoch aristokratischen Freunde liegt.
Das Alles lesen wir in diesen seinen Bekenntnissen, wir wissen
außerdem, daß eine freundschaftliche Beziehung des Dichters
zum Grafen Southampton bestand, — und trotzdem sollen wir
gerade hier die gegebenen Thatsachen verleugnen, weil — uns
Einiges darin nicht gefällt oder sehr seltsam erscheint?

Es ist begreiflich, wenn man, anstatt solcher Auffassung zu
folgen, unermüdlich ist, andere Wege zu finden, welche die
scheinbaren und uns störenden Widersprüche auflösen und das
Ganze in klarem und zugleich erfreulichem Zusammenhange
erscheinen lassen. In einer neuerdings versuchten und dahin
zielenden Erklärung ist ein derartiger Mittelweg eingeschlagen.
Gerald Massey, in seiner 1866 zu London erschienenen sehr
umfangreichen Untersuchung über die Bedeutung der Sonette,
hat mit enormem Fleiße ein reiches Material zusammengehäuft,
um darzuthun, daß die Sonette in zwei Hauptgattungen unterschieden werden müßten. Massey theilt sie in persönliche und
in nicht persönliche oder — wie er es nennt — dramatische,
und hat sie nach diesen Unterscheidungen in eine neue Ordnung
gebracht, die von den neuern deutschen Uebersetzern der Sonette
Gelbcke acceptirte. Daß indessen der neue Interpret mit
seiner Darlegung das Dunkel, das die Sonette umgibt, ganz
entfernt habe, kann schwerlich behauptet werden. Auch die
unlängst erschienene Schrift, welche diese so schwierige Frage
behandelt, „The Sonnets of Shakespeare Solved etc.", von
Henry Brown (London 1870), bleibt hinter einer befrie-
digenden Lösung durchaus zurück. Doch wird in dieser Schrift
die schon von Boaden aufgestellte Behauptung, daß die mysteriöse
Widmung (W. H.) nicht dem Grafen Southampton (Henry

Wriothesly), sondern dem Grafen von Pembroke (William Herbert) gelte, durch neue Beweisgründe unterstützt.

Auch G. Massey ist der Ansicht, daß die Entstehung mehrerer Sonette auf ziemlich frühe Zeit zurückzudatiren ist; und es werden dabei manche Gedanken und poetische Floskeln aus einzelnen Sonetten mit gleich oder ähnlich lautenden Stellen in den frühern dramatischen Dichtungen Shakespeare's verglichen; es kommen hierbei besonders „Verlorne Liebesmüh", die „Beiden Veroneser", „Romeo und Julie" und der „Sommernachtstraum" in Betracht. Derartigen Argumenten ist aber nicht viel Gewicht beizulegen; denn man könnte in solchen Fällen gerade umgekehrt annehmen, daß, je mehr Uebereinstimmung sich in gewissen Wendungen, poetischen Metaphern und dergl. in dem einen und dem andern Werke findet, um so weniger wahrscheinlich es wird, daß sie in der Zeit der Entstehung gar so nah zusammen liegen. Nun waren freilich die Sonette, wie wir aus Meres' Bemerkung ersehn, ursprünglich nicht für die Veröffentlichung, sondern für die „nähern Freunde" bestimmt; aber so ökonomisch arbeitete unser Dichter nicht, und brauchte er bei so unvergleichlichem Gedankenreichthum nicht zu arbeiten, daß er mit Bewußtsein gewisse poetische Bilder für verschiedene Dichtungsgattungen gleichzeitig verwerthet hätte.

Die einzigen Dichtungen, welche Shakespeare selbst im Druck herausgegeben hatte, waren bisher — wie wir gesehn haben — die beiden größern erzählenden Gedichte, die er dem Lord Southampton widmete. Was bis dahin von seinen dramatischen Arbeiten im Druck erschien, waren meist unrechtmäßige Ausgaben, bei denen er selbst unbetheiligt war. Die Drucke dieser alten Quartausgaben gingen von Buchdruckern oder Buchhändlern aus, die mit der Popularität des einen oder andern Stückes oder auch nur mit dem Namen des Dichters spekulirten*). Der dramatische Dichter schrieb damals aus-

*) Bis zum Jahre 1600 (incl.) waren in Quartausgaben erschienen: Der 2. und 3. Theil Heinrichs VI. (unter den früher hier angegebenen Titeln und ohne Autornamen); Richard II.; Heinrich IV. (1. und 2. Theil); Heinrich V.; Richard III.; Romeo und Julie; Verlorne Liebesmüh; Der Kaufmann von Venedig; Wie es Euch gefällt; Sommernachtstraum; Viel Lärm um Nichts; Titus Andronicus.

schließlich für das Theater und nicht für den Druck; und da
Shakespeare selbst bei den Einnahmen des Globetheaters betheiligt
war, so lag die Vervielfältigung seiner Stücke nicht in seinem
geschäftlichen Interesse. Der literarische Raub erstreckte sich aber
nicht allein auf seine Schauspiele, sondern auch auf seine
lyrischen Dichtungen, und zu dem Raub gesellte sich zuweilen
auch noch Fälschung. Zehn Jahre früher, ehe die Sonette
von Herrn Thorpe herausgegeben wurden, erschien unter dem
Titel „The passionate pilgrim" eine Sammlung verschiedener
Gedichte unter dem Namen W. Shakespeare's. Die Sammlung
enthielt aber außer einigen gestohlenen Sonetten des Dichters
und kleinen Gedichten aus „Love's labours lost" u. s. w. sogar
Gedichte anderer Autoren, die ihm hier untergeschoben
wurden, nur um das Bändchen ein wenig zu vergrößern. Ja,
in der dritten Ausgabe des „Passionate pilgrim" hatte der
Herausgeber sogar die Dreistigkeit, zwei Dichtungen von Heywood, welche drei Jahre zuvor unter dessen Namen erschienen
waren, hinzuzufügen und auf solche Weise Shakespeare unter-
zuschieben. Auch bei der Herausgabe von Schauspielen wurde
Shakespeare's Name wiederholt gemißbraucht. So trug das
im Jahre 1600 erschienene Stück „Sir John Oldcastle" den
Namen unsers Dichters; es scheint jedoch, daß Shakespeare's
hiergegen erhobener Protest von Erfolg war, da bei mehreren
Exemplaren dieser Ausgabe sein Name auf dem Titelblatte
weggelassen ist.

Dies Alles spricht genügend für die außerordentliche Beliebtheit, welche Shakespeare bereits vor Ablauf des Jahrhunderts sich errungen hatte. Zur Ergänzung der dafür
bereits angeführten Thatsachen möge hier noch darauf hingewiesen sein, daß in dem Einen Jahre 1600 nicht weniger als
sechs seiner Schauspiele im Druck erschienen, einzelne davon —
der „Sommernachtstraum" und der „Kaufmann von Venedig"
— sogar in verschiedenen Ausgaben.

Es genügte sonach ein Zeitraum von zehn Jahren, um
diesen merkwürdigen Mann aus einer dunkeln und gedrückten
Existenz, durch einen kurzen Kampf mit neidischen Rivalen,

zur Sonnenhöhe seines Ruhmes zu führen. Während seine
ersten poetischen Erfolge noch in die Blüthezeit der Marlowe
und Greene fielen, war er jetzt schon in der Lage, andern jüngern
Dramatikern hülfreich die Hand zu bieten. Ein solcher Fall
wird uns schon aus dem Jahre 1598 berichtet, und der Protegirte, dessen erfolgreiche dichterische Laufbahn damit eröffnet
wurde, war kein Geringerer als — Ben Jonson. Die persönliche Bekanntschaft Shakespeare's mit Ben Jonson soll
nämlich, nach N. Rowe's Bericht, folgende Veranlassung
gehabt haben. Ben Jonson, der noch eine völlig unbekannte
Größe war, hatte den Schauspielern ein Stück angeboten; Diejenigen, denen es in die Hände gelangt war, hatten schon die
Absicht, das Manuskript dem Dichter mit einer unfreundlichen
Antwort zurückzusenden, als glücklicher Weise Shakespeare das
Manuskript in die Hand bekam, es las, und so viel Beachtens-
werthes darin fand, daß er es zur Aufführung beförderte.

Als das erste Stück B. Jonsons wird seine Komödie „Every
man in his humour" bezeichnet. Jonson selbst machte zu
diesem Stücke in der ersten Ausgabe seiner Werke (1616) auf
der Titelseite die Bemerkung: „Aufgeführt im Jahre 1598
von des Lord-Kanzlers Schauspielern", und am Schlusse des
Stückes folgt noch: „Diese Komödie wurde zuerst aufgeführt
im Jahre 1598." Dagegen weist nun Gifford, der spätere
Herausgeber von Jonsons Werken (1816), darauf hin, daß das
Stück in Henslowe's Tagebuch schon unter dem Jahre 1597
verzeichnet stehe, und zwar nicht im Globe- oder Blackfriars-,
sondern im Rose-Theater, von der Lord-Admiralstruppe. Dadurch würde nun allerdings Rowe's Erzählung von der Einführung Ben Jonsons den Boden verlieren. Aber der eigenen
Angabe des Dichters gegenüber muß es immer fraglich bleiben,
ob das von Henslowe verzeichnete Stück identisch mit Ben Jonsons Komödie ist*).

---

*) Henslowe hatte Antheil an mehreren Londoner Theatern; in den geschäftlichen
Notizen seines Tagebuchs steht das Lustspiel im Jahre 1597 nur unter der Bezeichnung
„The comedy of Umers" (humours) eingetragen; nach Giffords Auffassung würde
aber Jonsons Angabe „First acted" sich auf die vollständige Umarbeitung des Stückes
beziehn, nach welcher es erst von der „Rose" auf's Globetheater gekommen sei.

Wenn auch später Ben Jonson nicht ohne Selbstgefühl Shakespeare gegenüber den gelehrten Dichter herauskehrte, so hat er dennoch seiner vollen und gerechten Würdigung des außerordentlichen Genies in dem brillanten Gedichte, das er in der ersten Folioausgabe der Shakespeare'schen Dramen „dem Gedächtnisse seines geliebten Shakespeare" widmete, in Worten der Bewunderung Ausdruck gegeben, die seitdem noch von keinem Verehrer des Dichters überboten worden sind. Man hätte es deshalb mit dem gelehrten Dichter da, wo er sich etwas kritischer über Shakespeare äußert, nicht allzu streng nehmen sollen. In seinen „Discoveries" (1640) schrieb B. Jonson: „Ich erinnere mich, daß die Schauspieler es oft als besonders rühmlich für Shakespeare erwähnten: Er habe in allen seinen Schriften nie eine Zeile ausgestrichen*). Meine Antwort war: Möchte er doch tausend ausgestrichen haben! was man als eine übelwollende Aeußerung nahm. Ich erzähle dies nur Jenen gegenüber, welche ihren Freund gerade damit zu empfehlen dachten, was seine Fehler waren."

Dies Verhältniß zwischen Shakespeare und Ben Jonson hat auch zu mancherlei Anekdoten Veranlassung gegeben. Rowe berichtet u. A. Folgendes: Ben Jonson habe mit einigen Freunden über Shakespeare's Bildung gesprochen, und ein Verehrer Shakespeare's habe diesen gegen Ben Jonson vertheidigt und gegen Letztern bemerkt, wenn Shakespeare nicht die Alten gelesen habe, so hätte er auch nichts von ihnen gestohlen, er wolle sich aber verpflichten, jeder Schönheit der Alten gegenüber, die man ihm vorhalte, von Shakespeare etwas aufzuweisen, das dieser über dasselbe Thema mindestens ebenso schön gesagt habe. — Eine pikantere Anekdote, die aber mehr den Stempel der Erfindung trägt, lautet: Shakespeare sei bei einem Kinde Ben Jonsons Pathe gewesen. Als nach der Taufe Jonson ihn fragte, warum er so schwermüthig sei, antwortete Shakespeare: „Ich bin es nicht; ich hatte nur nachgesonnen, welch ein Pathen-

---

*) Heminge und Condell in der Vorrede zu der ersten Folioausgabe Shakespeare's sagen darin u. A.: „Er arbeitete mit solcher Leichtigkeit, daß wir in seinen Papieren kaum eine Ausstreichung finden."

geschenk wohl für das Kind das passendste wäre, und jetzt bin ich zum Entschluß gekommen." Nun? fragte Ben Jonson. „Ich will ihm", antwortete der Dichter, ein „Dutzend messingne (latten, Wortspiel mit lattin oder latin, lateinisch) Löffel geben, und Du sollst sie ihm übersetzen."

Der hübsche Spaß gehört zu jener Zahl von Anekdoten, die der Existenz des berühmten Klubs ihr Dasein verdanken, welcher — von Sir W. Raleigh gestiftet — in der Taverne „at the Mermaid", in Southwark an der Themse gelegen, sich versammelte und nach jenem Lokal den Namen führte. Als die berühmtesten Mitglieder dieses Klubs werden Shakespeare, B. Jonson, Beaumont und Fletcher bezeichnet. Francis Beaumont, dessen Vortrag als ein so lebhafter geschildert wird, daß man von ihm sagte, „er erzähle Komödien", sagt in einem an Ben Jonson gerichteten Gedicht:

„Was sahn wir in der „Mermaid" nicht vollbringen!
Und hörten Worte dort, so schnell und glänzend,
Als hätte Jener, der sie sprach, im Sinne,
Sein Alles, was an Geiste er besaß,
In Einen Scherz zu pfropfen, und hiernach
Des Lebens stumpfen Rest als Thor zu leben!
Genug des Witzes ward da aufgebracht,
Die Stadt damit drei Tage zu vertheid'gen.

Und gingen wir, so ließen wir zurück
So witzerfüllte Luft, daß sie genügen konnte,
Nach uns noch viele Andre zu versorgen."

Ein späterer Schriftsteller, Th. Fuller, der freilich nur nach mündlichen Uebertragungen urtheilen konnte, erzählt ebenfalls von den Witzgefechten, die zwischen B. Jonson und Shakespeare stattfanden, und sagt in Vergleichung Beider: Jonson habe einer spanischen Galeone geglichen, hoch gebaut in seinem Wissen, solid, aber langsam und schwerfällig in den Leistungen; wogegen Shakespeare dem englischen Kriegsschiffe glich, geringer an Umfang, aber leichter im Segeln, jederzeit einer schnellen Wendung fähig u. s. w. — Daß ein guter Theil der uns mitgetheilten

Anekdoten aus jenem Mermaid-Klub entweder spätere, oder wohl auch frühere Erfindungen sind, denen nur die Geburtsstätte jener Gesellschaft zugewiesen wurde, ist leicht begreiflich. Aber es beweist uns wenigstens, daß jene geistreiche Gesellschaft in der That eine gewisse Bedeutung und Berühmtheit erlangt hatte.

Aber auch ein Zeitgenosse Shakespeare's hat uns von dessen munterm Geist und schlagfertigem Witz eine kleine Geschichte überliefert, die, wenn nicht wahr, so doch zu hübsch erfunden ist, als daß wir sie hier übergehen könnten. Die Geschichte ist in dem Tagebuche eines gewissen John Manningham*) unterm 2. Februar des Jahres 1602 mitgetheilt: Richard Burbadge, heißt es darin, habe einst von einer Schönen ein Stelldichein zugesagt erhalten. Der berühmte Schauspieler sollte bei ihr nach der Verabredung auf den Namen Richard III. — es war nach einer Vorstellung dieser Tragödie — Einlaß erhalten. Shakespeare, der von der Verabredung und der Parole Kenntniß erlangte, kam Burbadge zuvor, benutzte das gegebene Losungswort und ward eingelassen. Als bald darauf Burbadge kam und als Richard sich anmelden ließ, gab Shakespeare zur Antwort: „Sagt ihm, vor Richard III. käme Wilhelm der Eroberer!"

Derselben Quelle, aus der diese Anekdote zu uns gekommen ist, verdanken wir auch eine Notiz über die Aufführung eines Shakespeare'schen Stückes, und zwar in Form eines kritischen Referates, das früheste und eins der sehr wenigen, die wir solcher Art besitzen. Dasselbe ist auch aus andern Ursachen von Wichtigkeit, denn es beweist u. A., wie sehr trügerisch die Argumente bei den Shakespeare-Kommentatoren und Herausgebern sind, welche dazu dienen sollen, die Entstehungszeit des einen oder andern Shakespeare'schen Stückes (meist „aus innern Gründen") festzustellen. Die Komödie „Twelfth night" war früher der letzten Periode des Dichters zugewiesen worden; Tyrwhitt und Malone nahmen das Jahr 1614, Chalmers 1613 an. Erst

---

*) Dies Tagebuch, welches zuerst P. Collier in seiner „Geschichte der englischen dramatischen Poesie ꝛc." citirte, ist neuerdings für die Cambden-Gesellschaft von J. Bruce im Druck herausgegeben worden.

Collier hat durch die Entdeckung jenes „Diary“ von Manningham dargethan, daß „Twelfth night“ schon vor 1602 geschrieben sein mußte, denn es befindet sich in seinem Tagebuch unterm 2. Februar 1601 (1602 nach unserer Rechnung) folgender Bericht:

„Bei unserm Feste (Reader's Feast, on Candlemas day) wurde ein Stück gegeben, genannt Twelfth night oder „Was ihr wollt“, sehr ähnlich der Komödie der Irrungen oder den Menächmen des Plautus, aber noch ähnlicher dem italienischen Stück genannt Inganni. Gut ausgeführt ist darin, wie der Verwalter zu dem Glauben gebracht wird, seine verwittwete Herrin sei in ihn verliebt. Es geschieht dies durch einen gefälschten Brief, so geschrieben, als ob er von ihr herrühre, in welchem in allgemeinen Ausdrücken ihm erzählt wird, was ihr am meisten an ihm gefalle, seine Geberden beschreibend und seine Tracht u. s. w., und da er im weitern Verlauf darauf eingeht, wird er glauben gemacht, er sei verrückt.“

Daß die Komödie ganz neu war, geht aus diesem Berichte nicht hervor; aller Wahrscheinlichkeit nach war sie schon vorher im Globetheater aufgeführt worden. Nach einer Notiz aus dem nämlichen Jahre müßten wir annehmen, daß auch „Othello“, welche Tragödie man allgemein zu den allerletzten Werken des Dichters zählte, um diese Zeit schon auf der Bühne erschienen war. In einem ebenfalls von Collier veröffentlichten Dokumente, einem Verzeichniß verschiedener für die Unterhaltungen der Königin gemachten Ausgaben, eben aus dem Jahre 1602, finden wir auch eine Bezahlung „an Burbadge's Schauspieler für Othello“ angeführt. Jenes Manuskript ist freilich auch als unecht bezeichnet worden, doch sind die Ansichten der namhaftesten Beurtheiler dabei getheilt geblieben*). Die Unechtheit

---

*) Die Argumente, welche Ingleby in seiner „Complete view of the Shakespeare-Controversy“ auch gegen dies Dokument vorbringt, scheinen mir hier schwächer zu sein als irgendwo. Namentlich verfährt er in seinen Behauptungen, die er auf Vergleichungen von Schriftzügen stützt, oft äußerst willkürlich. Daneben basiren ihm manche bedenkliche Widersprüche. Bei seiner Besprechung des ersten der Bridgewater Manuscripts („A statement of the value of the shares of Shakespeare and others etc.“) findet Ingleby namentlich die Höhe der dabei angeführten

würde in diesem Falle um so mehr die Zeit der Abfassung Othello's wieder in Frage stellen, als auch gegen eine andere Notiz, die sich auf eine Aufführung im Jahre 1604 bezieht, die Anklage der Fälschung erhoben ist.

Daß vor der Königin Elisabeth und ihrem Hofstaat von der Burbadge-Shakespeare'schen Gesellschaft überhaupt zu verschiedenen Zeiten, und in verschiedenen Räumlichkeiten königlicher Schlösser, Schauspiele dargestellt wurden, ist durch mehrfache Zeugnisse festgestellt. Die Stellung, welche die Königin überhaupt dem Theater gegenüber einnahm, ist schon früher von uns gekennzeichnet worden. Von den Anekdoten, die über des Dichters Beziehungen zu ihr in den verschiedensten Zeiten berichtet worden sind, hat namentlich diejenige, welche die Veranlassung zur Komödie „Die lustigen Weiber von Windsor" betrifft, den festesten Platz errungen. Schon Rowe hatte auch diese Anekdote seiner Lebensbeschreibung des Dichters eingefügt; er spricht von mancherlei Gunstbezeugungen, die ihm von der Königin zu Theil geworden, und fügt hinzu: „Sie war von dem bewundernswürdigen Charakter des Falstaff so ergötzt, daß sie den Dichter veranlaßte, denselben in noch einem Stücke fortzusetzen und ihn v e r l i e b t zu zeigen."

Wie viel nun auch bei derlei traditionellen Mittheilungen Erfindung sein mag, so ist doch feststehend, daß Elisabeth überhaupt durch ihre entschiedene Protektion, die sie seit ihrem Regierungsantritt dem Theater zugewendet hatte, auch für Shakespeare indirekt von größtem Einfluß war. Bei einem Regenten von minderer Bedeutung wäre auch diese Protektion des Schauspiels weniger folgenreich gewesen. Aber Elisabeth war trotz ihrer unangenehmen persönlichen Eigenschaften eine große

---

Summe von 6166 Pfd. verdächtig, da diese Summe heute der von 30—40,000 Pfd. gleichkäme. Gleich darauf aber schätzt Ingleby den damaligen Werth von 500 Pfd. dem heutigen von 5—6000 Pfd. gleich!

Es sei hier wiederholt bemerkt, daß wir in dieser ohnedies ungemein schwierigen und dabei unerquicklichen Frage keine eigene Meinung abgeben können. Wir sind auch hierbei ganz und gar von den Engländern abhängig; und in den Fällen, wo die Untersuchungen zu endgültigen Entscheidungen geführt haben, müssen wir die Resultate ruhig acceptiren. Wo aber nur Zweifel erhoben sind und fortbestehn, können wir uns nicht so ohne Weiteres auf die Seite der Ankläger stellen.

Regentin in einer großen Zeit. Sie hatte die seit Heinrichs VIII.
Bruch mit der römischen Kirche durch die katholische Maria
nicht nur unterbrochene, sondern bekämpfte reformatorische
Bewegung, welche trotz aller gegen sie angewendeten Ge-
waltmittel sich weiter Bahn brach, in bestimmte Grenzen
geleitet. Sie hatte die ihr gewordene Aufgabe, Ordnung
und Klarheit in die Verhältnisse zu bringen, mit außerordentlichem Talent gelöst, wenn sie auch freilich vom Despotismus nicht freizusprechen ist. Ihr Despotismus entsprang
aber aus der Natur der Verhältnisse; nach den Grausamkeiten der katholischen Maria war die Rücksichtslosigkeit in der
Gegenbewegung etwas Selbstverständliches. Macaulay schreibt:
„Welches auch die Fehler der Elisabeth gewesen sind, es war
klar, daß nach menschlicher Einsicht das Schicksal des Reichs
und aller reformirten Kirchen von der Sicherheit ihrer Person ab-
hing. Ihre Hand zu kräftigen, war daher die erste Pflicht eines
Patrioten und Protestanten, und diese Pflicht ward treulich
erfüllt. Die Puritaner beteten mit nicht erheuchelter Inbrunst
selbst im Dunkel der Gefängnisse, in welche man sie geworfen
hatte, daß die Königin vor dem Dolche des Meuchelmörders
bewahrt bleiben, daß Aufruhr von ihr in den Staub getreten
werden möge, und daß ihre Waffen zur See und zu Lande siegreich sein möchten. Einer der unbeugsamsten Anhänger der
unbeugsamen Sekte schwang unmittelbar, nachdem ihm wegen
einer Beleidigung, die er im Sturm seines maßlosen Eifers be-
gangen, die eine Hand abgehauen war, mit der andern ihm
übriggebliebenen seinen Hut und rief laut: „Gott segne die Königin!" Und der puritanische Geschichtschreiber Neal, nachdem
er die Grausamkeit, mit welcher sie seine Sekte behandelte,
gerügt, fährt also fort: „Ungeachtet aller dieser Schandflecke
steht Königin Elisabeth urkundlich als eine weise und staats-
kluge Fürstin da; denn sie befreite ihr Königreich von den
Schwierigkeiten, in welche es zur Zeit ihrer Thronbesteigung
verwickelt war, sie stützte die protestantische Reformation gegen
die mächtigen Angriffe des Papstes, des Kaisers und des Königs
von Spanien außerhalb des Landes, sowie der Königin von

Schottland und ihrer papistischen Unterthanen im eigenen Lande. Sie war der Stolz des Zeitalters, in welchem sie lebte, und wird die Bewunderung der Nachwelt sein."

Bei einem der eifrigsten puritanischen Frömmler und Gegner des Theaters, Philipp Stubbes, Verfasser der „Anatomy of Abuse" (1583), finden wir zwei Gedichte, in denen durch ein paar schauerliche Geschichten die Gerechtigkeit Gottes verherrlicht werden soll *). Und beide Gedichte schließen mit den inbrünstigen Gebeten für das Wohlergehn der Königen Elisabeth; in dem einen betet der Verfasser, Gott möge sie zu einer „alten Mutter in Israel" werden lassen; in dem andern Gedichte werden ihr ebenfalls „Nestors Tage" gewünscht, und für sie gefleht, daß der Herr sie „vor blutigen Händen und fremden Feinden" beschützen möge.

Die Art, wie Elisabeth sich ihrer Nebenbuhlerin, der schottischen Maria, entledigte, vermochte ihr freilich keine Sympathieen zuzuwenden; aber immerhin war die Hinrichtung ein Ereigniß, geeignet, die Gemüther zu erregen, wie schon kurz zuvor (1586) die Hinrichtung Babingtons und Genossen den Blick der Menge auf blutige geschichtliche Akte gelenkt hatte. Waren das Ereignisse, die das Volk in fortwährender Aufregung erhielten, so erhob der Sieg Englands über die spanische Armada das patriotische Gefühl bis zur Begeisterung. Das Alles mußte gerade bei einem Volke wie das englische, bei welchem durch seine alte parlamentarische Regierungsform die Interessen der Individuen stets auf das Ganze gerichtet wurden, um so tiefere Wirkung in allen Klassen der Gesellschaft machen. Es ist daher gewiß nicht im mindesten befremdlich, daß auch ein Dichter wie Shakespeare, der ganz und gar auf dem Boden seiner Zeit und seiner Nation stand, der gefeierten Königin hie und da in seinen Dichtungen eine gelegentliche feine Huldigung darbrachte, wie in der bekannten Stelle des Sommernachtstraums: „A fair vestal throned by the west etc."

Aber abgesehen von der Größe und dem gehobenen Ansehn des Staatswesens und der politischen Ereignisse, erhielt das

*) Sie sind abgedruckt in den Shakespeare-Society Papers, Vol. IV.

Volk auch durch das gesellschaftliche Leben fortwährend die stärkste Anregung für seine Phantasie. Während in den vornehmen Kreisen die berühmten Zauberfeste zu Kenilworth (1575) und zu Hampton Castle (1581) nur die Höhepunkte der rauschenden, mit allem erdenklichen Pomp ausgestatteten Festlichkeiten bildeten, ergötzten sich die untern Volksklassen mit den Festen vor dem Maibaum, oder mit den Mummereien, wie sie Twelfth night und zahlreiche andere Volksfeste mit sich brachten. Selbst der Volksaberglaube, die Vorstellungen von Hexen, Elfen u. s. w. am Michaelstage oder in der Johannisnacht hatten gewisse poetische Formen angenommen. Kein Wunder, daß bei solchem Zusammenwirken verschiedner Elemente auch das Schauspiel zu großer Popularität gelangte. Und die Königin, wie sie vordem die Katholiken in ihre Schranken zurückgewiesen hatte, war jetzt ebenso bereit, solchen Belustigungen gegen die Anfeindungen der Puritaner ihre Protektion zuzuwenden. Als eifrige und thatkräftige Protestantin hatte sie aber daneben auch dem Schulunterricht besondere Aufmerksamkeit zugewendet und nach manchen Richtungen hin für die wachsende Bildung Sorge getragen. Worin in den aristokratischen Kreisen die Bildung besonders sich zu zeigen bestrebt war, ist schon früher angedeutet worden. Neben der Erlernung der Sprachen war es hauptsächlich die Kenntniß des Alterthums, die zu den Grundelementen der Bildung, gleichviel ob der wahren oder falschen, gehörte. Homer und Ovid boten die reichsten Schätze, um mit mythologischen Citaten und Anspielungen zu brilliren; und diese Sucht verbreitete sich so sehr durch die verschiedensten Kreise der Gesellschaft, wie es wohl zu keiner Zeit und bei keiner Nation sonst der Fall war. Die schon seit Lily den vornehmen Ton bekundende gesuchte Redeweise hatte sich noch lange Zeit fortgepflanzt und fand noch bei Elisabeths Thronfolger einen hervorragenden Vertreter.

VIII.

Tod der Königin. Jakobs I. Beziehungen zum Theater. Macbeth. Shakespeare gibt seine Thätigkeit als Schauspieler auf. Seine letzten Dichtungen. Seine Rückkehr nach Stratford. Sein Tod und Testament. Nachkommen. Das Stratford-Monument und die Bildnisse des Dichters.

Im März 1603 starb die Königin Elisabeth, und durch die Thronbesteigung Jakobs I. trat zugleich die Vereinigung von England und Irland mit Schottland ein. Schon ein paar Monate später war der Lord-Kanzlerstruppe die Erlaubniß ertheilt worden, den Titel „des Königs Diener" (The King's Servants) anzunehmen*). Aus dem Patent ist u. A. erwähnenswerth, daß die hergezählten verschiedenen Gattungen von Stücken beinah übereinstimmend sind mit des Polonius umständlicher Specialisirung, denn die Erlaubniß zum Spielen erstreckt sich in dem Patent auf: „Comedies, Tragedies, Histories, Enterludes, Moralls, Pastoralls, Stage plays" und, wie noch hinzugefügt wird, „solche, als sie bereits studirt haben oder noch studiren werden". Wichtig in dieser Licenz ist ferner, daß dieselbe ausgefertigt ist „pro Laurentio Fletscher et Willielmus (sic!) Shakespeare et aliis", und daß auch unter den namentlich aufgeführten Mitgliedern (unter denen wir wieder den schon bekannten Namen Burbadge, Phillips, Heminge, Condell, Sly, Armyn und Cowley begegnen) die Namen Laurence Fletcher und William Shakespeare obenan stehn. Dieser Laurence Fletcher hatte unmittelbar vorher an der Spitze einer Truppe in Schottland gestanden, wo wir ihn einmal auch als „Komödianten (comedian) Sr. Majestät" bezeichnet finden. Dieser Umstand hat auch die Vermuthung aufkommen lassen, daß Shakespeare selbst einige Zeit in Schottland gewesen sei. Doch auch dies ist nichts als eine in der Luft schwebende Hypothese, die man dadurch noch glaubwürdiger zu machen suchte, daß man auf

---

*) Gleichzeitig wurde die Lord-Admiralstruppe, an deren Spitze Edward Alleyn stand, zu „Dienern des Prinzen von Wales" ernannt, und die Earl of Worcester Actors zu „Schauspielern der Königin".

die Genauigkeit hinwies, mit welcher der Dichter in seiner Tra=
gödie „Macbeth" gewisse Lokalitäten in Schottland, z. B. das
Schloß zu Inverneß, geschildert hat. Der Dichter hatte aber
auch für solche Schilderungen hinreichende Quellen, und die
frappante Wahrheit in den Lokaltönen finden wir ebenso in seiner
Behandlung italienischer wie nordischer Stoffe.

Gleich nach der neuen Auszeichnung, die der Truppe
Shakespeare's — von diesem Zeitpunkt ab als „des Königs
Diener" bezeichnet — zu Theil geworden, mußten in London
wegen einer daselbst wüthenden ansteckenden Krankheit die
Schauspiele auf längere Zeit ganz ausgesetzt werden. Viele
von den Schauspielern gingen in entferntere Provinzen, viele
andere mochten durch die Kalamität zur Auswanderung nach
dem Kontinent veranlaßt worden sein. Ob Shakespeare in
dieser Zeit London verlassen hatte, ist durch nichts erwiesen; er
mag die Pause aber wohl zu einem neuen und längern Besuche
in Stratford benutzt haben. Die bessern Truppen Londons
scheinen sich übrigens darauf beschränkt zu haben, an den Hof=
haltungen hoher Personen in vereinzelten Vorstellungen und
Cyklen sich zu produciren. Im December 1603 fanden auch
vor der Königin — der Gemahlin Jakobs I. — Vorstellungen
von Shakespeare's Truppe statt. Daß dieselbe gegen Ende des
folgenden Jahres im Bankethause zu Whitehall vor dem Hofe
an elf Abenden spielte, wird uns in den Hofhaltungs=Rechnun=
gen aus der Zeit der Königin Elisabeth und Jakobs I. berichtet,
und dabei die folgenden Shakespeare'schen Stücke namentlich
erwähnt: „Maß für Maß", „Othello", „Die lustigen Weiber"
„Die Irrungen", „Verlorne Liebesmüh", „Heinrich V." und „Der
Kaufmann von Venedig". Bei der Wichtigkeit, welche diese Nach=
richt mit Rücksicht auf die beiden erstgenannten Stücke hat, ist es
sehr zu beklagen, daß auch diese Mittheilungen in neuester Zeit der
Anklage der Fälschung unterliegen mußten*). — Shakespeare's

---

*) Diese „Extracts from the Accounts of the Revels at Court, in the
Reigns of Queen Elisabeth and King James I", im Jahre 1842 für die Shake=
speare=Society von Cunningham veröffentlicht, wurden zwar im Ganzen nicht
beanstandet, dagegen behauptet, daß die Notizen, welche sich auf die oben bezeich=

7*

Mustertragödie „Macbeth" ist nicht vor 1606 geschrieben, ja möglicher Weise erst um 1610, wenn wir die erste Erwähnung dieser Tragödie dafür bestimmend sein lassen wollen. Daß allerdings der Antritt der Regierung Jakobs für die Wahl dieses Stoffes von Einfluß war, wird uns um so näher gelegt durch die sehr bestimmte Anspielung, die der Dichter darin auf die Vereinigung der drei Königreiche gemacht, und durch die besondere Behandlung Banquo's, von dessen Geschlechte König Jakob abstammen sollte. (Vergl. darüber im zweiten Abschnitt die Besprechung der Tragödie selbst.) In einer 1710 erschienenen Ausgabe von Shakespeare's Gedichten wird versichert, daß Jakob I. einen eigenhändigen und sehr schmeichelhaften Brief an den Dichter geschrieben habe; nach Lintots Bericht sei dieser, eben durch die Aufführung des „Macbeth" veranlaßte Brief im Besitze W. Davenants gewesen; doch ist nie etwas davon zum Vorschein gekommen.

Um diese Zeit — nämlich zwischen 1604 und 1606 — mag es gewesen sein, daß Shakespeare als Schauspieler von der Bühne zurücktrat, um fernerhin nur noch als Dichter für dieselbe zu wirken. Das Jahr läßt sich jedoch nicht mit Sicherheit ermitteln. In dem Verzeichniß der Schauspieler, welche in Ben Jonsons „Sejanus" (er wurde im Globus 1603 gespielt) mitwirkten, ist noch Shakespeare genannt. Auch steht sein Name noch in einer vom 9. April 1604 datirten Liste der „Schauspieler des Königs". Von hier ab finden wir ihn nicht mehr unter den Schauspielern erwähnt. Daß Shakespeare selbst mit seinem Stande unzufrieden war, erfahren wir aus mehreren seiner Sonette*), und es mag wohl nur den Ueberredungen seiner ihm befreundeten Kollegen und seinem wirklichen Freundschaftsgefühl für dieselben zuzuschreiben sein, wenn er nicht schon

---

neten Aufführungen Shakespeare'scher Stücke beziehn, Eintragungen aus späterer Zeit sind. Die Frage hat erst ganz unlängst sehr peinliche Erörterungen in der englischen Presse veranlaßt. Wir beschränken uns natürlich auch hier auf diesen Hinweis.

*) Es sind dies namentlich Nr. 110 und 111, wie auch 29. (In Gelbcke's Uebersetzung Nr. 106, 107 und 45. Bei diesen, wie bei mehreren andern Sonetten kann ich mich nicht entschließen, der von Massey gegebenen Deutung und Ordnung zu folgen.

früher seinen Rücktritt von der Bühne bewerkstelligt hatte*). Wenn dieser, wie wir annehmen können, im Sommnr 1604 erfolgte, so hatte der Dichter hier erst sein 40. Lebensjahr hinter sich. Und auf welche Fülle dichterischer Schöpfungen können wir hier schon zurückblicken! Von den Spekulationen, welche mit Shakespeare's Namen getrieben wurden, ist schon früher die Rede gewesen. Außer dem schon erwähnten „Sir John Oldcastle" erschienen ferner noch mit Shakespeare's vollem Namen „Das Trauerspiel in Yorkshire" und „Der Londoner Verschwender"; beide Stücke, über deren Echtheit lange Zeit die Meinungen getheilt waren; in neuerer Zeit hat man sie jedoch entschieden verworfen. Andere Stücke, welche mit den Initialen W. S. im Druck erschienen, werden von englischen Kritikern einem gewissen Wentworth Smith zugeschrieben. Alle diese Stücke können für uns nicht mehr in Betracht kommen, da sie längst in den englischen wie in den deutschen Ausgaben Shakespeare's keine Aufnahme mehr gefunden haben. Ueber „König Lear" erhalten wir aus den Verlagsregistern Kunde, wo er gegen Ende des Jahres 1607 eingetragen ist, und zwar mit der Bemerkung, daß das Stück die letzten Weihnachten (also 1606) zu Whitehall vor dem Könige aufgeführt worden. „Antonius und Cleopatra" ist in dem Register 1608 verzeichnet. Aus dieser letzten dichterischen Periode Shakespeare's ist uns ferner zuverlässige Kunde über die Entstehung noch einiger bisher nicht genannter Dramen geworden, und zwar durch die Entdeckung eines handschriftlichen Tagebuchs von Dr. S. Forman**).

------

*) Aus ungefähr dieser und etwas späterer Zeit existiren zwei Dokumente, die hier nur erwähnt sein mögen. Das eine ist ein Brief des zum Master of the Revels ernannten S. Daniel, in welchem eine sehr bestimmte Anspielung darauf gemacht wird, daß Shakespeare sich um diese Stelle beworben; Daniel aber, ohne Shakespeare's Namen zu nennen, führt aus, daß Jemand, der selber so viel Stücke schreibe, welche täglich in den public theaters aufgeführt würden, und der selbst Schauspieler sei, jedenfalls in Kollisionen mit jener Hofstelle hätte gerathen müssen. — Nach dem andern Dokumente hätte Shakespeare späterhin die Leitung der Kindervorstellungen (Childern of the Revols) angetragen erhalten, was freilich an sich schon sehr unwahrscheinlich ist. Letzteres Dokument wird von Aler. Dyce entschieden verworfen; das erstere, meint er, sei — wenn nicht eine Fälschung — sicher nicht das Original.

**) Auch dieses ist von P. Collier ans Tageslicht gebracht.

Dasselbe enthält aus den Jahren 1610 und 1611 Mittheilungen über theatralische Aufführungen. Von den beiden Shakespeare'schen Stücken „Macbeth" und „Cymbeline" erhalten wir sogar ziemlich eingehende Berichte, die sich freilich nur auf Angabe des Inhalts beschränken. Dasselbe Tagebuch giebt uns aus dem Jahre 1611 von der Aufführung des „Wintermärchens" Kunde, welches wir nebst dem „Sturm" gleichzeitig in den „Accounts of the Masters of the Revels" verzeichnet finden. Von „König Heinrich VIII." haben wir früher keine Nachricht, als in der Mittheilung über die schon erwähnte Vernichtung des Globetheaters durch die Feuersbrunst, welche während der Vorstellung des hier ausdrücklich als „neu" bezeichneten Stückes entstanden war.

Wiewohl König Jakob ebenfalls dem Theater, und speciell der seinen Namen tragenden Schauspielergesellschaft, bei der Shakespeare war, seine Gunst zugewendet hatte, so traten doch vereinzelte Beschränkungen gegen das Schauspiel ein, welche einem Fortblühen der dramatischen Kunst wenig förderlich waren. Ein neuer Angriff gegen das Blackfriarstheater, welcher dessen Fortbestehen in Frage stellte, wird in Verbindung mit einem Briefe gebracht, welchen angeblich Lord Southampton an Lord Ellesmere richtete, und zwar ganz besonders zu Gunsten seiner Freunde Burbadge und Shakespeare. Dieser Brief, obwohl man ihn längere Zeit als einen wichtigen Beleg für des Grafen Beziehung zu Shakespeare anerkannt hatte*), ist jedoch in neuerer Zeit so bestimmt als unecht bezeichnet worden, daß wir auf seine historische Wichtigkeit verzichten müssen. Das Ereigniß, mit welchem man jenen Brief in Verbindung gebracht hatte, war die im Jahre 1608 von den Behörden der Stadt beabsichtigte Austreibung der Schauspieler aus ihrer „Freiheit" von Blackfriars. Zu solchen und ähnlichen Chicanen, die natürlich mit der zunehmenden Macht der finstern und poesielosen

*) Nachdem darin Burbadge als der „englische Roscius" bezeichnet worden, heißt es von Shakespeare: „Derselbe ist mein specieller Freund, bis vor Kurzem noch Schauspieler von Ansehn bei der Gesellschaft, nun ein Antheilhaber an dem Theater, und Verfasser einiger unserer besten englischen Schauspiele, welche, wie Ew. Lordschaft wissen, ganz besonders beliebt bei der Königin Elisabeth waren ꝛc."

Puritaner auch mehr und mehr Nachdruck und Erfolg hatten, mögen noch andere Umstände gekommen sein, welche dem Dichter seine unmittelbare Beziehung zum Theaterwesen und dadurch sogar seinen Aufenthalt in London verleideten. Die dramatische Kunst als solche hatte den Höhepunkt bereits hinter sich; vielleicht war der Aufschwung ein zu rapider, zu mächtiger gewesen, als daß nicht eine gewisse Entkräftung darauf hätte folgen sollen. Selbst Ben Jonsons Glanz und sein wachsender Einfluß können dafür eine Signatur geben. Und doch klagt auch B. Jonson im Jahre 1623 über den Verfall der Bühne und spricht den Wunsch aus, Shakespeare möchte wiederkehren, um sie aufzurichten! Gleichzeitig waren aber auch die politischen Verhältnisse unter Jakobs Regierung immer mehr abwärts gegangen. Gegen die glänzende Zeit der Elisabeth stach die Kleinlichkeit in dem ganzen Regierungswesen unter Jakob allzu sehr ab, und das schwindende Bewußtsein von der staatlichen Macht und Herrlichkeit Englands mußte für eine tiefe Natur wie die Shakespeare's etwas Bedrückendes haben. Daß sich aber gerade in den letzten Dichtungen Shakespeare's eine so ganz besonders düstere Lebensanschauung kund gebe, wie Manche behaupten wollen, dürfte doch mit Recht zu bezweifeln sein. Wenn wir auch „Othello" und „Timon" zu seinen letzten Werken zählen wollen, so steht doch daneben eines seiner klarsten und in jeder Hinsicht befriedigendsten Gemälde: „Der Sturm". Und wie freundlich wird in „Cymbeline" und im „Wintermärchen" der aus Tragische streifende Konflikt gelöst, während „König Lear" mit seiner fürchterlichen vernichtenden Tragik doch diesem Stück, nach Allem, was wir wissen, vorausgeht.

Das hauptsächliche Motiv, welches den Dichter bewegen konnte, von dem Londoner Leben sich zurückzuziehn, ist wohl in jener Sehnsucht nach Ruhe zu suchen, die nach so reichem, ununterbrochenem Schaffen sehr natürlich erscheint. Er war in seinem ganzen Wesen eine durchaus harmonische Natur, er ließ sich nie von diesen und jenen Stürmen, von welcher Seite sie auch kommen mochten, treiben, sondern behielt unter allen Verhältnissen eine feste Position. Aber die fortgesetzten Reibungen und Anreizungen mußten ihn doch in hohem Grade ermüden. Daß seine pekuniären Verhältnisse äußerst günstig geworden waren, wissen wir bereits; sein jährliches Einkommen ward schon im Jahre 1608 auf mindestens 300 Pfd. geschätzt*), und seine Besitzthümer waren der Art, daß er auch ohne ferneres Wirken für die Bühne ein nicht nur sorgloses, sondern recht angenehmes Leben führen konnte. Daß er seine letzten Jahre „in behaglicher Zurückgezogenheit" in seiner Vaterstadt Stratford zugebracht habe, wurde schon von Rowe berichtet und findet sich durch weitere Zeugnisse bestätigt. Während aus seinen letzten Lebens- jahren die Nachrichten über geschäftliche Beziehungen, die jedoch ohne sonderliches Interesse sind, überwiegen, werden in dieser Zeit die dürftigen Notizen über sein poetisches Schaffen so spärlich, daß wir einer überdies gänzlich unverbürgten Nach- richt (erst aus dem Jahre 1663 stammend), er habe in seinem letzten Lebensabschnitt in Stratford jedes Jahr zwei Stücke für das Theater geschrieben, durchaus keine Beachtung schenken können. Daß er durch den Brand des Globetheaters 1613 an seinem Eigenthum geschädigt worden, ist aus mehr als einem Grunde zweifelhaft. Sehr wahrscheinlich hatte er damals keinen Antheil mehr an dem Besitze des Theaters**). Der so nahe liegen- den Vermuthung, daß bei dem plötzlich ausgebrochenen und heftig um sich greifenden Brande auch Shakespeare'sche Manuskripte mit vernichtet wurden, steht die in einem Briefe vom 6. Juli 1613 gegebene ausdrückliche Versicherung entgegen, daß außer dem Gebäude selbst nichts verloren gegangen sei.

Die letzte Nachricht, die wir aus London von dem Dichter haben, betrifft den Kauf eines Hauses, das er in der Nähe von Blackfriars im Jahre 1613 acquirirte, ob zu einem besondern Zwecke, ist nicht ersichtlich. Er selbst hat es wohl, wenn über- haupt, nur bei seinen in der letzten Zeit stattfindenden vorüber- gehenden Besuchen in London bewohnt. Wenn er in einer kleinen

---

*) Was nach Halliwells Schätzung in jener Zeit dem Werth von 1000 Pfund unserer Zeit entsprechen würde.

**) Neuerdings will Halliwell ermittelt haben, daß Shakespeare niemals Mit- besitzer des Globus war, sondern nur als Schauspieler seinen Antheil an den Ein- nahmen hatte.

Notiz aus dem Jahre 1614 als in London anwesend bezeichnet wird, so war auch dies eben nur ein Besuch in der Hauptstadt, zu welchem er vielleicht durch die große Feuersbrunst veranlaßt war, die in genanntem Jahre einen Theil von Stratford zerstört hatte, und in Folge welcher die Hülfe Londons für die Beschädigten in Anspruch genommen wurde. Den Reisen, welche er überhaupt in letzter Zeit zwischen London und Stratford gemacht, verdankt noch eine andere Stätte ihre Berühmtheit. Es ist dies das Gasthaus zur Krone (the Crown Inn) in Oxford, wo er bei jenen Reisen zu logiren pflegte. Der Besitzer war John Davenant, der Vater des späterhin als Schauspieler und Schriftsteller berühmt gewordenen William Davenant; und jener Verkehr in dem Gasthause zu Oxford hat zu der Sage geführt, William Davenant (geb. 1606) sei der Sohn Shakespeare's gewesen, jedoch ohne daß man zur Begründung dafür etwas anders zu sagen wußte, als daß Davenants Mutter — die Wirthin eben jenes Gasthauses — sehr schön gewesen sei.

Ueber das Jahr, in welchem Shakespeare seinen festen Sitz wieder in Stratford genommen habe, gingen bisher die Meinungen sehr auseinander, weil eben bestimmte Anhaltpunkte dafür fehlen*). Nicht unmöglich wäre es, daß jenes Zurückziehen nach dem heimatlichen Ort gleichzeitig mit seinem Rücktritt von der Bühne, als Schauspieler, stattfand; aber mehr Wahrscheinlichkeit hat doch die spätere Zeit für sich, und die allgemeinere Annahme ist für die Jahre 1613 oder allerspätestens 1614. Sein Vater war daselbst bereits im Jahre 1601 gestorben, seine Mutter war 1608 gefolgt. Doch waren noch sein Weib und seine beiden Töchter dort, um ihm den Verlust des rauschenden

---

*) Mit wie kühnen Hypothesen selbst solche Männer argumentiren, die sich dem Anekdotenkram entgegenstellen wollen, dafür gibt unser gelehrter Delius ein schlagendes Beispiel. Er hat das Leben Shakespeare's in einer besondern Broschüre über den „Mythus von Shakespeare" kritisirt, und sagt darin u. A.: Um 1605 scheint Shakespeare sich ganz in seine Heimat zurückgezogen zu haben; ferner: Die Ländereien in Stratford habe er wahrscheinlich selbst bewirthschaftet u. s. w. Und hieran knüpft der hypothesirende Kritiker die Folgerung: „Diese Thatsachen (!) verrathen einen lebendigen Sinn für Häuslichkeit ꝛc."

und aufregenden Londoner Lebens durch eine ruhige und angenehme Häuslichkeit ersetzen zu können. Ueber das Verhältniß
zu seinem Weibe bleiben freilich die starken Zweifel, welche fast
unmittelbar an die Verbindung sich heften mußten, bis zum
Ende fortbestehen. Um so wahrscheinlicher aber wird durch die
Uebersiedelung nach Stratford seine Liebe zu den beiden
Töchtern, von denen die eine bereits verheirathet war, während
die andere, ebenfalls in Stratford, erst kurz vor seinem Tode
sich vermählte.

Wenn es gestattet ist, aus irgend einer seiner dramatischen
Dichtungen auf ganz specielle Verhältnisse seines Lebens zu
schließen, so müssen wir mit besonders tiefem Interesse auf den
Zusammenhang seiner phantastischen Komödie „Der Sturm"
mit seinem Abschied von der Londoner Bühnenwelt blicken.
In der That ist es rührend, wie hier der Dichter, in einer
seiner letzten und zugleich wundervollsten Schöpfungen, in Verstimmung gegen die unbefriedigende Wirklichkeit, noch einmal
in die Märchenwelt flüchtete, um hiernach — gleich seinem
Prospero — alle Macht freiwillig aus der Hand zu geben, seine
dienenden Geister zu entlassen und in sein altes Herzogthum zu-
rückzukehren. Es mag auch hierbei fraglich bleiben, ob dieser
Abschied nur seinem Londoner Leben galt, oder seiner Thätigkeit als Dichter überhaupt. Man wird sich mehr der erstern
Ansicht zuneigen wollen, weil es mindestens sehr zweifelhaft
wäre, daß ein so unaufhörlich schaffender Geist, im frischesten
Mannesalter, ohne besonders zwingende Gründe seine Thätigkeit
ganz einstellen sollte.

> Mein Liebling Ariel! ja, du wirst mir fehlen,
> Doch sollst du Freiheit haben.

Immer und immer wieder in dieser Dichtung sehn wir ihn sich
mit diesem zärtlichen Abschied von seinem ihm dienenden Geiste
beschäftigen, um dann seinen Zauberstab hinwegzugeben —

> Dann zieh' ich in mein Mailand, wo mein dritter
> Gedanke soll das Grab sein.

Der Dichter hat in der That hiernach nur noch wenige
Jahre gelebt. Denn wenn auch für die Bestimmung der Zeit,

in welcher „Der Sturm" entstand, die angefochtene Erwähnung
in den „Berichten über die Hoflustbarkeiten unter Elisabeth und
Jakob" (Accounts of the Revels at Court) kein gültiges Zeugniß
geben soll, so ist doch das Stück sicher nicht vor 1610 geschrieben.
Wenn es nicht wirklich des Dichters letzte Schöpfung war, wenn
z. B. „Heinrich VIII.", möglicherweise auch „Timon", noch hinterher kam, so mag es doch Shakespeare's ursprüngliche Absicht gewesen sein, mit diesem Stücke abzuschließen, nach dem „Sturm"
in den stillen Hafen zu lenken. Diese Ansicht wird durch die
ganze Beschaffenheit des Stückes selbst unterstützt. Es ist mit
einer Sorgfalt und Liebe, dabei mit einer Ueberlegung in der
scenischen Komposition gearbeitet, daß wir wirklich den Eindruck
daraus empfangen: als setzte der Dichter allen Fleiß daran, um
seine schöpferische Thätigkeit mit einem Werke abzuschließen, das
nach allen Richtungen hin als etwas künstlerisch Vollendetes
gelten dürfe. Ist er doch darin sogar dem Aristotelischen Gebote
der drei Einheiten aufs allergenaueste nachgekommen.

Während seiner letzten Jahre in Stratford bewohnte der
Dichter, wie man vermuthet, sein Haus New Place in Gemeinschaft mit seiner Lieblingstochter Susanna, welche seit dem
Jahre 1607 hier mit dem Arzte Dr. Hall verheirathet war.
Daß der Dichter durch seinen bereits im Jahre 1616 erfolgen-
den Tod nicht überrascht worden, ersieht man daraus, daß er
drei Monate vorher sein im März ausgefertigtes Testament entworfen hatte, in welchem er bei Vertheilung seines mannigfaltigen Besitzthums aufs sorgsamste alle Personen bedacht hatte,
die ihm im Leben nahe gestanden. Der Hauptantheil fiel seiner
Tochter Susanna Hall zu, demnächst wurde seine zweite
Tochter Judith, die erst in demselben Jahre einen Weinhänd-
ler in Stratford, Thomas Quiney, geheirathet hatte, reichlich
bedacht. Auch seiner Schwester Johanna, an William Hart
zu Stratford verheirathet, und deren Kindern wurden Grund-
stücke und Renten zugesichert, während seine nächsten Freunde
und Kollegen in London kleine Andenken erhielten*). Die auf-

---

*) Das Testament ist durch die sehr genaue Detaillirung aller Bestimmungen
ungemein komplicirt. Dennoch dürften einige genauere Mittheilungen daraus vielen

fallendste Verfügung in dem Testamente ist diejenige, welche des Dichters Gattin betrifft, der er nichts als „sein zweitbestes Bett" vermacht. Allzu eifrige Vertheidiger des Dichters, die nicht zugeben wollen, daß er ein unerfreuliches Ehebündniß geschlossen (als ob er deshalb nicht viel mehr zu beklagen als anzuklagen wäre!), haben freilich auch diese Bestimmung so gedeutet, daß sie eine besondere Zärtlichkeit für sein Weib verrathe. Von Andern ist nachgewiesen worden, daß seiner Gattin ohnedies gesetzlich ein Lehngut als Erbschaft zufiel. Es ist ja

Freunden des Dichters von Interesse sein. Das Aktenstück ist datirt vom 25. März 1616, und der Eingang lautet:

„Im Namen Gottes, Amen. Ich William Shakespeare aus Stratford am Avon in der Grafschaft Warrick, gent., der ich mich (Gott sei gelobt!) bei vollkommener Gesundheit und Besinnung (memory) befinde, ordne und bestimme diesen meinen letzten Willen und mein Testament in folgender Weise: Erstens befehle ich meine Seele in die Hände Gottes meines Schöpfers, in der Hoffnung und in dem zuversichtlichen Glauben, durch die alleinigen Verdienste Jesu Christi, meines Erlösers des ewigen Lebens theilhaftig zu werden, während mein Leib wieder zu Staub wird, aus dem er geschaffen ist." Aus den nun folgenden Bestimmungen sei hier das Wesentliche angeführt: Seiner Tochter Judith werden zunächst verschrieben 150 Pfd., und zwar mit genauer Specialisirung verschiedener Termine. Seiner ersten Tochter Susanna Hall solle sie dagegen die Vorwerke nebst Zubehör, welche entweder in Stratford oder als Parcellen des Besitzthums Rowington sich befinden, überlassen. Fernere 150 Pfd. soll Judith oder deren Erben nach drei Jahren erhalten. (Auch die hier specialisirten Bestimmungen, für den Fall ihres bis dahin erfolgten Todes, sind sehr verwickelt.) Seiner Schwester Johanna (verehelichten Hart) wird das Haus zugesprochen, das sie bis dahin bewohnte, und ihren drei Kindern je 5 Pfd.; seine Enkelin Elisabeth Hall (ist im Original als niece bezeichnet) erhält sein ganzes Silbergeschirr (mit einigen bezeichneten Ausnahmen); seine älteste Tochter, Susanna Hall, erhält ferner die ganze Besitzung New Place, sowie sämmtlichen Garten- und Ackerbesitz nebst Scheunen ec. zu Stratford am Avon, Alt-Stratford, Bushopton und Welcombe; ferner das Haus zu London im Blackfriars-Bezirk („in welchem ein gewisser John Robinson wohnt"). Alle Möbel, Juwelen und sämmtliches Hausgeräth fällt seinem Schwiegersohn John Hall zu, wofür derselbe sein Begräbniß zu besorgen, Schulden zu bezahlen und die Vollstreckung des Testaments auszuführen hat. Die Gattin des Dichters (welche erst 1623 starb) ist in dem Testamente mit folgender wörtlichen Bestimmung bedacht: „Item, gebe ich meinem Weibe mein zweitbestes Bett nebst Zubehör (my second best bed, with the furniture)." Den Armen von Stratford sind 10 Pfd. verschrieben, und von den Freunden des Dichters erhalten: Anthony Nash und John Nash, Heminge, Burbadge und Condell kleine Summen für Ringe. Th. Combe, welchem er sein Schwert vermachte, war der Neffe des John Combe, eines sehr angesehenen Stratforder Bürgers. Auf diesen soll der Dichter auch eine satirische Grabschrift verfaßt haben, die jedoch sicherlich zu den spätern Erfindungen gehört. Die Anekdote stammt aus Aubrey's unzuverlässiger Quelle.

auch ganz selbstverständlich, daß sie nicht mittellos blieb und bleiben konnte; aber diese knappe Erwähnung im Testamente dürfte trotzdem wohl geeignet sein, die sonstigen Indicien für das keineswegs glückliche eheliche Verhältniß zu vermehren, besonders da sein sämmtliches Hausgeräth ausdrücklich seiner Tochter Susanna und deren Manne Dr. Hall zugesprochen wird. Dieser Umstand ist es auch besonders, der darauf schließen läßt, daß er mit Diesen die letzten Jahre zusammen lebte. Von seinen Geschwistern ist in dem Testamente nur seine Schwester Johanna erwähnt, welche an einen Hutmacher in Stratford, W. Hart, verheirathet war, der nur wenige Tage früher als der Dichter starb. Von den Brüdern Shakespeare's war Gilbert schon 1612 in Stratford gestorben, sein zweiter Bruder Richard 1613, und der jüngste, Edmund, im Jahre 1607 zu London; im Kirchenregister ist Letzterer als Schauspieler (a player) bezeichnet.

Das stille und ruhige Glück einer angenehmen Häuslichkeit, wie es dem gewaltigen Dichter für seine letzten Lebensjahre zu Theil geworden, im Verkehr mit seinen Kindern und lieben Freunden (ob auch mit seinem Weibe, bleibt ungewiß), sollte er nicht lange genießen. Daß er in Folge eines lustigen Zechgelages mit Drayton und B. Jonson plötzlich gestorben sei, ist nichts als ein Geschwätz des Stratforder Herrn Vikars J. Ward, der dies in seinem Tagebuch, aber erst aus den Jahren 1661 bis 1663, berichtet. Es ist dieselbe trübe Quelle, aus der wir auch den Bericht haben, daß Shakespeare in seiner letzten Lebenszeit zu Stratford jährlich zwei Stücke geschrieben und ein Jahreseinkommen von 1000 Pfund gehabt habe! Jener Rev. J. Ward berichtet all diesen Stadtklatsch mit dem Vorbehalt: „Wie ich gehört"; es bedarf also kaum einer Widerlegung.

Genug, William Shakespeare starb am 23. April 1616, nachdem er erst sein 52. Lebensjahr zurückgelegt hatte. Er wurde in der dicht am Flusse Avon gelegenen heiligen Dreifaltigkeitskirche beigesetzt. Die Grabstätte, im Chor der Kirche, ist durch eine Steinplatte bezeichnet mit folgendem Vers:

> Um Jesu willen, Freund, laß du
> Den hier verschloßnen Staub in Ruh;
> Gesegnet sei, wer schont den Stein,
> Verflucht, wer störet mein Gebein.

Der Sage nach rührt die Grabschrift vom Dichter selbst her; und es ist nicht unwahrscheinlich, daß er seine Ruhestätte damit gegen den puritanischen Fanatismus einer spätern Zeit im Voraus zu schützen trachtete.

Sein Weib, seine Tochter Susanna, deren Gatte Dr. Hall und der erste Mann seiner Enkelin, Th. Nash*), erhielten ihre Grabstätten neben der des Dichters; sie befinden sich sämmtlich in einer Reihe, und zwar unmittelbar an der Altarseite der Kirche, was wohl als Zeugniß dafür betrachtet werden kann, welches Ansehn der große Mann in seiner Vaterstadt genoß. Wenig Jahre nach dem Tode des Dichters ward ihm in derselben Kirche, nördlich zur Seite des Altars, ein Denkmal errichtet, das in einer, von korinthischen Säulen begrenzten Nische seine Büste enthält. Das Postament derselben trägt folgende Inschrift, die zwei ersten Verse in lateinischer, die andern in englischer Sprache:

An Weisheit einen Nestor**), an Geist einen Sokrates, an Kunst
                        einen Virgil
Deckt die Erde, betrauert das Volk, besitzt der Olymp.

———

———

*) Susanna Hall starb im Jahre 1649; ihre Tochter Elisabeth, geb. 1608, heirathete im Jahre 1626 den oben genannten Dir. Th. Nash. Der ältere Thomas Nash hatte drei Söhne: Anthony, John und George. Die beiden Ersteren sind Diejenigen, welche im Testamente Shakespeare's erwähnt werden. Anthony Nash hatte wieder einen Sohn, Thomas; dieser ist es, welcher Shakespeare's Enkelin heirathete. (Jos. Hunter's „New Illustrations etc.", London 1845.) Nach dem Tode Th. Nashs schloß Elisabeth eine neue Ehe mit Sir John Barnard, aus Abington, starb aber ohne Nachkommen. — Die jüngere Tochter des Dichters, Judith, hatte (wie schon erwähnt, kurz vor dem Tode ihres Vaters) einen Mr. Thomas Quiney geheirathet und starb erst 1662, in ihrem 77. Lebensjahr. Des Dichters einziger Sohn, Hamnet, war — wie schon erwähnt — bereits in seinem Knabenalter gestorben.

**) Heißt im lateinischen Original: Judicio Pylium, einen Pylier, also Nestor aus Pylos.

Steh, Wandrer, eile nicht so schnell vorüber,
Lies, wen der neib'sche Tod in diese Gruft
Gebracht hat; Shakespeare ist's, mit dem zugleich
Natur auch starb, deß' Name dies Gewölb
Mehr schmückt als Prunk; denn was er schrieb, verheißt,
Daß ihm die Kunst nur dienstbar war dem Geist.

Obiit Ano. Doi. 1616. Etatis 53. Die 23. Ap.

Die Büste in diesem Monument zeigt den Dichter in vollem Bruststück, vor ihm ein Kissen, auf welchem ein Blatt Papier, das die linke Hand zur Hälfte deckt, während er in der rechten Hand eine Feder hält. Das Monument ist nicht eben geschmackvoll oder künstlerisch bedeutend, aber es ist für uns von Wichtigkeit, weil anzunehmen ist, daß der Verfertiger der Büste den Dichter persönlich gekannt hat, wir also darin das muthmaßlich treueste Abbild erhalten haben, so wenig es auch der Vorstellung entsprechen möge, die der begeisterte Verehrer Shakespeare's von der Persönlichkeit eines solchen Dichters unwillkürlich mit sich trägt. Am meisten ist dies wohl der Fall mit dem sogenannten Chandos-Porträt; und da dasselbe den tausenderlei spätern Vervielfältigungen am häufigsten als Grundlage gedient hat, so hat Shakespeare's Kopf für uns einen ganz bestimmten typischen Charakter erhalten. Seine besondere Bezeichnung hat jenes Chandos-Porträt dadurch erhalten, daß es früher im Besitze des Herzogs von Chandos war. Nach der Tradition gehörte das Bild einem der Kollegen Shakespeare's, dem Schauspieler Taylor. James Boaden, der uns die eingehendste Untersuchung über Shakespeare's Bildnisse gegeben hat*), nimmt an, es sei sogar von Richard Burbadge gemalt, da Burbadge sich mit der Malerei beschäftigt hat. Vom Chandos-Porträt sind seit Rowe's Shakespeareausgabe verschiedene Zeichnungen und Stiche gemacht worden, die aber oft sehr erheblich von einander abweichen. Boaden gibt einen

---

*) „An Inquiry into the Authenticity of various pictures and prints, wich, from the decease of the Poet to our times, have been offered to the Public as Portrait of Shakespeare." By James Boaden, Esq. London 1824. — Das Buch enthält die oben besprochenen Bildnisse in sehr guten Stichen.

Stich nach der Zeichnung von Ozias Humphrey, welche im
Jahre 1783 für Malone angefertigt wurde und für sehr treu
gehalten wird. Ein anderes Oelbild, von Cornelius Jansen,
kam erst im vorigen Jahrhundert zum Vorschein und befindet
sich im Besitze des Herzogs von Somerset. Beweise für die
Treue des Bildes sind hier noch weniger als beim Chandos-
Porträt zu finden, aber Boaden versicht es als das glaub-
würdigste. Daß aber das Chandos=Porträt das populärste
geworden ist, erklärt sich, abgesehen von dem bereits angeführten
Umstand, genügend daraus, daß die Züge viel bestimmter, indi-
vidueller erscheinen als bei den mehr verschwommenen Formen
des Jansenschen Bildes. Außer diesen Gemälden existirt noch
der Stich, welcher der ersten Folioausgabe 1623 von
seinen Freunden beigegeben ist. Dies Porträt ist jedoch, obwohl von B. Jonson in dem beigegebenen Verse sehr gerühmt,
so geradezu häßlich, namentlich was die Eiform des Kopfes, die
hohe birnenförmige Stirn betrifft, so steif und unkünstlerisch in
der Ausführung, daß wir daraus höchstens auf Haar, Bart und
Kleidung schließen können. Daß die Büste am Stratforder
Grabmonument schon sehr bald nach des Dichters Tode, sehr
wahrscheinlich auf Veranlassung seines Schwiegersohnes
Dr. Hall, angefertigt worden, läßt sich daraus schließen, daß
schon in einem der ersten Folioausgabe beigegebenen Gedichte
von L. Digges das „Stratford = Monument" ausdrücklich
genannt ist. Die Verfertigung der Büste wird einem Holländer
Gerard Johnson zugeschrieben. Der während einer gewissen
Zeit herrschende Geschmack, Bildwerke mit Farben zu über-
ziehn, wurde ursprünglich auch an dieser Büste geübt; das Kolorit wurde Ende des vorigen Jahrhunderts entfernt und durch
einen weißen Farbenüberzug ersetzt, doch ist in neuerer Zeit die
ursprüngliche Malerei wieder hergestellt worden.

Wenn das Aeußere, die Gesichtszüge einer Persönlichkeit
Schlüsse auf den innern Menschen zulassen, so scheinen sämmtliche Bildnisse Shakespeare's, die wir aus früherer Zeit besitzen, berufen zu sein, die Mannigfaltigkeit der Anschauungen,
an denen die Shakespearekritik so unerschöpflich ist, noch unter-

stützen zu wollen; denn die hier besprochenen vier Bildnisse weichen so sehr von einander ab wie die Interpretationen dieses oder jenes dramatischen Charakters unsers Dichters. Der stärkste Unterschied aber herrscht zwischen dem Kupferstich von 1623 und der Stratford-Büste, so daß man hier vergeblich nach den allergeringsten übereinstimmenden Linien sucht. Aber Ben Jonson sagt ja in dem erwähnten Gedichte*): „Da kein Künstler im Stande wäre, ein Bild zu geben, das die geistige Größe dieses Mannes darstellen könnte, so möge man nicht auf das Bild blicken, sondern — in das Buch." Das wollen wir denn auch, nachdem wir hier die Persönlichkeit und die Lebensverhält- nisse des Dichters so gut wie möglich zu ergründen versucht. So wenig es auch ist, was wir darüber geben konnten, so ist doch dies Wenige in gewissem Sinne auch viel zu nennen. Denn nicht Ein Moment seines Lebens, so weit wir es mit positiven Thatsachen zu thun haben, ist vorhanden, der uns in unserer ge- rechten Verehrung für den Dichter irgendwie zu stören ge- eignet wäre. Wo auch der Rivalitätsneid einmal sich gegen ihn herauswagte, da zeigte er auch zugleich seine völlige Ohn- macht; Shakespeare konnte in solchem Falle mit seinen eigenen Worten des Brutus sagen:

> Ich bin durch Redlichkeit so stark bewehrt,
> Daß solch ein Angriff wie des Windes Hauch
> An mir vorüber geht.

Auch Ben Jonson, dem sein Neid gegen Shakespeare so viel- fach, und sicher mit Uebertreibung, zum Vorwurf gemacht worden, konnte in Allem, was er über ihn öffentlich urtheilte, nicht anders als mit Ausdrücken der Bewunderung von ihm sprechen. In seinem Gedichte zum Andenken an seinen „ge- liebten Shakespeare" hatte er den zum geflügelten Worte ge- wordenen Ausspruch gethan: „Er war nicht für ein Zeitalter, er war für alle Zeiten!" Und noch in einer viel spätern Schrift sagt

---

*) Dieses sowohl, wie auch die größere poetische Widmung, ist im nächsten Ab- schnitte, bei Besprechung der Folioausgabe von 1623, mitgetheilt; ebenso das oben erwähnte Gedicht von Digges.

er über Shakespeare's Persönlichkeit: „Ich liebte den Mann
und ehre sein Gedächtniß wie irgend Einer; denn er war in der
That edel, eine offene freie Natur."

Wir können getrost sagen: Alles, was wir von Shakespeare's
Menschlichkeit durch die Aeußerungen seiner Freunde und
Zeitgenossen wissen, ist der Art, daß es das Gemälde seiner
dichterischen Größe nur noch verschönen kann. Denn
Allen ist er nicht nur der witzige, geistreiche, phantasievolle
u. s. w., sondern auch der „geliebte", der „angenehme", der
„edle" Shakespeare. Und nach allen diesen übereinstimmenden
Zeugnissen können wir mit einer gewissen Genugthuung von
ihm sagen: Er war ein Mensch, würdig ein solcher Dichter
zu sein!

Zweiter Abschnitt.

Ueber Shakespeare's Dramen.

Die englischen Ausgaben und die Textkritik.

Nachdem wir im ersten Abschnitt dieses Buches die Entwickelung des Shakespeare'schen Drama's nicht nur von seiner Persönlichkeit aus, sondern auch in seinem Zusammenhange mit der Geschichte des englischen Theaters und mit seiner Zeit darzustellen versucht haben, wollen wir nunmehr auf seine dramatischen Dichtungen selbst eingehen und zunächst diejenigen Umstände näher ins Auge fassen, deren Kenntniß für eine durchaus klare Anschauung seiner Werke eine Nothwendigkeit ist. Eine sehr wesentliche Erschwerung für die Beurtheilung des Dichters durch die Nachwelt hat von jeher in der Unzuverlässigkeit der Texte, welche uns als die seinigen überliefert wurden, gelegen, und die Textkritik bildet denjenigen Theil unserer so reichen Shakespeare-Literatur, auf welchen ein besonderes Studium und die unverdrossenste Arbeit verwandt werden mußte. Wir können von keinem einzigen der während Shakespeare's Lebzeiten im Drucke erschienenen Dramen mit Gewißheit sagen, ob dasselbe vom Autor selbst oder mit seiner Genehmigung zum Druck befördert wurde, wir haben also von keiner einzigen jener ältesten Ausgaben seiner Stücke die Ueberzeugung, daß wir es mit einem zuverlässigen Texte zu thun haben. Wohl aber haben wir bei vielen jener Quartausgaben Beweise für das Gegentheil. So ist denn die erste Ausgabe, welche von seinen dramatischen Werken überhaupt erschien, und zwar erst sieben Jahre nach seinem Tode: die Folioausgabe von 1623 für alle spätern Ausgaben die Grundlage geblieben, da sie von zwei Freunden und gleichzeitig Kollegen des Dichters veranstaltet

wurde, welche nebenbei die Versicherung gaben, diese Ausgabe
nach des Dichters eigenen Handschriften gemacht zu haben.
Wenn nun allerdings eine Vergleichung der Stücke, wie sie in
jener Folioausgabe mitgetheilt sind, mit den ältern Quartausgaben derselben in vielen Fällen die Flüchtigkeit und Gewissen-
losigkeit, mit der bei den letztern verfahren worden, aufs klarste
darlegt, so konnte doch im Ganzen auch jene erste Folio aus
gewissen Gründen, auf die wir noch zu reden kommen, durchaus
noch nicht als etwas in allen Theilen Befriedigendes, Vollständiges und Fehlerloses betrachtet werden, ja bei mehreren Stücken
hat man den ältern Quartos entschieden den Vorzug gegeben,
und so blieb nicht nur dem gründlichsten und ausdauerndsten
Forscherfleiße noch eine endlose Arbeit übrig, sondern auch der
Konjekturalkritik, der durchaus individuellen Anschauung und
Beurtheilung blieb ein leider sehr reiches Feld offen.

Weshalb Shakespeare selbst — auch wenn er nicht daran
denken konnte, den Gelehrten für Jahrhunderte ihre Arbeit
zu erleichtern — nichts that, um korrekte Ausgaben seiner
Stücke herzustellen, wissen wir bereits aus der Kenntniß der
damaligen Theaterverhältnisse und der Stellung, welche die
dramatische Dichtung in der Literatur einnahm. Wie gewissen-
los aber bei den unrechtmäßigen Ausgaben nicht allein bei
Shakespeare, sondern auch bei andern Dichtern seiner Zeit verfahren wurde, dafür haben wir die glaubwürdigsten Zeugnisse.
Thomas Heywood sagt einmal im Prolog zu einem seiner Stücke
(If you know not me you know Nobody, erschien zuerst 1606),
dasselbe sei in Folge des Beifalls, den es fand, „stenographisch“
nachgeschrieben und in den Druck gegeben worden, aber „kaum ein
Wort richtig“, und in dieser Lahmheit habe es so lange herum-
gehinkt, daß nun der Autor durch eine richtige Ausgabe jenes
ihm angethane Unrecht rächen wolle.

Auch über die Zeit der Entstehung der Shakespeare'schen
Stücke geben uns die Jahreszahlen, welche die Quartausgaben
tragen, nur sehr unsichere Anhaltspunkte; denn bei einer großen
Zahl derselben ist es nachweislich, daß die gedruckten Bücher
oft um Jahre später erschienen, als die erste Aufführung statt-

gefunden hatte. Von den uns bekannten ältesten Ausgaben der einzelnen anerkannt Shakespeare'schen Stücke geben wir zunächst nachstehende Uebersicht in chronologischer Ordnung:

1. **Heinrich der Sechste, zweiter Theil,** unter dem Titel: „Der erste Theil des Streites zwischen den beiden Häusern ꝛc." Ohne Autornamen 1594. 1600.

2. **Heinrich der Sechste, dritter Theil,** unter dem Titel: „Die wahre Tragödie des Herzogs Richard von York ꝛc." Ohne Autornamen 1595. 1600.

   Beide Theile zusammen erschienen 1619 unter dem Titel „Der ganze Streit zwischen ꝛc."

3. **Richard der Dritte.** Erste Ausgabe 1597 ohne Autornamen. Zweite Ausgabe 1598 unter Shakespeare's Namen. Dritte Ausgabe 1602. Vierte 1605. Fünfte 1612. Sechste 1622*).

4. **Romeo und Julie,** ohne Autornamen 1597. Zweite Ausgabe 1599. Dritte 1609.

5. **Richard der Zweite,** ohne Autornamen 1597. Unter Shakespeare's Namen 1598. Dritte Ausgabe 1608. Dieselbe Ausgabe in demselben Jahre mit der Bemerkung: „Mit neuen Zusätzen ꝛc.". Vierte Ausgabe 1615.

6. **Heinrich der Vierte, erster Theil,** ohne Autornamen 1598. Die folgenden Ausgaben unter dem Namen Shakespeare's 1599. 1604. 1608. 1613. 1622.

7. **Verlorne Liebesmüh,** 1598.

8. **Heinrich der Vierte, zweiter Theil,** 1600.

9. **Heinrich der Fünfte,** unter dem Titel „The Chronicle History of Henry the fift etc.", 1600. 1602. 1608. Alle drei Ausgaben ohne Autornamen und sehr verunstaltet.

10. **Titus Andronicus,** 1600. 1611. (Die frühere Ausgabe unbekannt.)

11. **Ein Sommernachtstraum,** 1600, zwei Ausgaben.

12. **Der Kaufmann von Venedig,** 1600, zwei Ausgaben.

13. **Viel Lärm um Nichts,** 1600.

---

*) Die nach der ersten Folio von 1623 noch erschienenen Einzelausgaben der Stücke führen wir hier nicht weiter auf.

14. **Hamlet,** 1603. 1604. 1605. 1611.

15. **Die lustigen Weiber von Windsor,** 1602. 1619.

16. **König Lear,** 1608, drei Ausgaben.

17. **Perikles,** ohne Angabe des Autornamens, 1609.

18. **Troilus und Cressida,** 1609, in zwei Ausgaben.

Alle diese Stücke erschienen noch während des Dichters Lebenszeit. Nach seinem Tode erschien noch, außer wiederholten Auflagen und außer der Gesammtausgabe:

19. **Othello,** 1622.

Im vorstehenden Verzeichniß sind diejenigen Stücke weggelassen, welche aller Wahrscheinlichkeit nach nur die ältern Vorbilder für Shakespeare's später erschienene Dramen waren, aber nicht von ihm selbst herrührten. Es sind dies: der ältere „König Johann", der ältere „Lear" und die ältere Form der „Widerspänstigen". (Ueber diese Stücke wird man das Nähere unter den einzelnen Artikeln über die betreffenden Shakespeare'schen Dramen finden.) Dagegen sind in obiger Uebersicht einige solche Stücke aufgenommen, bei denen die Frage der Autorschaft lange Zeit einen sehr entschiedenen Meinungsstreit unterhalten hatte. Es sind dies die ersten Ausgaben „Heinrichs VI.", 2. und 3. Theil, „Perikles" und „Titus Andronicus."

Erst sieben Jahre nach dem Tode des Dichters, 1623, erschien eine Ausgabe seiner sämmtlichen dramatischen Werke, die, trotz aller Mängel, als eine im Wesentlichen zuverlässige betrachtet werden kann, und welche uns vor Allem eine gewisse Gewähr über diejenigen Stücke gibt, die wirklich von ihm herrühren. Die Ausgabe wurde von zweien seiner Kollegen und Freunde, den Schauspielern Heminge und Condell, veranstaltet; augenscheinlich weniger aus Spekulation, als zu Ehren des großen Dichters. Der Titel dieser ersten Folioausgabe*) lautet:

----

*) Für die hier gegebenen Nachrichten aus der ersten Folio liegt mir die so werthvolle, 1866 erschienene photo-lithographirte Reproduktion von H. Staunton vor. — Die Berliner Bibliothek ist im Besitze der Original-Folio, sowie aller noch nachfolgenden (oben besprochenen) Folioausgaben. Für alle hier gegebenen Vergleichungen sind daher die Originaldrucke gewissenhaft benutzt.

Mr. William Shakespeare's
Comedies, Histories etc., Tragedies.
Published according to the True Originall Copies.
London, printed by Isaac Jaggard and Ed. Blount. 1623.

Auf dieser ersten Titelseite ist ein Porträt Shakespeare's, eine sehr schlechte Kupferrabirung von Martin Droeshout eingedruckt, das den bei weitem größten Theil der Seite einnimmt. Gegenüber diesem Titelblatt steht ein Vers von Ben Jonson, den wir hier in möglichst getreuer Uebersetzung geben:

An den Leser.

Das Bild, das du hier siehst, fürwahr,
Stellt unsern edeln Shakespeare dar;
Mit so viel Wahrheit ist's gegeben,
Als sollt' es überbieten noch das Leben.
O, wenn der Künstler so wie das Gesicht
Den Geist auch dargestellt, der zu uns spricht,
Wir würden dann ein Bildniß haben,
Wie keins noch in Metall gegraben.
Da aber Keinem Solches würde glücken,
Magst du auf's Bild nicht, nein, ins Buch nur blicken.
B. J.

Das nächste Blatt enthält eine Widmung des Buches, an die Lords: William, Earl of Pembroke, und Philipp, Earl of Montgomery. In dieser Dedikation heißt es:

„— — So sehr waren Eure Lordschaften den verschiedenen Stücken geneigt, da sie aufgeführt wurden, daß dieser Band sich wohl als der Eurige bezeichnen darf. Wir haben die Stücke nur gesammelt, und wir erweisen damit dem Todten einen Dienst, indem wir die Vormundschaft über seine Waisen übernehmen; ohne Anspruch auf eigenen Nutzen oder Ruhm: nur um das Gedächtniß eines so würdigen Freundes und Lebensgefährten, wie es unser Shakespeare war, zu bewahren." — —

Hieran schließt sich ein an die Leser gerichtetes Vorwort, welches wir, in Anbetracht seiner Wichtigkeit, hier vollständig in getreuer Uebersetzung mittheilen wollen. Es wird dies um so willkommener sein, als dies in mehrfacher Beziehung so sehr

interessante Schriftstück dem größern Theil der deutschen
Leser neu sein dürfte. Dieses Vorwort lautet:

„An die verschiedenen Leser, vom Befähigtesten bis zu
Denen, die nur buchstabiren können:

Hiermit seid ihr gezählt; besser wär's, ihr wäret gewogen!
Insbesondere, wenn das Schicksal aller Bücher von euren
Fähigkeiten abhängt, und zwar nicht nur von euren Köpfen,
sondern auch von euren Geldbeuteln. Wohl! Es gehört nunmehr der Oeffentlichkeit, und ihr werdet — das wissen wir —
auf euren Privilegien bestehn: zu lesen und eure Meinung abzugeben. Thut dies, aber — kauft es zuerst! Denn dies em-
pfiehlt ein Buch am besten, sagen die Buchhändler. Also wie
absonderlich auch immer euer Verstand sein möge, oder eure
Weisheit, macht von eurer Freiheit Gebrauch und sparet nicht.
Urtheilt nach eurem Sixpencewerth, Shillingswerth, ja nach
eurem Fünfshillingswerth und höher noch — Alles zugleich —
und seid willkommen. Was ihr aber auch immer thun möget,
kaufet! Tadel allein kann den Handel nicht befördern und die
Sache in Bewegung bringen. Und obwohl ihr eine Obrigkeit
des Witzes seid und zu Blackfriars auf der Bühne sitzt oder im
Parterre (Cock-pit), um täglich Stücke zurecht zu setzen, mögt
ihr doch wissen, daß diese Stücke schon ihre Prüfung durchgemacht und alle Einwürfe bestanden haben, und sie kommen nun
zum Vorschein eher durch einen Wunsch des Hofes als durch
gekaufte Empfehlungsschreiben.

Allerdings wäre es sehr wünschenswerth gewesen, daß der
Autor selbst noch in seinem Leben eine Ausgabe und Durchsicht
seiner eigenen Schriften unternommen hätte. Da es aber anders gekommen, und er durch den Tod um dieses Recht gebracht
worden ist, so bitten wir, beneidet nicht seine Freunde um ihre
Sorgfalt und Mühe, die sie bei diesem Dienste, die Stücke zu
sammeln und herauszugeben, übernehmen mußten. Nachdem
ihr vordem mit verschiedenen gestohlenen und erschlichenen Abschriften, verstümmelt und entstellt durch die Ränke und Dieb-
stähle schmählicher Betrüger, getäuscht worden seid, erhaltet ihr
eben jene Stücke neu, geheilt und vollkommen an ihren Glied-

maßen, zur Einsicht dargeboten; die andern alle, durchaus in
richtiger Anzahl, wie ihr Schöpfer sie erdacht hat. So wie er
ein glücklicher Nachahmer der Natur war, so war er auch ein
höchst edler Dolmetscher derselben; sein Geist und seine Hand
gingen darin zusammen. Und was er gedacht, das brachte er
mit solcher Leichtigkeit zum Ausdruck, daß wir bei ihm in
seinen Papieren kaum eine ausgestrichene Stelle gefunden
haben. Doch es ist nicht unsre Sache, seine Werke zu preisen,
da wir sie einzig sammelten und sie euch darreichen. Es ist
eure Sache, sie zu lesen. Und da hoffen wir von euch und
euren verschiedenen Fähigkeiten, ihr werdet genug darin finden,
was euch anziehn und fesseln wird. Seine Geisteswerke dürfen
nicht länger im Verborgenen liegen; sie möchten sonst verloren
gehn. Darum leset ihn, und wieder und immer wieder; und
wenn ihr ihn dann nicht liebt, dann seid ihr in erklärter Gefahr, — ihn nicht zu verstehn. Und so lassen wir euch den andern seiner Freunde, welche — wenn ihr dessen bedürfet — eure
Führer sein können; bedürfet ihr dessen nicht, so mögt ihr euch
selber leiten und Andere. Und solche Leser wünschen wir ihm.
John Heminge. Henry Condell."

Nun folgt eine Reihe von Gedichten, die die Größe
Shakespeare's preisen; zunächst das prachtvolle Gedicht von
Ben Jonson*):

**Dem Gedächtnisse des Autors, meines geliebten William
Shakespeare,**

und dessen, was er uns hinterließ.

Nicht daß Dein Name uns erwecke Neid,
Mein Shakespeare, preis' ich Deine Herrlichkeit,
Denn wie man Dich auch rühmen mag und preisen:
Zu hohen Ruhm kann Keiner Dir erweisen!
Das ist so wahr, wie alle Welt es spricht**).

---

*) Ich theile dies Gedicht in Bodenstedts meisterhafter Uebersetzung mit, da die-
selbe schwerlich zu übertreffen sein möchte, und füge nur einige Anmerkungen da
hinzu, wo es von Wichtigkeit ist, den genauen Wortlaut zu kennen. — Alle andern
in diesem Abschnitt gegebenen Uebersetzungen sind selbständige.

**) Diese so wichtige Stelle lautet wörtlich: „Dies ist die allgemeine Stimme"
(all men's suffrage).

Doch mit der großen Menge geh' ich nicht,
Die, dumm und urtheilslos, im besten Fall
Nichts beut als andrer Stimmen Wiederhall —
Auch nicht mit blinder Liebe, die nur tappt
Im Dunkeln und die Wahrheit gern verkappt.
Auch nicht mit Heuchlern, die nur scheinbar loben
Und heimlich gerne stürzten, was erhoben.
Es wäre das, als rühmt ein Kuppler sehr
Uns eine Frau — was könnt ihr schaden mehr?
Allein Du stehst so hoch, daß Dir nicht Noth
Das Schmeicheln thut, Dich Bosheit nicht bedroht.
Du Seele unsrer Zeit*), kamst, sie zu schmücken
Als unsrer Bühne Wunder und Entzücken!
Steh auf, mein Shakespeare! Ich will Dich nicht sehn
Bei Chaucers oder Spensers Gruft, nicht stehn
Zu Beaumont, daß er trete Raum Dir ab;
Du bist ein Monument auch ohne Grab,
Und lebst, so lange Deine Werke leben
Und unser Geist, Dir Lob und Preis zu geben;
Drum halt' ich Dich getrennt von diesen Meistern,
Wohl großen, aber Dir nicht gleichen Geistern.
Könnt' ich im Urtheil Deinen Werth erreichen,
Würd' ich mit andern Dichtern Dich vergleichen
Und zeigen, wie Du Lily oder Kyd
Weit überholst, selbst Marlow's mächt'gen Schritt.
Und wußtest Du auch wenig nur Latein,
Noch wen'ger Griechisch, ist doch Größe Dein,
Davor sich selbst der Donnrer Aeschylus,
Euripides, Sophokles beugen muß,
Gleichwie Pacuvius, Accius, Seneca;
O wären sie, Dich zu bewundern, da!
Sie aus der Gruft möcht' ich heraufbeschwören,
Deines Kothurns erhabnen Schritt zu hören**).
Voll Stolz war Rom, voll Uebermuth Athen,
Sie haben Deines Gleichen nicht gesehn.
Triumph, mein England, Du nennst ihn Dein eigen,
Dem sich Europa's Bühnen alle neigen.

*) „Soul of the age!"
**) Wörtlich: Deinen Kothurn-Schritt die Bühne erschüttern zu hören.

Nicht nur für unsre Zeit lebt er: für immer!*)
Noch standen in der Jugend Morgenschimmer
Die Musen, als er wie Apollo kam
Und unser Ohr und Herz gefangen nahm.
Stolz war auf seinen schaffenden Verstand
Selbst die Natur, trug freudig sein Gewand,
So reich gesponnen und so fein gewoben,
Daß sie seitdem nichts Andres mehr will loben.
Selbst Aristophanes, so scharf und spitzig,
Terenz so zierlich, Plautus, der so witzig,
Mißfallen jetzt, veraltet und verbannt,
Als wären sie nicht der Natur verwandt.
Doch darf ich der Natur nicht Alles geben,
Auch Deine Kunst, Shakespeare, muß ich erheben;
Denn ist auch Stoff des Dichters die Natur,
Wird Stoff zum Kunstwerk durch die Form doch nur.
Denn wer will schaffen lebensvolle Zeilen
Wie Du, der muß viel schmieden, hämmern, feilen,
Muß an der Musen Ambos stehn wie Du,
Die Formen bildend und sich selbst dazu.
Vielleicht bleibt doch der Lorbeer ihm verloren!
Ein Dichter wird gebildet, wie geboren.
Du bist's! Sieh, wie des Vaters Angesicht
Fortlebt in seinen Kindern, also spricht
Sich Deines Geists erhabne Abkunft ganz
In Deinen Versen aus, voll Kunst und Glanz**).
In jedem schwingst Du einen Speer zum Streit**)
Ins Antlitz prahlender Unwissenheit.
O, sähn wir Dich aufs Neue, süßer Schwan†)
Vom Avon, ziehn auf Deiner stolzen Bahn!
Sähn wir, der so Elisabeth erfreute
Und Jakob, Deinen hohen Flug noch heute

---

*) „Er war nicht eines Zeitalters, sondern für alle Zeiten" (He was not of au age, but for all times).

**) Hier ist ausdrücklich in der Anerkennung der „schön ausgearbeiteten Verse" die Kunst des Dichters gepriesen.

***) Hier macht Jonson nicht das Wortspiel „to shake a speare", sondern sagt: to shake a lance.

†) „Süßer Schwan vom Avon!" Auch dies Wort Ben Jonsons hat für Jahrhunderte vorgehalten.

Am Themseſtrand! Doch nein, Du wardſt erhoben
Zum Himmel ſchon, ſtrahlſt als ein Sternbild oben!
Strahl fort, Du Stern der Dichter! Strahl hernieder,
Erhebe die geſunkne Bühne wieder,
Die trauernd wie die Nacht bärg' ihr Geſicht,
Blieb ihr nicht Deiner Werke ew'ges Licht.

Ben Jonſon.

/ ./ 1 ./

Das nächſtfolgende Gedicht: „Upon the Lines and Life
of the Famous Scenick Poet etc." beginnt:

Die Hände, die ſich einſt zum Beifallklatſchen regten,
Ihr Briten, ringt ſie nun, denn Shakeſpeare iſt dahin!

u. ſ. w.

Das Gedicht, unterzeichnet Hugh Holland, ſcheint ſchon
früher auf den Tod des Dichters gemacht zu ſein.

Hieran ſchließt ſich das Gedicht von J. Digges, eine
herrlich zur Wahrheit gewordene Prophezeiung:

Dem Gedächtniſſe des Dahingeſchiedenen,
Maſter W. Shakeſpeare.

Nun, Shakeſpeare, endlich reicht der Freunde Schaar
Der Welt die Werke Deines Geiſtes dar,
Durch die Dein Name überlebt Dein Grab!
Dein Stratford-Monument, es ſink' hinab,
Dies Buch jedoch hält Dich in friſchem Leben,
Künft'gen Geſchlechtern noch Dich hinzugeben,
Wenn Stein und Kupfer ſchwand, und wenn von allen
Den neuen Dichtern keiner will gefallen;
Was nicht von Shakeſpeare kommt, es iſt verloren,
Vergebne Müh! Doch immer neugeboren
Und wieder auferſtehn wirſt Du der Welt
Mit jedem Vers, den dieſes Buch enthält.
Und wie Ovid von ſeinem konnt' berichten,
So wird auch Deines keine Zeit vernichten,

Nicht Fäulniß und nicht Feuer. Und auch Du
Wirst todt nicht sein in Deiner Grabesruh,
Bis unsre Bühne einst — o eitler Wahn! —
Zu neuen Wundern sich hat aufgethan,
Und schöner noch die Leidenschaft einst malt,
Als Julien sie und Romeo'n umstrahlt;
Bis man noch höhern Schwung der Rede krönt,
Als sie aus Deinen Römerscenen tönt;
Bis an Gefühl und Geistesfeuer man
Eins Deiner Werke überbieten kann! —
So lange, Shakespeare, bist Du nicht gestorben
Und nicht Dein Lorbeer, den Du Dir erworben!

J. Digges.

Dem Gedächtnisse M. William Shake-speare's*).

Staunend mußten wir, ach! Shakespeare, die Kunde vernehmen,
    Daß so zeitig Du gingst fort von der Bühne der Welt;
Todt gar wähnten wir Dich. Jedoch dies Buch hier verkündet,
    Daß Du nur gingest, um bald wieder vor uns zu stehn;
Um den Beifall aufs Neu des Publikums zu empfangen,
    Schlossest Du Einen Theil, spielend den zweiten sodann.
Jenes Exit, es war nur der Sterblichkeit Folge;
    Dieser Dein Auftritt ruft neues Entzücken hervor.

J. M.

Auf diese Reihe von Gedichten folgt ein Namenverzeich-
niß „der in allen diesen Stücken beschäftigt gewesenen vorzüglichsten Schauspieler". Es sind dies:

    William Shakespeare. Richard Burbadge. John He-
minge. Augustine Phillips. William Kempt**). Thomas
Poope. George Bryan. Henry Condell. William Slye.
Richard Cowley. John Lowine. Samuell Crosse. Alexander
Cooke. Samuel Gilburne. Robert Armin. William Ostler.

---

*) Das englische Original ist in gereimten fünffüßigen Jamben.

**) Die Namens-Orthographie war damals, wie wir wissen, eine sehr unbe-
stimmte. In obigem Verzeichnisse ist die Schreibweise des Originals beibehalten.

Nathan Field. John Underwood. Nicholas Tooley. William
Ecclestone. Joseph Taylor. Robert Benfield. Robert Goughe.
Richard Robinson. John Shancke. John Rice.

Das Inhaltsverzeichniß der Stücke gibt folgende Titel (für
die hier im Deutschen der möglichst genaue Wortlaut beibe=
halten ist) in nachstehenden drei Abtheilungen an:

Comedies.

Der Sturm. Die beiden Edelleute von Verona. Die
lustigen Weiber von Windsor. Maß für Maß. Die Komödie
der Irrungen. Viel Lärm um Nichts. Verlorne Liebesmüh.
Mittsommer=Nachts=Traum. Der Kaufmann von Venedig.
Wie es euch gefällt. Die Zähmung der Widerspänstigen. Ende
gut Alles gut. Twelf=Night, oder Was ihr wollt. Das Wintermärchen.

Histories.

Das Leben und der Tod Königs Johann. Das Leben und
der Tod Richards des Zweiten. Der erste Theil König Heinrichs des Vierten. Der zweite Theil König Heinrichs des Vierten. Das Leben König Heinrichs des Fünften. Der erste Theil
König Heinrichs des Sechsten. Der zweite Theil König Heinrichs des Sechsten. Der dritte Theil König Heinrichs des
Sechsten. Das Leben und der Tod Richards des Dritten. Das
Leben Heinrichs des Achten.

Tragedies.

Die Tragödie von Coriolanus. Titus Andronicus. Romeo
und Julie. Timon von Athen. Das Leben und der Tod Julius
Cäsars. Die Tragödie von Macbeth. Die Tragödie von
Hamlet. König Lear. Othello, der Mohr von Venedig. Antonius und Cleopatra. Cymbeline, König von Britannien.

—————

„Troilus und Cressida", welches Stück in diesem Inhaltsverzeichniß fehlt, aber im Buche enthalten ist, scheint erst
nachträglich, als schon der Druck ganz oder beinah fertig war,
eingefügt zu sein, was aus der hier eintretenden Unregelmäßig=
keit der Paginirung hervorgeht. Jede der drei Abtheilungen

beginnt nämlich aufs Neue mit Seite 1; da nun „Troilus und Cressida" in der dritten Abtheilung als e r st e der Tragödien eingeschoben ist, so beginnt hier „Coriolan" mit Seite 1, während bei „Troilus und Cressida" einige Seiten ganz außer der Reihe beziffert sind.

Die zweite Folioausgabe, erschienen 1632, ist nur ein Abdruck der ersten, und hat dasselbe Arrangement der Paginirung, nur daß hier „Troilus und Cressida", ebenfalls als erste der Tragödien, die Seitenzahl in richtiger Folge enthält. Der Text enthält manche Aenderungen, absichtliche wie auch zufällige; von den Emendationen haben nur wenige Billigung gefunden.

Die Vorreden und Gedichte, welche das Buch einleiten, sind im Ganzen dieselben, doch sind den oben mitgetheilten und hier wiederholten Gedichten von B. Jonson, Digges und J. M. noch drei n e u e Gedichte hinzugefügt, das eine betitelt: „Auf die Bildnisse (effigies) meines werthen Freundes u. s. w."; es ist ohne Unterschrift, auch ohne Interesse; das andere: „Auf den ausgezeichneten Master Shakespeare und seine Gedichte", unterzeichnet: J. M. S. ; endlich das Gedicht J. Miltons, welches als die erste der öffentlichen Poesieen dieses Dichters gilt. Es dreht sich einzig um den zur Genüge wiederholten Gedanken, daß Shakespeare keines steinernen Denkmals bedurfte, daß er in unserer Bewunderung sich selbst ein dauernd Monument geschaffen habe u. s. w., und schließt:

Um solch ein herrlich Grabmal zu erwerben,
Wie Dich verewigt, möchten Kön'ge sterben!

Die dritte Folioausgabe, 1663, mit einem spätern Titelblatt, das die Zahl 1664 trägt, ist nur ein Nachdruck der zweiten Ausgabe, fügt jedoch die ganze Reihe der spurious plays hinzu, nämlich außer dem als echt anerkannten „Perikles" noch: Der Londoner Verschwender, Die Geschichte des Thomas Cromwell, Sir John Oldcastle Lord Cobham, Die Puritanische Wittwe, Eine Tragödie in Yorkshire, Die Tragödie Lokrine.

Im Texte dieser Ausgabe sind nur einige Druckfehler der frühern verbessert, und dafür einige neue hinzugefügt. Die Seitenzahl ist hier zuerst eine durchgehende für das ganze Buch, und nur bei den am Schlusse hinzugefügten Stücken beginnt die Paginirung wieder von vorn.

Die vierte Folio endlich, erschienen 1685, ist ein Abdruck der dritten, nur mit bereits sehr modernisirter Orthographie.

Die Form, in der diese Folioausgaben (wir wollen hier nur die erste derselben als Maßstab behalten) die Shake-speare'schen Stücke gegeben, möge hier im Allgemeinen kurz charakterisirt sein.

Während in den ältern Quartausgaben der einzelnen Stücke eine Akt- und Sceneneintheilung gänzlich fehlt, gibt die erste Folioausgabe bei den meisten Stücken die Akte, bei mehreren auch die Scenen-Theilung an. Ganz ohne Akt- und ohne Scenen-Eintheilung sind dagegen auch hier noch: Der 2. und 3. Theil Heinrichs VI., Troilus und Cressida und Antonius und Cleopatra, obwohl alle diese Stücke mit der Angabe Actus I, Scene 1 beginnen. Nur in Akte, nicht aber in Scenen getheilt sind: Der Sommernachtstraum, Der Kaufmann von Venedig, Viel Lärm um Nichts, Verlorne Liebesmüh, Die Widerspänstige (wo jedoch der Beginn des 2. Aktes anzugeben vergessen ist), Ende gut Alles gut, Heinrich V., Coriolan, Titus Andronicus, Julius Cäsar. Bei Hamlet ist die Angabe von Akten und Scenen nur bis zur 2. Scene des 2. Aktes gemacht, wo sie dann ganz aufhört. Vollständige Eintheilung in Scenen und Akte haben: Der Sturm, Die Veroneser, Die lustigen Weiber, Maß für Maß, Die Irrungen, Wie es euch gefällt, Was ihr wollt, Das Wintermärchen, König Johann (mangelhaft), Richard II., Heinrich IV., Heinrich VI. erster Theil (sehr mangelhaft), Richard III. (mit Uebergehung einiger Scenenwechsel), Mac-beth, Lear, Othello und Cymbeline. Die Personenverzeich-nisse fehlen in den meisten Stücken; nur bei folgenden sind sie am Schlusse des Stückes beigefügt: Maß für Maß, Winter-märchen, Sturm, Die Veroneser, Heinrich V., Timon und Othello. Der Scenenwechsel ist, auch da, wo die Theilung der Scenen angegeben ist, ohne Bezeichnung des Orts oder irgend welcher Lokalität, nur mit „Scena prima“, „Scena secunda“ u. s. w. angedeutet. Wo auch diese Angaben fehlen, wie in den oben angeführten Stücken, folgt nur auf den Abgang am Schlusse der Scenen der Auftritt der andern Personen. So z. B. im „Kaufmann von Venedig“ schließt die erste Scene auf der Straße mit dem „Exeunt“ der Personen, worauf es heißt: „Enter Portia etc.“ — Von den Shakespeare’schen Clowns sind auch bei solchen, die einen bestimmten dramatischen Charakter haben, oft die Namen nur im Texte angegeben. So heißt es im „Kaufmann von Venedig“ beim ersten Auftritt des Lanzelot Gobbo nur: „Enter the Clowne alone“, dann folgt der Monolog, und erst in der sich hier anschließenden Scene mit dem alten Gobbo ist dem Dialog Lanzelots sein Name vorgesetzt. Später wieder, im Hause Shylocks, heißt es bei dessen und Lanzelots Auftritt: „Enter Jew, and his man that was the Clown.“ Ebenso ist im „Sommernachtstraum“ Bottom (Zettel) häufig nur als Clowne eingeführt.

Zu den vorstehend angedeuteten Unvollkommenheiten der ersten Folios kommt noch die wichtigere, welche in der Mangel-haftigkeit des Textes sehr vieler Stücke besteht. Daß darin die erste Folio selbst gegen mehrere ältere Quartausgaben zurücksteht, ist schon bemerkt worden; und so ist das verwerfende Urtheil der Herausgeber der ersten Folio (siehe das mitgetheilte Vorwort) nur in beschränkter Weise zu acceptiren; besonders wird beim „Sommernachtstraum“, „Verlorne Liebesmüh“ und „Richard II.“ der Text der Quartos dem der Folio vorgezogen. Bei einigen Stücken unter den ältern Quartos tritt der bessere Text derselben so überzeugend hervor, daß danach von den spätern Herausgebern die erste Folio emendirt werden mußte. (Unsere Autorität hinsichtlich dieser Vergleichungen ist die Cambridge-Edition.) Außerdem sind mehrere Stücke in der Folioausgabe nach jenen ältern Quartos abgedruckt worden, und nicht immer sind die Abweichungen in der Folio auch Ver-besserungen. Man kann annehmen, daß die Herausgeber der Folio für einige Stücke nicht Shakespeare’s eigene Handschrift

9*

vor sich hatten, sondern eine zum Gebrauch für das Theater ge=
machte fehlerhafte Abschrift. Daher ist der Werth der Stücke
in der Folio hinsichtlich ihrer Textreinheit ein so verschiedener.
Eben daher sind aber auch die Meinungen der Kritiker über die
Autorität der Folio von jeher sehr abweichend gewesen. Die
spätern Herausgeber der Folio verfuhren aber in ihren Korrek=
turen des ersten Druckes nur nach Gutdünken, d. h. ohne andere
Leitung als die der Konjektur. Für gewisse leichtsinnige Ver=
änderungen in diesen spätern Folios könnten wir hier zahlreiche
Beispiele anführen; dagegen sind andrerseits auch manche Aen=
derungen in denselben (freilich nur sehr wenige) der Berücksich=
tigung werth gefunden worden. Wo unverständliche oder zwei=
deutige Stellen in der I. Folio durch Vergleichungen mit den
Quartos (oder spätern Folios) nicht gehoben werden konnten,
da treten natürlich die Konjekturen der spätern Ausleger um so
mannigfacher hervor.

Es ist hier nicht der Platz, Shakespeare's Schicksale auf
der englischen Bühne, oder die Geschichte der englischen Shake=
speare=Kritik weiter zu verfolgen, wir haben es hier nur mit den
verschiedenen Textverbesserungen oder Verschlechterungen zu
thun. Die Wiedererweckung Shakespeare's auf der englischen
Bühne (nach der Restauration) liegt zwischen dem Erscheinen
der dritten und vierten Folioausgabe, und gleichzeitig begannen
die Alterations einzelner Shakespeare'schen Stücke, d. h. die
ausschweifendsten Veränderungen und Verstümmelungen der=
selben. Dryden, Davenant und Shadewell waren mit schlech=
tem Beispiel vorausgegangen. Um Mitte des 18. Jahrhunderts
hatte die Zahl dieser Alterations den Höhepunkt erreicht, und
obwohl Garrick durch seine dramatische Darstellung sowohl, wie
durch seine Bearbeitungen dem Geiste des Dichters wieder näher
zu kommen suchte, so unterschieden sich auch dessen Umwandel=
lungen nicht sehr von den etwa zwei Decennien später in
Deutschland beginnenden Bühneneinrichtungen der Shake=
speare'schen Stücke durch Schröder u. A.*)

*) In meiner „Geschichte der Shakespeare'schen Dramen in Deutschland" findet
man die meisten dieser deutschen Theaterbearbeitungen analysirt.

Mittlerweile hatte aber in England bereits die neue Epoche der kritischen Shakespeareausgaben begonnen. Nicolas Rowe war Derjenige, dem wir nicht nur die erste biographische Abhandlung über Shakespeare verdanken, sondern der auch den ersten Versuch machte, den Text der Shakespeare'schen Stücke nach kritischen Gesichtspunkten herzustellen.

N. Rowe's Ausgabe („The Works of Mr. William Shakespear. Revis'd and corrected, with an Account of the Life and Writings of the Author") erschien zuerst 1709 in 7 Oktav-Bänden. Sie enthält alle Stücke der vierten Folio in gleicher Ordnung; aber daß er auch diese Ausgabe als Grundlage für seinen Text nahm, war ein wesentlicher Mißstand. Es scheint, daß er erst während des Druckes, und zwar während des Druckes von „Romeo und Julie", die Existenz einer Quartausgabe dieses Stückes erfuhr, da er den Prolog, der in der Folio fehlt, ebenfalls gibt, aber erst am Ende des Stückes. Im Uebrigen hat er eine Textvergleichung mit den Quartos schwerlich gemacht. Durch manche glückliche Gedanken hatte er den Text wohl verbessert und gereinigt, aber auch viele der gröbsten Irrthümer stehn lassen. Wo in den Folioausgaben die Akt- und Sceneneintheilung noch fehlte, fügte er sie hinzu, ebenso die Personenverzeichnisse. Grammatik, Interpunktion und Orthographie wurden von ihm selbständig verbessert. Der Ausgabe N. Rowe's, von der 1714 eine zweite Auflage erschien, bleibt, bei all ihren Mängeln, das außerordentliche Verdienst, für alle weitern Verbesserungen die Bahn gebrochen zu haben.

Im Jahre 1725 folgte die Ausgabe von Alex. Pope („The Works of Shakespeare, collated and corrected by the former Editions"), in 6 Quart-Bänden. Pope vertheidigte Shakespeare mit Wärme gegen manche von der klassischen Richtung erhobenen Angriffe, indem er sagte: „Shakespeare nach den Gesetzen des Aristoteles beurtheilen, wäre dasselbe, als einen Mann nach den Gesetzen eines Landes zu richten, der unter den Gesetzen eines andern gehandelt habe." In seinem begeisterten Lobe über die einzige Naturwahrheit der Shakespeare'schen Charaktere sprach Pope das Wort, welches nachher oft genug

wiederholt worden: „Shakespeare ahmte die Natur nicht nach,
sondern die Natur selbst sprach durch ihn." Pope ging aber in
seiner Vertheidigung weiter; nicht nur, daß er die notorisch unter-
geschobenen Stücke dem Dichter absprach und sie deshalb auch von
seiner Ausgabe ausschloß, er wollte auch von „Perikles" nichts
wissen, und meinte sogar, daß in Stücken wie Verlorne Liebesmüh, Wintermärchen, Titus Andronicus u. A. nur einzelne
Scenen oder vielleicht nur einzelne Partieen von Shakespeare's
Hand herrühren könnten. Er ging ferner von der Ansicht aus,
daß die Folioausgabe nur eine Verschlechterung der ältern
Quartausgaben sei. Pope hatte in der That Kenntniß nicht nur
von der ersten Folio, sondern auch von mehreren Quartausgaben,
aber in seinem Eifer der Purificirung des Textes vertraute er
seinem subjektiven Gefühl und seinen „Muthmaßungen" allzu
sicher, und brachte sehr zahlreiche Aenderungen hinein, die nicht
wohl gerechtfertigt waren, wenn er bei seinem Geiste auch oft
das Richtige traf. Mit zärtlichster Sorgfalt suchte er aus dem
Texte Alles zu entfernen, was den Geschmack beleidigen könnte;
Stellen, die ihm des großen Dichters nicht würdig zu sein
schienen, und die er deshalb für fremde Einschaltungen hielt,
entfernte er aus dem Text, setzte sie aber gewissenhaft in Anmerkungen darunter. Noch sonderbarer nimmt sich für uns
sein Verfahren aus, die Schönheiten des Dichters den Lesern
hervorzuheben; er selbst sagt darüber in seinem Vorwort: „Die
ausgezeichnetsten Stellen sind mit Häkchen am Rande bezeichnet,
und wo die Schönheit nicht in den Einzelheiten, sondern im
Ganzen liegt, ist vor die betreffende Scene ein Stern gesetzt."
Die Angabe des Schauplatzes bei den neuen Scenen, eine
Verbesserung, die schon Rowe begonnen hatte, wurde von Pope
in größerer Ausdehnung und mit mehr Genauigkeit durchgeführt; aber er vermehrte auch die Scenen dadurch, daß er auch
bei den neuen Auftritten eine Scenentheilung eintreten ließ; ein
Verfahren, in welchem ihm Warburton, Hanmer und Johnson
folgten, das aber danach wieder aufgegeben wurde. Trotz
Pope's oft ebenso naiver als willkürlicher Behandlung des
Textes wurde sein Verdienst doch später selbst von dem scharfsin-

nigen Dr. Johnson anerkannt; denn Johnson, der die Mängel und Irrthümer des Pope'schen Verfahrens aufs schärfste beleuchtete, gestand ihm doch zu, daß er der Erste war, der es einsah, oder wenigstens der Erste, der es aussprach, „welche Hülfsmittel für die Verbesserung des Shakespeare'schen Textes vorhanden waren; und wenn er selbst auch nur nachlässig die ältern Ausgaben zu Rathe zog, so lehrte er doch Andere, darin genauer zu sein". Eine zweite Ausgabe, von Pope und Dr. Sewell, erschien bereits 1728.

Theobald, der schon 1726 eine sehr heftige Polemik („Shakespeare restored") gegen Pope begonnen hatte, ließ eine eigene Ausgabe 1733 erscheinen, verfiel dabei aber selbst in den Fehler, allzu viel „Korrekturen" in den Text zu bringen. Doch auch diese Ausgabe hatte daneben ihr Verdienstliches. Ihr folgten zunächst:

Hanmer, 1744, die sogenannte Oxforder Ausgabe, und Warburton, 1747, der ebenfalls eine Zurückführung des Textes auf seine Ursprünglichkeit und Reinheit intendirte, aber dabei für seine „Interpolations", d. h. seine hineingeflickten Zuthaten, die schärfste Kritik erfahren mußte. (Warburtons Ausgabe war, nebenbei bemerkt, das Original für die erste deutsche Uebersetzung Shakespeare's, von Wieland.)

Mit umfassenderm kritischen Geiste als die Vorgänger war endlich Dr. Sam. Johnson an die Arbeit gegangen, und seine Ausgabe Shakespeare's, für die er schon seit etwa zwanzig Jahren Studien gemacht, erschien endlich im Jahre 1765; doch waren einige Bände davon schon früher gedruckt. Auch Johnson erkannte in Shakespeare vor Allem das bewundernswürdige Naturgenie; aber er vertheidigte ihn wegen Nichtbeachtung der Einheiten des Drama's nicht nur deshalb, weil sein ursprüngliches Genie sich nicht daran zu kehren brauchte, sondern auch deshalb, weil Johnson nicht einsehn wollte, daß für die Erreichung der Wahrscheinlichkeit der Handlung solche Befolgung jener Regeln nöthig sei. Im Uebrigen wollen wir auf die sehr geistvolle Einleitung Johnsons hier nicht näher eingehen und nur auf das verweisen, was seine Behandlung des Textes

betrifft. Indem er das von Pope so oberflächlich durchgeführte
Kollationiren der alten Ausgaben kritisirt, fährt er fort: „Die
Arbeit eines Kollators ist allerdings eine abstumpfende, aber
sie ist doch gleich andern mühseligen Unternehmungen eine
Nothwendigkeit. Aber ein verbessernder Kritiker würde seine
Pflicht schlecht erfüllen ohne Eigenschaften, die sehr verschieden
von Stumpfheit sind. Bei der Prüfung eines verderbten
Stückes muß er alle Möglichkeiten des beabsichtigten Sinnes
wie die des Ausdrucks vor sich haben; so groß muß sein Umfassen des Gedankens und sein Reichthum der Sprache sein.
Aus den verschiedenen möglichen Lesarten muß er fähig sein,
diejenige zu wählen, welche am meisten mit der Verfassung, den
Anschauungen und Gebräuchen der Sprache des besondern Zeitalters im Einklang steht, sowie mit seines Autors besonderer Vor-
stellungsart und Ausdrucksweise. Hiernach muß die Kenntniß
und der Geschmack des Kritikers beschaffen sein. Die Kritik der
Muthmaßungen (Conjectural criticism) erfordert Uebermensch-
liches; und wer sie auch noch so rühmlich auszuüben weiß, bedarf doch sehr häufig der Nachsicht." Indem Johnson dies
Alles klar erkannte und danach seine Aufgabe sich stellte, hatte
er den bedeutsamen Schritt zur wirklich philologischen
Kritik gethan. So vielfach er auch gegen seine Vorgänger in
Opposition treten mußte, so bestrebte er sich doch, das Gute an-
zuerkennen, und gestand zu, daß keiner von ihnen den Text
unverbessert gelassen hätte. Er acceptirte deshalb nicht allein
viele solcher Verbesserungen, sondern nahm auch die Anmerkungen Jener mit auf, so weit sie ihm nützlich erschienen, in andern
Fällen auch nur, um sie zu widerlegen. Man kann Johnson
ferner zugestehn, daß er die alten Lesarten nicht aus bloßer
Aenderungssucht verwarf, sondern nur dann, wenn er nach seiner
Ansicht dadurch einen Widerspruch zu lösen oder ein Dunkel zu
erhellen vermochte. Doch war er vorsichtig genug, seine Aenderungen nicht ohne Weiteres in den Text zu setzen, sondern er
zeigte dieselben in den beigegebenen Noten an. Er sagt sehr
richtig: „Den lockenden Reizen des Emendirens ist schwer zu
widerstehen; und wer einmal auf eine glückliche Aenderung

gefallen ist, freut sich viel zu sehr darüber, als daß er die etwaigen Gegeneinwendungen bedenken sollte." Er hat deshalb durch die Beschränkung auf die Form der Anmerkungen den Vortheil gewonnen, nach der geringern oder größern Stärke seiner Gründe immer noch die Wahl freizustellen. In diesen Anmerkungen spricht auch er sich über besondere Schönheiten oder Mängel aus, doch hat er hierbei, wie er selbst zugesteht, mehr die Launen und den Zufall walten lassen.

Die bereits angenommene Eintheilung der Stücke in Akte und Scenen behielt Johnson bei, obwohl er eine Autorität hierbei nicht gelten lassen will und kann. In der Interpunktion folgte er ganz nur seinem eigenen Ermessen; über das, was die ältern Ausgaben darin bieten, sagt er sehr richtig: „Wie konnten Diejenigen auf Kommas u. s. w. bedacht sein, welche ganze Wörter und Perioden verunstalteten?"

George Steevens gab zunächst dem Publikum ein reiches Material zu eigener Anschauung der verschiedenen Lesarten, indem er Alles zusammenbrachte, was von den ältern Quartausgaben der einzelnen Stücke bis dahin zu ermitteln war, und die wichtigsten davon in einer besondern Sammlung: „Twenty of the plays of Shakespeare, being the whole Number printed in Quarto etc." (London 1766, 4 Bände) herausgab. In dieser Sammlung der zwanzig Quartausgaben, deren Zahl seitdem durch weitere Entdeckungen vergrößert ist, sind außer den wirklich Shakespeare'schen Stücken auch solche enthalten, an denen er ganz zuverlässig keinen Antheil hatte, wie z. B. das alte Stück von „König Lear und seinen drei Töchtern"*). Von „Romeo und Julie" finden sich zwei Quartausgaben mitgetheilt, die von 1597 und die dritte von 1609. Auch enthält die Sammlung die verderbten Texte der beiden Theile (2. und 3.) Heinrichs VI., in denen Viele die Vorarbeiten zu den Shakespeare'schen Stücken zu sehn glaubten.

Fast gleichzeitig war E. Capells neue Ausgabe (1768) erschienen, in welcher im Ganzen nach Johnsons Grundsätzen

---

*) Von Tieck in seinem „Altenglischen Theater" übersetzt, ebenso der ältere „König Johann".

verfahren ist, nur daß der Herausgeber sich noch mehr der
eigentlichen Untersuchung des Textes zuwendet, und dafür auch
wiederum vermehrte Hülfsmittel in Händen hatte. Im Uebrigen war er bei den scenischen Angaben noch genauer als Pope;
und in einer Einleitung hatte er bereits kurze Mittheilungen über
die verschiedenen von Shakespeare benutzten Quellen gemacht.

G. Steevens hatte endlich S. Johnsons Ausgabe neu
bearbeitet, mit ganz vortrefflichen Verbesserungen, historischen
und andern Erläuterungen versehn und 1773 herausgegeben.
Diese treffliche Ausgabe der Werke Shakespeare's, nunmehr als
die Johnson-Steevenssche Ausgabe bezeichnet, bleibt vorläufig der werthvollste, zuverlässigste und genaueste Kommentar
zu den Stücken. Steevens hatte gleichzeitig die Varianten aller
Vorgänger in großer Ausführlichkeit beigefügt, und wurden
diese, sowie sonstige Ergänzungen, namentlich historisches Material über die Zeit Shakespeare's, die alte Bühne u. s. w., in
den spätern Auflagen (1778, 1785 u. s. w.) noch vervollständigt.
Die große Mehrzahl der wichtigsten literarhistorischen Notizen,
die noch heute ihre Gültigkeit und Bedeutung behalten haben,
verdanken wir dieser Steevensschen Ausgabe.

J. Reed, welcher schon bei der vierten Johnson-Steevensschen Ausgabe (1793) sich betheiligt hatte, besorgte eine
fünfte Ausgabe 1803 und eine sechste 1813.

Unterdessen war auch Malone, der sich zunächst dem
Johnson-Steevensschen Shakespeare durch Supplemente an-
geschlossen hatte, bereits 1790 mit einer neuen Ausgabe her-
vorgetreten, und Boswell publicirte endlich 1821 einen von
Malone mit neuen Anmerkungen versehenen Druck des Johnson-
Steevensschen Shakespeare.

Auch in diesem Jahrhundert ist die englische Kritik, sowohl
in den Bemühungen um möglichste Feststellung des Textes, wie
auch in den begleitenden Kommentaren desselben, stets rast-
los fortgeschritten und hat so zahlreiche neuere Ausgaben hervorgebracht, daß wir aus dieser Epoche nur die Namen
S. W. Singer, Charles Knight, B. Cornwall, Payne Collier,
S. Phelps, J. O. Halliwell und Alex. Dyce nennen wollen. Von

den beiden Letztgenannten hat James O. Halliwell die reichste und kostbarste Ausgabe (1853) hergestellt, während Alex. Dyce († 1869), dessen erste Ausgabe 1853, die zweite und letzte 1866 erschien, namentlich durch Schärfe des Urtheils und große Strenge in der Wahl der Lesarten seinen Shakespearetext zu großem Ansehn gebracht hat. Die sogenannte Cambridge-Edition endlich (herausgegeben von W. Clark und W. A. Wright, 1866) hat durch die unter dem Text stehenden Noten, in denen alle Lesarten der verschiedenen Quartos und Folios, sowie die bemerkenswerthesten der spätern Herausgeber angemerkt sind, einen besondern Werth für Diejenigen, die dem Textstudium ein Interesse zuwenden; die Ausgabe gewährt uns den klarsten Einblick in das komplicirte Netz der verschiedenen Umgestaltungen einzelner Wörter und Sätze.

Der von Payne Collier gemachte Fund eines Exemplars der Folioausgabe von 1632, mit handschriftlichen Korrekturen und Anmerkungen versehn, war ursprünglich bestimmt, der gesammten Textkritik eine neue und unverhoffte Wendung von tiefeingreifender Wirkung zu geben. Die Streitigkeiten, welche die damit diskutirte Frage über den Ursprung dieses Exemplars (nach dem darin eingeschriebenen Namen die Perkins-Folio genannt) hervorgerufen hatte, führten jedoch sehr bald zu dem Resultat: daß die handschriftlichen Korrekturen keineswegs von einer Autorität herrührten, daß die meisten der von Collier danach vorgenommenen Emendationen zu verwerfen seien, aber dennoch ein Theil davon als werthvolle Bereicherung gelten dürfe; sowohl A. Dyce, als auch die Herausgeber der Cambridge-Edition haben die wirklich dankenswerthen Verbesserungen aufgenommen.

Aber abgesehn von allen den im Laufe von mehr als anderthalb Jahrhunderten gemachten Emendationen mußten für jeden neuern Herausgeber noch andere Momente in Erwägung gezogen werden, namentlich was die stets fortschreitenden Veränderungen in der Orthographie, sowie die Unterscheidungen zwischen etwaigen Irrthümern des Dichters und denen der ältern Herausgeber oder Drucker betrifft. Man darf wohl annehmen, daß hinsichtlich dieser Erwägungen alle

neuern kritisch verfahrenden Herausgeber mehr oder weniger
nach den Grundsätzen handeln, welche die Herausgeber der Cambridge-Edition für sich selbst aufgestellt haben. Nämlich: „In der
Grammatik sind nur solche Fehler verbessert, die augenscheinlich vom Drucker herrühren, dagegen Versehen, welche sich als
Shakespeare's eigene ziemlich sicher (?) erkennen lassen, sind
stehn geblieben. Zu derartigen eigenen Fehlern des Dichters
gehören u. A. auch Verwechselungen beim Gebrauch von Orts=
oder Eigennamen, wo sich das Versehen leicht herausstellt und
das Richtige auf der Hand liegt; wie z. B. in „Romeo und Julie"
einmal, aus bloßer Flüchtigkeit, Verona und Genua verwechselt
werden, u. dgl. m. — Für die Orthographie muß die des
19. Jahrhunderts angenommen werden; denn erstens war die
Orthographie zu Shakespeare's Zeit eine ungemein schwankende
und regellose; zweitens haben wir über des Dichters eigene
Orthographie nicht die geringste Gewähr; und nur die Orthographie irgend eines Setzers oder Abschreibers beizubehalten,
wäre thöricht. Dagegen sind die im Metrum vorkommenden
Unregelmäßigkeiten, so weit solche auch durch eine Vergleichung
der ältern Ausgaben nicht zu beseitigen waren, beizubehalten.
In der Interpunktion, für welche die alten Ausgaben die
allergeringste Bedeutung haben, mußte der freieste Gebrauch der
Korrekturen gestattet sein."

Auch hinsichtlich der Emendationen hat sich in neuerer Zeit
eine gewisse Reaktion bemerklich gemacht; und die mehr und
mehr platzgreifende Ueberzeugung, daß ein allzu großer Ver-
besserungseifer zu den schlimmsten Konsequenzen führen muß,
kann sich ganz einfach auf die bereits gemachten Erfahrungen
stützen. Man schlage nur die erwähnte Cambridge-Edition auf und
sehe aus den in den Noten beigefügten verschiedenen Lesarten,
was oft ein den frühern Herausgebern unverständliches Wort
für fortwährende Wandelungen bei allen nachfolgenden Editoren
durchgemacht hat, und wie zuletzt nicht selten aus der seitdem
fortgeschrittenen Literatur- und Sprachkenntniß sich ergab, daß
die ursprüngliche Lesart die richtige sein muß. Der scharfsinnige Dr. Alex. Schmidt sagt darüber (Jahrbuch 2c. Bd. III.)

u. A. sehr richtig: „Wenn einmal unter Irrthümern die
Wahl getroffen werden muß, so verdient auf dem in Rede
stehenden Gebiete der ältere schon darum den Vorzug, weil er
leichter als Irrthum zu erkennen ist und für alles Suchen nach
der Wahrheit den einzig möglichen Ausgangspunkt bildet." —
Die Frage der Textkritik ist eine solche, die sich an dieser Stelle
natürlich nur andeuten ließ. Sie wurde von uns nur aus dem
Grunde berührt, weil wir ein gedrängtes Bild, einen ganz allgemeinen Ueberblick über die complicirte Geschichte der englischen
Ausgaben Shakespeare's geben wollten; während der Ausgangs=
punkt für diese keineswegs vollständigen Angaben auch der Haupt=
zweck dieser Einleitung für den zweiten Abschnitt unsers Buches
bleibt, nämlich: das Verhältniß der alten Ausgaben, namentlich der ersten Folio, zu den Arbeiten der spätern Herausgeber
in Kürze zu charakterisiren. Die deutschen Herausgeber, d. h.
Uebersetzer, sind allerdings in zahlreichen Fällen noch auf die
Abweichungen in den englischen Texten angewiesen und haben
hierbei ihre eigene Einsicht entscheiden zu lassen. Im Ganzen
aber existiren für uns die Schwierigkeiten in ungleich geringerm
Maße, da wir nicht nur hinsichtlich der Orthographie und
Grammatik nur auf unsere eigene Sprache angewiesen sind,
sondern auch deshalb, weil eine gute Uebersetzung eine wört-
liche nicht sein kann, weil also dadurch von selbst schon die
Abweichungen in gewissen Wortstellungen, in Synonymen
u. dgl. wegfallen.

Was die Reihenfolge der Stücke in den verschiedenen
Ausgaben betrifft, so ist es natürlich, daß dieselbe schon wegen
der Unsicherheit der chronologischen Folge, nach der Zeit ihrer
Entstehung, vielfache Veränderungen erfuhr. Die ältern englischen Herausgeber folgten meist der Anordnung in der Folioausgabe, indem sie erst die Komödien, dann die Historien, dann
die Trauerspiele aufeinander folgen ließen; nur innerhalb der
verschiedenen Abtheilungen werden hie und da die Plätze ge=
wechselt. Auch die neuern englischen Ausgaben sind meist der
alten Ordnung getreu geblieben. In Deutschland dagegen
haben bei den verschiedenen Uebersetzern von jeher auch hierin

abweichende Arrangements stattgefunden. Wieland in seiner un=
vollständigen Uebersetzung beobachtete gar kein Princip dabei
und brachte die Stücke aus den verschiedenen Gattungen durch=
einander; Eschenburg nahm die englische Anordnung an, mit
nur geringen Abweichungen. A. W. Schlegel in seiner nicht zu
Ende geführten Uebersetzung (1797—1810) brachte in den ersten
vier Bänden Stücke verschiedener Gattung, in den andern fünf
Bänden die Historien; und seitdem Tieck in seiner Ausgabe die
sämmtlichen Historien (in den Schlegelschen Uebersetzungen)
vorangehn ließ, ist man wenigstens in diesem Punkte mehrfach
der Anordnung gefolgt, während im Uebrigen die Variationen
fortdauerten.

Für den erläuternden Text hat eine bestimmte Gruppirung
der Stücke besondere Schwierigkeiten. Um ein übersichtliches Bild
von dem Schaffen des Dichters in den verschiedenen Abstufun=
gen zu geben, wäre eine chronologische Ordnung durchaus noth=
wendig; und doch ist die Entstehungszeit so vieler Stücke noch
bis heute nicht genau festzustellen. Wir können jedoch wenigstens
für gewisse Perioden seines dichterischen Schaffens eine Zeit=
ordnung angeben, und wir thun dies nach folgenden Gesichts=
punkten. Die erste Periode, für welche wir die Zeit von 1589
bis 1592 annehmen können, umfaßt die Jahre seiner Anfänger=
schaft und seines Ringens. Die zweite Periode ist die der Be=
freiung und der Schönheit; für die Befreiung von dem
Zwange der Materie und des bis dahin herrschenden theatra=
lischen Geschmacks bildeten ganz besonders die Historien die
wichtige Uebergangsstufe; ihnen schließen wir die beiden aus=
gesprochen bürgerlichen Lustspiele an und dann diejenigen Werke,
in denen wir Freiheit und Schönheit in harmonischester Ver=
bindung sehn. Daß die einzelnen Stücke dieser Gattung nicht in
der hier gewählten Reihenfolge gedichtet sind, kann uns um so
weniger Bedenken gegen die Gruppirung erregen, als mehrere
der Dichtungen zuverläßig verschiedene Ueberarbeitungen er=
fahren haben. Dieser zweiten Periode haben wir die größere
Hälfte aller Dramen zugewiesen. Für die dritte Periode müßten
wir keine andere Bezeichnung, als die der Meisterschaft.

Denjenigen Werken dieser letzten Periode, in denen sich das sich seiner selbst vollkommen bewußte Genie auch in der größten künstlerischen Beherrschung der Form zeigt, müssen wir freilich auch solche Stücke beifügen, die, wenn wir sie mit den gleichzeitigen hochvollendeten Schöpfungen vergleichen, vielleicht nur in unvollkommenster Gestalt uns überliefert worden sind, oder deren offenbare Mängel wir uns aus andern äußern Umständen zu erklären suchen müssen.

Die streng literarhistorischen Notizen, die wir zu den einzelnen Stücken geben, über die ältesten Ausgaben, muthmaßliche Zeit der Entstehung u. s. w. werden hoffentlich willkommen sein.

„Es ist zu beklagen, daß solch ein Dichter einen Kommentar nöthig hat!" — Dieser Seufzer des Dr. S. Johnson ist so sehr berechtigt, daß alle Erklärer und Ausleger unsers Dichters ihn hätten als stete Mahnung sich vergegenwärtigen sollen. Nicht etwa, daß die Folge davon hätte sein müssen, ihn gar nicht zu kommentiren, denn nöthig ist ja der Kommentar. Aber eben weil dies zu beklagen ist, so wird ein Jeder gut thun, sich darin so viel als möglich zu beschränken; etwa so, wie wir's von dem Portier oder Kastellan eines Palastes oder historisch denkwürdigen Gebäudes wünschen müssen: er weise uns die Treppen und die betreffenden Zugänge u. s. w. an, aber er dränge uns nicht überall seine eigne Person auf. Wir werden uns bemühen, in den nachfolgenden kurzen erläuternden Nachrichten über die einzelnen Dichtungen an diesem Grundsatz festzuhalten. Nicht die einzelnen Steine, sondern die Pfeiler und Gewölbe jenes wunderbaren Bauwerkes, das wir durchschreiten, sollen der Betrachtung gewidmet sein.

Die Werke der erſten Periode.

Die früheſten dramatiſchen Verſuche, welche der Dichter auf die Bühne brachte, fanden wohl ziemlich gleichzeitig in der tragiſchen und in der komiſchen Richtung ſtatt. So weit ſich beim Mangel ganz poſitiver Beweiſe aus übereinſtimmenden äußern Merkmalen oder aus innern Gründen — d. h. nach dem Stil derſelben — feſtſtellen läßt, können wir als die früheſten Dramen Shakeſpeare's folgende Gruppe betrachten:

Titus Andronicus; Perikles; Heinrich der Sechſte, drei Theile; denen ſich dann aus der heitern Richtung entweder gleichzeitig beimiſchen oder unmittelbar anſchließen: Die beiden Veroneſer; Verlorne Liebesmüh; Die Irrungen.

Titus Andronicus

wurde zuerſt in einer Quartausgabe 1600 gedruckt, und zwar unter dem Titel:

„Die höchſt klägliche Römiſche Tragödie von Titus Andronicus. Wie ſie verſchiedene Male geſpielt worden von den Dienern der höchſt ehrenwerthen Lord Pembroke, Lord Darby, Lord Suſſex und des Lord-Kanzlers. London, gedruckt durch J. R. für Edward White ꝛc. 1600."

Die zweite Quartausgabe (1611) hat unter demſelben Titel nur die abweichende Bemerkung, daß das Stück „verſchiedene

---

*) „The most lamentable Romaine Tragedie of Titus Andronicus. As it hath sundry times beene playde by the Right Honourable the Earl of Pembroke, the Earl of Darbie, the Earl of Sussex, and the Lord Chamberlaine their Servants. At London, Printed by J. R. for Edward White and are to be solde at his shoppe, at the little North doore of Paules, at the signe of the Gein. 1600."

Male von des Kings Majesties Dienern gespielt worden sei".
Der Text ist mit der ersten Ausgabe ganz übereinstimmend.
Von einer Eintheilung in Scenen und Akte ist hier wie in allen
Quartausgaben noch keine Rede. „Titus Andronicus" gehört
zu denjenigen Shakespeare'schen Stücken, bei denen Shake=
speare's Autorschaft vielfach bestritten worden ist. Die Mei=
nung für die Echtheit des Stückes dürfte wohl neuerdings die
Majorität haben. Daß es aber, wenn es von ihm herrührt,
eine seiner ersten und auch am frühesten aufgeführten Tra=
gödien ist, wird kaum Jemand bezweifeln. Die früheste Er=
wähnung eines Titus Andronicus datirt allerdings erst aus dem
Jahre 1594. In diesem Jahre, am 6. Februar, wurde ein Buch
dieses Namens in das Register der Buchhändler (Stationers'
Company) eingetragen, und zwar unter dem Titel „A noble
Roman-Historye of Tytus Andronicus". Im Jahre 1602 er=
scheint eine Eintragung unter der Bezeichnung „Titus und
Andronicus". Langbaine in seinem „Account of the English
Dramatish Poets" (1691) sagt von „Titus Andronicus", das
Stück sei zuerst gedruckt in London 1594, und von den
Truppen (d. h. „servants") der Lords Derby, Pembroke und
Essex aufgeführt. Ein Stück „Titus und Andronicus" (doch
wohl nur eine Inkorrektheit in der Titelangabe) ist übrigens in
Henslowe's Tagebuch unterm 23. Januar 1593 notirt. Daß
aber „Titus Andronicus" schon viel früher gegeben worden, er=
hellt aus einer Bemerkung, welche Ben Jonson in der Ein=
leitung zu seiner Komödie „Bartholomew Fair" macht. Er sagt
darin: „Diejenigen, welche noch immer den Jeronimo und An=
dronicus als die besten Stücke bezeichnen, würden damit nur
beweisen, daß ihr Urtheil in den letzten 25 oder 30 Jahren nicht
fortgeschritten sei." Dies schrieb Ben Jonson im Jahre 1614,
und hieraus geht also hervor, daß etwa in der Zeit von 1585
bis 1590 ein Andronicus nicht nur existirte, sondern daß er ge=
wissermaßen Epoche machte, wie es gleichzeitig die „Spanische
Tragödie" und „Jeronimo" gemacht.

Die oben erwähnten beiden Quartausgaben tragen nun
allerdings nicht Shakespeare's Autornamen, aber Francis

Meres in feinem für diefe Forfchungen fehr wichtigen Buche
„Palladis Tamia“, welches fchon 1598 erfchien, deffen Ver-
faffer alfo wohl unterrichtet fein konnte, führt unter den zwölf
Stücken, mit denen Shakefpeare feine größten Erfolge er-
rungen, auch „Titus Andronicus“ an; und fo haben auch
die Herausgeber der Folioausgabe (1623), Shakefpeare's
Freunde Heminge und Condell, das Stück in die Shakefpeare'fchen
Tragödien eingereiht, und zwar als die dritte unter denfelben.

Der Verfaffer einer fpätern Umarbeitung diefes Stückes,
welche 1687 erfchien, meint zwar, Shakefpeare habe hierbei der
vollftändigen Arbeit eines Andern nur „einige Meifterftriche“
hinzugefügt. Diefe Bemerkung hat aber nicht den geringften
Anfpruch auf Autorität und ift nichts weiter als eine beliebige
Anficht. Sie gibt uns nur ein Zeugniß, daß die Zweifel an
Shakefpeare's Autorfchaft fchon lange beftehn, Zweifel, welche
jedoch nur in der herrfchenden Anficht über den geringen
poetifchen Werth diefer Tragödie ihren Urfprung haben.
Das Stück ift allerdings eine faft ununterbrochene Folge von
Gräuelthaten, oft fich widerfprechenden und unmotivirten
Handlungen, und das Abfchreckende der blutigen Gräuel und
Rohheiten läßt einen wirklich tragifchen Eindruck nicht aufkommen. Das Alles beweift aber nur, daß das Stück jener
Gefchmacksrichtung angehört, die in der „Spanifchen Tragödie“
gipfelte, und daß Shakefpeare erft diefer Richtung einen Tribut
zu zahlen hatte, ehe er zu einer höhern Anfchauung des
Tragifchen gelangte und feine eigenen Wege ging. Und wie
follte es denkbar fein, daß Er, der aus den kleinen und beengen-
den Verhältniffen feines Geburtsortes erft eben in das große
ihn aufregende Leben der Hauptftadt getreten war, wie follte es
denkbar fein, daß der fo junge Mann nicht zunächft der herrfchenden Richtung fich überließ, in welcher Kyd und Marlowe
Triumphe feierten?

Sollte nun Shakefpeare für fein Stück kein dramatifches
Vorbild gehabt haben, fo müßten wir uns nach einer andern
Quelle umfehn. In der Gefchichte des Alterthums fuchen wir
die fchrecklichen Vorgänge vergeblich, wenigftens in folchem

Zusammenhange; nur für einzelne Theile der Handlung und der Charaktere lassen sich Vorgänge in der Geschichte auffinden, die vielleicht der kühnen Phantasie eines Mordgeschichtenschreibers als Anhaltspunkte gedient haben, und es geht aus gewissen Nachrichten hervor, daß die Schicksale des Titus und die Verbrechen der Tamora um die Mitte des 16. Jahrhunderts in England ziemlich bekannt waren. Gleichzeitig mit dem ersten Erwähnen eines „Titus Andronicus" (das wir als Shakespeare's Stück betrachten) ist auch von einer Ballade die Rede, welche diesen Gegenstand behandelt. Sie wird in Th. Percy's „Reliques of Ancient english Poetry" mitgetheilt, und zwar unter dem Titel „Des Titus Andronicus Klage". Seltsamer Weise ist es hier nämlich der unglückliche Held selber, welcher seine Schicksale bis zu seinem Tode erzählt. Die darin erwähnten Personen stimmen im Ganzen mit denen der Tragödie überein, Titus und seine Söhne (von denen er schon 22 verloren hatte), sein Bruder Marcus, seine Tochter Lavinia, die Gothenkönigin mit ihren Söhnen, Aaron (unter der Bezeichnung „the Moor") u. s. w. Mit Uebergehung der ganzen Exposition des Shakespeare'schen Stückes, der Opferung der Söhne Tamora's, werden die grausigen Ereignisse in solcher Kürze berichtet, daß beinah jede Zeile des Gedichts einen neuen Vorgang enthält. Titus erzählt: Seine theure Tochter Lavinia wäre dem Sohne des Kaisers („to Cesar's sonne") verlobt worden, dieser sei dann bei einer Jagd von des Kaisers Gemahlin (Tamora) und deren Söhnen umgebracht, darauf in eine finstere Grube geworfen. Der Mohr (the cruell Moore) habe dann des Titus drei Söhne an die Grube gelockt, um sie dort hineinfallen zu lassen, darauf habe er eiligst den Kaiser geholt und des Titus Söhne als die Mörder angeklagt, da sie in der Grube bei den Ermordeten waren. Sie wurden deshalb ins Gefängniß gebracht.

> Doch nun, was mir erregt das schwerste Leid: —
> Der Kais'rin Söhne, voller Grausamkeit,
> Sie schleppten meine Tochter in den Wald
> Und nahmen ihr die Ehre mit Gewalt.

10*

Dann folgt der Bericht von Lavinia's Verstümmelung, wie sie
dann endlich durch das Schreiben in den Sand die Verbrecher
angab, des Titus Verzweiflung, wie er durch die Aussicht auf
die Befreiung seiner Söhne dazu gebracht wird, sich die rechte
Hand abzuhauen und dafür die Köpfe seiner Söhne zurück erhält; wie Tamora dann Titus für wahnsinnig hält und mit
ihren Söhnen — „Sie hieß die Rache, Raub und Mord die
Beiden", — ihn aufsucht, dabei aber von ihm überlistet wird.

> Ich schnitt die Kehlen ihnen durch, indeß Lavinia
> Dazu die Schüssel hielt mit ihren Armesstumpfen,
> Das Blut drin aufzufangen — u. s. w.

Mit dem Vorsetzeu der Pasteten und dem allgemeinen Morden
endet dann die Geschichte.

Es ist nicht mit Sicherheit festzustellen, ob diese Ballade
vor oder nach Shakespeare's Stück geschrieben war. Daß
aber der „Titus Andronicus", welcher vor der 1600 erschienenen
Quartausgabe existirte, eine andere, und zwar noch rohere Gestalt hatte als das uns bekannte Stück, können wir nach einer
deutschen Verarbeitung dieses muthmaßlichen ältern Vorbildes
annehmen. Nicht unwichtig für diese Annahme ist der Umstand, daß in Henslowe's Tagebuch auch ein Stück unter dem
Titel „Titus und Vespasian" angeführt wird, während auch in
dem deutschen Stück, nicht aber in dem uns bekannten Shakespeare'schen, der Name „Vespasianus" einem der Söhne
des Titus, dem schließlichen Rächer, beigelegt ist. Dies deutsche
Stück*) erschien im Jahre 1620 in der Sammlung „Englische
Komedien und Tragedien". Allerdings ist es bei der Lieder-
lichkeit, mit der diese ganze deutsche Sammlung gemacht ist, sehr
fraglich, wie weit die Abweichungen darin auf Rechnung des
flüchtigen Verdeutschers kommen; aber es sind dennoch einige
untrügliche Merkmale darin, daß die größern Lücken in der
Handlung, die Weglassung vieler nothwendigen Motivirungen

---

*) Für eine eingehendere Vergleichung muß ich hier auf meine „Geschichte der
Shakespeare'schen Dramen in Deutschland" (1870) verweisen. Einen vollständigen
Abdruck des Stückes brachte zuerst L. Tieck in seinem „Deutschen Theater" (1817).

und vermittelnden Zwischenscenen auch dem ältern englischen Stücke zur Last fallen, wobei wiederum viele Dialogstellen oft Satz für Satz, wenn auch in gründlichster Triviali-
sirung, mit Shakespeare's Text übereinstimmen. Daß hier
u. A. aus der Gothenkönigin eine „Königin aus Mohrenlandt"
gemacht ist, mag wohl eine vergnügliche Erfindung des deutschen Bearbeiters sein; ebenso dürfte derselbe das sinnlose
Durcheinander und häufige Verwechseln der Personen zu ver-
antworten haben. Dagegen scheint der vollständige Wegfall
der Exposition des Shakespeare'schen Stückes, so u. A. die
Opferung der Söhne der Tamora, eine zu starke Abweichung zu
sein, als daß man sie nur der Flüchtigkeit des Nachschreibers zu-
rechnen sollte; besonders da jene Lücke, wie schon bemerkt, auch
die erwähnte Ballade zeigt, die sonach wohl ebenfalls nach
einer ältern und uns unbekannten dramatischen Behandlung
des Stoffes geschrieben sein mag. Es steht zu vermuthen, daß
diese ganze Lücke erst von Shakespeare ausgefüllt wurde, was
um so bedeutungsvoller, als diese furchtbare Opferung im
ersten Akte dem Titus seine tragische Schuld gibt. Die
Ueberlegenheit des Shakespeare'schen Geistes wird man überhaupt auch in diesem so mangelhaften Werke erst klar erkennen,
wenn man seine Tragödie mit gleichzeitigen Erscheinungen auf
diesem Gebiete vergleicht. Bei dem Eifer, mit welchem Johnson, Malone, Steevens u. A. das allerdings monströse Stück
Shakespeare absprechen, muß es uns am meisten in Erstaunen
setzen, wenn sie, wie namentlich Johnson, Alles darin, Bau,
Stil, Ausdrucksweise, für unshakespearisch erklären. Wenn
schon in der erwähnten Scene, in welcher Tamora um das
Leben ihrer Söhne bittet, Shakespeare's Sprache unverkennbar
ist, wenn schon der Mohr Aaron trotz der offenbaren Uebertreibung in seiner Charakteristik zahlreiche Züge des diabolischen
Humors erkennen läßt, welche spätere Charakterschöpfungen
des Dichters, namentlich Richard III., tragen, so müssen wir
die gewaltige Kraft der Poesie in den durchaus Shakespeare's
würdigen Scenen erkennen, in welchen Titus im verstellten
Wahnsinn seine Rache ausführt, namentlich in Akt 4, Scene 3,

und Akt 5, Scene 2. Mit dieser Hervorhebung der Schönheiten soll nicht das Werk selbst gerechtfertigt, sondern nur dargethan werden, wie der aus dem Boden seiner Zeit erwachsende
Dichter bei aller Wüstheit und Rohheit dieses Werkes doch
schon in einzelnen Kraftproben die Muskulatur erkennen läßt,
die einem Herkules verliehen war.

Perikles.

Von diesem Stücke, welches die erste Folioausgabe nicht
enthält, erschienen erst im Jahre 1609 zwei nur wenig von
einander verschiedene Ausgaben in Quarto, unter dem Titel:

„Das neuerliche und sehr bewunderte Schauspiel (play)
genannt Perikles, Prinz von Thyrus. Mit der wahren
Erzählung der ganzen Geschichte, der Abenteuer und Schicksale
des genannten Prinzen: Wie auch die nicht weniger seltsamen
Begebenheiten in der Geburt und dem Leben seiner Tochter
Mariana. Wie es vielmals aufgeführt worden, von Ihrer
Majestät Dienern im Globus zu Bankside. Von William
Shakespeare 1609."

Neue Ausgaben in Quarto erschienen ferner 1611, 1619
u. a. m., alle unter dem Namen Shakespeare's. Daß das Stück
trotzdem nicht in den beiden ersten Folios enthalten ist, hat
wohl — bei der Autorität, die man den Herausgebern als genauen Freunden des Dichters zuzuerkennen berechtigt war —
den ältern englischen Herausgebern Grund gegeben, das Stück
dem Dichter ganz abzusprechen. Rowe zwar hatte es, wie alle
andern erst in der dritten Folioausgabe*) enthaltenen Stücke,
aufgenommen; wogegen Pope und seine Nachfolger es ausschlossen, bis erst Malone und nach ihm fast alle nachfolgenden Herausgeber es beibehielten. Dennoch fehlt es in der
Schlegel-Tieck'schen Uebersetzung, obwohl Tieck selbst, der es
für echt hielt (wie freilich auch mehrere der zuverlässig unter-

---

*) In dieser Ausgabe von 1664 steht es in der Reihe der andern zweifelhafte
der unechten Stücke, darunter auch Thomas Cromwell, Lokrine 2c.

geschobenen Stücke), es übersetzte und in seinem „Altenglischen Theater" (1. Band) herausgab.

Zunächst bleiben für uns hinsichtlich dieser Frage der Echtheit verschiedene Annahmen möglich: Wenn es nicht die Arbeit eines andern, ältern Verfassers ist, welcher Shakespeare nur für das Globetheater Einiges hinzufügte, so ist es entweder eine sehr frühe Arbeit des Dichters, oder der Text, der uns davon überliefert worden, ist ein arg korrumpirter. Der letztern Ansicht war Steevens, welcher zwar nicht der Meinung Malone's beistimmte, daß das ganze Stück von Shakespeare herrühre, sondern diesen nur als Verbesserer der Arbeit eines Andern gelten lassen wollte. Steevens brauchte dafür das im Allgemeinen wohl zutreffende Argument: Die nachweisliche große Popularität, die das Stück lange genoß, spreche für die beispiellose Korrumpirung des Textes; denn je mehr ein Stück aufgeführt worden, um so mehr Abschriften wären davon in Cirkulation gekommen, und aus diesem Umstand erklärten sich die vom Original immer mehr sich entfernenden Entstellungen. Diese, wie gesagt, für's Allgemeine gewiß ganz richtige Folgerung hat jedoch für „Perikles" deshalb nichts Entscheidendes, weil in diesem Stücke die vorhandenen Mängel nicht nur die Ausführung in Einzelheiten betreffen, sondern dabei zugleich in der Form des Ganzen liegen. Daß Shakespeare, auf der Höhe seiner Kunst stehend — denn auf diese Zeit weisen die verschiedenen Quartausgaben hin — ein so schwaches Werk, wenn es von einem Andern herrührte, ohne wesentliche Umgestaltung, nur etwa mit Ueberarbeitung einzelner Scenen, als sein Werk acceptirt haben sollte, ist schwer zu glauben. Gegen die Annahme, daß das ganze Werk ein ursprünglich Shakespeare'sches und dann ganz selbstverständlich nur aus seiner frühesten Periode sei, würde das sehr späte Erscheinen in wiederholten Auflagen sprechen müssen, wie auch die Bemerkung auf dem Titel der ersten Ausgabe von 1609, mit welcher es als ein erst kürzlich aufgeführtes Stück bezeichnet wird. Auch in einer gleichfalls im Jahre 1609 erschienenen Novelle „The painfull Adventures of Pericles" wird auf die „neulichen" Aufführungen

des Stückes verwieſen; und ſo bleibt nach Allem nur die Annahme übrig, daß hier Shakeſpeare viel weniger als Dichter
in Betracht kommt, als vielmehr in ſeiner Eigenſchaft als
Theaterdirektor. Er wußte, daß das vorhandene Stück,
gleichviel von ihm oder von einem Andern, durch den lebhaften Wechſel in der abenteuerlichen Handlung, in den das
Mitgefühl herausfordernden mannigfachen Leiden ſeines Helden und deſſen ſchwergeprüfter und in ihrer Unſchuld trium-
phirenden Tochter, noch auf den Beifall des Publikums rechnen
könne, und er fügte deshalb, ohne dabei Gewicht auf ſeine eigene
Arbeit zu legen, einige beſſernde Partien hinzu. Die Herausgeber der Quartos aber profitirten von dem ohnehin beliebten
Stücke um ſo mehr, wenn es Shakeſpeare's Namen trug.

Soll das ganze Stück, wie es uns vorliegt, von Shakeſpeare ſein, ſo iſt es um ſo unzweifelhafter, daß für die Aufführungen ſeit 1608 nur einige Verbeſſerungen damit von ihm
vorgenommen wurden, während es der Hauptſache nach aus der
Zeit ſeiner Anfängerſchaft ſtammt. Ein Zeugniß dafür gibt
auch Dryden, der 1677 in einem Prolog zu Davenants
„Circe" u. A. ſagt:

> Auch Shakeſpeare's Muſe bracht' zuerſt hervor
> Den Perikles, der älter als der Mohr*).

Es fällt hierbei jedoch kaum ins Gewicht, ob Dryden in dem
Punkte gut unterrichtet war. Die unkünſtleriſche und für
Shakeſpeare's Zeit der Reife ſchon ganz antiquirte Form der
Dichtung ſpricht an ſich deutlich genug. Daß das Stück trotz
dieſer Mängel auch in der vorgeſchrittenern Zeit noch großen
und dauernden Erfolg hatte, erſehn wir aus den beſonders
zahlreichen Separatausgaben. Die Gründe für dieſen Erfolg
ſind oben ſchon angedeutet worden, und der Stoff, urſprünglich

---

*) Daß die Meiſten unter dieſem „Moor" den Aaron in „Titus Andronicus"
verſtehn wollen, iſt nicht recht begreiflich. Der Sinn in Drydens Verſen iſt: daß
ein Dichter nicht gleich zuerſt ein Meiſterwerk hervorbringe, und daß auch einem
ſolchen Meiſterwerke wie Shakeſpeare's „Othello" (in den häufigſten Fällen nur
„The Moor of Venice" genannt) ein ſo unvollkommenes Stück wie des Dichters
„Perikles" vorausging. Auch Halliwell („The life of Shakespeare") kann unter
dem „Moor" nur Othello verſtehn, und nicht den Mohren Aaron.

in der Form der Erzählung, mochte vorher schon gleiche Popu-
larität erlangt haben, wie z. B. die Geschichte von Romeo und
Julie. Bei allen diesen Erwägungen ist übrigens noch keines-
wegs ausgeschlossen, daß der in den Quartausgaben gegebene
Text des Stückes ein überaus fehlerhafter ist, und daß die
Herausgeber der Folioausgabe, die nicht im Besitze eines zuver-
lässigern Manuskriptes waren, denselben schon wegen der großen
Verunstaltungen nicht aufnehmen mochten.

Als die früheste Quelle für das Schauspiel haben wir eine
sehr alte Erzählung anzusehn, die schon im 5. oder 6. Jahrhundert im Griechischen vorkommt, und deren Held dort, wie in
allen spätern Nachbildungen, nicht Perikles heißt, sondern
Apollonius von Thyrus. Eine lateinische Uebersetzung des
griechischen Originals wird schon in einem aus dem 9. Jahrhundert stammenden Bücherverzeichniß eines Klosters erwähnt
und erschien bald nach der Erfindung der Buchdruckerkunst auch
im Drucke. Sie enthält bereits sämmtliche Momente der Handlung unsers Stückes in gleicher Reihenfolge*). Gegen Ende
des 12. Jahrhunderts wurde die Geschichte des „Apollonius
von Thyrus" von Gottfried von Viterbo ebenfalls ins Lateinische
übertragen und gleichzeitig in Verse gebracht. Sie wurde von
ihm seinem „Pantheon" als Theil der Geschichte Antiochus des
Dritten von Syrien einverleibt. Auch nahmen sie die „Gesta
Romanorum" (im 14. Jahrhundert) auf; dann wieder gab sie den
Stoff zu einem französischen Roman, aus welchem die „English
Chronicle of Apollyn of Tyre" (gedruckt 1510) entstand. In
den Prologen zu unserm Stücke wird jedoch als Gewährsmann
ausdrücklich der alte englische Dichter Gower († 1408) bezeichnet, der die Geschichte in seiner „Confessio Amantis" erzählt, jedoch dabei die ältere lateinische Dichtung des Gott-

---

*) Wo wir auf die Quellen zu den Shakespeare'schen Stücken Bezug nehmen
folgen wir hauptsächlich den Angaben in John Dunlops „Geschichte der Prosadichtungen" (deutsch von Liebrecht), sowie den Mittheilungen von Thrwhitt, von
Steevens u. A. An umfangreicherem Material enthalten das Beste: „Die Quellen
des Shakespeare" von K. Simrock ꝛc. (kürzlich in neuer verbesserter Auflage erschienen) und Colliers „Shakespeare Library".

fried von Viterbo vor ſich hatte. Zwiſchen Gower und Shakeſpeare liegt ferner noch die Erzählung von T w i n e, welche zuerſt
1576 erſchien, und in welcher der Prinz ebenfalls noch den
Namen Apollonius führt.

In dem Schauſpiel iſt nun der Dichter G o w e r nicht nur
als P r o l o g vorgeführt, ſondern ihm iſt auch die Rolle zuer-
theilt, die ſichtbare dramatiſche Handlung vor jedem Akte durch
erzählenden Bericht zu ergänzen. Außerdem aber wird noch
das nach 1600 gar nicht mehr übliche Mittel der ſogenannten
dumb show's, d. h. pantomimiſcher Handlungen, angewendet,
wie wir es z. B. aus dem Drama „Gorboduc" kennen. Dieſe
Pantomimen oder dumb show's ergänzen einigemal die Berichte
der Akteinleitungen, worauf Gower wieder weiter ſpricht. So
veraltet wie dieſe ganze Form in Shakeſpeare's Blüthezeit war,
ſo ſind es auch die in klappernden Reimpaaren gehaltenen
Verſe, in denen Gower ſich explicirt. Wenn dieſe Form an ſich
ſchon mit einer ſtreng dramatiſchen Kompoſition ſich nicht vereinen läßt, ſo zeigt auch die ſceniſche und dialogiſche Form des
Stückes viel mehr einen erzählenden als dramatiſchen Charakter,
und wenn Shakeſpeare noch im Jahre 1609 eine Verbeſſerung
mit dem Stück vorgenommen hatte, ſo geſchah dies jedenfalls in
nur flüchtiger Weiſe, da er dieſe ganze Eintheilung des Stückes
ſtehn ließ. Den häufigen und ſchnellen Wechſel des Schauplatzes finden wir ja auch in entſchieden gereifteren Arbeiten des
Dichters. Hier aber, im Perikles, geſchieht der Wechſel der
Art, daß mit der Vervielfältigung des O r t e s auch eine Vervielfältigung der Handlung eintritt. In jedem der Akte
lernen wir einen neuen Schauplatz mit neuen Perſonen kennen;
im erſten Akte allein erhalten wir einmal den Hof des Antiochus,
dann den des Perikles, dann wieder beim Cleon die Hungers-
noth geſchildert, und ſo ähnlich geht es fort, bis erſt mit dem
Erſcheinen der Tochter des Perikles die Handlung und das Intereſſe ſich ein wenig zuſammenzieht. Hiermit beginnt nun in
der That eine tiefere, poetiſchere Auffaſſung des dramatiſchen
Vorwurfs ihre Wirkung zu üben. Nicht etwa, daß hier ein
neues Moment in die Handlung gebracht oder die Kompoſition

umgestaltet wäre; denn sowohl das Mordprojekt gegen Marina, wie ihre Rettung, die Art, wie sie ihren Vater wiederfindet und endlich der Eintritt der Gottheit, welche Perikles auffordert, nach Ephesus zu gehn, wo er seine todtgeglaubte Gattin wieder- findet: das Alles ist schon in der ältesten Erzählung von Apol- lonius von Thrus in derselben Reihenfolge gegeben. Aber eine so poetische und eingehende Charakteristik, wie die der Marina, finden wir in der That nur in den reiferen Schöpfungen des Dichters wieder. Das Stück enthält aller- dings auch schon in den frühern Akten einzelne Scenen, in denen die Sprache durchaus Shakespearisch erscheint; es sei hier z. B. an die Scene des Perikles mit den Fischern, zu Anfang des zweiten Aktes, erinnert. Hier aber kommt doch zum Theil das, was wir im Dialog für Shakespearisch halten, noch auf Rech- nung der Zeit. In den Scenen der Marina zeigt jedoch der Dichter schon seine volle Wirkung auf das Gemüth,. wie sie vor und neben ihm kein Dramatiker auszuüben vermochte. In der Scene, da Marina durch Leonin getödtet werden soll, ist ein Vergleich mit der Scene zwischen Hubert und Arthur im König Johann unabweislich; nur daß im „Perikles" die Situation noch nicht ganz ausgebeutet ist. In dem Gespräche aber zwischen Marina und Perikles, da Jene den Kranken durch ihren Gesang heilen soll und im naiven Bericht ihrer Leiden sich ihm als Tochter zu erkennen gibt, spüren wir in der That den vollen Hauch des göttlichen Genius uns tief im Innersten be- rühren. Hiernach kann die Schlußscene des Stückes, das Wie- derfinden Thaisa's, deren Rettung ja ohnedies ganz in das Reich der Wunder gehört, nur einen abschwächenden Eindruck machen. Der Epilog Gowers zeigt dann am Schlusse noch auf die Pointe des Schauspiels hin, die in dem Gegensatze der hartbedrängten und siegreichen Tugend Marina's zu der ver- brecherischen Tochter des Antiochus liegen soll. Hierdurch werden wir aber auch wieder an die schlimmsten Mängel in der Komposition des Stückes erinnert, denn jener sittliche Gegen- satz Marina's, eben jene Tochter des Antiochus, erscheint nur einmal, in der ersten Scene, und hat nur ein paar unbedeutende

Worte zu sprechen; während wir von dem furchtbaren Straf=
gericht, das über Antiochus und die Seinen erging, erst wieder
— durch den Epilog Kunde erhalten!

König Heinrich der Sechste.

Die drei Stücke, welche unter obigem Titel seit der ersten
Folioausgabe uns als Shakespeare'sche Werke vorliegen, hängen
so ganz mit einander zusammen, daß weder der erste, noch der
zweite Theil einen dramatischen Abschluß hat, sondern daß das
Ende eines jeden nur unter der Voraussetzung einer An=
knüpfung an das nächstfolgende Stück bestehn kann; ja selbst
der dritte Theil weist ganz bestimmt auf den sich anschließen=
den Richard III., den Abschluß dieser ganzen Tragödienreihe
hin. Dennoch unterscheiden sich der zweite und dritte Theil Hein=
richs VI. von dem ersten sehr wesentlich. Während jene beiden
Theile auch innerlich so mit einander zusammenhängen, daß nur
beide zusammen von Einem Gesichtspunkte aus zu betrachten
sind, ist die Verbindung des ersten Theils mit seinen Nach=
folgern eine mehr äußerliche.

Ueber Shakespeare's Autorschaft haben wir bezüglich des
ersten Theils keine andere Beglaubigung als die Folioausgabe.
Von einem frühern Drucke ist bis jetzt nichts bekannt. Wohl
aber wissen wir aus einer Bemerkung von Th. Nash, daß das
Stück vor dem Jahre 1592 existirt haben müsse. In seiner
Schrift „Pierce Penniless his supplication tho the devil",
welche 1592 erschien, ruft Nash aus:

„Wie müßte es den braven Talbot, den Schrecken der
Franzosen, erfreut haben, zu denken, daß, nachdem er zweihun=
dert Jahre im Grabe gelegen, er wieder auf der Bühne trium=
phiren würde; daß seine Gebeine durch die Thränen von wenig=
stens zehntausend Zuschauern (zu verschiedenen Malen) neu
einbalsamirt würden, indem die Zuschauer ihn frisch blutend
vor sich zu sehn glaubten!"

Obwohl namhafte englische Kritiker stets die Autorschaft Shakespeare's bestritten haben, so müssen wir doch die von den Herausgebern der Folio gegebene Gewähr als solche hinnehmen, wenn nicht positive Gegenbeweise die Opposition unterstützen können. Denn das einzige dagegen geltend gemachte Argument, die allerdings sehr mangelhafte Form des Stückes, beweist nichts anders, als daß das Stück eine sehr frühe Arbeit des Dichters war, was auch durch obige Bemerkung von Nash bestätigt wird; denn bei einer Summe von 10,000 Zuschauern kann wohl, in Anbetracht der geringen Größe damaliger Theater, das „at several times" sich nur auf verschiedene Jahre beziehn. Wenn dagegen im Henslowe's Tagebuch unterm 3. März 1592 ein Stück „Henery the VI" eingetragen ist, so müssen wir dahingestellt sein lassen, ob wirklich der Tag der ersten Aufführung mit jenem Datum bezeichnet sein sollte. Verschiedene Gründe aber, auf die wir zurückkommen, sprechen entschieden für eine frühere Entstehungszeit.

Hinsichtlich des 2. und 3. Theils hat das Vorhandensein zweier alter Quartausgaben, unter besondern Titeln und ohne Shakespeare's Namen, lange Zeit die Ansicht vorherrschen lassen, daß Shakespeare hierbei nur die Stücke eines andern Autors überarbeitet habe. Die beiden Stücke erschienen unter folgenden Titeln; das erstere:

„Der erste Theil des Zwistes zwischen den beiden berühmten Häusern York und Lancaster, mit dem Tode des guten Herzogs Humphrey: Und der Verbannung und dem Tode des Herzogs von Suffolk, und dem tragischen Ende des stolzen Kardinals von Winchester, mit der merkwürdigen Rebellion des Jacke Cade: Und des Herzogs von York erster Beanspruchung der Krone. London 2c. 1594."

Die, wie es damals üblich war, schon im Titel gemachte ganze Inhaltangabe der Handlung zeigt uns hier schon die wesentliche Uebereinstimmung mit unserm zweiten Shakespeare'schen Stücke. Aehnlich verhält es sich mit der 1595 gedruckten Ausgabe des andern Stückes, dessen Titel lautet:

„Die wahre Tragödie von Richard Herzog von
York, und der Tod des guten Königs Heinrichs des
Sechsten, mit dem ganzen Streit zwiſchen den Häuſern Lan=
caſter und York, wie es zu verſchiedenen Malen von des Earl
of Pembroke Dienern aufgeführt worden. 1595."

Von beiden hier genannten Stücken, die den Inhalt des
2. und 3. Theils Heinrichs VI. bilden, erſchienen im Jahre 1600
neue Ausgaben. Und in einer dritten Ausgabe erſchienen beide
zuſammen im Jahre 1619 unter dem gemeinſamen Titel: „Der
ganze Zwiſt zwiſchen den beiden berühmten Häuſern
Lancaſter und York. Mit dem tragiſchen Ende des
guten Herzogs Humfrey, des Herzogs Richard von York und
des Königs Heinrich des Sechsten. In zwei Theilen, und neu
verbeſſert und vermehrt. Geſchrieben von William Shake=
ſpeare, Gent."*)

Obwohl in den erſten beiden Ausgaben Shakeſpeare's
Name nicht genannt iſt, ſo iſt es doch durch Nichts begründet,
wenn man dieſelben einem andern Autor zuſchreiben wollte, wie
auch bei uns noch ſonderbarerweiſe Gervinus und nach dieſem
Kreyßig an der Autorſchaft R. Greene's feſthielten, während
einer der Hervorragendſten der neuern engliſchen Kritiker, Alex.
Dyce, ſich für Marlowe erklärte. Daß R. Greene nicht der
Autor ſein könne, iſt ſchon im erſten Abſchnitt dieſes Buches
(S. 52—54) dargelegt worden. Wenn aber die in der Folioaus=
gabe enthaltenen Stücke, welche dort als zweiter und dritter
Theil Heinrichs VI. Aufnahme fanden, Shakeſpeare's Werke
ſind, und darüber ſind die Kritiker einig, ſo ergibt eine genaue
Vergleichung mit den beiden Ausgaben von 1594 und 1595, daß
wir es hier durchaus mit denſelben Stücken zu thun
haben. Trotz vieler augenſcheinlichen Flüchtigkeiten des
Nachſchreibers, Auslaſſungen und Aenderungen einzelner Sätze
iſt doch die Uebereinſtimmung mit den beiden Theilen Hein=
richs VI. ſo groß, daß hier die Aneignung eines fremden Werkes

---

*) Aus dieſer Ausgabe wurden die Stücke bereits von Steevens (1766) abge=
druckt. Die beiden ältern Einzeldrucke ſind neuerdings in der Cambridge=Edition
mitgetheilt.

durch unsern Dichter in der That nicht denkbar erscheint. Auf
die Thatsache, daß auch schon vor der Folioausgabe die beiden
Stücke in einer dritten Ausgabe zusammen erschienen (1619),
und zwar mit Zufügung auf dem Titel: „Geschrieben von
William Shakespeare", brauchten wir, nachdem uns aus andern
Fällen der Mißbrauch seines Namens bekannt ist, kein Gewicht
zu legen. Aber genaue Vergleichungen müssen es Jedem klar
machen, daß jene ältern Ausgaben der beiden Stücke nichts anders sind als flüchtig und fehlerhaft hergestellte Texte der
Shakespeare'schen Stücke *).

Dennoch haben frühere Kritiker, am eifrigsten und eingehendsten Malone, die Ansicht verfochten, daß Shakespeare's
2. und 3. Theil Heinrichs VI. nur eine Ueberarbeitung jener
beiden unvollkommenen Stücke sei, und daß er am ersten Theile
Heinrichs VI. so gut wie gar keinen Antheil habe. Wenn
Malone in der eingehenden Begründung seiner Behauptung
findet, daß der erste Theil nicht einen einzigen Zug enthalte,
welcher Shakespeare'schen Geist erkennen ließe, daß er in Stil,
in Komposition und Ausdrucksweise Allem widerspreche, was
wir von Shakespeare kennen, so ist das eine Anschauung, über
die sich nicht streiten läßt, da sie auf ganz subjektiver Empfindung beruht; eben deshalb enthält sie aber auch nicht die mindeste Beweiskraft. Von den äußerlichen Merkzeichen, welche
Malone entdeckt hat, wollen wir hier ein paar anführen, um zu
zeigen, was Alles bei solchen Untersuchungen ins Gewicht fällt.
Im 1. Theile Heinrichs VI. hat der Name Hecate im Verse
den richtigen Accent — d. h. Heca-té — erhalten, während in
einem unbezweifelt Shakespeare'schen Werke, in Macbeth, bei
wiederholter Nennung des Namens der englische Accent He-
káte (zweisilbig) angewendet ist. Malone findet dadurch u. A.
auch seine Ansicht unterstützt, daß der 1. Theil von einem gelehrten Autor herrühre, vor Allem aber, daß Shakespeare an
diesem Stücke keinen Antheil habe. Unter den Gründen, wes-

*) Am überzeugendsten hat schon A. Schmidt in seiner Einleitung zu Heinrich VI.
diese Anschauung vertreten. Sein Beweismaterial dürfte aber durch die hier von
uns gegebenen Beispiele noch wesentlich verstärkt werden.

halb der Verfaffer des 2. und 3. Theils ein anderer fein müffe
als der des 1. Theils, wird u. A. angeführt: Im 1. Theile ift
eine ganz richtige Angabe über die Abkunft Eduards III. und
über die Thronanfprüche Mortimers gemacht, während im
2. Theile (d. h. in „The First Part of tho Contention etc.") die
Angaben darüber fehlerhaft find. — Der erfte diefer Beweisgründe würde jedoch entfcheidender für uns fein müffen, wenn
wir nicht in ganz authentifchen Shakespeare'fchen Stücken dergleichen Abweichungen begegneten, weil er, worauf fchon Stec-
vens gegen Malone hinwies, den Accent je nach Bedürfniß oft
dem Metrum akkommodirte. Was die falfche Angabe in „The
First Part etc." betrifft, fo würde diefelbe nur dann für Malone's Anficht fprechen können, wenn fie auch in dem Shakefpeare'fchen Text (Heinrich VI., 2. Theil) zu finden wäre, was
aber nicht der Fall ift.

Für die beiden Stücke „First Part of tho Contention etc."
und „The true Tragedy etc." wollte Malone die Autorfchaft
Greene und Peele zufchreiben und hieraus folgern, daß Shakefpeare's 2. und 3. Theil neue Bearbeitungen jener Stücke feien.
Von diefer Anficht ausgehend hat er bei feiner Redaktion der
beiden Stücke dreierlei Beftandtheile unterfchieden und durch
befondere Zeichen kenntlich gemacht; erftens diejenigen Stellen,
welche in beiden Stücken genau übereinftimmen; zweitens diejenigen, welche etwas abweichend im Wortlaute find; drittens
diejenigen, welche in den beiden anonymen Stücken ganz fehlen
und deshalb, nach Malone's Meinung, von Shakespeare erft
hinzugefügt feien. Malone hat nach diefen Unterfcheidungen
von den in Summa 6043 Verfen beider Stücke der erftern Gattung
tung 1771, der zweiten 2373 und der dritten 1899 Verfe zu-
fallen laffen.

Gehn wir auf eine Vergleichung der Shakespeare'fchen
Texte mit jenen angeblichen Originalen, die aber nur Text-
verderbungen nach Shakespeare fein können, etwas näher ein.
Die Frage ift an fich nicht nur wichtig, fondern auch intereffant
genug.

In beiden Stücken („Der erste Theil des Zwistes u. s. w."
und „Die wahre Tragödie u. s. w.") ist die ganze Scenenfolge genau übereinstimmend mit dem Shakespeare'schen Text
der Folio. Wo Auslassungen im Dialog stattfinden, ist es ganz
evident, daß dies unfreiwillige sind, denn oft sind die Lücken dabei deutlich zu erkennen. In der ersten Scene sind die Worte
des Königs nach Verlesung des Vertrags aus Versehn ebenfalls
als Prosa, wie der Vertrag selbst, gedruckt, obwohl der Inhalt
mit dem Wortlaut der Verse übereinstimmt. Ferner, in
Scene 3 ist die Episode mit dem Fallenlassen des Fächers der
Königin und der der Herzogin gegebenen Ohrfeige ein wenig
weiter hinaus gerückt, also wahrscheinlich erst später in das
Manuskript gebracht. In dem Shakespeare'schen Stücke heißt
es hier:

„(Die Königin läßt ihren Fächer fallen.)

Königin. Reicht mir den Fächer! Herzchen, wie? ihr könnt nicht?

(Sie gibt der Herzogin eine Ohrfeige)."

In dem korrumpirten Texte von 1594 heißt es:

„Die Königin läßt ihren Handschuh fallen und gibt der Herzogin eine
Ohrfeige. (!)

Königin. Den Handschuh gib. Wie, Schatz, könnt ihr nicht
sehn?

(Sie schlägt sie.)"

Der Nachschreiber ist hier augenscheinlich von der Ohrfeige so
überrascht gewesen, daß er die Aufforderung erst nachher
bringt; dann aber läßt er die Herzogin noch einmal schlagen.
Ferner, in der ersten Scene des dritten Aktes, welche viele Auslassungen hat, ist auch der so wichtige Monolog Yorks eine der
am meisten korrumpirten Partien. Wir geben die erste Hälfte
desselben hier zur Vergleichung und fügen gleich den Anfang
der nächstfolgenden Scene beim Kardinal (nach dem Text der
„First Contention") hinzu, um zu zeigen, wie in jenen alten
Ausgaben das Scenische behandelt wurde.

York. Nun, York, besinn' dich und erhebe dich,
Nimm mit die Zeit, da sie so schön sich bietet,
Geringes nur, du wirst es nicht erreichen,

Ich brauche Männer und ihr gebt sie mir*),
Nun während ich in Irland bin beschäftigt,
Hab' ich bethört 'nen hartköpfigen Kenter
John Cade von Ashford u. s. w. —

Man wird hier bei einer Vergleichung mit dem echten Shake-speare'schen Text, der statt der obigen sieben Verse (bis zu der-selben Stelle) siebenundzwanzig enthält, aus dem Unvermit-telten der Gedanken leicht erkennen, wie der Nachschreiber nur vereinzelte Sätze abgefangen hat. Am Schlusse des Monologs heißt es weiter:

„Dort ab.

Dann wird der Vorhang gezogen, man sieht Herzog Humphrey in seinem Bette, und zwei Männer an seinem Lager, die ihn in seinem Bett erwürgen. Dann kommt der eintretende Herzog von Suffolk zu ihnen.

Suffolk. Wie nun? habt ihr ihn aus der Welt geschafft?
Einer. So ist's, Mylord, seid sicher, er ist todt.“

u. s. w.

Ganz augenscheinlich ist ferner die Textverderbung in der ersten Scene des John Cade. Im authentischen Texte heißt es:

„**Cade.** Mein Vater war ein Mortimer —
Richard (beiseit). Er war eine ehrliche Haut und ein tüchtiger
Maurer.
Cade. Meine Mutter war eine Plantagenet —
Richard (beiseit). Ich hab' sie gut gekannt; sie war eine Heb-
amme.
Cade. Meine Frau stammt aus dem Hause der Lacies —
Richard (beiseit). Sie war 'ne Hausirerstochter und hat manche
Tressen (laces) verkauft.“

Diese Stelle lautet nun in dem verderbten Texte:

„**Cade.** Mein Vater war ein Mortimer —
Richard. Er war ein ehrlicher Mann und ein tüchtiger Maurer.
Cade. Meine Mutter stammt von den Braces —
Richard. Sie war 'ne Hausirerstochter und verkaufte manche
Tressen (laces).“

Hier ist dem Nachschreiber, abgesehn von dem Zusammen-schmelzen der Mutter mit der Frau, nur das Wortspiel und der

---

*) Auch die Interpunktion des alten Textes ist hier beibehalten.

Reim auf laces im Kopf geblieben, aber statt Lacies verstand er Braces. So Vieles auch in allen den Scenen des Volksaufstands vom Wortlaute Shakespeare's abweicht, so ist doch der Geist des Ganzen, auch in diesen so charakteristischen Scenen, genau derselbe. Als Beweis dafür möge dienen, daß auch die kleine Scene mit dem Schreiber von Chatam, der dafür gehängt wird, weil er schreiben kann, und nicht wie ehrliche Leute nur ein Zeichen statt seines Namens setzt, ebenfalls in dem „First Part etc." sich befindet.

In dem zweiten Stück „The true Tragedy etc." ist der Text des Originals im Ganzen getreuer wiedergegeben. Das Beachtenswertheste von Allem aber ist, daß die bedeutendsten und werthvollsten Partien in Heinrich VI., dritter Theil, hier vollständig und im Wortlaut vorhanden sind. Das ist der Fall mit der Scene, in der der gefangene York gemartert wird, und in allen Dialogstellen Richards von Gloster, in denen schon die spätere furchtbare Erscheinung Richards III. klar entwickelt ist. Nur in dem ersten seiner prachtvollen Monologe fehlt mehr als die Hälfte, indem dieser Monolog, der im richtigen Text über siebenzig Verse hat, hier auf dreißig zusammengeschrumpft ist. Zum Vergleiche möge dieser Monolog in dem verunstalteten Texte hier folgen:

> Ja Eduard hält die Weiber wohl in Ehren;
> Wär' er doch aufgezehrt, Mark, Bein und Alles,
> Damit kein Sproß aus seinen Lenden folge,
> Zu hindern mir der Hoffnung gold'ne Zeit,
> Denn noch bedeut' ich nichts in dieser Welt.
> Da ist erst Edward, Clarence noch und Heinrich,
> Und dessen Sohn, und Alle diese wünschen
> Nachkommen sich, eh' ich mich selbst kann pflanzen.
> Ein schlimmer Vorbedacht für meinen Zweck.
>   (Hier fehlen dreizehn Verse.)
> Was bietet sonst für Freuden denn die Welt?
> Ich will mich freundlich kleiden und mich selbst
> Einschläfern in 'ner holden Dame Schooß,
> Bezaubern sie mit Worten und mit Blicken.
> Ich Scheusal, solcherlei Gedanken hegen.

11*

Schwur Liebe mich doch ab im Mutterleib.
Und daß ich nicht auf ihrem Boden wandle,
Beſtach ſie die gebrechliche Natur,
Den neid'ſchen Berg auf meinen Rücken thürmend,
Wo Häßlichkeit, den Körper höhnend, ſitzt,
Den Arm wie dürres Reiſig auszutrocknen,
Die Beine von ungleichem Maß zu formen,
(Fehlen drei Verſe.)
Und bin ich alſo wohl ein Mann zum Lieben?
Eh' könnt' ich zwanzig Kronen wohl erlangen.
(Fehlen ſiebenzehn Verſe.)
Doch kann ich lächeln und im Lächeln morden,
Kann rufen Wohl! zu dem, was mich beleidigt.
(Fehlen ſieben Verſe.)
Kann dem Chamäleon noch Farben leihn,
In mehr Geſtalten noch als Proteus wandeln.
Und will ſelbſt Catilina übermeiſtern.
Und kann ich das, und keine Kron' erringen?
Ha! Zehnmal höh'r will ich herab ſie zwingen!

Man ſollte meinen, daß auch hier eine Vergleichung mit dem vollſtändigen Shakeſpeare'ſchen Texte nicht den mindeſten Zweifel mehr beſtehn laſſen kann, daß wir's hier nur mit einer inkorrekten und vor Allem ſehr unvollſtändigen Wiedergabe des richtigen Textes zu thun haben. Wäre es wohl denkbar, daß ein Dichter ſein Vorbild in ſolcher Weiſe benutzte? Sehn wir nicht vielmehr ganz deutlich, wie hier der Herausgeber überall nur die prägnanteſten Schlagwörter, gewiſſermaßen die leuchtenden Spitzen des Ganzen, ſtehn ließ, und alle Zwiſchentheile, die erſt die naturgemäße Entwickelung der Gedanken bilden, entweder aus Flüchtigkeit überging, oder, weil ihm das Ganze zu lang erſchien, wegließ? Am deutlichſten zeigt ſich dies Verfahren bei der erſten Lücke von dreizehn Zeilen, nach welcher der Aufwerfung der Frage: „Was bietet u. ſ. w." erſt der Satz vorausgeht: „Geſetzt, es gibt kein Königreich für Richard u. ſ. w."

Unter den Scenen von hervorragender Bedeutung ſind ferner ſehr verunſtaltet: die Scene von Gloſters Ermordung und bei ſeiner Leiche; der Tod des Kardinals Wincheſter. Die Scene auf dem Schlachtfelde, welche die Schrecken des Bürgerkriegs gewissermaßen parabolisch darstellt, ist mehr gekürzt als geändert. Der rührende Monolog des Königs, der die Scene eröffnet, ist von fünfzig Versen auf dreizehn zusammengeschrumpft. Danach erscheint der Sohn mit seinem erschlagenen Vater; darauf kommt gleich, ohne die Zwischenbetrachtung des Königs, der Vater mit der Leiche seines Sohnes. Wo aber auch immer in den beiden Stücken (The first Part etc. und The true Tragedy etc.) der Text kürzer und in einzelnen Wörtern und Ausdrücken abweicht, so bleibt doch die Scenenfolge genau dieselbe wie in den beiden Theilen Heinrichs VI. Am genauesten übereinstimmend sind, wie gesagt, mit Ausnahme des mitgetheilten ersten Monologs alle jene Momente, in denen der spätere Richard III. ausführlich vorbereitet ist. Kleine Abweichungen in den Worten sind ganz unwesentlich. Auch für die charakteristischen Aeußerungen, nachdem er und Eduard den Tod ihres Vaters erfahren haben, ist die Vergleichung sehr wichtig. In dem Shakespeare'schen Stücke heißt es, als Warwick das Nähere berichten will:

Eduard. O sprich nicht mehr! Ich hörte schon zu viel.
Richard. Sag' wie er starb, denn ich will Alles hören.
Die Stelle lautet in der „True Tragedy":
Eduard. O sprich nicht mehr, ich kann nichts weiter hören.
Richard. Sag' den Bericht, denn ich will Alles hören.
Auch der spätere Satz Richards beginnt wörtlich wie bei Shakespeare: „Ich kann nicht weinen 2c." Das Uebrige ist sehr gekürzt.

Nach der Gefangennahme der Margarethe, und nachdem der Prinz Eduard von den Yorks getödtet ist, und Richard sich des gefangenen Königs erinnert, heißt es bei Shakespeare nur:
Richard. The Tower, the Tower! (Exit.)
Daraus ist in der „True Tragedy" gemacht:
Richard. The tower man, the tower: I'll root them out! (Exit.)
Wie bei allen diesen deutlich sprechenden Zügen ein so scharfsinniger Kopf wie Malone daran glauben konnte, daß die beiden 1594 und 1595 gedruckten Stücke die Originale für Shakespeare's 2. und 3. Theil Heinrichs VI. wären, die er nur

überarbeitet habe, erschiene geradezu unbegreiflich, wenn man nicht wüßte, wie sehr eine gewisse vorgefaßte Meinung parteiisch macht und den Blick verschleiert.

So führt Malone u. A. als Beispiele für die großen Verbesserungen, welche Shakespeare dem Original gegeben habe, die Scenen an bei Glosters Leiche und den Tod des Kardinals, von denen Malone, weil sie angeblich von Shakespeare vielfach verbessert (aber nicht erst hinzugefügt!) sind, mit ganz besonderer Bewunderung spricht, während er alle jene viel bedeutungsvolleren Partien, namentlich — wie schon erwähnt — die in beiden Stücken fast Wort für Wort übereinstimmenden Scenen, in denen der spätere Richard III. bereits vollständig entwickelt ist, ignorirt. Zu den dafür bereits gegebenen Proben — auch die Lücken in dem angeführten ersten Monolog gehören dazu — tritt noch der letzte, entscheidendste Umstand, daß im 5. Akte des 3. Theils die ganze Scene im Tower zwischen Richard und dem Könige, des Letztern Ermordung und Richards daran sich schließender Monolog, Vers für Vers, Gedanke für Gedanke, ja in der weit überwiegenden Mehrzahl der Verse Wort für Wort in jener „True Tragedy etc." enthalten ist; ja, auch die darauf nachfolgende Schlußscene im Palaste folgt hierauf noch in wörtlicher Uebereinstimmung. Und eine solche „Bearbeitung", die einem selbstschaffenden Talente kaum möglich wäre, traut man einem Dichter wie Shakespeare zu!

Wir durften und mußten diese Frage, welche das Verhältniß unsers Dichters zu jenen beiden Ausgaben betrifft, hier so eingehend erörtern, weil die alte Ansicht Malone's, wiewohl bereits mehrfach bekämpft, auch in Deutschland noch heute ihre Anhänger hat.

Aus der Thatsache, daß R. Greene auf den 2. Theil Heinrichs VI. im Jahre 1592 eine gar nicht mißzudeutende Anspielung machte („his tiger's heart wrapp'd in a player's hide") können wir auf die frühe Existenz dieser Stücke sicher schließen und aus der Erbitterung, mit der Greene von dem emporgekommenen „Scenenerschütterer" spricht, ist ersichtlich, daß Shakespeare's Erfolge nicht erst in den Anfängen begriffen

waren. Man kann also wohl mit Grund annehmen, daß alle
drei Theile Heinrichs VI. in dem Zeitraum von 1589 bis 1591
geschrieben wurden. Und weil hier gar kein Zweifel darüber
bestehn kann, daß sie nach der chronologischen Folge geschrieben
sind, so muß die Abfassung des ersten Theils um Jahre
früher als 1592 zu suchen sein. So unzweifelhaft wie bei den
andern beiden Theilen kann uns nun freilich für dies erste der
Stücke die Autorschaft Shakespeare's nicht sein. Die Komposition ist ungleich wüster als in den folgenden Stücken, und
von hervorragenden Partien, in denen man das Genie des
Dichters, wenn auch erst in frühester Entwickelung, zu erkennen
vermöchte, ist in der That kaum etwas darin zu spüren. Da dieser
Umstand aber nur für die Anfängerschaft, vielleicht für den
allerersten Versuch, des Dichters sprechen könnte, so müssen wir
schon denjenigen Umständen mehr vertraun, welche für seine
Autorschaft sprechen. Zu diesen Umständen gehört, außer der
Aufnahme des Stückes in die Folioausgabe, auch die Thatsache,
daß das zweite von diesen drei Stücken nicht nur unmittelbar
an die Ereignisse des ersten anknüpft, sondern daß sogar am
Schlusse des ersten Stückes mit ausdrücklichen Worten auf die
folgenden Ereignisse hingewiesen wird, indem Suffolk das Stück
mit den Worten schließt:

Nun möge Margareth' als Königin
Den König auch beherrschen, und ich selbst
Will über Beide herrschen und das Reich!

In der gegebenen Situation ist dies viel weniger ein Abschluß
des ersten Stückes, als vielmehr ein Verbindungsglied für das
nächstfolgende. Ja, die ganze Werbung Suffolks um Margarethens Hand für den König, welche ebenfalls von Holinshed
berichtet wird, aber hier im Stücke besonders ausführlich behandelt ist, hat einzig eine Bedeutung, wenn sie in Verbindung
mit dem nächstfolgenden Theil gedacht wird. Daß ferner auch
in diesem Stücke schon die Anfänge zu dem später beginnenden
Bürgerkriege der rothen und weißen Rose dargelegt sind, deutet
auf die hier schon bestehende Intention der Fortsetzungen
dieses Gemäldes. Ohne diese Intention würden auch die Rosen-

scene im Templegarten und die später daran knüpfenden Be=
gebnisse in diesem Stücke keinen Sinn haben, sondern nur ein
überflüssiges und verwirrendes Moment in dem ja ohnedies mit
Handlung überladenen Stücke bilden.

Wir kommen nach alledem zu folgendem Resultate. Erstens,
der zweite und dritte Theil Heinrichs VI. sind dieselben Stücke
wie diejenigen, welche in korrumpirter Form unter den Titeln
„The first Part of the Contention etc." und „The true Tragedy
of Richard Duke of York" erschienen. Zweitens, wenn Shake=
speare der Dichter der Tragödie „Richard III." war, so muß er
auch als der Dichter der beiden vorausgehenden Stücke angesehn
werden. Drittens, wenn Shakespeare den ersten Theil Heinrichs VI. nach einem schon vorhandenen Stücke geschrieben haben
sollte (was durch Nichts bewiesen ist), so hat er doch darin
Vieles umgestaltet, so daß es zum Theil als seine Arbeit
betrachtet werden muß.

In keiner der spätern Shakespeare'schen Historien treten die
großen ethischen Gesichtspunkte so sehr gegen die patriotische,
die beschränkt nationale Tendenz zurück wie in dem ersten Theile
Heinrichs VI. Das Uebertreiben der Siege, die Aufputzung der
englischen Helden mit fast übernatürlicher Tapferkeit, zu deren
Hebung sogar einer der Engländer selbst, Fastolf, als verräthe=
rischer Feigling wiederholt preisgegeben werden muß, das Be=
schönigen oder Verschweigen der Niederlagen, die unwürdige Be=
handlung der Jeanne d'Arc u. s. w., dies Alles können wir getrost
zugestehn, ohne deshalb an der Autorschaft Shakespeare's zu
zweifeln. Denn der jugendliche Dichter war auch in diesem
Erstlingswerke zum Theil von seiner Quelle abhängig, ander=
seits war es ganz natürlich, daß die begeisterte Stimmung,
welche gerade in jenen Jahren das englische Volk zum stolzesten
Selbstbewußtsein erhob, den davon so plötzlich umbrausten Dichter
weniger zum strengen Historiker als zum Patrioten qualificirte.
Shakespeare hat bei diesem Stücke außer der Chronik von Holin=
shed auch dessen Vorgänger Hall benutzt, diesen vermuthlich
zuerst. Aber in allen Hauptzügen finden wir ihn mit Holinshed
genau übereinstimmen. Der beginnende Zwist Glosters mit

dem Kardinal von Winchester, der so unheilvoll mit dem Wieder-
ausbruch des Krieges in Frankreich zusammentrifft, das erste
Erscheinen der Jeanne d'Arc vor dem Dauphin, die Scene des
Büchsenmeisters mit seinem Sohne und der Tod Salisbury's
und Gargrave's u. s. w., das Alles, was in dem ersten Akte des
Stückes zusammengedrängt ist, finden wir bei Holinshed Zug
für Zug berichtet. Im zweiten Akte scheint der Dichter die
Episode Talbots mit der Gräfin von Auvergne selbst erfunden,
oder einer andern Quelle entnommen zu haben. Und im nächsten
Akte hat er willkürlich die Aussöhnung zwischen Burgund und
Frankreich eingefügt, welche geschichtlich viel später erst erfolgte.
Ja, auch das dramatische Motiv, welches Schiller in seinem
Drama zu einem Glanzpunkt machte, daß jene Versöhnung durch
die Jungfrau herbeigeführt wird, findet sich schon in dem englischen Stücke. Dagegen hatte der englische Dramatiker die
unwürdige Behandlung der Jeanne d'Arc ganz und gar aus
dem Berichte geschöpft, wie ihn Holinsheds Chronik enthält,
und die betreffende Stelle möge deshalb hier Platz finden.
Nachdem Holinshed die Gefangennahme der Pucelle berichtet
und dazu die Bemerkung macht: „Recht erwogen, ist es doch
wunderbar, daß dies so geschehn konnte, wenn sie wirklich so
fromm und heilig war, wie sie vorgab, und nicht eine betrügerische Gauklerin", — fährt er fort:

„Um ihrer bösen und verdächtigen Streiche willen" (daß sie
für ihr Vaterland kämpfte!) „ließ der Regent ihren Lebenslauf
und ihren Glauben durch den Bischof von Beauvais nach Gesetz
und Recht prüfen und untersuchen. Es ergab sich daraus, daß
sie als eine Jungfrau erstens ihr Geschlecht auf schamlose Weise
verleugnet und in den Handlungen wie in der Tracht sich wie
ein Mann geberdete; dann, daß sie fluchwürdigen Unglauben
hegte und mit teuflischer Hexerei und Zauberkünsten ein ver-
derbenbringendes Werkzeug der Feindschaft und des Blutver-
gießens gewesen; so wurde demgemäß über sie das Urtheil gefällt. Da sie jedoch ihre Verbrechen demüthig bekannte und sich
zerknirscht und reuig stellte, wurde die Hinrichtung nicht vollzogen, vielmehr der Spruch zu lebenslänglicher Gefangenschaft

gemildert, wenn fie in Zukunft die männliche Tracht ablegen, weibliche Kleider tragen und ihre verderblichen Zauberkünfte abschwören wollte. Mit Freuden legte fie einen feierlichen Eid ab, alfo zu thun. Allein (Gott fteh' uns bei) befeffen vom Böfen, wie fie war, konnte fie fich nicht auf dem Wege der Gnade erhalten, fondern fiel in ihre frühern Abfcheulichkeiten zurück. Da fie jedoch ihr Leben zu friften fuchte, fo gut fie vermochte, nahm fie keinen Anftand, obwohl es eine fchändliche Ausflucht war, fich als Metze zu bekennen und fich für fchwanger auszugeben, unverheirathet wie fie war. Zur Prüfung der Wahrheit bewilligte ihr die Milde des Regenten eine Frift von neun Monaten, nach Ablauf welcher Frift es fich ergab, daß fie in diefem Falle ebenfo ruchlos gewefen war wie in allen übrigen. Demgemäß ward nach acht Tagen ein neues Urtheil gegen fie gefällt, daß fie rückfällig geworden und ihren Eid und ihr reumüthiges Bekenntniß verleugnet habe; worauf fie denn der weltlichen Macht überliefert und auf dem alten Markte zu Rouen, an derfelben Stelle, wo jetzt die St. Michaelskirche fteht, durch Feuer vom Leben zum Tode gebracht und ihre Afche hierauf außerhalb der Stadtmauern in die Winde geftreut wurde."

Man fieht hieraus, daß der englifche Gefchichtfchreiber noch von dem Wahn befangen war, dem das heldenmüthige Weib felbft zum Opfer gefallen war. Wie follte es hiernach dem noch unerfahrnen Dichter einfallen, einen freiern Standpunkt in der Sache einzunehmen, befonders da er mit Verwerthung jeder Tradition den reinen Glanz der englifchen Waffen noch erhöhen konnte? Ift es doch auch am Schluffe des „König Johann" beftimmt ausgefprochen, was fchon diefe ältern Stücke erfüllt:

> Dies England lag noch nie und wird auch nie
> Zu eines Siegers ftolzen Füßen liegen,
> Als wenn es erft fich felbft verwunden half.

Hier halte fich alfo noch die Hexerei zu den andern Urfachen des Verderbens gefellt, zu den innern Zwiftigkeiten und nebenbei auch etwas — Verrath. Dominirend aber, und zwar als das entfcheidende Motiv, tritt in diefem Stücke fchon der Zwift im

Innern hervor. Deutlicher konnte dies der Dichter nicht her-
vorheben, als gleich in der ersten Scene, da schon während der
heiligen Todtenfeier an der Leiche des Heldenkönigs Heinrichs V.
die Gegner Gloster und Winchester sich aufs unanständigste
gegenseitig beschimpfen. Daß in den weiter folgenden rohen
Raufscenen, in denen der Kardinal und der Herzog auf offner
Straße sich balgen, so daß der Schultheiß droht, noch mehr
Knüttel herbeizurufen, — daß in diesen Scenen etwas so besonders
Bedeutungsvolles liege, wie deutsche Erklärer gefunden haben,
wird kaum dem schlichten Menschenverstande einleuchten. Aber
es ist begreiflich, daß die Farben hier so stark aufgetragen sind,
weil der Dichter besonders nachdrücklich auf die Quelle des Unheils hinweisen wollte.

Die Abweichungen von der Geschichte berühren in diesem
Drama weniger die Ereignisse selbst, als vielmehr die chronologische Folge derselben. Und in diesem Punkte ist der Dramatiker mit äußerster Willkür verfahren. Obwohl z. B. das erste
Stück bis zur Verlobung Heinrichs VI. geht, welche 1445 stattfand, so läßt der Dichter dennoch den Tod des Lord Talbot
(nebst seinem Sohne), der geschichtlich erst acht Jahre nach
diesem Ereigniß stattfand, eine ganze Reihe von Jahren vor
demselben erfolgen, so daß Talbots Tod dadurch in eine ganz
andere politische Situation gerückt ist. Mit derselben Willkür
ward — wie schon erwähnt — die Aussöhnung des Herzogs
von Burgund mit Frankreich voraus verlegt, so daß alle jene
bedeutungsvollen Ereignisse, die auf Frankreichs Boden vor
sich gehn, mit dem Schlusse des ersten Stückes abgefertigt
worden sind, — Alles im Interesse der theatralischen Wirkung.

Im zweiten und dritten Theile hat der Dichter in
dieser Beziehung sich viel weniger Freiheiten genommen; die
Eigenmächtigkeiten, die er sich hier gestattet, betreffen mehr die
Charaktere und ihre Verwerthung für das wirklich Drama-
tische. Hierin können wir den schnellen Fortschritt des Dichters
und seine wachsende Erkenntniß des eigentlichen Wesens des
Tragischen schon überschaun. Dem intriganten Charakter
Suffolks, der schon im ersten Theile in ganz bestimmten Zügen

vorgezeichnet iſt und der nunmehr zur Vollendung gelangt, iſt
vor Allem Gloſter, als der ehrenfeſte Mann und zugleich red-
liche Patriot, entgegengeſetzt und zu dieſem Zwecke vom Dichter
modificirt. Mit Gloſters Weib, Eleonore Cobham, hat ſich
der Dichter eine Abweichung von der Chronik inſofern erlaubt,
als er ſie in die Intrigue der Königin Margarethe, als deren
perſönlichen Widerpart, mit verwickelt, während nach der
Chronik die Verurtheilung der Eleonore („weil ſie durch
Zauberei und Hexenkunſt den König verderben wollte, um ihren
Gemahl auf den Thron zu erheben") ſchon vor der Ankunft
Margarethens in London erfolgt war. Hierin iſt aber der
Dichter mit dem wahrhaft großen Inſtinkt des echten Dramatikers verfahren, indem er hier den Ehrgeiz des Einen Weibes
dem des andern gegenüberſtellte und die Lebendigkeit der Entwickelung zu allem weitern Unheil überaus glücklich ſteigerte.
Die Königin Margarethe wird von der Chronik nicht allein
wegen ihrer unvergleichlichen Schönheit geprieſen, ſondern ihr
auch nachgeſagt, daß ſie „eine Dame von großem Verſtand und
Muth und voll Ehrgeiz" war. Auf ihr und ihres Günſtlings
Suffolk Anſtiften, um den ſchwachen König der Bevormun-
dung des Protektors zu entziehn, wurde Gloſter unter verſchiedenen erdichteten Anſchuldigungen verhaftet, und in der Nacht
darauf „fand man den Herzog todt im Bette, und zeigte ſeinen
Leichnam den Lords und Commons, als ob er an einem Schlag-
fluß verſtorben ſei". Ueber ſeine Todesart meldet die Chronik
nur dunkle Gerüchte, die aber der Dichter wohl verwerthete, um
gegen den herrſchſüchtigen Prieſter, Kardinal von Wincheſter,
damit gleich die dramatiſche Gerechtigkeit walten zu laſſen.

Der Volksaufſtand der Kenter unter Führung des John
Cade, die Anſtiftung deſſelben durch den Herzog von York,
die Erwähnung des Londoner Steins und ſchließlich der Tod
des Cade durch einen gewiſſen Eden, dieſes findet ſich in der
Chronik ziemlich detaillirt angegeben. Shakeſpeare hat aber in
dieſen genialen Volksſcenen mehr den Humor als den Schrecken
walten laſſen; denn an Stelle des vom Dichter ſo köſtlich ge-
geißelten ſocialdemokratiſchen Wahnſinns weiß die Chronik

viel mehr von den scheußlichen Grausamkeiten der Rebellen zu
berichten. Die hiernach mit dem ersten Erscheinen des Herzogs
von York an der Spitze seines Heeres vor London (1452) beginnenden Kämpfe sind vom Dichter ohne erhebliche Abweichungen nach der Chronik gegeben. Bei den hier sich
drängenden kriegerischen Ereignissen und fortwährenden Wechsel-
fällen können wir eingehende Vergleichungen zwischen der Darstellung des Dichters und dem Berichte des Chronisten kaum an-
stellen, und nur das Bemerkenswertheste daraus möge hier
hervorgehoben werden. Zwischen dem Siege Yorks bei St. Albans (1554) und seiner Einsetzung zum Thronerben liegt geschichtlich ein Zeitraum von mehreren Jahren; während der
Dichter dem Einen Ereignisse unmittelbar (wenn auch erst im
nächsten Stücke) das andere folgen läßt. Dieses außerordentliche dramatische Koncentriren der geschichtlichen Ereignisse, das
wir übrigens nicht erst bei Shakespeare, sondern auch schon bei
seinen Vorgängern auf dem Gebiete der Historie finden (ganz
besonders bei Marlowe), geht in diesen Stücken so weit, daß
häufig die über einen Zeitraum mehrerer Jahre sich ausdehnen-
den Ereignisse in Einer Scenenfolge abgemacht worden. Daß
für den schnellern Fortschritt der Zeit kaum die Zwischenakte benutzt werden, liegt darin, daß mit den Akttheilungen zu jener
Zeit keineswegs so tiefe Einschnitte in die Handlung gebildet
wurden, wie es beim modernen Drama geschieht. Das Auffallendste aber in diesen schnellen Uebergängen ist, daß selbst
zwischen dem 2. und 3. Theile ein tieferer Einschnitt fehlt, so
daß dadurch beide Stücke als ein einziges zehnaktiges Drama
erscheinen. Daß der Herzog von York vor seinem Tode in der
Schlacht von seinen Feinden mit dem Aufsetzen der papiernen
Krone u. s. w. verhöhnt wird, berichtet zwar die Chronik nach
unverbürgten Gerüchten; die hierbei durch die Königin Margarethe selbst ausgeübte Grausamkeit scheint jedoch Erfindung des
Dichters zu sein. Die bei weitem wichtigste unter den willkürlichen Benutzungen der gegebenen historischen Thatsachen betrifft jedoch die frühzeitige Einführung des jugendlichen
Richard — spätern Herzogs von Gloster (Richard III.). Indem

der Dichter diesen Sohn und furchtbaren Rächer des Herzogs von York schon an den Schlachten von St. Albans und
Wakefield theilnehmen läßt, in einer Zeit, da Richard geschichtlich noch in der frühesten Kindheit war, indem wir hier die
spätere furchtbare Energie des Tyrannen zuerst in der rücksichts-
losen Tapferkeit des jugendlichen Kriegshelden sich entwickeln
sehn, — zeigt uns dieser kühne Griff des Dramatikers, wie derselbe den tiefinnerlichen Zusammenhang der geschichtlichen Ereignisse mit poetischem Blick erkannte und die Größe seiner Aufgabe bis zu ihrem gewaltigen Endziel vollkommen überschaute.
Diesen Zusammenhang der hier besprochenen Dramenreihe mit
Richard III. haben wir später, in der Betrachtung, die wir dem
gesammten Cyklus der acht sich innig aneinander schließenden Historien widmen, näher ins Auge zu fassen.

Die beiden Edelleute von Verona.

Dieses Lustspiel ist erst in der ersten Folioausgabe von
1623 enthalten, wenigstens ist ein früherer Druck desselben nicht
bekannt. Daß es zu den frühesten Arbeiten des Dichters zählt,
läßt sich — abgesehn von seiner Erwähnung in Meres' „Palladis
Tamia" (1598) — einzig und allein aus den großen Unvollkommenheiten des Stückes annehmen. Diese sind so in die Augen
springend, daß über die Zeit der Entstehung bei den englischen
Herausgebern keine Meinungsverschiedenheit herrscht.   Der
Dichter zeigt sich hier noch ganz und gar abhängig von den
Ueberlieferungen der italienischen und spanischen Novellen=
literatur. Die Liebe eines jungen Mädchens, welche zum Mittel
der Verkleidung in Männertracht greift, um dem geliebten
Manne sich unerkannt zu nähern, kommt bei den italienischen
und spanischen Novellisten wiederholt vor, und so treffen wir
auch in der ältern Lustspielliteratur dies Motiv häufig wieder.
Shakespeare hat es selbst, in freilich veränderter und sehr selbständiger Weise, für seine spätere Komödie „Was ihr wollt"
wiederholt. Für die „Veroneser", das heißt für den eigentlichen

Kernpunkt der Handlung, müssen wir als Hauptquelle die Geschichte der Felismena in Montemayors „Diana" betrachten. Beziehungen einzelner Momente des Stücks zu andern Quellen sind zu untergeordneter Art, als daß wir sie hier anzuführen nöthig hätten. In Montemayors Erzählung*) verliebt sich Felismena in einen jungen Edelmann Don Felix, dessen Vater jedoch, von dem Einverständniß der Liebenden in Kenntniß gesetzt, seinen Sohn an den Hof schickt, um ihn von der Geliebten zu trennen. Sie folgt ihm in der Verkleidung als Page, und da sie ihn entdeckt hat, macht sie die traurige Erfahrung, daß er unterdeß sein Herz bereits anderweitig verschenkt habe. Ohne seine frühere Geliebte zu erkennen, nimmt er sie in seine Dienste und braucht sie zur Vermittlerin mit seiner neuen Geliebten. Diese jedoch verliebt sich in den vermeintlichen Botschafter, — hier fällt die Geschichte, wie man sieht, mit dem Liebeshandel zwischen dem Herzog, Viola und Olivia in „Was ihr wollt" zusammen, — der sie selbstverständlich mit Zurückhaltung und Kälte behandelt. Die Angebetete des Don Felix gesteht diesem endlich ihre Liebe zu seinem Boten, und — stirbt, worauf Felix aus Betrübniß sogleich das Land verläßt, während Felismena vergebliche Anstrengungen macht, den Undankbaren aufzusuchen.

Diese Geschichte fand Shakespeare bereits in dramatischer Behandlung vor, in einem Stücke „Felix and Philiomena", welches 1584 erschien. Daß Montemayors „Diana" erst 1598 im Druck erschien, während ja doch in demselben Jahre schon Meres das Lustspiel unter den vorzüglichen Komödien des Dichters erwähnt, läßt die Möglichkeit (wenn auch nicht bestimmte Schlußfolgerung) zu, daß Shakespeare nicht die Novelle, sondern eine frühere dramatische Bearbeitung vor Augen hatte. In den „Veronesern" ist zu der Untreue des Proteus gegen die Geliebte noch der schändlichste Verrath gegen einen Freund gefügt und dadurch eine befriedigende Lösung noch mehr erschwert. Die Lösung der Verwickelungen geschieht denn auch noch viel leichtfertiger als die Schürzung des Knotens, und die wesent-

---

*) Zu finden in Simrods ꝛc. „Quellen zu Shakespeare's Dramen".

lichen Momente darin müſſen unſer Gefühl entſchieden ver-
letzen. Es war allerdings der ausdrückliche Zweck des Dichters, den Wankelmuth der Liebe zu ſchildern, und er hat,
gegenüber der Treuloſigkeit des Proteus, die hingebende und
treue Liebe in beiden weiblichen Geſtalten um ſo ſtärker
hervorgehoben und dieſe mit vielem poetiſchen Reize ausge-
ſtattet. Aber die Wendung zum Beſſern gerade in der Scene,
als des Proteus Schurkerei den höchſten Grad erreicht hat,
in der letzten Scene des Stückes, läßt ſich ſchwerlich mit
unſerm Gefühl in Einklang ſetzen. Dieſer ſo ganz unver-
mittelte Uebergang hat gewiſſe Erklärer, die da meinen, bei
Shakeſpeare Alles vertheidigen zu müſſen, zu ſeinen Gunſten
annehmen laſſen, daß hier eine Verderbung des Textes vor-
liege, welche die Herausgeber verſchuldeten. Dieſes leichte Sich-
abfinden mit der Löſung eines ſchwer zu löſenden Konfliktes
zeigt uns aber gerade den Dichter in ſeiner Anfängerſchaft.
Wir ſehn ihn in ſeinen ſpätern Werken in ſo rapiden Fort-
ſchritten zu einer höhern Anſchauung gelangen und gleichzeitig
eine um ſo viel höhere Meiſterſchaft in der Behandlungsweiſe
der Stoffe gewinnen, daß wir uns ſchon deshalb gar nicht ſo
ſehr zu bemühen brauchten, die Mängel in ſeinen frühern
Schöpfungen zu beſchönigen. Gegen den Fehler in der
ganzen Kompoſition können uns auch die vielen ſehr reizenden
Details in dieſem Luſtſpiele nicht blind machen. Es iſt beſonders
reich an lyriſchen Schönheiten, wie mehrere ſeiner Erſtlings-
werke dieſer Gattung; außerdem gehört der komiſche Diener
Lanz, mit ſeiner drolligen Freundſchaft für ſeinen häßlichen
Köter, zu den köſtlichſten unter allen komiſchen Geſtalten des
Dichters. Daß das Luſtſpiel keinen ſonderlich dauernden Erfolg gehabt, dürfte man ſchon daraus ſchließen, daß der Dichter
ſpäter (in „Was ihr wollt“) das Motiv der Verkleidung noch
einmal in ſehr ähnlicher Weiſe verwerthete, aber mit wie viel
größerer Meiſterſchaft! Selbſt Details aus dem ältern Stücke
ſind auf dieſes übergegangen, z. B. aus der Scene, da Julie
als Bote des Proteus vor Sylvia ſteht, ſind die Dialog-
pointen, in denen Julie, von einer ſcheinbar dritten Perſon

sprechend, ihr eigenes Leiden schildert, in der herrlichen Scene zwischen Viola und dem Herzog, wenigstens in dem ganzen Gedankengange, wiederholt. Gerade solch Zurückgreifen des vollendeten Dichters auf einzelne seiner Erstlingswerke muß uns zur Beurtheilung dieser in ihren Mängeln sehr belehrend sein. Wir werden für die Herrlichkeiten, die der Dichter in der Folge uns darreichte, ein weit volleres Verständniß erlangen, wenn wir auch für sein Werden und für die Produkte aus der Zeit seiner Anfängerschaft einen klaren, vorurtheilsfreien Blick haben.

Die Komödie der Irrungen.

Auch von diesem possenhaften Lustspiel haben wir keinen frühern Druck als den in der ersten Folioausgabe. Ueber die muthmaßliche Zeit der Entstehung des Stücks hat schon der englische Herausgeber und Kritiker Theobald (1733) ein interessantes Merkmal im Stücke selbst herausgefunden. In der zweiten Scene des dritten Aktes beschreibt der eine Dromio das Frauenzimmer, das ihn für ihren Mann hielt, in wenig anziehender Weise; sie wäre so rund wie ein Globus, und man könne verschiedene Länder darauf finden. Nachdem er Schottland und Irland charakterisirt, fragt Antipholus, wo Frankreich bei ihr zu finden sei? Dromio antwortet: „Auf ihrer Stirn, gepanzert und kriegerisch gerichtet — against her hoir“. Letzteres Wortspiel zwischen hair (Haar) und heir (Erbe) ist nicht zu übersetzen; in der ersten Folioausgabe hieß es ausdrücklich heir, was erst später in hair geändert wurde. Theobald aber erkannte den eigentlichen Sinn des sonst unverständlichen Ausdrucks, indem er darauf hinwies, daß Frankreich seit 1589 im Bürgerkriege der Ligue gegen Heinrich von Navarra war, daß also Frankreich Krieg gegen seinen Erben führte — against the heir. Und da Elisabeth Partei für den protestantischen Fürsten nahm und ihm den Grafen Essex im

Jahre 1591 zu Hülfe ſchickte, nahm der ſcharfſinnige Forſcher
wohl mit Recht an, daß um dieſe Zeit das Stück geſchrieben ſei. Zu
den Merkmalen der Shakeſpeare'ſchen Jugendarbeiten, namentlich
unter den Luſtſpielen, gehören die ſehr häufigen gereimten
wie auch die ſogenannten „Doggerelverſe", gleichbedeutend mit
unſern volksthümlichen Knittelverſen. Auch in den „Irrungen"
nehmen die letztern viel Raum ein, und in durchgängig gereimten Verſen ſind ganz lange Scenen ausgeführt.

Ob Shakeſpeare den Stoff unmittelbar aus einer Ueberſetzung der „Menächmen" des Plautus nahm, oder erſt durch
Vermittelung eines andern Stückes, muß dahingeſtellt bleiben.
Die engliſche Ueberſetzung des lateiniſchen Luſtſpiels, von
W. Warner, erſchien im Drucke erſt 1595; Shakeſpeare's Stück
müßte alſo ſpäter geſchrieben ſein, als man allgemein annimmt
und als mit Sicherheit anzunehmen iſt, oder er hatte, wie die
Kritiker behaupten wollen, das früher ſchon unter Freunden
cirkulirende Manuſkript gekannt, oder endlich: er arbeitete nicht
nach dem Plautiniſchen Stücke, ſondern hatte eine bereits vorhandene ſchlechte Bearbeitung eines Andern vor ſich; denn ſchon
im Jahre 1577 wurde durch die Kinder von St. Paul am
Hofe zu Hampton-Court (wie uns Collier berichtet) eine Komödie „The History of Error" aufgeführt, von der wir freilich
ſonſt nichts wiſſen. — Steevens war denn auch der Meinung,
daß die Komödie der Irrungen nicht ganz von Shakeſpeare
herrühre, ſondern nur von ihm überarbeitet ſei.

Da uns jedoch kein derartiges Original überliefert iſt, ſo
ſind wir nur im Stande, Shakeſpeare's Komödie mit der des
Plautus zu vergleichen, und dieſer Vergleich fällt entſchieden
zu Gunſten unſers Dichters aus. Die bei weitem größere Mannigfaltigkeit, welche Shakeſpeare der Handlung gab, führte
allerdings auch eine größere Anhäufung von Unwahrſcheinlich-
keiten mit ſich. Aber bei einem Stoffe wie dieſer, der ganz und
gar nur auf den Grund eines tollen Spiels des Zufalls gebaut
iſt, konnte es nur ein Vortheil ſein, die Ergötzlichkeit der ent-
ſtehenden Konfuſion zu ſteigern. Zu den verwegenſten Mitteln
dieſer Steigerung gehört wohl, daß der engliſche Dichter dem

bei Plautus nur einfachen Wunder — der Zwillingsbrüder, die weder von Bekannten, noch vom Vater, noch selbst von der Frau des Einen zu unterscheiden sind (was auch schon im Stücke des Plautus zu den übelsten Mißverständnissen führt), noch ein zweites und größeres Wunder — die Wiederholung dieses Naturspiels in den beiden Dienern — zugesellt*). Der komischen Handlung, welche durch die fortwährenden Verwechselungen gebildet wird, hat er außerdem noch einen ernsten Hintergrund — in den bestehenden Feindseligkeiten zwischen Ephesus und Syrakus — gegeben, und so wirksam die vortrefflich komponirte Exposition des Stückes mit der ernsten Situation des in Todesgefahr schwebenden Aegeon das Stück eröffnet, so muß man sich doch auch hier über fast undenkbare Prämissen hinwegsetzen. Den durch die Verwechselungen herbeigeführten komischen Wirrwar mußte er jedoch durch eigene Erfindungen noch sehr zu kompliciren und zu steigern. Auch an mehrfachen sinnreichen Motivirungen, darunter zählt die ganze Vorgeschichte der beiden Brüder und ihrer Familie, läßt er es nicht fehlen; und daß er die im Hause des Ephesers Antipholus entstehenden Mißverständnisse und Aergernisse zu einer gewissen Hausmoral auszunutzen weiß, zeigt bereits des Dichters hellen Blick für die realen Verhältnisse des bürgerlichen Lebens. Die freundliche Gestalt der Schwester Adriana bringt denn auch ein paar wohlthuende Ruhepunkte in die verwirrenden Ereignisse. Es ist sehr interessant, bei diesem Stücke zu beobachten, wie den Dichter in der dramatischen Verwerthung des gegebenen Stoffes häufig die richtigsten Intentionen leiten, wie er aber

---

*) Daß dadurch die Unwahrscheinlichkeit — wenn auch nicht erhöht, so doch vervielfältigt wird, kann auch Herr Herzberg mit seiner Aeußerung: „Nur ein nüchterner Kritikaster könne dem Dichter daraus einen Vorwurf machen", nicht widerlegen. Daß aber gerade Herr Herzberg, der in seinen Einleitungen (in der neu revidirten Schlegel-Tieck'schen Ausgabe) sich vorzugsweise mit dem Zählen von Versen, Versfüßen, Reimen und weiblichen Ausgängen u. s. w. beschäftigt, so geringschätzend auf die „nüchternen Kritikaster" herabblickt, zu denen in diesem Falle nach Herzbergs Auffassung nicht nur Rümelin, sondern auch Gervinus zählt, nimmt sich sehr wunderlich aus, — bei allem Respekt vor den unsäglichen und wirklich nicht ganz resultatlosen Mühen, denen Herr Herzberg in diesen Rechentabellen sich unterzieht!

hinter denselben in der Ausführung noch zurückbleibt. Die
rein äußerliche Taschenspielerei dieses an die italienischen
Maskenstücke erinnernden Possenspiels war durch die Art des
Stoffes fast bedingt, und wir können das Lustspiel als eine, nach
dieser Richtung hin ganz glückliche Studie in der technisch-
theatralischen Behandlung betrachten.

Verlorne Liebesmüh.

Dies Lustspiel erschien zuerst in einer Quart-Ausgabe im
Jahre 1598, unter dem Titel:

„Eine angenehme witzige Komödie, genannt Verlorne
Liebesmüh (Loves labors lost). Wie es dargestellt wurde vor
Ihrer Hoheit letzte Weihnachten. Neuerlich verbessert
und vermehrt von W. Shakespeare. 1598."*)

Eine zweite Quartausgabe, welche erst nach der Folio erschien, hat auf dem Titel nur die Aenderung in der Angabe, daß
das Stück „von Seiner Majestät Dienern im Blackfriars und
Globe aufgeführt" sei.

Wenn schon in ziemlich frühen Aeußerungen Shakespeare'-
scher Zeitgenossen besonders auf des Dichters Begabung für
das Komische und zugleich für das Gefällige, Zierliche hingewiesen wird, so müssen wir dabei zunächst an diese Komödie
denken; denn groteske Komik und zierlicher Witz treten unter

---

*) Tieck gab dem Stücke den deutschen Titel „Liebes Leid und Lust", und zwar
einzig und allein der dem englischen Titel entsprechenden Alliteration zu Gefallen.
Ich sehe aber nicht den mindesten Grund dafür, die Alliteration beizubehalten, wenn
dabei der Sinn nicht nur ein anderer, sondern geradezu ein falscher wird. Wo ist
denn bei der gründlichen Niederlage aller Liebesritter hier von Liebes-Lust die
Rede? Wenn der neuere Uebersetzer Hertzberg (in der neu revidirten Schlegel-
Tieckschen Ausgabe) zu Gunsten dieses Titels anführt, daß doch der Liebe Mühe noch
keineswegs verloren sei (was auch Kreyßigs Meinung), so ist das eine kühne Behauptung. Innerhalb dieses Lustspiels — und darauf allein kommt es doch nur
an, — ist der Liebe Mühe verloren. Simrocks Uebersetzung „Der Liebe Lohn
verloren" trifft jedenfalls das Richtigere, obwohl mir „Verlorne Liebesmühe"
genauer zu sein scheint.

seinen frühern Arbeiten hier am stärksten hervor. Die im oben angeführten Titel der Quartausgabe gemachte Bemerkung „neuerlich verbessert und vermehrt" deutet schon darauf hin, daß das
Stück in jenem Jahre kein neues mehr war; daß es aber zu den
frühesten Arbeiten des Dichters im Gebiete der Komödie gehört,
lassen uns gewisse Eigenthümlichkeiten in der Dichtung selbst
erkennen, und man hat deshalb wohl Recht, wenn man die Entstehung des Lustspiels in die Jahre 1590 oder 1591 setzt,
während der Dichter es vermuthlich in einzelnen Theilen, besonders in den poetischern, später nochmals überarbeitete. Zu
den angedeuteten Eigenthümlichkeiten in der Form des Stückes
zählt man besonders die eigene Art des Versbaues, namentlich
die so häufigen gereimten Verse, die massenhaften Erwähnungen mythologischer und altgeschichtlicher Persönlichkeiten,
sowie die häufige Anwendung fremder Sprachen. Die Ueberladung des Dialogs mit Wortwitz ist aber für die Zeit der
Entstehung nicht minder beachtenswerth. Wie Shakespeare
in seinen ersten Arbeiten auf dem Gebiete der Tragödie (Titus
Andronicus) der Uebertreibung des Tragischen — eigentlich
Schrecklichen — sich überließ, so sehn wir ein interessantes Pen-
dant in diesem Lustspiel, wenn wir darin die Uebertreibung
— nicht des Komischen, sondern des Witzes, des äußerlichen
Wortwitzes, beachten. In dem an blumigen Redensarten,
Metaphern und künstlichen Wendungen hier so besonders
reichen Dialog spüren wir sehr merklich die Einwirkung von
Lily's „Euphues", und der Erfolg des Lustspiels zeigt, daß mit
dieser Richtung damals dem Geschmack des Publikums noch
durchaus entsprochen wurde. Aber wir dürfen dabei nicht über-
sehen, daß die Geißel des Spottes einigermaßen die eigentlichen Helden des Euphuismus selbst trifft. Denn dieser ganze
Hofkreis, in welchem junge gebildete und sonst verständige
Menschen ihre guten Kräfte in Grillen vergeuden und sich ein
gekünsteltes Dasein schaffen, entgegengesetzt den Forderungen
der Natur und der Vernunft, muß uns an jene Kreise der Gesellschaft erinnern, in denen Natur und Wahrheit durch künst-
liches Formenwesen und mühselige Unnatur ersetzt war. Daß

der Dichter dieſes Ziel als Objekt der Satire von vornherein
bewußt vor Augen hatte, muß allerdings ſtark bezweifelt werden;
es iſt vielmehr anzunehmen, daß er ſelbſt mit einem gewiſſen
Gefühl des Könnens ſich der beſondern Richtung überließ,
daß aber ſeine ſo geſunde Natur ihn faſt unbewußt von der
Bahn der Nachahmung in die der Satire trieb. Man hat im
Vergleich mit dieſer Hofgeſellſchaft der Witzgefechte an den
Klub zum Meerfräulein (the mermaid) erinnert, von welchem
Beaumont in einem Gedichte uns die pikante Beſchreibung gab
(vgl. den I. Abſchnitt S. 91). Aber man vergißt dabei, daß
dieſer Klub, als deſſen Herren im Witzmachen uns außer Shakeſpeare auch Ben Jonſon und Beaumont bezeichnet werden, erſt
zum Anfang des 17. Jahrhunderts ſich entfalten konnte; man
erwäge nur, daß Beaumont ſelbſt erſt 1586 geboren war. Daß
aber ähnliche vergnügte Konvivien ſchon vorher beſtanden, kann
deshalb nicht in Abrede geſtellt werden.

Die eigentliche Quelle für die Fabel des Stückes hat man
bisher vergeblich geſucht. Der ganze Stil verräth aber den
Eindruck, welchen damals die Erzählungen der romaniſchen
Literatur auf den jungen Dichter gemacht; manche Partien erinnern ſogar an das ſpaniſche Luſtſpiel, und die Figur des
ſpaniſchen armen Ritters iſt gewiß nicht ſo von ungefähr hin-
eingerathen. Anderſeits erinnern einzelne Geſtalten an Vorbilder der franzöſiſchen komiſchen Literatur, wie z. B. Name
und Charakter des Pedanten Holofernes Rabelais' „Gargantua"
entnommen iſt. In unſeres Andreas Gryphius trefflichem
„Horribilicribrifax" finden wir aber nicht allein den Pedanten
Holofernes in dem Schulmeiſter Sempronius wieder, ſondern
auch im Horribilicribrifax ſelber eine dem Don Armado entſchieden
verwandte Figur, und auch bei einem unſerer älteſten deutſchen
Dramatiker, in des Herzogs Heinrich Julius von Braunſchweig
„Vincentius Ladislaus" (1594) finden wir ſehr ähnliche Züge*).
Dem Herzog Heinrich Julius mußte Shakeſpeare noch unbe-
kannt ſein, und wenn Gryphius nicht mittelbar oder unmittelbar

---

*) Vergl. meine „Geſchichte der Shakeſpeare'ſchen Dramen in Deutſchland" S. 16.

(Letzteres ist sehr unwahrscheinlich) aus Shakespeare geschöpft haben sollte, so müßten wir für Beide gemeinsame Vorbilder annehmen. Aber der Ursprung der eigentlichen Fabel des Lustspiels würde auch damit noch nicht gefunden sein. Und so lange dies nicht der Fall ist, werden wir annehmen müssen, daß sie Shakespeare's eigene Erfindung sei; was um so bedeutsamer, als hier die Charaktere gegen die Intrigue, mag dieselbe auch noch so einfach sein, viel mehr zurückstehn als in seinen Lustspielen aus der reiferen Periode. Dabei sind einzelne späterhin weit künstlerischer ausgearbeitete Charaktere hier schon in den Keimen enthalten; so ist die Beziehung des Biron zu dem spätern Benedikt ganz unverkennbar. Im burlesken Theile des Stückes finden wir in der lächerlichen Darstellung der „neun Helden", im fünften Akte, ebenfalls die Handwerkerkomödie aus dem Sommernachtstraum schon in den wesentlichen Zügen, ja sogar bis auf die unterbrechenden Zwischenreden der hohen Zuschauer, vorgearbeitet. Dieser fünfte Akt des Stückes läßt uns aber in seinem Mißverhältniß zu den vorangehenden Akten das Mangelhafte der ganzen Komposition recht fühlbar werden. Dies Mißverhältniß liegt nicht nur in dem so ernsten Abschluß des heitern Spiels — und diese Wendung ist durch alle forcirten Deuteleien der Herren Kommentatoren nicht zu rechtfertigen*), — es liegt auch in der schlechten Gruppirung der Handlung. Bis zu dem letzten Akte fehlt ein Fortschritt in der Intrigue fast gänzlich, — gerade bei Shakespeare ein sehr auffallender Mangel. Die so schnelle Flucht der Weisheitsritter von ihren kurz zuvor abgelegten Gelübden können wir kaum als einen Fortschritt in der Handlung betrachten, es ist vielmehr ein vorzeitiges Aufgeben einer Fortsetzung. Gerade in diesem so äußerst schnellen und durch nichts vermittelten Rückzug dürfte wohl eine wesentliche Schwäche des Stückes zu suchen sein, und

---

*) Man hat zur Rechtfertigung dieses Schlusses auf Shakespeare's hohe sittliche Anschauung hingewiesen, die ihm über Alles ging. Wenn aber diese keineswegs wegzuleugnende sittliche Anschauung hier das Wesen der Komödie zerstört, so bleibt das immer eine unbefriedigende Lösung, und der Rechnungsfehler lag in der ganzen Komposition. Mag man die scharfe Satire gegen die blamirten Herren noch so logisch finden, so wird doch die Dissonanz damit nicht aufgelöst.

ſie kommt daher, daß Shakeſpeare, der ſonſt ſo voll aus dem
Leben ſchöpft, uns hier mit dem allerdings oft ſehr graziöſen
Spiel aufgeſtellter Begriffe und Theorieen unterhält. Der Uebel=
ſtand, daß ſich erſt im letzten Akte die ganze Handlung zuſammen=
drängt — und daneben noch die breite Epiſode der theatraliſchen
Aufführung! — iſt durch eine andere Akteintheilung, als die in
der Folioausgabe angegebene, wohl einigermaßen zu mildern,
nicht aber ganz zu beſeitigen. Bei dieſen Schwächen des Stückes
ſehn wir dennoch das Genie des Dichters hier häufiger und
glänzender hervorblitzen als in ſeinen andern Komödien aus
dieſer Anfangsperiode, ſo daß wir uns oft erſtaunt fragen
müſſen, ob wohl der noch ſo jugendliche Dichter ſchon einen ſo
ſcharfen Blick für Alles haben und dabei ſchon im Beſitze ſolcher
techniſchen Fertigkeiten ſein konnte. Die Geſtalten des Biron,
der Prinzeſſin und der Roſaline ſind mit Geiſt, anmuthigem Witz
und Grazie wahrhaft verſchwenderiſch bedacht, während die
Darſtellung der neun Helden von überwältigend komiſcher Wir=
kung iſt. Die grotesken Figuren des Holofernes, Don Ar=
mado u. ſ. w., obwohl ſehr breit ausgeführt, zeigen viel präch=
tigen Humor. Der Schulmeiſter Holofernes iſt eine Karikatur,
in welcher des Dichters muthwillige Launen ſich mit bitterſtem
Sarkasmus gegen die ſich breit machende trockne Gelehrſamkeit,
Wortklauberei und eitle Pedanterie richtet, und die Satire iſt
hier durch eigene perſönliche Erfahrungen des Dichters eine
recht behagliche geworden. Andere perſönliche Beziehungen
finden wir außerdem in einigen ſehr frappirenden Ueberein=
ſtimmungen mit ſeinen Liebesſonetten. Inwiefern nun der
ernſte Abſchluß des Ganzen bei ihm vielleicht aus einer per=
ſönlichen Stimmung entſprang, das zu ermitteln, iſt nicht unſre
Sache. Aber der Schlußſeufzer Birons, nach der ihm aufer=
legten Prüfung —

Dieſer Damen Gönnen
Hätt' unſern Scherz zum Luſtſpiel machen können —
iſt nicht nur ein für ſich ſehr gerechtfertigter, ſondern er zeigt
uns auch, daß der Dichter ſich ſelbſt über den unbefriedigenden
Ausgang vollkommen klar war. Und noch deutlicher tritt dieſe

Selbstkritik in den daran sich schließenden Zeilen hervor, wenn
der König sagt:

> Freund, sei getrost, wir bringen's schon zu Gange
> In Jahr und Tag —

und Biron darauf erwiebert:

> So spielt das Stück zu lange!

Aber endet es auch nicht komödienhaft, wie Biron bedauert, so
zeigt uns doch auch dieser Ausgang den so selbständig schaffenden
Dichter. Das Stück, das wie eine lose Spielerei vor uns sich entwickelte, erhält plötzlich einen ungeahnten ethischen Schwerpunkt.
Zu den Büßern gesellen sich auch der zu dem Pflug Jacquenetta's
genöthigte Don Armado, und der gespreizte Pedant Holofernes,
der eigentlich die Karikatur oder vielmehr die äußerste Konsequenz jener Weisheitsruhmessucht des Königs und seiner Ritter
uns in abschreckendster Weise zeigt. Und wenn der gelehrte
Narr mit seiner Darstellung der neun Helden schmählich zu
Grunde geht, so zeigt uns der Dichter in diesem lächerlichen
Zwischenspiel auch zugleich die Persiflage des Königs und seiner
als so wenig heldenhaft erprobten Helden in derber Handgreiflichkeit.

Die englischen Königsdramen.

— — —

Der Historiencyklus,

von Richard dem Zweiten bis Richard dem Dritten.

Nachdem wir die drei Theile Heinrichs des Sechsten, als der ersten dichterischen Periode Shakespeare's zugehörend, bereits vom literarhistorischen Gesichtspunkte aus besprochen haben, kommen wir nunmehr zu der ersten (aber erst später ge= dichteten) Hälfte jener Dramenreihe, in welcher die Kämpfe der beiden fürstlichen Häuser Lancaster und York in einem in sich zusammenhängenden großen dramatischen Gemälde, oder — wenn man will — Gemäldecyklus, vorgeführt werden. Obwohl auch Richard der Dritte, welcher in den geschichtlichen Ereignissen den Schluß des Ganzen bildet, vor den vier Lancaster-Dramen, und zwar im Anschluß an Heinrich VI., gedichtet war, so fügen wir ihn dennoch — aus Gründen, die wir bereits angedeutet haben — auch hier seiner historischen Situation gemäß ein*).

Die hier zunächst zu besprechenden vier Historien, in denen der Dichter auf eine frühere Epoche der Geschichte zurückgriff, um auf die Vorgänge hinzuweisen, aus denen später unter Heinrich VI. der schreckliche Bürgerkrieg sich entwickelte, sind: Richard der Zweite, König Heinrich der Vierte, erster und zweiter Theil, und König Heinrich der Fünfte. Alle vier Stücke, in dem Zeitraum von 1596 bis 1599 gedichtet, er=

---

*) Da „König Johann", obwohl in den geschichtlichen Ereignissen dieser Dramen= reihe vorausgehend, doch mit denselben in keiner Verbindung steht, lassen wir dies Drama auch erst diesem großen Cyklus folgen.

schienen schon frühzeitig in wiederholten Quartausgaben, und zwar unter folgenden Titeln:

Richard II.: „Die Tragödie von Richard dem Zweiten. Wie sie öffentlich dargestellt worden von des höchst ehrenwerthen Lord-Kanzlers Dienern. (As it has been publikely acted by the Right Honourable the Lord Chamberlains his servants.) Von William Shakespeare. 1597."

Wiederholte Auflagen davon, unter demselben Titel, erschienen 1598 und 1608. Die letztere Ausgabe erschien in demselben Jahre nochmals mit der Einschaltung auf dem Titel: „Mit neuen Zusätzen der Parlamentsscenen und der Absetzung König Richards"; auch sind hierbei die „Chamberlains Servants" in „The Kings Majesties Servants" umgewandelt. Die erste Quarto ist eine der besten Ausgaben, die wir von den Stücken des Dichters haben; nur daß die „Additions", welche schon die dritte Quarto enthält, darin fehlen. Diese sind dann von der ersten Folioausgabe, die das Stück unter dem Titel „Leben und Tod Königs Richard des Zweiten" gibt, in ganz ersichtlich zuverlässigerer Form mitgetheilt. Daß in den ersten beiden Ausgaben jene ganze Parlamentsscene mit der Absetzung des Königs fehlt, läßt mit Sicherheit darauf schließen, daß sie auch nicht dargestellt wurde, und als Grund dafür wird eine Rücksichtnahme auf die Königin Elisabeth angeführt, welcher die Vorführung einer solchen parlamentarischen Absetzung eines regierenden Fürsten unangenehm war. Aus dem unlängst veröffentlichten Tagebuche eines gewissen Dr. Forman erfahren wir jedoch, daß derselbe noch im Jahre 1511 im Globetheater eine Tragödie Richard II. aufführen sah, welche — nach seiner Beschreibung — einen größern Zeitraum umfaßte als Shakespeare's Tragödie, da darin u. A. auch die Ermordung Glosters und verschiedene andere Dinge vorkommen, welche in Shakespeare's Drama ganz fehlen. Nach dem, was jener Dr. Forman mittheilt, ist es wohl glaublich, daß dies Stück erst nach dem Shakespeare'schen erschienen war, um jene Ereignisse darin vorzuführen, welche der Handlung des Shake-

speare'schen Stückes vorausgingen. Nach einer Mittheilung
aus den Akten des Prozesses gegen den Grafen Essex hätten die
Theilnehmer des Komplots gegen die Königin im Jahre 1601
von dem Schauspieler Phillips verlangt, derselbe solle an einem
dazu bestimmten Abend „Das Stück von der Absetzung
Richards II." zur Aufführung bringen. Daß hiermit ein
anderes als das Shakespeare'sche Stück gemeint war, ist nicht
glaublich, obwohl der genannte Phillips die Zumuthung anfänglich mit der Bemerkung ablehnte, daß das Stück „veraltet"
sei. Er mochte damit wohl nur auf die ganz erklärliche Thatsache hinweisen wollen, daß das Stück durch die bereits erschienenen beiden Theile Heinrichs IV., die viel mehr theatralische
Wirkung und Glanz enthalten als jene so fein gearbeitete Tragödie, bereits in den Hintergrund des Interesse's gedrängt war.

    König Heinrich IV., erster Theil, erschien vor der
ersten Folio bereits in sechs Quartausgaben, unter dem Titel:

    „Die Historie von Heinrich dem Vierten; mit der
Schlacht von Shrewsbury, zwischen dem König und
Lord Heinrich Percy, genannt Heinrich Heißsporn
(Hotspur) des Nordens. Mit den witzigen Späßen Sir
John Falstaffs. London 1598."

    Die weitern Ausgaben von 1599, 1604, 1608, 1613 und
1622 erschienen mit dem Zusatz auf dem Titel: „Neuerlich verbessert von W. Shakespeare". — Die erste Folio bringt das
Stück unter dem Titel: „Der erste Theil Heinrichs des Vierten,
mit dem Leben und Tod Heinrichs, genannt Heißsporn".

    König Heinrich IV., zweiter Theil: „Der zweite
Theil von Heinrich dem Vierten, fortgesetzt bis zu
seinem Tode und der Krönung Heinrichs des Fünften.
Mit den Späßen Sir John Falstaffs und des prahle-
rischen Pistoll. Wie es verschiedene Male öffentlich dargestellt worden von des Lord=Kanzlers Dienern. Geschrieben
von William Shakespeare. 1600."

    Dem Druck in der ersten Folioausgabe, welche das Stück
unter dem etwas kürzern Titel gibt: „Der zweite Theil Heinrichs
des Vierten, enthaltend seinen Tod und die Krönung König

Heinrichs des Fünften", scheint eine Kopie des Originalmanu-
skriptes zu Grunde gelegen zu haben, denn sie enthält lange
Partien, die in dem Quartodruck fehlen.

Heinrich V.: „Die Chronik Historie (The Chronicle
History) von Heinrich dem Fünften. Mit der Schlacht
zu Agincourt in Frankreich. Zusammen mit dem
Fähndrich Pistoll. Wie es zu verschiedenen Malen ge-
spielt worden von des höchst ehrenwerthen Lord-Kanzlers
Dienern. 1600."

Wiederholte Auflagen davon erschienen 1602 und 1608.
Der Text dieser Quartos ist sehr unvollkommen und weicht
vielfach von der Folioausgabe ab. Es scheint nur eine höchst
mangelhafte Nachschrift aus den Theatervorstellungen des
Shakespeare'schen Stückes zu sein. — Die erste Folio enthält
dasselbe unter dem Titel: „Das Leben Heinrichs des Fünften".

Eine Stelle im Chor zum fünften Akte dieses Stückes, auf
die Entsendung des Grafen Essex gegen die aufständischen Ir-
länder bezüglich, macht es zur Gewißheit, daß Heinrich V. im
Jahre 1599 geschrieben worden. Th. Nashs „Pierce Penniless etc." vom Jahre 1592 enthält eine Stelle, welche darthut,
daß allerdings die Ereignisse, welche das Stück behandelt, schon
früher auf der Bühne dargestellt worden. Die Stelle lautet:
„Was für eine herrliche Sache ist es, Heinrich V. auf der Bühne
dargestellt zu sehn, den französischen König gefangen führend,
und ihn und den Dauphin nöthigend, ihm Treue zu schwören."
Es ist sicher, daß dies auf ein anderes Stück als auf das damals noch nicht existirende Shakespeare'sche Bezug hat, und
dürfte es dasselbe sein, welches in die Buchhändlerregister 1594
eingetragen worden, unter dem Titel: „The famous Victories
of Henry the Fift, containing the honourable Battle of Agincourt"; und es scheint dies Stück schon seit 1589 auf der Bühne
gewesen zu sein. Das Schauspiel enthält aber nicht allein die
Ereignisse aus der Regierung Heinrichs V., sondern auch in den
Hauptzügen diejenigen, welche Shakespeare in beiden Theilen
Heinrichs IV. behandelt. Es liegt daher auf der Hand, daß
Shakespeare nichts Erhebliches daraus verwerthen konnte, wohl

aber hat er einzelne Züge daraus benutzt. Das liederliche
Leben des Prinzen Heinrich ist in den ältern Stücken in wahr-
haft abscheulicher Rohheit dargestellt; von den edeln Keimen im
Gemüth des Prinzen für den künftigen großen Herrscher und
Helden ist dort nichts zu finden; der Prinz wartet dort wirklich
auf den Tod seines Vaters, und so ist auch die Scene mit der
Krone am Sterbelager des Königs (übrigens auch von Holinshed erzählt) dort in ordinärer Weise dargestellt. Den Namen
Oldcastle, welchen Shakespeare ursprünglich für seinen Falstaff gewählt hatte, entnahm er der wüsten Gesellschaft der
Beutelschneider, in welcher dort der Prinz verkehrt. Shakespeare hatte erst später den frühern Namen in den des Sir John
Falstaff umgewandelt, um den unangenehmen Vergleich mit dem
unter Heinrich V. lebenden hochverehrten Wiclesitischen Märtyrer John Oldcastle Lord Cobham abzuthun. Sein Epilog zum
zweiten Theile Heinrichs IV. enthält über diesen Punkt eine
ausdrückliche Entschuldigung, und ersehn wir daraus u. A., daß
der Dichter ursprünglich im Sinne hatte, diese Wunder-
schöpfung von Humor und psychologischer Wahrheit auch noch
im Heinrich V. fortzusetzen, was er jedoch bekanntlich nicht aus-
führte, und dafür nur die Schilderung von dem Tode des alten
Sünders gibt.

Mehr als bei einer andern Gattung der Shakespeare'schen
Dramen tritt bei diesen Historien an den Kommentator die Aufgabe, für das richtige Verständniß dieser Dichtungen eine bestimmte Linie vorzuzeichnen und dadurch eine Vermittelung zu
bilden. Aber auch nirgends erfordert diese Aufgabe gleiche
Zurückhaltung und Mäßigung in dem Geschäft des Inter-
pretirens. Es ist für Denjenigen, der sich eingehend mit Shakespeare beschäftigt, überhaupt nicht so leicht, sich eine unbefangene Anschauung von den Dichtungen zu erhalten. Aber gerade bei diesen englisch-historischen Stücken — den sogenannten
„Historien" oder englischen Königsdramen — gerathen die
meisten der Interpreten auf einen Weg, der weit ab von der
Sache unsers Dichters liegt. Möge Rümelin (in seinen viel-
befehdeten „Shakespearestudien", 1866), noch so oft in seiner

Beurtheilung der dichterischen Schöpfungen ungerecht werden
und manche seiner Behauptungen an nachweislich falsche Voraussetzungen knüpfen, so hat er doch vollkommen Recht, wenn er
sich gegen die Kunstkritiker und Erklärer wendet, die hier so
übereifrig in ihren historisch-politischen, ästhetischen und philosophischen Betrachtungen sind. „Wir werden", sagt der Genannte, „über das Wesen des mittelalterlichen, des englischen
Feudalstaats, über die geschichtliche Bedeutung jener Kämpfe
der beiden Rosen, über den tiefern Zusammenhang des gesammten Dramencyklus belehrt, und Alles, was sich darüber
Bedeutendes und Geistreiches sagen läßt, sollen wir denn auch
in den Shakespeare'schen Stücken finden oder hinzudenken. Diese
leidige Manier führt von der Region, in der das Schöne zu
suchen ist, ganz ab, und wir haben alle Reflexionen, die sich nur
an den geschichtlichen Stoff halten und ebenso gut auch zu Holinsheds Chronik oder einem beliebigen Geschichtskompendium
passen würden, ganz bei Seite zu lassen. Es handelt sich
darum, was Shakespeare, der Dichter, uns vorführt, nicht
was sich noch Alles bei solchen Dingen denken läßt."
— Mit diesem letzten Satze ist in der That die verkehrte
Richtung unserer Shakespearekritik auf das treffendste bezeichnet.

Ebenso richtig bemerkt M. Carrière („Die Kunst im Zusammenhang der Kulturentwickelung") über die herkömmliche
Interpretirung jener englischen Geschichtsdramen: „Man möge
hier die Grenze von Shakespeare's Zeit nicht vergessen. Sie
ist immer noch das Weltalter des Gemüths, das die Dinge in
ihrem unmittelbaren Zusammenhang mit der eigenen Empfindung, nicht nach ihrer an sich seienden Objektivität darstellt;
und so hat auch Shakespeare die großen Phasen der Weltgeschichte nicht in der Art innerlich durchlebt und erkannt, daß er
die maßgebenden Unterschiede des Orients, des Griechen- und
Römerthums, der Feudalzeit und der modernen Bildung ge-
schichtsphilosophisch als besondere Stufen der Kultur im Em-
porgange der Menschheit würdigen konnte ꝛc."

Man soll nur nicht meinen, daß Shakespeare in unserer

Schätzung das Geringſte von ſeiner eigenthümlichen Größe einbüßen müſſe, wenn man ihn hier nach dem durch ſein Zeitalter
gegebenen Maßſtab mißt. Auch A. W. Schlegel, der die Reihe
der Hiſtorien als ein großes Ganzes erkannt wiſſen will, was
ſie ja auch ohne jene ihnen gegebenen Deutungen ſind, ſagt dabei: Die Hauptzüge der Begebenheiten ſeien darin ſo treu auf-
gefaßt, ihre Urſachen und ſogar ihre Triebfedern ſo lichtvoll
durchſchaut, daß man daraus die Geſchichte nach der Wahrheit
erlernen könne; und wenn die gegen eine ſolche Anſchauung ſich
erhebende Oppoſition fehlerhafte Einzelheiten in den Dramen
berzählt, um daraus Shakeſpeare's Mangel an eigentlicher Ge-
ſchichtskenntniß zu beweiſen, ſo wird in beiden ſich entgegen-
ſtehenden Auffaſſungen viel zu wenig Gewicht darauf gelegt,
was für ein großer Unterſchied zwiſchen einem Geſchicht-
ſchreiber und einem dramatiſchen Dichter beſteht. Wenn
letzterer für die gegebene hiſtoriſche Handlung den poetiſchen
Geſichtspunkt herausgefunden hat, ſo mag er mit ſeiner freien
Behandlung des Stoffes ſowohl über einzelne Inkorrektheiten
als auch über die ſtrenge Beobachtung eines beſtimmten Zeit-
koſtüms ſorglos hinwegſehen, behält er nur das Eine Ziel im
Auge, und läßt er nur das Eine mit aller Eindringlichkeit zur
Anſchauung kommen, was wir als den ethiſchen Kern der dar-
geſtellten Ereigniſſe erkennen müſſen. Und das iſt eben bei
Shakeſpeare in hohem Maße der Fall. Ja dies ihn überall
ſo richtig leitende Gefühl iſt auch ſo mächtig, daß es nicht nur
die einzelnen Stücke, ſondern auch, und zwar in noch höherem
Grade, die ganze Reihe der Hiſtorien durchdringt und zu
Einer großen Tragödie verbindet. Daß er nicht von vornherein in ſolchem Sinne die ganze Geſchichtsepoche überſchaute,
geht ſchon daraus hervor, daß er aus der Mitte der Ereigniſſe
— und nicht etwa auf einem beſondern Höhepunkte derſelben
— begann. Aber ebenſo ſicher iſt es, daß ihm während der
Arbeit der großartige Zuſammenhang der ganzen einhundert-
jährigen Epoche immer klarer wurde, und ſo hat er ohne Zweifel
noch in ſpätern Ueberarbeitungen der frühern Stücke die Ver-
bindungsmomente ſtärker hervorgehoben.

Dabei läßt sich nicht in Abrede stellen, daß in diesem Vorzug, in dieser imposanten Größe des Ganzen, auch zugleich die
Schwäche eines jeden einzelnen dieser Dramen liegt. Das will
nun freilich die überschwängliche philosophisch-ästhetische Kritik
keineswegs zugestehn. Unter Andern hat sich Ulrici*) zu Gunsten
seiner Anschauung aus Shakespeare's Behandlung der Geschichte ganz besondere Gesetze für das historische Drama kon-
struirt. Er kommt zu dem wunderlichen Resultate, das historische Drama sei „seiner Natur nach nicht bestimmt in sich abgeschlossen", sondern es greife durch „das Uebergewicht des
Epischen" gleichsam über sich selbst hinaus, und ließe sich deshalb leicht mit einem zweiten und dritten Drama verknüpfen.
Nach beliebter Methode wird hier also aus der Thatsache, daß
keines der Stücke dieses Cyklus in sich selbst dramatisch abgeschlossen ist, — ein Uebelstand, der bei jeder Aufführung
eines der Stücke sehr empfindlich sich bemerkbar macht, — gefolgert, daß damit gerade die eigentliche Bestimmung des
historischen Drama's erfüllt werde! Ungleich treffender als
diese Deduktion des berühmten Shakespearegelehrten scheint
uns die Auffassung von Gervinus zu sein, der in diesem Falle
keineswegs so ganz die objektive Kritik verliert, und dem es bei
seiner treffenden Erklärung, wie Shakespeare zu der Cyklen-
form dieser Dramen gekommen ist, durchaus nicht einfällt, danach sich ein für das historische Drama überhaupt gültiges Gesetz
abzuleiten.

In dem ganzen Dramencyklus — es kann hier immer nur
die Rede von den acht mit einander innig zusammenhängenden
Stücken sein: von Richard II. bis Richard III. — besteht
eigentlich nur für das erste, Richard II., die Möglichkeit einer
Isolirung von den übrigen; denn hier haben wir in dem reich
entwickelten und vollständig dargelegten Charakterbild auch zugleich den bestimmten Abschluß einer Handlung; obwohl auch
hier schon die erst im dritten Stücke sich erfüllende dramatische
Gerechtigkeit bezüglich Bolingbroke's vorgezeichnet ist. In allen
nachfolgenden Stücken sehn wir keinen Anfang und — mit Aus-

---

*) „Shakespeare's dramatische Kunst". Dritte Auflage, 1868.

nahme des letzten — kein Ende mehr. Was bei diesen, jedes
für sich betrachtet, unser Interesse erregt, ist nicht eine eigentlich
dramatische Handlung, sondern es sind ausschließlich die
Charaktere. Und hierin zeigt sich denn auch das Genie des
Dichters in seiner vollen Wirkung. In der Verwerthung der
gegebenen geschichtlichen Ereignisse ist der Dichter, nach Holinsheds Chronik, ganz nach der verschiedenen Beschaffenheit der
Stoffe, nach deren Ausgiebigkeit und poetischer Bildungsfähig-
keit verfahren. Und hierdurch leitete ihn sein richtiges Gefühl,
daß er in den Charakteren uns keine politischen oder sonstigen
Abstraktionen vorführte, sondern wirkliche lebendige Menschen,
deren Pulsschlag wir mitempfinden, deren Triebe und Leidenschaften wir verstehen. Diese hervorragende Zaubergewalt des
Dichters, Alles plastisch zu gestalten, kommt in seinen romantischen Tragödien selbstverständlich zu größerer Wirkung, aber
sie zeigt sich kaum irgendwo bewundernswürdiger als hier in
den Historien. Denn man wird nicht in Abrede stellen können,
daß im Allgemeinen das Interesse, auf welches Shakespeare
bei seinem Publikum rechnen konnte, weder für unsere Zeit
noch für unsere Nation existirt. Vor Allem darf nicht übersehn
werden, daß der Dichter diese Historien aus einem starken
patriotisch-nationalen Bewußtsein heraus schuf. Den Reichthum an Ereignissen, den ihm jene große Geschichtsepoche
seines Vaterlandes bot, wußte er bei seiner Frische der Empfindung und Kühnheit der Konception auch vor Allem nach
jener englisch-patriotischen Seite hin zu verwerthen, und er
war bei seinem Publikum der empfänglichsten Herzen dafür
sicher. Vor Allem in der ersten Hälfte des Cyklus, das heißt
in der zuletzt geschaffenen Reihe von Stücken bis zu Heinrich V.,
ist es immer die Tapferkeit, welche der Dichter mit seiner
poetischen Glorie schmückte, und diese Verherrlichung ritterlichen
Sinnes gipfelt in Heinrich V.

In dem ersten Drama, Richard dem Zweiten, in welchem, wie schon bemerkt, die vollständige Abrundung des Hauptcharakters auch zugleich einen günstigen Abschluß der dramatischen Handlung mit sich führte, dominirt ein anderes Interesse.

Hier kommt der große politische Grundgedanke in voller Klarheit zur Erscheinung: der Sieg des wirklichen Berufes, der Energie und staatsmännischen Klugheit über die Unfähigkeit des legitimen Herrschers. In dieser Tragödie wie in den folgenden drei Stücken ist Shakespeare seiner Quelle, der Chronik von Holinshed, viel treuer gefolgt, als in den drei Stücken Heinrichs VI., und gleichzeitig koncentrirt sich hier der ganze historisch-dramatische Konflikt auf einen angemesseneren Zeitraum. Wie sehr Shakespeare in der richtigen Erkenntniß des wesentlich Dramatischen, im Gegensatz zum Epischen, beim Beginn dieser Tetralogie vorgeschritten war, mag man schon daraus erkennen, daß diese vier Stücke einen kürzern historischen Zeitraum umfassen als der erste Theil Heinrichs VI. allein*). „Richard der Zweite" spielt sich in dem mäßigen Zeitraum von etwa zwei Jahren ab. Das Drama beginnt 1398 mit der Anklage des Herzogs von Norfolk durch Heinrich von Hereford und geht bis zum Tode König Richards im Jahre 1400. Daß der Dichter hier alle vorausgehenden Ereignisse, die wachsende Despotie des Königs, den Aufstand Wat Tylers, die Verschwörung seines Oheims Gloster und dessen Ermordung u. s. w. nicht mit in die Handlung gezogen hat, beweist aber nicht allein seine gereifte Erkenntniß dessen, was dem Drama zukommt, sondern es richtet unsern Blick auch auf die Intention des Dichters, die seine Charakteristik des Königs selbst betrifft. Auf jenem Könige Richard, den uns der Dichter in seinem Drama zeigt, lastet bei weitem nicht die schwere Schuld, die der Richard der Geschichte auf sich häufte. Von seinen schwersten Vergehen, die die Geschichte berichtet, erfahren wir kaum etwas; das Schlimmste erfahren wir eigentlich nur von seinen Anklägern; in dem aber, was wir selbst von ihm sehn und hören, bilden sein verletzendes Benehmen am Sterbelager des alten Gaunt und seine Mißachtung des Rechtes, indem er Heinrichs von Hereford Erbe einzieht, die einzigen schwer wiegenden Momente seiner Schuld, mit denen aber auch fast gleichzeitig sein tragischer

*) Man vergleiche die später von uns tabellarisch nebeneinander gestellten Ereignisse des ganzen Cyllus.

Untergang sich vorbereitet. Wie Shakespeare in Richard III. die
Verbrechen willkürlich steigerte, so hat er in Richard II., dem
um Vieles reifern Werke, Alles moderirt. Es geschah dies zum
Theil offenbar im Interesse des schärfern Abstandes von jenem
furchtbaren Tyrannen, zum Theil aber auch, um dem Untergange Richards II. ein stärkeres Maß tragischen Mitgefühls
zuzuwenden, als dem historischen Richard zugekommen wäre.
Und dieses tragische Mitgefühl brauchte der hier ungemein be-
sonnen und künstlerisch erwägende Dichter schon wegen der mit
Richards Untergang gleichzeitig aufsteigenden Gestalt Bolingbroke's — Heinrichs IV., denn auch Diesem sollte das nöthige
Maß der tragischen Schuld zu Theil werden. Wir wüßten
keine Tragödie des Dichters, in welcher er mehr Besonnenheit,
mehr Ueberblick und künstlerisches Maß bewiese als in diesem
Drama, mit welchem er für die ganze Reihe der daraus sich
entwickelnden Ereignisse die Grundlage zu geben hatte.

Daß trotzdem die dramatische Wirkung dieser Tragödie
keine stärkere ist, liegt nur in der Eigenheit des Hauptcharakters, so viel Sorgfalt und fein künstlerische Arbeit der Dichter
auch daran gesetzt hat. Wir bedauern diesen Richard nur, weil
er ein Unglücklicher ist; während einerseits viel mehr seine
Schwächen als sein Laster hervortreten, können wir dennoch
nicht die mindeste Sympathie mit ihm haben. Mit manchen
guten Anlagen ausgestattet, wie der Dichter uns diesen
Richard zeigt, empfänglich für manches Gute, ist er eine im
Ganzen sensible Natur, wechselnd und wandelbar in seinen
Stimmungen und Vorsätzen. Obwohl ohne stark hervortretende
Laster, sind dennoch seine Fehler und Schwächen als Mensch
der Art, daß sie bei dem Herrscher eine gefährliche Verstär-
kung und folgenschwere Bedeutung erlangen. Seiner Pflichten
als Herrscher und Schützer des Staates ist er sich kaum bewußt,
und von seinen Rechten macht er, ohne Rechtsbewußtsein, nur
als unumschränkter Gebieter Gebrauch. Diese verkehrte Auffassung seiner hohen Stellung tritt noch schärfer hervor, als
das Unglück ihn zu rütteln beginnt. Zunächst, als er, von Irland zurückkehrend, an der Küste von Wales gelandet ist, sehn

wir den bis dahin so herrisch Trotzenden nach glücklich vollendeter Meeresfahrt in der weichsten und freudigst erregten Stimmung. Der Bischof von Carlisle und Aumerle suchen in vor-
sichtiger Weise ihn zur Thatkraft anzufeuern; möge er auch auf
des Himmels Beistand vertrauen, so müsse doch auch von ihm
selbst dieser Beistand ergriffen werden. Richard aber findet es
für jetzt bequemer, immer tiefer sich in eine Glaubensmystik zu
versenken, und er klammert sich ganz nur an die Hülfe des Himmels, denn — sagt er — „nicht alle Fluth im weiten Meere
könne den Balsam vom gesalbten König waschen", und für jeden
Kämpfer Bolingbroke's   .

>Hat Gott für seinen Richard einen Engel
>In Himmelssold: mit Engeln im Gefecht
>Besteht kein Mensch; der Himmel schützt das Recht.

Aber schon in derselben Stunde muß er erfahren, daß es besser
wäre, wenn er statt seines eingebildeten Engelsschutzes im Himmel mehr Soldaten auf der Erde hätte. Trotzdem kommt er,
da Northumberland zu der Unterredung mit Bolingbroke ihn
einladet, in heftigster Exstase wieder auf den Beistand des Himmels zurück. Aumerle räth ihm, sanft zu sein, und sogleich ist
Richard auch wieder bereit, seine königliche Würde selbst von sich
zu werfen.

Ueberaus schön ist im Gegensatz zu der Redseligkeit und
Unthätigkeit des Königs der wortkarge, aber handelnde und bei
aller äußerlichen Ehrerbietung Schritt für Schritt vorwärts
bringende Bolingbroke gezeichnet. Ein nicht minder vollendetes Charakterbild in diesem Drama ist der alte York, der bei
seinem ursprünglich phlegmatischen und zur Bequemlichkeit
neigenden Temperament da, wo die ernste Gefahr ihn auf-
rüttelt, zum heftigen Polterer wird.

Bei Richard treten die weicheren Seiten seines Charakters in seinem Unglück stärker hervor. Besonders ist dies der
Fall in den Scenen kurz vor seinem Ende. Da, wo der Schmerz
ihn am tiefsten ergreift, blitzt auf Momente das Bewußtsein
seiner Würde und der Trotz auf seine Majestät hervor, — aber
nur wie Leuchtkugeln, um gleich darauf in der Luft wirkungslos

zu zerplaßen. So sehn wir ihn auch seinen Gegnern gegenüber erst das Recht seiner Krone mit Heftigkeit vertheidigen,
gleich darauf aber wieder dem Bolingbroke mehr zuwerfen, als
dieser zunächst in seinen Forderungen auszusprechen wagt.
Daß er mehrmals gerade in denjenigen Momenten, in denen
er in seinem Vertrauen auf des Himmels Beistand schwelgt, die
schlimmsten Schläge empfängt, beleuchtet die Intention des
Dichters um so schärfer, mehr die Ohnmacht und Unfähigkeit
dieses Herrschers als seine despotischen Handlungen zum
tragischen Motiv zu machen. Von dem Moment, wo der Dichter
das Drama beginnt, folgt er auch Zug für Zug den historischen
Thatsachen. Der Zwist des Herzogs von Norfolk mit Heinrich
von Hereford und die Vorbereitungen zum Zweikampf werden
von Holinshed fast noch umständlicher berichtet. Ueber das
Ende des Königs zu Pomfret bringt Holinshed verschiedene
Versionen, unter denen der Dichter natürlich diejenige wählte,
welche für das Drama die günstigste war. Daß hiernach
Richard in den letzten Augenblicken vor seinem Tode sich noch
in einer Aufwallung von Thatkraft zeigt, mußte dem Dichter
für den Abschluß seines Charakterbildes ganz besonders willkommen sein.

Die beiden Stücke „König Heinrich der Vierte", erster
und zweiter Theil, können durchaus nur als Fortsetzung des
vorigen Drama's betrachtet werden; ohne diesen Zusammenhang verlieren die beiden Aufstände gegen den König ihre Bedeutung und ihr Interesse, und dem hier zur Vollendung kom-
menden Charakterbild Heinrichs IV. muß der Schlüssel zum
Verständniß fehlen. Die Zusammengehörigkeit ist vom Dichter
selbst ausdrücklich bezeichnet. Richard II. wendet sich einmal
gegen seinen Peiniger Northumberland, indem er ihm prophe-
zeit, welcher Unfriede aus diesem bösen Samen für Alle er-
wachsen müsse:

> Du wirst denken,
> Gibt Dir der König auch sein halbes Reich,
> Zu wenig sei's, da Du ihm Alles schafftest;
> Und Er wird denken, Du, der Mittel weiß,

Ein unrechtmäßig Königthum zu stiften,
Du werdest, leicht gereizt, auch Mittel wissen,
Wie man ihn stürzt vom angemaßten Thron.

Die Erfüllung dieser Voraussagung macht den Inhalt beider Stücke, die den Namen Heinrichs IV. tragen, aus. Schon beim Beginn des ersten Theils sehn wir den König von jenem Mißbehagen gegen seine Freunde, gegen Diejenigen, die ihm zum Throne verhalfen, erfüllt. Ein starkes Mißtrauen beunruhigte ihn schon früher gegen seinen Neffen, den Grafen Edmund Mortimer, der durch seine Abstammung von mütterlicher Seite aus der zweiten Linie nach Richard einen nähern Anspruch auf den Thron erheben durfte als Heinrich von Hereford. Des Königs mißtrauisches Gemüth zeigt sich von seiner unangenehmsten Seite, als Mortimer im Kampfe gegen Glendower von diesem gefangen genommen worden, und die Peers seine Auslösung vom König begehren. Dazu kommt des Königs ungnädiges Verhalten gegen Heinrich Percy wegen dessen Verweigern der schottischen Gefangenen, — und die Verschwörung gegen den König ist fertig. Diese ganze Exposition bis zum Losbruche Percy's zeigt die Kunst des Dichters in höchstem Maße. Diejenigen, welche sich und Andern einzureden suchen, daß der 2. und 3. Theil „Heinrichs des Sechsten" bereits den großen Dichter zeige, mögen doch nur eine solcher Scenen aus dem vierten Heinrich mit jenen Stücken vergleichen, und auf ihr Gewissen erklären, ob sie dort wirklich etwas finden, was diesen Verschwörungsscenen in Heinrich IV. an die Seite zu stellen wäre, in dieser klaren Darlegung der Situation, dieser lebensvollen Plastik aller Gestalten und dabei dieser feinen Ausarbeitung in den Details.

Das Charakterbild des Königs Heinrich würde allerdings ein sehr mangelhaftes sein, wenn eines von den drei Stücken, in denen er vor uns erscheint, fehlte. Seine außerordentliche Befähigung für das Herrscheramt hatte er schon in dem ersten Stücke, in Richard II., bewiesen. Auf die interessante Haltung, die der schweigsame Diplomat, aber dabei männlich entschlossene Charakter dem so unköniglich sich geberdenden Richard gegen-

über zeigt, ist schon hingewiesen worden. In einem wirklich un-
günstigen Lichte erscheint dort sein Charakter erst am Schlusse
des Stückes, da er den Mörder Richards, der doch nach seinem
Wunsche handelte, nach der That desavouirt. Er liebte den
Verrath, aber straft den Verräther, und will sein eigenes Gewissen mit einem Zug ins heilge Land abfinden. Im folgenden
Stücke sehn wir seine auf Mißtraun und Vorsicht basirende
diplomatische Kunst bereits in schärfern, bestimmtern Linien
gezeichnet. Dort hatte er mit seiner politischen Klugheit, seinen
entschieden überlegenen Fähigkeiten, sich eine Macht zu erobern;
hier aber gilt es, die errungene Macht sich zu erhalten. Und
wie er gegen seine Feinde den errungenen Besitz vertheidigt
und zugleich die staatliche Ordnung zu schützen weiß, zeigt aufs
Neue sein hervorragendes Herrschergenie. Wiewohl ihm manches
Unglück seiner Gegner dabei zu statten kommt, so ist doch für des
Königs Sache dessen schnelles und bestimmtes Handeln entscheidend. Aber im dritten Stücke (dem 2. Theil Heinrichs IV.)
sehn wir den Menschen gegen den Herrscher im peinlichsten
Kampfe. Heinrichs mehr und mehr sich umdüsterndes Gemüth
bleibt fortdauernd vom schmerzlichsten Mißtraun gegen den
eigenen Sohn erfüllt; bis er endlich — nachdem er sein Gewissen entlastet, — wenigstens mit dem Bewußtsein sterben kann,
daß die Ruhe und Wohlfahrt des Staates durch sein Hin-
scheiden nicht gefährdet werden soll. Dieser Abschluß des viel
verschleierten Charakters zeigt uns ein Seelengemälde von tief er-
greifender Bedeutung. Schon im ersten Stücke fanden wir ihn mit
dem Gedanken an einen Zug ins heilige Land beschäftigt. Und
in diesem dritten Stücke hören wir ihn wiederum mit besonderer
Sehnsucht von diesem Unternehmen sprechen, zu dessen Ausführung ihn die innern Unruhen immer nicht kommen ließen, und
woran er schließlich durch den Tod gehindert wird. Diese
Sehnsucht an sich beweist uns zugleich, daß die Grundstimmung
im Charakter dieses hochbegabten Mannes keineswegs absolute
Kälte und Härte ist. Freilich wollte er, wie er selbst seinem Sohne
gesteht, diesen Kreuzzug zugleich benutzen, damit die Großen
des Landes durch solche Beschäftigung nach Außen von der

Neigung zu innern Zwistigkeiten und Empörungen abgelenkt werden. Aber die stete Wiederkehr jenes Sehnens nach Pa-läftina, und gerade in den bewegteften Stimmungen, läßt uns doch immer eine Sache des Gemüths erkennen. Er hat darin eben den tragischen Konflikt eines in hohem Grade Berufenen durchzukämpfen, welcher im Zwiespalt seiner großen Fähigkeiten mit den durch sie herabgedrückten Gemüthsstimmungen vergeb-lich nach der richtigen Harmonie, nach dem erforderlichen Gleich-gewicht im Menschen strebt.

Es sei hier beiläufig bemerkt, daß auch die den Tod des Königs begleitenden Umstände von Holinshed erzählt werden, und daß der Dichter allen geschichtlichen Angaben genau gefolgt ift, nur daß er den Aufftand Northumberlands, mit dem der zweite Theil beginnt, gleich unmittelbar an den Tod Percy's knüpfte und mit dem von der Geschichte erzählten dritten Auf-ftand zusammenschmolz.

Mit Heinrichs des Vierten Tode kommt erst der Charakter des Prinzen Heinrich zur vollständigen Entfaltung. Auch für diese anziehende Gestalt hat Shakespeare alle Anregungen aus der Chronik erhalten. Holinshed berichtet sowohl von dem ungebundenen Leben des Prinzen in niederer Gesellschaft, wie auch von seiner Spannung mit dem König, und seiner in dem großen Wendepunkt seines Lebens geänderten Sinnesart. Auch die Scene mit der Krone am Sterbebette seines Vaters, und daß er bei seinem Regierungsantritt seine frühern Genossen aus seiner Nähe verbannt, sind Züge, die sich bereits in der Chronik vorfinden. Daß der Dichter alle diese Momente erst durch feinste Ausarbeitung und Motivirung zu einem psycho-logisch vertieften und harmonischen Charakterbild verband, welches wir in diesen drei Schauspielen vollständig entwickelt sehn, braucht wohl kaum gesagt zu werden. Namentlich schien dem Dichter auch für den ersten Lebensabschnitt des Prinzen eine tiefere Motivirung seines wüsten Lebens nothwendig, damit die Wendung zum ernsten Manne und pflichtgetreuen Herrscher nicht allzu plötzlich und unvermittelt erscheine. Ja er läßt — zur sicherern Beurtheilung dieses eigenthümlich gemischten Charak-

ters — den Prinzen in dem bekannten Monolog im ersten Theil
Heinrichs IV. (Akt 1, Scene 2) seine Gesinnung und seine Absichten bestimmt aussprechen. Wollte man freilich aus diesen
Bekenntnissen des Prinzen schließen, daß die Wüstheit seines
Lebenswandels auf einem von vornherein durchdachten Plan
nach den ausgesprochenen Maximen beruhe, so würde uns solche
schlaue Berechnung als sehr verwandt mit der Diplomatie seines
königlichen Vaters erscheinen müssen. Da des Prinzen Charakter
jedoch von dem des Königs gar zu sehr abweicht, so müssen wir
annehmen, daß jene von ihm ausgesprochenen Maximen nicht
seinen Lebenswandel bestimmten, sondern daß sie als ein er-
freuliches Resultat jenes Durchkostens des Lebens in niedrigen
Verhältnissen und bedenklichen Situationen zu betrachten sind.
Bolingbroke hatte wirklich mit schlauer Berechnung um die
Gunst der Menge gebuhlt, durch gekünstelte Demuth und Her-
ablassung; aber Prinz Heinrich trank mit jenen Leuten, und
lebte in jeder Weise so kordial mit ihnen, wie es sein Vater nie
gethan haben würde. Bolingbroke hielt bei seinem Verfahren
seine Standeswürde mehr in Ehren als sein Sohn Heinrich; aber
bei diesem ist es die Ehrlichkeit seiner Natur, das rein Menschliche seines Wesens, das ihn von dem Hofleben mit aller dort
gehegten Unwahrheit und allem Scheinwesen zurückstößt und in
dies starke Extrem führt. War es nun neben diesem negativen
Grunde zweifellos die ursprüngliche innere Neigung zum Freien,
Ungebundenen und Abenteuerlichen, welche den Prinzen in die
liederliche Gesellschaft brachte, so mußte er bei seiner gesunden
Natur doch gerade durch die Wüstheit jenes Treibens mehr und
mehr zu der Erkenntniß gelangen, daß darin nicht der Endzweck
des Lebens liegen könne.

Die große, reine und schöne Menschlichkeit des Prinzen
kommt, schon gegen das Ende des ersten Theils, in dem persönlichen
Begegnen mit Heinrich Percy zum ergreifendsten Ausdruck.
Hier hat der Dichter nicht die Situation von der Geschichte vorgezeichnet erhalten, sondern aus sich selbst geschaffen; und er hat
damit nicht allein dem Stücke eine Scene von ergreifendster
Schönheit verliehn, namentlich in dem rührend großen Nachruf,

den der siegreiche Prinz dem gefallenen Helden widmet, sondern
er hat damit gleichzeitig für das künftige Bild des ritterlichen
und gottesfürchtigen Königs schon hier den Goldgrund gelegt.
Die liebenswürdige Bescheidenheit, die der Prinz seinem zürnen-
den Vater gegenüber zeigte, wiederholt sich bei Percy's pomp-
hafter Herausforderung und erscheint hier, in dem Abstand von
des heißblütigen und — wir möchten sagen heldensüchtigen
Gegners selbstbewußter Rede, in neuem Lichte.

Für den zweiten Theil Heinrichs IV. bleibt es immer
ein bedenklicher Nachtheil, daß in diesem an Schönheiten ersten
Ranges so reichen Stücke zwei Situationen aus dem vorigen
Stück nur in wiederholter Auflage erscheinen. Es sind dies:
der erneute Aufstand der Peers, in Gemeinschaft mit dem Erz-
bischof, und die wiederum eingetretene Spannung des Prinzen
mit seinem Vater. Daß die Intimität des Prinzen mit Falstaff
und Genossen in diesem Stücke bereits sehr herabgestimmt erscheint (wir kommen darauf bei Besprechung des Falstaff zurück),
ist für den nothwendig werdenden völligen Bruch eine wohl-
weisliche Vorbereitung. Ueberraschend kann die schließliche Ent-
hüllung der reinen und großen Natur des Prinzen nur für
Diejenigen sein, die ihn nicht kannten. Zu seiner Demuth und
Bescheidenheit, die er vordem schon als Sohn und als Held
gezeigt, kommt jetzt, da er als König sich dem Ansehn des Ober-
richters voll großmüthiger Entsagung und männlicher Demuth
unterwirft, seine unbedingte Achtung vor dem Gesetz und vor
dessen Vertretern; hier zeigt er sich in Wahrheit als der erste
Diener des Staates. Und wenn er selbst eine so hohe Anschauung von seinen nunmehr übernommenen Pflichten kund
gibt, so kann wohl Niemand ihm daraus einen Vorwurf machen,
daß er von Andern Achtung vor dem Gesetze fordert und Diejenigen von sich weist, die solche Achtung erst noch zu lernen
haben.

In dem nächstfolgenden Stücke, zu welchem bereits die
Schlußworte des Prinzen Johann überleiten, sehn wir in dem
jungen König zunächst den Mann, der wohl befähigt ist, als
Staatslenker die Zügel festzuhalten, in der leidenschaftslosen

Energie, mit der er die neue Verschwörung zu Schanden macht,
und über die Hochverräther gelassen und streng das Urtheil
spricht. Und gleichzeitig ergreift er selbst das Schwert, um den
Krieg nach Frankreich hineinzutragen. Obwohl dieses
Stück, das den Namen Heinrichs des Fünften trägt, durch
bestimmtere Grenzen für sich abgeschlossen ist als eines der
beiden vorausgehenden Schauspiele, so ist dennoch der drama-
tische Inhalt ein weit geringerer. Hier kommt keinerlei anderes
Interesse in den dramatischen Konflikt als das des Krieges.
Das ganze Stück ist eine Verherrlichung der kriegerischen
Tapferkeit; und der Dichter selbst hebt mit Bewußtsein diesen
Charakter des Stückes durch den schwungvollen Chor hervor,
welcher jeden einzelnen Akt einleitet. Es macht dies in der
That den Eindruck, als ob der Dichter selbst den gänzlichen
Mangel eines dramatischen Konfliktes gefühlt hätte und durch
Hinzufügung jener dithyrambischen Chöre den besondern Cha-
rakter dieser Dichtung noch bestimmter herauskehren wollte.
Im Charakter des königlichen Helden selbst .erhalten hier
diejenigen großen Eigenschaften, die bereits in den vorigen
Stücken in ihm hervorgehoben wurden, ihre volle Beleuchtung:
ritterlicher Sinn und männliche Energie neben Bescheidenheit
und Gottesfurcht. Indem der Dichter namentlich die wirkliche
Frömmigkeit des Heldenkönigs so stark und bei jeder passenden
Gelegenheit hervorhebt, führt er den Läuterungsprozeß, den
der Prinz begonnen hatte, konsequent durch, indem er mit dem
stets wachsenden Ernst der Situation auch das sittliche Gefühl
des Helden mehr und mehr hebt. Aber auch der nationale
Abstand gegen die Oberflächlichkeit der Franzosen sollte durch
jenen so stark markirten Zug um so schärfer hervortreten. Neben
dem Interesse für die Persönlichkeit des Helden ist diese nationale Charakteristik die Grundstimmung für das ganze Drama
geworden. Gegenüber der Minderzahl des englischen Heeres,
in welchem ungebeugter Muth, bei dessen Führern Entschlossenheit und Gottesfurcht durch das Bewußtsein der Gefahr noch
gehoben werden, sehn wir bei der Uebermacht der Franzosen
prahlerische Zuversicht, lächerlichen Prunk und Frivolität herr-

fchen. Die Grundzüge in dieſer ſcharfen Trennung des nationalen Weſens ſind gewiß richtig getroffen und nicht einer Fiktion
des patriotiſchen Dichters zuzuſchreiben. Wenn wir in der
Schaar der Engländer, in ihrer Schlichtheit und ihrer durch
Frömmigkeit geſtählten unbeugſamen Entſchloſſenheit ſchon
einen ſehr beſtimmten Vorgeſchmack der ſpätern puritaniſchen
Heere erhalten, ſo wiſſen wir auch hinſichtlich der Franzoſen
aus allerneueſter Zeit, daß der Dichter in ſeiner Schilderung
nicht ungerecht war, mag er auch immerhin aus patriotiſchem
Selbſtgefühl die Gegenſätze mit Vorliebe ſo ſcharf beleuchtet
haben. Wir haben zudem auch vor Allem zu berückſichtigen,
daß der glänzende Sieg der Engländer bei Agincourt gegen
einen an Zahl weit überlegenen Feind eine hiſtoriſche Thatſache
iſt, und daß es dem engliſchen Dichter wohl zuſtand, dieſe Thatſache nicht allein zu verherrlichen, ſondern auch aus den nationalen
Gegenſätzen zu motiviren. Bedenklich muß uns nur dabei der
ſonderbare Einfall erſcheinen, dem Dialog der Franzoſen fortwährend franzöſiſche Wörter und Sätze unterzumiſchen, was
uns doch nur daran erinnern kann, daß ſie unter ſich eigentlich
ganz und gar franzöſiſch ſprechen ſollten. Sprächen ſie dieſelbe
Sprache wie die Uebrigen, ſo würde daran nichts auffallen,
denn die Einheitlichkeit der Bühnenſprache iſt man gewohnt;
aber daß ſie ihrem Dialog nur vereinzelte franzöſiſche Sätze
beimiſchen, weiſt erſt auf die Unnatur hin. Der Dichter hat
wohl auch mit dieſer beliebten Einmiſchung·fremder Sprach-
brocken der Sitte der Zeit ein wenig Rechnung getragen. Eine ſehr
eigenthümliche Erſcheinung iſt es ferner, daß der Dichter von
der Schlacht ſelbſt durchaus kein anſchauliches Bild gibt, ſei's
auch nur in ſo kurzen Zügen, wie er's in andern derartigen
Scenen — in Heinrich IV., Richard III., Coriolan, Macbeth u. ſ. w. — ſo bewundernswürdig verſtand. Das Stück
beſteht im Grunde nur aus Scenen vor und nach der Schlacht,
und ſo anziehend, ſo fein gearbeitet auch die Einzelheiten ſind
— zu denen auch die anmuthigen Scenen mit der ſchönen Katharina gehören, — ſo läßt ſich deshalb doch die dramatiſche
Magerkeit des Stückes nicht in Abrede ſtellen. An einer dra-

matischen Intrigue oder Fabel fehlt es ganz und gar, denn der
Scherz mit dem Soldaten Williams und dessen Wette mit dem
König kann wohl neben der Größe des historischen Momentes
keine Beachtung fordern. Jedenfalls wird der ästhetische Werth
dieses Stückes von dem patriotischen weit überdeckt. In
seinem Verhältniß zu der ganzen Historiengruppe aber greift
die Bedeutung dieses Drama's auch noch auf Heinrich den
Vierten zurück, wie uns ein Ueberblick über den ganzen Cyklus
zeigen wird.

In allen diesen vier Dramen, welche nach den historischen
Ereignissen den Zeitraum von 1398 bis 1420 umfassen, haben
wir den außerordentlichen Fortschritt des Dichters, in Vergleichung mit der andern Hälfte des Cyklus, hauptsächlich in
der viel freiern poetischen Behandlung und in der psychologischen Vertiefung der Charaktere zu erkennen. Was eine ein-
heitliche, in sich abgeschlossene künstlerische Form betrifft, so ist
„Richard der Zweite" den andern drei Stücken offenbar überlegen. In den beiden Theilen Heinrichs IV. hat der Dichter
den Mangel an ebenmäßiger Steigerung der dramatisch-histo-
rischen Vorgänge durch eine Fülle strahlender Schönheiten in
den einzelnen Charakteren zu ersetzen gesucht, namentlich im
ersten Theile. Welch ein Glanz, welch ein individuelles Leben
in diesen Gestalten des Schotten Douglas, des Owen Glendower und vor Allem des Percy! Bei all seinem sich überstürzenden Ehrgeiz und seiner an Prahlerei grenzenden Sucht
nach Heldenhaftigkeit ist dennoch dieser Percy, gerade durch die
lebendige Wahrheit seines individuellen Wesens von einer
solchen Liebenswürdigkeit, daß es dem Prinzen Heinrich —
was unsere Sympathie betrifft — noch recht schwer wird, sich
„alle Ehren, auf Percy's Helme sprießend, zum Kranze für sein
Haupt zu pflücken". Aber in demselben Augenblicke, in welchem
wir Percy's Ende beklagen, läßt Prinz Heinrich eine Partei-
lichkeit unsers Gefühls nicht zu, indem er selber unserer Theilnahme für den Gefallenen den schönsten Ausdruck gibt.

Wie des Prinzen Heinrich hohe Eigenschaften selbst neben
der Mannigfaltigkeit und Treuherzigkeit eines Percy in rei-

nerem Glanze erscheinen, so treten Percy's Schwächen ganz
und gar zurück, wenn wir ihn neben seinen Verbündeten sehn.
Wie seine treuherzige Natur sich schäumend aufbäumt gegen die
diplomatische Kunst des Königs, so gewinnt auch sein ehrlich
tolles Wesen neben dem intriganten Worcester und dem unzu-
verlässigen Northumberland unendlich an Schönheit, und um
so Vieles reiner erscheint uns seine Ritterlichkeit und seine tiefe
Verachtung alles dessen, was nicht zur höchsten Mannhaftigkeit stimmt, wenn wir uns an seinem Unmuth über die Prahlereien des abenteuerlichen Glendower ergötzen.

Aber Percy's ritterliche Gestalt hat noch ein anderes, ein
schärferes Gegenstück, und wir kommen damit endlich zu dem-
jenigen Charakter der beiden Heinrichs-Dramen, welchem die zu
allen Zeiten große Beliebtheit des ersten Theils vor Allem
zuzuschreiben ist: Sir John Falstaff.

Daß die Gestalt des Falstaff bei ihrem gewaltigen körperlichen Umfang im ersten Theil Heinrichs IV. auch den Schwerpunkt des Interesse's bildet, und daß Falstaff dennoch für die
ganze Handlung nur eine episodische Bedeutung hat, ist ein
offenbares Mißverhältniß, ein ästhetischer Fehler des Drama's.
Ohne in die eigentliche Handlung des Stückes einzugreifen,
nur durch die Fülle von Witz und Humor, womit der Dichter
sie ausgestattet hat, zieht diese dicke Schöpfung ein unverhält-
nißmäßiges Interesse auf sich; aber auch der räumliche Umfang
dieser komischen Scenen, an denen Falstaff betheiligt ist, drängt
sich offenbar über den ihnen ursprünglich bestimmt gewesenen
Rahmen hinaus: sie nehmen im Ganzen $^5/_{12}$ Raum des ganzen
Stückes ein. Es wird trotzdem Niemand wünschen können, daß
durch Einschränkung der Falstaffscenen dieselben in ein rich-
tigeres Verhältniß zur ganzen Dichtung gesetzt werden sollten,
zum Nachtheil dieser einzig humoristischen Schöpfung. Der
Fall an sich zeigt aber recht evident, daß in gewissen Fällen der
Dichter nicht gesonnen war, die theatralische Wirkung andern
Rücksichten unterzuordnen, besonders wenn, wie hier, die sonst
ziemlich einfache geschichtliche Fabel durch die ausgedehnte und
überaus glückliche Behandlung des Episodischen so reich und

unterhaltend illustrirt wird.   Daß auch schon zu Shakespeare's
Zeit der erste Theil „Heinrichs IV." ein ungemein beliebtes
Stück war, beweisen zur Genüge die zahlreichen Auflagen der
ersten Quartausgabe, wie sie kein anderes Stück von Shakespeare, außer Richard III., aufzuweisen hat.   Daß aber der
Hauptantheil des Beifalls auf Falstaff kam, ersieht man
daraus, daß der Dichter die Figur in gleicher Ausdehnung im
zweiten Theil verwendete und auch sonst noch zu verwerthen
veranlaßt wurde.   Die ursprüngliche Bestimmung Falstaffs
war jedenfalls nur: für die Charakteristik des Prinzen Heinrich
zu dienen.   Aber der alte Schlemmer wurde unter den Händen
des Dichters nicht nur dicker, sondern als bestimmtes Charakterbild — offenbar auch bedeutungsvoller, als in der ursprünglichen Intention seines Schöpfers lag.   Es bedarf wahrlich
keines besondern Aufwandes der Interpretation, um darzuthun,
daß dieser Falstaff viel mehr ist als eine bloß komische, durch
irgend welche lächerliche Eigenthümlichkeiten, körperliche und
geistige, uns vorübergehend belustigende Figur.   Die Wirkung
des beschränkt Komischen wird, im Gegensatz zum Tragischen,
immer von den wechselnden Anschauungen bestimmter Zeiten
abhängig sein.   Aber die hervorragendsten unter den humoristischen Charakterbildern Shakespeare's — ein Malvolio,
ein Dogberry, Zettel, Falstaff, Schaal u. s. w. — sie sind unsterblich durch die Lebensanschauung und Menschenkenntniß
des Dichters, welche auch hier den tiefen und soliden Unter-
grund bildet für die sonnig heitern Farbenspiele, die uns dabei
ergötzen.   Die Virtuosität Falstaffs, zu Gunsten aller seiner
schlechten Eigenschaften und Lächerlichkeiten seine materialistische
Lebensphilosophie in Anwendung zu bringen, und seine damit
zusammenhängende, stets aufs Neue überraschende Schlagfertig-
keit des Witzes würde bei weitem nicht die zündende Wirkung
auf uns üben, wenn dieser Charakter nicht so ganz und gar aus
dem ewig Menschlichen entwickelt wäre und dadurch überall die
Vorstellung von einer wirklich lebendigen Persönlichkeit bewirkte.   Trotz seiner uns stets in die rosigste Laune versetzenden
Eigenschaften gehört dennoch Falstaff einer Gattung von

Charakteren an, gegen welche ſich der ſchärſte Stachel der
Satire richtet. Er zeigt uns ein Muſterbild jener Sorte
nichtsnutzigen Kavalierthums, das gewiſſermaßen als ein Ge-
ſchwür der Ritterlichkeit von dieſer ſich abſondert und doch, auf
dieſem Boden wachſend, auch alle Ehren derſelben für ſich in
Anſpruch nehmen will. Ganz und gar nur dem ſinnlichen Leben
angehörend, und deshalb auch den Begriff Ehre als etwas
Thörichtes verſpottend, wenn man durch ſolch ein ungreifbares
Wahnbild nichts als den Tod gewinnt, ſind in ihm alle ſchlechten
Eigenſchaften eines Roué ganz im Verhältniß zu ſeinem körperlichen Umfang in Maſſe angehäuft. Dieſe Bedeutung des
Charakters erhält ihre ſcharfe Beleuchtung durch den Gegenſatz
zu dem ſtrahlenden Muſter der Ritterlichkeit Heinrich Percy;
und dieſer Gegenſatz kulminirt in der Scene, da beide nebeneinander auf dem Schlachtfelde liegen, der Held Percy todt,
und Falſtaff mit der Maske des Todes ſein Leben erhaltend,
hinterher aber noch in recht feiger, niederträchtiger Weiſe dem
todten Helden einen Stich verſetzend. Daß bei ſo ſchändlichen
Eigenſchaften, ſo niedriger Geſinnung dieſe Geſtalt uns durch
die Fülle des Humors dennoch ein ſo behagliches Ergötzen erregt, iſt eine der merkwürdigſten Erſcheinungen in Shakeſpeare's
Dramen. Wenn einerſeits durch die vollendete Charakteriſtik
dieſer Geſtalt die Wirkungen einer wirklich exiſtirenden lebendigen Perſönlichkeit eintreten, ſo daß wir kaum mehr daran
denken, es nur mit einer poetiſchen Fiktion zu thun zu haben, ſo iſt
anderſeits unſere Bewunderung für den Dichter und das Entzücken über ſein Genie ſo groß, daß wir es, ohne uns deſſen
bewußt zu ſein, mit auf die Schöpfung ſelbſt übertragen, weil
ſie uns, eben durch ihre lebendige Wahrheit, immer am nächſten
ſteht. Im zweiten Theil Heinrichs IV. nimmt zwar die
Figur Falſtaffs wiederum einen unverhältnißmäßig breiten
Raum ein, ohne aber eine ſo belebende Wirkung zu machen.
Der Stillſtand der dramatiſchen Situation wird dadurch noch
fühlbarer. So viel Treffliches auch hier noch zur Vollendung
der Charakteriſtik Falſtaffs geboten wird, ſo fühlen wir von
vornherein doch die Wirkung, welche die beginnende Entfrem-

dung zwiſchen ihm und dem Prinzen ausübt; und ſelbſt die
neue Geſellſchaft, die er dafür in der Perſon des ſo köſtlich gezeichneten Friedensrichters Schaal erhält, kann dafür kaum
einen genügenden Erſatz leiſten.   Falſtaff verliert an Intereſſe,
je mehr ſein liebenswürdiger Gefährte Prinz Heinrich ſich von
ihm entfernt.   Falſtaffs ſchlagender Witz wird erſt durch ſeines
prinzlichen Freundes Herausforderungen geſchärft; die ſeiner
Eitelkeit ſo ſehr ſchmeichelnde prinzliche Freundſchaft verleiht
ſeinem Humor fortwährend die nöthige Spannkraft, ſeinem Witz
die Erfindung.   Der andern Geſellſchaft gegenüber ſinkt Falſtaff in eine niedere Sphäre hinab.   Seine Verſtimmung gegen
den Prinzen läßt auch alle ſeine niedrigen Eigenſchaften ſtärker
hervortreten.   Schon daß er vom Prinzen getrennt iſt und nicht
mit ihm ſchwelgen kann, genügt, ihn gegen den ſo großmüthigen
Genoſſen zu verſtimmen.   Als er in des Prinzen Abweſenheit
ſo verächtlich über ihn zu den gemeinen Weibern ſich äußert und
dabei vom Prinzen ertappt wird, gibt dieſer ihm zu erkennen,
daß er vollkommen wiſſe, was er von ſeiner ihm ſtets vorge-
heuchelten Liebe zu halten habe.   Es iſt nicht das erſte Mal,
daß er einen Blick in das tief verderbte Gemüth Falſtaffs gethan, aber hier erkennt er, wie wenig in Falſtaffs Herzen die
Tugend der Dankbarkeit wohnt; denn Falſtaff iſt in ſeiner
niedrig materialiſtiſchen Auffaſſung des Lebens als wüſter
Schlemmer auch der abſcheulichſte Egoiſt.   Für ſeinen Heinz
wird er erſt wieder warm, als dieſer zum Thron gelangt; aber
alle ſeine Hoffnungen laufen darauf hinaus, daß nun jede
Herrſchaft des Geſetzes aufhöre · und das Gaunerthum vom
Throne proklamirt werde.   Daß der Dichter die Figur des Falſtaff nicht, wie er beabſichtigt hatte, noch in das nächſte Stück
mit hinüberführen konnte, iſt ſehr begreiflich.   Dieſer Sünden-
bau mußte zuſammenſtürzen, da der Wille des jungen Königs
ihn auf den Pfad der Geſetzlichkeit verwies; er iſt dem Dichter
gewiſſermaßen unter den Händen geſtorben.

„Konnt' all dies Fleiſch denn nicht ein bischen Leben
halten?“ ſagte der Prinz, als er auf dem Schlachtfelde den an-
ſcheinend todten Falſtaff erblickte.   Trotzdem iſt dem alten

Sünder wirklich die Unſterblichkeit geworden, aber nicht durch
das Fleiſch, ſondern durch den Geiſt, der es belebte.

Mit dem Ende „Heinrichs V.", dieſem von einer patriotiſchen Glorie durchſtrahlten Lobgedichte, verdüſtert ſich das Gemälde, und wir treten — mit der Klage um den Tod des Heldenkönigs — in die zweite Hälfte des großen Dramencyklus
ein, aus welchem wir nur noch den Schluß des Ganzen:
Richard III., zu beſprechen übrig haben. Ehe wir dazu gelangen, wollen wir die gedankliche Verbindung dieſer ganzen
Reihe von Stücken, ſo weit der Dichter ſelbſt dieſe Ver-
bindungslinien in ſtarkem Relief hervortreten läßt,
uns in einem kurzen Rückblick vergegenwärtigen.

Das erſte aus der Reihe dieſer zuſammenhängenden
Dramen zeigt uns den Untergang des legitimen Herrſchers
durch eigene Unfähigkeit. Sein Sturz durch Heinrich von
Hereford iſt zugleich die Rettung des Staates. Aber trotz des
gerechtfertigten Unterganges des auf ſein Königthum von
Gottes Gnaden pochenden, aber im Handeln unfähigen Herrſchers, und trotzdem in Heinrich von Hereford der Mann von
innerem Berufe den Thron beſteigt, wird uns dennoch in beiden Stücken, welche Heinrichs IV. Namen tragen, jene Uſur-
pation als die dramatiſche Schuld des Königs vorgeführt, und
ſein gewaltthätiger Angriff gegen die Legitimität wird durch
fortwährende Unruhen im Lande und durch Gewiſſensbiſſe,
welche bis zur Todesſtunde an ſeinem Leben nagen, geſühnt.
Wir hatten ſchon früher darauf hingewieſen, daß der Dichter
gerade um dieſer dramatiſchen Gerechtigkeit willen die Fehler
des entthronten Richard II. in milderem Lichte erſcheinen läßt
als die Geſchichte. Er kommt deshalb auch in den ſpätern
Stücken immer wieder auf dieſen Punkt zurück. Während
ſchon in den beiden nächſten Stücken jene Entthronung Richards
und ſein Tod Sühne fordert, wird gleichzeitig die gegen Heinrichs IV. Thronrecht ſich richtende Empörung niedergeworfen
und mit dem Untergange der Häupter derſelben geſtraft. In
Heinrich V. wiederholt ſich das Schauſpiel mit der Hinrichtung
des hochverrätheriſchen Herzogs von Cambridge, welche aber

trotzdem den Samen zurückläßt für die später entstehenden
Wirren. Der Kampf Heinrichs V. in Frankreich ist die Erfüllung des Gelöbnisses, welches er am Sterbebette seines
Vaters that. Während sein Vater die Krone sich angemaßt,
empfängt der Sohn sie als das ihm rechtmäßig zustehende
Eigenthum; er setzt sie sich aufs Haupt mit dem vollen Bewußtsein der damit übernommenen Pflichten, wie auch der un-
veräußerlichen Rechte, die er damit übertragen erhielt:

> Nun legt die Stärke
> Der ganzen Welt in einen Riesenarm,
> Er soll mir diese angestammte Ehre
> Nicht mit Gewalt entreißen.

Und nochmals, nach den empfangenen Ermahnungen seines
Vaters gelobt er, den rechtmäßigen Besitz dieser Krone
wider alle Welt zu vertheidigen. Mit dem zu frühen Tode
des thatkräftigen Fürsten und durch die Jugendlichkeit seines
Nachfolgers erhebt sich die Hydra des Parteihaders. Frankreich geht verloren, und im Innern des Landes beginnt der
Bürgerkrieg seine furchtbaren Verheerungen.

Heinrich der Sechste, der durch sein trauriges Geschick bereits als Kind von neun Monaten auf den Thron berufen ward, und für den während seiner Kindheit seine beiden
Oheime für England und für Frankreich regierten, blieb auch
nach seiner Mündigkeit noch willenlos. Die Vergleiche zwischen
den vier Herrschern seit Richard II. bis Heinrich VI. ergeben
lehrreiche Resultate. Auch in Heinrich VI. sehen wir die Unfähigkeit auf dem Thron; aber Heinrichs ganze Schuld ist seine
Schwäche und Milde. Dadurch, daß er in seiner Schwäche es
zuläßt, daß er seiner kräftigsten Stütze in seinem Oheim
Gloster beraubt wird, daß er ihn, wenn auch mit Thränen,
seinen Feinden preis gibt, übernimmt er eine tragische Schuld,
die seinen Untergang rechtfertigt. Auch Heinrich VI. ist fromm
wie sein Vater; dieser aber war ein wirklich frommer Held, sein
Sohn aber wurde ein frömmelnder Schwächling. Bei seiner
zarten, milden Natur und seinem bescheidenen Sinn, für den die
Krone eine entsetzliche Last ist, die zu tragen ihn der Zufall der

Geburt verdammte, würde dieser unglückliche König ein noch
viel tieferes tragisches Mitgefühl erwecken, wenn nicht neben
seiner Person noch ein anderes Objekt dies tragische Mitgefühl
in ausgedehntem Maße auf sich zöge, — das ist das Land, der
Staat. In den drei Stücken Heinrichs VI. tritt deshalb auch
das Biographische gegen die Ereignisse, welche die Gesammtheit betreffen, in den Hintergrund. Vor den Konsequenzen der
Mißregierung Richards II. wurde der Staat durch die Energie
eines hochbegabten Mannes gerettet. Jetzt wartet das Land
vergeblich auf solchen Retter. Als Richard von York, der
überdies nur die Energie des Ehrgeizes besitzt, seine Aktion
beginnt, sind die Zustände, welche durch den gewissenlosen, die
Interessen des Landes für seine persönlichen Gelüste ehrlos
hinopfernden Suffolk, durch die intrigante und leider sehr
energische Französin, die Königin Margarethe, sowie durch die
Wühlereien der Vertreter der Kirche bereits dermaßen in Verwirrung gebracht, das Rechtsbewußtsein ist bereits derart unter-
graben, daß durch Richards von York Auftreten in den verderblichen Wirren und Stürmen nur eine neue und schrecklichere
Epoche beginnt: der Bürgerkrieg der „rothen und weißen Rose“.

In dieser langen Reihe von Kämpfen, dem fortwährenden
und ziemlich gleichmäßigen Wechsel von Siegen und Niederlagen fehlt eine dramatische Spitze gänzlich. Will man dies
mit der Bezeichnung „Historie“ rechtfertigen, so möge man dies
immer thun, aber man lasse sich durch die vielen darin enthaltenen großen und schönen Züge nicht verleiten, diesen Stücken
einen wirklich dramatischen Bau zuerkennen zu wollen. Ihre
große Bedeutung für den ganzen zusammenhängenden Cyklus
haben sie trotzdem, und ihre größte Wichtigkeit liegt in dem
innigen Zusammenhang mit der Schlußtragödie: „Richard
der Dritte“. Selbst in dieser mit so großer poetischer Freiheit behandelten Tragödie wird uns, wenn wir dieselbe für sich
allein und ohne den innerlichen Zusammenhang der vom Dichter
vorgeführten Ereignisse betrachten, das Meiste als etwas Un-
geheuerliches erscheinen, womit sich unsere Einbildungskraft
schwer abfinden kann. Wie außerordentlich hingegen wächst die

Bedeutung auch dieser Tragödie, wenn wir in ihr nur den
Schlußakt der ganzen Dramenreihe erkennen, und in deren
tragischer Verkettung von Schuld und Sühne, durch immer
wieder neue Schuld, diese erschreckende Erscheinung allmählich
und folgerichtig vor uns aufwachsen sehn. Den Maßstab zur
Beurtheilung Richards III. erhalten wir schon in den fürchterlichen Kämpfen unter der Regierung Heinrichs VI. Abgesehn
davon, daß die Persönlichkeit Richards selbst hier bereits eingeführt und in ihren Motiven erklärt wird, so läßt uns auch jener
Bürgerkrieg erst die erschreckende Entsittlichung aller staatlichen
und gesellschaftlichen Verhältnisse erkennen, aus welcher die uns
sonst unverständliche Erscheinung Richards emporwächst. In
dieser Rücksicht werden wir stets den großen Gesichtspunkten des
Dichters, den von ihm selbst ganz deutlich gegebenen Winken
folgen müssen, um das Einzelne aus dem Ganzen würdigen zu
können; und wir werden bewundernd die großen Züge wahrnehmen, in denen er ganze Geschlechter einander gegenüberstellt und mit seinem „hohen historischen Natursinn", wie
Leop. Ranke sich etwas seltsam ausdrückt, immer durch die scharf
gezeichneten Individuen uns Situationen und Verflechtungen
der bedeutendsten Art vorführt, welche symbolisch für alle
Völker und Fürsten bleiben.

Da wir hier der Worte eines unserer ersten Historiker ge-
dachten, wollen wir aus seinem Urtheile über die Shakespeare'-
schen Historien noch einen andern Satz anfügen. Auch Leop.
Ranke (in seiner „Englischen Geschichte") will dem Lobe, daß
Shakespeare die Ereignisse mit historischer Treue wiedergegeben
habe, nicht so unbedingt beistimmen, und bemerkt dann weiter:
„Der Autor ergreift die großen Fragen, um die es sich handelt;
indem er der Chronik so nahe wie möglich folgt und ihre charakteristischen Züge aufnimmt, theilt er doch den Personen eine
seiner besondern Auffassung entsprechende Rolle zu, er belebt
die Handlung mit Beweggründen, welche die Geschichte nicht
finden würde oder annehmen dürfte. Die Charaktere, die sich
in der Ueberlieferung nahe stehn und in der Wirklichkeit wahrscheinlich nahe standen, treten bei ihm ein jeder in seinem beson-

ders ausgebildeten, in sich homogenen Dasein auseinander; natürlich menschliche Momente, die sonst nur in dem Privatleben erscheinen, durchbrechen die politische Handlung und gelangen dadurch zu verdoppelter poetischer Wahrheit." So unser Geschichtsschreiber Ranke.

Wir gehen nunmehr zu derjenigen Tragödie über, welche den bedeutsamen Abschluß des ganzen Cyklus der zusammengehörenden Historien bildet.

„Richard der Dritte", in der Folioausgabe ebenfalls den „Historien" eingereiht, aber unter der Bezeichnung „Die Tragödie Richards des Dritten, mit der Landung des Earl von Richmond und der Schlacht zu Bosworth (Bosworth Field)", erschien zuerst in einer Quartausgabe im Jahre 1597 unter folgendem Titel:

„Die Tragödie von König Richard dem Dritten, enthaltend seine verrätherischen Anschläge gegen seinen Bruder Clarence: den jammervollen Mord seiner unschuldigen Neffen: seine tyrannische Usurpation: mit dem ganzen Lauf seines abscheulichen Lebens und höchst verdienten Tod. Wie es kürzlich durch des Lord-Kanzlers Diener aufgeführt worden. 1597."

Die zweite Ausgabe, vom Jahre 1598, ist mit dem Namen William Shakespeare versehn, ebenso die folgenden Ausgaben, von 1602, 1605, 1612 und 1622 u. s. w. Von der dritten Ausgabe an ist vor Shakespeare's Namen noch eingeschaltet „new augmented by". Alle Ausgaben jedoch unterscheiden sich von einander nur in Kleinigkeiten.

Nach der Versicherung von Clark und Wright (Cambridge Edition) ist es kaum bei einem andern Stücke so schwierig wie bei diesem, über den Ursprung und die Glaubwürdigkeit des Textes der ersten Quarto oder der Folio zu entscheiden. Denn die erste Quarto enthält Partien, welche in der Folio fehlen, und welche doch sehr wesentlich für das Verständniß sind, während umgekehrt auch die Folio Stellen von entschiedener Wichtigkeit enthält, die der Quarto fehlen. Doch halten im Allgemeinen die englischen Herausgeber den Text der Folio für den authentischern, indem sie annehmen, daß derselbe nach einem

Manuskript gedruckt sei, in welchem die Aenderungen der frühern Form vom Dichter selbst herrühren. Trotzdem hat man einige wichtig scheinende Partien aus der Quartausgabe in den Text mit aufgenommen.

Daß das Stück vor 1597, dem Erscheinen der ersten Quarto, geschrieben ist, läßt sich mit Gewißheit annehmen; denn es ist zuverlässig vor der ganzen Lancastertetralogie, also auch vor Richard dem Zweiten geschrieben, der ebenfalls 1597 erschien. Außerdem aber spricht der innige Zusammenhang dieser Tragödie mit den beiden Theilen Heinrichs VI. dafür, daß Richard III. in unmittelbarem Anschluß an das letzte der Heinrichsdramen geschrieben wurde. Wenn wir aus R. Greene's mehr erwähnter Anspielung auf den dritten Theil Heinrichs VI. annehmen müssen, daß dies Stück bis 1592, vielleicht schon 1591, erschienen war, so können wir den Ursprung Richards III. in das Jahr 1592 oder 1593 setzen. Daß es zu den Jugendwerken des Dichters gehört, läßt die Komposition, sowie Sprache und Charakteristik deutlich genug erkennen. Aber es steht zugleich auf der Grenzscheide dieser ersten Periode. Wenn in der Schärfe der Charakteristik die Uebertreibungen noch den jugendlichen Dichter zeigen, so sehn wir ihn doch gleichzeitig zu einer ungleich größern Freiheit der poetischen Behandlung gelangen. Die Materie fesselt ihn nicht mehr, und nach der Ausbreitung der Ereignisse, wie sie in Heinrich VI. noch den vorwiegend epischen Charakter der Stücke bestimmte, sehn wir ihn hier den Stoff bereits zu einer Charaktertragödie dramatisch gipfeln; wobei wir allerdings anerkennen müssen, daß ein großer Antheil daran noch auf den 3. Theil Heinrichs VI. fällt, und daß die ganze Gestalt dieses Richard tief in dem Boden wurzelt, den die vorausgegangenen beiden Dramen bilden. Wenn wir eine in kolossalen Verhältnissen gearbeitete Statue, die für einen öffentlichen Platz geschaffen ist, an den Füßen von dem Postament absägen und sie so auf den flachen Boden setzen, so ist sie entstellt. Dasselbe Verfahren ist es, wenn man Richard III. von jenen beiden Dramen ablöst, denn diese sind sein Postament. Wir mögen immerhin noch Einzelheiten, große, erhabene Züge

an dieser Statue bewundern; aber wir sind der Möglichkeit
beraubt, die Harmonie des Ganzen und dadurch die Idee der
Schöpfung zu überschauen. In jenen beiden ihm vorausgehen=
den Stücken (namentlich dem 3. Theil) sehn wir nicht allein
den Charakter Richards selbst klar sich entwickeln, sondern wir
vermögen in Betrachtung dieser ganzen Kette von Ereignissen
ihn auch in seiner umfassenden Bedeutung für diese ganze Ge=
schichtsepoche zu erkennen: als den aus dem blutgedüngten
Boden herauswachsenden schrecklichen Rächer für alle die Schuld,
welche von Geschlecht zu Geschlecht getragen, von dem Einen
dem Andern zugewälzt worden. Des jugendlichen Richard
Persönlichkeit wird bereits in den letzten Scenen des 2. Theils
„Heinrichs VI." in wenigen knappen Strichen gezeichnet. Dort
wird uns in ihm ein herausfordernder Trotz und große Ent=
schlossenheit zum Handeln gezeigt. Es sei hier nochmals daran
erinnert, daß diese Theilnahme des jungen Richard an den
Schlachten von St. Albans und von Wakefield eine Eigenmäch=
tigkeit des Dichters ist, da nach der Geschichte Richard zu jener
Zeit noch ein kleines Kind war. Diese poetische Freiheit ist sehr
bedeutungsvoll; denn wir lernen dadurch den spätern furchtbaren
Thrannen zuerst als außerordentlich tapfern Krieger, und zwar
an der Seite seines Vaters kennen, während in der ganzen
Tragödie „Richard III." die Eigenschaft der persönlichen Tapfer=
keit erst am Schlusse, in dem letzten Verzweiflungskampfe zur
Anschauung kommt. Das zweite wichtige Moment in der Ent=
wickelung seines Charakters (im 3. Theil „Heinrichs VI.") ist in
dem Tode seines Vaters, des Herzogs von York, gegeben. Daß
der Dichter das Tragische dieser Scene willkürlich steigerte durch
die entsetzliche Marterung des gefangenen Helden, gibt ebenfalls
für Richards Charakter ein wichtiges Motiv. Als den beiden
Söhnen Yorks, Eduard und Richard, die Kunde von dem Tode
ihres Vaters wird (3. Theil, 2. Akt, 2. Scene), unterbricht
Eduard schmerzvoll den Boten: „O sprich nicht mehr, ich hörte
schon zu viel"; worauf Richard kurz und bestimmt sich äußert:
„Sag, wie er starb, denn ich will Alles hören." Noch wichtiger
ist, auf seines Bruders Klageworte, der folgende Satz Richards:

Ich kann nicht weinen, alles Naß in mir
G'nügt kaum, mein lichterlohes Herz zu löschen ꝛc.
Wer weint, vermindert seines Grames Tiefe,
Drum Thränen für die Kinder, Rache mir!

Schon diese ersten so kurz angedeuteten Züge treten ungemein
bedeutungsvoll hervor; es ist immer ein unheimlich zuckender
Blitz, wenn Richard spricht. Wir müßten, auch wenn uns unbekannt wäre, wer es ist, der da spricht, das Gefühl haben:
von dieser Seite steht noch etwas Schlimmeres zu erwarten.
Immer energischer, immer furchtbarer stählt sich dieser Charakter in den schrecklichen Ereignissen. Und dabei bekommt er von
seinen Gegnern bei jeder Gelegenheit Worte des Spottes und
Schimpfes über sein mißgeformtes Aeußere zu hören,
welches der Dichter nach den von der Geschichte gegebenen Andeutungen besonders stark hervorhebt*), während er ihn in den
geistigen Eigenschaften Allen, mit denen er's zu thun hat,
Freunden und Feinden, im hohen Grade überlegen zeigt. Diese
außerordentliche Schärfe seines Verstandes wird besonders auch
neben seinem Bruder Eduard und bei dessen thörichten Handlungen ins hellste Licht gesetzt. Haß und Rache gegen die Feinde
des Hauses York, Bewußtsein seiner Häßlichkeit und Rachsucht
für die Ungerechtigkeit der Natur, dabei große Ueberlegenheit
des Verstandes, persönliche Tapferkeit und furchtbare Energie
des Geistes, seinen Willen durchzusetzen: — das Alles sehn
wir bereits im 3. Theile „Heinrichs VI." in klaren und starken
Zügen entwickelt, und zwar auf dem durchfurchten Boden des
langen Bürgerkrieges, dessen Erschütterungen einem normalen
Charakter seine Bedeutung nehmen mußten.

So vorbereitet, wissen wir, was wir von ihm zu erwarten
haben, und wir verstehn ihn, wenn er gleich mit Beginn der
Tragödie „Richard III." sich uns selbst in seinem Monologe als
der gewillte Bösewicht („villain") vorstellt. Viel eingehender

---

*) Auch hierbei hatte ihm bereits Holinshed vorgearbeitet, welcher im Uebrigen
die ganze Geschichte Richards III. der Darstellung des Th. Morus entnahm. Ein
Stück, welches unter dem Titel „The true Tragedie of Richard III" im Jahre
1594 erschien, zeigt gar keine Uebereinstimmungen mit Shakespeare's Tragödie.
Das Stück wurde ebenfalls von der Shakespeare-Society wieder abgedruckt.

hat er sich bereits in den beiden großartigen Monologen des vorausgehenden Stückes geäußert (Akt 3, Scene 2, und Akt 5, Scene 6), und in beiden ist der Hauptaccent auf seine mißgeformte Persönlichkeit gelegt; sein fürchterliches Geständniß

Ich habe keinen Bruder, gleiche keinem ꝛc. —
Ich bin ich selbst allein —

wird das Motiv für alle seine weitern Handlungen. Daß er sich selbst wiederholt und mit allem Nachdruck dies Motiv für sein Handeln vergegenwärtigt, daß er selbst seine Häßlichkeit in so überaus grellen Farben, man möchte vermuthen mit einem gewissen Behagen schildert, muß in uns den Zweifel erwecken, ob seine Mißgestalt wirklich das Motiv für seine Handlungen ist, oder ob er nicht vielmehr damit nur seinen dämonischen Trieb zum Bösen beschönigen wolle? Dämonisch ist seine ganze Natur in hohem Grade; es ist, als ob das dunkle Feuer Lucifers selbst seine unheimlichen Reflexe vor ihn her wirft. Nur im Hinblick auf diese Dämonik seines Wesens, die ja auch den Zuschauer so sehr fesselt, ist die unmöglich scheinende Situation: seine freche Werbung um die an der Leiche ihres königlichen Schwiegervaters trauernde Anna, so verwegen das Kunststück auch immer noch bleiben mag, überhaupt denkbar. Alles menschliche Empfinden, ganz besonders aber das Gefühl des Weibes, muß sich am Ende dieser Scene gegen Anna empören. Und dennoch ist die Sache selbst nur in Einer Hinsicht unnatürlich und deshalb empörend, nämlich mit Rücksicht auf die kurze Zeitdauer, welche diese Werbung und ihr Resultat braucht. In diesem Punkte aber haben wir eben nur die eminente Fähigkeit des Dichters, Charaktere und Situationen aus weit auseinanderliegenden Punkten zusammenzudrängen, in einem Beispiel vor Augen, welches gewissermaßen die Extravaganz dieser Methode zeigt. Im Allgemeinen müssen wir die Fähigkeit des Dichters, Charaktere und psychologische Prozesse, die sich durch gewisse Ereignisse vollziehn, in wenigen, aber stark hervortretenden Zügen gleich lebendig vor uns werden zu lassen, doch als diejenige bezeichnen, welche vorzugsweise den dramatischen Dichter ausmacht. Wenn der Dichter die im Leben vorkommen-

den Handlungen aus der Breite ihrer Zeitdauer für die Bühne
auf einen verhältnißmäßig sehr geringen Zeitraum zusammen-
drängen muß, so ist es auch seine Aufgabe, in gleicher Weise die
dem Leben entnommenen Charaktere auf ihre wesentlichen Linien
zu verengen.   Je mehr es dem Dichter gelingt, in diesem Koncentriren der Charaktere und der Situationen diejenigen Züge
hervortreten zu lassen, welche am meisten geeignet sind, uns
einen Einblick in den Charakter und das, was ihn bewegt, zu gewähren, je mehr wird der Dramatiker auch für die Eindringlichkeit seiner Gestalten gewinnen.   Jene Macht besaß nun vor
Allem Shakespeare in so eminentem Maße wie kein anderer
Dichter.   Ehe er jedoch mit der Reife seines Geistes das künstlerische Maß dafür fand, machte er von seiner Gabe nicht selten
einen ausschweifenden Gebrauch, so daß wir, statt uns ihm ganz
gefangen zu geben, in eine gewisse Bestürzung über die Verwegenheit gerathen.   Dies ist bei der Scene mit Anna, so genial
sich der Dichter auch hier in der Verwegenheit zeigt, unbedingt
der Fall, und die Aesthetiker sollten sich deshalb nicht bemühen,
das richtige Gefühl der Leser und Zuschauer darüber irre zu
führen.   Die Situation und die Wandelung Anna's begreiflich
zu machen, erforderte mehr als Eine Scene. Der Dichter indessen
sprang über solche Bedenklichkeiten verwegen hinweg; er gab
uns eine aparte Tragödie auf nur Eine Scene zusammengedrängt.
Aber das Gefühl empört sich hier gegen die Schwäche
des Weibes, — mag es auch immerhin die Intention des
Dichters gewesen sein, das Weib in solcher Beleuchtung zu
zeigen, wie ja die Weiber überhaupt in diesen vier Historien
ziemlich übel behandelt sind; im zweiten Theile „Heinrichs VI."
fällt auf Glosters Weib Eleonore die schwere Verantwortung
für seinen Untergang und die daraus hervorgehenden traurigen
Folgen; und gleichzeitig ersteht in Margarethe der böse Dämon,
der dem begonnenen Unheil die weiteste Ausdehnung zu
geben weiß.

Aber auch von einer der hervorragenden Eigenschaften
Richards sollte durch jene Ueberwältigung Anna's eine ein-
leuchtende Probe gegeben werden: von seiner Schlauheit, Men-

schenkenntniß und Kunst im Heucheln. Richard selbst ist sich dieser seiner Gaben in vollkommenster Weise bewußt, und er spricht sich über das, was er könne, in jenem erwähnten ersten Monolog (in Heinrich VI.) mit großer Genugthuung aus. Er ist kein Heuchler seiner ursprünglichen Natur nach, sondern er ist es im Bewußtsein als Künstler. Er beobachtet stets die Wirkungen seines Heuchelns und triumphirt hinterher, wenn ihm wieder ein rechter Meisterstreich gelungen ist. So führt er vor dem Lord-Mayor, um in den Besitz der Krone zu gelangen, eine förmliche Komödie auf mit allem schauspielerischen Apparate. Nur als er das Kunststück der Werbung um Anna später bei Elisabeth wiederholen will, wird er selbst der Betrogene; denn nur die Furcht bestimmt Elisabeth, zum Schein seine Werbung um deren Tochter zu billigen. Obwohl diese Scene, schon dadurch, daß sie eine schwächere Wiederholung der frühern ist, zu den am wenigsten eindrucksvollen Partien der Tragödie gehört, so ist doch im Uebrigen gerade der dramatische Bau der letzten beiden Akte von einer so imposanten Straffheit, daß wir hierin schon die volle Kraftentwickelung des Dichters erkennen. Von der ganz kurzen Scene an, in welcher Richard sich seines mahnenden Mitschuldigen Budingham überdrüssig zeigt, eines jener Meisterstücke in der vorher erwähnten Kunst des Kon-centrirens, sehn wir die Tragödie Zug für Zug in gesteiger-ter Schnelligkeit dem Ende zueilen. Ueber die hochpoetische Traumscene, die darauf folgende energische Erhebung Richards, seine feuerspeiende Anfeuerung der Truppen u. s. w. brauchen wir kein Wort zu verlieren.

Doch haben wir noch einer Gestalt der Tragödie zu er-wähnen, welche zwar nicht unmittelbar an der Handlung be-theiligt ist, aber dennoch der ganzen Dichtung einen ungemein großartigen Zug verleiht. Es ist dies Margarethe. Shake-speare hat diese „Wölfin von Frankreich" aus Heinrich VI. noch hier hinübergeführt, und läßt sie — im Widerspruche mit der geschichtlichen Thatsache*) — hier unbehindert zwischen den andern Personen umherwandeln. Diese Eigenmächtigkeit des

---

*) Margarethe blieb bis 1475 im Tower und ging dann nach Frankreich.

Dramatikers zeigt wiederum das Außerordentliche seines
poetischen Instinktes. Auch Margarethe ist in dieser Tragödie
berufen, den Zusammenhang derselben mit dem ganzen Dramencyklus energisch hervorzuheben. Jeder neuen Unthat sich
freuend, die gegen ein Glied des Hauses York gerichtet ist, jedes
Unglück verhöhnend und als die gerechte Vergeltung des Himmels preisend, in das Wehklagen der Andern ihre Flüche
mischend, erscheint hier Margarethe gleichsam als die Furie der
antiken Tragödie; sie ist der Chorus, der mit blutigem Finger
immer wieder auf den Sinn dieser Tragödie hinweist, den wir
in ihr, als dem letzten Theil der ganzen Dramenreihe, als
deren blutigen Schlußakt zu erkennen haben. Indem der
Dichter den Fluch der bösen That so furchtbar sich fort und
fort entwickeln läßt, scheint er hier mehr als in irgend einer
seiner Tragödien von den Vorbildern der griechischen Tragiker
durchdrungen zu sein, wobei er doch wieder unter diesem Eindruck ganz neu und selbständig gestaltete. Margarethe, selbst mit
grausiger Schuld beladen, sah alle die Ihrigen im Blute dahin-
sinken und schreitet nun als finsterer Rachegeist einher, um mit
ihren Flüchen den Sturz ihrer Feinde zu beschleunigen. Jene
Scene der drei klagenden Weiber, die an den Stufen des
Palastes sich zusammenfinden, ist von erschütternder Erhaben-
heit dadurch, daß die tiefe Symbolik hier zu so eindringlicher
sinnlicher Erscheinung kommt. Margarethe ist von allen Dreien
die am meisten Gehobene; ja, sie jubelt und sie dankt dem Himmel für diesen Richard, es thut ihr wohl,

wie dieser Metzerhund
In seiner Mutter Leibesfrüchten schwelgt. —

Die Tragödie „Richard III." steht, streng genommen, schon
außerhalb des Kampfes der rothen und weißen Rose. Aber
die Schlacht von Bosworth schließt — trotz der dazwischenliegenden längern Pause — doch erst die ganzen Kämpfe ab,
und außerdem ist Richard selbst das eigentliche Produkt, die
nachgelassene Schöpfung des vorausgegangenen furchtbaren
Bürgerkrieges. Aus dem finstern Schooße jenes Unheils ist
Richard entsprungen, „der Hölle schwarzer Spürer"; in Ihm

vereinigen sich gewissermaßen jene Momente der Schuld, die wir bisher in den frühern Geschlechtern unter zahlreiche Individuen vertheilt sehn. Wie Margarethen die letzten Flüche, so sind ihm die letzten Unthaten vorbehalten gewesen; in ihm drängt sich die ganze Kette folgenschwerer Ereignisse aus der Dramenreihe in erhöhter Potenz zu einem einheitlichen und eindringlichen Schreckbild zusammen. So wie vordem eine Unthat sich an die andere knüpfte, das eine Verbrechen durch ein neues gesühnt wird, und dieses wieder neue Blutthaten hervorruft, so scheint endlich der Rest alles Schreckens in dieser Erscheinung zusammengebracht zu sein. Dennoch ist auch Ihm jene Eigenschaft zu Theil geworden, die wir bis dahin von der edelsten Helden Stirn leuchten sahn: die Tapferkeit. Was aber bei Jenen als die höchste Mannestugend zu verherrlichen war, das ist bei ihm nur ein Resultat seiner Verachtung der Menschen und der sittlichen Weltordnung. Wir durften ihn deshalb auch in seinem letzten Kampfe nicht wie jene Helden von uns scheiden sehn, ohne daß wir zuvor in ihm das Hohnlachen der Hölle verstummen hören, und er selbst als der bleiche schreckerfüllte Sünder vor uns steht. Sein Wiederaufraffen aus dem innern Graun und Schrecken vor sich selbst ist kein Ueberwinden dieses Zustandes, sondern nur ein Uebertäuben desselben, wozu ihm die alte Energie durch die von Außen her andringende Gefahr verliehn wird. Aber auch ohne den Todesstreich durch Heinrich Richmond zu empfangen, wär's hier mit ihm zu Ende gewesen; wir haben das Gefühl, daß er „an der Grenze seines Witzes" angelangt ist, wie auch zugleich mit ihm das lange Unheil der Blutthaten und Zerstörungen zum Ende gelangt ist. Heinrich Richmond, der keineswegs als eine große Natur ihm gegenübergestellt ist, erscheint uns dennoch bei aller Schlichtheit seines Wesens wie eine hehre und milde Lichtgestalt. Seine erste Handlung nach dem Siege ist — Gnade und nicht Rache. Die Rache scheint erschöpft, der Blutstrom versiegt, und für die Vereinigung der rothen und weißen Rose wird des Himmels Segen erfleht.

Genealogische Tabelle

zu Shakespeare's Dramen aus der englischen Geschichte von Richard II. bis Richard III.

Eduard III. († 1377.)
D-ssen fünf Söhne:

- Eduard Prinz von Wales, gen. der "schwarze Prinz". († 1376.)
  - Richard II. (reg. 1377—1399.)

- Lionel, Herzog von Clarence.
  - Philippine, vermählt mit dem Grafen von March Edm. Mortimer.
    - Roger, Graf v. March.
      - Sir Edmund Mortimer. (bei Shakespeare Vater)
        - Elisabeth Lady Percy.
    - Anna (mit Richard, Herzog von Cambridge, aus dem Hause York, vermählt).

- Johann von Gaunt, Herzog von Lancaster. († 1399.)
  - Heinrich von Hereford (Bolinbroke), nachher König Heinrich IV. (reg. 1399—1413.)
    - Heinrich V. (reg. 1413—1422.)
      - Heinrich VI. († entthront 1472.)

- Edmund Langley, Herzog von York.
  - Richard, Graf v. Cambridge, Herzog von Cumerle, aus dem Hause Clarence. († 1415.)
    - Richard, Herzog von York. († 1460 im Kriege gegen Heinrich VI.)
      - Eduard IV. (reg. 1461—1483.)
        - Elisabeth, spätere Gemahlin Heinrichs von Richmond.
        - Eduard und Richard (1483 ermordet).
      - Georg, Herzog von Clarence. († 1478.)
      - Richard III. (reg. 1483—1485.)
  - Eduard, Herzog von Aumerle. († 1415.)

- Thomas von Woodstock, Herzog von Gloster. († 1397.)

Edmund Mortimer.

NB. Nach Richard III. Tode kam mit Heinrich von Richmond (Heinrich VII.), das Haus Tudor auf den Thron. Heinrich VII. war der Sohn des Grafen Edmund von Richmond, dessen Vater Owen Graf von Richmond mit der Wittwe Heinrichs V. vermählt war. Durch Heinrichs von Richmond Vermählung mit Elisabeth von York wurden also die Thronansprüche beider Linien York und Lancaster vereinigt.

Um schließlich den Lesern dieser Historien das Verhältniß derselben zur Geschichte besser zu veranschaulichen, als es bei den Besprechungen der einzelnen Dramen und der darin behandelten Ereignisse möglich wäre, sind in nachfolgender Chronologie die historischen Thatsachen dem Inhalte jedes der Dramen (so weit deren Inhalt geschichtliche Ereignisse behandelt) gegenübergestellt.

Geschichtlich.	Shakespeare's Dramen.
1377. Richard II. (geb. 1366) besteigt den Thron.	
1398. Anklage auf Hochverrath gegen den Herzog von Gloster, Arundel u. A. Gloster in Calais ermordet.	**Richard II.**
Der Herzog von Norfolk wird von Heinrich Hereford öffentlich angeklagt.	Anfang: Heinrich von Hereford (Bolingbroke) klagt den Herzog von Norfolk an.
1399. (4. Juli). Der verbannte Heinrich von Hereford landet an der englischen Küste.	Rückkehr Heinrichs von Hereford nach England. Er zwingt Richard, dem Thron zu entsagen, und nimmt von der Krone Besitz.
„ (29. Sept.). Richard entsagt dem Thron und wird nach Pomfret gebracht. Heinrich besteigt den Thron als König Heinrich IV.	
1400. (14. Febr.). Tod Richards im Gefängniß.	Tod Richards im Gefängniß.
	— — · — · —
1402. Krieg gegen Schottland und Owen Glendower. Sieg Heinrich Percy's bei Holmedon, den 14. Sept. Douglas ward gefangen und verlor dabei ein Auge*).	**Heinrich IV., 1. Theil.** Heinrich Percy's Sieg über die Schotten.

---

*) Douglas starb erst 1424 in Frankreich im Kampfe gegen den Herzog v. Bedford. Percy war 1365 oder 1366 geboren.

Shakespeare's Leben. 15

1403. Aufstand Heinrich Percy's gegen den König. Percy's Tod in der Schlacht bei Shrewsbury (21. Juli).

Percy's Zwist mit dem König. Bündniß mit Glendower und Douglas. Percy wird bei Shrewsbury geschlagen und fällt.

1404. Zweiter Aufstand Glendowers, des Grafen Northumberland, des Erzbischofs von York u. s. w. Des Erzbischofs Gefangennahme und Hinrichtung. Northumberlands Flucht nach Schottland*).

1408. In nochmaligem Aufstand Northumberlands wird derselbe getödtet. Verfolgung der Wikliffiten.

Heinrich IV., 2. Theil.

Northumberland flieht nach Schottland.
Aufstand unter Führung des Erzbischofs von York. Gefangennahme der Häupter.

1413. Heinrichs IV. Tod, den 20. März. (Heinrich war geb. 1366, 6. April.) Heinrichs V. Thronbesteigung.

Heinrichs IV. Tod und Thronbesteigung des Prinzen von Wales als Heinrich V.

Heinrich V.

1415. Heinrich erklärt an Frankreich den Krieg.

Verschwörung des Herzogs von Cambridge, der als Hochverräther hingerichtet wird.

„ (17. August). Landung des englischen Heeres in der Normandie und Einnahme von Harfleur.

„ (25. Oktober). Sieg Heinrichs bei Azincourt. Friedensverhandlungen.

Frankreich fordert zum Krieg heraus. Der Krieg gegen Frankreich wird beschlossen.
Die Verschwörer Lord Scroop, Th. Grey und Herzog von Cambridge werden zum Tode verurtheilt.
Der König von Frankreich empfängt die Antwort Englands.
Harfleur von den Engländern genommen.
Sieg Heinrichs in der Schlacht bei Azincourt.
(Heinrichs Rückkehr nach England. Die Friedensvermittelung durch

*) Owen Glendower lebte bis 1415.

1418. Heinrich landet zum zweiten Male bei Harfleur und erobert die Normandie.

1419. Waffenstillstand zu Rouen, mit Philipp von Burgund.

1420. Friede zu Troyes.
Heinrich vermählt sich mit Katharina, der Tochter Karls VI., und wird zum Erben Frankreichs erklärt.

1421. Fortsetzung des Krieges gegen den Dauphin.

1422. Eroberung von Meaux; Tod des Königs Heinrich (an der Ruhr) zu Vincennes.
Heinrich VI. (neun Monate alt) folgt auf dem englischen Thron. Die Regentschaft führen für England Herzog Humphrey von Gloster, für Frankreich der Herzog von Bedford.
Karl VII. sucht sein Recht auf den französischen Thron wiederzuerlangen.
Der Herzog von Bedford erkämpft in Frankreich mehrere Siege.

1426. Die Engländer werden vom Grafen Dunois bei Montargis geschlagen.
Erscheinen der Jeanne d'Arc.

Kaiser Sigismund und Heinrichs Wiedererscheinen in Frankreich werden nur im Prolog zum 5. Akt erwähnt.)

Friedensschluß zu Troyes in Frankreich. Heinrichs Verlobung mit Katharina.

— · —

Heinrich VI., 1. Theil.

Während der Trauerfeierlichkeiten um den verstorbenen König Heinrich V. kommt die Nachricht aus Frankreich von den Niederlagen der Engländer. (Schon hier wird die Geschichte von Talbots Umzingelung, Verwundung und Gefangennahme berichtet.)

Jeanne d'Arc wird durch den Bastard vor den König von Frankreich geführt.
Tumulte in England zwischen den Anhängern Glosters und des Kardinals Beauford.

15*

1429. Die Engländer werden durch Jeanne d'Arc von Orléans vertrieben (29. April). Krönung des Dauphins zu Rheims (17. Juli).	Vor Orléans fallen Salisbury und Gargrave. Jeanne d'Arc vertreibt die Engländer von Orléans. Die Franzosen werden in Orléans durch Talbot überrumpelt.
1430. Jeanne d'Arc von den Burgundern gefangen, den Engländern ausgeliefert und	In England beginnen die Streitigkeiten zwischen den Herzögen von York und Somerset. Tumulte zwischen den Anhängern Glosters und des Kardinals von Winchester.
1431 von diesen verbrannt (30. Mai).	Jeanne d'Arc bemächtigt sich durch List der Stadt Rouen.
1435. Der Herzog von Bedford, Regent in Frankreich, stirbt, und der Herzog von York erhält die Regentschaft übertragen. Des Herzogs von Somerset, Höchstkommandirenden in Frankreich, Streitigkeiten mit dem Herzog von York. Streitigkeiten in England zwischen dem Herzog von Gloster und Heinrich Beauford, Kardinal von Winchester. Karl VII. von Frankreich schließt mit dem Herzog von Burgund Frieden (21. Sept. 1435).	Der Herzog von Bedford stirbt. Die Pucelle weiß durch ihre Ueberredungskraft den Herzog von Burgund zu gewinnen und diesen mit Frankreich zu versöhnen. In Paris wird Heinrich VI. gekrönt. In England Fortsetzung des Rosen-Streites. Talbot fällt im Kampfe vor Bordeaux nebst seinem Sohne. (Nach der Geschichte erst im Jahre 1453.)
1436. Paris wird den Engländern genommen.	Die Pucelle wird vor Angers gefangen genommen. Suffolk nimmt Margarethe gefangen und wirbt um sie für Heinrich VI.

1412. Eleonore Cobham, Herzogin von Gloster, wird wegen Hexerei verurtheilt und aus England verbannt.

1444. Suffolk schließt Waffenstillstand mit Frankreich und wirbt für Heinrich VI. um die Hand der Margarethe von Anjou.

1445. Vermählung Heinrichs VI. mit Margarethe.
Der Friede mit Frankreich, welchem die Räumung von Maine und Anjou zugestanden werden, wird bestätigt.

1446. Suffolk bemächtigt sich in England der Zügel der Regierung. Gloster wird entfernt, angeklagt und verhaftet. Man findet ihn andern Tages todt (vermuthlich erdrosselt) in seinem Bette.

1450. Aufstand gegen den Herzog von Suffolk; seine Verbannung und sein Tod.
Aufstand des John Cade von Kent, durch den Herzog von York angeregt. Cade's Tod.

1452. Der Herzog von York kommt mit einem Heere nach Wales und erscheint vor London. (Beginn des Krieges der rothen und weißen Rose.)

1453. Talbot fällt im Kampfe bei Bordeaux, sammt seinem

Der Pucelle wird von den Engländern der Tod angekündigt.

Suffolk erscheint in London vor Heinrich VI. und erhält seine Zustimmung zur Vermählung mit Margarethe von Anjou.

_____

Heinrich VI., 2. Theil.

Suffolk führt dem König Heinrich Margarethe als Gattin zu. Nach den Friedensbedingungen sollen Anjou und Maine an Frankreich herausgegeben werden.

Intriguen der Herzogin Eleonore von Gloster.
Verurtheilung und Buße der Herzogin.
Dem Herzog von Gloster wird der Protektorstab abgenommen; er selbst angeklagt und verhaftet.
Seine Ermordung.
Aufstand gegen Suffolk. Er wird verbannt und getödtet.

Aufstand des John Cade, Unterhandlungen, Kämpfe und Tod des John Cade.

York erscheint mit seinem Heere auf der Ebene von Blackheath. Unterhandlungen wegen Somerset.

Söhne. (Bei Shakespeare schon im I. Theil.)

1454. York vom Parlament zum Protektor des Reichs ernannt und

1455 wieder entsetzt. Yorks Sieg bei St. Albans (22. Mai).

Sieg der Yorks bei St. Albans.

1460. Warwick, mit York verbündet, landet in Kent und schlägt die königlichen Truppen bei Nottingham. York wird vom Parlamente zum Thronerben erklärt.

Niederlage Yorks in der Schlacht bei Wakefield (30. December) und seine Hinrichtung.

Heinrich VI., 3. Theil.

Heinrich VI. erkennt York als Thronfolger an; Margarethe protestirt dagegen.

Yorks Niederlage bei Wakefield und Tod.

1461. Sieg Eduards von York über die Königlichen bei Mortimer Croß. Niederlage Warwicks bei St. Albans (17. Februar).

Eduard am 25. Februar zum König ausgerufen. Sieg der Yorkschen Partei in der Schlacht zwischen Towton und Saxton (28. März). Margarethe flieht nach Schottland, u. Eduard wird vom Parlament als König Eduard IV. bestätigt. Heinrich VI. ist mit Margarethe nach Schottland geflohn, von wo aus Letztere nach Frankreich entkommt.

Die Söhne Yorks erhalten von Warwick Nachricht von dessen Niederlage bei St. Albans.

Schlachscenen auf der Ebene zwischen Towton und Saxton. Sieg der Yorkschen Partei. Eduard erscheint als König Eduard IV.

1462. Margarethe, unterstützt von Frankreich, kommt nach Eng-

land zurück, muß aber wieder
nach Frankreich umkehren.

1465. Vermählung Eduards IV.
mit Elisabeth, der Wittwe
des Sir John Grey*).
Warwicks Unterhandlungen
mit Frankreich werden von
König Eduard desavouirt.
Feindseligkeit Warwicks
gegen den König.

Eduard wirbt um Lady Grey.

Margarethe sucht in Frankreich
Beistand. Warwick erscheint, um
die Hand der Schwester des Königs für Eduard zu erbitten.
Als er die Nachricht von Eduards
unterdeß erfolgter Vermählung
mit Lady Grey erhält, verbündet
er sich mit Margarethe und verlobt mit deren Sohne, dem Prinzen Eduard, seine Tochter Anna.

1469. Der Herzog von Clarence
vermählt sich mit einer
Tochter Warwicks. Eduards
Einspruch dagegen. Auf-
stände und Krieg im Norden.
Die Königlichen bei Edge-
cote (25. Juli) geschlagen.

In England geht Clarence zu
Warwick über, mit dessen zweiter
Tochter er sich vermählt.
König Eduard wird von War-
wick überfallen und gefangen.
König Eduard, von Richard be-
freit, flieht nach Burgund.

1470. Aufstand zu Gunsten Heinrichs VI. unter Beitritt
Warwicks.
Warwick wird bei Emping-
ham geschlagen und flüchtet
mit Clarence nach Frank-
reich. Warwick, mit Mar-
garethe verbündet, landet
bei Plymouth, verlobt seine
zweite Tochter Anna mit
Eduard, Prinzen von Wales.

Heinrich VI. wird in London von
Eduard und Richard überfallen
und weggeführt.

1471. Clarence hat sich von Warwick wieder getrennt und

Clarence geht wieder zu Eduard
über.

---

*) Sir J. Grey war in der zweiten
Schlacht von St. Albans (1461) gefallen
und gehörte der Lancasterpartei an.

geht zu seinem Bruder
Eduard über, welcher den
11. April in London einzieht.
Warwick, bei Barnet (14.
April) geschlagen, fällt in
der Schlacht.

Warwick fällt in der Schlacht bei
Barnet.

Margarethe wird bei
Tewksbury geschlagen (3.
Mai), wobei der Prinz
Eduard von Wales fällt.

Schlacht bei Tewksbury.
Margarethe wird gefangen, Prinz
Eduard getödtet.

Heinrich VI. stirbt im Tower
(22. Mai 1471), angeblich
durch Richard von Gloster.
Streitigkeiten zwischen Clarence und Richard um das
Erbe Warwicks.

Heinrich VI. wird im Tower durch
Richard umgebracht.

1475. Eduard beginnt wieder Krieg
mit Frankreich, schließt aber
gleich darauf Frieden und
verlobt seine Tochter Elisabeth mit dem Dauphin.
Margarethe wird aus
dem Tower entlassen und
geht nach Frankreich zurück.

Richard III.

Clarence wird durch Anstiftung
Richards verhaftet.

1478. Clarence lehnt sich öffentlich gegen Maßregeln des
Königs, seines Bruders, auf.
Von den Peers durch falsche
Anklagen zum Hochverräther
erklärt, kommt er in den
Tower, wo er bald darauf
stirbt (dem Gerüchte nach
durch Richard).

Richard wirbt um Anna, die
Wittwe des getödteten Prinzen
Eduard.

Clarence wird im Tower ermordet.

1482. Margarethe stirbt in Frankreich.

1483. König Eduard stirbt, in
Folge seines ausschweifenden Lebens.

König Eduard stirbt.

Richard III., welcher zuerst die Regentschaft für den unmündigen Prinzen Eduard übernimmt, läßt sich am 6. Juli zu Westminster krönen.

Richard wird Protektor und läßt die beiden Söhne Königs Eduard im Tower festhalten.

Die Verwandten der Königin und Hastings hingerichtet.

Richard besteigt den Thron.

Seine beiden Neffen, die Söhne Eduards, werden ermordet.

Die Prinzen werden ermordet. Richards Weib Anna stirbt.

Buckingham wendet sich gegen Richard und intriguirt für die Tudors. Aufstände in Kent, Surrey ꝛc. In Exeter wird der Graf Heinrich Tudor zum König ausgerufen. Buckingham wird vor seiner Vereinigung mit den Aufständischen durch Richard angegriffen und geschlagen; er selbst auf der Flucht gefangen genommen und enthauptet (2. Nov.). — Heinrich Tudor, der seine Landung noch nicht bewerkstelligt hatte, kehrt wieder nach der Bretagne zurück.

Richard wirbt um die Hand seiner Nichte Elisabeth.

Richard erhält Nachricht, daß Heinrich von Richmond mit einer Flotte nahe, und daß in mehreren Grafschaften Aufstände erfolgt sind.

1484. Richard III. läßt sich vom Parlament aufs Neue als einzig rechtmäßiger Herrscher bestätigen (23. Januar). Richard will der verwittweten Königin älteste Tochter mit seinem einzigen Sohn verloben, der aber (9. April) plötzlich stirbt.

Buckingham, der von Richard abgefallen, wird gefangen genommen und enthauptet.

1485. Richards Gemahlin Anna stirbt (9. März), worauf

Richard selbst um seine Nichte Elisabeth freit, aber zurückgewiesen wird.	
Heinrich Tudor, welcher schon früher wegen seiner Sicherheit die Bretagne ver- lassen hatte und an den Hof Karls VIII. geflohen war, landet am 1. August mit einem kleinen Heere in Milford und findet überall Anhänger.	Heinrich Richmond (Tudor) lan- det und findet überall in den Grafschaften Zuzug.
22. August Schlacht bei Bos- worth; Richard fällt.	Schlacht bei Bosworth. Richard Ende.

Heinrich VIII. und König Johann.

Zwei von den Shakespeare'schen Historien liegen ganz außerhalb des in sich geschlossenen Cyklus und sind vom An- fang und vom Ende desselben durch längere Zeiträume getrennt. Obwohl das eine dieser beiden Stücke in die Zeit der Reise des Dichters fällt und das andere in die allerletzte Zeit seines dichterischen Schaffens, so fügen wir dennoch, ehe wir zu den Werken der Jugendschönheit und Prachtfülle gelangen, erst jene beiden Dramen den Stücken aus der englischen Geschichte hinzu.

Vom „König Johann", wie uns das Stück durch die erste Folioausgabe überliefert ist, existirt kein früherer Druck, und auch sonst sind fast keine äußerlichen Spuren vorhanden, die auf die Zeit der Entstehung schließen lassen könnten, weshalb auch die Angaben der Herausgeber zwischen 1596 und 1611 schwankten. Meres in „Palladis Tamia", 1598, zählt es allerdings bereits unter den vorzüglichsten Shakespeare'schen Stücken her. Aber diejenigen Herausgeber, welche das Stück in spätere Zeit setzen wollen, beziehen jene Angabe von Meres auf das ältere Drama, welches unter dem Titel „The troublesome Reign of King John" zuerst 1591 im Druck erschien. Dieser erste Druck nannte keinen Verfasser, die zweite Auflage vom Jahre 1611 brachte die Anfangsbuchstaben W. S., und in einer noch spätern Auflage, ein Jahr vor dem Erscheinen der Folio, wurde Shakespeare's voller Name genannt. Das will nun bei den notorischen Fälschungen jener Zeit nichts beweisen, und die Frage, wie sich Shakespeare's anerkannt echtes Stück zu jenem ältern verhält, ob es eine Jugendarbeit des Dichters oder das Werk eines andern Autors sei, welches Shakespeare für sein Drama benutzt, hat jederzeit Anlaß zu den eingehendsten Erörterungen gegeben. Die Meinungen sind darüber sehr getheilt, und auch eine dritte aufgeworfene Frage, ob der ältere König Johann, wenn überhaupt Shakespeare daran betheiligt war, nicht auch bereits die Bearbeitung eines frühern Stückes gewesen sei, ist schwerlich zu beantworten. Steevens hat jenes ältere Stück bereits in seinen „Twenty of the play's etc." abgedruckt, und L. Tieck, der überhaupt eine Vorliebe für die zweifelhaften Stücke hatte, schreibt dieses ganz entschieden Shakespeare zu und brachte es (in deutscher Uebersetzung) in seinem „Altenglischen Theater". Auch die genaueste Vergleichung beider Stücke kann uns jedoch keine sichern Anhaltpunkte für die eine oder andere Annahme geben, so bestimmt auch gewöhnlich in solchen streitigen Fällen die Behauptungen für und wider aufgestellt werden, wo auch nur der allerschwächste Schimmer eines Beweismittels für die eine oder andere Ansicht gegeben ist*). Wir müssen in diesem so schwierigen Falle die Entscheidung ganz der individuellen Stimmung und Neigung überlassen. Diejenigen aber, welche das Hauptgewicht gewöhnlich, und so auch hier, auf die „Shakespeare'schen Züge" legen, vergessen immer, wie viel Gemeinsames in den Shakespeare'schen Dichtungen, namentlich seiner ersten Periode, mit

---

*) So will z. B. Malone aus dem lebhaften Ausdruck des Schmerzes der Constanze, als sie die Gefangennahme ihres Sohnes erfährt, schließen, das Stück sei in dem Jahre (1596) geschrieben, in welchem der Dichter seinen einzigen Sohn durch den Tod verlor!

seinen unmittelbaren Vorgängern und ältern Zeitgenossen sich findet, wofür uns verschiedene Stücke von Marlowe, Green, Chapman u. A. eklatante Beispiele liefern, Stücke, die ebenso viel „unzweifelhaft" Shakespeare'sche Züge enthalten wie der ältere König Johann. Wiewohl übrigens in diesem ältern Stücke Alles viel roher behandelt ist, so hat Shakespeare dennoch den Scenengang desselben fast durchgängig beibehalten, abgesehn von den detaillirten Ausführungen mehrerer Situationen und manchen auffallenden Weglassungen sehr markanter Partieen. Die eigentliche Spitze des Stückes, die antiklerikale Tendenz, ist in dem ältern Johann noch viel schärfer hervorgekehrt als bei Shakespeare. Die Gegensätze treten dort nicht allein in den förmlichen Disputationen lebhafter hervor, sondern auch in den bei Shakespeare ganz fehlenden Scenen, in welchen die Vergiftung des Königs durch die Mönche theils vorbereitet, theils ausgeführt wird. Die so kräftige Gestalt des Bastards Philipp Faulconbridge ist auch bereits in dem ältern Stück enthalten, wenn auch erst Shakespeare ihr das glänzende Kolorit gegeben hat. Die auch bei Shakespeare gerade nicht zart behandelten Partieen in den Verhandlungen über seinen Vater sind dennoch in jenem Stück ungleich roher und gefühlsverletzender. Die Abweichungen von der Geschichte sind in beiden Stücken übereinstimmend, so z. B. die Verschmelzung des Erzherzogs von Oesterreich mit dem Grafen von Limoges, der der Volkstradition nach Richard Löwenherz gefangen hielt und dafür nun durch Philipp Faulconbridge fällt. Daß der König durch den Mönch stirbt, wird — unter andern Versionen über seinen Tod — auch von Holinshed als unverbürgt gemeldet; nach seiner Darstellung aber begeht der Mönch nicht im kirchlichen Interesse den Mord, sondern wegen der Bedrückungen des Landes. Weit auseinander liegende Ereignisse sind, wie in Heinrich VI. und Richard III., kühn zusammengedrängt; denn geschichtlich nimmt die Regierung Johanns einen Zeitraum von 17 Jahren ein, nämlich von 1199 bis 1216.

Zwischen dem Ende König Johanns und dem Anfang des nach der Zeitfolge nächsten Drama's Richard II. liegt sonach ein Zeitraum von 182 Jahren. Unsere Aesthetiker wollen zwar König Johann zu einem Vorspiel — oder Prolog, wie Schlegel es bezeichnet — für die ganze Historienreihe machen, selbstverständlich zu einem sehr bedeutungsvollen. Es gehört aber viel guter Wille dazu, um diese Auslegung zu acceptiren. „König Johann“ ist inmitten jener großen Historienreihe gedichtet, sehr wahrscheinlich in dem großen Hauptabschnitt nicht lange vor Richard II., also etwa 1592—94. Shakespeare brachte das Stück dazwischen, jedenfalls aus keiner andern Absicht, als weil ihn das ältere Drama zu der Umarbeitung veranlaßte. Worin die innerliche Beziehung zu jener großen Historienreihe liegen sollte, ist schwer zu entdecken; ein viel bedeutungsvollerer Prolog dafür würde offenbar Eduard II. sein. Die Religionsfrage ist im König Johann stark betont, weil sie dem Reformationsgeist der Shakespeare'schen Zeit entsprach. Aber für den großen Historiencyklus bildet doch jenes Motiv keineswegs die Axe, vielmehr ist dies dort die Frage der Legitimität.

In der ganzen Art der Ausführung zeigt dagegen das Stück viel Verwandtschaft mit Richard II.; dem Charakter des Johann fehlt jedoch das psychologische Interesse, welches uns das so reich ausgearbeitete Charakterbild Richards einflößt. Vergleichen wir diesen König Johann mit Richard und mit den Charakteren anderer Herrscher in der ganzen Reihe der Historien, so begreifen wir, weshalb wir zu einer tiefern Theilnahme für ihn nicht gelangen können; ihm fehlt das poetische Gemüth Richards, ihm fehlt die tiefe diplomatische Kunst Heinrichs IV., ihm fehlt die liebenswürdige Treuherzigkeit Heinrichs V. und endlich die furchtbare eiserne Konsequenz Richards III. Selbst Heinrich VI. fordert uns durch die gleichmäßige Sanftmuth seines Wesens in seinem schweren Leiden viel mehr Sympathie ab. Der Kardinal Pandulpho, in seiner schneidigen Energie, kann kaum unsere Theilnahme für das Schicksal des Königs erhöhn; es ist ganz richtig, wenn man auf die poetische Gerechtigkeit hinweist, dafür geltend zu machen, daß Johann weniger an seinem Kampfe mit der Kirche zu Grunde geht,

als vielmehr durch die Unthat gegen den Prinzen Arthur. Gerade diese Gestalt Arthurs, welche in dem Drama so überaus
schön durchgeführt ist, thut unserm Interesse für des Königs
Untergang und für seinen Konflikt mit der Kirche den entschiedensten Eintrag. Auch jener Konflikt mit der Kirche muß vorzugsweise als ein nationaler betrachtet werden, denn der
Widerstand Englands gegen die römische Herrschsucht entsprang
stets mehr noch dem nationalen Unabhängigkeitsgefühl als dem
religiösen Bewußtsein. So wurde auch die kräftigste und an-
ziehendste Gestalt in diesem Stücke, Philipp Faulconbridge, indem er sich dem Uebermuth der Pfaffen energisch entgegen-
stemmt, zugleich der Repräsentant der englischen National-
ehre. Nächst ihm und dem Kardinal Pandulpho tritt noch die
mit großer poetischer Kraft geschilderte Gestalt der Constanze
günstig hervor*); sie und Prinz Arthur sind diejenigen beiden
Figuren im Stücke, welche fast allein unser menschliches Interesse in Anspruch nehmen; und obwohl sie keineswegs den
Schwerpunkt in der Handlung abgeben, so hat doch z. B. die
berühmte Scene Arthurs mit Hubert das Meiste dazu gethan,
daß das Stück ab und zu auf die Bühne gebracht wird. Ge-
schichtskenner finden mit Recht einen Mangel in dem gänzlichen
Uebergehen eines so großen Ereignisses, wie die Verleihung der
Magna Charta war. Wenn Ulrici dagegen einwendet, daß in
der weltgeschichtlichen Lehre, die für Kirche, Adel und Volk in
dem Resultat der Kämpfe gegeben ist, auch der Sinn der
Magna Charta zu finden sei, so mag es freilich Jedem frei stehn,
sich diesen Sinn herauszunehmen; wenn ferner derselbe Aesthetiker bemerkt, Shakespeare's Publikum habe von der Magna
Charta und ihrer Bedeutung auch noch nichts gewußt, so mag
damit der Dichter wohl entschuldigt sein, aber die Dichtung
selbst, oder der bezeichnete Mangel in derselben, wird damit

---

*) In der Constanze findet Gervinus ein „weibliches Seitenstück zu Richard
dem Zweiten". Es gehört dies zu jener Art von Vergleichungen, für welche Gervinus eine besondere Passion hatte; und auch Kreyßig, der solche Ideen von Gervinus
meist gern aufnahm, hat diesen ganz unhaltbaren Vergleich acceptirt. Solche Vergleichungen gehören zwar zu den unschädlicheren, aber auch zu den überflüssigsten
Abschweifungen, denen sich die deutschen Shakespeareästhetiker so gern überlassen.

noch nicht gerechtfertigt. Wie Shakespeare den Stoff behandelt
haben würde, wenn er unmittelbar aus Holinsheds Chronik geschöpft hätte, anstatt aus dem dramatischen Vorbild, ist sehr
fraglich. Doch pflegte er da, wo er nach der Geschichte oder nach
Erzählungen arbeitete, glücklicher in der gesammten Komposition und namentlich in den Abweichungen von dem gegebenen
Stoffe zu sein als dort, wo er bereits fertige dramatische
Dichtungen vor sich hatte, die Bearbeitung des alten König
Lear ausgenommen. Allerdings ist er auch im „König Johann"
bei weitem maßvoller, mit künstlerischerer Ueberlegung verfahren
als der Verfasser des ältern Stückes; aber in den großen
Hauptlinien der Komposition wäre kaum irgendwelche Ver-
besserung zu bezeichnen.

„Heinrich der Achte" erschien zuerst in der Folioausgabe von 1623 unter dem Titel „Die berühmte Geschichte des
Lebens Heinrichs des Achten". Auch über die Entstehungszeit
dieses Stückes hat man vielerlei Untersuchungen angestellt, obwohl kaum bei einem andern Shakespeare'schen Stücke die
Zeugnisse so klar und deutlich sprechen, daß es eine seiner letzten
Arbeiten, wahrscheinlich sogar sein allerletztes Drama war,
denn es wurde im Jahre 1613 neu aufgeführt, und wir haben
nach dieser Zeit keine Nachricht über eine andere seiner dramatischen Dichtungen. Daß wir es hier — so außerhalb der
chronologischen Folge — anreihen, geschieht, um es nicht von
den „Historien" zu trennen.

In einem Briefe (von Th. Lorkin an Sir Th. Puckering)
vom 30. Juni 1613 wird berichtet, daß Heinrich VIII. „am
gestrigen Tage" von Burbadge's Gesellschaft im Globe aufgeführt wurde, wobei das Theater in Brand gerieth und vernichtet wurde. In einem andern Briefe (von Sir Henry Wol-
ton) vom 6. Juli desselben Jahres heißt es bei der Mittheilung
über das Brandunglück: „Die Königlichen Schauspieler führten
ein neues Stück auf mit Namen: Alles ist wahr („a new play,
called All is true"), das einige Hauptscenen aus der Regierung
Heinrichs VIII. darstellte." Daß bei der Aufführung dieses
Stückes der erste Titel „Alles ist wahr" gewesen sein kann,

wird auch durch die im Prolog enthaltene Stelle, in welcher auf
die Wahrheit der Begebenheiten („our chosen truth") hingewiesen ist, ganz wahrscheinlich gemacht. Vom Inhalte des
Stückes ist in jenem zweiten Briefe auch das mit großer Pracht
ausgestattete Maskenfest erwähnt, welches „König Heinrich
im Hause des Kardinals Wolsey veranstaltete", und bei welchem
durch das Abfeuern von Kanonen eben jener Brand des Theaters entstand.

Trotz solcher Zeugnisse wollten verschiedene englische
Herausgeber nicht daran glauben, daß das Stück erst so spät
auf die Bühne kam, und folgerten, daß jenes in den Briefen erwähnte Stück nicht das Shakespeare'sche gewesen sei. So setzte
Malone das Stück bis in das Jahr 1601 zurück, also noch in
die Regierungszeit der Elisabeth. Allerdings kommt in Henslowe's „Diary" ein Drama, das den Kardinal Wolsey behandelte, wiederholt und unter verschiedenen Bezeichnungen („The
rising of Cardinal Wolsey", „Cardinal Wolsey" 2c.) schon in
den Eintragungen aus dem Jahre 1601 vor, und in den
Buchhändler-Registern ist 1605 ein Stück unter der Bezeichnung
„Enterlude of King Henry 8th" eingetragen. Das will aber
bei den auch sonst vorkommenden wiederholten dramatischen
Bearbeitungen historischer Stoffe nichts bedeuten. Wenn man
für eine frühere Zeit der Entstehung geltend machte, daß der
Dichter unter König Jakobs Regierung schwerlich eine „Ver-
herrlichung der Tudors" auf die Bühne gebracht haben würde,
so ist doch wohl kaum anzunehmen, daß mit der Charakteristik
Heinrichs VIII. eine solche „Verherrlichung" beabsichtigt war.
Wenn wir anderseits die Huldigung betrachten, die in diesem
Stücke der Elisabeth, in der letzten Scene bei der Taufe, zu
Theil wird, so ist es gar nicht denkbar, daß eine solche bei Lebzeiten der Herrscherin auf die Bühne gebracht worden. Welcher
Dichter würde dabei wohl die Klage angebracht haben, daß
auch eine solche Herrscherin sterben müsse! So pflegt man
doch nur von einem bereits Verstorbenen zu sprechen. Von den
neuern englischen Herausgebern nehmen denn auch Collier und
Dyce an, daß das Stück „nach dem Tode" der Königin ge-

schrieben sei; für Halliwell aber ist es unzweifelhaft, daß es zu den letzten Stücken Shakespeare's gehöre. Die dafür sprechenden Beweisgründe müssen uns vollkommen genügend sein und werden durch bloße Muthmaßungen nicht entkräftet.

Weniger als alle andern historischen Stücke Shakespeare's kann man dies als ein Drama im strengern Sinne bezeichnen. Die Gelegenheitsarbeit tritt zu sehr hervor, wobei wir die unerwiesene Behauptung, es sei zur Feier der Hochzeit des Pfalzgrafen Friedrich mit der Prinzessin Elisabeth gegeben worden, auf sich beruhen lassen müssen.

Die großen Mängel dieses Stückes sind nicht die eines Jugendwerkes; sie sind vor Allem durch die unglückliche Wahl des Stoffes bedingt, und die Unlust, die den Dichter selbst während der Arbeit befiel, ist unverkennbar. Vielleicht hat Burbadge dem schon vom Theater und von London entfernt lebenden Dichter, der den Plan zu dem Stücke schon früher mochte entworfen haben, das Stück abgenöthigt, um wieder einmal ein Shakespeare'sches Stück zu bringen, und zwar ein solches, dessen Stoff durch die noch so nahen historischen Beziehungen ein besonderes Interesse erregen sollte. Es wäre sonst kaum begreiflich, daß ein Dichter wie Shakespeare seine große Laufbahn mit einem solchen Stücke abschließen sollte: Eine Reihe historischer Scenen, denen jeder ethische Mittelpunkt fehlt, und deren Hauptperson nach verschiedenen unsittlichen Handlungen — vor Allem nach der abscheulichen Verstoßung Katharina's — das Stück als beglückter Vater, mit der Taufe eines Kindes schließt, welches um einige Decennien später eine große Königin ward! Wir haben keine Berechtigung, bei so groben ästhetischen Mängeln die allerdings vorhandenen, im Einzelnen sich zeigenden Schönheiten aufzusuchen. Sehr sonderbar nimmt es sich aus, wie einige Kritiker, wegen dieses Stückes in Verlegenheit, den Widerspruch zu lösen suchen, daß der darin mit allem Glanz umgebene Hauptcharakter als der „Vertheidiger des Glaubens" und als strafender Richter der Willkür erscheint und doch selbst dabei im Grunde ein rechter Lump ist. Wenn man hierin die wunder-

bare Gerechtigkeit des Dichters sehn will, der die Geschichte
nicht vollständig fälschen wollte, so ist damit doch noch keineswegs jener Widerspruch gelöst, daß solch ein makelvoller häß-
licher Charakter zum beglückten Helden eines Drama's gemacht
ist, und dasselbe so abschließt wie hier. Die Lösung dieses Miß-
verhältnisses ist eben nur in der verfehlten Wahl des Stoffes zu
suchen. Schon das Undramatische desselben zeigt, daß der
Dichter hier aus ganz andern Beweggründen schrieb als bei
jenen Historien, mit denen es noch viel weniger als König Johann in innerer Beziehung steht. Ob er von höfischer Seite
oder von der Direktion des Globe zu dem Stücke gedrängt
wurde, mag dahingestellt bleiben; jedenfalls war auch seine
schon erfolgte Trennung vom Theater und sein Leben in stiller
und für die Poesie wenig anregender Häuslichkeit von nach-
theiligem Einflusse auf die dramatische Produktion; denn an
sorgfältiger Ausarbeitung, namentlich des Dialogs, fehlt es
diesem Drama keineswegs.

Shakespeare folgte auch bei dieser Historie hauptsächlich
seinem Gewährsmann Holinshed. Wo er zu Anachronismen
schreitet — wie er z. B. den Tod der Katharina früher erfolgen
läßt als die Vermählung mit Anna Bullen*), wie er ferner
die Anklage Cranmers, welche geschichtlich viel später erfolgte,
hier hereingezogen hat, — da liegen die theatralischen Rücksichten auf der Hand.

*) Nach der Geschichte fand die Krönung Anna's und die Geburt der Elisabeth
im Jahre 1533 statt, der Tod Katharina's erst 1535.

Durch Schönheit zur Vollendung.

Romeo und Julie.

Es ist schon an einer andern Stelle über die Gruppirung der Shakespeare'schen Stücke bemerkt worden, daß wir eine chronologische Ordnung derselben nur unter mancherlei Vorbehalten würden geben können. Wir haben deshalb um so eher alle jene Dramen, deren Stoffe der englischen Geschichte angehören, in dem vorigen Abschnitt als besondere Gruppe besprechen können. Aber selbst in den beiden großen Hälften der als ein Ganzes zu betrachtenden Historienreihe ist der Abstand in der künstlerischen Beherrschung des Stoffes zu groß, als daß in dem dazwischenliegenden Zeitraum außer „König Johann" nicht noch die Erschaffung anderer Werke des Dichters angenommen werden sollte. Nach den zuletzt besprochenen Stücken haben wir deshalb um mehrere Jahre zurückzugreifen, um diejenigen dramatischen Dichtungen zu betrachten, aus denen uns die volle Schönheit des Jugendglanzes der Shakespeare'schen Poesie entgegenstrahlt. Es sind dies zunächst zwei Werke ganz verschiedenen Genre's, deren Entstehungszeit höchst wahrscheinlich zwischen den besprochenen Historien liegt: die Tragödie „Romeo und Julie" und die Märchenkomödie „Ein Sommernachtstraum"*). Als drittes Stück dieser Gruppe möchten wir den „Kaufmann von Venedig" erkannt wissen, dessen Entstehung zwar ein paar Jahre später anzunehmen ist,

---

*) Mit dieser Zusammenstellung der beiden Stücke möchte ich jedoch keineswegs die Ansicht von Gervinus vertreten, der Dichter habe im Sommernachtstraum „ein förmliches Gegenstück zu Romeo und Julie hinstellen wollen". Gerade mit demselben Rechte wie der Sommernachtstraum könnte in der That fast jedes der Lustspiele als ein solches „Gegenstück" gelten.

welcher aber doch noch in den lyrischen Partien durch dieselbe Ueppigkeit der Frühlingsluft und Farbenschönheit entzückt.

Von „Romeo and Juliet" erschien die erste Ausgabe in
Quarto im Jahre 1597, unter der Bezeichnung als „excellent
conceited Tragedie" und mit dem Zusatz, daß dieselbe „oft und
mit großem Beifall durch des Lord Hunsdon Diener*) öffentlich gespielt" worden sei. Eine zweite Quartausgabe vom
Jahre 1599, welche von der erstern vielfach und erheblich abweicht, hat im Titel die geänderte Bezeichnung „The most excellent and lamentable Tragedie", mit dem Zusatz „neuerlich
verbessert, vermehrt und ergänzt". Nach dieser zweiten Ausgabe erschien 1609 noch eine dritte, die nur in den Druckfehlern
von jener abweicht. In allen drei Ausgaben ist kein Autor-
name genannt, und erst in einer vierten, welche ohne Jahres-
zahl erschien, ist auf dem Titel hinzugefügt „Written by
W. Shakespeare".

Mehrere englische Kritiker waren der Ansicht, daß jene
erste Ausgabe den richtigen Shakespeare'schen Text in seiner
ersten Redaktion enthalte, und daß hiernach der Dichter selbst
eine neue Ueberarbeitung vorgenommen habe, die uns durch die
zweite Quartausgabe überliefert ist. Auch in Deutschland hat
diese Auffassung Anhänger gefunden. Der gangbare Text für
alle folgenden Ausgaben ist nun allerdings jene zweite Ausgabe geblieben; die Meinung aber, daß die erste Ausgabe, von
1597, den richtigen Text in einer frühern Form des Stückes gegeben, hat in neuerer Zeit immer mehr der Ansicht Platz gemacht, daß man es auch in diesem Falle, wie bei so vielen
Quartausgaben, nur mit einem korrumpirten und unvollständigen
Texte zu thun habe, während die zweite, für uns maßgebende
Ausgabe eben nur durch die Absicht hervorgerufen wurde, jenem
unrechtmäßigen Drucke den richtigen Text entgegen zu stellen.
In der ersten Folioausgabe ist die Tragödie nach der dritten

*) Diesen Titel führten die „Lord Chamberlain's Servants", wie Malone
bemerkt, nur einige Monate von 1596 zu 1597. In den spätern Ausgaben der Tragödie wird die Truppe des Globetheaters als die des Lord-Kanzlers und später
als des Königs bezeichnet.

Quarto gedruckt, mit verbesserter Interpunktion und genauern Bühnenanweisungen.

Ueber die Entstehungszeit dieser Tragödie läßt sich nur muthmaßen, daß diese zwischen 1591 und 1594 zu suchen ist. Aus einer Bemerkung der Amme, es wären jetzt „elf Jahre seit dem Erdbeben", hat man einen bestimmtern Anhaltpunkt gewinnen wollen und, da im Jahre 1580 in England ein Erdbeben stattfand, danach das Jahr 1591 für die Abfassung des Stückes angenommen. Sehr zuverlässig sind aber bei Shakespeare derlei Merkzeichen niemals. Malone, Collier u. A. neigen sich denn auch einer spätern Zeit (bis 1596) zu, während Dyce wenigstens die Anfänge des Stückes in das Jahr 1591 setzen will. Für eine verhältnißmäßig frühe Zeit sprechen die sehr häufigen gereimten Verse, die im Wechseldialog so zahlreich angebrachten Antithesen u. s. w. Andererseits läßt die hochvollendete Behandlung des Stoffes vermuthen, daß die Arbeit — wenn auch der jugendlichern Periode des Dichters, — so doch wenigstens der vollsten Entwickelung derselben angehört.

Wenn Shakespeare hierbei allerdings seiner nächsten Quelle sehr viel zu verdanken hat, so lassen doch daneben auch gerade diejenigen Momente, in denen er von der Quelle abweicht, sein außerordentliches Genie erkennen. Jene nächste Quelle sind nicht die italienischen Bearbeitungen des Stoffes, von Luigi da Porto, Bandello und mehreren Andern, sondern sie ist vielmehr in einem umfangreichen englischen Gedichte ganz deutlich zu ersehn, und wir werden dasselbe, zur bessern Beurtheilung des Shakespeare'schen Drama's, besonders genau zu betrachten haben.

Dieses Gedicht, von Arthur Brooke*), erschien im Jahre 1562 unter dem Titel: „The tragicall historye of Romeus and Juliet, written first in Italian by Bandell, and nowe in Englishe by Ar. Br.". Wie sehr der Verfasser, welcher hier selbst

---

*) Dasselbe wurde zuerst von Malone mitgetheilt, nach einem defecten Exemplar, an welchem das Vorwort fehlte. So steht es in den Ausgaben von Johnson und Steevens abgedruckt, bis 1810 ein anderes, vollständiges Exemplar (mit dem Vorwort) aufgefunden wurde.

auf die italienische Quelle hinweist, den von den Italienern ge=
gebenen Stoff durch die genaueſten Details in der Schilderung
erweiterte, möge man ſchon aus der Thatſache erkennen, daß
Brooke's Gedicht den vollen Umfang einer fünfaktigen Tragödie
hat; es zählt über 2800 ſehr lange Verſe (in genauer Ab=
wechſelung zwölf= und vierzehnſilbige). Ehe wir jedoch dies
intereſſante Gedicht in ſeinem Inhalte näher betrachten, werden
wir die italieniſchen Quellen von der früheſten Spur ihrer
Entſtehung aufſuchen und in ihren weſentlichſten Momenten
charakteriſiren.

Die erſte Form der Geſchichte von Romeo und Julie
müſſen wir in der Darſtellung erkennen, welche wir von Ma-
ſuccio im Jahre 1476 — alſo lange vor Luigi da Porto und
Bandello — von einer in Siena geſchehenen Begebenheit er=
halten haben*), und welche, wenn auch unter andern Namen
der Perſonen und der Oertlichkeiten, doch in den Hauptzügen
ſchon das Schickſal der berühmten Liebenden enthält. Mariotto
Mignanelli und Gianozza ſind heimlich durch einen Mönch
vermählt. Da Mariotto Jemand im Streite tödtet, wird er
verbannt; während er ſich in Aleſſandria befindet, ſoll Gia=
nozza gezwungen werden, mit einem Andern ſich zu verbinden.
Es folgt die Geſchichte mit dem Schlaftrunk auf den Rath des
Mönches; der Bote aber, welcher nach Aleſſandria gehen ſoll,
um Gianozza zu unterrichten, wird unterwegs von Korſaren
gefangen genommen, ſo daß Mariotto nur den Tod der Gattin
erfährt. Von dieſer Wendung an iſt der Schluß von den ſpä=
tern Darſtellungen abweichend: Mariotto, welcher nach Siena
zurückgekehrt iſt, wird beim Oeffnen der Gruft ertappt und
zum Tode verurtheilt. Gianozza erwacht hierauf und
reiſt, ohne von dem Vorfall etwas zu wiſſen, nach Aleſſandria,

---

*) Francis Douce, in ſeinen „Illustrations of Shakespeare" (London 1807),
hat zwar auf eine noch frühere Spur hingewieſen, die er in einem mittelgriechiſchen
Roman des Xenophon Epheſius zu erkennen glaubte, in den Liebesabenteuern des
Habrokomas und der Anthia. Da aber das einzig Uebereinſtimmende darin der
Schlaftrunk iſt, welchen die Heldin anſtatt des von ihr verlangten Giftes erhält,
während alle andern Umſtände von der Geſchichte Julia's völlig abweichend ſind, ſo
können wir der Entdeckung keine Bedeutung für unſern Zweck beilegen.

wo sie, anstatt ihren Gatten zu treffen, von seiner Reise nach
Siena Kenntniß erhält. Da sie in Siena wieder eintrifft,
findet sie Mariotto bereits hingerichtet, und sie selbst
wird an seiner Leiche durch den Schmerz getödtet.

Hiernach hatte schon Luigi da Porto die Geschichte nach
Verona verlegt und ihr den seitdem so populär gewordenen
Ausgang gegeben. In Luigi's Novelle sind ferner schon
folgende Umstände enthalten: die Feindseligkeiten der Cappel=
letti und Montecchi; das Zusammentreffen Romeo's mit Julie
auf dem Ballfeste bei Antonio Cappelletti; die heimliche Ver=
mählung Beider durch den Mönch, Bruder Lorenzo; der neu
entbrannte Kampf der beiden Parteien, wobei Romeo „seiner
Frau wegen" sich durchaus friedlich verhielt, endlich aber, zur
Wuth gereizt, den Tebaldo niederstreckte; Romeo's Verbannung;
Zusammenkunft bei dem Mönche; seine Entfernung nach Man=
tua; des Grafen Lodrone Heirathsantrag und Juliens Ver=
zweiflung; die versuchte Rettung durch den Schlaftrunk u. s. w.
bis zum Schlusse. Romeo, welcher in Juliens Gruft ge=
drungen ist, nimmt Gift, worauf Julie erwacht und ihm das un=
selige Mißverständniß aufklärt. Nachdem Romeo gestorben,
tödtet sich Julie dadurch, daß sie den Athem anhält. Die
Feinde umarmen sich bei den Leichen ihrer Kinder; der Bericht=
erstatter schließt die Geschichte mit einer Verherrlichung der
„treuen Liebe" Julia's und vergleicht dieselbe mit der Unbestän=
bigkeit der jetzigen Frauen.

Luigi da Porto's Novelle, 1524 geschrieben, erschien im
Druck 1535 unter dem Titel „La Giulietta". Hiernach erzählte
sie Bandello (1554) in etwas eingehenderer Weise, mit einigen
entschiedenen Verbesserungen in der Darstellung, aber ohne er=
hebliche Abweichungen oder Zuthaten. Während bei Luigi von
Romeo's erster Liebe (Rosalinde) nicht weiter die Rede ist, als
daß es heißt, er ging auf das Fest „einer Geliebten wegen", hat
Bandello diese erste Liebe schon ausführlicher beschrieben; diese
unglückliche Liebe treibt Romeo zu dem Entschluß, Verona zu
verlassen, was ihm aber „sein Gefährte" ausredet. Nach
Romeo's Verbannung will Julie (bei Bandello) ihm als Page

folgen; Romeo aber hält sie davon zurück, indem er hofft, das
harte Urtheil würde bald aufgehoben werden.   Auch später,
als Julia sich vermählen soll und durch ihre Weigerung den
unmäßigen Zorn ihres Vaters erregt, will sie aus Verona
fliehn, wird aber durch Lorenzo's Vorstellungen der damit ver-
bundenen Gefahren davon zurückgehalten. Nachdem sie das
Pulver genommen, erklären die herbeigerufenen Aerzte, daß sie
aus Gram gestorben sei; und endlich bei ihrem wirklichen Tode,
an der Leiche des in ihren Armen gestorbenen Romeo, in hef-
tigem Schmerz und Gram um ihn, „hauchte sie, ohne ein Wort
zu sagen, die Seele aus".

In der italienischen Literatur ist die Geschichte, noch vor
Arth. Brooke, in Form eines Gedichtes bearbeitet; es erschien
1553 — also noch ein Jahr vor Bandello — unter dem Titel
„L'Infelice Amore dei due Fedelissimi Amanti Giulia e Romeo, scritto in Ottave rima da Clitia, nobile Veronesa". Die
Darstellung stimmt mit der Novelle überein und ist keineswegs
umständlicher gegeben.   Die schon nach Luigi da Porto berichtete Todesart Juliens ist auch hier acceptirt; indem Julie Mund
und Nase fest schloß, beraubte sie sich alles Athems und starb.

Aber auch schon als Drama ist die Geschichte vor Shakespeare im Italienischen behandelt worden.   Luigi da Groto,
mit dem Beinamen „der Blinde von Adria", berichtet selbst, daß
sein Drama — „La Hadriana" (erschien erst 1586, nach andrer
Angabe schon 1578) im Drucke — sich auf die alten Chroniken
des Landes gründe.   In seinem Stücke aber ist es die Prinzessin von Adria, welche den Latinus liebt, den Sohn des
bittersten Feindes ihres Vaters, der ihr sogar ihren eigenen
Bruder erschlagen hat.   Ob Shakespeare dies italienische
Stück gekannt habe, ist sehr fraglich.   Die geschwätzige Amme
und andere Uebereinstimmungen sind auch in Shakespeare's
notorischer Quelle, in Brooke's Gedicht enthalten.   Brooke
selbst berichtet in dem sonderbaren Vorwort zu seinem Gedicht,
daß er denselben Gegenstand „kürzlich auf der Bühne" habe
vorstellen sehn.   Da dies 1562 geschrieben ist, so müßte das
italienische Stück, wenn dieses damit gemeint sein sollte, lange

vor seiner Veröffentlichung durch den Druck auf die Bühne ge-
kommen sein; und es wäre dann nicht undenkbar, daß es
italienische Schauspieler nach England gebracht haben*). Letz-
teres könnte freilich auch noch später, da Shakespeare bereits in
London war, der Fall gewesen sein. Doch sind dies Alles
Fragen, welche für uns keinerlei Bedeutung haben, da uns ja
Shakespeare's unzweifelhafte und sehr reichhaltige Quelle in dem
Brooke'schen Gedicht gegeben ist.

Man hat in Italien bekanntlich die Geschichte von Romeo
und Julia auf eine wahre Begebenheit zurückführen wollen und
sogar das Grabdenkmal gezeigt, welches den Liebenden in
Verona errichtet worden. In entschiedenem Widerspruch damit
steht nun schon der Umstand, daß in der hier erwähnten ältesten
Erzählung, von Masuccio, die Geschichte aus einer andern
Stadt und von andern Personen berichtet worden. Trotzdem
ist auch in der „Geschichte Verona's" von Girolamo della
Corte, welche 1594 erschien, der Begebenheit historische Wahrheit beigelegt worden, obschon della Corte seinen Bericht ganz
zuverlässig nur nach Bandello machte, aus dessen Darstellung
einzelne Partien, so z. B. bei der ersten Begegnung der Liebenden und bei Tebaldo's Tod durch Romeo, wörtlich von dem
Geschichtschreiber aufgenommen wurden.

Nachdem wir die verschiedenen Darstellungen der Geschichte, wie sie in der italienischen Literatur von Masuccio
bis auf den Geschichtschreiber Verona's vorkommen, in ihren
wesentlichen Uebereinstimmungen und Unterscheidungen charakterisirt haben, fassen wir das unmittelbare Vorbild für Shakespeare's Drama, das im Jahre 1562 erschienene Gedicht, näher
ins Auge.

Der tragicall historye of Romeus and Juliet von Arthur

---

*) Schon Dunlop in seiner „Geschichte der Prosadichtungen" hat auf dieses
italienische Drama, das dem Shakespeare'schen vorausging, aufmerksam gemacht.
Klein, welcher neuerdings in seiner „Geschichte des italienischen Dramas" (2. Bd.
1867) den Inhalt ausführlicher berichtet, kann auch nur von der „Möglichkeit"
sprechen, daß das von Brooke erwähnte Stück eine Nachbildung von Groto's „Hadriana" gewesen sei, oder gar das italienische Stück selber war. — Dunlop bezeichnet
Luigi da Groto als „einen der frühesten romantischen Dichter Italiens".

Brooke ist zunächst, außer dem Vorwort, ein „Argument"
(in Sonettenform) vorausgeschickt, in welchem, wie im Prolog
zu Shakespeare's Tragödie, der Inhalt in Kürze angegeben ist.
Das Gedicht selber beginnt mit einer Schilderung der Herrlichkeiten Verona's und der Feindschaft, in welcher daselbst die bei=
den alten Familien der „Capulets" und „Montagues" lebten.
Einer der schönsten Jünglinge Verona's, aus dem Hause der
Montagues, entbrannte in heftiger Liebe zu einer schönen
Jungfrau; der Name Rosalinde's ist im Gedicht noch nicht genannt, doch Romeo's ganzes Schmachten zu ihr, wie wir's im
Anfange der Tragödie erfahren, umständlich geschildert. Romeo,
um vor dieser unglücklichen Liebe sich zu retten, beschloß endlich,
Verona zu verlassen. Da kam das große Fest bei Capulet, und
Romeo wurde durch den Rath seiner Freunde bestimmt, dasselbe
zu besuchen. Er wurde zwar als ein Montague erkannt, doch
beschlossen die Capulets, in Anbetracht seiner Jugend und daß
er ein einzelner Mann war, nicht feindselig gegen ihn zu verfahren. Unter allen strahlenden Schönheiten des Festes erscheint eine Jungfrau, bei deren Anblick Romeo seine frühere
Liebe plötzlich vergißt; und wie sein Blick von ihrer Schönheit
gefesselt ist, so hat auch gleichzeitig Julia ihr Herz dem Jünglinge ganz zugewandt. Während des Tanzes gestaltete sich's,
daß sie Beide nebeneinander zu sitzen kamen, während an der
andern Seite Juliens ein gewisser Mercutio zu sitzen kam,
ein höchst geachteter und beliebter Jüngling, der nur die Eigenheit hatte, daß seine Hände stets kalt wie Eis waren*). Mercutio nun ergriff die rechte Hand Juliens, während Romeo sie
bei der linken Hand nahm. Nachdem Julie „mit zitternder
Stimme und verschämter Miene" Romeo begrüßt und seine
Ankunft gesegnet, wird ein Gespräch zwischen ihnen geführt,

---

*) Die „kalte Hand" Mercutio's ist schon von beiden italienischen Novellisten
erwähnt. Luigi da Porto nennt ihn Marcutio Guercio; Bandello bezeichnet ihn
als „Marcutio der Schielende", schildert seinen stets geweckten Witz und seine kalten
Hände, welche zunächst die Veranlassung sind, daß Julia bei Romeo's Ankunft ihre
Freudigkeit äußert. Wie bei den Italienern, so ist auch in Brooke's Gedicht nach
Schilderung dieser Situation im weitern Verlauf von Mercutio gar keine
Rede mehr.

das erst durch die Beendigung des Fackeltanzes unterbrochen
wird, worauf sie schnell einander ihre Liebe gestehn und sich
trennen, wobei „ein Jeder des Andern Herz mit sich nimmt und
sein eigenes dafür zurückläßt". Gleich darauf erfährt erst
Romeo, daß Julie eine Capulet und die Tochter des Gast-
gebers ist. Mehr als bei der Schilderung dieser ersten Begegnung ist Shakespeare dem Berichte Brooke's, der auch hierin
sich an Bandello schließt, in der Darstellung gefolgt, wie Julie
durch die an die Amme gerichteten Fragen erfährt, wer ihr
Geliebter sei, daß er ein Montague, mit Namen Romeus. O,
ruft Julie, —

Welch ein Geschick ward mir, des Vaters Feind zu lieben,
Bin müde ich des Glücks und fühl' zum Unheil mich getrieben!

Juliens Betrachtungen über ihre Lage sind hier im Gedichte
sehr weitläufig. Endlich, nach allen Erwägungen, welche ihr
schlaflose Nächte bereiten, kommt sie zu der Ueberzeugung,
sie könne keinem Andern als Romeo angehören, und schließt
diese Reflektionen mit der Hoffnung:

Vielleicht ist dieser Bund vom Schicksal uns beschieden,
Daß unsre Häuser er vereint zum lang gewünschten Frieden.

Es ist wohl zu beachten, daß bei Shakespeare erst der Bruder
Lorenzo diese Hoffnung auf das Bündniß setzt, und daß er
hierin, abweichend von Brooke, mit Bandello übereinstimmt.

Beide haben sich wiederholt gesehn und begrüßt, aber nur
verstohlner Weise; weshalb Romeo beschließt, eine Begegnung
bei Nachtzeit herbeizuführen. Nachdem Julie ihn schon lange
vermißt hat und um seine Abwesenheit sich grämt, verläßt sie
eines Nachts ihr Lager und geht ans Fenster, als sie auch gleich
zu ihrer großen Freude den Geliebten erblickt. Sie hält ihm
zuerst die Gefahr vor, in die er sich begeben, da seine Todfeinde,
Juliens Vettern, ihn hier finden könnten u. . w. Im Laufe der
Unterredung ermahnt auch hier Julia den Geliebten, nur in
Ehrbarkeit um sie zu frein; wünsche er, daß eine Vermählung
das Ende sein solle, so werde sie ihm angehören u. s. w. Endlich schließt die Unterredung damit, daß Romeo ihr meldet, er

werde den Bruder Lorenzo aufsuchen, um bei ihm sich Raths
zu erholen.

Nachdem nun vom Bruder Lorenzo umständlich Bericht gegeben ist, von seiner Gelehrtheit, seiner Freundschaft für Romeo
u. s. w., kommt dieser zu ihm. Lorenzo warnt ihn vor den Gefahren, die aber Romeo nicht kennen will. Endlich fordert Lorenzo für sich einen Tag Bedenkzeit. Unterdessen hat Julia
ihre Amme ins Vertrauen gezogen. Erwähnt wird diese Amme
und ihre Vermittlerrolle auch bereits von Bandello. In
Brooke's Schilderung finden wir jedoch bereits eine ziemlich
ausführliche Vorarbeit für das köstliche Porträt, welches Shakespeare von ihr gibt. Als sie zu Romeo gegangen und von
diesem die Mittheilung für Julie erhalten hat, daß sie am
nächsten Sonnabend beim Pater mit einander verbunden werden
sollen, ruft die Amme:

Herr Gott, was seid ihr doch verschmitzt, ihr jungen Leute,
Die Mutter macht ihr blind, daß euch die Tochter werd' zur Beute.
Im Schein der Heiligkeit ist es gar leicht vollbracht,
Die Mutter zu betrügen, die gar fern ist von Verdacht.
Wenn ihr nicht selber mir erstattet den Bericht,
Bei meiner Seel', so alt ich bin, ich glaubte es noch nicht.
Mit Julien laßt mich nun die weitern Mittel wählen;
Wohl findet sich für sie ein Grund, vom Haus sich wegzustehlen.
Ihr goldnes Haar hat sie schon lang nicht mehr gekämmt,
Und überließ in Träumen sich der Lust ganz ungehemmt.
Von Euch nur ganz erfüllt ist das verliebte Kind,
Und denkt an Dinge jeder Zeit, die sehr zu tadeln sind.
Ich weiß, die Mutter sagt in keinem Falle Nein,
Verlaßt Euch d'rauf, sie stellt gewiß sich Samstag pünktlich ein.

Drauf schwört sie ihm, wie sehr die Mutter ihr gewogen,
Und wie sie selber säugend hab' das Kindlein aufgezogen.
So schwatzt' sie fort: Wie lieb war sie, da sie noch klein;
Wie konnte doch der kleine Balg früh plappern schon und schrein.
Wie oft, auf meinem Schooß, hob ich ihr's Röckchen auf
Und klopft' den kleinen Hintern ihr und küßt' sie dann darauf.

Der Dichter knüpft dann an das weitere Geschwätz der Amme
noch allgemeine Betrachtungen über die Redseligkeit derartiger

alten Weiber; und da die Amme sechs goldene Kronen von ihm zum Lohn erhält, fängt sie ihre Schwätzereien, indem sie sich preisend über ihn ergeht, von Neuem an.

Die Trauung der beiden Liebenden erfolgt durch den Pater Lorenzo; Romeo's nächtlicher Besuch mittelst der Strickleiter und die erste glückliche Vereinigung ist dann mit größter Umständlichkeit beschrieben.

Ein paar Monate darauf stieß ein Trupp junger Leute aus dem Hause der Capulets auf einige der Montagues. Thybalt, ein Vetter Juliens, begann auf der Seite der Capulets sogleich mit Ungestüm den Streit mit seinen Gegnern. Da Mercutio's Rolle mit der vorher erwähnten Ballscene bei Brooke schon zu Ende ging, fehlt auch hier seine Mitwirkung. Romeo kommt, wie im Drama, erst während des Streites der Andern hinzu, um zu schlichten. Thybalt führt sogleich einen wüthenden Stoß gegen Romeo, der sich aber dagegen geschützt hat und darauf zu Thybalt spricht:

Du thust mir Unrecht, denn ich will die Streitenden nur trennen,
u. s. w.

Als aber Thybalt trotzdem einen zweiten wüthenden Angriff auf Romeo machte, griff dieser zur Wehr und streckte Thybalt todt nieder. Die Capulets forderten nunmehr vom Prinzen für Thybalt den Tod Romeo's, der aber, da er der Angegriffene war, nur mit der Verbannung bestraft ward. Juliens Empfindungen bei der Situation, ihr getheilter Schmerz um Thybalt und um Romeo ist hier noch viel ausführlicher geschildert als bei Shakespeare. Noch größere Uebereinstimmung zwischen beiden Dichtungen ist dann in der Scene, da Romeo beim Bruder Lorenzo sich in unbändigster Weise seinem Schmerz und seinem Zorn gegen das feindliche Geschick überläßt, und Lorenzo seiner thörichten Wuth mit strenger Mahnung sich entgegenstellt:

Bist du ein Mann, sagt er, dein Ansehn spricht dafür,
An deinem Schrein und Weinen seh' ich nur ein Weib in dir
Vernunft, wie sie dem Mann geziemt, ist dir entschwunden,
Von Laune und von Leidenschaft ward ganz sie überwunden.

Nachdem der Mönch durch längere eindringliche Ermahnungen

den Verzweifelnden wieder aufgerichtet hat, gibt er ihm den
Rath, in Mantua zu harren, bis vielleicht durch günstigere Umstände eine Aenderung seiner Lage bewirkt werden könnte. Aber
eine vorherige letzte Zusammenkunft mit Julie wird noch vom
Mönch veranstaltet. Auch aus dieser nächtlichen Zusammenkunft werden uns sehr lange Gespräche der beiden Liebenden
berichtet, bis endlich „im fernsten Ost" der Morgenstern er-
glänzt, und bald darauf „Aurora mit ihrem bleichen Silberschein
den Himmel klärt und die Schatten von der Erde vertreibt".

Als nun Julia allein ihrem Schmerz sich hingab, hatte sie
bald die Aufmerksamkeit ihrer Eltern erregt, welche jedoch ihre
Trauer nur auf den Vetter Tybalt bezogen. Man erwog nun,
daß es gut wäre, sie bald zu verheirathen; und als dies bekannt geworden, stellte sich unter Andern auch Graf Paris als
Freier ein, der den Capulets sehr wohl gefiel. Julia's Gang
zum Bruder Lorenzo, von diesem Rath und Rettung erflehend,
der Plan mit dem Schlaftrunk, Julia's äußerliche Ergebung
ihren Eltern gegenüber, dies Alles — schon von den italienischen
Novellisten vorgezeichnet — ist hier in den genauesten Details
berichtet. Endlich, in der Nacht vor dem bestimmten Hochzeits-
tage, hatte Julia die Amme, unter dem Vorwand, diese Nacht
allein im Gebet zubringen zu wollen, aus ihrem Zimmer fern
gehalten. Hier, in ihrer Ueberlegung des Vorhabens, kommt
ihr der Gedanke, daß sie zu früh im Grabgewölbe erwachen
könnte. Diese schon von Bandello kurz angedeutete Situation
ist von Brooke so eingehend geschildert, daß Shakespeare in dem
Monolog Juliens dem Gedichte Zug für Zug folgen konnte.
Wie aber schon in Bandello's Darstellung am Schlusse dieser
Erwägungen aller möglichen Schrecknisse der Heroismus Juliens
viel großartiger hervortritt als in dem Gedichte, wo Julie, durch
die furchtbare Erhitzung ihrer Phantasie schon fast sinnlos, aus
Furcht, sie möchte wieder schwach werden, plötzlich in Hast den
schrecklichen Trank nimmt, — so hat auch Shakespeare mit
tiefem poetischen Blick auf die siegreiche und alle furchtbaren
Vorstellungen überwindende Gewalt der Liebe den Hauptaccent gelegt.

Es folgt nun in dem Gedichte noch die umständliche Beschreibung des Jammers der Eltern und des Bräutigams. In dem Berichte über das Verfehlen der an Romeo gesandten Botschaft Lorenzo's ist Brooke der Angabe Bandello's gefolgt, indem der Bote durch die in einem Kloster herrschende Pest verhindert wird, seinen Auftrag auszuführen. Wie Romeo von dem armen Apotheker für reichen Lohn Gift erhält u. s. w. ist hier mit Shakespeare's Darstellung übereinstimmend. Auch die wichtigste Abweichung von den italienischen Novellisten, daß Romeo im Grabgewölbe, nachdem er das Gift genommen, noch vor dem Erwachen Julia's stirbt, ist bereits bei Brooke enthalten; auch hier erwacht Julia erst, nachdem der Bruder Lorenzo und Romeo's Diener in das Gewölbe eingedrungen sind und den todten Romeo gefunden haben*). Als Julia erwacht, Licht und Menschen in dem Gewölbe vor sich sieht, glaubt sie erst, daß sie träume, oder daß sie Geister sehe.

Doch da sie zu sich kam, sprach sie zum Mönche so:
„Seid ihr es, heil'ger Vater, und wo ist mein Romeo?"
Auch alles Weitere, die Aufklärung des tragischen Irrthums, Lorenzo's Flucht aus dem Gewölbe, Julia's Tod — den sie sich mit dem Dolche Romeo's gibt, — ferner wie Lorenzo und der Diener Peter von den Wächtern auf dem Kirchhof gefunden und festgenommen werden, das Verhör derselben vor dem Prinzen, welches jedoch erst am andern Tage erfolgt, ebenso wie die Versöhnung der Capulets und Montagues, — das Alles ist aufs ausführlichste von Brooke erzählt, welcher hierauf Nachricht von dem Grabmal gibt, das den Liebenden errichtet wurde; dann schließt er die Dichtung:

Kein würd'ger's Monument man in Verona schaut,
Als was daselbst für Romeo und Julien ward erbaut.

Zwischen diesem Gedichte Brooke's und der Shakespeare'schen Tragödie liegt noch eine englische Bearbeitung des Stoffes,

---

*) Diese Abweichung findet sich auch schon in Boisteau's französischer Bearbeitung des Stoffes und ist sonderbarer Weise auch in della Corte's Darstellung (Geschichte Verona's) übergegangen. — In späterer Zeit sind sowohl die englischen wie mehrere deutsche Bearbeiter der Tragödie von der so wohlthuenden Aenderung abgewichen und haben die letzte Marter aus der italienischen Novelle wieder hergestellt.

die dem Dichter nicht unbekannt sein konnte, nämlich: die fünf-
undzwanzigste Novelle in Painters „Palace of Pleasure", erschienen 1567.　Painters Novellensammlung enthält die Geschichte unter dem Titel: „The goodly hystoriy of the true, and
constant love betweene Rhomeo and Julietta, tho one of whom
died of poyson, and the other of sorrow, and heviness etc.".
Painters Geschichte ist eine Prosabearbeitung nach dem Französischen des Boisteau in dessen „Histoires tragiques extraites
des oeuvres italiennes du Bandel"*).　Obwohl Shakespeare hauptsächlich das Brooke'sche Gedicht benutzte, so nahm er doch auch
aus Painter ein paar Züge auf, die zum Theil eigne Zuthaten
desselben sind, zum Theil auch Bandello angehören und in
Brooke's Gedicht nicht zu finden sind.

Es gibt nur wenig Shakespeare'sche Stücke, in denen er so
viel Stoffliches seiner Quelle entnommen hat wie bei Romeo
und Julie.　Dieser Umstand, wie auch die Thatsache, daß die
Geschichte der Liebenden bereits vor ihm eine ungewöhnliche
Popularität erlangt hatte, zeigt aufs klarste, wie es dem großen
Dramatiker weniger darauf ankommen konnte, durch die Intrigue selbst zu spannen und zu überraschen, als vielmehr durch
neue und selbständige Behandlung des Stoffes, durch psychologische Vertiefung des gegebenen Vorwurfs demselben ein
tieferes Interesse zu verleihen.　Abgesehn von dem poetischen
Glanze, den er der Tragik dieser Liebesgeschichte zu verleihen
wußte, und von der scharfen Individualisirung der ihm in
allgemeinern Umrissen vorgezeichnet gewesenen Personen,
haben wir als seine durchaus selbständige Erfindung zu erkennen: die Gestalt Mercutio's und die bedeutsame Antheil-
nahme des Grafen Paris an der Handlung**).　Was Mercutio
betrifft, so liegt es auf der Hand, daß der Dichter hier ursprünglich nur die Absicht hatte, in das tragische Gemälde eine Figur

---

*) Boisteau's Geschichte erschien 1564; in Halliwells Shakespeareausgabe
(Bd. 13) sind beide Bearbeitungen, von Boisteau und von Painter, abgedruckt.
　**) Ulrici zählt auch die Amme zu den „eigenen Erfindungen" Shakespeare's.
Man mag aus den von uns mitgetheilten Proben, die sich auf die Amme beziehen,
über die Berechtigung dieses Ausspruchs selbst urtheilen.

zu bringen, welche die Zuhörer durch einige Scherze erheitert, wie dies ja auch das Amt der Amme sein sollte. Wie der Dichter aber bei dieser mit jedem humoristischen Zuge auch die Tiefe größter Lebenswahrheit trifft, so hat sich ihm auch Mercutio, von welchem ihm durch seine Vorgänger nur die „kalten Hände" gereicht waren, zu einem seiner liebenswürdigsten Humoristen gestaltet. Wie dieser Mercutio die unselige Händelsucht der Parteien in eigener Person so anziehend parodirt, ist nicht minder kunstvoll behandelt als die Art, wie er in das tragische Verhängniß Romeo's eingreift, und wie er auch im Momente seines Todes über die zu Ende gehende Posse dieses Lebens sich hinwegschwingt. Für das Charakterbild der Amme hatte Shakespeare, wie wir gesehn, das sehr geschwätzige und für ihre Rolle der Vermittlerin eifrigst beflissene Weib durch Brooke ziemlich ausführlich vorgezeichnet erhalten. Wie sie aber auf dem Höhepunkte der tragischen Spannung von Julia völlig geschieden wird, das ist einer jener großen Züge, die nur Shakespeare eigen sind. In Tybalt findet Mercutio sein Gegenstück; Beide sind die recht eigentlichen Vertreter der Streitsucht. Wie diese Leidenschaft aber bei Mercutio aus einer überkräftigen Natur, aus einer frischen fröhlichen Thatenlust entspringt, so sehn wir in dem schwarzgallichten Tybalt nur die finstre Seite des blinden Hasses; er ist es denn auch, der die Hauptschuld der unheilverbreitenden, in Rohheit und Beschränktheit wurzelnden Leidenschaft zu vertreten hat. Ganz anders ist der alte Capulet behandelt; er gehört zu jenen gemischten Charakteren, die in der dramatischen Dichtung ein ganz besonders individuelles Leben erhalten. Weit davon entfernt, ein eiserner Charakter zu sein, ist er gänzlich abhängig von dem Steigen und Sinken seines vorzugsweise cholerischen Temperaments.

Eine sehr eigenthümliche Rolle in dem Stück spielt der Bruder Lorenzo. Indem er einerseits die Handlung mit Betrachtungen begleitet, die ihm zuweilen die Bedeutung des moralisirenden Chors der Tragödie geben, ist anderseits doch gerade Er derjenige, durch dessen beabsichtigtes Rettungsmittel

der tragische Ausgang veranlaßt wird, so daß er selbst am
Schlusse, mit all seiner Weisheit und Berechnung, sich einer
höhern Macht beugen muß, gegen welche — wie er selbst sagt
— jeder Widerspruch ohnmächtig ist. Die Rücksicht auf diese
schließliche Erkenntniß war es wohl hauptsächlich, welche den
Dichter bestimmte, in diesem Lorenzo mehr den Philosophen,
den Weltweisen hervorzuheben als den frommen Bruder, —
abgesehn von der trefflichen Motivirung, die gleich bei seiner
ersten Einführung die Naturwissenschaft für die spätere Verab-
folgung des Schlaftrunkes gibt. Nicht minder bedeutungsvoll
ist es, daß gerade Er, der bis dahin mit einer Art höherer
Weisheit und Moral über der Situation stand, von dem Moment an, wo alle seine Weisheit zu Schanden wird, ganz als der
schwache Mensch dasteht, der in der Bestürzung über das Ereigniß selbst Julia allein an dem Schreckensort zurückläßt.

Unter denjenigen Partien aber, durch welche Shakespeare
die Handlung selbst bereichert hat, darf wohl dem Erscheinen
des Grafen Paris im Grabgewölbe und seinem Tode daselbst die größte Bedeutung beigemessen werden. In keiner
der Vorarbeiten für Shakespeare's Tragödie ist davon auch nur
eine Andeutung enthalten, wie überhaupt Paris, oder Graf
Lodrone, in allen vorausgegangenen Darstellungen als eine an sich
völlig gleichgültige Person nur eingeführt ist, um den Anstoß
zu der Katastrophe zu geben. Wie Shakespeare ihn schon früher
erscheinen läßt, um sein wichtiges Eingreifen in die Handlung
vorzubereiten, so hat er auch für den weitern Verlauf der Tragödie der Gestalt dieses liebenswürdigen Jünglings die zarteste
Behandlung angedeihn lassen; und es ist dies schon deshalb
von großer Wichtigkeit, weil Julia einem weniger würdigen
Freier gegenüber an ihrem Heroismus nur einbüßen könnte.
Graf Paris gehört in der That zu den feinern Naturen in dem Stück,
und er hebt sich von dem rauhen Hintergrunde nicht minder
wohlthuend ab als die Liebe des tragischen Paares selbst.
Welchen hohen Werth der Dichter auf diese Gestalt legte, geht
schon daraus hervor, daß er ihn würdig erachtete, mit seinem
Herzblut auch seinen Antheil an der letzten Verherrlichung

Julia's zu nehmen und gleich Romeo an ihrer Seite zu liegen. Daß der Dichter mit der Herbeiführung dieses Momentes das tragische Mitgefühl für Romeo bei seinem Ende noch mit einem Andern theilen läßt, ist zugleich eine Kühnheit, welche nur bei einem Genie wie Shakespeare von günstigem Erfolg begleitet sein konnte. Zur Verherrlichung Julia's aber bildet die Opferung des Paris in ihrer Gruft einen der sinnigsten und herrlichsten Züge der Dichtung.

Außer diesen so wichtigen Ergänzungen der Handlung haben wir noch eine Unterscheidung zwischen der Tragödie und den ihr vorangegangenen Dichtungen hervorzuheben, die für den innersten Kern unsers Trauerspiels von höchster Wichtigkeit ist: die Verkürzung des Zeitraums, innerhalb dessen die tragische Geschichte sich abspielt. In allen Novellen und ältern Dichtungen, die diesen Stoff behandeln, liegt zwischen der ersten Begegnung Romeo's mit Julien und ihrer Vereinigung eine lange Reihe von Tagen, die durch ihr Schmachten nach dem Geliebten und durch Romeo's oft wiederholte Versuche, sie ungestört sprechen zu können, ausgefüllt werden. Daß der dramatische Dichter nicht so viel Zeit mit dem Entstehen und Wachsen der Leidenschaft verlieren konnte, war ihm schon durch die scenische Form geboten. Indem er aber hier, durch diese Rücksicht auf die technische Behandlung zu der Einschränkung genöthigt wurde, gab er auch zugleich der Leidenschaft jene überstürzende Heftigkeit, die den tragischen Verlauf schon in sich trägt. Bei ihm ist die erste Berührung Beider, ihre aufflammende Leidenschaft und äußerste Entschlossenheit in Eine Situation zusammengedrängt, und dem entsprechend ist das Tempo aller daraus sich folgernden Schritte. Julie selbst ist von dieser überstürmischen Raschheit beängstigt, wie sie es in jenem wundervollen Zwiegespräch im Garten gesteht, indem sie diesen Herzensbund mit der Schnelligkeit des Blitzes vergleicht. Und nicht allein durch diese Vorahnung Julia's, sondern auch durch den Bruder Lorenzo wird auf den Sinn der Tragödie hingedeutet, wenn er zu Romeo ganz ausdrücklich warnend spricht:

So wilde Freude nimmt ein wildes Ende
Und stirbt in ihrem Rausch, wie Feu'r und Pulver
Im Kusse sich verzehrt.

Was brauchen wir da noch nach einer andern „tragischen Schuld"
zu suchen? Für diese berauschende Fülle der Poesie konnte die
bürgerliche Hausmoral schwerlich ausreichen: daß Julie ihrer
Leidenschaft im Widerspruche mit dem Willen der Eltern u. s. w.
sich hingab, — wie dies z. B. in dem Vorwort zu Brooke's
Gedicht mit den allerstärksten Ausdrücken des Tadels hervorgehoben ist*). Ganz anders ist in den wenigen Zeilen des
Prologs zur Shakespeare'schen Tragödie der Sinn derselben
angedeutet, wenn es daselbst heißt, wie nach „dem trauervollen
Laufe ihrer todgeweihten (death-marked) Liebe sie mit ihrem
unglücklichen Ende der Väter Haß und Hader begruben". Abgesehn aber von dem ganz besonders beschaffenen Boden der
rauhen Sitte und des Hasses, aus welchem diese Liebe entkeimte,
ist dieselbe auch durch ein paar besondere Züge trefflich vorbereitet. Unmittelbar vor der ersten Begegnung Julia's mit
Romeo wird ihr der Wunsch ihrer Eltern, sich zu vermählen,
und die Werbung des Grafen Paris mitgetheilt. Es wird
damit zum ersten Male an ihr kindliches Herz die Frage der
Liebe gerichtet, und ihre Antwort gibt kindlichen Gehorsam,
aber doch auch einen bestimmten Willen zu erkennen. Daß der
Dichter uns dies Herz, kurz vor der darin auflodernden Liebe,
in seiner Keuschheit zeigt, gibt auch der Heftigkeit und unbegrenz-
ten Rücksichtslosigkeit der Liebe Julia's, die nur aus so
gänzlicher Naivetät entspringen konnte, ihre sittliche Größe.

Anders mußte der Moment bei dem M a n n e, bei Romeo
vorbereitet werden. Ihn sehn wir zuerst von einer Schwär-

---

*) Nach einigen allgemeinen moralisirenden Worten wird in diesem Vorwort
auf das abschreckende Beispiel dieser Liebenden hingewiesen, „die sich unehrbarer
Begierde überlassen, Autorität und Rath der Eltern und Freunde mißachten, alte
Klatschweiber und abergläubische Mönche zu ihren Vertrauten machen, den ehrbaren
Namen der gesetzlichen Ehe mißbrauchen" u. s. w. „und schließlich durch ihr unehr-
bares Leben zu einem höchst unglücklichen Tode eilen".
Dieser lächerliche Ton in dem Vorwort stimmt übrigens zu der Auffassung, die
wir aus dem Gedichte selbst empfangen müssen, so wenig, daß man beinahe schließen
möchte, daß jenes Vorwort nicht den Dichter selbst zum Verfasser gehabt habe.

merci für eine stolze Schöne ergriffen, und es ist ganz ersichtlich,
daß er in diesem krankhaften Zustand sich gefällt; Shakespeare
hat ein ähnliches Spielen mit der Leidenschaft der Liebe späterhin in einem Lustspiel behandelt, in dem Verhältniß des Grafen
Orsino zur Olivia in „Was ihr wollt". Dort wie hier hat er
diese Art von Schwärmerei als eine Fiktion behandelt, die sofort
vor dem Reize schöner Wirklichkeit entweicht und dem richtigen
Gegenstande gegenüber zur wirklichen Liebe sich wandelt. Die
wahrhafte echte Liebe ist dem Dichter nur unter der Vorbedin-
gung der Gegenseitigkeit gestattet; wo die Liebe einseitig sich
äußert, gilt sie ihm als ein ungesunder Zustand. Romeo selbst
schildert diese verirrte Leidenschaft:

> Lieb' ist ein Rauch, den Seufzerdämpf' erzeugten,
> Geschürt, ein Feu'r, von dem die Augen leuchten,
> Gequält, ein Meer von Thränen angeschwellt;
> Was ist sie sonst? Verständ'ge Raserei,
> Und eine Gall' und süße Spezerei!

Mit gutem Vorbedacht hat Shakespeare diese Leidenschaft Romeo's zu Rosalinden nicht gar so knapp, als etwas Nebensäch-
liches behandelt, sondern seinen Zustand sehr eingehend geschildert. Die Brust dieses kaum gereiften Jünglings mußte
erst von jener sentimentalen Schwärmerei durchackert werden,
— damit seine Jugendlichkeit um so schneller zu der Mannhaftigkeit reise, die von ihm für die große Aufgabe seines Herzens
gefordert werden mußte. So sehn wir ihn denn auch bei der
ersten Begegnung mit Julia schnell umgewandelt und in dem
Zauber der Liebe gleichgestimmter Seelen die jugendlich
frische Spannkraft seiner Männlichkeit wieder erlangen, welche
nur noch einmal, bei der ersten herben Prüfung seines Liebes-
glückes, einem unbändigen, wilden Trotze zu weichen droht.

Wie die Lokalität, die heiße Luft Italiens, von starkem
Einfluß auf die schnell entzündlichen Leidenschaften ist, so sind
es auch die gesellschaftlichen Verhältnisse, denen diese unbezwingliche Liebe entwächst. In dem allgemeinen wirren Knäuel tob-
süchtiger Feindseligkeiten wären auch diese bessern Naturen als
Theile der wüsten Masse zu Grunde gegangen, wenn das Ge-

schick sie nicht zusammengeführt und von dem Kampfplatz
niederer Leidenschaften emporgehoben hätte, und nach dieser
Loslösung steht auch der bessere Theil sogleich der Blindheit
und dem zerstörenden Wahnwitz des Hasses im Kampfe gegenüber. Diese Nichtachtung aller Gefahren, diese Entschlossenheit
für jedes Opfer, das ihre Liebe fordert, erhebt auch die beiden
Liebenden sogleich über alle Zweifel an ihrem Recht und an der
Sittlichkeit ihres Kampfes. Gleich nach der ersten Begegnung
erfahren sie von einander, wer sie sind, und in welcher gefahr-
vollen Situation sie sich befinden. Aber weder ihm, noch ihr
kommt auch nur einen Augenblick der Gedanke, daß die ihnen
feindseligen Verhältnisse sie zum Entsagen ihrer Liebe ver-
anlassen könnten. Nichts kommt ihnen so wenig in den Sinn
wie dies, und Jedes ist auch sogleich entschlossen, den feindlichen
Gewalten die Stirn zu bieten. Wenn sie an der überstürzenden
Heftigkeit ihrer Liebe zu Grunde gehn, so ist das zugleich ihre
Schuld und ihre Schönheit. Indem wir namentlich bei Julien
die Leidenschaft der Liebe, ganz ausschließlich auf ihre eigene
Kraft angewiesen, sich in ihrer Unmittelbarkeit so rücksichtslos
gegen die sie umdämmernden Verhältnisse empören sehn, so
erhält diese Schuld auch zugleich ihre tragische Verklärung durch
die Energie, mit welcher sie das Recht ihrer Liebe geltend
macht, in der freudigen Tapferkeit, mit der sie für ihre
Liebe Alles zu opfern, Alles zu wagen entschlossen ist. Und wie
sie diesen Kampf schon für ihre Liebe aufnimmt, so führt sie ihn
mit noch großartigerm Heroismus für ihre Ehre fort, da sie
den furchtbarsten Schrecknissen, die ihre Phantasie sich vorhalten
kann, mit Festigkeit entgegengeht, um „des süßen Gatten
reines Weib zu bleiben". Als die eigentliche Heldin der
Tragödie haben wir denn auch Julie zu erblicken, so menschlich
schön und so psychologisch wahr auch Romeo in allen Phasen
seines Schicksalsganges entwickelt ist. Während wir bei Julie
stets heroische Entschlossenheit zu bewundern haben, zeigt Romeo
mehr das Ueberstürzende seiner stürmischen Leidenschaft. Dennoch
weist er in diesem hastigen Vorwärtsdringen sehr bezeichnend
schon im Vorgefühl des höchsten Glückes auf den Sinn des vor-

zeitigen Endes hin, wenn er dem Lorenzo — auf dessen an den
Himmel gerichtete Bitte um Fernhalten des Kummers künftiger
Tage — erwiedert:

> Der Kummer bringe, was er nur vermag,
> Wiegt er doch nicht des Glückes Seligkeit
> Von einer flüchtigen Minute auf!

Daß er vor seinem Ende noch genöthigt ward, wider seinen
Willen Denjenigen zu tödten, der der unschuldige Anlaß für die
tragische Katastrophe ward, zeigt ihn uns wieder in einer ähn-
lichen Lage wie dem herausfordernden Tybalt gegenüber. Des
Paris Tod aber ist — wie wir schon andeuteten — ein schöner
Schmuck für Julia's Grab. Ist es doch, als ob alle Liebe,
der wir in der Tragödie begegneten, in dem engen Raum dieser
Gruft vereinigt werden sollte.

Für das Maß der tragischen Schuld, das die Untergehenden trifft, entspricht „Romeo und Julie" dem Sinn des Tragischen in der höchstvollkommensten Weise, — um so mehr, da
der Dichter dem sterbenden Romeo die Marter ersparte, durch
Julia's Erwachen seine Uebereilung noch zu erkennen. Die
Liebe triumphirt in dem körperlichen Untergang der Liebenden.
Und wir werden um so versöhnter auf die Trauerstätte blicken,
wenn wir uns dabei erinnern, mit wie vollen Zügen sie auch den
Becher ihrer Glückseligkeit ausgetrunken. Kam es darauf
an, daß sie recht lange daran nippten? Sie leerten ihn schnell,
im Uebermaß der Wonne, und im vollen Genusse ihrer Liebes-
opfer stiegen sie in die Todtengruft, — den Haß beschämend
und vernichtend.

Ein Sommernachtstraum.

„A Midsommer nights dreame", so lautet der Titel dieser
Komödie in den beiden Quartausgaben, welche im Jahre 1600
bei verschiedenen Buchdruckern erschienen. Die zweite Ausgabe,
von Roberts, wird nur als ein Nachdruck der erstern, von

Th. Fisher, bezeichnet, in welchem aber Druckfehler der andern Ausgabe verbessert sind. Die erste, Fisher'sche Ausgabe wird jedoch trotz des fehlerhaften Druckes für den korrektesten Text gehalten, den wir überhaupt besitzen, und es steht daher zu vermuthen, daß ihm das Manuskript des Autors zu Grunde lag. Die Folio weicht nur in Kleinigkeiten von derselben ab.

Daß der „Sommernachtstraum" schon um einige Jahre vor dem Erscheinen der ersten Quartausgabe geschrieben und auf die Bühne gekommen war, ist schon dadurch bewiesen, daß er bereits von Meres 1598 unter den Shakespeare'schen Komödien genannt ist. Malone setzt das Stück in das Jahr 1592, Halliwell nimmt 1594 an. Diejenigen, welche es noch später ansetzen, gehen davon aus, daß es als Gelegenheitsstück zur Hochzeit des Lord Southampton geschrieben wurde, was aber durch nichts erwiesen ist. Ebenso wenig haltbar ist der neuerdings versuchte Nachweis, daß es nicht zu Southamptons, sondern zu des Grafen Essex Hochzeit geschrieben sei, also schon 1590 entstanden wäre. Aber sowohl Southamptons als Essex' Hochzeit fand heimlich — ohne Wissen der Königin Elisabeth — statt. Ist es denkbar, daß für eine heimliche Vermählung so komplicirte Feierlichkeiten wie eine derartige theatralische Darstellung vorbereitet wurden? Dennoch hat die Ansicht, daß der Sommernachtstraum schon 1590 für die Vermählung des Essex geschrieben worden, neuerdings wieder in H. Kurz (Shakespeare-Jahrbuch) einen sehr scharfsinnigen Vertheidiger gefunden. Derselbe läßt sich in dem Entdeckungseifer sogar zu der Annahme verleiten: daß das Verlieben der Titania in einen Eselskopf eine im Einverständnisse mit Essex hineingebrachte boshafte Anspielung auf die Königin (!) und ihren Günstling Raleigh war; denn Spenser hatte vorher (in seiner Fairy Queen) in übermäßiger Schmeichelei die Königin Elisabeth für die Feenkönigin erklärt. Daß nun deshalb diese grobe Schmeichelei von allen nachfolgenden Dichtern acceptirt worden sei, ist freilich eine sehr kühne Folgerung. Und wenn wir auch annehmen wollten, daß Shakespeare's Absicht einer derartigen (wenn auch nicht für die Ohren der Königin bestimmten)

Beleidigung wirklich vorhanden war, was nebenbei undenkbar, — was sollte dann hart daneben wohl die thatsächlich
in dem Stück enthaltene Schmeichelei auf die Königin, die
„hohe Vestalin im Westen thronend", für eine Wirkung haben?
Bei allem Forscherfleiße unseres trefflichen Literators haben ihn
diese Bemühungen denn doch wohl etwas zu weit geführt. Was
soll aber alles wirklich vorhandene Beweismaterial noch für
einen Werth haben, wenn H. Kurz, um seine eigenen Bedenken
gegen die von ihm verfochtene Annahme zu beschwichtigen, erklärt, daß der Dichter bei der scheinbaren Schmeichelei auf die
jungfräuliche Königin sich alles mögliche Andere, d. h. Gegen-
theilige gedacht haben möge!

Jene Stelle in der Komödie, in welcher Oberon den Puck
zum Herbeiholen der Blume „Lieb' im Müßiggang" auffordert
und ihm die Situation beschreibt, in der das Zauberblümchen
entstand, hat übrigens schon früher zu den eingehendsten Untersuchungen und complicirtesten Auslegungen geführt. Wer die
Stelle (in der 1. Scene des 2. Aktes), welche neben ihrer sehr
sinnreichen Beziehung auch ein wundervoll poetisches Bild enthält, unbefangen liest, wird in der „im Westen thronenden
königlichen Priesterin", die von dem Pfeile Cupido's unberührt
blieb, die Beziehung auf Elisabeth leicht erkennen. Nun sollten
aber auch für die „Sirene, die ein Delphin trug", für den ge-
rüsteten Cupido und auch für das durch den Pfeil getroffne
Blümchen geeignete Persönlichkeiten gefunden werden, und dies
Bedürfniß hatte schon im Jahre 1843 eine eigene Schrift
„Oberons Vision" von Halpin hervorgerufen; danach sollte sich
das Ganze auf eine Festlichkeit im Schlosse Kenilworth im Jahre
1575 (also als Shakespeare ein Knabe war) beziehen und außer
auf die Königin auch noch auf Leicester und auf Lettice Knolly's,
die Mutter des Essex, gemünzt sein. Sehr richtig bemerkt
A. Schmidt in seiner Einleitung zu dem Stücke, daß dergleichen Deutungen mindestens überflüssig seien, wenn eine
Dichterstelle hinlängliches Licht durch sich selbst erhält.

Eine andere Anspielung enthält die Dichtung im letzten
Akte, in dem für die Hochzeitsfestlichkeiten entworfenen Pro-

gramm, welches Theseus liest, und worin er u. A. eine „beißende
Satire" verzeichnet findet: „Die neun Musen, trauernd um den
Tod der jüngst im Bettelstand verstorbenen Gelahrtheit". Da
Spensers Gedicht „Die Thränen der Musen" (man vergleiche
darüber die Stelle im ersten Abschnitt unseres Buchs) 1591 im
Druck erschienen war, so ließe sich auch hieraus entnehmen, daß
Shakespeare's Komödie wenigstens nicht lange nachher ent-
standen ist. Einigen Anhalt für die Zeitbestimmung gibt uns
auch wohl die Stelle Titania's (bei ihrer ersten Begegnung mit
Oberon), in welcher sie von der Verrückung der Jahreszeiten.
von den Regenströmen und dem unzeitigen Frost, der die
Sommerknospen trifft u. s. w., wie von einer abnormen Natur-
erscheinung spricht, indem man nämlich ganz ähnliche Berichte
über den Sommer des Jahres 1594 gefunden hat, und Titania's
Schilderung, ohne solche bestimmte Beziehung, keine Nothwendigkeit weiter für die dramatische Situation wäre; im
Gegentheil, in dem ganzen weitern Inhalt der Waldkomödie
kommt die laue Sommernacht zu ihrem vollsten Rechte. Daß
endlich in „Romeo und Julie" Mercutio's Erzählung von der
„Queen Mab" eine ganz für sich bestehende Dialogepisode ist,
läßt darauf schließen, daß der Dichter schon während jener
Tragödie sich mit der Poesie der Elfenwelt beschäftigte und
durch dieselbe sich in hohem Grade angeregt fand. Wir werden
daher kaum fehlgreifen, wenn wir für beide Stücke („Romeo
und Julie" und „Sommernachtstraum") die Jahre 1593 und
1594 annehmen.

Erzählungen von dem neckischen Kobold Robin Goodfellow sind schon in einem 1584 erschienenen Buche „Discoveries of Witchcraft" erwähnt. Nash, in seinen „Terrors of
the Night", aus dem Jahre 1594, bemerkt, daß „die Robin
Goodfellows, Elfen, Feen, Hobgoblins unsers Zeitalters" die
meisten ihrer lustigen Streiche (merry prankes) in der Nacht
thaten. In Tarltons schon einige Jahre früher erschienenen
„Newes out of Purgatory" wird ebenfalls von Robin Goodfellow erzählt, daß er wegen seiner „tollen lustigen Streiche"
(mad merry prankes) berühmt war. Wir können hiernach

annehmen, daß das Volksbuch „Robin Goodfellow, his mad Prankes and merry jests", von welchem nur ein Druck von 1628 vorliegt, schon v o r dem Sommernachtstraum erschienen war, oder die ältern volksthümlichen Traditionen über den Spuk- geist zusammengefaßt hatte. Nash erwähnt von den Streichen dieser Kobolde u. A. auch, daß sie die Mädchen im Schlafe kneipen, weil sie das Haus nicht rein gekehrt, daß sie die Wan- derer von ihren Wegen abbringen, und dergl. mehr. Was die Gestalt des O b e r o n betrifft, so war sie ebenfalls schon durch die französische Literatur eingeführt gewesen*).

Für die andern Theile der Handlung hat man auch in C h a u c e r s „The Knights Tale" eine Art von Vorbild finden wollen. Die Aehnlichkeit beruht aber auf weiter nichts, als daß zwei Jünglinge aus Eifersucht zu einem Duell schreiten, und daß sie dasselbe in einem Walde, wo sie sich bei einer Maienandacht treffen, verabreden. Alles Andere in Chaucers Erzählung hat mit Shakespeare's Komödie g a r n i c h t s zu thun. In einer andern Erzählung Chaucers ist auch die Legende von Pyramus und Thisbe behandelt, dieselbe war aber ohnedies durch Ovid bekannt genug geworden.

Wenn man also keine weitern Quellenspuren zu ent- decken vermag als die hier angedeuteten, so müssen wir den „Sommernachtstraum" als ein durchaus eigenes Phantasie- gebilde des Dichters ansehn, und zwar als ein so eigenthüm- liches, daß wir weder bei Shakespeare selbst, noch sonst wo etwas ihm Vergleichbares finden: denn in der andern Komödie des Dichters, in der er uns in die Märchenwelt führt, im „Sturm", überläßt er sich keineswegs so ganz der muntern Laune und ausschweifenden Phantasie wie hier; auch finden wir dort nicht das tolle Durcheinander realer Lebensverhältnisse mit dem luftigsten Geisterspuk, diese übermüthige Vermischung fern- liegender Begriffe und Zeiten.

Wie man für „Romeo und Julie", will man von der Macht dieser Tragödie sich durchdringen lassen, durchaus sein

---

*) Der Roman von H u o n v o n B o r d e a u x, in welchem Oberon (Auberon) erscheint, wurde 1579 von Lord Bernes ins Englische übersetzt.

Herz den Eindrücken der Schönheit und Jugend öffnen muß,
so wird man zum „Verständniß“ dieser Märchenkomödie nur
gelangen, wenn man ohne alle Skrupel der Phantasie des
Dichters folgt, jener Phantasie, die nicht nach dem Warum
fragt, sondern ihr berechtigtes Dasein hat im blauen Aether, im
goldenen Sonnenschein oder im milden Mondeslicht.

So sehn wir den in seinen realistischen Gestalten so unvergleichlichen Dichter, den Dichter voll höchster Lebensweisheit,
der alle Seiten, alle Stimmungen und Triebe im Menschen-
herzen kannte, — so sehn wir hier denselben Dichter Phantasiegebilde vor uns hinzaubern, deren lustige Erscheinungen an
uns wie heitere Träume vorüberziehn und ebenso als die hei-
terste und zugleich lieblichste Phantasmagorie verschwinden.
Seine gewaltige Macht, den Menschen, wie er ist, in vollendeter
Wahrheit vor uns zu enthüllen, übt er hier nur vorübergehend,
wo's ihm gefällt und in den Plan des Märchens paßt; im
Uebrigen wirft er diese Macht mit liebenswürdigem Muthwillen
bei Seite, und flüstert uns, indem er uns träumen läßt, nur zuweilen mit schalkhaftem Lächeln zu: „Auch hier ist immer noch ein
Stückchen Lebenswahrheit.“ So hält er weder an einem bestimmten Zeitkostüm fest, — denn die Gestalten der griechischen
Mythe vermischt er mit dem mittelalterlichen Elfenspuk, — noch
verfährt er logisch nach den einmal gegebenen Voraussetzungen
für das Märchenhafte, denn die Sterblichen sehn und wissen
nichts von den Streichen, welche die Kobolde mit ihnen spielen,
und doch sehn wir die Wirkungen dieser Zaubereien. In dieser
durchaus eigenthümlichen Verbindung der verschiedenen Elemente haben wir hier ganz besonders die poetische Kraft und die
kunstvolle Hand des Dichters zu bewundern, und in diesen Be-
rührungen der geheimnißvollen Mächte, welche den Menschen,
um die sie ihre Ketten schlingen, selbst unbekannt zu sein
scheinen, könnten wir zuweilen des Dichters scharfen Blick für
Welt und Menschen erkennen, wenn er nicht selbst uns so tän-
delnd darüber hinwegführte, daß wir nie im Stande sind, die
Erscheinungen der Zauberwelt und der Wirklichkeit zu unterscheiden. Daher die Form — des Traumes, die er dem

Ganzen gab, und an die er selbst mehrmals ausdrücklich
erinnert; nicht eine eigentliche Zauberkomödie, sondern eine
Traumkomödie ist es, in der uns hie und da der Eindruck
der Wahrheit frappirt (es sei hier nur an den so köstlich nach
dem Leben geschilderten künstlerischen Drang des guten Zettel
erinnert!), während doch Alles ungreifbar und traumhaft
ineinander und durcheinander schwirrt. Bezüglich der Mitwirkung der Elfen (von Alf, Alp) hat man dabei noch wohl zu
beachten, daß sie in dem alten Volksglauben als Bringer der
Träume galten. Die Handlung hat drei verschiedene Bestandtheile: die Hochzeit des Theseus und der Hippolyta mit den
damit in Verbindung gebrachten Mißhelligkeiten unter den
beiden Liebespaaren; zweitens die lächerlichen Bemühungen der
guten Handwerker, um für die fürstliche Hochzeit eine Komödie
zu Stande zu bringen; und drittens der Zwist im Elfenreiche
zwischen Oberon und Titania, mit den Koboldsschwänken
des Puck. Diese drei Bestandtheile der Handlung gehn wie
drei Linien genau nebeneinander fort, und doch — diese enorme
Kunst des Dichters muß ganz besonders hervorgehoben werden
— kommen sie mit einander in Verbindung, nicht nur in äußerliche Berührung, sondern in recht innerliche Verbindung. Man
gehe nur von dem Zwiespalt aus, der gleich im ersten Akt vor
dem Herzog zur Sprache kommt. Finden wir hier in den
Herzenswirren bei den beiden Paaren, — Lysander und Hermia,
Demetrius und Helena, — die spätern Schwänke der Elfen
nicht schon vorbereitet? Bei der unberechenbaren und launen-
vollen Liebesgewalt, wie sie im ersten Akte in dem Wankelmuth
und der wechselnden Leidenschaft des Demetrius, wie auch in
der unzerstörbaren Anhänglichkeit der Helena an den sie schroff
zurückstoßenden Mann sich uns zeigt, spielt schon der unsichtbare
Kobold Amor mit. Ist es nicht bei den Herzensverwirrungen,
die dieser anrichtet, oft genug so, als ob die Menschen von
sinnverwirrenden Zauberkräutern genossen hätten? Aber nicht
genug damit; es muß auch noch die Kunst der Elfen aufgeboten
werden, um jene Lächerlichkeiten der Menschen erst recht zu beleuchten. Es ist deshalb ganz bezeichnend, daß Puck einmal in

seiner Herzensfreude über die angerichtete Verwirrung ausruft:
„O, die tollen Sterblichen!", wörtlich: „Herr, was für Narren
sind doch diese Sterblichen!" Puck denkt also ja doch hierbei
weniger an die Wirkung seines Spukes, als an das spaßhafte
Wesen dieser Menschen mit ihren wandelbaren Leidenschaften.
Wenn uns daher später jene Menschen durch das Eingreifen ge-
heimnißvoller Mächte aus den Fugen ihres natürlichen Daseins
gebracht zu sein scheinen, so ist dies doch eben nur scheinbar
der Fall, und wir erkennen hiernach leicht, wie jene Herzens-
verzauberungen in diesem Sinn die Bedeutung einer lustigen
Karikatur der Wirklichkeit haben; und die Elfenkönigin selbst,
mit ihrer kläglichen Verzauberung, wird für diese Satire in
Mitleidenschaft gezogen.

Auf jenen Theil der Handlung fällt denn auch das Haupt-
gewicht der Satire sowohl wie der Karikatur. Denn die guten
Handwerker, die nur so nebenbei mit der Pritsche Schläge be-
kommen, geberden sich ganz so natürlich komisch, wie es aus dem
Zwiespalt ihrer Standesbildung mit den ihre Kräfte weit über-
steigenden künstlerischen Unternehmungen sich ergeben muß, —
wobei man jedoch den sehr geringen Bildungsgrad in diesem
Stande zur Shakespeare'schen Zeit (denn von Athenischen
Handwerkern kann hier nicht die Rede sein) zu beachten hat.
Wenn wir in der Geschichte der zwei Athenischen Liebespaare
den eigentlichen Stamm, die Grundlinie der Handlung in dieser
Komödie erkennen müssen, deren Humor nur durch das Mit-
spielen der Elfenwelt gewissermaßen transparent erscheint, so
sehn wir in den beiden Seitenhandlungen einerseits der Elfen
und andererseits der Handwerker, wie hier der Humor in der Be-
rührung beider Theile und in der durch diese Berührung erst
recht stark hervortretenden Gegensätzlichkeit, der lustigsten
Elfenpoesie zu dem stärksten Realismus, kulminirt. Die
Spitze dieser Satire liegt hier, auf Seiten der Elfen, in der
Verzauberung der armen Titania, die für ihre Liebe zu dem
Mohrenkind so arg bestraft wird, daß sie in ihrer Liebe zu den
Sterblichen in Zettels Eselsgestalt das höchste Ideal zu er-
kennen meint. Und auch Zettel, der mit seinen unzureichenden

Dädalusflügeln am kühnsten zu den Idealen der Kunst strebt, ist auch derjenige unter den Handwerkern, mit dem der Koboldshumor am muthwilligsten sein Spiel treibt, — ohne daß es jedoch dem braven Gesellen schadet, denn die Elfen sind ein gutartiges Völkchen. Zettel, als er aus seiner Verzauberung erwacht, glaubt geträumt zu haben, ohne daß er Worte für die Beschreibung dieser Traumgestalt finden kann; und auch Lysander und Demetrius, da sie von den Jagdhörnern erweckt werden, können sich aus den verwirrenden Traumerscheinungen beim Erwachen noch kaum zurecht finden. Selbst die süße kleine Titania, diese wie aus Blüthenduft und Mondeslicht gewebte verkörperte Poesie, blickt mit Entsetzen auf das häßliche Bild, das sie — in traumhaftem Wahn befangen — in ihren Armen hielt.

Mit der Lerche Morgensang und mit dem Erwachen der Sterblichen huschen die Elfen hinweg aus dem Reich der Träume, um nur noch einmal, nachdem die derbe Burleske der Handwerkerkomödie vorüber ist, und der Schlaf sich aufs Neue auf die Augen senkt, im Palaste des Theseus zu erscheinen und den verbündeten Paaren allen den Segen zuzusprechen, über den die Elfen — ganz nach den Gebilden des Volksglaubens — zu verfügen haben.

Nur Puck, der eigentliche Schalk unter den Elfen, fühlt sein Gewissen zu sehr beschwert, als daß er nicht noch zum Schlusse mit einer captatio benevolentiae von den verehrlichen Zuschauern sich verabschieden sollte, indem er Alles, was geschah, auch nur eben mit den Traumgesichten entschuldigen kann. Diese Traumgesichte haben uns aber nicht nur die Schwänke des lustigen Kobolds gezeigt, sondern sie zauberten uns auch in eine ungreifbare poetische Welt, wie sie das dichterische Wort nie süßer und anmuthiger geschildert hat.

Der Kaufmann von Venedig.

„Die vortreffliche Historie vom Kaufmann von
Venedig. Mit der außerordentlichen (extreme) Grausamkeit
des Juden Shylock gegen den erwähnten Kaufmann, von
welchem er ein richtiges Pfund seines Fleisches schneiden will.
Und die Erlangung Portia's, durch die Wahl von drei
Kästchen. Geschrieben von W. Shakespeare."

So lautete der vollständige Titel dieses Stückes in der
ersten Ausgabe, welche im Jahre 1600 in Quarto erschien.
Unter demselben Titel, nur mit dem Zusatze, daß es „zu verschiedenen Malen von des Lord-Kämmerers Dienern" aufgeführt
worden, wurde es in demselben Jahre von einem andern Buch-
drucker veröffentlicht. Die erstgenannte Ausgabe wird in der
Cambridge-Edition als die zuverlässigste bezeichnet.

Auch diese Komödie, eines der glänzendsten Werke des
Dichters, ist schon von Meres 1598 genannt, und die Entstehung wird nicht viel weiter zurückzudatiren sein. Diejenigen
Kritiker, welche das Stück bereits in das Jahr 1594 setzen
wollten, gingen dabei von der Annahme aus, daß ein in Hens-
lowe's Tagebuch in jenem Jahre eingetragenes Stück, unter
der Bezeichnung der „Venetianischen Komödie" (The Venesyan
Comedy), mit dem Shakespeare'schen Stücke identisch sei. Die
Annahme ist aber sehr gewagt, da einzig die Nennung Venedigs
hierfür um so weniger ausreicht, als von jeher die Person des
Juden in diesem Stücke in den Vordergrund trat; es ist während und nach Shakespeare's Zeit häufiger nach der Person des
Juden als unter dem uns überlieferten Titel bezeichnet worden.
So auch findet es sich schon 1598 in den Buchhändlerregistern
eingetragen unter dem Titel: „The Marchant of Venyce, or
otherwise called the Jewe of Venyce".

Die Geschichte der Fabel, welche Shakespeare in dieser
Komödie behandelte, ist eine ebenso komplicirte und weitver-
zweigte wie bei Romeo und Julie. Ob er eine dramatische Be-

handlung derfelben fchon als Vorbild hatte, wiffen wir nicht. Stephen Goffon in feiner mehr erwähnten „School of Abuse", vom Jahre 1579, befpricht zwar bereits ein Drama „The Jew", in welchem „die Habgier weltlicher Wähler und der blutige Sinn der Wucherer" gefchildert fei. Es ift aber bisher nichts von einem folchen Stüde entdeckt worden, und wir haben deshalb die Quelle nur in jenen Erzählungen zu fuchen, die den Stoff am eingehendften behandeln, und unter diefen nimmt die italienifche Novelle in Fiorentini's „Pecorone" den erften Plat ein. Den Urfprung der Gefchichte von der Verpfändung des Pfundes Fleifch will man im Morgenländifchen vermuthen, und auch die Käftchenwahl kommt, in freilich fehr abweichendem Sinne, in mehreren lateinifchen Gefchichtenfammlungen des Mittelalters vor. Für unfern Zweck brauchen wir auf jenes allmähliche Entftehen der Fabel nicht näher einzugehn; nur fei hier erwähnt, daß Fiorentini den Stoff aus den Gestis Romanorum nahm, ihn jedoch fehr reich ausfchmückte und theilweife umgeftaltete*). Die Abweichungen Fiorentini's von der Erzählung der „Gesta Romanorum" beftehn hauptfächlich darin, daß in diefen der Freier das Geld nicht erft durch Vermittelung eines Freundes erhält, und deshalb felbft fein Fleifch zur Buße fett; ferner, daß der Mann, von dem er es borgt, hier noch nicht als Jude, fondern fchlechtweg als „Kaufmann" bezeichnet wird**). Die Art, wie die Jungfrau, die er mit dem Geld erworben, ihn zweimal durch eine Lift täufcht, kommt für uns nicht in Betracht, da Shakefpeare in diefem Punkte auch von Fiorentini abweichen mußte. Bei diefem ift die Portia Shakefpeare's eine verführerifche Sirene, die — eine Art von Turandot — die Bewerber um ihren Befit anlockt, und

*) Fiorentini's Novellencyklus „Il Pecorone" (Der Schafskopf) war fchon 1378 begonnen, erfchien jedoch erft 1558 zu Mailand im Drucke. Die Gefchichte, welche Gr. Leti, der Biograph des Papftes Sixtus V., erzählt, kann hier am wenigften in Betracht kommen, da fie aus viel neuerer Zeit ftammt als Fiorentini's Novelle.

**) Eine intereffante Verdeutfchung der Gefchichte, aus dem Jahre 1538, wird von Efchenburg im Anhang zu deffen Ueberfetzung des „Kaufmanns von Venedig" mitgetheilt. Die Gefchichte ift dort betitelt: „Von der tochter Lucii des kehfers, die mit irer weißheyt den Ritter errelt vom gericht". Die Dame, nach welcher der Ritter trachtet, ift nämlich die Tochter des „gewaltigen Kaifers zu Rom".

sie zu verderben, und endlich, nachdem sie zweimal den Jüngling (Giannetto) betrogen und um Hab und Gut gebracht hat,
das dritte Mal von ihm selbst hintergangen wird und dadurch
in seinen Besitz gelangt. Dieser Giannetto (in Fiorentini's Erzählung) erhält die Mittel zur Reise nicht von einem Freunde,
sondern von seinem Pflegevater (Ansaldo), der den Jüngling
unendlich liebt und ihn, nachdem dieser schon zweimal eine
reiche Schiffsladung durch das Mißglücken seiner Gunst-
bewerbung (deren Art dort dem Charakter der italienischen
Novellen jener Richtung entspricht) verloren hat, ihn auch zum
dritten Male ausstattet. Für die zehntausend Dukaten, die er
dazu von einem Juden zu borgen hat, geht er mit diesem den
Vertrag ein, daß der Jude, falls Ansaldo am bestimmten Tage
nicht zahlen könne, das Recht haben soll, ihm „ein Pfund Fleisch
aus seinem Leibe, beliebig wo" zu nehmen. Als der Verfalltag
vorüber war, verweigerte der Jude Annahme aller ihm ge-
botenen Summen, weil er — wie es bei Fiorentini ausdrücklich
heißt, „nach dem Morde trachtete, um sich rühmen zu können,
daß der größte Kaufmann der Christenheit durch ihn den Tod
erlitten habe". Portia's Verkleidung als Rechtsgelehrter, Antonio's Rettung durch ihren Richterspruch und die ganze
Neckerei mit dem Ringe ist bei Fiorentini enthalten, nur mit
dem Unterschied, daß dort der junge Rechtsgelehrte (die Dame
von Belmont) nicht im Auftrage des vom Senat befragten
Dr. Bellario, sondern aus freiem Antrieb in Venedig erscheint
und dort öffentlich bekannt macht, wer eine Rechtssache zu
schlichten habe, der solle sich an ihn wenden. Die lange Exposition Fiorentini's über die Herkunft Giannetto's (Bassanio's),
sowie dessen Verhältniß zu seinem Pflegevater, die Veranlassung
der Reise u. s. w., wurde von Shakespeare als überflüssig verworfen und dafür sogleich Antonio als der Mittelpunkt des
einen Theils der Handlung hingestellt. Da er aber für die
zweite Handlung, die Bewerbung um die Dame von Belmont,
die Erzählung Fiorentini's unmöglich brauchen konnte, so setzte
er hier an die Stelle des zu entwerfenden Theils der Handlung
die Geschichte mit den drei Kästchen, für welche ebenfalls die

„Gesta Romanorum" die Anregung gaben. Während aber dort
die Wahl eines von drei Kästchen, mit welcher dort eine viel=
geprüfte Jungfrau die Hand eines Königssohns erwirbt, nur
den Abschluß einer völlig andern Geschichte bildet, die mit
Shakespeare's Stück gar nichts Gemeinsames hat, legte unser
Dramatiker mit außerordentlicher Kunst dies Motiv gleich in
den Anfang der Intrigue, führte statt des Einen Freiers
mehrere ein, und gab der Portia die hohe sittliche Bedeutung,
durch welche sie auch mit der ethischen Pointe des Handels
zwischen Antonio und Shylock in innersten Zusammenhang ge=
bracht wird.

Ob die englische Ballade vom „Juden Gernutus" (mitge=
theilt in Percy's Reliques of ancient English Poetry) vor
Shakespeare's Stück geschrieben ist, kann zwar nicht nach=
gewiesen werden, doch ist es schon deshalb wahrscheinlich, weil
darin der Hergang viel einfacher berichtet wird als bei Shake=
speare. Auch behandelt die Ballade einzig und allein den
Prozeß zwischen dem Juden und dem Kaufmann, ohne von der
Veranlassung und allen damit zusammenhängenden Umständen
Notiz zu nehmen. Wäre die Ballade älter als das Stück, so
würde Shakespeare den Einen Zug daraus entnommen haben,
daß der Jude, da er dem Kaufmann die Festsetzung der Buße
vorschlägt, die Sache nur als „einen Spaß" darstellt*). Wenn
aber auch Shakespeare diesen nicht unwichtigen Zug, der in
keiner der ältern Erzählungen vorkommt, aus der Ballade ge=
nommen haben sollte, so müssen wir doch als seine Hauptquelle
Fiorentini's Novelle betrachten, mit welcher er das in den
Gestis Romanorum nur ganz äußerlich gegebene und dürftige
Motiv der Kästchenwahl in Verbindung brachte.

Außer den schon erwähnten sehr bedeutsamen Abweichungen
Shakespeare's von den Quellen haben wir noch als seine eigenen
durchaus selbständigen Zuthaten zu erkennen: die Episoden der
beiden Gobbos, die Figuren des Graziano, des Lorenzo und

---

*) In der Ballade sagt der Jude, als er den Vorschlag macht:
But we will have a merry jest etc.
Bei Shakespeare gebraucht Shylock den Ausdruck: „in a merry sport".

der Jessica, und damit auch die ganze Entführungsgeschichte
Jessica's, welche von so entscheidender Bedeutung für die Vollendung des Charakterbildes Shylods wird. Es ist hier, wie in
vielen ähnlichen Fällen bei Shakespeare, wieder ungemein lehrreich, das Verhältniß des Dichters zu dem ihm gegebenen Material klar zu überblicken, um aus seinen Abweichungen und Zuthaten seine tiefsten Intentionen zu erkennen.

Durch die Vermischung der beiden Handlungen, deren jede
ihren bestimmten Schauplatz und ihre besondere Hauptfigur
hat — hier Shylod, dort Portia, — hat auch der Charakter
des Stückes etwas Zwiespaltiges bekommen, und die Frage: ob
der „Kaufmann von Venedig" zu den Lustspielen gezählt werden
dürfe, und ob nicht vielmehr der hart an die Tragik streifende
Ernst in dem Konflikt des Antonio dafür zu viel Uebergewicht
erlangt habe, ist vielfach diskutirt worden. Die Frage der
Klassificirung des Stückes betrifft hier keineswegs etwas bloß
Aeußerliches, sondern sie berührt ganz und gar das Wesen
desselben. In jedem Falle gebührt dem Stück die große
Gattungsbezeichnung der „Komödie"; denn der Verlauf ist
nach überstandener Gefahr ein durchaus heiterer. Und wenn
auch das eminente Interesse, welches die Gestalt Shylods durch
ihre wunderbar tiefe Charakteristik erregt, nach dieser Seite der
Handlung stark überwiegt und dadurch die dramatische Spannung früher zu Ende geht als die Abwickelung des heitern
Theils der Intrigue, so hat man doch rücksichtlich der Gattungs-
bestimmung des Ganzen sich nur die Frage nach der einfach
bürgerlichen Moral zu beantworten, die aus dem äußerlichen
Vorgang uns zum deutlichsten Bewußtsein kommt. Diese
Moral ist in der Fiorentini'schen Novelle ganz ausdrücklich in
dem Satze ausgesprochen: Wer einem Andern eine Grube
gräbt, fällt selbst hinein. Diese Moral, welche auch der Shakespeare'schen Dichtung zukommt, und welche durch alle spitz-
findigen Deuteleien nicht überdeckt werden kann, ist eine durchaus komödienhafte; und daß es des Dichters bestimmte
Intention war, ein Lustspiel zu schaffen, geht schon daraus
hervor, daß die leichte Tändelei zwischen den Liebespaaren mehr

als einen ganzen Akt noch über die Lösung des ernsten Konfliktes hinausgeht. Auch in andern Lustspielen des Dichters
sehn wir in dem bunten und heitern Gewebe eine Handlung
ernster Art sich hindurch ziehn; aber solche ernstere Konflikte
lösen sich doch immer schließlich in dem harmonischen Akkord
des Lustspiels auf. So geschieht es auch hier in Betreff der
Person des Antonio, bezüglich des Bassanio. Dagegen macht
uns diese Lösung bezüglich Shylock's heutzutage Schwierigkeiten, welche in den frühern Anschauungen, in denen der
Shakespeare'schen Zeit, kaum existirten. Aus der ganzen Art
und Weise, wie der Dichter schließlich zum großen Gaudium
Aller den rachedurstigen Juden in der eigenen Schlinge zappeln
läßt, wie der um sein Opfer Betrogene außer der schweren
Züchtigung, die ihm zu Theil wird, nachdrücklichst verhöhnt
wird, ersieht man genügend, daß in das heitere Gemälde des
Venetianischen Karnevals und des paradiesischen Reiches der
Portia damit kein ernster Schatten fallen sollte, und daß die
tragische Bedeutung, die man in neuerer Zeit diesem Charakter
des Shylock zu geben bemüht war, den Absichten des Dichters
wie den Anschauungen seiner Zeit durchaus fern lag, fern
liegen mußte. Man hat sich in neuerer Zeit bemüht, Shylock
zum tragischen Helden zu machen, zum Märtyrer seines
Glaubens und seiner unterdrückten Nationalität*). Hätte dies
aber in der Absicht Shakespeare's gelegen, so müßte man in der
That über die Ungeschicktheit erstaunen, mit der ein solcher
Dichter dabei verfuhr, indem er diesem „Märtyrer" die aller-
niedrigste der Leidenschaften, die Geldgier, verlieh und ihn für
seine scheußliche Rachsucht unter dem Spott und der ausge-
lassensten Schadenfreude Derer enden läßt, die das Feld behaupten. Wenn auch die tiefe Charakteristik dieses Shylock —
als Individuum sowohl, wie in den so frappant getroffenen
nationalen Eigenthümlichkeiten — ganz die Schöpfung des

---

*) Mit gerechter Entrüstung hat schon Gervinus diese Verirrung als eine
„Gemeinheit und Verrücktheit" bezeichnet. Sie ist ja aber doch im Grunde nur
eine von den Konsequenzen des Suchens nach verborgenen Motiven, während die
wirklichen und durchaus genügenden Motive klar daliegen.

Dramatikers ist, so muß man doch dabei beachten, wo die
Grundzüge dieser Gestalt ihren Ursprung hatten. Man darf
nicht vergessen, daß diese von der italienischen Novelle dem
Dichter überlieferte Figur der dem schrecklichen Aberglauben
des Mittelalters angehörende Jude war, welchem alle möglichen gräuelvollen Handlungen und Absichten gegen die Christen
vom Volkswahn angedichtet wurden, ebenso wie jenen Unglücklichen, die man als Hexen ersäufte oder verbrannte. Das
Fabelhafte dieses ganzen Vertrags mit dem Pfund Fleisch
enthält aber eine so bedeutende dramatische Spannung, daß ein
mit der theatralischen Wirkung so vertrauter Dichter wie
Shakespeare sich wohl davon angezogen fühlen konnte, um so
mehr, als auch der andere Theil der Handlung, die Werbungen
um Portia, sowie der ganze Boden, auf welchem die Ereignisse
spielen, ihm Gelegenheit bot, den vollsten Glanz seiner Poesie
in den verschiedensten Farben darüber auszubreiten. Indem
nun aber der Dichter in dem Charakter des Shylock seine
wunderbare Kunst des Individualisirens in der höchstvollen-
deten Weise entwickelte, brachte er uns in die Lage — wie auch
in andern seiner Komödien, — einer Handlung gegenüber zu stehn,
die durchaus einen märchenhaften Charakter trägt, in der
aber dabei doch alle darin handelnden Personen so in jeder
Faser wahr und lebendig erscheinen, daß sie uns das Unwahr-
scheinliche der Fabel einigermaßen vergessen machen. So hat
auch die für unser Zeitalter kaum mehr denkbare Figur des
Shylock, bei seinem in den feinsten Details sich geltend machen-
den individuellen Leben, Züge erhalten, die ihn gewissermaßen
zu einem historischen Charakterbild erheben. Denn denkbar konnte ein solcher Charakter nur in einer Zeit sein, in
welcher die christliche Intoleranz sich einen so fürchterlichen
Feind und Rächer gewissermaßen selbst auferzog. Weil
aber mit der zunehmenden Bildung und Gesittung der Menschheit, mit dem Dahinschwinden jenes finstern Wahnes, der ein
Hohn auf die christliche Liebe ward, in dieser Bedeutung das
Charaktergemälde mehr und mehr gewachsen ist, so sind auch
unsere Gesichtspunkte für die Beurtheilung dieses Shylock

andere geworden, als sie es ohne Zweifel noch in der Zeit des
Dichters waren, ganz abgesehn davon, daß in jener Zeit, in
der die Handlung vor sich gehn soll, an christliche Toleranz nicht
zu denken war. Einige dahin zielende sehr bedeutsame Winke
hat uns freilich der Dichter mit seinem der Zeit vorauseilenden
Geiste gegeben; aber in der ganzen Schlußentwickelung akkommo-
dirt er sich doch dem Standpunkte seiner Zeit. Um den
Charakter dieses Shylock, wie er uns aus der dramatischen
Handlung entgegentritt, richtig zu erfassen, hat man vor Allem
daran festzuhalten, daß derselbe vom Dichter von zwei Punkten
heraus entwickelt ist: als Jude im christlichen Mittelalter,
d. h. als Paria in der Gesellschaft, und als bösartiges Individuum. In ersterer Beziehung ist Shylock ein Geschöpf
der Gesellschaft, welche die schwere Schuld trifft, daß sie an
diesem eine solche Bosheit und Rachsucht großziehn konnte.
Shylock, rechtlos in der christlichen Gesellschaft des Mittelalters, stürzt sich mit Leidenschaft auf die ihm sich bietende Gelegenheit, in der er ein ihm gesetzlich zustehendes Recht zum
Schaden Anderer geltend machen kann. Aber um diese Leidenschaft der Rache bis aufs äußerste zu treiben, dazu genügte es
nicht, nur einer unterdrückten Nationalität anzugehören, wie es
die jüdische war; dazu gehörte ein besonders hart geschaffenes
Individuum, voll ungewöhnlicher Energie in der Bosheit und
Rachsucht. So ist Shylock geartet. Er ist eine ungewöhnliche
Natur, wie nicht allein das Scharfsinnige seiner Raisonnements — vom Dichter mit außerordentlicher Wahrheit aus der
Nationalität des Juden entwickelt, — sondern wie auch die
strenge Logik seines daraus sich konsequent entwickelnden Handelns beweist. Die Häßlichkeit seines persönlichen Charakters
ist aber dabei unbestreitbar. Den Antonio, einen der besten
unter den Handelsleuten in Venedig, haßt er persönlich, nicht
nur „weil er von den Christen ist", sondern auch, wie Shylock
selbst sagt, „weil er aus gemeiner Einfalt umsonst Geld aus-
leiht und in Venedig den Preis der Zinsen ihm herunter-
bringt". Dies Motiv wird wiederholt hervorgehoben; ist es
möglich, bei so abscheulich niedriger Gesinnung diesem

Charakter auch nur einen Zug des Heroischen zuzusprechen? Er haßt ihn aber auch als Christen, und weil Antonio ihn oft genug auf dem Rialto seines Wuchers wegen geschmäht und beschimpft hat.

Diese Motive würden aber trotzdem nicht ausreichend sein, um ihn so weit zu treiben, wie er geht, mit solcher Rachgier einem sonst edeln Manne, der aus Freundschaft sich für einen Andern opfert, an's Leben zu gehn, — und Shakespeare hat dafür gesorgt, die Motive zu verstärken.

Als Shylock zuerst auf das Gesuch Bassanio's und Antonio's eingeht, zeigt er eine unruhige Freude. Antonio, der große Kaufmann, der ihn so sehr verachtet, kommt in die Lage, ihn um Geld anzugehn. Der außerordentliche Fall regt Shylocks Phantasie an; er gibt auch seinem Gefühl freudiger Genugthuung ganz rücksichtslos den schärfsten Ausdruck. Als er aber hier die sonderbare Bedingung der Buße stellt — „nur so zum Spaß", — in a merry sport, — geschieht es zunächst nur, um seine Phantasie zu befriedigen, denn die Wahrschein-lichkeit, daß die Schuld am Verfalltage nicht gezahlt werden könne, liegt äußerst fern, obwohl auch hier schon der Dichter ihn darüber reflektiren läßt, daß „Schiffe nur Bretter, Matrosen nur Menschen" sind! Und schon der Gedanke: das Leben eines Mannes wie dieser Antonio durch den ausgestellten Schein in seiner Hand zu haben, — dieser Gedanke schon mußte ihn mit einem wonnigen Behagen erfüllen. Freilich erfahren wir später auch von Jessica, sie habe ihn gegen Tubal schwören gehört, er wolle lieber des Antonio Fleisch als den Betrag der Summe zwanzigfach. Aber auch noch damals bewegte sich seine Rache-lust nur in der bloßen Theorie. Jetzt aber kommt — fast gleichzeitig mit den Unglücksfällen, die den Antonio treffen, — noch die Entführung Jessica's hinzu, ausgeführt von Christen, und die Entwendung seiner Dukaten und Diamanten, die von Christen vergeudet werden. Durch dieses vom Dichter erst hineingebrachte Motiv hat er die Rachbegier Shylocks erst bis zu jener Höhe gesteigert, in der er sich für alle spätern Einwen-dungen und Vorstellungen taub, empfindungslos macht. Für allen Haß, der gegen ihn gerichtet, für alle Schmach, die ihm bereitet, für allen Verlust, der ihn getroffen, hat er jetzt Antonio als Opfer seiner Rache in Händen, und er ist entschlossen, sich ein- für allemal damit gütlich zu thun, für Vergangenheit und Zukunft!

Bedeutsam ist wiederum hierbei, daß — wie im Shylock das Häßliche, Abstoßende seiner Individualität nicht ignorirt werden darf, — anderseits der Dichter ihm in dem Christen eine so edle Persönlichkeit gegenüberstellte, wie dieser Antonio, der dennoch als Christ dem Juden gegenüber keineswegs frei ist von der uns verstimmenden Intoleranz seiner Glaubens-genossen. Der häßliche Mißklang, der uns bei Shylocks gerechter Züchtigung peinlich berührt, der gegen ihn ausgeübte Zwang an seinem Glauben erinnert uns wieder an die tiefe Kluft, die hier zwischen dem Juden und der Gesellschaft besteht. Für Antonio, für das einzelne Individuum, wird für diesmal die daraus erwachsene Gefahr beseitigt. Es genügte für das heitere Stück, nur auf die Gefahr hinzuweisen, in die der Einzelne, und gerade der Besten Einer, durch sociale Mißstände gelangen kann. Es wäre freilich gewagt, behaupten zu wollen, daß dies des Dichters bestimmte Intention gewesen. Aber es geschieht — wie schon angedeutet — nicht selten mit großen Kunstwerken, daß sie im Laufe der Jahrhunderte über die ursprünglichen Absichten des Schöpfers hinauswachsen.

Das Märchenhafte, welches sowohl in der Festsetzung der Buße wie auch in dem seltsamen Rechtsverfahren dabei liegt, gibt vor Allem die Veranlassung, darin nur etwas Symbolisches zu erkennen, und auf diesem Wege ist man zu den tollsten Spekulationen gelangt. Wenn wir im Ganzen die von der Novelle Fiorentini's gegebene Moral (auf die wir schon hinwiesen), daß der Jude sich in der von ihm für Andere bereiteten Grube selber fängt, auch in dem Stücke als den einfachsten und ganz von selbst sich ergebenden Sinn erkennen müssen, so ist es doch auch selbstverständlich, daß ein Geist wie Shakespeare's den Gedanken tiefer erfaßte als der Erfinder des Vorgangs. Er hat es auch ganz deutlich ausgesprochen,

wie Shylock, indem er das formelle starre „Recht" für sich geltend machen wollte, im schreienden Widerspruch mit dem höhern,
sittlichen Recht, selbst an dieser Dialektik des abstrakten Rechts
zu Grunde geht.   Portia sagt:

> „Denn weil du dringst auf Recht, so sei gewiß,
> Recht soll dir werden, mehr als du begehrst."

Das von Shylock so hartnäckig verworfene höhere sittliche Recht
hat noch durch Portia's so herrlichen Hinweis auf die Pflicht
der Gnade eine hellere Beleuchtung erhalten.   Wenn man aber
diesen Konflikt innerhalb des Rechtsbegriffs auch allen andern
Theilen der Komödie unterschieben, wenn man nicht nur
Portia's Konflikt mit dem Gebote ihres Vaters, sondern auch
die kleinern Kreise in der Handlung, in denen die Nebenpersonen
stehn, auf diesen Punkt, auf die Frage des „abstrakten Rechts",
gegenüber dem sittlichen Recht, zurückführen will, so werden
damit die einfachsten, natürlichsten Begriffe in unnatürliche Beziehungen gebracht und die klare einfache Idee des Ganzen wird
künstlich verdunkelt*).   Die Geschichte der Kästchenwahl ist
an sich ein höchst äußerlicher Vorgang.   Die Moral, daß nicht
alles Gold ist, was glänzt, ist von dem Vater der Portia in
einer Weise gemißbraucht, welche der Tochter ganzes Lebens-
glück in geradezu frevelhafter Weise aufs Spiel setzt.   Denn so
gut wie Bassanio konnte ja wohl auch ein jeder seiner Vorgänger auf die so sehr nahe liegende Idee kommen, daß gerade
das schlichteste Kästchen den höchsten Werth enthalte.   Shakespeare nahm aber diese Geschichte hinein, weil die Prüfungen,
welche Fiorentini's Novelle enthielt, für die Bühne unmöglich
waren, und weil das Märchenhafte dieses Motivs der drei
Kästchen sehr wohl neben der fabelhaften Prozeßgeschichte

---

*) Wer Interesse dafür hat, zu erfahren, daß nicht nur Portia's zwangvolle
Lage in der Erfüllung des väterlichen Gebotes einen gleichen Zwiespalt zwischen dem
formellen und dem sittlichen Recht enthalte, sondern daß auch der Scherz mit den
Ringen auf dieselbe Grundidee zurückzuführen sei, daß ferner Jessica's Verhältniß
zu Shylock den gleichen Rechtskonflikt enthalte, — der findet diese überraschenden
Enthüllungen bei Ulrici (Shakespeare's dramatische Kunst).   Gekrönt aber wird
dies kunstvolle Gebäude von Interpretationen durch Ulrici's Behauptung, daß
Lanzelot Gobbo der komische Repräsentant jener Grundidee sei!

bestehn konnte, ja den märchenhaften Charakter der ganzen
Handlung des Stückes noch bestimmter hervortreten ließ. Der
hohe poetische Reiz, mit welchem Shakespeare diese Dinge um-
kleidete, kann unser innigstes Wohlgefallen erregen, ohne daß
wir darin nach einem Analogon für Shylocks Rechtsfrage zu
suchen brauchen. Das Nachspiel mit dem von Portia ihrem
Geliebten abgenöthigten Ring ist ein fröhlicher Maskenscherz;
Lanzelot Gobbo ist ganz und gar der muntere Clown des
Stückes; und daß mit der Flucht Jessica's der Dichter ein treffliches Motiv hinein brachte, um die Rachsucht Shylocks zu
steigern, ist schon gezeigt worden. Bezüglich des Konfliktes
zwischen Shylock und Antonio ergab sich für einen gedanken-
vollen Dichter wie Shakespeare die Dialektik über das abstrakte
Recht so ziemlich von selbst aus dem Stofflichen. Daß er aber
dies Motiv zu so großer Bedeutung erhob, stand ganz im Zusammenhang mit der herrlichen Erhöhung des Charakters der
Portia, und hierin zeigt sich wieder die Kunst des Dichters in
ihrem reinsten, schönsten Glanze. Portia ist in der That die
Repräsentantin der hohen, sittlichen Idee des Stückes. Um
den tragischen Knoten, der sich um Antonio, um den aufopfern-
den Freund ihres Geliebten, geschlungen hat, zu lösen, dazu
reichte weder ihr Geld, noch ihr persönlicher Liebreiz, noch ihre
durchaus selbstlose Liebe aus; dazu mußten bei ihr Herz und
Geist in herrlicher Vereinigung in den Kampf treten. Es ist
ungemein groß vom Dichter, daß er sie nicht sogleich mit
Shylocks eigener Dialektik ihn schlagen läßt, daß er sie — in
dem eindringlichen Hinweis auf die Pflicht der Gnade — erst
in ihrer schönsten Menschlichkeit und von wahrhaft christ-
licher Gesinnung durchdrungen dem Shylock gegenüberstellt,
ehe sie von der Waffe des Geistes Gebrauch macht, und an jenem
ihm verbrieften Recht, mit dem er sich gegen Alles gepanzert
hat, ihn selbst zu Schanden werden läßt. Man mag es ihr
dafür von Herzen gönnen, daß sie in ihrem Liebesparadiese zu
Belmonte als die freude- und segenspendende Göttin herrscht.

———

Die Zähmung der Keiferin

und

Die lustigen Weiber von Windsor.

Wir lassen diese beiden Stücke hier aufeinander folgen, weil beide eine bestimmte Gattung unter den Komödien vertreten; denn troß der „Edelleute", welche in dem erstgenannten Stücke verkehren, ist es doch außer den „Lustigen Weibern" das einzige, welches ganz den Charakter des bürgerlichen Lustspiels — oder besser: der bürgerlichen Posse — trägt, im Gegensaße zu der Märchenposse „Sommernachtstraum" und den phantastischen Lustspielen „Was ihr wollt", „Wie es euch gefällt" 2c.

„The Taming of the Shrew" — (das Wort Widerspänstige ist eine sehr mangelhafte, wenn nicht gerade falsche Wiedergabe für The Shrew, Zänkerin, Keiferin, oder Widerbellerin) — existirt in keinem frühern Drucke als dem der ersten Folioausgabe. Wohl aber haben wir ein Stück unter gleichem Titel, welches der Shakespeare'schen Komödie vorausging und als dessen Original betrachtet werden muß. Dies ältere Stück „The Taming of a Shrew"*) erschien zwar erst 1594 im Druck, doch nimmt man an, daß es schon ein paar Jahre früher (sicher im Jahre 1592) auf die Bühne gekommen war. Die neuere Kritik ist ziemlich einig darüber, daß dies ältere Stück nicht etwa von Shakespeare selbst herrühre, d. h. eine frühere Form seines eigenen Lustspiels gewesen sei, wie Einzelne annahmen, sondern daß es die Arbeit eines Andern war, die Shakespeare benußte. Es stimmt allerdings im Scenengang mit dem Shakespeare'schen Stücke so ziemlich überein, aber die Dialogisirung ist vollkommen

*) Daß Shakespeare, wie Ulrici vermuthet, den Abschluß dieser Geschichte des betrunkenen Sly nicht beifügte, weil dieser aus dem alten Stücke hinlänglich bekannt war, ist eine sehr sonderbare Idee, da ja doch das ganze Stück nicht weniger bekannt gewesen. Hingegen ist Ulrici wohl auf richtiger Fährte, wenn er über die Abweichung im Titel (die Aenderung von a Shrew in the Shrew) bemerkt, dieselbe sei nur daraus zu erklären, daß Shakespeare damit auf das ältere Stück hinwies.

seine eigene, mit Benutzung nur ganz vereinzelter Züge des
Originals. Das alte Stück spielt in Athen, und nicht nur die
Oertlichkeit, sondern auch die Namen der Personen sind von
Shakespeare durchweg geändert; nur der Name der Keiferin —
Kate — ist schon in dem ältern Stück gegeben; endlich ist auch
der Theil der Handlung, welcher die Liebesbewerbungen um
Bianca betrifft (im alten Stücke hat Käthe zwei Schwestern),
von Shakespeare ziemlich selbständig ausgeführt.

Das Auffallendste in dem Verhältnisse Shakespeare's zu
dem alten Stücke ist der Umstand, daß er die auch dort vorhandene Einleitung mit dem betrunkenen Kesselflicker zwar
benutzt hat, aber dann ganz fallen ließ. Nachdem auch im ältern
Stücke Slie im Trunke von einem Lord hinweg in seinen Palast
geschafft worden, wo man ihm das Stück von der gezähmten
Keiferin vorspielt, wird die Vorstellung zweimal durch einen
kurzen Dialog zwischen Slie und dem Lord unterbrochen, bis
endlich der Kesselflicker eingeschlafen ist. Nach dem Ende der
Vorstellung wird Slie von den Dienern des Lords wieder an
die Stelle geführt, wo er im Trunke eingeschlafen war; hier erwacht er und erzählt dem hinzukommenden Kellner, daß er
einen höchst merkwürdigen Traum gehabt. Als der Kellner
ihm darauf bemerkt, sein Weib würde ihn für sein Schlafen
auf der Straße übel behandeln, macht sich Slie damit Courage,
daß er nun wisse, wie man eine Zänkerin zu zähmen habe.
Damit schließt die alte Komödie.

Die Idee, ein böses Weib durch abschreckende Beispiele
zu bändigen und folgsam zu machen, kommt schon sehr früh in
der romanischen Erzählungsliteratur vor, und das Symbolische,
das wir bei Shakespeare durchaus festhalten müssen, wollen wir
die brutale Kur überhaupt gelten lassen, tritt dort noch stärker
hervor. In einer spanischen Erzählung aus dem 14. Jahrhundert, dem „Graf Lucanor" des Prinzen Don Juan Manuel,
der wieder die Geschichte als eine maurische berichtet, liegt die
Hauptpointe darin, daß der Mann, der die böse Zänkerin geheirathet hat, zunächst in sehr brutaler Weise sein Pferd, an
das er eine ganz unsinnige Forderung stellt, für vorgeblichen

Ungehorsam umbringt, und durch derartige Exempel sein Weib
vor ihm zittern macht. Mit allerlei Modifikationen zieht sich
die Geschichte durch die Erzählungsliteratur mehrerer Nationen,
in England selbst bis zur Mitte des 16. Jahrhunderts hin, in
welcher Zeit „der lustige Schwank von einem zänkischen und bös=
artigen Weibe" als Ballade erschien, und in welcher die Kur
alle vorher und nachher dagewesenen Besserungsmethoden an
Rohheit weit überragt. Wir brauchen auf jene frühern Literatur=
erscheinungen nicht näher einzugehn*), weil wir ja die nächste,
vollständigste und vermuthlich einzige Quelle für Shakespeare
in dem erwähnten ältern Stück besitzen.

Für die Bestimmung der Entstehungszeit dieses Lustspiels
haben wir keine nur einigermaßen beachtenswerthe Anhaltpunkte.
Meres in seinem mehrerwähnten Buche vom Jahre 1598 erwähnt
es noch nicht; dafür mag aber schon der Umstand Grund gewesen
sein, daß es ihm nur als Bearbeitung eines hinlänglich be=
kannten Stückes gelten konnte; Malone setzte es in das Jahr
1594, mit „Love's labours lost" zusammen, und Gervinus hat
es in die Gruppe der „ersten dramatischen Versuche" eingereiht.
Wenn dagegen Andere für eine spätere Entstehungszeit, zwischen
1602 bis 1606, Gründe vorbringen, so mögen die abweichenden
Meinungen sich darin wohl vereinen lassen, daß das Stück
ursprünglich um 1594 geschrieben war, später aber mehrfache
Zusätze und Aenderungen erfahren hat. Die sogenannten
Doggerelverse (unserm deutschen Knittelvers entsprechend),
deren häufige Anwendung bei Shakespeare man stets als Merk=
zeichen für eine frühzeitige Entstehung annimmt, mehr aber
noch die sehr oberflächliche Charakteristik, welche ganz entschieden
den vorwaltenden Einfluß der italienischen Maskenkomödie er=
kennen läßt, machte es allerdings höchst wahrscheinlich, daß das
Stück im Wesentlichen eine ziemlich frühe Arbeit des Dichters
war. Schon das Anlehnen an die ältern stehenden Masken,
die ein eigentliches Individualisiren der Charaktere ausschlossen,

---

*) Man findet dieselben aufs vollständigste in der neuen Auflage (1870) von
Karl Simrocks „Quellen des Shakespeare", 1. Theil, verzeichnet und auszüglich
mitgetheilt.

sollte einen genügenden Fingerzeig für die Grundfarbe geben, die diesem Stücke zukommt, und die Aesthetiker davon abhalten, tiefere „Ideen" in die heitere und derbe Posse zu legen. Gervinus ereifert sich mit Unrecht darüber, daß das Stück in England noch jetzt als derbe Farce gegeben wird. Der Kern der Sache: daß der Mann dem Weibe überlegen sein soll, und daß nur dem überlegenen Manne das Weib Achtung und Liebe schenkt, ist vom Dichter mit möglichster Derbheit des Humors, ja in possenhafter Aeußerlichkeit des Prozesses den Zuschauern vorgeführt. Wer hierbei verfeinernd und interpolirend verfährt, sei's in der kritischen Analyse der Komödie, sei's in der Darstellung, der verwischt die dem Stücke, seiner Komposition nach, zukommende Farbe und zerstört das Wesen desselben.

„Die luftigen Weiber von Windsor" erschienen zuerst 1602 in einer Quartausgabe unter dem langen Titel: „Eine sehr unterhaltende und ausgezeichnet witzige Komödie von Sir John Falstaff, und den luftigen Weibern von Windsor. Untermischt mit mannigfaltigen und amüsanten Späßen des Sir Hugh, der walissche Ritter, des Friedensrichters Shallow und seines weisen Vetters Mr. Slender. Mit den eiteln Prahlereien des Fähndrich Pistoll und Korporal Nym. Von William Shakespeare." Die Ausgabe ist im Vergleiche zu dem Text der Folio lückenhaft und augenscheinlich inkorrekt, aber die Abweichungen sind hie und da so bemerkenswerthe, daß die Kritik nicht ohne Berechtigung die Vermuthung aufgestellt hat, daß jenem ältern Drucke auch eine ältere und mangelhaftere Ausarbeitung des Stückes, von Shakespeare selbst herrührend, zu Grunde gelegen habe. Die zweite Quartausgabe, unter gleichem, nur etwas kürzerem Titel wie die erste, erschien 1619 und ist nur eine wenig veränderte neue Auflage derselben. Erst eine spätere Separatausgabe des Stückes (1630) brachte den gültigen Text nach der Folio von 1623.

Die erste Spur von der Existenz dieser Komödie findet sich erst in demselben Jahre, in welchem die Quartausgabe erschien, nämlich in den Buchhändlerregistern, wo es unterm 18. Januar 1602, eingetragen ist. Da es Meres 1598 noch nicht erwähnt, und da es überdies zweifellos ist, daß es nach den beiden Theilen „Heinrichs IV." entstanden ist, sehr wahrscheinlich auch erst nach „Heinrich V.", so muß die Entstehung in die Zeit zwischen 1599 und 1601 fallen. Warum die Kritik sich abmüht, aus den verschiedenen, in dieser Komödie wieder benutzten Personen von der frühern Gesellschaft Falstaffs zu ermitteln, ob die „Lustigen Weiber" vor „Heinrich V." oder gar vor dem zweiten Theile „Heinrichs IV." entstanden seien, ist gar nicht zu begreifen, da ja doch die Handlung in den Lustigen Weibern nicht in einem einzigen Punkte Bezug auf eine jener Historien nimmt, sondern völlig getrennt für sich dasteht. Es ist eine bekannte Tradition, daß diese Komödie auf besondern Wunsch der Königin Elisabeth geschrieben wurde, welche an dem Humor des Sir John Falstaff so viel Gefallen gefunden hatte, daß sie ihn in Liebeshändel verwickelt zu sehn wünschte. J. Dennis, der uns dies berichtet, fügt hinzu, sie habe „befohlen, daß das Stück binnen vierzehn Tagen vollendet sein sollte"*). Daß Shakespeare die Posse auf eine besondere von Außen gegebene Anregung geschrieben hat, ist schon deshalb sehr glaublich, weil man annehmen kann, daß er aus eigenem Antrieb schwerlich die so unvergleichliche Gestalt des Falstaff aus „Heinrich IV." hier in so bedenklicher Abschwächung wiederholt haben würde.

Wie bei manchen andern Shakespeare'schen Stücken, so ist auch gerade bei diesem eine genaue Vergleichung mit den Quellen, aus denen er schöpfte, sehr lehrreich; nicht weil uns etwa dies Stück ein besonderes ästhetisches Interesse einflößte, sondern weil wir aus der Mannigfaltigkeit der dem Dichter gegebenen Anregungen von seiner eminenten technischen Fertigkeit und Bühnenkenntniß und von seinem dabei sich offenbarenden glücklichen Instinkt eine klare Anschauung erlangen. Die erste Anregung war ihm durch die von ihm selbst geschaffene Gestalt des

---

*) Diese Nachricht ward zuerst bei Gelegenheit einer spätern Bearbeitung des Stückes „The Comical Gallant, or the Amours of Sir John Falstaff" von J. Dennis im Jahre 1702 gegeben, und es heißt in der betreffenden Notiz über die Königin: „She was so eager to see it acted, that she commanded it to be finished in fourteen days."

Falstaff gegeben, welche als komische Hauptperson von dem historischen Boden in die modern bürgerliche Sphäre versetzt werden sollte. Zu diesem Zwecke mußte eine passende Handlung, eine Intrigue gefunden werden, und hier war es wieder die italienische Novellenliteratur, welche Rath schaffte.

Nur für den Faden der Handlung, abgesehn von Allem, was sonst der Dichter aus eigener Erfindung hinzuthat, besitzen wir als Quellen zwei verschiedene italienische Erzählungen, deren Hauptmomente und Details der Dichter zu verbinden mußte. In der ersten Erzählung, von Giovanni Fiorentini, wird von einem Studenten in Bologna berichtet, der — nach Vollendung seiner Studien — von seinem Lehrer sich in der Kunst zu lieben unterrichten ließ, dabei an die junge Frau des Lehrmeisters selbst gerieth. Der Humor der Sache liegt, wie in dem Verhältnisse Falstaffs zu Herrn Fluth (Mr. Ford), darin, daß der Gatte von dem Liebhaber selbst, der nicht weiß, wer die Frau ist, erfährt, auf welche Weise die listige Frau ihn vor der Rache des hinzugekommenen Mannes immer wieder gerettet habe. Wie der Impuls zu diesem Liebeshandel, so ist auch die Schlußentwickelung in der italienischen Novelle völlig verschieden von Shakespeare's Komödie. Was den ersten Punkt betrifft, so stimmt dieselbe mehr mit einer andern Geschichte überein, welche Straparola in seinem Novellencyklus „Dreizehn angenehme Nächte" berichtet*). Hier ist der eitle Liebhaber der Geprellte; denn als er bei einem Tanzfeste drei schönen Frauen, jeder insbesondere, seine Liebe erklärt, beschließen die Frauen, welche sich gegenseitig die Mittheilung gemacht, ihn dafür zu bestrafen, und so wird er von Einer nach der Andern, unter dem Vorwande, daß er vor dem herbeikommenden Ehemann verborgen werden müsse, jedesmal in die abscheulichste Situation gebracht, die ihm Angst und körperliche Martern bereitet. Die Rache des Gepeinigten kommt für unsere Komödie nicht in Betracht. Eine dritte Erzählung, ebenfalls von Straparola, ist eigentlich nur eine Nachbildung der Geschichte des Fiorentini, obwohl mit ganz neuen Umständen

---

*) Straparola's „Tredeci piacevoll notti" erschienen in zwei Theilen zu Venedig 1550 und 1554.

ausgeschmückt. So u. A. als der Liebhaber (Nerino) das zweite
Mal von dem Manne überrascht wird, versteckt ihn die Frau in
einem Schrank mit Papieren. Als nun der Mann kommt und
nirgends etwas findet, beschließt derselbe in seiner Raserei,
das ganze Haus in Brand zu stecken. Die Frau aber weiß ihn
zu bestimmen, wenigstens den Schrank zu retten, in welchem sich
die zu ihrem Heirathsgute gehörenden Papiere befinden. Die
letztere Geschichte ist, in ihren Hauptzügen, bereits frühzeitig
auch in die deutsche Literatur gekommen; sie befindet sich in dem
1558 erschienenen „Rastbüchlein" von Mich. Lindener, und
wurde durch diese Vermittelung die Quelle für ein Schauspiel
des Herzogs Heinrich Julius von Braunschweig, eines unserer
ältesten Dramatiker, der in seinen Stücken bereits aus der Bekanntschaft mit dem emporgeblühten englischen Drama profitirte.
Des Herzogs „Ehebrecherin", in welcher die Geschichte einen
höchst tragischen Ausgang nimmt*), erschien bereits 1594, also
früher als Shakespeare's Komödie. Auch in England wurde
die Geschichte schon 1590 von dem berühmten Komiker und dramatischen Dichter Tarlton in dessen „News out of Purgatory"
benutzt, in welchem Buche sich außer andern, ebenfalls der italienischen Novellenliteratur entnommenen Erzählungen diese
Geschichte unter dem Titel „The two Lovers of Pisa" befindet.
Tarlton hat, wie es scheint, nur diese Geschichte Straparola's
vor sich gehabt und sie in einzelnen Momenten entschieden noch
sinnreicher ausgeschmückt, wie z. B. in der listigen Art, mit
welcher die Frau den Liebhaber aus dem Feuer rettet, und in
der Schlußentwickelung. Aber auch Fiorentini's Geschichte
findet sich in der englischen Erzählungsliteratur in einer Sammlung, die unter dem Titel „The fortunate, tho deceived and unfortunate Lovers" erschien und die Hauptumstände nach Fiorentini's „Pecorone" unverändert gibt.

Auch Shakespeare hat weder die Umarbeitung Straparola's,
noch die danach geschriebene Erzählung Tarltons benutzt,

---

*) „Die Schauspiele des Herzogs Heinrich Julius von Braunschweig", heraus-
gegeben für den Literarischen Verein in Stuttgart, von Dr. Holland. 1859. — Vergl.
auch meine „Geschichte der Shakespeare'schen Dramen in Deutschland", S. 9 — 17.

ſondern das Wenige, was er überhaupt der Novelle entnahm,
— nämlich die wiederholte Liſt der Frau beim Verſtecken des
Liebhabers und deſſen dem Ehemann darüber abgeſtattete Berichte, — der ältern Verſion des Fiorentini nachgebildet*).
Für das ganz andere Grundmotiv ſeiner Komödie benußt er jedoch
die Idee aus der erwähnten erſten Erzählung Straparola's,
nach welcher der eitle Liebhaber der Angeführte iſt und von den
Frauen gezüchtigt wird.

Indem alſo dieſe Erzählung Straparola's (nicht deſſen
Umbildung der Fiorentini'ſchen Novelle) dem Dichter den geeigneten Stoff für die ſittliche Tendenz ſeines Stückes gab,
verband er damit den komödienhaften Spaß aus der Ori-
ginalgeſchichte des Fiorentini, die er noch durch die Ver-
doppelung der ſatiriſchen Pointe bereicherte, indem er auch die
unbegründete Eiferſucht des Gatten durch die Scherze der
ehrbaren Weiber beſtrafen läßt. Außerdem iſt auch noch jene
Handlung, an welcher Anna Page, Fenton, Dr. Cajus, Slender u. ſ. w. betheiligt ſind, durchaus des Dichters eigene Zuthat.
Man muß ganz ausdrücklich im Auge behalten, wie Shakeſpeare
nicht durch die Lektüre dieſer oder jener Erzählung hier zu einer
dramatiſchen Handlung angeregt wurde, ſondern wie er für eine
ihm ſchon vorgezeichnete Hauptfigur die Handlung ſuchte, die
er dafür brauchen konnte, — und man wird hiernach ſeine große
Geſchicklichkeit bei dieſem Verfahren bewundern müſſen. Dieſe
theatraliſch - techniſche Fertigkeit in der Kombinirung der verſchiedenen Theile erſeßt nun freilich nicht den Mangel jeglichen
Intereſſe's für die Vorgänge, für welche ein ſo zahlreiches Per-
ſonal aufgewandt iſt. Während in dem Weſentlichen der Intrigue der Spaß ſeine Wirkung ſchon durch die Wiederholungen
einbüßt, wird auch gerade für die Hauptperſon das Intereſſe,
welches der Dichter ſelbſt in ſo hohem Grade für dieſelbe

---

*) Daß z. B. Falſtaff unter der Wäſche verſteckt wird, iſt nur in Fiorentini's
Novelle vorgezeichnet; und auch in der erwähnten engliſchen Nachbildung (In „The
ortunate, tho deceived and unfortunate Lovers") verſteckt ſich der Liebhaber
„under a heap of linen half-dried". Die Erzählung iſt ſchon von Malone im
Johnſon-Steevenſchen Shakeſpeare abgedruckt.

erregt hat, in dieser Sphäre aufs empfindlichste abgeschwächt. Die Worte Falstaffs am Schlusse dieser Komödie: „Nun wohl, ich bin Euer Stichblatt, die Dummheit selbst drückt auf mich wie Blei", sind in ihrer Doppelsinnigkeit treffend. Was ist Falstaff, wenn ihm der Witz abhanden gekommen ist? Das Bemühen gewisser Aesthetiker, welche auch in dieser Abschwächung der humoristischen Meisterschöpfung eine tiefe Intention des Dichters darthun wollen, hilft wahrlich der Wirkung selbst nicht auf. Diese Gestalt durfte nicht von dem Boden entfernt werden, auf welchem wir sie so mächtig emporblühen sahn. Der Dichter selbst fühlte wohl am richtigsten, wenn er den Sir John absterben ließ, nachdem er von dem Boden verbannt ward, der seinen Witz nährte. Der „Befehl der Königin" aber vermochte nicht, Todte zu erwecken.

Viel Lärm um Nichts.

„Much ado about Nothing" erschien unter Shakespeare's Namen („Written by William Shakespeare") zuerst in einer Quartausgabe im Jahre 1600, und da es 1598 von Meres noch nicht erwähnt wird, ist die Entstehung des Stückes ziemlich genau festzustellen.

„Viel Lärm um Nichts" gehört zu jener Gattung der Shakespeare'schen Komödien, in denen eine ernste und eine heitere Handlung gleichmäßig neben einander fortlaufen. Der Lustspielcharakter des Stückes wird nicht nur durch den glücklichen Ausgang des ernsten Konfliktes gewahrt, sondern die Charakteristik der heitern Figuren wuchs durch den reichen Geist des Dichters so über die ernste Handlung hinaus, daß dadurch unser Interesse für die eigentliche Intrigue des Stückes von vornherein abgeschwächt ist. Trotzdem war es eben jener ernste Theil der Handlung, welcher dem Dichter den Grundstoff, das eigentliche dramatische Motiv für die ganze Dichtung

tot. Dies Motiv der Verleumdung Hero's und die Art der
Ausführung findet sich in knapper Form bereits in Ariosts
„Rasendem Roland", weiter ausgearbeitet sodann in Bandello's Novelle von Timbreo de Cardona; und diese Geschichte
muß als das Vorbild Shakespeare's, was diesen einen Theil
der Handlung betrifft, betrachtet werden, wogegen das muntere
Spiel zwischen Benedikt und Beatrice seine eigene Erfindung
zu sein scheint. Von einer eigentlichen Intrigue kann bei diesem
heitern Theil der Handlung kaum die Rede sein; denn in dem
Spiel, was der Prinz und seine Verbündeten gegen Benedikt
und Beatrice treiben, kommt es zu gar keiner Verwickelung; die Absicht wird gegen Beide sogleich, ohne alle Schwierigkeiten, erreicht.
Aber auch für die ernste Handlung, an welcher vornehmlich
Claudio, Hero und Don Juan betheiligt sind, bot die Novelle
Bandello's nicht gerade einen besonders reichen Stoff für die
dramatische Behandlung. Shakespeare hat Manches gethan, in
die lose gesponnene Intrigue reichere Motivirungen zu bringen.
Er hat den historischen Boden der Novelle — dieselbe knüpft die
Handlung an den Krieg in Sicilien nach der Sicilianischen
Vesper — beibehalten, ohne aber mehr davon zu profitiren als
die Auszeichnungen, welche dem Claudio zu Theil werden, und
welche wesentlich dazu beitragen, den Neid des Intriguanten
Don Juan zu erregen. Dieser Bastardbruder des Prinzen ist
von Shakespeare erst zum absoluten Bösewicht gemacht worden,
der er bei Bandello keineswegs ist, denn dort ist die heftige
Leidenschaft der Liebe das Motiv seines Handelns. Dagegen
hat Shakespeare die Handlungsweise Claudio's trefflich motivirt.
Die Schwäche seines Charakters, die ja doch allein seine spätere
Leichtgläubigkeit gegen Don Juan erklärlich macht, zeigt sich
schon in dem ersten Versuche des Intriguanten, ihn in seinem
Vertrauen gegen Hero wankend zu machen, so daß uns dieser
ganze Vorgang auf dem Maskenfest als eine vorbereitende Einleitung für die Hauptaktion dient. In der Novelle erregt der
betrogene Timbreo (Claudio) unser tiefstes Mitleid, während
uns Shakespeare den Liebhaber als einen schwachen und dabei
etwas eiteln Menschen schildert, der in seinem ganzen Wesen

für den Besitz Hero's erst einer gründlichen Läuterung bedarf,
und diese wird ihm durch das schwere Bewußtsein, jenes Unheil,
das Hero betraf, verschuldet zu haben. Neben diesem Claudio
brauchte aber der Dichter einen männlichen Charakter, dem wir
unsre freudige Theilnahme zuwenden können. So mußte Benedikt, dessen bessere, mannhaftere Natur schon bei der ersten
Schwäche Claudio's (auf dem Maskenfeste) sehr bestimmt hervortritt, diesen weit überragen, wie anderseits wieder Beatricen ein noch höherer Werth verliehn ist. Schon gleich in
der Expositionsscene, in den ersten herausfordernden Sarkas-
men der Beatrice, erkennen wir, daß sie sich mit entschiedener
Vorliebe mit diesem Benedikt beschäftigt, sei's auch nur, um
mit ihm zu ringen. Es sind zwei Kraftnaturen, die sich inmitten ihrer schwächlichen und unbedeutenden Umgebung nur
gegenseitig erproben können. Wir sind schon von Anfang an
darauf vorbereitet, daß das von den Freunden Benedikts gegen
ihn und gegen Beatrice abgekartete Spiel im Grunde kein un-
verhofftes Resultat bringt, sondern nur das Tempo zu beschleunigen geeignet ist. Denn diese beiden Menschen, das
erkennen wir sogleich, stoßen einander nur ab, weil sie einander
unwiderstehlich anziehn. Wir sehn in ihnen die Berührung
und Vermählung zweier starker Elemente, und da geht es nicht
so stillvergnügt her, wie wenn ein Bächlein in das andre fließt.
So wie Benedikts feste und schöne Natur schon gelegentlich der
Schwäche Claudio's durchblitzt, indem Benedikt dessen so leich-
tes Aufgeben Hero's (2. Aufzug, 1. Scene) mit der Bemerkung:
„Das nenn' ich gesprochen wie ein ehrlicher Viehhändler", scharf
kritisirt, so zeigt sich bei Beatricen trotz all ihres muthwilligen
Spottes über die Ehe doch ihr treffliches, liebevolles Herz in
ihrer unendlich reizenden Theilnahme für das Glück der sanften
Hero, und so ward endlich das über diese hereinbrechende Unglück die Veranlassung, die ganze schöne, tiefe Natur Beatricens
herauszufordern; und für Benedikt ist damit zugleich der Moment gegeben, sich dieses trefflichen Wesens werth zu machen.
Wie die steigende Liebe in diesen Beiden sich in ihrem äußern
Wesen zeigt, wie des burschikosen und dabei allzu sehr sich selbst

vertrauenden Benedikt ganzes Wesen in dieser Liebe geläutert
wird, und wie die spöttische und ausgelassene Beatrice in komische
und dabei doch fast rührende Sentimentalität geräth, das ist
von dem Kenner des menschlichen Herzens mit vollendetster
Kunst geschildert.

Wie diese beiden Prachtnaturen, so sind auch die urkomischen
Episoden, die grotesken Gerichtsdiener, ganz des Dichters
eigene Schöpfungen. Diese komischen Burschen sind neben jenen
seiner gearbeiteten humoristischen Gestalten mit dem ganzen
Uebermuth des vollblütigen Humors geschildert. Sie sind
außerdem so glücklich postirt und folgen schon da, wo die tragische Wendung so plötzlich die Heiterkeit des Ganzen unterbricht, dem vorüberziehenden dunkeln Schatten so unmittelbar,
daß wir damit sogleich die Beruhigung erhalten, es werde mit
dem düstern Ernste, der hier Platz greifen will, doch nicht lange
dauern. Ja, das ziemlich plumpe Bubenstück des Don Juan
könnte man dadurch gleichsam ironisirt finden, daß der Dichter
es nicht durch den „Verstand der Verständigen", sondern gerade
durch diese Einfaltspinsel enthüllen läßt. Die so possenhafte
Beimischung dieser Figuren hat daher ebensowohl ihren Antheil an der Lösung des ernsten Konfliktes, wie dieser selbst den
eigentlichen Repräsentanten des Lustspiels — Benedikt
und Beatrice — den geeigneten Boden gibt, auf dem ihre Naturen erst zur schönsten Entwickelung kommen. Die ernste Intrigue scheint deshalb nur für die Charaktere da zu sein, welche
im Grunde außerhalb derselben stehn. Für ein ernstes
Drama würde ein solches Mißverhältniß ein bedenklicher ästhetischer Fehler sein. Hier konnte das Verhältniß kaum sich
anders gestalten, wenn das „Lustspiel" zu seinem Rechte
kommen sollte. Und das ist in „Viel Lärm um Nichts" in viel
höherm Sinne der Fall als in den vorbesprochenen Burlesken.

Hamlet.

Shakespeare's „Hamlet" gehört zu denjenigen Werken, welche schon zu des Dichters Lebzeiten die größte Popularität erlangten, wie u. A. aus den schnell auf einander folgenden zahlreichen Auflagen der alten Quartausgaben hervorgeht; und auch in der Zeit der Restauration erschien es sehr früh wieder auf der englischen Bühne und hat sich auf derselben ohne Unterbrechungen am stätigsten behauptet. Für Deutschland aber hat diese Tragödie eine ganz besondere und unvergleichlich höhere Bedeutung erhalten als irgend ein anderes Werk Shakespeare's oder überhaupt ein dramatisches Werk des Auslandes. Denn die Tragödie „Hamlet" war es, durch welche Shakespeare zuerst auf unserer Bühne Eingang fand und eine neue Epoche des deutschen Theaters einleitete.

Von den ältesten englischen Drucken dieser Tragödie sind die beiden ersten Quartausgaben — von 1603 und 1604 — von einander so sehr verschieden, daß daraus die durch mancherlei sonstige Umstände unterstützte Vermuthung entstehen mußte, daß das Stück vom Dichter selbst zweimal geschrieben worden sei, daß die frühere noch sehr mangelhafte Form desselben mehrere Jahre später durch ihn selbst eine völlige Umgestaltung erhielt. Von der Erledigung dieser Frage, bezüglich der beiden untereinander differirenden Drucke, ist auch die Altersbestimmung des Drama's wesentlich abhängig.

Die erste Ausgabe erschien 1603 unter dem Titel:

„Die Tragische Historie von Hamlet, Prinz von Denmarke. Von William Shakespeare. Wie sie zu verschiedenen Malen durch Seiner Hoheit Diener in London: gleichfalls in den beiden Universitäten Cambridge und Oxford und anderssonst aufgeführt worden."

In neuerer Zeit haben englische und deutsche Textkritiker (Collier, Tycho Mommsen u. A.) trotz der sehr erheblichen

Abweichungen dieses ältern Druckes von der schon 1604 folgenden Ausgabe, die den gangbaren Text der Tragödie enthält, die Ansicht vertreten, daß beiden Ausgaben nur Eine Form der Tragödie zu Grunde liege, und daß die erste Ausgabe nur eine unrechtmäßige und schlecht zusammengeflickte, also eine betrügerische Verstümmelung des eigentlichen Stückes sei, wie es erst in der Ausgabe von 1604 publicirt wurde. Gegenüber dieser Auffassung blieb jedoch die Mehrzahl der Kritiker bei der Annahme, daß beide Ausgaben auch von zwei verschiedenen Bearbeitungen des Dichters herrührten, wenn auch der nach der ältern Form des Stückes veranstaltete Druck ein widerrechtlicher und äußerst mangelhafter sein mochte.

Die zweite Ausgabe, welche — wie man annimmt — erst durch die unrechtmäßige erste hervorgerufen wurde, erschien 1604 unter dem Titel:

„Die Tragische Historie von Hamlet, Prinz von Denmarke. Von William Shakespeare. Neu gedruckt und um das Gleiche des bisherigen Umfangs vermehrt*), nach einer wahrhaften und vollständigen Abschrift."

Die Angabe, daß hier das Stück um das Doppelte des bisherigen Umfangs erscheine, oder nach dem genauern Wortlaut: „um so viel vermehrt, als es war", kann sich doch unmöglich, wie z. B. Delius annimmt, nur auf die mangelhafte Wiedergabe des vorhandenen Stückes beziehn — denn dies hätte sich ja wohl viel deutlicher sagen lassen, sondern es scheint darin in der That auch auf die neuern Zuthaten des Dichters selbst Bezug genommen zu sein. Die weiter folgenden Quartausgaben von 1605, 1611, sowie eine fünfte ohne Datum scheinen alle nach der echten zweiten Ausgabe gemacht zu sein. Das Stück, wie es die erste Folioausgabe der Shakespeare'schen Dramen enthält, weicht zwar in vielen Kleinigkeiten von der zweiten Quarto ab, jedoch in nichts Wesentlichem, und scheint, wie jene, von einer zweiten authentischen Abschrift herzurühren.

Was nun die erste Ausgabe von 1603 von den folgenden

*) Wörtlich: „enlarged to almost as much againe as it was."

Ausgaben unterscheidet, besteht zunächst in den bedeutenden Abweichungen im Dialog, der in den spätern Ausgaben bei weitem ausführlicher ist. Der Scenengang ist im Wesentlichen derselbe; einzelne kleine Scenen aber fehlen in der ersten Quarto ganz, so u. A. nach dem Erscheinen des Fortinbras auf dem Kriegszuge (Akt 4, Scene 4) die ganze daran sich knüpfende Scene Hamlets mit dem Hauptmann, mit Rosenkranz u. s. w. und der daraus sich folgernde wichtige Monolog. Anderseits enthält die ältere Quarto wieder einige kleine Partien, die in dem gangbaren Texte fehlen, und durch die man ganz den Eindruck erhält, als habe der Dichter selbst sie in einer bestimmten Absicht später weggelassen. Von entschiedener Wichtigkeit sind hierbei vor Allem in der großen Unterredung zwischen Hamlet und seiner Mutter einige Sätze, in denen die Königin ihm betheuert, daß sie um die Ermordung ihres Gatten nichts gewußt, ein Umstand, der bekanntlich in dem spätern gangbaren Text im Unklaren gelassen ist. Auch in der Reihenfolge der Scenen sind ein paar allerdings sehr geringe Abweichungen. Wichtiger ist es, daß in dem Personal des alten Stückes Polonius den Namen Corambis führt; eine derartige Namensänderung bei einer so wichtigen Person ist durch bloße Flüchtigkeit des Nachschreibers gar nicht zu erklären, und deshalb muß auch dieser Umstand, so unbedeutend er erscheint, die Meinung unterstützen, daß der Dichter selbst hier eine Namensänderung vorgenommen hatte.

Nehmen wir also nach solchen Erwägungen mit der Mehrheit der Herausgeber an, die erste Quartausgabe von 1603 sei zwar eine unrechtmäßige und sehr fehlerhafte gewesen, aber es habe ihr eine ältere Form des Shakespeare'schen Stückes zu Grunde gelegen, so läßt sich daraus folgern, daß jene Spekulation mit der Herausgabe des ältern Stückes erst durch die auf die Bühne gebrachte neuere Bearbeitung hervorgerufen wurde, und daß die Schauspieler des Globetheaters, um der Publikation des ungültig gewordenen — und nebenbei noch mangelhaft wiedergegebenen — Textes entgegenzutreten, eine authentische Ausgabe des Stückes in seiner neuen Fassung veranstalteten, und daß wir diese in den folgenden Quarto's und in der Folio erhalten haben.

Ist diese Voraussetzung richtig, so können wir danach die Entstehung des Hamlet, in dem einzig anerkannten und bis gegenwärtig gangbar gebliebenen Texte, etwa in das Jahr 1602 setzen. Weit schwieriger hingegen wird die Frage zu beantworten sein, wann das Stück in seiner ersten Gestalt entstanden sei. Die Annahme der Kritiker geht ziemlich allgemein dahin, Shakespeare habe sich mit diesem Stoffe schon sehr frühzeitig beschäftigt. Ob man aber die erste Bearbeitung desselben auf die Zeit seiner ersten Versuche zurückführen kann, bleibt fraglich, wiewohl aus einer Bemerkung von Th. Nash vom Jahre 1587 oder 1589 hervorgeht, daß damals schon ein Drama Hamlet existirt habe. Er spricht nämlich von dem „Englischen Seneca, der Euch ganze Hamlets tragischer Reden liefern wird". Daß Shakespeare damals schon einen „Hamlet" geschrieben haben könnte, ist an sich keineswegs unwahrscheinlich; wohl aber, daß man ihn damals schon, wenn auch in spöttischem Sinne, als den „Englischen Seneca" bezeichnen konnte. Malone glaubt denn auch, daß jener ältere (uns nicht bekannte) Hamlet von Kyd herrührte; doch ist auch dies nur eine durch nichts begründete Vermuthung. Nach einer Notiz in Henslowe's „Diary" war 1594 ein Hamlet aufgeführt worden. Und Th. Lodge deutet in „Wit's Miserie" 1596 ebenfalls auf einen dramatischen Hamlet, indem er von einem Teufel sagt, er sehe so bleich aus wie der Geist, der auf dem Theater so jämmerlich schrie: „Hamlet, revenge." Wenn man die Behauptung, daß dies nicht auf Shakespeare's Hamlet Bezug haben könne, daraus folgert, daß dieser Ruf in der Tragödie Shakespeare's nicht vorkomme, so ist dies doch eine allzu oberflächliche Beweisführung; denn es kommt hier doch wahrlich nicht darauf an, ob hier die beiden Wörter in solcher genauen Verbindung beisammen stehn, sondern darauf, daß der Geist im „Hamlet" den Sohn wirklich zur Rache — mit dem Ausdruck Revenge — auffordert. Außerdem lautet ja doch auch die erste Eintragung des Shakespeare'schen Hamlet in die

Verlagsregister vom Jahre 1602: „The Revenge of Hamlet". Das Citat von Lodge: „Hamlet, Revenge!" gibt also doch jedenfalls den Sinn des Richtigen*).

Schwerer als diese grundlosen Einwendungen fällt der Umstand ins Gewicht, daß unser bester Gewährsmann für solche Fälle, Meres, in „Palladis Tamia" 1598 unter Shakespeare's Tragödien den „Hamlet" noch nicht erwähnt. Dagegen haben wir aus demselben Jahre eine von Steevens mitgetheilte handschriftliche Notiz von G. Harvey, worin neben Shakespeare's „Lucretia" dessen „Hamlet Prince of Denmark", erwähnt wird.

Bei diesen so schwachen Anhaltpunkten, die noch zum Theil gegen einander in Widerspruch stehn, können wir nur das Eine mit ziemlicher Sicherheit annehmen, daß die Tragödie in ihrer vollkommenen Ausarbeitung erst in den Jahren 1601 oder 1602 entstanden ist, wofür auch die Bemerkung in den Verlagsregistern vom Juli 1602 spricht: „Wie es kürzlich (lately) von des Lord-Kanzlers Dienern aufgeführt worden." Daß sie um diese Zeit eine große Popularität erlangte, beweisen außer den — wie wir schon erwähnten — schnell wiederholten Auflagen der zweiten Quartausgabe auch die häufigen Anspielungen auf das Stück, welche bei zeitgenössischen Schriftstellern zu Anfang des 17. Jahrhunderts vorkommen.

Da wir von dem erwähnten ältern Stücke, auf welches Th. Nash 1589 anspielte, gar nichts wissen, und dessen Existenz deshalb durch jene sehr indirekte Anspielung Nashs noch gar nicht bewiesen ist, so kann bezüglich der Quellen nur von der Erzählung des dänischen Chronisten Saxo Grammaticus die Rede sein, welche in die französischen „Histoires tragiques" von Belleforest überging. Von diesen französischen Geschichten, die 1564 begonnen wurden, kam eine vollständige englische Uebersetzung 1596 heraus; doch war Einzelnes daraus schon früher ins Publikum gekommen, darunter „The Hystorie

---

*) Halliwell in seiner Shakespeareausgabe (Vol. 14) citirt noch spätere Erwähnungen, in denen ebenfalls das „Hamlet, Revenge" vorkommt; so in Dekkers „Satiro-mastix" 1602, in Rowlands „Night Raven" 1618, u. s. w.

of Hamblett". Der davon bekannte Druck ist zwar erst aus dem
Jahre 1608, doch nimmt man, wir müssen dahingestellt sein
lassen, ob mit genügenden Gründen, ein früheres Erscheinen
dieser Geschichte als Thatsache an. Die englische Erzählung
weicht von der lateinischen des Saxo Grammaticus nur in
wenigen kleinen Zügen ab; in diesen aber ist Shakespeare der
„Hystorie of Hamlet" gefolgt. Zu diesen kleinen Abweichungen
von der ersten Quelle gehört der Bericht, wie Hamlet den im
Zimmer der Königin lauschenden Hofmann (Polonius) tödtet.
Obwohl auch hier der Dramatiker von der abscheulichen Rohheit des Originals abweicht, so ist doch schon in der englischen
Uebertragung des Belleforest der Ruf Hamlets: „A rat, a rat!"
enthalten, während er in der lateinisch-dänischen Quelle wie
auch bei dem französischen Erzähler fehlt*). In allem Wesentlichen, selbst in den Namen, stimmen die Bearbeiter mit der
ursprünglichen Sage genau überein. Auch sie schließen die
Geschichte nicht damit, daß der Brudermörder durch Hamlet getödtet wird. Hamlet wird vielmehr hiernach zum König erwählt und hat noch mancherlei Schicksale zu bestehn, bis er
zuletzt durch eine seiner beiden Frauen umkommt.

Aber diese Abweichungen in der äußerlichen Handlung, so
groß sie auch sein mögen, machen noch nicht allein die außerordentliche Selbständigkeit in der dramatischen Behandlung
aus. Diese zeigt sich vielmehr in dem Geiste des Ganzen, der
hier von der Ueberlieferung so himmelweit abweicht, wie es in
keiner der Shakespeare'schen Tragödien der Fall ist. Während
der „Amleth" des Saxo Grammaticus in allen Zügen ganz
und gar einem barbarischen Zeitalter angehört, hat Shakespeare das Ereigniß so ganz in eine andere Region versetzt, daß
die barbarische Gestalt aus der Sage sich in den Vertreter tief-
sinnigster Weisheit verwandelte, so daß wir gerade in dieser
Tragödie, wie Gervinus es sehr richtig bezeichnete, „ein Werk

---

*) Die kleinen Unterschiede in den Darstellungen des dänischen Geschichtschreibers,
des französischen Novellisten und des englischen Uebersetzers sind neuerdings von
C. Hebler in dessen geistvollen „Aufsätzen über Shakespeare" (Bern, 1865) hervor-
g ehoben.

von einer divinatorischen, der Zeit vorgreifenden Geistes-
bildung" erhielten, das noch weit mehr dem Geiste des neun=
zehnten als dem des sechszehnten oder siebenzehnten Jahrhunderts entwachsen zu sein scheint.   Einige der stärksten Züge des
rohen Sagenstoffes mögen hier nur angedeutet sein, um diesen
ungeheuren Abstand zwischen der poetischen Ausführung
dieses merkwürdigen Werkes und dem dem Dichter gegebenen
Stoffe darzuthun.

    Nach der Historia Danica des Saxo Grammaticus*)
bringt Fengo (bei Shakespeare König Claudius) seinen Bruder
Horvendill keineswegs heimlich um, sondern er vollführt den
Mord offen und rücksichtslos; wonach also auch Geruthe, die
Gemahlin des Gemordeten, die der Mörder dann zur Frau
nimmt, von vornherein über die Situation im Klaren ist. Das
Geheimnißvolle der That, die schwermüthigen Ahnungen Hamlets, die Offenbarung des Mordes durch den Geist, die ganze
Prüfung des königlichen Mörders durch das von Hamlet veranstaltete Schauspiel (das ja im Drama zum Mittelpunkt der
eigentlichen Handlung wird), — das Alles ergibt sich daraus
von selbst als die Erfindung des Dichters. . Für Polonius
wie für Ophelia enthält die Sage zwar ein paar episodische
Momente, aus denen Shakespeare diese Gestalten entwickelte,
die Charaktere selbst gehören aber ihm ganz und gar an. Mit
welcher Brutalität der Hamlet der Sage in seinem simulirten
Wahnsinn verfährt, möge man u. A. daraus ersehn, daß er den
ihn im Gespräch mit seiner Mutter heimlich belauschenden Hofmann (es ist dies der einzige Moment, aus welchem Shakespeare die Gestalt des Polonius schöpfte) unter der Bettdecke
erstickt, dann den Leichnam in kleine Stücke schneidet, kocht und
sie den Schweinen vorwirft. Als in der Sage Amleth, der die
Tochter des Königs von England zur Gemahlin erhalten hat,
nach Dänemark zurückgekehrt ist, führt er den Racheakt dadurch
aus, daß er während einer Festlichkeit im Schlosse einen großen
Saal, in welchem alle Gäste versammelt waren, mit einem seit

*) Der dänische Geschichtschreiber Saxo, mit dem Beinamen Grammaticus
ebte im 12. Jahrhundert.

lange vorbereiteten Netz umgab (!) und dann den Saal in
Brand steckte, den König aber apart in seinem Schlafzimmer
tödtete, nachdem er ihm zuvor sein Schwert weggenommen.
Alles in dieser Erzählung setzt uns nur durch die Rohheit der
Handlung oder durch die unglaublichen Albernheiten in Erstaunen, welche Hamlets Scharfsinn in seiner simulirten Verrücktheit beweisen sollen. Vor Allem aber ist von der ganzen
echt tragischen Idee des Shakespeare'schen Hamlet, daß er
immer und immer zu der hin und her erwogenen Rache nicht
gelangen kann, weil seine Thatkraft durch die allzu reiche
Reflexion geschwächt wird, bis er endlich selbst unter den Trüm-
mern der „aus ihren Fugen gerathenen Welt" zu Grunde
geht, — von dieser eigentlichen Idee der Tragödie ist in den
Quellen auch nicht die leiseste Andeutung gegeben, ja die Tragödie steht zu den Quellen in diesem Sinne gerade im schroffsten
Gegensatz. Niemals ist Shakespeare bei Bearbeitung des ihm
gegebenen Stoffes selbständiger und schöpferischer verfahren als
im „Hamlet", aus keiner seiner dramatischen Dichtungen tritt
deshalb die Individualität des Dichters so hervor wie hier.
Indem er in den Stoff der altnordischen barbarischen Sage
immer mehr aus seinem subjektiven Denken und Empfinden
hineintrug, brachte er auch in die Hauptgestalt der Tragödie
jenes zwiespältige Wesen, das so Vielen räthselhaft erscheint,
und das uns doch vollkommen begreiflich sein muß, sobald wir
die Umgestaltung des Stoffes aus der Urform in Betracht
ziehn und dabei einen Blick in die geistige Werkstatt des Dichters thun. Gerade die philosophische Vertiefung des Hamlet
gehört erst jener Gestalt der Tragödie an, wie wir sie mit der
zweiten Quartausgabe, also — wie wir annehmen müssen —
mit der zweiten Bearbeitung durch den Dichter selbst erhielten.
Und hierfür ist der Umstand sehr beachtenswerth, daß von den
„Essais" des Montaigne, denen man einen großen Einfluß
darauf zuschreibt, im Jahre 1603 eine englische Uebersetzung
erschienen war *).

---

*) Neuerdings ist in dieser Beziehung von B. Tschischwitz auch noch auf die
philosophischen Dialoge Giordano Bruno's hingewiesen worden. Weniger Be-

Indem wir so über den Werdeprozeß dieser Dichtung
uns klar werden, lösen sich die vermeintlichen Räthsel derselben
leicht auf. In fast allen großen Tragödien des Dichters stürzt
die Handlung in einer Zug um Zug schnell wachsenden Entwickelung vorüber, — man denke namentlich an Romeo und
Julie, an Macbeth und Lear. Und indem jene Sturmesgewalt
in dem Fortschritte der Ereignisse gerade das eminent Dramatische dieser Dichtungen ausmacht, sehn wir im Hamlet ganz
im Gegensatze den ganzen dramatischen Apparat sich fortdauernd
um Einen Punkt drehn. Man könnte sagen, die Idee dieser
Dichtung sei bedingt durch diese fortwährende Hemmung
eines äußerlichen Fortschritts; und — merkwürdig genug! trotz
dieses für das „Drama" so bedenklich scheinenden Charakters
dieser Tragödie hat gerade Hamlet die ungeheuersten Erfolge
unter allen Dichtungen Shakespeare's gehabt. Schlegel bemerkte, man müsse erstaunen, „daß bei so versteckten Absichten
und einer in unerforschte Tiefen hinabgebauten Grundlage das
Ganze sich auf den ersten Anblick äußerst volksmäßig darstellt".
Die Thatsache ist richtig, aber wir dürfen kaum darüber erstaunen, denn das Volksthümliche liegt gerade in dem die
ganzen Tiefen der Menschlichkeit berührenden Wesen dieser
Dichtung. Das Tiefe, Außerordentliche wird, wenn auch nicht
erforscht und begriffen, so doch geahnt und empfunden, und die
unmittelbare Wirkung ist dann eine um so stärkere. Bei
seiner Einführung in Deutschland, und zwar auf dem deutschen
Theater, war die Wirkung des „Hamlet" — auch ehe das sogenannte „Räthsel" gelöst war — eine so mächtige wie die
keiner andern dramatischen Dichtung; sie wurde von höchster
Bedeutung für die deutsche Schauspielkunst und für die Fort-

---

deutung dürfte der ebenfalls unlängst gemachten Entdeckung beizulegen sein, daß die
Briefe des jungen Grafen Essex Betrachtungen enthalten, welche mit einigen der
grüblerischen Untersuchungen Hamlets übereinstimmen. In der Zusammenbringung
derartiger oft nur sehr zufälliger und allgemeiner Aehnlichkeiten wird ein allzu großer
Eifer entwickelt, der über das eigentliche Ziel weit hinausgeht. Zu der nämlichen
Kategorie der Entdeckungen möchte ich auch die Vergleichung zählen, welche vor
längerer Zeit K. Silberschlag im „Morgenblatt" mit Maria Stuart und mit der
Vergiftung ihres Gemahls Lord Darnley in Bezug auf Hamlet anstellte.

entwidelung des deutschen Theaters. Diese so merkwürdige Erscheinung, daß ein Drama, dessen Motiv die Unthätigkeit, die Unentschlossenheit seines Helden ist, so wahrhaft alarmirend bei uns wirken konnte, hatte denn auch bekanntlich zu dem kühnen Wort geführt: „Hamlet ist Deutschland." Aber die näher liegende und richtigere Erklärung der so wunderbar sympathischen Wirkung wäre wohl: Hamlet ist der Mensch der neuern Zeit. Diese Anschauung kollidirt keineswegs mit der Erklärung, welche der Dichter des Faust in seinem „Wilhelm Meister" von der Shakespeare'schen Tragödie gab, und womit der Weg bezeichnet war, auf welchem man zu dem Verständnisse der Dichtung gelangen werde. Trotzdem mußte die unselige Sucht, in den Interpretationen Shakespeare'scher Dramen um jeden Preis Neues vorzubringen, natürlich gerade bei einem Drama wie Hamlet zu den am weitesten ausschweifenden Untersuchungen führen. Goethe, der im „Wilhelm Meister" durch seine höchst kunstvoll eingekleidete Abhandlung über Hamlet ganz besonders ein richtiges Verständniß des Hauptcharakters anbahnte, hatte gegenüber den an der Tragödie gemachten Ausstellungen, namentlich gegen den Vorwurf der „Planlosigkeit" des Dichters, vor Allem die strenge Folgerichtigkeit in der dramatischen Komposition nachgewiesen und die Absicht des Dichters darin gefunden: daß er „eine große That auf eine Seele gelegt, die der That nicht gewachsen war". Ulrici meint nun zwar, es sei „bis jetzt noch Keinem gelungen, das ästhetische Problem, das im Hamlet vorliegt, befriedigend zu lösen"; er gesteht zu, daß man der Dichtung das in ihr herrschende Dunkel zum Vorwurf machen könne; aber er meint doch wieder, daß dieser Mangel in der Dichtung „nur die Kehrseite des Vorzugs ist". Gegenüber dieser Geschraubtheit müssen wir viel entschiedener Gervinus beistimmen, wenn er sagt, daß — „seitdem Goethe das Räthsel gelöst, man kaum mehr begreift, daß es je eins war". Es ist aber leider in der deutschen Shakespearekritik eine sehr verbreitete Manie, daß man etwas völlig Klares und Natürliches, statt es zu fördern, mit aller Mühe zu verhüllen sucht. Wenn wir hingegen bei

der Goethe'schen Erklärung, als der einfachsten und natürlichsten, getrost verbleiben können, so möchten wir dabei nur
Einen Umstand ausdrücklich in den Vordergrund gerückt wissen,
der die Frage beantworten soll: Warum ist dieser Hamlet der
ihm zugemutheten großen That nicht gewachsen? Wir müssen
im Hamlet eine ungewöhnlich feine Natur erkennen, einen Mann
von tiefster Empfindung und von reichster Bildung, kurz einen
Charakter, der durch die bekannten Worte Ophelia's über ihn
wahr und erschöpfend gewürdigt ist. Hamlets Benehmen gewinnt außerordentlich; die gegen seine Thatlosigkeit gerichteten
Vorwürfe, mit denen er selbst ja am freigebigsten ist, schwinden dahin, wenn wir die furchtbare Schwere der ihm zugemutheten That näher erwägen, einer That, welche vielmehr
eine bis zur Brutalität gehende Rücksichtslosigkeit
erforderte, als eine so ungemein fein und edel geartete und deshalb um so leichter zerstörbare Natur,
wie sie sich uns im Hamlet zeigt. Wir haben nach der
Skizzirung der ursprünglichen Erzählung angedeutet, wie
Shakespeare den barbarischen Charakter derselben mehr und
mehr verlassen hatte und ihn ganz und gar mit seinem eigenen
Denken und Fühlen in Einklang zu bringen sich bestrebte. Indem sich hierdurch die Natur Hamlets völlig verwandelte, indem aus der brutalen Thatkraft des Helden, wie ihn Saxo
Grammaticus schilderte, ein fein empfindender, geistig hoch be-
gabter, edel fühlender Mensch und tiefsinniger Denker wurde,
blieb doch für diese ganz umgewandelte Natur des Helden die
ihm gestellte Aufgabe dieselbe, welche sie war; und in
diesem Zwiespalt, in diesem Widerspruch der feinen und geistigen
Natur des Helden zu der barbarischen Rücksichtslosigkeit seines
Rächeramtes liegt die wahrhaft tragische Bedeutung des
Shakespeare'schen Hamlet. Je edler und je reicher die Natur
Desjenigen war, auf den die schwere Aufgabe gewälzt wurde,
je geistiger und durchgebildeter sein ganzes Wesen, um so
empfindlicher mußte ihm die Last solcher ungeheuern Aufgabe
sein. Nach der oft ausgesprochenen, jedoch in neuester Zeit
immer mehr schwindenden Ansicht, daß Hamlet der Vorwurf der

Unentschlossenheit, ja der Unfähigkeit zum Handeln und selbst der
Feigheit treffe, dürfte es als kein gar so ungewöhnliches Tage-
werk zu betrachten sein, den Mord eines Vaters an dem Gatten
der eigenen leiblichen Mutter und an dieser selbst zu rächen.
Man hat wohl zu bedenken, daß Orest einer andern Zeit angehörte und unter einem wesentlich andern Gebot der Sittlichkeit — als das rächende Werkzeug der Götter — die schreckliche That vollführte. Shakespeare aber hat seinen Hamlet
ganz ausdrücklich in die neue Zeit versetzt; er hat die altnor-
dische Sage einem durchaus andern Zeitalter adäquat zu motiviren getrachtet und durch den daraus entstandenen Zwiespalt
in der Brust des Helden ihm die wahrhaft tragische Bedeutung
gegeben. Der so außerordentliche sittliche Gehalt des Wollens,
der bei Shakespeare überhaupt so stark hervortritt, mußte im
Hamlet zu einem Konflikt führen, welcher der Dichtung einen
bis dahin kaum gekannten geheimnißvollen Reiz verlieh, gleichzeitig aber auch für das Drama einen ästhetischen Fehler in sich
schloß, der nicht bis zum letzten Ausgang der Tragödie durch
den Zauber der poetischen Darstellung und die Fülle der
Reflexion gedeckt werden konnte. Von dem Momente seiner
Sendung nach England tritt ein sehr fühlbarer Bruch in der
Tragödie ein; denn die Handlung breitet sich hier mehr aus,
anstatt sich mehr auf den Einen Punkt, auf welchen es an-
kommt, zusammenzuziehn. Der Dichter suchte sich dem so nach-
theiligen Zwange, den ihm hier die Fabel auferlegte, dadurch
einigermaßen zu entziehn, daß er in der sichtbaren Handlung
die Schicksale in England übersprang und sie nachträglich erzählen läßt. Er hat dafür die Lücke durch die rührenden
Scenen Ophelia's ersetzt und auch nicht versäumt, in der kleinen
Zwischenscene, der Begegnung des Hamlet mit den Truppen
des Fortinbras, an das Amt Hamlets nachdrücklich zu erinnern.
Aber so sehr diese Art der Behandlung auch wieder für die
Ueberlegung des Dichters spricht und uns beweist, wie er selbst
hier die Klippe erkannte, die umschifft werden sollte, so konnte
doch der in den beiden letzten Akten eingetretenen Erschlaffung
damit nicht aufgeholfen werden.

20 *

In der erſten größern Hälfte der Tragödie hatte, bei der
Hemmung eines äußerlichen Fortſchrittes der Handlung, ſich
der innerliche Prozeß bei dem Helden der Tragödie mit um ſo
größerer Heftigkeit vollzogen und das eminente pſychologiſche
Intereſſe für die Hauptgeſtalt erweckt. Ueber Hamlets ſittliches
Gefühl, ſeinen über jeder Gemeinheit weit erhabenen hohen
Sinn kann kaum ein Zweifel beſtehn. Wohl aber iſt die von
ihm angenommene Störung ſeiner geiſtigen Verfaſſung geeignet,
eine etwas nähere Unterſuchung zu veranlaſſen; und wirklich
hat die Frage, ob Hamlet neben der von ihm angenommenen
Maske der Verrücktheit nicht auch wirklich geiſtig geſtört ſei,
manchen Forſcher gleichfalls „aus den Fugen" gebracht. Shakeſpeare's Zauberkraft, allen ſeinen dichteriſchen Geſchöpfen
Lebensodem zu verleihn, ſteht in innigſter Verbindung mit dem
Umſtande, daß nicht von ihm ſelbſt Alles ausgeplaudert wird,
was zu einer bis auf den geringſten Skrupel erſchöpfenden ma-
thematiſchen Auflöſung führt. Gerade in dieſen oft geheimnißvollen Zügen, in den Verſchleierungen einzelner Partien liegt
ja doch auch weſentlich der magiſche Zauber der Poeſie. Und
bei Shakeſpeare iſt dieſer poetiſche Zauber noch innigſt verwebt
mit der zündenden Gewalt der dramatiſchen Wahrheit. Er legt
den Menſchen nicht auf den Secirtiſch, ſondern er läßt ihn
unſerm Auge ſo vorübergehn, wie es im Leben geſchieht, auch
mit jenen gewiſſen oft geheimnißvollen Schatten, die ſelbſt den
ſcharfen Pſychologen ſtutzig machen können. So kommt es,
daß man bei der Zergliederung Shakeſpeare'ſcher Charaktere oft
genug den Dichter und ſeine Abſichten vergißt und ſeinen Geſtalten ſich wie wirklich vorhandenen lebendigen Perſönlichkeiten
gegenüber befindet, deren innerſtes Weſen man ganz erſchöpfen
möchte, und die deshalb der Gegenſtand unſers rein pſycholo-
giſchen Intereſſe's werden. Daher bei Shakeſpeare immer
dies grenzenloſe Feld für den Erklärer, der nur ſelten der Gefahr entgeht, ſich in den Ausleger zu verwandeln, ohne daß er
ſelbſt es merkt.

Was Hamlets Wahnſinn betrifft, ſo kündigt er ſelbſt mit
deutlichen Worten (Ende des 1. Aktes zu Horatio und den

Andern) den Entschluß an, eine solche Maske vorzunehmen. Daß aber schon vorher sein Geist eine Erschütterung erlitten hat, die zu Besorgnissen Anlaß geben könnte, empfinden wir mehrmals in seinen Reden und in seinem ganzen Verhalten. Daß es nicht allein der jähe Tod seines trefflichen Vaters ist, sondern auch — und vielleicht mehr noch die so schnell darauf folgende Heirath seiner Mutter, welche ihn in so tiefe Melancholie versenkt, spricht er im ersten Akte deutlich und wiederholt aus; am entschiedensten in dem ersten Monolog nach seiner Unterredung mit dem König und der Königin. Und ein solches Ereigniß ist in der That ganz von der Art, mehr als der bloße Verlust einer geliebten Person, nagend und bohrend in seinem Innern zu wühlen. Daß im Uebrigen sein kritischer Geist dabei nur noch mehr geschärft ist, wird ebenfalls bei einer solchen übermäßigen Anspannung und Erregtheit des Reflexionsvermögens nicht befremden können. Und durch diesen überreizten Zustand ist gerade der simulirte Wahnsinn trefflich vorbereitet. Die Erscheinung des Geistes, die ja doch auch von allen Andern als ein außerordentliches Ereigniß angesehn wird, muß natürlich seine ohnedies schon so empfindliche Natur aufs allerheftigste erschüttern. Und in der That scheint Hamlet unmittelbar nach der Unterredung mit dem Geiste momentan eine geistige Störung erlitten zu haben, so daß selbst Horatio ihn auf seine „irren und wirblichen Worte" aufmerksam macht. Man muß Gewicht darauf legen, daß sowohl seine Melancholie, die er inmitten des Hofes zeigt und welche der Königin Anlaß zu ernster Besorgniß gibt, wie auch seine wirren Reden gleich nach den Mittheilungen des Geistes seinem dem Horatio mitgetheilten Entschluß, „ein wunderliches Wesen anzulegen", vorausgehn. Hamlet fällt nach Horatio's Ermahnung, sich vernünftiger zu äußern, noch ein paarmal in diesen Ton des Irrsinns, — man denke nur an die seltsame Art, wie er seine Freunde immer wieder schwören läßt, — und es scheint nach alledem, daß Hamlet hier, durch das wirkliche momentane Schwanken seiner Geisteskräfte zu dem Entschluß geführt wird, die Maske des Wahnsinns vorzunehmen, wie er dies auch hier sogleich seinen Freunden

anbeutet. Wenn wir von dieser Thatsache, von diesem in der
Dichtung ganz deutlich gezeichneten Uebergang aus den momen=
tanen Störungen seines Geistes in den simulirten Wahnsinn ausgehn, so werden wir auch manches Auffällige in seinem künftigen
Benehmen uns besser erklären können. Nicht seine angebliche
Thatlosigkeit ist es, an die wir hierbei denken, denn das, was
man ihm in dieser Beziehung zum Vorwurf macht, haben wir
aus der Sachlage als etwas durchaus Natürliches erklärt. Daß
Hamlet sich selbst wiederholt der feigen Schwäche anklagt,
will gar nichts sagen, denn in seinem sittlichen Rigorismus,
seinen strengen Anschauungen von Pflicht, Tugend und Ehre
richtet er auch an sich selbst so strenge Anforderungen wie an
Andere, wobei ihm nur die Unklarheit in dem mehr geahnten
und dunkel empfundenen als deutlich erkennbaren Sitten-
gesetz Schmerzen bereitet. Die ganze Art aber, wie er sich zum
König und seiner Mutter stellt, ist wahrlich nicht die Art eines
schwachherzigen Menschen; noch mehr müssen solcher Auffassung
seine Handlungen widersprechen, von denen wir in den letzten
Akten Kunde erhalten. Aber eine andere Seite seines Wesens,
die sich gerade in denjenigen Momenten zeigt, in denen er mit
größter Rücksichtslosigkeit handelt, hat zu Bedenken und Zweifeln geführt. Man hat finden wollen, daß er zuweilen eine
gewisse Härte und Grausamkeit erkennen lasse, und diese Momente erfordern eine nähere Beleuchtung. Daß er Polonius
tödtete, geschah, weil er ihn für den König hielt, in einem überraschen Entschluß. Daß ihm Polonius als der leere Hofmann
und nebenbei aufdringliche Schwätzer widerwärtig war, wissen
wir zur Genüge. Wegen solcher Eigenschaften pflegt man nun
freilich keinem Menschen den Tod zu geben, und in der That
hat ja auch Polonius durch seine höfische Dienstfertigkeit sein
Schicksal selbst verschuldet. Wenn Hamlet ihm zunächst nur
einige kühle Worte widmet, so liegt das ganz und gar in dieser
Situation begründet. Die Königin aber berichtet späterhin
dem Könige, Hamlet habe um das Geschehene geweint; und
schon mit Rücksicht auf Ophelia konnte er, was geschah, so
schmerzlich tief empfinden. Aber in seinem Benehmen gegen die

arme Ophelia selbst hat man eine gewisse Grausamkeit wahrnehmen wollen, da er Diejenige, um deren Herz er mit allem
Eifer sich bewarb, und die ihn selber mit ganzer Seele liebte, in
seinem simulirten Wahnsinn mit bitterster Rede kränkt und ihr
das Herz zerreißt. Wer dies nicht versteht, der muß die Worte
ganz vergessen, die der Dichter ihn — unmittelbar nach der
Unterredung mit dem Geiste — sprechen läßt. Der Geist des
Vaters schied von Hamlet mit der Mahnung: Gedenke mein!
„Dein gedenken?" ruft Hamlet.

> Ja, von der Tafel der Erinnrung will ich
> Weglöschen alle thörichten Geschichten,
> Die Spuren des Vergangnen, welche da
> Die Jugend einschrieb und Beobachtung.
> Und dein Gebot soll leben ganz allein
> Im Buche meines Hirnes, unvermischt
> Mit minder würd'gen Dingen.

So ganz erfüllt von der ungeheuern Größe seiner Aufgabe
wollte er sonach mit Allem brechen, was ihn noch an den Genuß
des Lebens fesselte und ihn in seinem furchtbaren Richteramte
stören konnte. Indem er hiernach auch mit seiner Liebe brach,
und indem er sich dieser mit den Worten des Wahnsinns entgegenstellt, — blutete gewiß dabei sein eigenes Herz zunächst.
Und diesen Schmerz der Selbstpeinigung müssen wir hier
aus seinem bittern Hohn herausklingen hören, wenn wir die
Situation überhaupt verstehn, wenn wir sie für möglich halten
wollen. Mit seinem „Geh' in ein Kloster!" ladet er ihr in
tiefstem Schmerze die Pflicht auf, mitzutragen an dem großen
Unglück, das der Tod seines Vaters über ihn gebracht hat.

Ophelia selbst ist nun freilich in der Charakteristik durch den
Dichter äußerst knapp behandelt worden, und besonders zwischen
der eben erwähnten viel interpretirten Scene mit Hamlet und
ihrem spätern Wahnsinn ist eine dunkle Lücke, welche aus-
zufüllen dem Zuhörer überlassen scheint. Das war nun freilich
wieder um so günstiger für die ausschweifendsten Deutungen,
und am weitesten war hierbei schon Tieck von der Wahrheit
abgeirrt. Daß er sie mit aller Bestimmtheit als eine Gefallene

bezeichnet, ist keineswegs das Schlimmste, was er von ihr zu
sagen weiß; er findet in ihr nicht nur Liebe, Sinnlichkeit und
Eitelkeit vom Dichter angedeutet, sondern auch Koketterie!
Man wird freilich weder für diese Beschuldigung, noch für die
Behauptung Tiecks, daß sie dem Prinzen sich bereits ergeben
habe, in den Worten des Dichters selbst auch nur die leiseste
Andeutung finden. Tieck meint nun zwar in der Verfolgung
seiner Idee, es sei gerade so zart „und des großen Dichters
würdig, daß er dies Verhältniß, wie so vieles Andere, als ein
Räthsel in sein Stück niedergelegt hat". Es wäre aber doch eigen=
thümlich und eine sehr übel angebrachte Zartheit, wenn der dra=
matische Dichter gerade das, was er meint, und was er in solchem
Falle zur Klarheit bringen müßte, absichtlich umginge. Am ent=
schiedensten gegen jene gewaltsame Deutung spricht das kurze
Selbstgespräch Ophelia's nach jener schmerzlichen Scene mit
Hamlet.   Hier, wo sie mit sich allein ist und also in ihrem Selbst=
gespräch ihrem gepreßten Herzen Luft macht und ihren innersten
Empfindungen Ausdruck gibt, hat ihr der Dichter, der doch sonst
dergleichen Punkte nicht so ängstlich zu umgehen pflegte, nicht
die leiseste Andeutung in den Mund gelegt über das, was
sie jetzt ganz ausschließlich erfüllen müßte.   Hier wäre
ihr Schweigen — wenn anders jene Interpretation ihres Ver=
hältnisses zu Hamlet berechtigt wäre — eine psychologische
Unwahrheit, wie sie sich in solchem Maße der Dichter niemals
hat zu Schulden kommen lassen. Auch bei den frühern Gelegen=
heiten äußert sie sich nie anders als mit der größten Unbefangen=
heit.   Dem Polonius antwortet sie auf dessen Befragen nach
ihrer Beziehung zum Prinzen: „Er hat mit seiner Lieb' in mich
gedrungen mit aller Ehr' und Sitte."   Und als Polonius von
dem Wahnsinnsausbruch Hamlets hört, bestätigt ihm Ophelia
auf sein erneutes Befragen: daß sie allerdings dem Gebote
ihres Vaters gemäß sowohl Hamlets Briefe zurückgewiesen, wie
auch den Zutritt ihm geweigert habe. Wozu das Alles, wenn
es in des Dichters Absicht gelegen hätte, sie schließlich aus
Schmerz über die ihr drohende Schande in Wahnsinn zu
stürzen?!   Das Einzige, was sich zur Unterstützung dieser

Ansicht anführen ließe *), könnten die Lieder sein, die sie in dem bejammernswerthen Zustand ihrer Geistesverwirrung singt, — will man überhaupt auf die Phantasien der Irrsinnigen ein stärkeres Gewicht legen als auf alle Aeußerungen, in denen sich uns die Vernünftige zeigt. Und sollten wir annehmen, daß diese Lieder einen Grund in ihren vorausgegangenen Handlungen hatten, so war sie entweder ein liederliches Frauenzimmer, und eine solche Vorstellung würde doch zu dem so unendlich lieblichen und zarten Bilde, das der Dichter von ihr gibt, nicht stimmen; oder sie war ein bemitleidenswerthes Opfer ihrer sich rücksichtslos hingebenden Liebe, und dann wäre die ganze Scene Hamlets mit ihr eine so furchtbare Rohheit, daß wir uns von dem Helden der Tragödie, der unsre volle tragische Theilnahme erregen soll, nur mit Abscheu abwenden könnten. Zu solchen und ähnlichen Dingen vermögen geistreiche Aesthetiker sich zu verirren, wenn sie mit Selbstgefühl ihre eigenen Erfindungen dem Dichter unterschieben.

In der That ist Ophelia's Tod wie auch ihr Wahnsinn hinlänglich an den Untergang Hamlets gebunden und durch das Wesen der ganzen Dichtung motivirt. Das rührende und selbst in ihrem häßlichen Tod des Ertrinkens noch so wunderbar lieblich gezeichnete Bild der Ophelia reflektirt auf jene Seite der Dichtung, die wir als das besonders tragische Verhängniß Hamlets hervorgehoben haben. Der an Geistes- und Herzensbildung so reiche Jüngling wird zum Rächer einer schändlichen That berufen; aber das ihm übertragene Rächeramt erfordert viel mehr starke Nerven als reichen Geist und feines Gefühl. Indem Beides die Thatkraft Hamlets lähmt, sieht er die weniger Schuldigen—Polonius, Rosenkranz und Güldenstern, — wie auch völlig Unschuldige — Ophelia — durch seine Vorbereitungen zu Grunde gehn, ehe er ans Ziel gelangt. Sein Handeln ist nicht das eines etwas grob organisirten, dabei aber besonnenen Mannes, sondern eines Fieberkranken. Sein stürmischer Drang, nach dem

---

*) Die Ansicht L. Tieck's, für welche schon Goethe einige Neigung zeigte, hat auch noch neuerdings wieder in H. von Friesen, in dessen „Briefen über Shakespeare's Hamlet", einen Vertheidiger gefunden.

Rechte Vergeltung zu üben, scheint in ihm eine wahre Zerstörungs-
lust zu erregen; und so kommt es, daß er erst sein Liebstes und
sich selbst zerstört, ehe er das Haupt des Schuldigen trifft.
Aber auch dies geschieht nicht nach seiner so lange währenden
Berechnung, sondern fast wie von ungefähr, — und erst nachdem
auch Laertes durch ihn fallen mußte, nachdem auch seine Mutter
den Giftbecher getrunken und nachdem ihn selbst der Tod schon
erfaßt hat.   Während Hamlet, der alles Thun unter ein bestimmtes und unbezweifeltes Moralitätsgesetz stellen möchte,
dennoch zu keinem Ausgleich zwischen dem Wollen und Thun
gelangt, stürzt endlich über ihn selbst das erschütterte Gebäude
zusammen.   Derjenige aber, an dessen Beispiel Hamlet seine
Thatkraft erhöhen wollte, der ritterliche Fortinbras, ist zum
erhabenen Zuschauer berufen für das traurige Bild der Ver-
wüstung, in der „ein edles Herz" gebrochen.   Daß Fortinbras
den Hamlet als einen Helden bestattet wissen will, ist eine
schöne Gerechtigkeit; denn Hamlet fiel, wenn auch nicht auf dem
Schlachtfeld, so doch in einem schweren und harten Kampfe.

Wie es euch gefällt

und

Was ihr wollt.

Von der Komödie „As you like it" existirt kein früherer
Druck als der der ersten Folioausgabe.   Doch war das Erscheinen
des Stückes in den Buchhändlerregistern unterm 4. August
1600 („As you like it, a book") angezeigt gewesen; und da
Meres das Lustspiel noch nicht erwähnte, kann man die Abfassung desselben in das Jahr 1599, spätestens 1600 setzen.
Schon in einer sehr alten Erzählung: „The Coke's Tale
of Gamelyn", aus der Zeit Chaucers, finden sich die Grundzüge der Handlung dieses Stückes: der Charakter des Orlando
(dort Gamelyn), die Verfolgungen, die er durch seinen neidischen

ältern Bruder zu erbulden hat, der ihn u. A. hinterliftig durch
einen fehr ftarken Ringer befeitigen laffen möchte; die rührende
Anhänglichkeit des alten Dieners Adam für den jüngften Sohn
feines ehemaligen Herrn und die Flucht in einen Wald, wo
fie mit einer Schaar Geächteter zufammentrafen.

Die eigentliche und einzige Quelle Shafefpeare's war jedoch
ein fehr ausgeführter Roman, der — als eine der Nachwirkun-
gen von Lily's „Euphues" — noch in des Dichters Zeit fällt.
Es ift dies der Roman von Th. Lodge: „Rofalinde, Euphues' goldene Hinterlaffenfchaft" („Rosalynde: Euphues Golden
Legacie"), welche im Jahre 1590 erfchien. Bei aller Aner-
fennung, die man nach Vergleichung der Komödie mit diefer
fehr umfangreichen Erzählung der Selbftändigkeit des drama-
tifchen Dichters und dem bezaubernden Dufte feiner Poefie
fchenken muß, ift doch auch dem Roman von Lodge das Berdienft
nicht abzufprechen, daß er dem Dichter einen reichen und an-
ziehenden Stoff bot. Die muntere Erfindung und Mannigfaltigkeit, alle Charaftere und Hauptumftände der Handlung
waren ihm hier gegeben: der verbannte Herzog im Ardenner
Wald, die Feindfchaft Olivers (bei Lodge Saladin) gegen Orlando (dort Rofader), der Ringfampf, die Freundfchaft Rofalindens und Celia's und ihre Flucht in den Ardenner Wald; das
dortige Zufammentreffen mit Orlando, die Art, wie Letzterer
fich und feinen alten Diener vor dem Hungertode rettet, — diefe
wefentlichen Momente ftimmen mit Lodge's Roman überein. Wo
Shafefpeare in Einzelheiten von dem Vorbild abwich, gefchah
es ftets in richtiger Erkenntniß der theatralifchen Bedingungen.
Von den Charakteren hat er am meiften den des Orlando feinem
Vorbilde bei Lodge zu danken; ja demfelben ift dort in feinen
Schickfalen, die feiner Flucht vorausgehn, ein noch größeres
Intereffe verliehn. Auch der alte Adam ift bereits in der Er-
zählung vortrefflich vorgezeichnet, und die liebe treue Celia hat
ebenfalls ihre Züge aus der Erzählung erhalten; wogegen für
den Reiz Rofalindens, namentlich als Ganymed, es erft der
Zauberhand Shafefpeare's bedurfte, um hier den entzückenden
Humor zu fo poetifcher Erfcheinung kommen zu laffen. Die von

Shakespeare ganz selbständig hinzugefügten Charaktere sind:
der Clown Touchstone (Probstein), der melancholische Jacques,
das bäurische Paar William und Aubry (Käthchen) und Sir
William Martext.   Am meisten weicht die Handlung vom
Roman in der zweiten Hälfte ab.   Bei Lodge rettet Oliver, der
ältere Bruder, Celia aus der Gewalt einer Räuberbande, die,
um sich einen guten Lohn zu verdienen, die geraubte Schöne
dem Könige Torismund (hier Herzog Friedrich) zum Geschenk
machen will.   Andere Umstände in der Schlußentwickelung
sind von geringerer Bedeutung.   Daß aber in Betreff der Handlung Olivers der dramatische Dichter von der Erzählung abweichen mußte, weil die dramatische Form hier die Benutzung
des ursprünglichen Motivs nicht gestattete, gibt uns ein
Beispiel dafür, daß auch die größte Kunst des Dramatikers
es nicht immer vermag, die Schwierigkeiten zu umgehen, welche
der sehr wesentliche Unterschied zwischen dem Epischen und dem
Dramatischen bereitet.   Denn dadurch, daß hier die That Olivers wegfallen mußte, wird die so plötzliche Wandelung und die
daraus erwachsende Liebe Celia's zu Oliver noch unvermittelter
und unwahrscheinlicher, und das Interesse muß nothwendig
darunter leiden.   Ein ähnlicher unbefriedigender Nothbehelf ist
es, wie Shakespeare den Schluß herbeiführt.   Bei Lodge haben
sich „die Pairs" gegen den unrechtmäßigen Herzog empört und
sind im Begriff, ihm eine Schlacht am Rande des Waldes zu
liefern.   Der vertriebene Herzog mit allen den Seinen ziehn
den Pairs zu Hülfe, der Usurpator wird geschlagen und im
Kampf getödtet.   Auch diese breite Ausführung konnte der
Dramatiker für die letzte Scene nicht brauchen.   Daß er aber
nur in ein paar Zeilen den Jacques melden läßt, der Usurpator
habe auf seinem Zuge nach dem Ardenner Wald sich durch das
Gespräch eines heiligen Mannes bekehren lassen, schneidet doch
die Intrigue gar zu kurz und willkürlich ab.   Der Widerspruch,
welcher in dieser so überaus poetischen Komödie zwischen dem
epischen Inhalt und der dramatischen Form besteht, wird in
der Lektüre nicht fühlbar.   Hier ist die Phantasie durch die
Zaubergewalt des Dichters so stark erregt, daß das ganze

poetische Leben im Walde, die süßen Reize der verkleideten
Mädchen, kurz das ganze willkürliche Spiel der heitersten
Laune uns gewissermaßen in eine po e t i s c h e Welt versetzt und
uns ganz und gar gefangen nimmt. Der Ton der wahrhaften
Komödie, der in diesem Stücke herrscht, wird nach der Exposition keinen Moment mehr unterbrochen. Es gibt in dem
Ardenner Wald keinen eigentlichen Ernst des Lebens; es ist
Alles ideales Leben, das wir hier auf einen bestimmten Raum
hingezaubert sehn. Wenn uns der Zauber in dieser Romantik
bei der Lektüre hoch entzückt, so nehmen wir bei der dramatischen
Darstellung solcher lieblichen Phantasiegebilde einen wesentlich
andern Standpunkt ein. Die plastische Form läßt die Phantasie nicht so weit sich versteigen, als der Dichter es wünscht,
sie beschränkt den Eindruck auf das, was eben für uns sichtbar
und begreiflich ist. Ueberhaupt bilden die ganzen an sich so
reizenden Waldscenen nur eine Reihe hintereinander laufender
Begebenheiten, ohne Steigerung, ohne Spitze in der dramatischen Aktion. Ueber die Unwahrscheinlichkeit des Ganzen,
daß alle Personen sich in dem Ardenner Wald zusammenfinden,
daß Rosalindens Geschlecht in dem so langen Verkehr mit
Andern nicht entdeckt wird, daß ihre Persönlichkeit nicht nur
dem Orlando, sondern auch ihrem eigenen Vater verborgen
bleibt, — das Alles würden wir als munteres Spiel der dichterischen Laune hinnehmen, wenn eine wirkliche V e r w i c k e l u n g
in der Fabel, wie z. B. in „Was ihr wollt", uns munter darüber
hinwegführte und uns keine Zeit zur Ueberlegung ließe; —
hier aber bewegt sich Alles in einer ohnedies für das dramatische Interesse bedenklichen Gleichmäßigkeit der Situation.
Die hochvollendete Poesie, welche alle diese Scenen durchleuchtet,
der rosige Humor, der bald mit Keckheit, bald mit Grazie jeden
sich nahenden Schatten verscheucht, — das Alles ist an sich von
unübertreffbarem Reize; aber dieser Reiz ist wesentlich lyrischer
Art, und er wird durch die plastische Darstellung verflüchtigt.

„Was ihr wollt", im vollständigen Titel des Originals
„Twelfth night, or: What you will", muß aus diesem Grunde

als das v o l l e n d e t e r e von den beiden phantastischen Lustspielen
bezeichnet werden.   Ob „Twelfth night“ der ursprüngliche Titel
des Stückes. war und sich von der ersten Aufführung desselben,
an diesem Tage — dem der heiligen drei Könige — herschreibt,
mag dahingestellt bleiben.   Zu dem Inhalte der Komödie steht
weder der eine, noch der andere Titel in Beziehung, und wir
brauchen uns nicht abzumühen, seine Bedeutung aus der „Idee“
des Stückes abzuleiten.   Wie bei der vorigen Komödie, so hat
auch hier der Dichter mit dem Titel nicht den Sinn oder den
Inhalt bezeichnen, sondern überhaupt nur einen Namen dem
Stücke geben wollen, bei welchem es zu nennen ist.

Das Lustspiel erschien im Drucke erst in der Folioausgabe,
und über die Zeit seiner Entstehung ist nur zu sagen, daß es
Meres 1598 noch nicht erwähnte, daß jedoch in dem von Collier
entdeckten Tagebuche von Manningham im Jahre 1602 eine
Aufführung besprochen wird.   Manningham, der in seinem
Berichte ganz besonders auf die komische Intrigue gegen den
Haushofmeister Bezug nimmt, gab zwar dabei das Stück nicht
ausdrücklich als ein neues aus; aber die Art seiner Besprechung
zeigt, daß es noch nicht sehr bekannt war.   Man kann annehmen, daß es um 1600 bis 1602 entstanden ist, in der Zeit
der herrlichsten Blüthe der Shakespeare'schen Poesie; und es
wird nicht gewagt sein, „Was ihr wollt“ unter allen heitern
Schöpfungen des Dichters als die wahre Musterkomödie
zu bezeichnen.

Die ursprüngliche Fabel haben wir wieder bei den italienischen Novellisten zu suchen.   Schon gelegentlich der „Beiden
Veroneser“ wurde auf die Geschichte der Felismene des Monte-
mayor hingewiesen, in der ein Mädchen dem Geliebten in
Männertracht folgt und — ohne von ihm erkannt zu sein —
ihm Dienste thut, wobei sie u. A. auch in den Botschaften an
die neue Geliebte des Ungetreuen als Unterhändler benutzt wird.
In ausführlicherer Weise ist das ähnliche Motiv von Bandello,
und weniger komplicirt von Cinthio behandelt.   Aus einer
englischen Bearbeitung jener italienischen Quelle hat dann der
Dichter die Anregung zu seinem Lustspiel erhalten, den sehr

dünnen Faden, aus welchem er mit großer Selbständigkeit das komplicirteste und zierlichste Gewebe erst schuf. Jene englische Bearbeitung der italienischen Novelle ist die Geschichte von „Apollonius und Silla" von Barnaby Rich (in „Farewell to Military Profession", 1581). Eine der wesentlichsten Abweichungen von der Erzählung besteht in dem Lustspiel darin, daß Viola nicht aus Liebe zu einem Manne heimlich ihre Vaterstadt verläßt, wie es dort in dem Verhältniß der Silvia zu Apollonius der Fall ist; sondern daß Viola erst, da sie im Dienste des Herzogs ist, von Liebe zu ihm erfüllt wird. Indem Shakespeare sich also hier von dem auch in den „Veronesern" behandelten Motiv entfernte, gewann er für den Charakter seiner Viola eine ganz neue Grundlage, welche diesem liebreizenden Bilde ungemein vortheilhaft sein mußte. Aber auch in allen Nebenumständen ist er hier ganz selbständig verfahren und hat so ganz neue Motive mit so neuen Folgerungen hineingebracht, daß das Lustspiel fast ganz als die eigene Erfindung des Dramatikers betrachtet werden kann. Auch die italienische Literatur hatte bereits vor Shakespeare ein paar dramatische Bearbeitungen des Grundmotivs aus Cinthio aufzuweisen, und es ist möglich, daß eines davon — Gl' Ingannati — dem englischen Dichter bekannt gewesen ist, obwohl die damit übereinstimmenden Züge auch in Richs Erzählung enthalten sind. Daß aber die italienische Komödie in England überhaupt bekannt war, ersieht man daraus, daß in der erwähnten Tagebuchnachricht von Manningham auf die Aehnlichkeit mit jenem Stücke und mit den Menächmen des Plautus hingewiesen wird. Wie aber Shakespeare schon das italienische Novellenmotiv wesentlich umgestaltet und mit dem höchsten poetischen Glanze geschmückt hat, so erhält seine Komödie noch eine um so größere Selbständigkeit, auch in der Erfindung der Fabel, durch die Verflechtung des einen Theils der Handlung mit der burlesken Geschichte des Haushofmeisters Malvolio, welcher ganz seine eigene Schöpfung zu sein scheint, und dessen komischer Konflikt in der theatralischen Darstellung so sehr dominirt, daß von jeher die Figur des Malvolio dem Lustspiel die große Beliebtheit auch

auf der Bühne verschafft hat*). In jenen Shakespeare'schen
Lustspielen, in welchen neben der heitern Handlung auch eine
Fabel von ganz ernstem Charakter fortschreitet, stehn der Ernst
und die Heiterkeit ziemlich scharf von einander getrennt. Hier
aber, in „Was ihr wollt", ist auch der ernstere Theil der Handlung so fein durchwebt von der sonnig=heitern Lebensanschauung
des Dichters wie nirgends sonst. In „Was ihr wollt" unterscheiden wir nicht die streng ernst gehaltenen Charaktere und
die heitere Scenerie, durch welche jener Ernst gewissermaßen
paralysirt wird, sondern wir unterscheiden hier die Anmuth der
poetischen Fabel — Viola, Sebastian, Orsino, Olivia —
von der damit in höchst kunstvolle Verbindung gesetzten rein
komischen Handlung, bei welcher namentlich Malvolio, die
Junker Tobias und Andrew, Maria und der Narr betheiligt
sind. Auf die ungemein sinnreich hergestellten Verbindungs-
glieder der beiden Handlungen besonders hinzuweisen ist kaum
nöthig. Man beachte nur, mit welcher Kunst z. B. die Figur
der Olivia in eine Situation gebracht ist, aus welcher wir diesen
Charakter erst ganz verstehen lernen. Wir müssen, um die auf=
fälligen Sonderbarkeiten ihres Wesens — namentlich ihre
demonstrative Trauer und ihr Verhalten gegen Viola — gerechter
beurtheilen zu können, ihre Lage in Betracht ziehn, ihre nächste
Umgebung, unter deren Zwang sie leidet; wir müssen erkennen,
wie ihre Empfindsamkeit durch die Rohheit ihres schlemmerischen
Oheims nothwendig verstärkt wird. Gegen Malvolio zeigt sie
besonders ihre schönste Charaktereigenschaft, eine außerordentliche Duldsamkeit, die hier um so liebenswürdiger erscheint,
als gerade diesem Malvolio, trotz seiner puritanischen Sittenstrenge, die Tugend der Toleranz ganz und gar fehlt. Dieser
Gegensatz tritt besonders deutlich hervor, da Malvolio in
giftigen Ausfällen sich über die Scherze des Narren ausläßt
und Olivia diesen in so liebenswürdiger, und zugleich sinniger

---

*) Dies geht u. A. aus einem im Jahre 1640 gedruckten Gedichte von L. Digges
hervor, in welchem es heißt:

The cock pit, galleries, boxes, all are full,
To hear Malvolio, that cross garter'd gull.

Weise in Schutz nimmt. In seiner Anmaßung und Beschränktheit hat Malvolio nicht einmal so viel Kapacität und Toleranz,
um die sinnreichen Scherze des Narren als das hinzunehmen,
was sie sind. Obwohl Malvolio durch die Situation, in die
er geräth, als die komische Hauptfigur erscheint, so hat doch
auch in dieser Gestalt der Dichter ein Charakterbild voll tiefer
psychologischer Wahrheit geschaffen. Das Benehmen dieses
Menschen ist der Art, daß es uns vollkommen begreiflich erscheint,
wie ihn Niemand im Hause leiden mag, und wie die durch-
triebenen Leute darauf erpicht sind, ihm einmal einen rechten
Streich zu spielen, der doch auch nur auf einen seiner Charakter-
fehler, seine lächerliche Aufgeblasenheit und bornirte Eitelkeit
basirt ist und nur dadurch glückt. Sein schlimmster Fehler ist
seine Selbstüberschätzung; er will als ein Tugendspiegel gelten,
aber seine puritanische Sittenstrenge ist so unerfreulicher Art,
daß von allen seinen eingebildeten Tugenden keinem einzigen
Menschen etwas zu Gute kommt; um so weniger, als er zu sehr
in sich selbst vergafft ist, als daß er bei Andern Gutes zu suchen
oder zu erkennen vermöchte. „Meinst du, weil du tugendhaft
bist", sagt einmal Junker Tobias zu ihm, „soll es in der Welt
keine Torten und keinen Wein geben?" In dieser Bemerkung
müssen wir den scharfen Spott des Dichters gegen die prä-
tentiöse und verdrießliche Sittenstrenge der puritanischen Tugend-
helden ganz deutlich erkennen, wenn nicht schon das vollendete
Charakterbild selbst unsern Blick auf dies Ziel lenkte.

Ueber Viola ist nichts zu sagen; diese Mischung von
Schalkheit und Herzenswärme, von mädchenhafter Zartheit und
liebenswürdiger Keckheit gehört zu den wunderlieblichsten
Schöpfungen des Dichters, die ihren unwiderstehlichen Zauber
auf jedes Gemüth ausüben. Jede Ergänzung des dichterischen
Gebildes wäre nur eine Verletzung desselben. Wohl aber sind
dem Herzog Orsino einige Worte zu widmen. Derselbe gehört
zu der Gattung der liebenswürdigen Phantasten. Daß er aus
seiner stürmischen Leidenschaft zur Gräfin am Schlusse so plötzlich
zu Viola übergeht, ist vom Dichter durch die ganze Charakter-
zeichnung dieses Schwärmers motivirt. Wie sehr der Dichter

dergleichen vorzubereiten weiß, zeigt dieser Fall in über-
zeugendster Weise, denn schon in dem ersten Satze, mit welchem
der Herzog das Stück eröffnet, gibt er uns die Grundlage für
das Verständniß des ganzen Charakters. Indem der Herzog
hier selbst auf das Vielgestaltige der Liebe hinweist, spricht er es
aus, daß sie allein etwas „Hochphantastisches" sei. Das Wort
fancy, was hier für Liebe gebraucht ist, bedeutet zugleich Ein-
bildung wie auch Neigung. In dieser Liebe Orsino's, an der
er sich mit Ostentation berauschen will, und die im Grunde nur
ein Erzeugniß seiner Einbildungskraft ist, haben wir die Hauptpointe in der köstlichen Ironie dieser Komödie voll göttlicher
Heiterkeit zu suchen. Auf der andern Seite erhält auch die
weiche Olivia von dem Liebesgott eine verständliche Lektion
dafür, daß sie mit ihrer immerhin aufrichtig gemeinten Trauer
ein eigensinniges Spiel trieb, — so wie der Herzog mit seiner
vermeintlichen Liebe. Eine derbere Züchtigung wird nebenbei
der Trunksucht und wüsten Schlemmerei (im Junker Tobias)
zu Theil, der unmännlichen Feigheit im Junker Andrew
(Bleichenwang) und endlich — im Malvolio — am nachdrück-
lichsten der bornirten Selbstüberhebung, gemüthlosen Fröm-
melei und Unduldsamkeit.

Die Tragikomödien.

Ende gut, Alles gut. Maß für Maß. Wintermärchen.
Cymbeline.

Der Gattungsbegriff „Komödie" war ehedem ein viel
umfassenderer, als heutzutage der des „Lustspiels" ist; da in
unserer Zeit zwischen der Tragödie und dem Lustspiel noch die
ganz allgemeinen Bezeichnungen Drama und Schauspiel üblich
sind. Als „Comedy" wurde auch zu Shakespeare's Zeit meist
das ernste Schauspiel bezeichnet, welches einen guten Ausgang hat. In der ersten Folioausgabe Shakespeare's finden
wir deshalb, wie an betreffender Stelle in diesem Buche zu ersehen ist, die Stücke in Comedies, Tragedies und Histories eingetheilt. Zu den Comedies gehören dort auch: Ende gut,
Alles gut, Maß für Maß und Wintermärchen; während Cymbeline, obwohl es keinen tragischen Ausgang hat,
aber freilich auch keine komischen Bestandtheile enthält, unter
die Tragödien gesetzt ist. Wir würden heutzutage alle diese
Stücke als Schauspiele, Cymbeline vielleicht als romantisches
Schauspiel oder als Drama bezeichnen. Bei den ersten drei
Stücken ist das ernste und heitere Element gemischt; es handelt
sich bei allen um einen sehr ernsten Konflikt, der nur stellenweise
eine heitere Umgebung erhält. Wir bringen sie deshalb hier
— obwohl sie nach der Zeit ihrer Entstehung nicht so nahe bei
einander liegen — zusammen in einer besondern Gruppe, und
zwar unter jener Bezeichnung, welche auch schon in der Shakespeare'schen Zeit üblich war.

21*

„Ende gut, Alles gut" ist nach einer verbreiteten Annahme dasselbe Stück, welches Meres im Jahre 1598 bei Aufzählung der Shakespeare'schen Lustspiele unter dem Titel „Love's labours won" (Gewonnene Liebesmüh), als Seitenstück zu Love's labours lost angeführt hat. Der einzige Grund für diese Annahme ist freilich der Umstand, daß unter dem von Meres angeführten Titel kein Shakespeare'sches Stück existirt, daß aber derselbe auf All's well that End's well ebenso gut passen würde wie dieser. Bemerkenswerth ist dabei noch, daß der jetzige Titel mehrmals im Dialog angebracht ist, was die nachträgliche Aenderung des Titels noch wahrscheinlicher macht. Gegen die Annahme, daß unter Love's labours won „Viel Lärm um Nichts" zu verstehn sei, wendet Gervinus sehr richtig ein, daß dieser Titel auf jenes Lustspiel allzu sehr passe; denn man würde vergeblich nach einem Grund suchen, weshalb denn ein so passender Titel in einen so nichtssagenden, wie Viel Lärm um Nichts, umgewandelt worden sei. Daß das Stück vor dem Erscheinen der Meres'schen Schrift, also vor 1598 existirt hat, dafür sprechen allerdings auch noch die innern Gründe, welche das Stück überhaupt in eine ziemlich frühe Zeit versetzen. Mit den „Beiden Veronesern" hat es die Gebrechen der wenig ansprechenden Fabel gemein, doch zeigt die Ausführung in manchen Partien schon eine viel gereiftere Technik. Vielleicht gehörte es zu jenen Komödien, mit deren leichterer Arbeit der Dichter die Reihe der Historien unterbrach. Aus den bessern Partien des Stückes hat man die Vermuthung geschöpft, daß der frühere Entwurf desselben nochmals eine spätere Redaktion erfahren habe. Daß aber die zweite Bearbeitung der reifsten Periode des Dichters angehören sollte, ist kaum glaublich. Denn daß aus der Fabel, die so tief im Boden der italienischen Novelle wurzelt, und die der dramatischen Behandlung vielfach widerstrebt, sich ein Werk von tiefem Gehalt schaffen lassen werde, konnte der gereifte Dichter kaum noch voraussetzen. Die Fabel ist ziemlich getreu, ohne wesentliche Abweichung und nur mit Hinzufügung der komischen Charaktere, einer Novelle Boccaccio's entnommen, der Geschichte der Giléta von Narbonne. Ob Shakespeare außerdem auch ein italienisches Schauspiel von Bernardo Accolti, „Virginia" (1513), gekannt habe, wie Klein (Geschichte des italienischen Drama's) nachweisen will, dürfte wohl noch zweifelhaft sein. Shakespeare's eigentliche Quelle war jedenfalls die englische Uebersetzung von Boccaccio's Erzählung in Painters „Palace of Pleasure" (erschien 1567 und 1575). Ausschließlich Shakespeare'sche Charaktere sind: die Mutter des Grafen Roussillon, der alte französische Edelmann Lafeu, und vor Allem der feige und heuchlerische Parolles. Mit der Erfindung der letztern Figur hängen auch die Kriegsscenen zusammen. Wenn diese, namentlich die Entlarvung des Parolles, der spätern Bearbeitung angehören sollten, so kann diese Episode doch nur vor der Schöpfung des Falstaff entstanden sein und nicht nachher, wie z. B. Gervinus annimmt. Denn so spaßhaft auch die Scene der Entlarvung Parolles' ist, so müssen wir dabei doch das Gefühl haben, daß dies nur ein Keim des spätern Falstaff (und gleichzeitig des Pistol) ist; denn wie hätte der Dichter dazu kommen sollen, an seine wundervollste humoristische Schöpfung in einem spätern, ungleich schwächern Reflex zu erinnern? Wir nehmen daher an, daß — wenn der Dichter zweimal an dem Stücke arbeitete, doch auch die zweite Bearbeitung in die Zeit vor Abfassung der Lancastertetralogie, also etwa in den Zeitraum von 1594 bis 1596 zu setzen ist. — Die Sprache ist oft schwülstig, der Witz — wenn auch oft glänzend — doch vielfach an Ueberladung leidend, wie in Love's labours lost. Die Sprache des Narren bewegt sich häufiger als sonst in den allerniedrigsten Zoten. Trotz dieser Schattenseiten in der Ausführung müßte das Stück dennoch bei der rasch fortschreitenden und belebten Handlung, bei den trefflichen komischen Scenen und der guten Ausarbeitung einzelner ernsterer Partien mehr Interesse erregen, wenn nicht eine innigere Theilnahme von vornherein durch die ganze Idee der weiblichen Hauptfigur zurückgehalten würde. Mit großem Unrecht hat man den Charakter Helenens mit unserm deutschen Käthchen von Heilbronn verglichen. Käthchen ist bei all ihrer Liebeskrankheit und ihrer sklavischen Unterwürfigkeit gegen den Ritter

doch eine makellos reine und durchaus keusche Natur. Dies ist
es, was sie uns so poetisch macht. Aber das doppelte Vergehen
Helenens, erst ihre Verbindung mit dem geliebten Manne durch
einen königlichen Befehl zu erzwingen, dann sich durch List wirklich von ihm zur Gattin und zur Mutter machen zu lassen, muß
uns so gründlichst abstoßen, daß nichts in ihrer sonstigen Handlungsweise mildernd darauf einwirken kann. Sehr überlegt ist
es vom Dichter, wie des Grafen Bertram Wesen durch Parolles
schärfer beleuchtet wird. Wie Bertram der Helene nicht die
ihr gebührende Würdigung angedeihen läßt, so verschwendet
er auf der andern Seite seine Gunst an den Unwürdigen. Im
Grunde müssen wir aber trotz alledem für Bertram Partei
nehmen, wenn er sich ein Weib, das er nicht liebt, — denn der
bloße Standesunterschied ist zu wenig hervorgehoben und wird
durch die königliche Vermittelung ausgeglichen, — sich auch nicht
will aufbringen lassen. Für das künftige Glück der Ehe haben
wir nach der so gewonnenen Liebesmüh wenig Vertrauen.

Auch „Maß für Maß" erschien nicht früher im Drucke
als in der Folioausgabe, und wir haben auch sonst keinerlei
äußere Merkmale, nach denen wir die Zeit der Entstehung des
Stückes bestimmen könnten. Daß es kurz vor Ende des Jahres
1604 aufgeführt worden, und zwar bei Hofe von der Shakespeare'schen Truppe, wird zwar in den Accounts on the Revel's
of the Court berichtet; deren Echtheit ist jedoch — was die Angaben über die theatralischen Aufführungen betrifft — neuerdings bestritten worden. Bei sonstigem Mangel aller Nachrichten
müssen deshalb hier die „innern Gründe" wieder vorhalten,
und nach diesen wird das Stück ziemlich allgemein in die letzte
Periode des Dichters gesetzt. Die vorgebrachten Gründe für
eine zweimalige Bearbeitung auch dieses Stoffes sind hier
keineswegs stichhaltig.

Die Fabel von Measure for Measure ist ursprünglich in
einer italienischen Novelle des Giraldo Cinthio enthalten und
gab den Stoff zu einem ältern englischen Drama, George
Whetstone's „Promos und Cassandra", welches 1578 im

Druck erschien. Bei Cinthio spielt die Geschichte in Innspruck unter dem Kaiser Maximilian, und die Statthalterschaft führte ein Mann Namens Juriste. Derjenige, welcher dem Gesetz und seiner strengen Handhabung verfällt, ist ein gewisser Vino, dessen Schwester Epitia, um ihren Bruder zu retten, sich dem verruchten Statthalter ergibt, jedoch erst dann, als ihr Bruder selbst sie unter Thränen gebeten hatte, ihm das Opfer zu bringen. Außerdem hatte der Statthalter ihr versprochen, sie zum Weibe zu nehmen; nachdem er aber sein Ziel erreicht, ließ er den Unglücklichen enthaupten und der armen Schwester, die jetzt ihren Bruder befreit zu haben glaubt, sein Haupt bringen. Trotzdem fühlte Epitia, welche beim Kaiser Gerechtigkeit verlangte, sich damit befriedigt, daß der Statthalter, der auf des Kaisers Befehl enthauptet werden sollte, sie zum Weibe nimmt. In „Promos und Cassandra" ist die Geschichte nach einer Stadt Julio verlegt, welche — wie der Verfasser im „Argument" zu seinem Stücke bemerkt — „einige Zeit unter der Herrschaft des Corvinus, Königs von Ungarn und Böhmen", stand. Erst Shakespeare verlegte den Schauplatz nach Wien. Aber schon Whetstone hatte ein paar glückliche Aenderungen gemacht; die wichtigste ist, daß der Verurtheilte, Claudio, nicht wie bei Cinthio wirklich hingerichtet wird, sondern daß der Kerkermeister aus Mitleid für Andrugio (bei Shakespeare Claudio) der Cassandra (Isabella) das Haupt eines Andern, eines bereits hingerichteten Verbrechers überbringt. Cassandra aber glaubt, daß es der Kopf ihres Bruders sei, und im Abscheu über die That des Promos (Angelo) beschließt sie, die ganze Sache dem Könige vorzutragen, welcher den Promos zum Tode verurtheilt. Da aber Cassandra selbst, die den Missethäter als ihren Gatten ansieht, für sein Leben bittet, da außerdem Andrugio, den man hingerichtet glaubte, und der bis dahin im Verborgenen gelebt, zum Vorschein kommt, wird der Statthalter, eben als er zur Exekution geführt werden soll, begnadigt. Whetstone's „Promos und Cassandra"*) hat, ebenso

---

*) „The right excellent and famous Historye of Promos and Cassandra" ist abgedruckt in den „Six old Plays", 2. Bd., 1779.

wie der ältere „König Johann", zwei Theile, jeder Theil fünf,
allerdings ziemlich kurze Akte.   Im erſten Theil geht die Handlung bis zu der Ausführung des Verbrechens des Promos, im
zweiten Theil geſchieht ſeine Entlarvung, ſeine Verurtheilung
und die ſchließliche allgemeine Verſöhnung.

Whetſtone ſelbſt hatte ſpäter den Stoff ſeines Drama's
ebenfalls als Erzählung bearbeitet, welche in ſeinem „Heptameron
of Civil Discourses" 1582 erſchien.   Shakeſpeare hat beide
Arbeiten Whetſtone's gekannt, wie die erwähnte weſentliche Abweichung von Cinthio, welche Shakeſpeare adoptirte, und einige
andere mit Whetſtone übereinſtimmende Züge beweiſen.   Aus
dem Drama hat Shakeſpeare kaum mehr profitirt als aus der
Erzählung, denn das Drama Whetſtone's iſt troz der mit
Cinthio's Novelle vorgenommenen Verbeſſerung eine höchſt
untergeordnete Arbeit, ſowohl in der dialogiſchen Ausführung,
wie auch in der Kompoſition des Ganzen, welche eine äußerſt
geringe dramatiſche Technik zeigt.   Shakeſpeare hat in dieſem
Falle auch wieder den ſehr dürftigen Kern der Fabel benutzt
und zu einem feſſelnden Seelengemälde umgeſchaffen.   Unter
Anderm iſt auch erſt durch Shakeſpeare die empörende Grau-
ſamkeit des Statthalters dadurch gemildert, daß Angelo
fürchtet, Claudio werde für die Schande ſeiner Schweſter, die
ihm das Leben rettete, einſt Rache nehmen wollen.   Bei Cinthio
wie bei Whetſtone fehlt dies Motiv, und das Abſtoßende des
Vorgangs wird um ſo unerträglicher.   Von großer Bedeutung
für die befriedigende Löſung iſt ferner der Umſtand, daß
Shakeſpeare's Jſabella ſich dem Statthalter nur zum Scheine
preisgibt, indem die dafür hinzugedichtete Mariana ſtatt ihrer
untergeſchoben wird.   Wenn man ſich über die große Verwegenheit dieſes (ſchon in „Ende gut, Alles gut" vorkommenden)
Qui pro quo hinwegſetzen will, ſo müſſen wir in dem Umſtand,
daß durch dieſe komplicirtere Löſung der Böſewicht nicht durch
die Heirath Jſabellens entlaſtet zu werden braucht, eine viel
größere Genugthuung finden als in der ſo höchſt gefühlsver-
letzenden Verbindung Beider.   Den ethiſchen Grundgedanken des Schauſpiels ſpricht der Herzog ſelbſt gleich in

der erſten Unterredung mit Angelo aus: die Macht des Herrſchers ſolle ſein, das Geſetz mit Milde oder mit Strenge zu
handhaben, wie es das Gewiſſen in dem beſondern Falle
räth. Die Sittlichkeit dieſes Grundſatzes iſt in der trefflichen
Entwickelung der beiden entgegengeſetzten Charaktere des Herzogs und Angelo's dargelegt. Und dieſer Aufgabe gemäß
mußte der Dichter, wie er es that, die Perſon des Herzogs
gleich im Beginn des Drama's ſo bedeutſam einführen, während bei den Vorgängern Shakeſpeare's der Herrſcher ganz im
Hintergrunde ſteht und erſt zur Löſung des Konfliktes herbei-
gerufen wird. Die treffliche Grundlage, welche das Drama
Shakeſpeare's durch die politiſche Tendenz erhält, zeigt wieder
die große Ueberlegenheit und den weiten Blick des Dichters,
deſſen dramatiſches Genie wir zugleich in der meiſterhaften
Gruppirung des ſo ſchwierigen und für die theatraliſche Darſtellung leider ſehr bedenklichen Stoffes erkennen. In der
theatraliſchen Technik wird „Maß für Maß" kaum von einem
andern Drama des Dichters übertroffen, und namentlich zeigt
das Arrangement in der Schlußentwickelung eine bewunderns-
werthe Meiſterſchaft.

„Das Wintermärchen" (The Winters Tale) erſchien
ebenfalls erſt in der Folioausgabe, und die erſte Erwähnung
deſſelben geſchieht erſt im Jahre 1611 in dem aufgefundenen
Tagebuche eines Dr. Forman. Auch aus andern Umſtänden
hat man folgern wollen, daß das Wintermärchen ziemlich gleichzeitig mit dem „Sturm" entſtanden ſei, alſo zu Shakeſpeare's
letzten Arbeiten gehöre.

Die Quelle für dies Schauſpiel lag dem Dichter ſehr nahe
in der Erzählung von Robert Greene: „Die anmuthige Geſchichte des Doraſtus und der Faunia" (Pleasant History of
Dorastus and Faunia). Nach der Vermuthung Schacks (Geſchichte der dramatiſchen Literatur in Spanien) hat für Greene
eine ältere Quelle exiſtirt, welche auch von Lope de Vega benutzt worden, da deſſen Marmol de Felisardo eine auffallende
Aehnlichkeit mit Shakeſpeare's Wintermärchen zeigt. Wir

haben es hier nur mit der direkten Quelle des Dichters, mit der
Erzählung von Robert Greene zu thun. Dessen „Dorastus and
Faunia" erschien zuerst 1588 unter dem Titel „Pandosto: The
Triumph of Time: wherein is discovered etc." und war nach
Halliwells Angabe eine der populärsten Erzählungen aus dem
letzten Theile des 16. Jahrhunderts, wie auch die vielen Auflagen beweisen. Shakespeare hat allerdings vielfache Aenderungen mit der Erzählung vorgenommen. Nicht nur daß
sämmtliche Namen aus der Erzählung bei ihm umgewandelt
sind, sondern auch den Schauplatz in beiden Haupttheilen
der Handlung hat er vertauscht; denn bei Greene spielt die
tragische Geschichte der unbegründeten Eifersucht u. s. w. in
Böhmen, der Eifersüchtige ist dort der König von Böhmen,
und sein Gast ist der König von Sicilien. Die Charaktere des
Antigonus, Autolycus und der Paulina sind erst von Shakespeare hinzugefügt worden. Aber die allerwesentlichste und für
den ganzen Charakter des Stückes entscheidende Aenderung besteht darin, daß bei Greene die unschuldig verklagte Bellaria
(bei Shakespeare Hermione) in Folge der erlittenen Unbill und
aus Gram über den Verlust ihres Kindes wirklich stirbt,
während Shakespeare sie wieder zum Leben erstehen läßt. Mit
der Wiedererweckung Hermione's hatte Shakespeare das Motiv
aus „Viel Lärm um Nichts" (den Scheintod der Hero) aufs
Neue benutzt, freilich hier, im Wintermärchen, in viel poetischerer
Darstellung. Mit dieser Umwandlung mußte auch der Schluß
der Greene'schen Erzählung bei Shakespeare wegfallen, nach
welchem dort der König von Böhmen, Pandosto, trotz der
glücklichen Vereinigung der Liebenden, aus Gram über das
früher Geschehene — wozu noch der Umstand kommt, daß er sich
in seine eigene Tochter verliebt — sich selbst das Leben nimmt.
Im Uebrigen folgte Shakespeare der Erzählung in allen
Nebenumständen ziemlich genau. Indem er aber bezüglich des
Endes der Hermione von dem Original abwich und danach
auch die schließliche Lösung befriedigender gestalten konnte,
wurde er offenbar von dem Gefühl geleitet, daß das Phan-
tastische, das Märchenhafte der ganzen Handlung die wirkliche

Tragik ausschließen müsse. Er suchte die Handlung in eine freundlichere Sphäre zu rücken, welche dem Ton des Märchenhaften bei weitem angemessener ist. Der Titel eines Märchens war — obwohl keine übernatürlichen Kräfte darin mitwirken — eben durch diesen Charakter der Handlung und durch die ihr gegebene Farbe gerechtfertigt. Durch jene so erhebliche Abweichung von einem Hauptpunkte in der Erzählung, den Tod der Königin betreffend, welcher bei Greene eine unlösbare Dissonanz in die freundlichere idyllische Handlung mit hinüberzog, suchte Shakespeare offenbar eine größere Harmonie zwischen den beiden Hauptteilen der Handlung herzustellen. Man kann jedoch nicht behaupten, daß ihm dieser Versuch gelungen sei, denn die beiden großen Hälften des Drama's sind im Grunde zwei Stücke von ganz verschiedenem Charakter. Freilich ist auch in dem ersten Theile der Handlung das Wesen des Märchenhaften vorherrschend. Fast so wie im „Sommernachtstraum" sind auch im „Wintermärchen" Oertlichkeiten und Zeiten höchst willkürlich behandelt. Daß Böhmen eine Meeresküste hat, sowie die Hineinziehung des Orakels des Apollo war vom Dichter der Greene'schen Erzählung entnommen. Dazu wird Hermione zur Tochter eines „russischen Kaisers" gemacht, und zu verschiedenen Malen sind Sitten und Gebräuche der christlichen Zeit mit der griechischen Mythologie vermischt worden. Der Dichter konnte daher auch nicht Anstand nehmen, die Leidenschaft der Eifersucht, die er im Othello so unendlich wahr und tief aus dem Wesen des tragischen Helden zu entwickeln mußte, und sie so über den dieser Leidenschaft gewöhnlich zukommenden Charakter weit erhob, hier im Leontes in der fürchterlichsten Uebertreibung zu zeigen. Die ganze Handlungsweise dieses Menschen ist so toll und unsinnig, daß man dem Dichter fast die Absicht zuschreiben möchte, er habe die Leidenschaft der Eifersucht hier karifiren wollen, wenn nicht diese Art der Darstellung schon durch den Märchenton des Ganzen ihre Berechtigung erhielte. Trotzdem wird durch den ganzen Vorgang, der die erste und umfangreichere Hälfte des Stückes ausfüllt, wenn auch nicht ein tragischer, so doch ein sehr

ernster und tief verstimmender Eindruck hervorgebracht, der auch
nicht einmal durch die Hoffnung auf die Wiederbelebung Hermione's gemildert ist. Der Dichter hat hier vielleicht von der
Art, wie Hero in „Viel Lärm um Nichts" als Todte verborgen
wird, abweichen wollen und ließ daher auch dem Zuhörer den
Eindruck, daß Hermione wirklich gestorben sei. Für den völlig
veränderten Charakter der zweiten Hälfte des Stückes ist nicht
nur der darin vorherrschende Schäferton bestimmend gewesen;
er sondert sich von den tragischen Vorgängen der ersten
drei Akte noch um so schärfer durch den langen Zwischenraum
von Jahren und durch den Umstand, daß die Handlung auf
einem neuen Boden und unter zum größten Theil ganz neuen
Personen vor sich geht. Alle diese Dinge, welche in der sonst
keineswegs werthvollen Erzählung keine Störung verursachen,
treten in der dramatischen Aktion ganz anders hervor, als Elemente, die dem Wesen des Dramatischen feindlich sind, so viele
Kunst der Dichter auch hier aufgewendet hat, den vorhandenen
Bruch in der Handlung auszugleichen.

„Cymbeline", in der Folioausgabe, die das Stück
zuerst im Druck veröffentlichte, als „The Tragedie of Cymbeline" bezeichnet, wird von Malone in das Jahr 1605 gesetzt,
doch haben wir über die Existenz des Stückes erst aus dem erwähnten Tagebuch von Dr. Forman Nachricht, in welchem, bei
Besprechung einer Aufführung desselben, der Inhalt des
Stückes erzählt wird. Nach dieser Besprechung müßte die in
Rede stehende Aufführung — es wird auch hier nicht gesagt,
daß es die erste war — 1610 oder 1611 stattgefunden haben,
und nach Ansicht der meisten Kritiker wäre das Stück auch nicht
viel früher geschrieben. Jedenfalls gehört es nach Stil und
Versbau und nach der genauen und vollendeten Charakteristik
der handelnden Personen der reifsten Periode des Dichters an.

Für dies hochpoetische Werk, in welchem namentlich der
weibliche Hauptcharakter bei Shakespeare selbst kaum seines
Gleichen findet, hat der Dichter zwei Handlungen zusammen-
zulegen gewußt, für welche er zwei durchaus verschiedenartige

Quellen benutzte. Während für die Geschichte der Imogen, ihre Verleumdung, ihre Schicksale und schließliche Wiederherstellung, eine Novelle aus Boccaccio's Decameron den Stoff gab, nahm Shakespeare, indem er das verleumdete Weib zur Tochter eines Königs machte, den historischen Hintergrund aus der Englischen Chronik des Holinshed. Bei Boccaccio ist die verleumdete Unschuld die Frau eines italienischen Kaufmanns zu Genua; die Wette geschieht in Paris zwischen italienischen Kaufleuten. Ambrogiulo, derjenige, welcher die Wette gegen den Genueser Kaufmann, den Gatten der Ginevra (Imogen), aufnimmt, gelangt durch Bestechung einer Frau, indem er sich in einem Kasten verborgen hat, in Ginevra's Schlafzimmer, ohne daß er aber zuvor (wie bei Shakespeare) sich in Person um die Gunst der Dame bemüht hätte. Die weitern Umstände, die Wahrzeichen, welche der Betrüger dem Gatten als Beweise seines Triumphes überbringt, die Rache des Gatten, wie er durch einen Diener die Frau mit einer falschen Botschaft hinweglocken läßt, um sie zu tödten, wie ferner dieser Diener durch ihre Bitten und Betheuerungen gerührt wird, wie sie in männlicher Kleidung in der Wildniß bleibt, u. s. w. — das Alles stimmt in den Hauptzügen mit dem Drama überein. Erst von dem Momente der Rettung Imogens weicht der Dramatiker von der Novelle weit ab, seinen selbständigen Weg verfolgend. Bei Boccaccio kommt Ginevra nach verschiedenen Irrfahrten nach Alexandrien, tritt als Mann in den Dienst des Sultans, und durch italienische Waarenverkäufer wird der Betrug des Ambrogiulo entdeckt, indem dieser die aus dem Schlafgemach Ginevra's gestohlenen Gegenstände mit sich führt.

Auch eine englische Bearbeitung dieser Novelle haben wir in einem alten englischen Geschichtenbuch „Westward for Smelts etc."*), aber es ist sehr fraglich, ob Shakespeare etwas daraus benutzte. In dieser englischen Umarbeitung ist der ganze Vorgang allerdings schon nach England verlegt, aber unter die Regierung Heinrichs des Sechsten, während der

---

*) Westward for Smelts etc. „written by Kinde Kitt of Kingstone" erschien in London 1603. Die Geschichte ist schon bei Malone abgedruckt.

Kämpfe mit König Eduard IV. Leonatus ist hier ein Gentleman zu Waltram, unweit London, und auch hier ist die Geschichte noch nicht in die Sphäre des Hofes gerückt. Daß
Shakespeare nicht aus dieser Bearbeitung, sondern aus dem
Boccaccio geschöpft, geht schon daraus hervor, daß die
Schilderung der Situation im Schlafzimmer bei Shakespeare
mit dem Bericht im Boccaccio völlig übereinstimmt, nicht aber
mit der englischen Bearbeitung, in welcher der Bösewicht nur
unter dem Bette (nicht wie bei Boccaccio und bei Shakespeare
in einer Kiste) verborgen ist. Der Betrüger raubt der Schla-
fenden nur ein Crucifix, welches sie zwar stets „zunächst dem
Herzen zu tragen pflegte", das aber der Dieb nicht einmal von
ihrer Brust nimmt, sondern von dem an ihrem Bette stehenden
Tische. Und dieses Crucifix bildet den ganzen Beweis ihrer
Schuld; weder von dem „Muttermal unter ihrer linken Brust",
wie es Boccaccio beschreibt, noch von den Gemälden im Zimmer,
die sich der Betrüger seinem Gedächtnisse einprägt, ist darin
die Rede.

Der nämliche Stoff ist übrigens v o r Shakespeare schon
von einem d e u t s c h e n Autor dramatisch behandelt worden, in
der im Jahre 1596 im Druck erschienenen „S c h ö n e n H i s t o r i a
v o n e i n e m g o t t e s f ü r c h t i g e n K a u f m a n n v o n P a d u a",
deren Verfasser sich Z a c h a r i a s L i e b h o l d v o n S o l b e r g k
nennt und in der vorgedruckten Dedikation sich als Schulmeister
und Stadtschreiber von Silberberg bezeichnet. Der „fromme"
Kaufmann, der für die Treue seines Weibes — „Castitas" —
wettet, heißt Veridicus, sein Gegner Falsarius, und die Leitung
der Intrigue ist der allegorischen Person des „Eheteufel" übertragen. Die Ausführung dieses durchweg in paarweis gereimten
Versen geschriebenen Drama's ist eine äußerst naive. In den
Hauptzügen stimmt es mit Boccaccio's Erzählung überein; wo
der Verfasser seinen eigenen Weg geht, finden wir nicht einen
Zug, der an Shakespeare oder auch an die englische Erzählung
erinnern könnte.

Indem Shakespeare den italienischen Novellenstoff, nur in
Benutzung der Grundzüge desselben, mit der Geschichte des

britannischen (sabelhaften) Königs Cymbeline verwebte,
machte er die Handlung um Vieles reicher und darf durch dies
ganze Arrangement den größern Theil der Erfindung für sich
in Anspruch nehmen. In der Schilderung der geschichtlichen
Situation, der Verweigerung der mit Cäsar vereinten Tribut-
zahlungen, sowie der unter Augustus stattgefundenen römischen
Feldzüge gegen Britannien, ist Shakespeare dem Berichte des
englischen Chronisten Holinshed gefolgt, der den Regierungsantritt des britischen Königs Cymbeline in das Jahr 33 v. Chr.
setzt. Daß trotzdem Shakespeare Rom mit modernen Italienern,
Philario, Jachimo u. s. w. bevölkerte, hat wohl bei des Dichters
bekannter Sorglosigkeit in solchen Dingen nichts Auffallendes;
sie kann in diesem Falle um so weniger befremden, als er hier
schwerlich zu historischer Treue genöthigt war, wo es sich um
eine so hochromantische Angelegenheit handelt. Die Namen
der beiden Söhne Cymbeline's, Guiderius und Arviragus, sind
zwar ebenfalls der Chronik des Holinshed entnommen, aber
dort wird von ihnen nichts weiter berichtet, als daß der ältere
von ihnen seinem Vater in der Regierung folgte. Ihre Entführung durch den verbannten Bellario, ihr Leben in der Wildniß, ihr so höchst poetisch geschildertes Zusammentreffen mit
der verkleideten Imogen, eine der herrlichsten Partien des
Drama's, ihre Wiederkehr, welche so trefflich mit den Kämpfen
gegen die Römer verwebt ist, — das Alles ist unsres Dichters
Erfindung, die hier dem ganzen Stoffe ein eigenes Gepräge
gibt. Eine nachtheilige Folge dieser so großen Bereicherung
der Handlung ist freilich dabei die allzu komplicirte Schlußentwickelung. Man hat finden wollen, daß die Scene im
Kerker des Posthumus, die opernhafte Geister- und Götter-
erscheinung, für die späte Zeit der Entstehung dieses Drama's
spräche. Andere hingegen haben diese Scene dem Dichter ganz
abgesprochen und sie für ein Einschiebsel von fremder Hand
erklärt. Shakespeare'schen Geist wird man allerdings darin
beim besten Willen nicht entdecken können, und wenn sie eine
Zuthat von anderer Hand wäre, so könnte dies wohl auf den
Gedanken führen, daß dadurch andere Partien des Dichters

weggefallen sind. Unwahrscheinlich ist dies nicht, aber die
Mängel des letzten Aktes lassen sich damit nicht ganz erklären;
sie sind doch zum Theil eine Konsequenz der gegen den Schluß
allzu sehr sich aufthürmenden Handlung und der nothwendigen
Auflösung so vieler Knoten. Für die theatralische Darstellung
sind solche Dinge von überaus nachtheiliger Wirkung, und sie
sind hier wohl die Haupturfache, daß es bisher noch nicht
gelungen ist, das an strahlenden Schönheiten so reiche Werk auch
auf der Bühne zur Geltung zu bringen. Imogen selbst darf
wohl als das Höchste bezeichnet werden, was Shakespeare an
schönen Frauencharakteren schuf; Desdemona ist nur ein Theil
von ihr, sie ist in Imogen ergänzt durch die hingebende Liebe einer
Julia und durch den Seelenadel einer Cordelia. Alle Eigenschaften derselben erscheinen in dieser harmonischen Vereinigung,
zusammengehalten durch den süßen persönlichen Liebreiz, in
erhöhter Potenz. Nicht minder anziehend sind die beiden in
der Wildniß aufgewachsenen Prinzen geschildert; und einen
trefflichen Gegensatz zu diesen holden Gestalten bildet der boshafte und zugleich lächerliche Sohn der Königin, Cloten, Geck,
Lümmel und Schurke zugleich, der sich dafür um so mehr auf
sein prinzliches Geblüt einbildet. Wald und Wildniß bilden
bei Shakespeare nicht selten ein Asyl für die reinern Naturen;
und wo er Gelegenheit fand, den Gegensatz der freien und
gesunden Naturentwickelung zu der sittenverderbenden Ueber-
kultur, namentlich zu der Verderbtheit der Hofluft zu schildern,
that er es mit ersichtlicher Vorliebe. In Cymbeline gerade
tritt uns dieser Gegensatz in höchster poetischer Verklärtheit auf
das wohlthuendste entgegen; er übt zugleich die Wirkung, daß
die schweren Leiden Imogens unter dem mildernden Eindruck
des Idealischen in ein freundlicheres Licht gesetzt sind.

Die Dramen nach antiken Stoffen.

Die römischen Tragödien.

Julius Cäsar. Antonius und Cleopatra. Coriolan.

Von diesen drei Tragödien existiren keine frühern Drucke als die in der ersten Folioausgabe. Daß alle drei Stücke der Zeit der vollkommenen Reife des Dichters angehören, darüber herrscht kaum irgend welche Meinungsverschiedenheit; auch ist als ziemlich sicher anzunehmen, daß „Julius Cäsar" um einige Jahre früher entstanden ist als die andern beiden Tragödien. Nach den historischen Ereignissen schließt sich „Antonius und Cleopatra" an „Cäsar" fast unmittelbar an. Cäsars Ermordung fand 44 v. Chr. statt; Brutus und Cassius fielen 42 v. Chr. in der Schlacht bei Philippi, und Antonius, der nach Entfernung des Lepidus vom Triumvirat (40 v. Chr.) die Herrschaft im Orient erhielt, starb im Jahre 30 v. Chr. — „Coriolanus" ist dagegen von beiden Stücken durch einen Zeitraum von etwa 450 Jahren getrennt; und da auch in der Idee diese Tragödie durchaus selbständig dasteht, so besprechen wir sie nicht nach der Folge der geschichtlichen Ereignisse, sondern nach der Folge, wie der Dichter die drei römischen Dramen schrieb.

„Julius Cäsar" wird, nach verschiedenen äußern Gründen, in den ersten Jahren des Jahrhunderts entstanden sein. Aus einem Verse in Weevers „Mirror of Martyrs" hat neuerdings Halliwell gefolgert, daß die Tragödie nicht nach dem Jahre 1601, in welchem diese Schrift erschien, aufgeführt sein konnte. In der betreffenden Stelle ist auf Brutus hingewiesen, wie er der „vielköpfigen Menge" versichert, daß Cäsar „herrschsüchtig" war (that Caesar was ambitious), und daß darauf der beredte Marc Anton durch den Preis der Tugenden Cäsars die Meinung gegen Brutus kehrt. Ferner kommen in Draytons „Baron's Wars", und zwar erst in der 1603 erschienenen zweiten Auflage, einige Verse vor, welche an die Lobesworte erinnern, die Marc Anton dem todten Brutus widmet. Collier meint, daß Drayton diese Verse von Shakespeare geborgt haben müsse; einen verstärkten Grund für diese Annahme sieht er in dem Umstand, daß in allen weitern Ausgaben von Draytons „Baron's Wars" bis zum Jahre 1613 die Verse unverändert so stehen blieben wie 1603, daß hingegen in der Ausgabe von 1619 (also nach dem Tode Shakespeare's) die Verse so geändert wurden, daß sie mit der entsprechenden Stelle bei Shakespeare noch viel mehr übereinstimmten*). Daß ein Dichter wie Shakespeare hier nicht von einem untergeordneten Schriftsteller borgte, ist selbstverständlich, und es müßte danach „Julius Cäsar" schon mindestens 1603 existirt haben, wenn nicht (nach dem Citat in „Mirror of Martyrs") schon 1601. Ob die Bemerkungen des Polonius im „Hamlet" über eine theatralische Aufführung des „Cäsar" auf eine andere als die Shakespeare'sche Tragödie zielten, muß dahingestellt bleiben. Wir wissen nur, daß schon Stephen Gosson (School of Abuse) 1579 eine „History of Caesar and Pompey" erwähnt, und daß später ein Stück „Julius Cäsar" von W. Alexander (später Lord Sterline) gegeben worden. In Henslowe's Tagebuch befindet sich ferner

---

*) In der erstern Form lauteten die Verse:

Such one he was, of him we boldly say,
In whose rich soul all sovereign powers did suit,
In whom in peace the elements all lay
So mix'd, as none could sovereignty impute.

und schließen dann:

It show'd perfection in a man.

In der spätern Aenderung lautet die betreffende Stelle:

In whom so mix'd the elements did lay
— — — — when Nature him began,
She meant to show all that might be a man.

aus dem Jahre 1602 die Nachricht von einer Tragödie „Caesar's Fall", bei welcher mehrere Autoren genannt sind.

Daß von Shakespeare's drei römischen Dramen „Julius Cäsar" zuerst geschrieben und aufgeführt worden, ist schon durch die große Popularität des Stoffes unzweifelhaft. Erst von dieser Tragödie aus und durch die Beschäftigung mit dem Plutarch dürfte der Sinn des Dichters für die großen römischen Charaktere gesteigert und die Anregung zu den folgenden Arbeiten gegeben worden sein. Plutarchs Lebensbeschreibungen (in der erst durch Vermittelung des Französischen hergestellten, aber trotz dieses Mediums ziemlich getreuen englischen Uebersetzung von North, 1579) blieben für alle drei römischen Dramen Shakespeare's die vermuthlich einzige Quelle, und der Dramatiker ist im Gange der politischen Ereignisse den Berichten Plutarchs überall gefolgt. In solchen Momenten, die den Keim zu einer dramatischen Ausbreitung enthielten, ist er dabei stets seinem großartigen Gefühl für die Wirkung des Reinmenschlichen gefolgt. In dieser Hinsicht gehören zu seinen höchsten Triumphen die Scene im 3. Akte vor der Rostra, und im 4. Akt die ganze 3. Scene im Zelt des Brutus. Ueber die Vorgänge unmittelbar nach der Ermordung Cäsars findet man in dem Berichte Plutarchs nur die dürftige Skizze für das großartige farbenreiche Bild, das Shakespeare daraus schuf. Aus der klassischen Rede des Brutus ist gar nichts im Plutarch gegeben, und von der Rede des Marc Anton — die bei Plutarch sich keineswegs so unmittelbar anschließt, — ist nur angegeben, welchen Eindruck das Testament Cäsars auf die Menge machte, wie ferner M. Anton das blutbefleckte Kleid und die Stiche darin dem Volke zeigte, und wie dieses dadurch zum Aufstand gereizt wurde. Also der ganze wundervolle Bau dieser Rede, die kunstvolle Steigerung darin, die uns in ihren Wirkungen ein Massengemälde von einziger Art zeigt, gehört dem Geiste Shakespeare's. — Der Tod eines großen Mannes, wie hier speciell die Ermordung Cäsars, wird an sich kaum geeignet sein, die ideale Grundlage eines Drama's abzugeben. In Shakespeare's Drama bildet der Tod Cäsars nicht den

22*

Abschluß der dramatischen Handlung, sondern vielmehr den
eigentlichen Mittelpunkt des Gemäldes; um dies Ereigniß
gruppiren sich die andern Vorgänge. Man hat deshalb auch
finden wollen, daß dies Drama viel eher den Titel Brutus
verdiente und nicht Cäsar; denn Brutus erscheint in der That
als der handelnde und durch eigene tragische Schuld tragisch
untergehende Held. Dieser Einwand trifft jedoch viel mehr die
eigentlich theatralische Wirkung als die Verletzung eines ästhetischen Grundsatzes. Allerdings ist es nicht Cäsar allein, mit
dem wir's zu thun haben; aber es ist der Konflikt, in welchen
durch Cäsars Größe wie durch die in seiner Größe liegenden
Gefahren für die Freiheit Roms ein reiner, edeldenkender
Mann, der nicht gerade ein großer Politiker ist, gebracht wird.
Da Cäsar größer als Brutus, und da seine Größe vorzugsweise mitwirkend an dem Schicksale des Brutus bleibt, so gab
Shakespeare dem Stücke den Namen Cäsars. Nach der ganzen
Anlage des Stückes blieb dem Dichter nicht Raum, einen der
größten Männer der Weltgeschichte weder in seiner staatsmännischen Weisheit, noch in seiner Feldherrngröße vorzuführen.
Von Brutus wissen wir nur, daß er ihn liebt; des Cassius
Worte über Cäsar lassen uns nur den Gefährlichen erkennen.
Die Schilderung der Vorgänge bei dem Luperkalienfeste, die
von seinen Schmeichlern veranstaltete Komödie mit dem Darreichen des Diadems ist Zug für Zug dem Berichte Plutarchs
entnommen, nur mit der mißvergnügten Ironie gewürzt, mit
welcher Casca über den Hergang berichtet. Die Worte, mit
denen Cäsar sich selbst wiederholt charakterisirt, müßten daher
auf uns den Eindruck des Renommistischen machen, wenn nicht
die ganze gegen ihn gerichtete Verschwörung zeigte, daß er wirklich ein großer Mann. Der Dichter hat aber wohlweislich in
dem so koncentrirten Charakterbild uns den großen Mann auch
in seinen menschlichen Schwächen gezeigt; ohne diese wäre
Cäsars Fall für die Tragödie nicht dramatisch motivirt gewesen, und ohne sie würde auch Brutus nicht die hohe
tragische Bedeutung erlangt haben. Je größer endlich Cäsars
Selbstvertrauen, sein stolzes Pochen auf seine unverrückbaren

Beschlüsse ist, um so mächtiger wird sein unmittelbar auf diese im-
posante Erhebung folgender jäher Sturz. Wie wir Cäsars Größe
erst aus dem Reflex der ganzen gegen ihn gerichteten Verschwörung
erkennen, so entwickelt sich aus demselben Punkte auch unsere
Sympathie für ihn; und wie erst in dem Momente, da er seinem
Geschick verfällt, unsere Theilnahme für ihn erweckt wird, so
wächst auch seine Größe weit über den Moment seines Todes
hinaus. So knapp wie die Charakteristik seiner Person, so
meisterhaft ist übrigens seine Einführung vom Dichter behandelt, mit wenigen, aber scharfen Streichen. Die wenigen Worte,
die er bei seinem ersten Auftritt zu Marc Anton spricht, bezüglich des Berührens der Calpurnia bei dem Wettlauf, zeigen
uns eine trübe Wolke, die auf seinem Gemüthe lagert: die
Sorge um seine Dynastie. Gleich darauf warnt ihn der Wahr-
sager vor „des Märzen Idus"; und wie Cäsar diese Meinung
kurz und vornehm abweist, zeigt er sich uns hier, wo sein persönlicher Muth ins Spiel kommt, weniger abergläubisch als bei
der eben erwähnten Gelegenheit. Bei seinem zweiten Auftritt
weist uns der Dichter auf Cäsars Scharfblick hin; und indem
er in seiner Beurtheilung des „hagern Cassius" uns seine
Menschenkenntniß bewundern läßt, erhalten wir dadurch gleichzeitig von Cassius selbst ein vollständiges Porträt in den leb-
haftesten Zügen. So kunstvoll wie diese ganze Exposition ist,
in welcher der Dichter mit ein paar knapp geschilderten
Situationen uns sogleich auf den Boden versetzt, der uns die
weiteste Perspektive eröffnet, so meisterhaft ist das Wachsen der
Verschwörung, die Zug um Zug sich steigernde Gefahr geschildert, wobei aus den politischen Dialogen gleichzeitig die beiden
Hauptcharaktere der Verschwörung, Brutus und Cassius, in
lebensvollster Menschlichkeit hervortreten. Diese ganze Gliederung des Dramas bis zum Aufruhr am Schlusse des dritten
Aktes ist durchaus vollendet. Leider tritt hiernach eine Er-
schöpfung des Interesses ein; in den beiden letzten Akten
erhält die Situation kein neues fortbewegendes Motiv mehr;
zwei volle Akte bewegt sich hier die Handlung auf völlig gleichem
Niveau. Nicht wenig trägt dazu der Umstand bei, daß das

Interesse für Marc Anton mit der gewaltigen Scene im dritten
Akte erschöpft ist. Was den Charakter des Marc Anton betrifft, so hat der Dichter in ihm Eine Seite besonders stark
hervorgehoben, welche für die ungeheure Wirkung seines Handelns und für die ganze Idee der Tragödie von allerhöchster
Wichtigkeit ist; es ist dies seine wirkliche Liebe zum Cäsar. Es
ist denn auch keineswegs seine hinreißende Beredsamkeit und
seine auf die Unselbständigkeit der gedankenlosen Masse speku-
lirende Kunst der Agitation allein, die den großen Erfolg
erzielt. Wie Brutus gegen seine persönliche menschliche
Empfindung nur nach seinen politischen Theorien handelte und
durch diese Verkehrung seiner bessern innersten Natur sein
tragisches Geschick über sich heraufbeschwor, so handelt Marc
Anton gerade nach dem natürlichen Zuge seines Herzens,
nach seiner rein menschlichen Empfindung. Bei all seiner Leicht-
blütigkeit, bei der sonstigen Frivolität seines Wesens, im Gegensatz zu dem gewissensstrengen ernsten Brutus, ist doch des Antonius Schmerz um Cäsar wahr und tief; dieser Schmerz überwältigt ihn so sehr, daß er beim ersten Anblick von Cäsars
Leiche selbst die Gefahr vergißt, die ihm inmitten der Ver-
schworenen droht. Zugleich aber besitzt Marc Anton politische
Klugheit genug, um auch bei der Masse auf diese unmittelbare Empfindung, auf das rein Menschliche zu spekuliren. Er
geht auf die Entwickelung der politischen Grundsätze des ehrenwerthen Brutus gar nicht ein. Er sagt wohlweislich, er kenne nicht
die Gründe, aus denen Cäsar, als dem Staate gefährlich,
fallen mußte; aber er zeigt dem Volke die blutenden Wunden
des todten Cäsar:

> „Die armen stummen Munde, heiße die
> Statt meiner reden! —"

Obwohl der Dichter dem Charakter des Brutus sich mit ganz
ersichtlicher Liebe zugewandt hat, so zeigt er doch auch überall
die Kurzsichtigkeit des Politikers und die Einseitigkeit seiner
Theorien, die ihn zu dem unnatürlichen, abscheulichen Meuchelmord treiben. Als in seiner ersten Unterredung mit Cassius
vom Festplatze her der Jubel der Menge ertönt, sagt Brutus:

Wie ich fürchte, wählt
Das Volk zum König Cäsarn.

Und auf des Cassius Frage: wenn Brutus dies fürchte, so hieße
das ja wohl, er möchte es nicht gern, — erwiedert Brutus:
„Nein, Cassius, nicht gern, doch lieb' ich ihn." In diesen
wenigen Worten ist der ganze tragische Konflikt im Brutus
dargelegt: der Widerstreit seines persönlichen Gefühls gegen
seine politischen Doktrinen. Aber in dem Selbstgespräch, in
welchem er die That erwägt, schraubt er künstlich seinen Pa-
triotismus so in die Höhe, daß er schon deshalb sich zur That
entschließt, um Schlimmes zu verhüten, was da kommen könnte.
Wenn aber auch Brutus die Freiheit Roms durch Cäsars Tod
hätte retten können, so bleibt doch der Meuchelmord immer
ein schlechtes Argument. Cäsar war es, der — nachdem unter
Pompejus die Macht der Oligarchie thatsächlich gebrochen war,
die Demokratie sich aber unfähig gezeigt — Cäsar war es, der
bei der Zerrüttung der Parteien die Macht, das Ansehn und
das Glück des Staates befestigte. Ein „ehrenwerther Mann"
wie Brutus konnte es beklagen, daß die Sache solchen Lauf
nahm, aber er konnte durch die Ermordung des großen Mannes
der Sache keine glücklichere Wendung geben. Er sagte zwar in
der Versammlung der Verschwornen, als er sich dagegen erklärt,
daß auch Antonius fallen müsse: „Wir Alle stehn gegen Cäsars
Geist; da wir diesen nicht erreichen können, so muß Cäsar für
ihn bluten." Das ist aber eine sehr schlechte Sophistik, mit der
er im Grunde die That selbst verurtheilt. Der Verlauf zeigt
denn auch, daß Cäsars Geist in der That für die Schwerter
seiner Gegner unerreichbar blieb. Das Schlimmste für Brutus,
und was seinen Untergang vor Allem herbeiführen mußte, das
war der Zwiespalt in seiner eigenen, ursprünglich weich gearteten
Natur, ein Zwiespalt, der ihn zu Inkonsequenzen und politischen
Fehlern gelangen ließ. Brutus war eine zu milde Natur, als
daß er die von ihm übernommene Rolle mit der dafür nöthigen
Rücksichtslosigkeit hätte durchführen können. Er that seiner
innersten Natur Zwang an, als er auf den Plan der Verschwörer einging; seine strengen Grundsätze gingen über seine

weicher geartete Natur weit hinaus, und dies gewaltsame Verleugnen seines bessern, menschlichern Wesens mußte sich schwer
an ihm rächen; während auf der andern Seite Marc Anton
gerade dadurch, daß er dem natürlich menschlichen Gefühl sein
Recht läßt, zum Triumphe gelangt. Diesen großen sittlichen
Grundgedanken der Tragödie hat der Dichter klar und in großen
Zügen dargelegt, ohne nach der einen oder andern Seite sich
selbst zum politischen Parteimann zu machen, also ganz und
gar im höchsten poetischen Sinne.

Nicht minder zeigt er diesen wahrhaft poetischen Sinn in
der Scene des vierten Aktes, in welcher er bei dem Zwiste der
beiden Feldherren, Brutus und Cassius, das natürlich menschliche Gefühl zum mächtigen Durchbruch auch bei denen gelangen
läßt, die es dem Cäsar gegenüber in widernatürlicher Weise
verleugneten. Wie die Gereiztheit Beider es uns fühlen läßt,
daß ihnen ihre Ziele bereits entschwunden sind, so hat auch ihre
Versöhnung in dieser Situation etwas tief Ergreifendes. Es
ist, als ob sie, unsichtbar umschlungen von dem nahen gemein-
samen Unglück, ihre Herzen um so heftiger an einander pressen.
Es ist eine drückend schwüle Luft, die wir in den beiden letzten
Akten der Tragödie athmen. Das Verhängniß schreitet mit
riesigen Schritten weiter und weiter; wie eine dunkle schwere
Wolke lagert es über der ganzen Handlung. Diese Stimmung
bereitet das Erscheinen des Geistes trefflich vor, welches uns
auf den tiefen Sinn dieses unaufhaltsamen Niederganges der
Republikaner weist. Brutus erkennt es wohl, woran er und
seine Genossen zu Grunde gehn, als er bei der Nachricht vom
Tode des Titinius ausruft: „O Julius Cäsar! du bist mächtig
noch. Dein Geist geht um: er ist's, der unsre Schwerter in unser
eignes Eingeweide kehrt." Das rein Symbolische der Erscheinung des Geistes Julius Cäsars kommt aufs bestimmteste
zum Ausdruck. Wie mit diesem Geiste keineswegs etwas Ueber-
natürliches in die realistische Handlung eingreift, so zeigt sich in
ihm der tief innerliche Gedanke des durchaus wahren Lebens,
der hier in die äußerliche Erscheinung tritt. Der Geist Cäsars
ward dadurch zur leitenden Idee der letzten Akte der Tragödie.

Auch Plutarch läßt im Zelte des Brutus diesem eine Schreckgestalt erscheinen, die sich seinen „bösen Dämon" nennt. Shakespeare aber, indem er ihn ausdrücklich als Cäsars Geist bezeichnet, nimmt dadurch dem Phantom das Gespenstische, indem er es uns lebendig fühlen läßt, daß nur Cäsars Geist, seine unbezwingliche Größe es ist, an der das Unternehmen der Verschwörer zu Grunde geht. Es ist außerordentlich, wie der Dichter, ohne irgendwo in dem ganzen Drama zu einer Diskussion über die eigentlich politische Frage zu kommen, ohne auch auf den großen geschichtlichen Zusammenhang der Ereignisse hinzuweisen, dennoch die politische Idee in der rein künstlerischen Darstellung lebendig genug hervortreten läßt. Nur von solchem echt poetischen Gesichtspunkte aus, der mit dem allgemeinen sittlichen Grundgedanken zusammenfällt, konnte der hervorragend politische Stoff zu so großer dramatischer Bedeutung erhoben werden. Auch des Brutus letztes Wort, ehe er sich selbst den Tod gibt, stellt uns nochmals seinen eigenen tragischen Konflikt mit aller Deutlichkeit vor's Auge. Und die Worte, mit denen der siegreiche Marc Anton schließlich den persönlichen Charakter des Brutus verherrlicht, bilden einen sanften Schlußakkord, versöhnend auch für die tragische Schuld des Brutus.

Von „Antonius und Cleopatra" befindet sich in den Buchhändlerregistern vom Jahre 1608 eine Eintragung, „a booke called Anthony and Cleopatra"; aber wir besitzen keinen frühern Druck von der Tragödie als den der Folio. Daß aber unter jener Eintragung (die Bezeichnung „a booke" ist den dramatischen Sachen sehr häufig gegeben) Shakespeare's Tragödie gemeint war, kann kaum einem Zweifel unterliegen; man ist darüber einig, daß das Stück der letzten Periode des Dichters angehört, und nach jener Eintragung können wir für die Zeit seiner Entstehung das Jahr 1607 oder 1608 annehmen. Auch die standhaftesten Vertheidiger aller Mängel des Dichters sind gegenüber dieser Tragödie etwas schüchtern; und die sonderbare Ansicht Coleridge's, welcher „Antonius und Cleopatra" unbedingt neben Lear und Othello stellt, ist ziemlich isolirt geblieben. Wenn wir getrost zugestehn können, daß die Größe des Dichters auch aus der im Großen und Ganzen verfehlten Komposition dieses Stückes hervorragt, so sind wir ihm gegenüber doch hier in einem ähnlichen Falle wie beim Timon: wir müssen vermuthen, daß dem Dichter in seiner letzten Schaffenszeit hie und da der Maßstab für die dramatische, insbesondere auch theatralische Form verloren gegangen war.

S. Daniel hatte schon 1594 den Stoff dramatisch behandelt; auch war 1595 die Uebersetzung einer französischen Tragödie von Antonius (nach Garnier von der Countess of Pembroke) erschienen. Shakespeare aber hielt sich unmittelbar an Plutarch, und er folgte hierbei seiner historischen Quelle mit nicht weniger Treue als beim Cäsar. Die breite Mannigfaltigkeit der historischen Ereignisse gestattete ihm jedoch hier nicht, bei der Weite der Uebersicht auch eine genügende Klarheit derselben zu erreichen. Der Reichthum und die Mannigfaltigkeit der Ereignisse sind hier das Verderben des Dramatischen. Shakespeare hätte ein wesentlich anderes und vielleicht in der theatralischen Gesammtwirkung erfolgreicheres Drama geschaffen, wenn er Alles ausschließlich auf den psychologischen Prozeß im Antonius zusammengezogen, wenn er die beiden großen Persönlichkeiten, Antonius und Cleopatra, von den verwirrenden historischen Verhältnissen mehr hätte ablösen können, so daß die geschichtlichen Ereignisse, als bloßer Hintergrund, nicht hemmend, unterbrechend und verwirrend in diejenigen Vorgänge sich drängten, auf deren dominirendes Interesse es doch nun einmal abgesehn ist. Shakespeare war offenbar schon durch Julius Cäsar zu sehr von dem Interesse der weitern geschichtlichen Ereignisse, mit ihrer ganzen Perspektive, umfangen, als daß er sich zu einer Beschränkung derselben in der dramatischen Handlung entschließen konnte. Im „Cäsar" bildete der breite politische Boden auch zugleich den Konflikt, der im Brutus und Cassius gegen Cäsar und seine Nachfolger durchzukämpfen war; im Brutus war der politische Konflikt auch zugleich der sittliche. Ganz anders in Antonius und Cleopatra, wo die Umstrickungen einer heldenhaften Natur durch die verführerischen Künste eines

Weibes einen psychologischen Prozeß gaben, der, wenn auch in Verbindung mit den großen historischen Ereignissen stehend, doch ganz
für sich, neben denselben durchzuführen war. Doch füllte der Dichter das Drama mit den von Plutarch ihm berichteten historischen
Ereignissen so bis zum Rande an, daß diese allzu reichliche
Benutzung des gegebenen Stoffes der dramatischen Einheit und
der allein durch gewisse Koncentrirung des Stoffes möglichen
Eindrucksfähigkeit durchaus nachtheilig werden mußte. Alle
Beziehungen des Antonius zu Cäsar und Lepidus, die wohl
entbehrliche Episode des Sextus Pompejus, die Betheiligung
der Fulvia am Kriege und ihr Tod, das Bündniß mit Octavia,
deren Stellung zwischen Bruder und Gatten — das Alles
thürmt sich hier um die beiden Hauptgestalten. Ganz besonders
aber leidet der letztere Theil des Drama's, der 4. und 5. Akt, an
dieser stofflichen Ueberladung, da der Dichter auch hier Alles
aus Plutarchs Mittheilungen verwerthen wollte. Der Kampf
in Alexandrien, der Verlust der Flotte, des Antonius Argwohn
und Wuth gegen Cleopatra, deren Flucht in das Grabmal, des
Denobarbus Abfall, die Scene des Antonius mit Eros, der sich
selbst statt seines Herrn tödtet, des Antonius Selbstentleibung
und langsames Sterben, sowie endlich alle Vorgänge in dem
Grabmal der Cleopatra bis zu ihrem und ihrer Frauen Tod: —
eine solche Menge von Aktion mußte um so verderblicher
sein, als sie sich über einen allzu breiten Raum ausdehnt und
deshalb unmöglich die Zuschauer in Klarheit über den Zusammenhang aller Ereignisse halten kann. Wir haben es deshalb auch in „Antonius und Cleopatra" mehr mit dramatisirter
Geschichte als mit einem Drama zu thun. Im Julius Cäsar
ist die Perspektive viel größer, hier ist es die Fläche. Wenn
wir auf diese Mängel in der Komposition hinweisen, so geschieht
es, um die Thatsache zu erklären, daß ein Werk voll so großer
Schönheiten, so viel imposanter und feiner Züge dennoch für
die theatralische Darstellung sich als unwirksam erweist. Wer
den Reiz dieser Dichtung mittelst der Lektüre auf sich wirken
läßt, ist sehr geneigt, den Genuß, der ihm durch den Glanz der
Sprache, die Tiefe der Gedanken und durch die Schärfe der

Charakteristik zu Theil wird, auch für die scenische Darstellung
als selbstverständlich vorauszusetzen. Allein in der plastischen
Darstellung wird auch eine ununterbrochene Kette von Schönheiten in der Totalität wirkungslos bleiben, wenn in der Gruppirung des Stoffes die richtigen Verhältnisse fehlen. In der
Lektüre werden wir die Lücken unwillkürlich aus unserer Phantasie oder aus der geschichtlichen Kenntniß ergänzen, die Un-
gleichheiten, Widersprüche oder Dunkelheiten durch Reflexion
ausgleichen. Diese Vermittelung fällt aber weg, sobald wir die
Handlung in plastischer Handgreiflichkeit vor uns sehn. In
der sinnlichen Vorstellung muß Alles fertig in sich abgeschlossen
sein; der Blick des Zuschauers reicht weder hinter die Kulissen,
noch in des Dichters Werkstätte.

Abgesehn von der Unklarheit in den großen Ereignissen,
welche hier das persönliche Interesse an Cleopatra und am Antonius stets unterbrechen und abschwächen, ist noch ein sehr
wesentlicher Uebelstand bei dieser Dichtung darin zu erkennen,
daß dieselbe einen zweiköpfigen Mittelpunkt hat, und daß weder
für den einen noch für den andern Theil ein Uebergewicht des
Interesses sich geltend machen kann. Der Charakter des Antonius ist zwar vom Dichter gegenüber dem geschichtlichen Vorbild sehr verschönert, und in dieser Art der Behandlung sehen
wir Shakespeare's richtige Erkenntniß für das, was dem Helden
einer Tragödie nöthig war; aber über die geschichtlichen Thatsachen konnte er darum doch nicht hinausgehn, und er mußte sich
dabei ganz auf das Menschliche in seiner Persönlichkeit beschränken. Statt des leichtsinnigen, genußsüchtigen und charak-
terlosen Menschen, wie ihn Plutarch schildert, finden wir im
Drama die bessern Seiten im Antonius sorgfältig hervorgekehrt. Den Wankelmuth, das leicht Entzündliche, aber
Wechselnde, Unzuverläßige seines Wesens sehn wir hier nur
als das Resultat der Zerstörung, welche die bestrickenden Künste
eines Weibes gegen die ursprünglich edle und männliche Natur
verübt haben; die Schönheit, das Heldenhafte blitzt noch überall
hindurch. Auch Plutarch stellt Cleopatra als des Antonius
böses Verhängniß dar; aber Shakespeare hat gerade in der

Veredelung des Helden das psychologische Interesse an ihm sehr erhöht. Der Cleopatra Schönheit wird von Plutarch nicht als so außerordentlich geschildert wie das unwiderstehlich Fesselnde in ihrem Verkehr, und ihre gegen Antonius angewandten Künste werden als die der raffinirtesten Koketterie sehr bestimmt gekennzeichnet. Shakespeare hat auch diesen Charakter mehr vertieft, vor Allem durch das höhere Maß von Leidenschaftlichkeit. Das fortwährend Widerspruchsvolle ihres Wesens ist es gerade, was den dämonischen und zerstörenden Zauber des Weibes ausmacht. Das fortwährende Abstoßen, um immer aufs Neue zu reizen, fesselt nicht nur die Sinnlichkeit, sondern beschäftigt auch die Phantasie. Die Zerstörung einer männlichen Natur wie Marc Anton durch die verführerischen Künste eines leidenschaftlichen und ehrgeizigen Weibes mag allerdings ein dramatischer Vorwurf sein. Ihr Ehrgeiz wünscht den Sieg über Marc Anton, aber nicht sein Elend. Dadurch, daß ihr Triumph zugleich ihr eigenes Elend wird, erhält sie in der That einen tragischen Zug, aber unsere Sympathie kann ihr deshalb trotzdem nicht zu Theil werden; für Marc Anton aber haben wir wohl Bedauern, aber kein wirklich tragisches Mitgefühl. Weder in seinem noch in ihrem Untergange empfinden wir etwas durch die Größe des Falls Erhebendes, wie es in so hohem Maße im „Julius Cäsar" das Tragische der untergehenden Größen überragt.

In „Coriolan" erhebt sich der Dichter wieder zur höchsten tragischen Gewalt. In der mächtigen Persönlichkeit des Cajus Marcius war hier dem Dichter wieder ein Mittelpunkt gegeben, in welchem das rein menschliche Interesse innerhalb der politischen Aktion sein volles dramatisches Gewicht erhalten hat.

„The tragedy of Coriolanus", wie das Stück in der Folioausgabe bezeichnet ist, wird allgemein als eines der letzten Werke des Dichters betrachtet. Malone, Dyce u. A. setzen das Stück in das Jahr 1610, für welche Annahme allerdings positive Anhaltpunkte fehlen. Daß es aber der letzten Periode des Dichters angehört, dafür spricht der ganze Stil, die Behandlung des Verses, die Tiefe und Ausführlichkeit in der dominirenden Charakteristik der Hauptgestalten.

Wie im „Julius Cäsar" uns der Kampf der Republik gegen die durch das Genie Cäsars sich immer unwiderstehlicher befestigenden monarchischen Principien gezeigt ist, so sehn wir innerhalb der Tragödie „Coriolan" auf dem Boden der Republik den Streit des aristokratischen und demokratischen Elements vorgeführt. Die Gegensätze der streitenden Elemente werden mit aller Schärfe, Eindringlichkeit und Klarheit dargelegt, und schon aus der Schärfe der Gegensätze empfinden wir das Unversöhnliche derselben. Auf der einen Seite, der des Volkes, sehn wir Unbeständigkeit, kleinlichen Neid und niedrige Gesinnung; auf Seiten der Aristokratie Starrsinn und Trotz, einseitiges Pochen auf die Verdienste um den Staat. Wiewohl aber diese Gegensätze, das Ringen der tribunischen Gewalt mit der konsularischen, der plebejischen mit der patricischen, den eigentlichen politischen Boden der Tragödie bildet, so ist unser Interesse daran doch nur durch die große Persönlichkeit des Helden gefesselt, den glänzenden Mittelpunkt des Ganzen, auf welchen sich alle Theile der Handlung zusammenziehn. Durch Cajus Marcius erhalten auch die bedeutenden Charaktere der Volumnia, des Tullus Aufidius u. s. w. erst ihre volle Beleuchtung und reflektiren auch auf Ihn in bedeutungsvoller Weise. In diesem richtigen und in keinem Momente verloren gehenden Schwerpunkt des Drama's, in dieser Vollheit und Ganzheit der gesammten Komposition muß „Coriolan" den vollendetsten Kunstwerken des Dichters beigezählt werden. Die Charakteristik der Hauptgestalt ist mit solcher Kraft des Genie's, in solcher Fülle gegeben, daß nichts bei ihr im Unklaren bleibt. Der Dichter hat auch hier, so sehr er für den Helden die ihm nöthige Theilnahme in uns zu erregen weiß, sich nicht verleiten lassen, auf Kosten der Wahrheit seinen Charakter zu verschönen. Für Diejenigen, welche in Shakespeare eine vorwiegend aristokratische Geistesrichtung erkennen wollen, wird stets „Coriolan" als bequemes Beweismittel dienen. Wir

sehn aber dennoch auch hier den Dichter auf einer höhern Warte
als auf der Zinne der Partei. Wiewohl seine Verachtung der
gedankenlosen und tyrannischen Masse auch hier sich unzwei-
deutig kundgibt, und wiewohl er die Tribunen mit entschiedener
Geringschätzung behandelt, so hat er dennoch von den im Charakter des Cajus Marcius vorhandenen Flecken nichts zu be-
mänteln versucht. Er hat vielmehr seinen unbändigen Hochmuth, der ihn auf den traurigsten Abweg, zum Verrath am
Vaterlande führt, dermaßen hervorgekehrt, daß das Moment
seiner tragischen Schuld hier in der Dichtung in viel schärferer
Beleuchtung erscheint als in den geschichtlichen Quellen. Wenn
er einerseits seinen Hochmuth dadurch motivirter erscheinen läßt,
daß er die Vertreter der plebejischen Partei in das ungünstigste
Licht stellte, so hat der Dichter dennoch den Charakter des Helden selbst nach der geschichtlichen Quelle keineswegs veredelt.
In dem Moment seines Sturzes — da er auf die Anklagen
der Tribunen diesen Rede zu stehn hat, — erscheint das Maß der
Schuld Coriolans in den geschichtlichen Mittheilungen sogar
noch geringer als in der Tragödie. Hier wie in allen Scenen,
in denen Coriolan erscheint, hat der Dichter durch einen großen
Reichthum seiner Züge den persönlichen Charakter des Helden
so lebensvoll gestaltet, daß die großen Principienfragen gegen
dies Eine große Charakterbild weit zurücktreten. Seine Verachtung der Masse, wie er sie äußert, ist bei ihm stets unzertrennlich von seiner mächtigen Persönlichkeit, von seiner über-
strömenden Manneskraft und seinem hohen Mannesstolz. Aber
auch seinen Mangel eines eigentlichen Vaterlandsgefühls hat
der Dichter, noch ehe er ihn zu dem Rachewerk gegen Rom
schreiten läßt, in einzelnen Andeutungen gebührend hervorgehoben und dadurch seine unselige That aus seinem ureigenen
menschlichen Wesen entwickelt. Mehr als sein aristokratischer
Stolz, der bei ihm stets der Natur eines Helden und eines
selbständigen Mannes entspringt, müßte uns jenes Bündniß
mit den Feinden Roms der Sympathien für ihn berauben.
Aber Shakespeare hat auch hier als Gegengewicht seine Persönlichkeit so ausgestattet, daß sie uns unwiderstehlich fesselt, und

daß wir auch da, wo wir ihn verurtheilen müssen, mit unserer Theilnahme auf seiner Seite stehn. Nicht die grenzenlose Tapferkeit allein ist es, mit der er uns anzieht, sondern es ist vielmehr die unbedingte goldne Wahrhaftigkeit in seinem ganzen Wesen. Er sagt es bei jeder Gelegenheit seinen Gegnern ins Gesicht, was er von ihnen hält. Selbst da, wo er etwas von ihnen zu erlangen wünscht, nicht für sich, sondern um seine Mutter zu befriedigen, kann er kein falsches Wort, nicht einmal eine unschädliche Zweideutigkeit über seine Lippen bringen. Ebenso zeigt sich sein reines Wahrheitsgefühl in dem stolzbescheidenen Zurückweisen aller Belohnungen, in seinem tiefen Hasse gegen alles müßige Geschwätz und gegen alles Scheinwesen. Streng wie gegen sich selbst in der Erfüllung seiner Pflichten als Krieger, ist er's auch in seinen Forderungen gegen Andere. Indem er seine eigenen Leistungen als Maßstab für Andere geltend macht, zeigt sich die große Einseitigkeit seines Wesens; bei seinen hohen Gaben und schönen Eigenschaften fehlt ihm der ausgleichende kritische Verstand, um dieselben in wohlthätiger Weise verwerthen zu können. Ein feines Gegenstück ist darin Menenius Agrippa, — der die Masse ebenso verachtet, der viel mehr noch von Herzen Aristokrat ist, aber dabei eine feiner organisirte Natur als Cajus Marcius, nicht von so sprödem, hartem Stoffe. Wo Coriolan das Volk schmäht und beleidigt, da begnügt sich Menenius von seinem vornehmern Standpunkte aus, es mit heiterm Spott zu behandeln.

Die Frauen bilden für des Marcius Charakter eine wichtige und interessante Ergänzung. Sein Weib Virgilia ist von zartem Stoffe, schweigsam und häuslich und von mildester Weiblichkeit, wie Er ganz Mann. Die scheinbaren Gegensätze beider Naturen haben etwas Harmonisches. Ganz anders ist das Verhältniß des Cajus Marcius zu seiner Mutter Volumnia. Die Herbheit, die in dem Sohne nach einer Richtung so stark hervortritt, finden wir bei seiner Mutter in noch stärkerm Maße. Wie echt und unerschütterlich Cajus Marcius in seiner Wahrhaftigkeit ist, tritt recht eindringlich durch den Gegensatz hervor, den in dieser Beziehung Volumnia

bildet, mit ihrer politischen Klugheit, mit ihrer Selbstbeherr-
schung und Verleugnung ihres Wesens, wo es gilt, einen
Vortheil über die Gegner zu erlangen. Die Härte und rücksichtslos sich äußernde Mannhaftigkeit des Cajus Marcius
wird einzig und allein durch seine Liebe zu seiner Mutter be-
wältigt. Bei Volumnia hingegen überwiegt ihr Stolz auf
ihren Sohn ihre Liebe zu ihm. Das natürlich Menschliche
des Muttergefühls tritt bei ihr zurück, da sie sich seiner Wunden
freut, und da sie ihn im Kampfe gegen seine bessere Natur zur
Demüthigung nöthigt. In ihr überwiegt die politische Klugheit, in ihm die großartige und reine Mannhaftigkeit; wo wir
aber aufhören, ihn deshalb anzustaunen, da lieben wir ihn um
so mehr. Volumnia ist eine bei weitem mehr abgeschliffene
Natur, und ihr Blut steht völlig unter der Herrschaft ihres
überlegenen Verstandes. Sie zeigt dies nicht allein in der Art
und Weise, wie sie den Sohn durch ihre Ueberredung seiner
bessern Natur entfremden möchte, als sie ihn zur Umkehr nach
dem Forum bewegt, — sondern sie zeigt auch später, da sie
im Lager ihn um die Schonung Roms bittet, daß sie den Begriff Vaterland höher stellt als Er, der freilich auch hier
ganz menschlich empfindet, da nur die ihm angethane Krän-
kung ihn ganz beherrscht. Auch Da er durch Volumnia erweicht
wird, geschieht es nicht, weil diese ihn zum Bewußtsein seiner
Pflicht gebracht hätte, sondern einzig und allein aus Liebe zur
Mutter, zu seinem Weibe und Kinde; denn noch in der letzten
Scene sagt er den Volskern, er kehre zu ihnen zurück „so wenig
angesteckt von Vaterlandsgefühl", wie da er auszog. Dies
ist es denn auch allein, was ihm den Untergang bereitet; denn
er fällt nicht durch die Römer, sondern durch sein Bündniß
mit den Feinden Roms. So klar und korrekt wie der Dichter
dies sittliche Moment zur vollständigsten Anschaulichkeit brachte,
ebenso zeigte er in theatralisch-technischer Hinsicht seine große
Meisterschaft. Am mangelhaftesten ist in dieser Hinsicht der
erste Akt mit der langen Reihe von Volks- und Schlachtscenen.
Erst mit Coriolans Rückkehr nach Rom beginnt die feste Gliederung des dramatischen Baues. Obwohl Shakespeare seiner

geschichtlichen Quelle im Ganzen wie auch in Einzelheiten ziemlich genau folgte, so zeigte er doch auch wieder in dem ganzen
scenischen Arrangement — namentlich des 2. und 4. Aktes —
sein Genie für die selbstgeschaffene dramatische Form. Die
kunstreiche Gipfelung in der Scenengruppe bis zur Verbannung Coriolans ist von mächtiger Wirkung. Außerdem zeichnet
sich diese Tragödie vor manchen andern Meisterschöpfungen
des Dichters dadurch aus, daß die dramatische Spannung nicht
vor dem Ende des Drama's an Stärke einbüßt, sondern bis
zum gänzlichen Schlusse vollkommen ausreicht.

Timon von Athen

und

Troilus und Cressida.

Die beiden Dramen Shakespeare's, welche Stoffe aus dem
griechischen Alterthum behandeln, haben das mit einander gemein, daß sie — allerdings aus verschiedenen Ursachen — für
uns schwer zu lösende Probleme geworden sind; das eine
wegen seiner widersprechenden Bestandtheile in der dichterischen
Form, das andere wegen seines eigenthümlichen Verhältnisses
der Form zum Inhalte.

Beide Stücke „Timon" und „Troilus und Cressida"
werden allgemein in die letzte Schaffensperiode des Dichters
gesetzt.

„Das Leben des Timon von Athen" war der Titel
dieser Tragödie in der Folioausgabe, in welcher das Stück
zum ersten Male im Druck erschien; wenigstens ist eine frühere
Einzelausgabe desselben bisher nicht bekannt geworden. Malone setzte das Stück in das Jahr 1610; andere englische
Kritiker, Drake, Chalmers u. A., nahmen für die Zeit seiner
Entstehung die ersten Jahre des 17. Jahrhunderts an, während
es neuerdings ziemlich allgemein in die letzten Lebensjahre
des Dichters gesetzt wird. Die Gründe dafür sind jedoch

wenig stichhaltig; denn neben den darin enthaltenen großen
Zügen hat es offenbar große Mängel, nicht allein in der Ausführung einzelner Partien, sondern in der ganzen Anlage
der Komposition. Für diese Mängel hat man freilich anderswo
Erklärungen gesucht als im Dichter selbst. Schon Coleridge
war der Meinung, daß die schlechten Stellen von Zusätzen
der Schauspieler herrührten. Knight und andere englische
Kritiker suchten hingegen die Mängel und die große Ungleich-
heit in der Diktion durch die Behauptung zu erklären, daß
Shakespeare hier nur der Bearbeiter eines fremden Stückes
gewesen sei. Diese Ansicht hat auch in Deutschland Vertreter
gefunden; so will Delius z. B. „Timon" und „Perikles" einem
andern, und zwar einem und demselben Autor — Georg Wil-
kins — zuschreiben, ohne ausreichende Gründe. Shakespeare
soll beide Stücke nur überarbeitet, Manches gestrichen, Manches
hinzugefügt haben. Gegen diese Annahme muß man freilich,
ebenso wie beim Perikles so auch beim Timon, die Frage auf-
werfen, ob es wahrscheinlich sei, daß Shakespeare in der Zeit
seiner vollsten Reife dergleichen Bearbeitungen schwacher Mach-
werke Anderer nicht gründlicher durchgeführt haben würde?
Mit mehr Berechtigung vertritt B. Tschischwitz (im Shakespeare-Jahrbuch, Bd. IV) die Ansicht, daß man es hier nur
mit einem verdorbenen Shakespeare'schen Text zu thun habe,
daß das ursprünglich bessere Stück das Shakespeare'sche gewesen sei, und daß die Mängel in dem uns überlieferten Text
von einem andern Autor herrührten, der es so schändlich zurecht gemacht. Die Spuren von Streichungen will der genannte Kritiker auf fast jeder Seite nachweisen, und sie sind
ihm um so empfindlicher fühlbar, als sie sich sämmtlich als
Verstümmelungen des Textes herausstellen. Wiewohl wir uns
dieser letztern Ansicht am meisten zuwenden, so wird man doch
die Frage vorläufig noch für eine offene halten müssen, und
eine endgültige Beantwortung derselben wird kaum zu erwarten sein, wenn nicht für die eine oder die andere Ansicht
ein neues Beweismaterial zum Vorschein kommt.

An welche Vorarbeiten der Dramatiker bei Bearbeitung

23*

dieses Stoffes sich lehnte, ist ebenfalls schwer nachzuweisen.
In Plutarchs Leben des Marc Anton konnte er durch ein paar
Stellen auf die Umrisse des Bildes, u. A. auch auf den
Charakter des Apemantus geführt worden sein. In Painters
„Palace of Pleasure" ist ebenfalls die Geschichte vom Menschen-
feind berichtet*). Auch existirte allerdings schon vor Shakespeare's „Timon" ein Stück, das denselben Stoff behandelt,
und welches erst in neuerer Zeit herausgegeben worden ist**).
In diesem Schauspiel, welches um 1600 entstanden sein mag
und vermuthlich für eine akademische Zuhörerschaft geschrieben
wurde, setzt Timon seinen Freunden, nachdem er ihre Treu-
losigkeit bereits kennen gelernt hat, statt des warmen Wassers
Steine vor, die als Artischocken bemalt sind. Auch trifft
das Finden des Goldes mit dem Shakespeare'schen Drama
zusammen. Im Uebrigen ist dies alte Stück ein so dürftiges
Machwerk, daß von einem Vorbilde für Shakespeare's Tragödie gar nicht die Rede sein kann. Von ältern möglichen
Quellen wäre noch Lucian zu nennen, aber auch hier sind
die Uebereinstimmungen nur sehr allgemeine. Ueberdies konnte
Shakespeare von Lucian noch keine englische Uebersetzung benutzen, und es ist daher wahrscheinlicher, daß die übereinstimmenden Züge durch Vermittelung auf Shakespeare gekommen sind. Von wo aus jedoch auch immer der Dichter die
Anregung zu seinem Drama erhalten haben mag, so ist die
dramatische Komposition jedenfalls als eine originale zu erkennen. Wir können uns deshalb auch nicht damit abfinden,
das Lückenhafte in der Ausführung des Stückes und die Un-
gleichheit im Werthe des Dialogs einer fremden Hand zuzuschreiben. Was in dem Stücke verstimmend wirkt, das gehört
der ganzen Komposition an. Die scharfe Hervorhebung der
Gegensätze finden wir auch in andern Werken des Dichters;
aber eine Ausgleichung der harten Abgrenzungen pflegt dann

*) „Of the strange and beastly nature of Timon of Athens, enemy to
mankind, with his death, burial and epitaph."
**) A. Dyce theilte diesen „Timon" in den Papieren der Shakespeare-Society
1842 mit, und zwar nach einem alten Manuskript.

in der Art zu liegen, wie er unsere Phantasie mächtig anregt und mitthätig wirken läßt. Im „Timon" können wir wohl die furchtbare Wandelung in dem Gemüth des Helden, aus der menschenfreundlichen Gütigkeit zum finstersten Menschenhasse mit empfinden. Aber wie in der ersten Hälfte unsere Sympathie für den freigebigen Wohlthäter durch seine ziel- und sinnlose Verschwendung erheblich verringert wird, so wird in der zweiten Hälfte unsere Theilnahme für ihn durch die furchtbare Uebertreibung, mit der er selbst gegen Schuldige und Nichtschuldige tobt, uns gewaltsam entrissen. Wenn allerdings diese Uebertreibung, dieser wilde Paroxysmus von der eigentlichen Idee des Ganzen unzertrennlich ist, so wird doch mit diesem Zugeständniß die Erscheinung selbst nicht unserer menschlichen Theilnahme näher gebracht. Während man, geleitet durch die Bewunderung für die vorhandenen wahrhaft großen tragischen Züge, das Werk als eine der letzten Schöpfungen des Dichters erkennen wollte (wie z. B. Tieck es als einen tiefsinnigen Nachklang des Hamlet und Lear bezeichnete), hielt man mit besonderer Vorliebe an der Annahme fest, daß Shakespeare in den letzten Jahren seines Schaffens von einer tiefen Verstimmung, einer bittern Lebensanschauung erfüllt gewesen sei. Dieser willkürlichen Annahme widerspricht ganz entschieden die Thatsache, daß die poetischen und keineswegs tragischen Gebilde des „Wintermärchen" und des „Cymbeline" den düstern Gemälden des „Lear" und „Othello" vollkommen das Gegengewicht halten, daß ferner der „Sturm", ein Werk voll der liebenswürdigsten Heiterkeit und Harmonie, entschieden zu seinen allerletzten Produktionen gehört. Man braucht deshalb die Menschenverachtung im „Timon" ebenso wenig dem Dichter zuzuschieben wie Timons Verschwendung. Daß in Shakespeare's letzter Lebensperiode der philosophische Tiefsinn über die schöpferische Phantasie das Uebergewicht erhielt, ist allerdings unbestreitbar und würde sich bei jedem andern Dichter ebenso erklären lassen wie bei Shakespeare. Daß bei Diesem deshalb nicht Alles ins Schwere und Finstere gehn mußte, wie bei „Othello" und „Timon", dafür geben wie gesagt

seine andern Werke aus der nämlichen Periode hinlänglich
Zeugniß.

———

„Troilus und Cressida" gehört zu den wenigen
Stücken, welche noch nach dem Jahre 1600 und vor dem Erscheinen der Folioausgabe in Einzeldrucken herausgegeben
wurden. „The famous Historie of Troylus and Cresseid" erschien im Jahre 1609 in zwei Ausgaben, und zwar unter Shakespeare's vollem Autornamen. In dem einen Drucke ist in dem
Vorworte — der einzige Fall der Art — besonders hervorgehoben, daß „dies neue Stück" bisher noch nicht auf die
Bühne gebracht wurde. Da nun in einem andern, sonst un-
veränderten Druck aus demselben Jahre das Vorwort fehlt,
der Titel hingegen den Zusatz hat: „Wie es im Globus von
des Königs Dienern aufgeführt worden", so müßte man
schließen, daß die erste Aufführung des Stückes zwischen
den beiden Ausgaben, also ebenfalls 1609, stattgefunden habe.
Diese Annahme muß bestehn bleiben, auch wenn man der
Erklärung der Herren Clark und Wright (Cambridge-Edition,
Vol. VI) zustimmt, daß man es hier eigentlich mit nur einer
Ausgabe zu thun habe, indem — abgesehn vom Titel und vom
Vorwort — der Satz in beiden Drucken genau übereinstimmt.

Daß der höchst eigenthümliche Charakter dieses Stückes
schon den damaligen Herausgebern es erschwerte, dasselbe in
eine bestimmte Kategorie zu bringen, geht daraus hervor, daß
die Quartausgabe es auf dem Titel als „Historie" bezeichnet,
während es in der Vorrede Comedy genannt wird. Und in
der spätern Folioausgabe ist das Stück in die Reihe der
Tragödien gebracht, mit der besondern Bezeichnung im
Titel „The tragedie of Troilus and Cressida". Dabei ist das
Stück ersichtlich erst nachträglich an diesen Platz eingeschoben,
denn im Verzeichniß fehlt es ganz, und in der Paginirung
unterbricht es die Folge der Seitenzahlen.

Die beiden Hauptquellen für das Stück sind: Lydgate's
„Troye book" (erschien zuerst 1513) und Chaucers episches
Gedicht „Troilus and Cresseide", das etwa 1372 bis 1380 ver-

faßt sein mag. Lydgate's Buch gab dem Dramatiker den Stoff für die Darstellung des eigentlich politischen und kriegerischen Elements, während die Geschichte der beiden Liebenden dem Gedichte Chaucers entnommen ist. Die Troilussage entstammt erst dem Mittelalter; von Homer selbst wird nur einmal der Name des Troilus beiläufig erwähnt. Ohne auf den ersten Ursprung und die ·Fortpflanzung der Troilusfabel — durch Benoit de St. More (12. Jahrhundert), Guido de Colonna (1287) u. s. w. — hier zurückzugehn*), wollen wir nur erwähnen, daß Chaucers augenscheinliche Quelle Boccaccio's Filostrato war, ein sehr umfangreiches Gedicht, in der Mitte des 14. Jahrhunderts geschrieben. Der Charakter des Pandarus, von dem wir bei Boccaccio die ersten Keime finden, erhielt jedoch erst von Chaucer diejenigen Züge, die mit dem Bilde in Shakespeare's Drama übereinstimmen. Chaucers Gedicht war bis zu Shakespeare's Zeit außerordentlich populär, und Shakespeare selbst nennt ein paarmal (so z. B. in „Ende gut, Alles gut") den „Kuppler Pandarus". Ob Shakespeare einen dramatischen Vorgänger hatte, ist ungewiß. In den Buchhändlerregistern finden wir bereits unter dem Jahre 1566 „A ballad, the history of Troylus" verzeichnet, und 1581 wiederum „A ballad, dialoguewise, betweene Troylus and Cressida". Auch in Henslowe's Tagebuch kommt schon 1599 ein Stück unter dem Titel „Troyeles and Creassedaye" vor, welches Chettle und Dekker verfaßten, das aber nicht auf uns gekommen ist**). Endlich ist in den Verlagsregistern unterm 11. August 1602 „ein Buch von Troilus und Cressida" verzeichnet mit der Bemerkung, daß es „von des Lord-Kanzlers Leuten" aufgeführt worden, wonach man annehmen kann, daß dies Shakespeare's Stück in einer frühern Form gewesen sei, obwohl eine frühere Ausgabe als die von 1609 nicht bekannt geworden ist.

---

*) Eingehende Untersuchungen über die Troilusfabel enthält das „Shakespeare-Jahrbuch", Bd. III., von K. Eitner, und neuerdings Bd. VI. in einer gründlichen Abhandlung von W. Hertzberg.

**) Die Ansicht von A. Dyce, daß einige Partien in dem Shakespeare'schen Stück aus der Feder eines untergeordneten Schriftstellers geflossen, ja daß sie jenem unbekannten Dekker-Chettle'schen Stück entnommen seien, hat wenig für sich.

Wir haben manche ernſte Stücke des Dichters mit heiterer Löſung; in „Troilus und Creſſida" aber haben wir die
durchaus eigenthümliche Erſcheinung einer parodiſtiſch oder
doch wenigſtens ſtark ſatiriſch gehaltenen Komödie mit ganz
tragiſchem Abſchluß. Daß Shakeſpeare bei Behandlung dieſes
Stoffes ſeine Sympathien entſchieden den Trojanern zugewendet hat, führte Gervinus zu der Annahme, Shakeſpeare
habe ſich mit dieſer Dichtung in beſtimmter Abſicht dem Homer
gegenüberſtellen wollen. Dieſe Deutung iſt ſchon deshalb eine
gewagte, weil Shakeſpeare den von ihm eingenommenen Partei-
ſtandpunkt einigermaßen ſchon von der mittelalterlichen Darſtellung zugewieſen erhielt und ihn nur verſchärfte durch die
ſatiriſche Färbung des Ganzen. Ulrici entfernt ſich noch
weiter von der natürlichern Auffaſſung, wenn er meint, Shakeſpeare habe einerſeits gegenüber den Vertretern der Ariſto-
liſchen Regeln im Drama darthun wollen, wie ſehr Geiſt und
Sitten des Alterthums verſchieden ſeien von der Anſchauungs-
weiſe der neuern Zeit; anderſeits aber habe er ſich gegen die
Unſittlichkeit in der Behandlung des ehelichen Verhältniſſes
bei den Alten gewandt und mit ſeinem Sehergeiſte die Gefahr
erkannt, die in dem Uebermaße von Bewunderung des Homeriſchen Heroenthums liegen ſollte. Shakeſpeare war denn
doch zunächſt viel zu ſehr Poet in erſter Linie, als daß er
der Homeriſchen Dichtung gegenüber eine gut bürgerliche Moral
hätte geltend machen ſollen. Seine Parteinahme für die Tro-
janiſchen Helden ſtimmte hingegen vollkommen zu ſeinem ſtarken
Rechtsgefühl, und dieſes führte ihn naturgemäß zu der großen
Bitterkeit, mit der er gegen die Griechen verfährt. Wie er
Creſſida's Untreue, die von Chaucer elegiſch genommen iſt,
ſatiriſch behandelt hat, ſo hat er auch gegen die meiſten der
griechiſchen Helden unbarmherzigen Spott geübt. Durch dieſe
von ihm eingeſchlagene Richtung erregt er jedoch die Erwartung, daß er von der ganzen Sache nur die parodiſtiſche Seite
darſtellen, dabei aber in den Grenzen muthwilligen Scherzes
bleiben werde. Dieſe Auffaſſung ward jedoch unvereinbar mit
dem tragiſchen Ausgang Hektors, und dieſen Ausgang ſtellt

er in ganzer Herbheit und Härte so tendenziös an den Schluß
des Stückes, daß man nur mit einer tiefen Verstimmung von
demselben scheiden kann. Zu dem Mitgefühl für den unter
Narren und gewissenlosen Lumpen zu Grunde gehenden Helden
gesellt sich noch der stärkste Unwille über Achills abscheuliches
Rachewerk. Dies ist für Hektor nicht mehr tragisch, aber für
die Zuhörer empörend. Wenn der Dichter selbst auch in der
Rede des Troilus dieser Empörung Worte gibt, so ist damit
für eine Beschwichtigung unseres Gefühls noch nichts gethan.
Diese Verletzung des Gefühls stimmt weder zu einem heitern,
noch zu einem ernsten Stück, und es geht uns damit auch der
Gewinn verloren, den wir von dem sprühenden Witz und der
glänzenden Satire haben müßten. Die furchtbare Bitterkeit,
die Schonungslosigkeit, mit der hier das Heldenkostüm ab-
gestreift und der Mensch in seinem schlechten Innern enthüllt
wird, läßt uns an dem Witz nicht recht froh werden, wenn
wir auch dem Geiste des Dichters unsere Bewunderung nicht
versagen können.

Die drei tragischen Meisterwerke.

König Lear.

Von dieser Tragödie erschienen im Jahre 1608 zwei verschiedene Quartausgaben. Bei der zweiten derselben wurden
wahrscheinlich während des Druckes einzelner Bogen noch
Korrekturen vorgenommen; die einzelnen Bogen, verbesserte und
unverbesserte, wurden dann vermuthlich ohne Unterscheidung zu-
sammengebunden, wodurch es gekommen ist, daß die vorhandenen verschiedenen Exemplare der zweiten Quartausgabe
(ebenfalls von 1608) an mehreren Stellen von einander abweichen. Dadurch ist die Annahme von der Existenz einer
dritten Ausgabe desselben Jahres hervorgerufen worden, wie
Clark und Wright (Cambridge-Edition) gegen die durch Malone und Boswell verbreitete Meinung darlegen.

Die erste Ausgabe des Lear erschien unter dem langen Titel:
„M. William Shakespeare's Wahre Chronik-Historie vom
Leben und Tod des König Lear, und seinen Töchtern. Mit
dem unglücklichen Leben Edgars, Sohns und Erben des Earl
von Gloster, und der traurigen und angenommenen Gemüths-
verfassung (humour) des Tom von Bedlam. Wie es gespielt
worden vor des Königs Majestät zu White-Hall, am St. Ste-
phanstage um Weihnachten. Durch Sr. Majestät Diener,
welche gewöhnlich am Globus zu Bankside spielen. Gedruckt
für Nathaniel Butler. 1608.“

Die zweite Ausgabe desselben Jahres erschien unter demselben Titel*). Im Druck der ersten Folioausgabe, welche

---

*) Wie G. Herwegh (in der bei Brockhaus erschienenen Shakespeareüber-
setzung, 20. Bändchen) gegenüber diesen echten und niemals bezweifelten Ausgaben
zu der Annahme kommt, Shakespeare habe diese Tragödie „zwischen 1614 und 1615
geschrieben“, ist ganz unverständlich.

das Stück unter der Bezeichnung „The Tragedie of King Lear"
bringt, sind erhebliche Verbesserungen gegen die Quartos enthalten, auch ist das Stück hier vollständig in Akte und
Scenen eingetheilt. Daß die Tragödie in den Verlagsregistern
unterm 26. November 1607 mit dem Hinweis auf die Aufführ-
rung bei Hofe „at Christmas last" eingetragen steht, zeigt, daß
jene Aufführung schon 1606 (den 26. December) stattgefunden
hatte, und es wird auch kaum früher entstanden sein. Im
Jahre 1603 erschien ein Buch „Discovery of Popish Impostors",
aus welchem Shakespeare die Namen der Teufel, welche Edgar
in seiner simulirten Tollheit nennt, entlehnt hat. Ein älteres
Stück, welches die „Geschichte von König Lear und seinen
drei Töchtern" behandelt, und von welchem eine Ausgabe
vom Jahre 1605 erhalten ist*), muß schon früher auf der Bühne
erschienen sein; denn schon 1594 ist in Henslowe's Tagebuch die
Aufführung eines Lear (unter der Bezeichnung „King Lere") erwähnt, und aus demselben Jahre findet sich in den Verlagsregistern die Notiz: A book entituled The most famous Chronicle Historie of Leir, King of England, and his three Daughters. Doch ist ein früherer Druck als der von 1605 nicht bekannt. Tieck hat zwar die Kühnheit gehabt, auch dieses Stück
Shakespeare zuzuschreiben, — und sonderbarer Weise ist auch
Simrock dieser Ansicht nicht abgeneigt. Aber dieses alte Stück
behandelt fast ausschließlich die in der Chronik des Holinshed erzählten Ereignisse; es enthält nichts von der zweiten damit ver-
bundenen Tragödie des Gloster und seiner Söhne, nichts vom
Narren, nichts von der ungeheuren Tragik des allgemeinen
Unterganges, kurz nicht Einen Zug, den man auf die echte Shakespeare'sche Tragödie hinleiten könnte. Und auch von jenen
untergeordneten Partien in dem alten Stück, welche nicht in
der Chronik zu finden sind, ist nicht Ein Gedanke zu entdecken,
der von Shakespeare in der unter seinem Namen erschienenen

*) Dieselbe ist abgedruckt in Steevens' „Twenty of the plays" (4. Vol.) und
das Stück führt daselbst den Titel „The true history of King Leir and his three
Daughters, Gonorill, Ragan and Cordella", mit der Bemerkung, daß es zu verschiedenen Malen kürzlich aufgeführt sei (divers and sundry times lately acted)
Tieck hat es in seinem „Altenglischen Theater" übersetzt.

Tragödie wiedergefunden wäre. Der Verlauf der Geschichte Lears selber ist in allen Nebenumständen ganz verschieden von Shakespeare's Darstellung, die Art der Werbungen der „Könige" von Cornwall und von Cambria, sowie des verkleideten „Königs von Gallien" heimlicher Aufbruch nach Britannien, sein Verkehr mit Cordelia u. s. w., das Alles sind Dinge, die nur dem alten Stücke angehören, so daß Shakespeare's Tragödie im großen Ganzen wie in allen Details durchaus unabhängig erscheint. Wenn man trotzdem annehmen sollte, daß Shakespeare das ältere Stück gekannt habe, so würde dies nur darthun, wie er in der Betrachtung des Chronikstoffes denselben sogleich von so ganz andern Gesichtspunkten aus erfaßt hat, daß für ihn das ältere Stück so gut wie gar nicht vorhanden war. Wir würden außerdem von diesem Fall darauf schließen können, wie wenig Shakespeare in dieser Zeit seiner Reise geneigt war, bei Stoffen, die schon vor ihm dramatisch behandelt waren, etwas von seinen Vorgängern für sich zu verwerthen.

Nach Geoffrey von Monmouth, welchem Holinshed die Geschichte nacherzählt*), war Leir der älteste Sohn des Bladud, herrschte in seinem Lande fünfzig Jahre und soll 800 v. Chr. gestorben sein. Nach dem Berichte Holinsheds wurde Lear im Jahre der Welt 3105 Regent der Britannier. Er hatte drei Töchter, Gonorilla, Regan und Cordilla. Als er schon hoch bei Jahren und etwas mürrisch geworden war, beschloß er, die Gesinnung seiner Töchter gegen ihn zu prüfen, und er fragte sie nach einander, wie sehr sie ihn liebten? Nachdem Gonorilla und Regan in pomphaften Worten und überschwänglichen Betheuerungen sich erschöpft hatten, antwortete Cordilla, daß sie ihm so viel Liebe zuwende, wie sie ihm schuldig sei, nicht mehr. Lear, unwillig über diese Antwort, verheirathete die beiden ältern Töchter an die Herzöge von Cornwall und Albanien, theilte unter sie das Land und ließ Cordilla leer ausgehn.

---

*) Nach Grässe wird sie zuerst in einer englischen Recension der Gesta Romanorum von einem römischen Kaiser erzählt, und erst später in der Chronik des Gottfried von Monmouth von dem englischen Könige Namens Leir.

Unterdessen hatte einer von den Fürsten von Gallien*) („jetzt Frankreich genannt") von Cordilla's Tugend und Schönheit gehört, hielt bei ihrem Vater um ihre Hand an, und nahm sie ohne alle Mitgift. Leir wurde nunmehr von seinen beiden Töchtern und deren Männern, die auf ihr großes Erbe warteten, immer schlechter behandelt. Von einer Tochter zur andern ziehend und sie um Hülfe anflehend, von jeder aber eine immer noch schlechtere Behandlung erfahrend, wurde er endlich durch die Grausamkeit der Kinder genöthigt aus dem Lande zu fliehn und kam nach Gallien, um dort bei seiner verstoßenen Tochter Cordilla Trost zu suchen. Dort wurde er in der That so hoch geehrt, als sei er König des Landes, und sein Schwiegersohn Aganippus rief ein großes Heer zusammen, um damit nach Britannien zu ziehn und Lear wieder in seine Herrschaft einzusetzen. Nach Wiedererlangung seines Thrones regierte Lear noch zwei Jahre, worauf nach seinem Tode ihm Cordilla als Königin von Britannien folgte. Nachdem sie fünf Jahre regiert, während welcher Zeit ihr Gemahl gestorben war, empörten sich ihre Neffen gegen sie, nahmen sie gefangen und warfen sie in einen Kerker, wo sie sich selbst das Leben nahm.

Dies ist in Kürze die Erzählung Holinsheds, bei der uns vor Allem ins Auge fällt, daß Shakespeare das tragische Ende Cordelia's sowie Lears schon mit ihrer Rückkehr nach England zusammenfallen läßt, während der Verfasser des ältern Stückes, der Chronik gemäß, Lear bei der Wiedererlangung des Thrones noch am Leben läßt. Alles, was sonst der ältere Verfasser dem Berichte Holinsheds hinzugefügt hat, blieb, wie schon bemerkt, von Shakespeare unbenutzt. Dagegen existirt eine alte englische Ballade (mitgetheilt in Percy's „Reliques etc."), in welcher der Bericht des Chronisten mehrere Zuthaten erhalten hat, die in dem ältern Stücke fehlen, dagegen mit Shakespeare's Tragödie übereinstimmen. Dies sind vor Allem: der Bericht, auf welche Weise Lear durch seine älteste Tochter Regan seines

*) An einer spätern Stelle heißt es in der Chronik: „Dieser Aganippus war einer von den zwölf Königen, welche in jener Zeit über Gallien herrschten."

Gefolges mehr und mehr beraubt wird, vor Allem aber sein Wahnsinn und sein Leben im Walde u. s. w., endlich auch der Schluß der Tragödie: indem Cordelia in der Schlacht ihr Leben verliert, worüber der alte Lear aus Gram stirbt*). Das Alter der Ballade ist nur leider nicht festzustellen, und wir können daher auch durch die genauesten Betrachtungen keine Gewißheit darüber erlangen, ob die Ballade der Tragödie vorausging, oder ob sie erst nach der Shakespeare'schen Dichtung geschrieben wurde. Daß die ganze Geschichte Glosters und seiner Söhne in der Ballade fehlt, könnte auf den ersteren Fall schließen lassen; doch ist wohl auch anzunehmen, daß durch die Aufnahme dieses Theils der Handlung die Ballade dem Verfasser derselben zu komplicirt und zu umfangreich geworden wäre, und daß er des- halb sich auf die bloße Geschichte Lears beschränkte. Außer in dieser Ballade ist das Thema Lears auch in Spensers „Feen- königin" enthalten; die einzige Uebereinstimmung mit dieser Dichtung zeigt aber die Tragödie in dem äußerlichen Umstand, daß schon bei Spenser der Name der jüngsten Tochter C o r d e l i a lautet, während sie bei Geoffrey, bei Holinshed und in dem ältern Stücke Cordeilla, Cordilla und Cordella genannt wird.

So sehr nun Shakespeare auch schon die Learfabel an sich bereichert und durch die hochtragische Behandlung ihr ein ganz besonderes Gepräge verliehen hat, so tritt die große Selbständigkeit seines Schaffens bei dieser Komposition noch mehr hervor in der überaus genialen Verbindung dieser Fabel mit einem andern Stoffe, mit der schon erwähnten tragischen Geschichte des alten Gloster und seiner Söhne. Die äußer-

---

*) Die Ballade ist von Eschenburg übersetzt und seiner Uebersetzung des Lear beigefügt; außerdem steht sie, mit dem gegenüberstehenden Originaltext, in dem Buche „Balladen und Lieder altenglischer und schottischer Dichtart." Herausgegeben von Ursinus (1777). Die beiden Strophen, Lears Wahnsinn betreffend, lauten:

An seiner jüngsten Tochter Wort	Bis er die weißen Locken sich
Dacht' er, an ihr Versprechen,	Wegriß von seinem Haupte,
Gehorsam ihm zu sein, und nie	Mit Blut die Wange färbt', und ihr
Die Kindespflicht zu brechen.	Des Alters Würde raubte.
Doch wagt' er's nicht, zu ihr zu fliehn,	Er ging zu Quellen, Wald und Höh',
Weil er sie einst verbannte;	Und jammernd klagt' er ihnen,
Sein Kummer wuchs, bis ihn zuletzt	Bis selbst die Quellen, Wald und Höh'
Der Wahnwitz übermannte;	Ihm nachzuächzen schienen.

lichen Momente derselben erhielt er aus Sidney's „Arcadia"
(erschien 1590), in welcher die Begebenheit unter folgendem
Titel gemeldet wird: „Die klägliche Geschichte des lieblosen
Paphlagonischen Königs und seines liebreichen Sohnes; zuerst
erzählt von dem Sohne, dann von dem blinden Vater." — Jene
Erzählung*) beginnt damit, daß zwei Prinzen aus dem
„Königreiche Galizia" bei einem Unwetter in einer Felsenhöh-
lung Schutz suchen und dort auf die lebhafte Unterredung aufmerksam werden, die ein hochbejahrter und blinder Mann mit
einem Jüngling hat. Es ist dies der Moment, da der Alte in
seinen Sohn drang, ihn von der Höhe des Felsens herabzu-
stürzen. Durch ihre Dazwischenkunft erfahren die Prinzen die
Veranlassung dazu in den Berichten, welche der Sohn und der
Vater abwechselnd davon geben, bis endlich der andere Sohn,
der das Unheil angerichtet, mit Bewaffneten sich naht, um des
Vaters und Bruders sich zu bemächtigen. In den langen
Kämpfen, die sich nun entspinnen, unterliegt endlich der Bösewicht mit seinen Streitern.

Selbstverständlich hat auch bei dieser Geschichte der Dramatiker den dürftigen Stoff unendlich bereichert durch bedeu-
tungsvollere Motive und durch die eigene Schöpfung der
Charaktere. Vor Allem aber ist die Verschmelzung dieses
Stoffes mit der Learsabel eine so meisterhafte, daß Beides in
der Tragödie untrennbar scheint; und dadurch, daß beide Vorgänge sich gegenseitig beleuchten, ist die Wucht des Tragischen
für das Ganze in bewundernswürdiger Weise verstärkt. Hierin
tritt Shakespeare trotz der Benutzung der ihm gegebenen stofflichen Motive mit so großartiger Selbständigkeit auf wie kaum
in einer seiner frühern Tragödien. Die Handlung bleibt dabei
trotz ihrer außerordentlichen Fülle durchweg klar und übersichtlich, nirgends drängt ein Stoff den andern in den Hintergrund,
denn es sind Beides Schöpfungen aus Einer Idee hervorgehend,
wie zwei schwarze Wolken von Einem Sturme gepeitscht.
Das Merkwürdigste bei dieser Vereinigung der beiden Theile

*) Den Originaltext findet man bei Malone; deutsch in Simrock's „Quellen
Shakespeare's", — außerdem im Auszuge bei Eschenburg.

ist die innere Verwandtschaft derselben. Die Tragödie Glosters
ist derjenigen des alten Königs ganz analog, — zwei unglückliche Väter, von denen jeder sein bestes Kind verstoßen hat, —
und trotzdem erhalten wir dadurch keineswegs den Eindruck
einer Wiederholung, da beide Theile sich gegenseitig ergänzen
und in der Gewalt des Tragischen verstärken, wodurch auch
zugleich für das Ganze die Perspektive erweitert wird.

Man hat zu verschiedenen Zeiten im „Lear" an der Exposition Anstoß genommen. Lears Verhalten gegen Cordelia in
der ersten Scene erregt allerdings Unwillen; sein Benehmen
wäre aber ein völlig absurdes, wenn wir hier nicht die Hauptschuld seinem Temperament, seinem unglücklichen Jähzorn zuschreiben müßten, durch den er momentan unzurechnungsfähig
erscheint. Aber dies Temperament hat bei ihm noch einen sehr
schlimmen Verbündeten, das ist der eigenwillige Herrscher.
Nicht der kindisch launenhafte Greis ist es allein, der hier so
schwer gestraft wird, sondern wir sehn in dem überraschen Handeln des thörichten Vaters auch zugleich die Herrscherlaune
des Königs, der sein Ohr so sehr an Schmeichelworte gewöhnt
hat, daß er für die Vernunft und Wahrheit taub und un-
zugänglich wird. Dieser kindische Herrscherdünkel treibt ihn so
weit, daß er meint, es sei des Vaters und des Königs Recht,
der Schmeichelei zu befehlen. Und dieser Mann, der in
seiner unseligen Verblendung sich einredet, daß die Heuchelei
und der Schein, der ihn umgibt, wirklich Wahrheit sei, wogegen
die Wahrheit als Ungehorsam und als rebellisches Thun hin-
ausgestoßen wird, dieser Mann wird dafür vom Schicksal, das
er selbst sich bildete, so furchtbar geschlagen, daß wir die Schuld
vergessen, die auf ihm lastet, und daß wir mit ihm leiden! Aehnlich ist das Verhältniß Glosters zu seinen Söhnen. Glosters
Schuld wird uns gleich im Anfang durch ein paar scharfe Striche
gekennzeichnet, in der Art, wie er von seinem Bastardsohne
Edmund spricht, der das büßen soll, was er, der Vater, zu vertreten hat. Und dieser wegen seiner Geburt um sein Recht ver-
kürzte Bastard wird sein furchtbarer Peiniger. Edmunds
Schlechtigkeit ist stark motivirt durch das Unrecht, das ihm

geschieht; und in Erinnerung dessen läßt ihn denn auch der Dichter mit einem versöhnenden Zuge enden. Des alten Gloster
kindische Liebe zu seinem Edgar wird aber dabei in dessen un-
verschuldetem Unglück und Elend gezüchtigt. Wir sehn also
hier in dem Verhältnisse der Väter zu den Kindern den Ausgangspunkt für die furchtbarsten Scenen, die — obwohl hier
nur die Bande des Blutes, der Familie in Frage stehn — mit
solcher Wucht auf die Schuldigen und Unschuldigen einstürzen,
als ob die ganze Menschheit davon betroffen werde. In der
That scheint es des Dichters Absicht gewesen zu sein, hier den
tragischen Ausgang einer ganzen Zeit zu geben, für welche die
Tragödien der beiden Familien in ihren weiten Verzweigungen
die erschöpfende Charakteristik bilden. Dies Vorherrschen des
Symbolischen ist es hier wieder ganz besonders, wodurch in
dieser Tragödie Alles über die natürlichen und gewohnten Verhältnisse hinaus wächst. Das rächende Geschick scheint hier
nicht mehr zu strafen, sondern zu rasen, und für den schwachen
Sterblichen sind die Dimensionen dieser furchtbaren Vorgänge
so außerordentlich, daß er vor ihnen wie vor etwas Uebernatür-
lichem erschrickt und in sich zusammenschaudernd den Blick abwenden möchte. Nur die Götter von ihrem Wolkensitze könnten
ruhige Zuschauer solcher verheerenden Schicksalsstürme und
Erschütterungen sein, — der Mensch ist fast zu schwach dafür,
— und kaum irgendwo zeigt sich das Genie des Dichters von so
übernatürlicher Art wie in dieser Schreckenstragödie. Wie sehr
er hier mit vollem Bewußtsein Alles ganz und gar nach dieser
Richtung des tobenden Gewittersturmes hinlenkte, sehn wir u. A.
auch in der Figur des Narren, einer seiner meistbewunderten
Gestalten. Der Narr, so sehr er auch stets in dem Kleide seines
Berufes bleibt, wird hier nacheinander empfindsam, zürnend
und lehrend, beißend und melancholisch. Weder der gutmüthige,
noch der weise Narr kann sich schließlich in diesem Aufruhr der
ganzen Natur mehr erhalten. Der Wahnsinn Lears, schon durch
die Zeichnung seines Wesens beim Beginn der Tragödie in
seinem Keime mit Feinheit dargelegt, ist auch im weitern
Verlaufe der Art entwickelt, daß diese großartige Erscheinung

auch bereits vom pathologischen Gesichtspunkte Gegenstand der Untersuchung und der Bewunderung wurde. Dennoch empfängt der unbefangene Zuschauer immer nur den poetischen Eindruck dieses Gemäldes, weil der Wahnsinn Lears stets in solche Situationen gebracht ist, wo die dichterische Phantasie den stärksten Flug nimmt. Mag es für die Nerven unsers Zeitalters zu viel sein, was uns hier der Dichter anzuschauen zumuthet —: Wer könnte die Scenen, in denen der von seinen Kindern verstoßene wahnsinnige Greis mit den Stürmen um die Wette heult, der unschuldig verfolgte Edgar sein Leben unter der Maske der Tollheit und durch Elend schützt, um endlich der Führer seines umherirrenden blinden Vaters zu werden, und endlich Lear, sein verstoßenes Kind todt in den Armen haltend, um dasselbe weint, wie ein Kind um sein todtes Vögelchen, — wer könnte Zeuge dieser Scenen sein und stünde nicht vor dem Zorn des mächtigen Dichters erschüttert wie vor einer strafenden Gottheit!

Macbeth.

Diese Tragödie erschien erst in der Folioausgabe der sämmtlichen Dramen des Dichters, und zwar mit vollständiger Akt- und Sceneneintheilung, obwohl der Text ziemlich inkorrekt gegeben ist und von den spätern Herausgebern zahlreiche, auf Konjekturen gestützte Verbesserungen erfahren hat. Ueber die Zeit der Abfassung dieses hochvollendeten Trauerspiels ist nur das Eine mit Sicherheit zu sagen, daß es in dem Zeitraum von 1603 bis 1610 entstanden sein muß. Denn erst aus dem letzten Jahre haben wir einen Bericht — in dem Tagebuche des Dr. Forman — über eine theatralische, wahrscheinlich aber nicht erste Aufführung des Stückes*), während anderseits die in der Tragödie enthaltene Anspielung auf die Vereinigung von England, Schottland und Irland unter König Jakob I. beweist, daß es nicht vor 1603 geschrieben sein könne. Daß das Stück im Jahre 1606 bei Gelegenheit der Anwesenheit des Königs von Dänemark am englischen Hofe zur Aufführung gekommen sei, ist nur eine Vermuthung. Doch macht ein anderer Umstand es wahrscheinlich, daß es nicht sogleich nach Jakobs Regierungsantritt, sondern einige Jahre später geschrieben ist. Jakob sollte aus dem Geschlecht der Banquos abstammen, worauf der Dichter auch in der Erscheinung der Nachkommen Banquo's hinweist. In einem 1606 erschienenen Werke wird aber diese Abstammung König Jakobs hervorgehoben, und es ist nicht wahrscheinlich, daß dies schon früher bekannt war. Der Dichter, in zarter Rücksicht für den König, wich hinsichtlich des Charakters Banquo's von seiner Quelle ab, nach welcher Banquo an der Ermordung König Duncans mit Theil genommen hätte.

Als die Geschichtsquelle für „Macbeth" haben wir gleichfalls die Chronik von Holinshed zu betrachten, und zwar sie ausschließlich, obwohl auch G. Buchanan in seiner Geschichte der schottischen Könige, welche bereits 1583 erschien, die Ereignisse mit einigen Abweichungen berichtet. Eine englische Uebersetzung dieses lateinisch geschriebenen Geschichtswerkes war zu Shakespeare's Zeit noch nicht erschienen. Wenn aber auch der Dichter so viel Kenntniß des Lateinischen besessen haben mag, um Buchanans Geschichtswerk ebenfalls zu Rathe ziehn zu können, und wenn auch eigenthümlicher Weise schon Buchanan verschiedene Dinge in der Geschichte Macbeths für mehr theatralisch als historisch erklärte, so hatte auch schon Holinshed den Gegenstand viel mehr dramatisch behandelt als Buchanan und mußte unter allen Umständen dem Dichter als der für ihn geeignetere Gewährsmann gelten. Shakespeare hat denn auch Holinsheds Darstellung in allen wesentlichen Momenten Zug für Zug beibehalten, freilich dabei aus

---

vorkommt (es heißt: „Macdobeth or Macsomewhat"), so brauchte diese Andeutung sich noch keineswegs auf die Tragödie zu beziehn.

eigenem Geiste, namentlich für die beiden Hauptgestalten —
Macbeth und sein Weib — alles das hinzugethan, was erst
unsere tiefinnerste Theilnahme für die Handlung erweckt.

Um dies vollständig zu würdigen, müssen wir den von
dem Chronisten gegebenen Stoff, wenigstens die Grundzüge
seiner Darstellung, ins Auge fassen. Auch Holinshed berichtet
zunächst von dem Aufstand gegen den milden, aber kleinmüthigen
schottischen König Duncan, und von den ersten großen Erfolgen
des Rebellenführers Macdowald; ferner wie Macbeth sich zum
Retter aufwarf und in Gemeinschaft mit dem Feldherrn
Banquo die Empörer besiegte. Erwähnt sei hierbei, daß Holinshed gleich von vornherein Macbeth als stolz, grausam und
rachbegierig schildert, während uns in der Tragödie zunächst
eine reine und schöne Heldennatur entgegentritt. Die neuen
Kämpfe gegen die Norweger, die mit ihrem König Sueno zu
Fife gelandet waren, wie auch gegen die Dänen, die abwechseln-
den Siege und Niederlagen, werden bei Holinshed genauer berichtet als in der Tragödie. Die auf den entscheidenden Sieg
folgende Begegnung Macbeths und Banquo's mit den Hexen
hat Shakespeare dem Berichte der Chronik getreu nachgebildet,
in den Zwischenreden Banquo's fast wörtlich. Hierauf wird
Lady Macbeth geschildert, als eine „stolze, ehrsüchtige Frau,
voll brennender Begierde, Königin zu werden", die nicht auf-
hörte, Macbeth „zu plagen, bis sie ihn dazu völlig entschlossen
gemacht hatte". Das ist die ganze Charakteristik der Lady;
daß Macbeth für sein Vorhaben seinen Freund Banquo ins
Vertrauen zog, ist schon bemerkt worden. Die Ermordung des
Königs zu Inverneß wird nur in einer Zeile berichtet, so daß
dem Dramatiker überlassen blieb, das düstere und hochvollendete
Nachtgemälde daraus zu schaffen, das aus der ganzen Scenen-
reihe des zweiten Aktes gebildet wird. Die so genaue Detaillirung dieses Ereignisses in der Tragödie ist um so wichtiger,
als uns durch dasselbe das innerste Wesen des Helden wie auch
die Natur seines Weibes vollkommen enthüllt wird. Bei Holinshed folgt auf die ganz knapp berichtete Ermordung des Königs
ebenfalls die Flucht des Prinzen und Macbeths Krönung.

Nach Holinshed zeigte Macbeth als Herrscher viel Klugheit
und Festigkeit. „Er rottete", heißt es, „all die Uebel und
Mißbräuche aus, welche sich durch die schwache und lässige Regierung Duncans eingeschlichen hatten. Er selbst machte verschiedene gute Gesetze und regierte zehn Jahre hindurch das
Reich mit der größten Klugheit und Gerechtigkeit." Freilich,
fügt der Chronist hinzu, hatte er bei alledem nur die Absicht,
„sich die Gunst des Volks zu erwerben". Der Dramatiker hat sich
mit der „Regierung" Macbeths eben nicht aufgehalten, sondern
läßt auf das Verbrechen sogleich diejenigen Momente folgen,
in denen wir die Vergeltung immer riesiger über den Helden
emporwachsen sehn. Hier zeigt sich der Dichter wieder in seiner
einzigen Größe, den Stoff echt dramatisch zu koncentriren und
durch die großartige Plastik übersichtlich und anschaulich zu
machen. Wie Macbeth sich Banquo's entledigt und wie dessen
Sohn Fleance den Mörderhänden entgeht, wird von Holinshed
ebenfalls in nur vier Zeilen berichtet. Die Verwerthung des
Ereignisses, uns dadurch in der markerschütternden Gastmahls-
scene den schrecklichen Seelenzustand des Helden zu zeigen, blieb
wieder dem Genie des Dramatikers vorbehalten. Von Lady
Macbeth ist keine Rede weiter. Dagegen erzählt der Chronist
noch von Macbeths zunehmender Besorgniß um die Sicherheit
seines Thrones und von seinen daraus entspringenden weitern
Grausamkeiten, von Macduffs Flucht nach England und der
Ermordung all der Seinen auf seinem Schlosse zu Fife, wie
endlich auch von jenen Prophezeiungen der Hexen, durch die
Macbeth sein Leben gesichert glaubt. Die ganze in England
spielende Scene, in welcher Macduff den Malcolm um Hülfe
anspricht, wie dieser anfangs sich mißtrauisch verhält und endlich, da er sich von Macduffs Wahrhaftigkeit überzeugt hat, sich
mit diesem verbündet, hat Shakespeare bereits in größter Ausführlichkeit bei Holinshed vorgefunden. Nach dem Bericht
über das Ende Macbeths durch das Schwert des nicht vom
Weibe gebornen Macduff fügt der Chronist noch hinzu, daß
Macbeth siebenzehn Jahre in Schottland regiert habe, daß er,
verblendet durch den Teufel, den Ruhm seiner guten Hand-

lungen, indem er im Anfang seiner Regierung viel Löbliches verrichtet, durch abscheuliche Grausamkeiten verdunkelt hatte.

Bei einem so unendlich reichen Geiste wie Shakespeare, bei der Unermeßlichkeit der Grenzen seines Genies und bei seiner so vielfältigen Gestaltungskraft wäre es gewagt, behaupten zu wollen, daß dem einen oder andern seiner Werke der erste Preis zukäme. Wie aber „Lear" an Gewalt und Großartigkeit der Phantasie wohl alle seine Tragödien überragt, so dürfte allerdings „Macbeth" in der scenischen Oekonomie des Stückes, in dem einheitlichen Guß der ganzen Komposition schwerlich von einem andern Werke übertroffen werden. Nirgends wird die in riesigen Zügen und mit ehernem Schritte sich fortbewegende Handlung in ihrer Einheit und in der konsequenten Entwickelung der überall hervorragenden Grundidee durch zu viel Details, durch Nebenhandlungen u. s. w. gestört. Selbst über die Breite des Zeitraums (von siebenzehn Jahren!) kommen wir während der Handlung kaum zum Bewußtsein, so bestimmt und logisch ist ein Moment stets aus dem andern entwickelt, so straff und fest greifen alle Glieder ineinander. Sehr treffend sagt darüber Schlegel: „Es ist, als ob die Hemmungen an dem Uhrwerke der Zeit herausgenommen wären, und nun die Räder unaufhaltsam abrollten." Allerdings sind es Ströme Blutes, welche die Handlung in so schnellem Sturze fortreißen, — aber wohl nie und nirgends, selbst nicht in der Trilogie des Aeschylos ist das Furchtbare mit größerer Gewalt und in gleich poetischer Kraft zur Darstellung gebracht worden wie hier. So plastisch, wie uns die mächtigen, starkknochigen Heldengestalten des Macbeth, Banquo u. s. w. entgegentreten, so eindrucksvoll ist auch die Mitwirkung der nordischen Landschaft, und so harmonisch wirkt wieder in der lebendigen Naturschilderung das Gespenstische der aus den Sümpfen und Nebeln sich entwickelnden Hexengestalten. Diese Hexen haben freilich nicht allein den Helden Macbeth auf die Bahn des Bösen gelockt, sondern sie haben auch manche Kritiker verwirrt und auf falsche Wege geleitet. Schon der gelehrte Johnson hatte, in Besorgniß, daß man dem Dichter den Hexenglauben zum Vorwurf machen

könnte, ausführlich dargelegt, wie dieser Glaube zu Shake=
speare's Zeit ein sehr allgemeiner war, wie König Jakob selbst
in seiner „Dämonologie" diesen Gegenstand mit wissenschaft=
lichem Ernst behandelt hatte, und wie sogar das Parlament
unter demselben Jakob ein Gesetz erließ, das den Verkehr mit
bösen Geistern aufs strengste bestraft. Trotz alledem hat man
auch in neuerer Zeit sich die Mühe gegeben, in der Shake=
speare'schen Tragödie den Hexen jene Bedeutung abzusprechen,
die sie in dem alten und verbreiteten Volksglauben hatten; sie
sollten dafür nur den Reflex der bösen Gedanken des Helden
selbst bilden, nur eine verkörperte Darstellung seines innern
Wesens sein. Diese Auffassung ist nach allen Seiten hin völlig
unhaltbar, namentlich durch den fortgesetzten Verkehr Macbeths
mit den Hexen und ihre erneuten Prophezeiungen, sowie durch
die Thatsache, daß sie uns ja auch in ihren Berathungen unter
sich, ohne Macbeths Gegenwart, vorgeführt werden, und daß
bei der ersten Begegnung nicht Macbeth allein, sondern auch
Banquo sie sieht und mit ihnen spricht. Für die hochroman=
tische Tragödie mußten dem Dichter die von der Chronik ihm
gegebenen Spukgestalten ganz willkommen sein. Freilich ver=
werthete er sie für die Idee der Dichtung in einer Weise, daß er
damit der Schicksalsidee der griechischen Tragiker eine durchaus
selbständige Auffassung der innern Freiheit des Menschen mit
den von außen ihn zwingenden Mächten entgegenhalten konnte.
Aus allen Zügen der Tragödie erkennen wir, daß Macbeths
innere Freiheit durch keinerlei äußere Gewalt oder durch ein
höheres Gebot beschränkt wird. Die Hexen tragen das Ver=
derben in ihn, weil der in ihm liegende Keim zum Bösen durch
die günstige Gelegenheit zur Entwickelung kommt. Sein bren=
nender Ehrgeiz ist es, der ihn durch die trügerische, die lüg=
nerisch=wahre Prophezeiung in solche Begriffsverwirrung
stürzt, daß die Hexen ihre Freude daran haben konnten, wie
leicht sie Macbeth über das Wesentliche der Sache zu täuschen
vermochten. Am klarsten tritt dies in dem Gegensatze hervor,
in welchen hier Macbeth zu Banquo gestellt ist. Die Hexen
kennen diesen Unterschied, denn sie antworten dem Banquo nur

auf dessen ausdrückliches Befragen, während sie von vornherein
sich nur an Macbeth wenden. Trotzdem ist im Macbeth eine
ursprüngliche starke Heldennatur geschildert, die auch noch
keineswegs durch die Hexenbegegnung von ihrer guten Bahn
abgelenkt wird. Die Prophezeiung bringt nur sein Gemüth
in Aufruhr, aber seine Reflexionen beendet er mit der ganz
richtigen Erkenntniß:

> Will das Schicksal mich zum König, gut,
> So möge mich das Schicksal krönen,
> Thu' ich auch selber nichts dazu.

Dieser ganz natürlichen Erkenntniß des naiven Helden stellt sich
nunmehr mit ihrer schrecklichen Energie sein Weib entgegen,
des Helden eigentlicher böser Dämon. Als solchen hat sie der
Dichter so bestimmt und unverkennbar gezeichnet, daß es kaum
begreiflich erscheint, wie bei einzelnen neuern Aesthetikern eine
andere Auffassung Platz greifen konnte. Namentlich hat sich's
Bodenstedt angelegen sein lassen, den Charakter der Lady zu
verschönen, und zwar zum Nachtheil des Helden. Auch schon
früher hat man eine gewisse Entschuldigung für Lady Macbeth
darin finden wollen, daß all ihr Streben und Handeln in ihrer
Liebe zu ihrem Gatten ihren Ursprung habe. Ein Dichter aber
wie Shakespeare, sollte man meinen, durfte ein so großes
Motiv nicht gänzlich verschweigen. Ihre Liebe zu Macbeth ist
das, was ein jedes Weib dem Manne gegenüber anstrebt,
dem sie einmal angehört: sie möchte ihn geehrt und groß sehn.
Wenn aber in der Regel der Ehrgeiz des Weibes sich in dem
Ruhm des Gatten befriedigt fühlt, so geht doch Lady Macbeth
— nicht mit ihrer Liebe, sondern mit ihrem Ehrgeiz — darüber
hinaus. Ruhm, Größe, Dank und Ehrenbezeigungen aller
Art sind dem Helden zu Theil geworden; aber Königin zu
sein, ist der Ehrgeiz dieses unseligen Weibes, und sie sucht
dies um den furchtbaren Preis zu erringen, daß sie ihn, den
gefeierten, gerühmten und geehrten Helden zum Mörder
macht. Sonderbare Liebe das! Schon vor jener Hexenbegegnung hat dies Weib mit ihrem krankhaften unheilvollen Ehrgeiz den Mann gestachelt und seinen Blick dorthin gelenkt, von

wo aus ihn ein Mißbehagen beschleichen sollte. Das können
wir annehmen aus der Art und Weise, wie Macbeth seinem
Weibe die briefliche Mittheilung von der Hexenbegegnung
macht, und wie sie dieselbe aufnimmt; denn sie hat sofort nur
den Einen Gedanken: die Ermordung des Königs. Auch ihr
Gemüth ist aufgeregt durch die Kunde von jener so merkwürdigen Erscheinung und von der Prophezeiung, deren zwei
Theile schon in Erfüllung gegangen sind. Im Uebrigen aber
gilt ihr für die Erreichung des Höchsten doch nur das Handeln des Mannes selbst. Und auch da, als sie nach ihrem
ersten Anlauf sieht, wie sehr seine ganze Natur sich gegen den
Mordgedanken sträubt und dadurch aufs furchtbarste erschüttert
wird, — auch da, wo sie erkennen müßte, daß die ihm zugeschobene Aufgabe eben kein Liebesdienst ihrerseits ist, auch da
fährt sie mit erhöhter Kraft der Beredsamkeit fort, ihn zu dem
Verbrechen zu drängen. Und sie thut dies mit allem Aufwand
schändlicher Sophistik. Weil er auf jene Hexenprophezeiung
kühne und freudige Hoffnungen baute, hält sie ihm in trüge-
rischer Weise vor, daß es feige von ihm sei, wenn er seinen
Wünschen nicht auch die That folgen lassen könne. Mit dieser
nichtswürdigen Logik packt sie ihn bei seiner schwachen Seite,
bei seinem Bewußtsein der Mannhaftigkeit, und mit dieser
Sophistik weiß sie ihn seiner bessern Natur abwendig zu machen.
Ehrgeiz, Hochmuth und Herrschsucht — das sind die Triebfedern dieses Weibes, welches dafür mit entsetzlich stählernen
Nerven und mit einer unglückseligen Energie des Geistes be-
gabt ist, durch welche sie weit über die Grenzen ihrer weiblichen
Natur hinausgedrängt wird. In ihren Reflexionen über ihn
und über die beabsichtigte That erkennt sie nichts als böse an,
was ihren Wünschen zur Erfüllung verhelfen könnte. Er selbst
hingegen fühlt vom ersten Moment, da der Gedanke des Verbrechens in ihm Platz gewinnt, das Verbrecherische der Handlung in seiner ganzen Schwere. Dies Bewußtsein und der
damit verbundene Kampf in seinem Innern steigert sich, je
mehr er ihren Vorstellungen weicht, und als die That gethan
ist, zeigt sich schon in dem furchtbaren Entsetzen, das ihn er=

greift, welch einem bemitleidenswerthen Zustand dieser Mann für sein ganzes Leben verfallen ist; während sie noch fest, kalt und voll ruhiger Ueberlegung bleibt. In der Scene während des Gastmahls erkennen wir vollständig den bejammernswerthen Zustand des zu Grunde gerichteten Helden; hier bringt uns auch eine naiv-tiefsinnige Betrachtung von ihm in Erinnerung, daß diese Tragödie bereits einer vorgeschrittenern Kulturepoche angehört als „König Lear", indem Er, Macbeth, sich fragt, wie es käme, daß, wenn sonst ein Mord geschah, es Brauch war,

> Daß, war das Hirn heraus, der Mann auch starb.
> Jetzt aber stehn sie wieder auf,
> Mit zwanzig Todeswunden in den Köpfen,
> Und stoßen uns von unsern Stühlen!

Diese staunende Betrachtung über das, was man Gewissen nennt, kann wohl kaum in zutreffenderer und zugleich so naiver Form die Sache bezeichnen. Aber jene zunehmenden Symptome seiner innersten Zerstörung haben endlich auch begonnen, seines Weibes harte Natur zu brechen. Schon jenes Gastmahl gibt uns Gelegenheit, zu erkennen, daß sie mit der furchtbaren Ueberspannung ihrer Kräfte dem Ende entgegengeht, denn sie erscheint selbst ihm bereits matt und den anwesenden Gästen gegenüber keine heitere Wirthin. Aber bei dem darauf folgenden Ausbruch seiner innern Verzweiflung, bei der Vision von Banquo's Geist, gewinnt Sie die große Herrschaft ihres Geistes wieder. Nur in dem Zustande, der sie dieser Herrschaft beraubt, im Schlafe, unterliegt sie nunmehr ihrer Gewissensqual. Es ist einigermaßen genugthuend für uns, aus den Reden der Nachtwandelnden wahrzunehmen, wie gerade sein zerrütteter Zustand es ist, der sie mit so tiefem Grauen erfüllt. In der That ist es das furchtbarste ihrer Verbrechen, die so schöne Heldennatur in ihm so entsetzlich zerstört zu haben. Anderseits ist es wieder charakteristisch für ihn und spricht für seinen ursprünglich so hohen Sinn, daß wir niemals ein Wort von ihm vernehmen, in welchem eine Klage gegen sein Weib enthalten wäre, daß er nichts von seinem Verbrechen ihr aufzubürden sucht. Was Er vollführte, das will er auch allein vertreten. Daß im Macbeth dies Gefühl seiner Mannhaftigkeit stets vorherrschend bleibt, ist die Ursache, wenn wir für ihn noch eine menschliche Theilnahme empfinden. Denn von vornherein wäre ja die Unselbständigkeit, die er seinem Weibe gegenüber zeigt, wenig geeignet, uns einige Theilnahme für ihn abzugewinnen. Aber es ist wirklich eine ursprüngliche Heldennatur, welche hier jammervoll zu Grunde geht in dem Mißverhältnisse, in welchem er hinsichtlich der geistigen Fähigkeiten zu dem ihm überlegenen Weibe steht. In diesem Mißverhältnisse zwischen Mann und Weib müssen wir in der That das wichtigste Moment erkennen für den unheilvollen Schicksalsgang des Helden. Wie unlogisch handelt er gegenüber den Hexenprophezeiungen! Das, was ihm die Hexen in Aussicht stellen, was er also ruhig abwarten konnte, das sucht er zu erringen, indem er sich mit Mord befleckt. Und bezüglich Banquo's suchte er dann wieder umgekehrt die Hexenprophezeiung zu Schanden zu machen, wovon er ja doch keinen Nutzen erwarten konnte, wenn er überhaupt auf das Wort der Hexen etwas gab. Lady Macbeth kümmert sich weit weniger um den Spuk der Hexen; ihr gilt nur des Mannes selbstbestimmender Wille etwas. Und indem sie ihn dazu antreibt, geräth er, schwankend zwischen dem blinden Glauben an die Schicksalsgewalt und seinem eigenen Willen, mehr und mehr aus den Fugen seines bessern Wesens. Durch ihre ihn stachelnden und klügelnden Raisonnements, denen der schlichte Held nicht gewachsen ist, wird er allmählich derart unterwühlt, daß er allen Boden unter sich verliert und gleich einem mächtigen Felsblock mit steigender Schnelligkeit dem Abgrund zustürzt.

Von den andern an dieser Tragödie Mitwirkenden ragt die Gestalt des Macduff besonders anziehend aus dem blutigen und düstern Gemälde hervor. Von Anbeginn des Stückes ist er als ein vorwiegend politischer Kopf gezeichnet. Die Situation rechtzeitig überschauend, zeigt er sich gleichzeitig mit den ersten Gewaltthaten Macbeths als Derjenige, an den sich die Hoffnung klammern darf. Es ist ebenso schön als be-

deutsam, daß gerade in ihm der selbstbewußte Patriot dem
Tyrannen entgegengestellt wird. Macduff ist so sehr Politiker
und Patriot, daß er darüber der nöthigen Fürsorge für die Familie, für Weib und Kind vergißt, und er hat furchtbar dafür
zu büßen. Aber um so großartiger wird dadurch sein ganzes
Wesen aufgerufen, wenn in ihm mit dem beleidigten Patrioten
noch der in seinen heiligsten Gefühlen getroffene Gatte und
Vater sich vereint, der den greuelvollen Mord der Seinen an
dem Peiniger des Vaterlandes zu rächen hat.

Othello.

Die erste Ausgabe dieses Stückes erschien erst nach dem
Tode des Dichters im Jahre 1622, also kurz vor dem Erscheinen
der ersten Gesammtausgabe der Dramen, unter dem Titel:
„Die Tragödie Othello, der Mohr von Venedig.
Wie sie zu verschiedenen Malen im Globus und in Blackfriars
durch Sr. Majestät Diener aufgeführt worden. Geschrieben
von William Shakespeare. London 1622.“
Das dieser Ausgabe beigefügte Vorwort weist darauf hin,
daß der Name des Autors, welcher nicht mehr am Leben,
genügen werde, um die Herausgabe des Stückes zu rechtfertigen. Nach einem von Collier entdeckten Dokument über
Hofhaltungsrechnungen wäre Othello schon im Sommer 1602
zur Aufführung gekommen, doch hat man die Echtheit jenes
Dokumentes entschieden in Abrede gestellt, und auch die später
veröffentlichten Notizen, in denen eine Aufführung der Tragödie
aus dem Jahre 1604 erwähnt wird, sind für unecht erklärt worden.
Sicher ist dagegen eine Aufführung bei Hofe vom Jahre 1613,
und bei der großen künstlerischen Vollendung des Werkes, der
erschöpfenden Ausführung der Charaktere, läßt sich wenigstens
annehmen, daß das Stück eine der letzten Arbeiten des Dichters

sei, daß es aber noch der Zeit seiner persönlichen Theilnahme am Theater angehört. Man setzt es allgemein und mit gutem Grund in das Jahr 1612 oder — wie Malone will — 1611. Nur nebenbei sei erwähnt, daß in den Public Act's unter König Jakobs erstem Parlament im Jahre 1604 gegen Verschwörungen, Zaubereien u. s. w. besondere Strafen verkündet sind, auch gegen Diejenigen gerichtet, „welche beabsichtigen, eine Person zu unrechtmäßiger Liebe zu bewegen". Halliwell meint, daß Brabantio's Klage gegen Othello sich auf Shakespeare's Kenntniß dieser Akte gründe, — was übrigens an sich von keinerlei Wichtigkeit wäre.

Die einzige uns bekannte Quelle für die einfache Fabel des Stückes haben wir in Cinthio's Novelle zu suchen. Doch hat die Erzählung durch Shakespeare nicht nur viele Zuthaten erhalten, welche für die reichere Motivirung nöthig waren, sondern der Dichter ist auch in mehreren Hauptmomenten von der Novelle bedeutend abgewichen, mehr als es in der Regel seinen Quellen gegenüber geschah. Eine englische Uebersetzung Cinthio's hat man zwar bisher nicht entdecken können; doch schließt dies nicht aus, daß die Geschichte vielleicht aus einer französischen Uebertragung vom Jahre 1584 in die englische Erzählungsliteratur gelangt ist. Von den Namen in dem Shakespeare'schen Trauerspiel findet sich einzig der Desdemona's in der italienischen Novelle. Der Mohr und der Fähndrich sind dort gar nicht mit Namen genannt, und Steevens machte die Mittheilung, daß die Namen Othello und Jago in einer englischen Erzählung „God's Revenge against Adultery" vorkommen, und da diese Erzählung ebenfalls das Thema der Eifersucht behandele (jedoch völlig unabhängig von Cinthio), so liege es nahe, daß die Namen dorther genommen sind.

Nach Cinthio's Bericht lebte in Venedig ein sehr tapferer Mohr, der dem Staate große Dienste geleistet hatte, und dessen Tapferkeit ihm auch die Liebe eines sehr schönen und tugendreichen Fräuleins Namens Disdemona errang. Trotz des Widerstrebens ihrer Eltern nahm Othello sie zu seiner Gemahlin. Hiernach folgte die Berufung Othello's nach Cypern,

wohin ihn Disdemona begleitete. Im fernern Verlaufe der
Erzählung sind, in Uebereinstimmung mit der Tragödie,
berichtet: die Bosheit des Fähndrichs, seine Bemühungen,
durch die Person eines bei Othello beliebten Hauptmanns (bei
Shakespeare Cassio) Othello eifersüchtig zu machen; die Ent-
wendung des gestickten Taschentuchs, das der Fähndrich in des
Hauptmanns Wohnung bringt; die Entsetzung des Hauptmanns
durch Othello wegen eines Vergehens im Dienste; Disdemona's
Bemühungen, ihren Gemahl mit dem Hauptmann auszusöhnen,
was der Fähndrich benutzt, des Mohren schon vorhandene
Eifersucht noch mehr anzufachen; endlich des Mohren Beschluß,
Disdemona und den Hauptmann umzubringen, des Haupt=
manns Verstümmelung durch den Fähndrich und Disdemona's
Ermordung. Auch einzelne detaillirtere Ausführungen stimmen
mit dem Drama überein, so z. B. wie der schon eifersüchtige
Mohr in der Unterredung mit dem Fähndrich diesen plötzlich
mit seiner furchtbaren Rache bedroht, falls er Desdemona ver-
leumde; ferner: wie der Fähndrich, während Othello in einiger
Entfernung harrt, den Hauptmann in ein Gespräch bringt und
diesen zu lautem Gelächter veranlaßt, was der Mohr auf seine
Aussagen über Desdemona deutet. Diese Uebereinstimmungen
einzelner Detailausführungen beweisen wenigstens, daß Shakespeare zu dem Stoff nicht durch mündliche Ueberlieferung
gelangt sein kann, wie Einige annehmen wollten. Trotzdem
sind die Abweichungen von der Novelle, wie schon bemerkt, sehr
erheblich. Wie genau der Dichter einzelne Nebenumstände für die
Motivirung verwerthete, zeigt unter Anderm die Benutzung der
Entsetzung des Hauptmanns von seinem Posten, „weil der Hauptmann auf der Wache gegen einen Soldaten den Degen gezogen
und ihn verwundet hatte". Dies hängt bei Cinthio mit dem
schon vorher von Jago gefaßten Plan zunächst gar nicht zusammen, während Shakespeare dem Jago das ganze Arran=
gement dieses Bubenstücks überträgt, wodurch gleichzeitig dem
Cassio die so liebenswürdige Charakteristik zu Theil wird.
Rodrigo, und das Verhältniß Jago's zu diesem, ist ganz und
gar Shakespeare's Zuthat; von Brabantio, vom Senat, wie

von Lodovico und den Andern ist in der Novelle ebenfalls nicht
die Rede. Dagegen ist in der Erzählung dem Fähndrich
für seine Bosheit ganz ausdrücklich das Motiv verliehen, daß
er eine leidenschaftliche Liebe zu Disdemona faßte,
die jedoch auf seine Verführungskünste nicht einging, und dadurch des Fähndrichs Haß und Rache auf sich zog. Shakespeare
ließ dies so bedeutende Motiv ganz fallen und hatte dafür den
Charakter Jago's völlig selbständig zu entwickeln. Endlich ist
der schließliche Ausgang bei Cinthio ganz verschieden von dem
der Tragödie: Disdemona wird vom Mohren, und unter Bei-
hülfe des Fähndrichs, in ihrem Schlafzimmer durch einen mit
Sand gefüllten Strumpf mehrfach auf den Kopf geschlagen,
bis sie todt ist; dann wird sie, nachdem ihr noch der Kopf zer-
schmettert ist, in das Bett gelegt und die über dem Bette
befindliche Balkendecke wird herabgestürzt, so daß es scheinen
soll, als sei sie durch diesen Zufall ums Leben gekommen. Der
Mohr, der seine That sorgfältig verschweigt, scheint auch keine
so große Reue darüber zu empfinden; sondern er wirft nur
einen bittern Haß auf seinen Helfershelfer, der dafür einmal
zu dem um sein Bein gekommenen Hauptmann geht und ihm
enthüllt, daß es der Mohr gewesen sei, der ihn um sein Bein
gebracht und der auch Disdemona getödtet habe. Der Hauptmann bringt dies zur Anzeige; der Mohr gesteht aber auch auf
der Folter nichts ein, stirbt jedoch später durch die Verwandten
der Disdemona. Auch der Fähndrich wird später, jedoch
wegen einer ganz andern Sache, auf die Folter gebracht
und stirbt daran.

Ein Vergleich dieses Novellenstoffes mit der Tragödie ergibt zunächst das Eine mit Bestimmtheit: daß der Dichter den
Stoff durch die damit vorgenommenen Umwandelungen von
dem Gebiete des Kriminalistischen auf den Boden der wahren
Tragik versetzt hat. „Othello" ist, was die Ausarbeitung, die
psychologische Feinheit und Tiefe der Charaktere betrifft, ein
Werk von allerhöchster Vollendung, — obwohl uns vom ersten
Schritte zu dem tragischen Verhängniß tiefe Wehmuth kaum
verläßt und den reinen Genuß, den uns auch die Tragik eines

Kunstwerkes gewähren soll, nicht wenig beeinträchtigt. Diesen
Genuß an dem Werke empfinden wir hier erst, wenn wir mit
kritischer Forschung die feine Gliederung des ganzen Baues
in allen Theilen betrachten. In der allgemeinen volksthümlichen
Anschauung ist „Othello" die Tragödie der Eifersucht, der Held
selbst ist sprichwörtlich zum Prototyp eines Eifersüchtigen
geworden. Wie wenig aber gerade Othello an jener krankhaften Erscheinung leidet, die man mit dem Namen Eifersucht
bezeichnet, geht aus den ersten Akten der Tragödie aufs über-
zeugendste hervor. Othello ist ein klarer, vorurtheilsfreier,
verständiger Kopf, ein Mann von sicherm Blick, festem Charakter
und hohem edeln Sinn. Das starke Fundament dieses Charakters so furchtbar zu erschüttern, das hätte selbst die hart-
näckigste Bosheit nicht zu vollbringen vermocht, wenn nicht noch
andere wichtige Vorbedingungen dabei mitwirkend gewesen
wären. Das Auffallendste in Othello's Erscheinung muß uns
zunächst die Race sein: — ein Afrikaner unter Europäern.
Denn die sonderbarer Weise aufgebrachte Streitfrage, ob Othello
wirklich als Mohr, d. h. als Schwarzer gedacht werden müsse,
oder nur als Maure — eine Bezeichnung, die im Sprach-
gebrauch vielfach in Mohr verkehrt worden, ob er gar ursprünglich eine geschichtliche Person gewesen, dessen Name — Cristo-
fero Moro — zu dem Irrthum geführt habe, — das Alles
kann uns ganz gleichgültig sein, wenn wir nur das Eine wissen:
ob Shakespeare sich dabei einen Mohren, d. h. einen
Schwarzen gedacht habe; und daß dies der Fall ist, geht aus
zahlreichen Dialogstellen ganz unzweifelhaft hervor. Könnte
nun, so darf man fragen, ein Weißer wohl in dieser Handlung
an der Stelle Othello's gedacht werden? Den Abstand der
Race hat der Dichter bereits in der italienischen Novelle vorgefunden. Aber bei dem Novellisten gab dieser Umstand nur
den Anlaß, die ursprüngliche Wildheit und Grausamkeit der
Race daraus zu motiviren, nebenbei auch noch den Beweis zu
führen, daß schwarz und weiß nun einmal nicht zusammen
passe. So sagt bei Cinthio Disdemona einmal: „Ich fürchte
sehr, daß ich jungen Mädchen noch zur Warnung dienen muß,

sich nicht wider den Willen der Eltern zu verheirathen, und daß die Italienerinnen von mir lernen sollen, sich nicht mit einem Manne zu verbinden, den Natur, Himmel und Lebensweise uns völlig entfremdet." Ein Dichter wie Shakespeare ging natürlich über solche Hausmoral weit hinaus. Der Abstand der Race ist es bei ihm nicht, der ein vereinzeltes großes Unglück herbeiführt, sondern er gibt der Tragik, die daraus sich entwickelt eine viel umfassendere und tiefer gehende Bedeutung. Othello hat trotz seiner verachteten Farbe durch Tapferkeit und alle edeln Charaktereigenschaften sich zu der Macht und dem Ansehn emporgeschwungen, womit wir ihn geehrt sehn. Aber — er selbst weiß es sehr wohl, daß er diese Macht und Ehre eben trotz seiner Farbe errungen hat, daß seine Farbe an sich eine verachtete ist, und daß Neid und Unverstand diesen vermeintlichen Makel seiner Abstammung auf seiner Stirne lesen. Schon in der ersten Unterredung zwischen Jago und Rodrigo vernehmen wir einige dahin zielende Redensarten, die dem Pöbel und dem bösen Willen stets geläufig sind. Rodrigo nennt ihn den „Dickmäuligen" (also auch hiernach Mohr!), Jago äußert sich in seiner gemeinen Weise dem alten Brabantio gegenüber noch kräftiger, und Brabantio selbst geräth ganz außer sich über die Verirrung der Natur, daß seine Tochter diesen „schwarzen Teufel" lieben könnte. Othello kann die Beleidigungen Brabantio's, die dieser auf der Straße, wie vor dem Senat gegen ihn schleudert, ruhig hinnehmen; denn daß Desdemona ihn liebt, die Seine ist, das hebt ihn leicht über all jene Widerwärtigkeiten hinweg. Aber er hört es doch, hört es wiederholt, wie die Gesinnung jener Leute sich gegen ihn äußert.

Aus dem Bericht Othello's, wie Desdemona ihn lieb gewonnen, lernen wir auch diese in ihrem eigenthümlichen Wesen kennen. Daß Desdemona eine ganz absonderlich geartete Natur sei, darauf müssen wir durch die ganze Situation schon vorbereitet sein. Wir erfahren durch Brabantio, wie dies Mädchen stets abhold jeder Verbindung war, daß sie den Bewerbungen der edelsten Venetianer sich entzog. Desdemona's Natur ist schüchtern, still und sanft; und die erste Regung, die sie einem

Manne gegenüber empfindet, ist Bewunderung für seinen
hohen, reinen Heldensinn, tiefe mitleidvolle Theilnahme für
seine vielfachen Leiden und Gefahren, durch die er sich zu
kämpfen hatte. In ihrem ganzen Verhältniß zu Othello zeigt
sich die kindlichste Seelenreinheit, und gerade diese vollkommenste geistige Unschuld, die sie auch nach der Verbindung mit
Othello sich bewahrt, wirkt in der Folge mit zu ihrem Verderben.

Der Charakter Othello's, seine ursprüngliche Natur, seine
Vergangenheit und sein ganzes, durch Schicksale mannigfacher
Art bestimmtes Wesen ist vom Dichter in solcher Vollständigkeit
dargelegt, daß kaum Ein Zug bei ihm verdeckt oder zweifelhaft
bleibt. Eine reine, edle und männliche Natur ist er durch
Charakter und Fähigkeiten aus der begrenzten Stellung, die
ihm seine Nationalität unter den Weißen anweisen mußte,
hinausgehoben worden. Aber gerade diese ausnahmsweise
Stellung erfüllt ihn mit einem grüblerischen Ernste, der sich
vollkommen in der Weise ausdrückt, wie er sein Glück bezüglich
Desdemona's auffaßte. „Wenn ich Dich nicht mehr liebe, so
kehrt das Chaos mir wieder!" Er erinnert damit an das
Chaos in seiner Brust, ehe diese Lichtgestalt in sein Leben
trat. Aber nicht ein Moment des Zweifels an der Reinheit und
Dauerbarkeit ihrer Liebe kommt ihm in den Sinn. Der vor-
sichtige Jago hat Alles sehr künstlich erst zurechtlegen müssen,
ehe er den Angriff wagt. Und auch seine ersten Versuche, durch
leicht hingeworfene Bemerkungen Othello stutzig zu machen,
bleiben wirkungslos. Aber Jago spekulirte ganz richtig gerade
auf das offene und ehrliche Gemüth Othello's, dem es unmöglich in den Sinn kommen konnte, daß solche Büberei, wie
die Jago's, überhaupt möglich sei. Als Jago ihn so lange ge-
zerrt hat, daß er ihm endlich die heuchlerische Warnung vor
der Eifersucht zurufen kann, hat er die erste Bresche geschossen.
Aber wie sträubt sich noch Othello's Herz gegen das Unglaub-
liche, wie hat Jago mit ihm zu ringen, mit allem Aufwand
raffinirtester Heuchelei, bis er sich sagen kann: Jetzt wird er
diese Hölle nicht mehr los! Beim ersten darauf folgenden Anblick Desdemona's läßt der Arme wieder allen Argwohn fallen,

— dann folgt das Bubenstück mit dem Tuche, und die kalt-
blütige Zähigkeit, mit der Jago sein Opfer festhält, macht jeden
Reaktionsversuch in Othello's Natur vergeblich. Da Dieser endlich gebrochen ist, folgt er wie ein willenloses Kind seinem Leiter.

Als Desdemona sich um den Verlust des Taschentuchs bekümmert, sagt sie zu Emilia: „Wäre mein edler Mohr nicht
groß gesinnt und frei vom niedern Stoff der Eifersucht, dies
könnte ihn auf schlimme Meinung führen." Und auf Emilia's
Frage: „Weiß er nichts von Eifersucht?" erwiedert Desdemona:
„Wer — Er? Die Sonn' in seinem Lande, glaub' ich, sog so
üble Dünste von ihm aus." Gleich hieran reiht sich aber dann
bei Othello der erste unheilverkündende Ausbruch des Vulkans,
woran Emilia dann gegen Desdemona die Frage knüpft: „Ist
der nicht eifersüchtig?" Wir wissen aber, daß Desdemona nach
ihrer Kenntniß vom Herzen Othello's vollkommen Recht hatte,
wenn sie ihn für frei erklärte vom niedern Stoff der Eifersucht.
Und gerade weil jene menschliche Schwäche der Eifersucht ihm
fremd ist, um so schrecklicher ist der Ausbruch seiner Wuth, als
er die Gewißheit zu haben glaubt, daß er betrogen ist. Er
selbst sprach sich gegen Jago ganz richtig darüber aus; bei den
Zweifeln, die Jener in ihm zu erregen trachtete, will Othello
keinen Aufenthalt. Schon dieser Zug charakterisirt ihn hinlänglich. „Beweise will ich", — ruft er — „und hab' ich die, fahr'
hin mit Eins dann Lieb' und Eifersucht!" Jenes Stadium der
Krankheit der Eifersucht, das eben den Hauptinhalt dieser
Leidenschaft ausmacht, das Stadium des Zweifelns, wird
von Othello mit einem ungeheuren Satze übersprungen.

Größere Schwierigkeiten als der Charakter Othello's bietet
für das vollkommen klare Verständniß die zweite Hauptfigur
der Tragödie: der Charakter Jago's. Daß der Dichter sich
hierbei viel mehr als irgendwo mit Monologen geholfen hat,
durch die er uns diesen Menschen und seine ungeheure Bosheit
begreiflich machen will, daß er selbst sich dieser Schwierigkeit vollkommen bewußt war, ist bezeichnend. Er selbst, der Dichter, hatte
sie sich dadurch bereitet, daß er das bequeme Motiv der Novelle,
die Leidenschaft Jago's für Desdemona, aufgab und dafür in

dem komplicirten Gewebe ungemein zahlreicher seiner Züge einen
Charakter schuf, der — so seltsam dies bei dem ungeheuren Maß
von Bosheit dieses Schuftes erscheinen mag — als Repräsentant einer ganz bestimmten Menschengattung durchaus keine so
ausnahmsweise Stellung einnimmt. Es ist bei Jago vor Allem
bemerkenswerth, daß er selbst über die Motive seines schurkischen
Verfahrens fort und fort räsonnirt, als suche er nach
immer neuen und stichhaltigern Gründen. Zu allererst gibt
er, gegen Robrigo, als Grund an, daß er von dem Ge-
neral nicht die seinen Verdiensten angemessene Beförderung
erhalten habe; und wir müssen dies als den eigentlichen Ausgangspunkt für seine Handlungsweise festhalten. Aus demselben Motiv entspringt auch sein Haß gegen den bevorzugten
Cassio. Späterhin redet Jago sich gewaltsam ein, daß er wegen
seines Weibes dem Othello eins versetzen müsse. Er hat faktisch
keinen Grund, an den Umgang Emilia's mit Othello zu glauben,
er selbst sagt, der Verdacht sei vielleicht grundlos, — aber er
will daran glauben, um sich selbst recht anzustacheln für seine
Büberei. Othello ist ihm zuwider, erst weil er als Schwarzer
zu solchem Ansehn gelangt ist, dann weil Jago trotz seiner Pro-
tektionen bei Othello keine Vortheile für sich erlangen kann,
endlich weil dieser verwünschte Mohr in den Besitz eines so
reizenden Wesens wie Desdemona gelangte. Cassio ist ihm
wegen seiner angenehmen Persönlichkeit zuwider, wie Jago
dies wiederholt ausspricht. Kurz, die Hauptquelle seiner Bosheit ist bei ihm der Neid, der gemeine Neid gegen glücklicher
Gestellte. Zudem erkennen wir aus Jago's großer Redefertig-
keit und aus dem Reichthum der Lebensregeln, die er Robrigo
vorführt: er ist ein Mensch von der Sorte Jener, die sich außerordentlich viel auf ihre praktische Lebensweisheit einbil-
den. Er ist ein Lebenskluger von der allernichtswürdigsten Sorte,
und weil er sich selbst für geistig sehr überlegen gegen seine
ganze Umgebung hält, dabei aber nicht die Stellung einnimmt,
die ihm seiner Meinung nach gebührt, so reizt es ihn, seine
geistige Ueberlegenheit wenigstens zum Schaden Anderer geltend
zu machen. Von Grund aus ein völlig gemüthloser Egoist, hat

er mit seinen selbstsüchtigen Principien sich persönlich doch wenig
Vortheil zu erringen vermocht. Aus Bosheit darüber ent-
schädigt er sich damit, daß er sich selbst für seine Schurkenstreiche
Bewunderung zollt. Für das Gelingen seiner Pläne kommt
ihm zu Statten, daß er vermittelst seiner Persönlichkeit Allen
als ein Mann von Biederkeit, Wohlwollen und Geradheit erscheint. Gegenüber so naiven Naturen, wie Othello und Desdemona, würde dies nicht so große Schwierigkeiten haben; aber
selbst sein Weib Emilia, eine recht erfahrene, wenn auch gut-
artige Person, läßt sich über sein eigentliches Wesen täuschen.
Die Unwahrscheinlichkeit, daß Emilia, die doch sieht, welche
Gefahren der Verlust des Tuches ihrer geliebten Herrin bereitet,
über die Entwendung des Tuches so lange schweigt, diese Unwahrscheinlichkeit würde schwinden, wenn wenigstens Emilia bei
ihrem Manne Anstrengungen machte, das Tuch wieder zu erlangen. Daß dies nicht geschieht, ist eine Lücke in der Motivirung. Vollkommen begründet und psychologisch wahr ist hingegen das Verhalten Jago's nach der Entdeckung der Büberei,
wiewohl manche Kritiker in seinem Attentat gegen Emilia finden
wollen, daß er hiermit aus der Rolle falle. Das thut er wirklich, aber es ist durchaus richtig, daß ein Mensch wie Er, da sein
künstlicher Bau plötzlich zusammenstürzt, und da Alles gegen ihn
sich wendet, im Moment die Fassung verliert, und daß in solchem
Augenblicke seine innerste und sorgfältig verhüllte brutale
Natur durchbricht.

Keine Tragödie des Dichters hinterläßt einen so überaus
traurigen Eindruck wie „Othello". Der Triumph so kaltblütiger
Büberei, so leidenschaftsloser Berechnung über die Naivetät und
Treuherzigkeit, durch welche sowohl Othello als Desdemona zu
Grunde gehn, hat etwas ungemein Niederbeugendes. Bei
Desdemona's elendem Ende forschen wir vergebens nach einer
tragischen Schuld. Sie ist in der That ein schuldloses Opfer,
und mit um so größerer Kraft hat der Dichter deshalb den
ganzen Schwerpunkt der Tragik in Othello's Geschick gelegt.

Der Sturm.

„The Tempest" — dieses liebenswürdige Märchen voll der höchsten Poesie und von dem reinsten Ebenmaße in den Verhältnissen — erschien im Drucke erst in der Folioausgabe. Dort nimmt es den ersten Platz unter den den Anfang des Werkes bildenden Komödien ein, und dies mag der Anlaß gewesen sein, daß man es anfänglich zu den frühesten Werken des Dichters zählte. Daß es jedoch gerade zu Shakespeare's letzten Schöpfungen gehört, wenn es nicht vielleicht wirklich die allerletzte ist, steht längst fest. Wenn schon allein die hochvollendete Form dieser Dichtung dafür spricht, so hat man auch ein äußeres Merkmal dafür gefunden, daß die Dichtung nicht früher als im Jahre 1610 entstehen konnte. Der englische Kritiker Theobald war es, der zuerst darauf aufmerksam machte, daß die Schilderung der wunderbaren Begebenheiten auf der Insel hervorgerufen sei durch die im Jahre 1609 stattgefundene englische Expedition nach Virginien, bei welcher das Geschwader durch einen heftigen Sturm zerstreut und das Admiralsschiff nach den Bermudasinseln getrieben wurde, die zwar bereits entdeckt, aber bis dahin noch ziemlich unbekannt waren. Der Bericht über die Bermudas, „sonst Teufelsinseln genannt", erschien 1610. Abgesehn von einzelnen mit Shakespeare'schen Dialogstellen übereinstimmenden Zügen in diesem Bericht über die Gefahren sowohl, wie über die Schönheiten der Inseln, werden im Stücke selbst die „stürmischen Bermudas" erwähnt. Außerdem haben wir eine Anspielung von Ben Jonson in dessen Bartholomew Fair (erschienen 1614), worin er von den „Tales Tempests und ähnlichen Sonderbarkeiten", sowie von einem „dienenden Ungeheuer" (servant monster) spricht. Ob es mit einer aus dem Jahre 1611 erwähnten Aufführung des Stückes bei Hofe seine Richtigkeit hat, muß dahingestellt bleiben.

Die Beziehung auf die Bermudas betrifft natürlich nur die
Lokalität des Stückes. Für die Handlung selbst hat man lange
vergeblich nach einem deutlich erkennbaren Vorbild gesucht, und
es ist bei diesem Stücke ein für uns besonders interessanter Umstand, daß die Handlung, so weit sie sich auf die Feindschaft der
beiden fürstlichen Brüder und die nächsten daraus entwickelten
Situationen bezieht, eine große Uebereinstimmung mit einem
alten deutschen Stücke zeigt, das zuverlässig früher als das
Shakespeare'sche entstanden ist. Es ist dies des Nürnberger
Dramatikers Jakob Ayrer „Comedia von der schönen Sidea".
Die Grundidee hat viel Aehnlichkeit mit dem Inhalt verschie-
dener altdeutscher Sagen, unter denen die „Von den drei Nüssen"
(in Bechsteins Märchenbuch enthalten) und die Geschichte der
„Königstochter beim Popanz" (in einer Sammlung märkischer
Sagen) Erwähnung verdienen. In letzterer spielt die Geschichte,
freilich in veränderter Gestalt, auf einer von einem Zauberer
bewohnten Insel, während im ersterwähnten Märchen der
Boden der Handlung keine Insel ist, sondern wie bei Jakob
Ayrer ein großer wilder Wald. Jakob Ayrer beginnt seine
„Schöne Sidea" (welche zwischen 1595—1605 geschrieben ist)
mit den ersten Anfängen der bei Shakespeare schon vor Beginn
der Komödie längst geschehenen Begebenheiten, die allerdings
nur in den allgemeinen Umrissen übereinstimmen. Die beiden
Gegner sind Ludolf, „Fürst in Littau", und Leudegast, „Fürst in
der Wiltau", und das Stück wird mit des Einen schriftlicher
Herausforderung durch den Andern (durch einen „Postboten")
eröffnet. Ludolf, der geschlagen wird, bittet um Gnade; ihm
wird das Leben geschenkt unter der Bedingung, daß er mit
seiner Tochter Sidea das Land verlasse, auch darf er nur so viel
mit sich nehmen, als er und seine Tochter tragen können. Ludolf
aber, der „einen weißen Stab" mit sich genommen hat, sinnt auf
Rache und gibt sich dann, als wir ihn mit seiner Tochter allein
sehn, als Zauberer zu erkennen. Er beschwört den Teufel
Runcifal, der ihm auf sein Befragen berichtet, er werde bald
seines Feindes Sohn fangen können; derselbe müsse ihm so
lange dienstbar sein, bis er wieder zu seinem Vater zurück-

kommen werde. Am Schluſſe des zweiten Aktes erſcheint denn
auch Engelbrecht, der Sohn des Leudegaſt, und wird durch
Ludolfs Zauberſtab ſogleich überwältigt. Im nächſten Akte ſehn
wir den Prinzen unter Sidea's Befehl Dienſte verrichten und unter
Anderm „einige Klötz Holz" tragen und niederlegen. Sidea
will aber doch hier ihre Herrſchaft zu ihrem Glück benutzen, und
ohne viel Skrupel, um ihrer Einſamkeit zu entfliehn, befragt ſie
ihren Gefangenen, ob er einverſtanden ſei, mit ihr zu fliehn;
wenn er ſie zur Gemahlin nehmen wolle, ſo werde ſie ihm ſeine
Freiheit geben. Von hier ab, mit den beginnenden Abenteuern
der Flüchtigen, gehn die Wege des deutſchen und des engliſchen
Dichters völlig auseinander, bis auf den Schluß, da durch die
Vereinigung der Kinder auch eine Verſöhnung der Väter, am
Hofe des Fürſten Leudegaſt, herbeigeführt wird.

Eine Vergleichung dieſes Stückes mit Shakeſpeare's
„Sturm", ſo weit die Situationen mit einander übereinſtimmen,
zeigt uns, daß der große Britte hier viel einfacher in der Kompoſition iſt als der deutſche Verfaſſer, ſelbſt einfacher, als der
Märchenſtoff zu fordern ſchien. Shakeſpeare, der ſonſt den
gegebenen Stoff durch eigene Zuthaten bereicherte und die Fabel
komplicirter machte, hat ſich hier auf eine einzige Situation
und auf die Wirkung ihres poetiſchen Zaubers beſchränkt. Für
dieſen Zweck gebraucht er denn ſeinen Zauberſtab mit ſolcher
Herrſcherhoheit, daß hier das dramatiſche Intereſſe der ohnedies ſo einfachen Fabel gleichzeitig gehoben und überſtrahlt
wird von dem Zauber der poetiſchen Farbe des Ganzen.

Die große Einfachheit der Handlung ſcheint die ganze
Form dieſes Stückes gewiſſermaßen bedingt zu haben. Der
Charakter des Singſpiels iſt hier noch mehr vorherrſchend als
im „Sommernachtstraum", und die „Maske", obwohl hier nur
von geringer epiſodiſcher Bedeutung, iſt an ſich doch mehr als
irgendwo dieſer von Ben Jonſon ſo ausgebildeten Gattung ent-
ſprechend, und unterſcheidet ſich auch hierin von der jugendlichern Elfenkomödie, in welcher die Aufführung von Pyramus
und Thisbe weit mehr mit der ganzen Handlung verwebt iſt.
Im Gegenſatz zum „Sommernachtstraum", in welchem die

komische Lebensanschauung des Dichters die Basis der Handlung bildet, ist es im Sturm der Ernst des Lebens, der hier
jedoch durch das Märchenhafte in der Darstellung eine milde
und versöhnliche Auflösung findet. Die burlesken Figuren bilden freilich auch zu den idealeren Gestalten einen starken Gegensatz, durch die niedere Sinnlichkeit ihres ganzen Wesens. Im
Caliban hat der Dichter ein Meisterstück besonderer Art geschaffen; ein Wesen, für welches wir in der Natur kein Vorbild haben, und welches dennoch durch die Wahrheit der Charakteristik in Erstaunen setzt, indem uns diese wunderbare
Mischung des Menschlichen mit dem Thierischen stets die Symbolik dieser Gestalt empfinden läßt. Wir sehn eine Kreatur,
deren Gemeinheit sich nie verleugnet, bei der weder die Kunst
Prospero's, noch irgend welche Mittel der Güte und der
Menschlichkeit eine Wandelung zum Bessern bewirken konnten,
weil eben der Stoff an sich ein unwandelbarer ist.

So eigenthümlich in der dramatischen Form dieses Stückes
die Exposition, der Seesturm, ist, so trefflich wußte der Dichter
daran sogleich jene Scene zu knüpfen, in der wir durch Prospero's Bericht vollständige Aufklärung über alle schon in der
Vergangenheit liegenden Ereignisse erhalten, wonach die für
uns sichtbare Handlung eigentlich nur die Auflösung des Konfliktes bringt. Nur durch dieses Mittel war es möglich, daß
Shakespeare in dieser Dichtung, wie sonst nirgends, die Einheiten von Handlung, Zeit und Ort aufs strengste beobachtete.
Daß er selbst sich dessen bewußt war, scheint daraus hervorzu-
gehn, daß im letzten Akte wiederholt von den „drei Stunden"
gesprochen wird, innerhalb welcher sich Alles auf der Insel zu-
getragen habe.

Dies freilich wurde durch Ariels Zauberkünste bewirkt, und
dafür wird er frei. Prospero selbst aber zerbricht den Stab,
der die Geister an seinen Willen fesselte; er schwört die Künste
der Magie ab und kehrt zurück in sein stilles Herzogthum.

Schlußwort.

Und mit der letzten „himmlischen Musik", die Prospero beschwor, sprach auch der Dichter seinen schaffenden Geist, der so lange allen seinen Geboten gehorchte, von fernern Diensten frei. „Du wirst mir fehlen, mein lieber Ariel", — aber dennoch muß es sein! Der Zaubermantel ist abgeworfen, „da liege meine Kunst!" — und indem er sich wieder nach seinem stillen Heimatsort wendet, verläßt er den Boden, auf welchem er mit der Zaubergewalt seiner Phantasie so lange geherrscht, denn seine Insel war — der Globus! Er selber freilich ruft einmal, im Hinblick auf den engen Raum dieser seiner Bühne, welche Heinrichs des Fünften Thaten verherrlichen sollte: „Faßt diese Hahnengrube wohl die Ebenen Frankreichs?"

Mehr als das: sie umfaßte eine Welt. Niemals ist ein bramatischer Dichter so mannigfaltig in seinen Darstellungen des Lebens, niemals in diesem seinem umfassenden Geiste weniger persönlich und daburch weniger parteiisch in seiner Widerspiegelung des Lebens gewesen als Shakespeare. Nirgends, seit er die Sonnenhöhe seiner Kunst erreichte, zeigt er sich einseitig in der Auffassung irgend welcher Verhältnisse. Und ebenso wenig läßt er irgend eine Vorliebe für die eine oder andere Gattung der bramatischen Dichtung erkennen. Wie seinem schrankenlosen Geiste die verschiedensten Zeitalter und Nationalitäten zugänglich waren, so ist er gleich einzig in der Darstellung der furchtbarsten Tragik wie des hinreißendsten Humors. Und wie er das Menschenherz zu enthüllen vermochte in allen seinen Trieben, allen seinen Konflikten mit dem wirklichen Leben, so wußte er gleichzeitig uns über die Erde zu erheben und unsern Blick dorthin zu lenken, wo das ewig Ideale wohnt, aus dessen Sphäre der wahrhaft dichterische Geist uns mehr empfinden läßt, als er zu enthüllen vermag.

Wohl ist es begreiflich, wenn solch ein Dichter uns selbst mit magischer Gewalt umschlingt, so daß er, der Auserwählte, uns „in Aetherglanz gehüllt und jeder menschlichen Beschränktheit enthoben zu sein scheint". So würden wir ihn betrachten können und dürfen, wenn wir seine Apotheose zu schreiben hätten. Das war aber nicht der Zweck unserer Darstellung. Nicht über den Wolken wollten wir ihn suchen, sondern in seinem menschlichen Wirken und Schaffen. Es war daher unsre Aufgabe, Alles das darzulegen, was aus den mit seinem Wirken zusammenfallenden Zeitverhältnissen irgend wie geeignet ist, die eine oder andere Seite seines Wesens in ein helleres Licht zu setzen, oder dessen Kenntniß zu einem bessern Verstehen gewisser verschleierter Beziehungen oder verborgener Motive zu führen vermag. Denn wie weit auch von dem mächtigen Baume seiner Poesie die Blüthenzweige hinausragen, für Jahrhunderte noch Entzücken und Befriedigung gewährend, so wurzelt doch der Baum selbst ganz im Boden seiner Zeit. Oft sind es scheinbar unbedeutende Dinge in den Verhältnissen seiner Zeit, seines Lebens u. s. w., die uns überraschende Aufschlüsse über manche Intentionen des Dichters geben. Nach dieser Richtung hin wird für die Shakespeareforschung immer noch viel zu thun übrig sein.

Ganz anders verhält es sich mit der ästhetischen Kritik, deren Vertreter im Uebermaße des Eifers, zuweilen auch der eigenen Eitelkeit, nicht selten und nicht Weniges in die Schöpfungen des Dichters, unter dem Vorgeben, sie zu erklären, hineingedunkelt haben. Sehr richtig sagt Karl Frenzel (in „Dichter und Frauen"): „Je harmloser wir diesen Dramen entgegentreten, je weniger wir in ihnen die Lösung von Räthseln und Problemen aufsuchen, je inniger wir uns dem Eindruck hingeben, den sie, uns anziehend und abstoßend, auf uns ausüben, desto mehr nähern wir uns ihrem Verständniß." Auch C. Hebler in Bern, dessen „Aufsätze über Shakespeare" (1865) zum Besten gehören, was in neuerer Zeit über den Dichter

erschienen ist, hat sehr richtig erkannt, woran der größere Theil
der deutschen Shakespearekritik leidet. Er gesteht den modernen
Auslegungen zu, daß sie den sittlichen Geist dieser Werke besser
zu würdigen wissen, als es früherhin geschehn ist, daß aber „die
Fähigkeit unbefangener Hingabe an reine Kunstwirkungen"
nicht in demselben Maße Fortschritte gemacht habe; daß ferner
in den so verdienstlichen Arbeiten über den Dichter, die wir besitzen, das Verhältniß der Werke zu ihren Quellen und die
Komposition allzu kurz wegkommen.

Nach den mancherlei Andeutungen, die wir darüber gelegentlich der einzelnen Stücke gemacht haben, möge in diesen
Schlußbemerkungen noch im großen Ganzen auf die Grund-
linien, auf die Umrisse hingewiesen werden, die der Leser sich
selber ausfüllen mag. Alles, was von der „Idee" eines jeden
der betreffenden Dramen, wie von des Dichters religiöser oder
philosophischer „Weltanschauung" und dergleichen mehr zu enthüllen wäre, das läßt sich doch im Grunde bei ihm stets auf
zwei Ausgangspunkte zurückleiten: auf seine ursprüngliche
poetische Kraft, insbesondere sein Genie für dramatische
Gestaltung, und auf seinen sittlichen Charakter überhaupt.
Hinsichtlich der dramatischen Form seiner Dichtungen wissen
wir, daß Shakespeare's Drama keineswegs als eine neue Gattung erschien, sondern daß er sich — ganz natürlich — an die
vorgängigen und gleichzeitigen Dramatiker anlehnte; daß er
aber durch die Größe seines poetischen Vermögens den Formen
einen ungleich reichern und tiefern Inhalt gab. Aber auch was
die eigentliche Komposition anlangt, hat Shakespeare keineswegs durch ein bestimmtes Princip sich fesseln lassen, sondern
sein richtiges poetisches Gefühl wurde stets durch das Wesen
des Stoffes geleitet.

Zunächst ist er hinsichtlich der Weite oder Beschränkung des
Zeitraums, in welchem die von ihm behandelte Fabel sich bewegen soll, sich nicht gleich geblieben. Am wenigsten künstlerisch verfuhr er hierbei in den zuerst geschriebenen Historien,
den drei Theilen „Heinrichs des Sechsten", in denen die epische
Breite offenbar den dramatischen Bau beherrschte. Bei Be-

handlung der Fabel von „Romeo und Julie“ führte ihn die
nothwendige theatralische Oekonomie dazu, die Begebenheiten,
welche bei seinen Vorbildern sich über einen ungleich größern
Zeitraum ausdehnen, auf einen Zeitraum von nur wenigen
Tagen zusammenzuziehn. Und indem er dies that, zunächst
aus Rücksicht für die scenische Form, traf er mit glücklicher In-
spiration in der Schilderung der sich überstürzenden Leidenschaft nicht allein das italienische Tempo, sondern ertheilte der
ganzen Begebenheit damit zugleich die tiefere ethische Bedeutung. Ganz anders verfuhr er bei „Macbeth“. Hier ließ er
den von der Chronik vorgeschriebenen langen Zeitraum der Regierung Macbeths bestehn, übersprang aber in der Darstellung
der Ereignisse stillschweigend die Epochen vieler Jahre und
hob nur diejenigen Momente daraus hervor, auf welche sich
das dramatische und ethische Interesse zusammenzieht. Dies
hat er dort ganz besonders mit so sicherer Hand gethan, daß
wir in der That den Eindruck erhalten, als ob die ganzen
furchtbaren Ereignisse sich in nur kurzen zeitlichen Zwischen-
räumen abspielten.

In den meisten seiner Dramen führt uns Shakespeare
den dramatischen Konflikt von den ersten Anfängen vor, anstatt
mit Hülfe ergänzender Berichte über Dinge, die bereits geschehn
sind. So, den Konflikt aus seinen frühesten Keimen entwickelnd,
verfährt er in „Othello“, in „Romeo und Julie“, „Macbeth“,
„Lear“, „Cymbeline“, „Coriolan“ u. s. w. Bei Besprechung des
„Sturm“ zeigten wir dagegen, in wie auffallender Weise, wie
es scheint in bestimmter Absicht, er von diesem gewöhnlichen
Verfahren, welches ja den Charakter des altenglischen Drama's
überhaupt bestimmte, abwich. Aber auch in einer seiner außer-
ordentlichsten tragischen Schöpfungen — im „Hamlet“ —
sehn wir ihn von jener Methode in auffallender Weise abweichen. Indem er dort die eigentliche Aktion, die Ermordung des Königs durch seinen Bruder u. s. w., schon mit Beginn der Tragödie als geschehn darstellt, gewann er um so
mehr Raum, dem Charakter seines Helden, der Schilderung
seines Seelenzustandes in den detaillirtesten Zügen alle Sorg-

falt zuzuwenden. Mit größter künstlerischer Meisterschaft hat er es jedoch im „Othello" vermocht, die Charaktere vor uns zu entwickeln und die Leidenschaft Othello's in größter Vollständigkeit im Werden zu zeigen und dabei die Prämissen dafür mit der beginnenden Aktion uns vor Augen zu stellen.

Man wird aus diesen wenigen Beispielen schon ersehn, daß es bedenklich ist, aus den Shakespeare'schen Dramen bestimmte Theorien und Systeme gewinnen zu wollen, nach denen der Dichter verfuhr. Er schuf eben vor Allem als echter Dichter, dem sich mit der poetischen Anschauung des Stoffes auch die demselben zuträgliche Form ganz von selbst ergab, und ebenso traf bei ihm mit der poetischen Anschauung des Gegenstandes sein ethischer Gesichtspunkt zusammen. Wenn wir hiermit sein naiv schaffendes Genie und die Gewalt desselben höher stellen, als es Diejenigen thun, welche überall nach komplicirten Systemen und verborgenen Fäden suchen, so meinen wir darum doch keineswegs, daß der Dichter alles Schöne und Große, das er schuf, nur so von ungefähr und ohne jedes kritische Bewußtsein getroffen habe. Mit wie viel Scharfsinn, mit welch hellem kritischen Blicke er seine Stoffe durchdrang, wie er selbst ein hohes und klares Bewußtsein von seiner Kunst hatte, wird man am besten erkennen, wenn man seine Intentionen da zu erforschen sucht, wo sie am natürlichsten sich uns zeigen, in der Vergleichung seiner dramatischen Dichtungen mit den Stoffen, die er dafür benutzte, gleichviel ob aus der Geschichte oder aus der Erzählungsliteratur. Wie er hier wegließ, dort ergänzte oder umgestaltete, um den dramatischen Schwerpunkt auf das ewig und allgemein Menschliche hinzulenken, — die Erkenntniß alles Dessen wird uns seine dichterische Größe deutlicher und begreiflicher machen, als wenn wir dieselbe in moderne philosophische, pantheistische, rationalistische und alle möglichen Systeme zwängen, nebenbei auch noch für alle — oft gleichgültige — Details der Dichtung Beziehungen, Absichten und fernliegende Verbindungstheile suchen, die nicht hinein gehören und deshalb nur die wahrhafte Kunstwirkung stören können. Shakespeare's Dramen wären ja wahrlich nicht die glänzenden Zeugnisse für den göttlichen Beruf des gebornen Poeten, wenn sie so detaillirter Erklärungen aller ihrer Theile und Theilchen und so komplicirter Auslegungen bedürften.

Was dem Dichter trotz seines weit über seine Zeit sich erhebenden Genies von den Besonderheiten seiner Zeit anklebt, ist leicht zu erkennen, wenn wir ihn mit den zeitgenössischen englischen Dramatikern vergleichen. Wir brauchen in diesem Punkte ebenso wenig zu beschönigen als zu tadeln; denn sein Genie ist mächtig genug, daß wir nicht diese und jene Eigenheiten, die sich aus dem Zeitgeschmacke erklären, hinnehmen könnten, ohne daß unsere Bewunderung für ihn sich deshalb zu verringern brauchte. Die großen Ideen, welche in der Menschheit ewig fortleben, seelische Kämpfe, Schmerzen und große Leidenschaften, wie sie der Mensch seit Beginn der Schöpfung mit sich weiter trägt, sie werden in der poetischen Darstellung auch für die dramatische Dichtung jeder Zeit ihre Berechtigung haben; und in solchen Darstellungen des ewig Menschlichen ist auch Shakespeare unvergänglich. Für die theatralische Form aber, in der uns dieser Inhalt gegeben wird, existirt noch kein für alle Zeiten gültiges Gesetz; die Zeitsitte, die Schicklichkeit im konventionellen Sinne ist hier entscheidend.

Mit der besonders großen Befähigung Shakespeare's, wie die Ereignisse so auch die Charaktere auf das Wesentliche ihres bestimmten Gehaltes zu verengen und dadurch zur schnellsten Eindringlichkeit zu bringen, mit dieser doch ganz speciell dem Wesen der dramatischen Dichtung entsprechenden Befähigung steht ganz entschieden die Sorglosigkeit in Verbindung, mit welcher häufig, man kann sagen in den meisten Fällen, die Fabel an sich behandelt ist. Die Fabel galt ihm meist nur, um für sie Charaktere zu schaffen, und nur zuweilen hat Shakespeare die von ihm wo anders her genommene Fabel der Handlung, wenn sie große Unwahrscheinlichkeiten enthielt, durch andere Mittel glaubwürdiger zu machen gesucht, als durch die von ihm fast immer ganz selbständig geschaffenen Charaktere. Daß Shakespeare die Fabel des Stückes nur zu diesem Zweck gebrauchte, ersieht man aus der Thatsache, daß er

oft Stoffe behandelte, die schon vor ihm nicht nur bekannt,
sondern häufig wirklich schon populär waren. Es konnte dann
also nicht sein Zweck sein, durch die Intrigue zu spannen oder
zu überraschen; vielmehr diente sie ihm als Mittel, lebensvolle
Charaktere, seelische Konflikte und den Kampf großer Leidenschaften darin vorzuführen. Wie häufig er in solcher Weise
dem bloßen Gerippe Fleisch und Blut und warmes Leben gab,
haben wir bei der Mehrzahl der von ihm bearbeiteten Dramen-
stoffe gezeigt. In der That ist auch die Wahrscheinlichkeit
eines Vorgangs auf der Bühne nicht immer von der Frage abhängig, ob man sich denselben Vorgang in unser wirkliches
Leben versetzt denken könne. In solchem Sinne würde Shakespeare gar häufig gegen die Wahrscheinlichkeit verstoßen. Wir
können jedoch bekanntlich weder die Charaktere, noch die aus
ihnen hervorgehenden Ereignisse des Lebens für die Bühne in
photographisch treuer Wiedergabe brauchen, damit hörte das
Wesen der Poesie auf. Der dramatische Dichter erfüllt seinen
Zweck, wenn er die Charaktere in solche gegenseitige Beziehungen
zu bringen vermag, daß wir daraus die Wahrheit des Lebens
erkennen; wenn er in der Symbolik der Erscheinungen die Züge
des Lebens so stark hervortreten läßt, daß er uns die Vorgänge
selbst dadurch lebendig erscheinen läßt. Diese Gewalt übt
Shakespeare in außerordentlichem Maße, und hierin ist er trotz
seiner realistischen Darstellung sehr weit entfernt von dem
Realismus unserer heutigen Kunst. In innigster Verbindung
mit der Shakespeare'schen Dichtung steht freilich die ganze
scenische Einrichtung des Theaters seiner Zeit, welche dadurch, daß sie die Täuschung durch das dichterische Wort allein
bewirkte, in der That einem weit künstlerischern Zweck diente
als das heutige Theater mit seinem komplicirten und geistlosen
Mechanismus. Wie aber jene altenglische Scene erst Vieles
in der ganzen Struktur der Shakespeare'schen Stücke erklärt,
wie sie vom Geist und von der Form derselben unzertrennlich
ist, so werden auch Shakespeare's Dramen (nur eine gewisse
Gruppe derselben kann hier ausgenommen werden) zu unserm
modernen Theater mit seiner komplicirten Scenerie stets in

einem unlösbaren Widerspruche stehn, möge auch immerhin Shakespeare für den darstellenden Künstler sowohl wie für den dramatischen Dichter der höchste Lehrmeister für die Naturwahrheit in der Kunst — d. h. nicht für den unkünstlerischen Realismus — bleiben.

Wir haben schließlich noch auf denjenigen Punkt zurückzukommen, den wir als einen von den zwei Ausgangspunkten bezeichneten, auf welche die wesentliche Bedeutung Shakespeare's zurückzuführen ist: es ist seine sittliche Größe, über welche übrigens unsers Wissens zu keiner Zeit eine erhebliche Meinungsverschiedenheit geherrscht hat. Was man bei ihm als seine philosophische, religiöse, historische Weltanschauung zu bezeichnen pflegt, das Alles ist doch im Grunde bei ihm auf das allgemein Ethische zurückzuführen. Für die Größe seiner dichterischen Natur spricht es aber dabei wieder, daß er trotz seines hohen sittlichen Charakters niemals lehrhaft nach jener Richtung wird. Man hat sich viel bemüht, die religiöse Ueberzeugung des Dichters festzustellen. Daß man dabei zu ganz entgegengesetzten Resultaten gelangt ist, kann nicht in Erstaunen setzen. Bei Werken der Poesie kann es eben nicht das Ziel sein, Systeme von religiösen Begriffen und Grundsätzen aufzustellen. Je umfassender der Geist des Poeten, um so weniger wird er getrieben sein, in solchem Sinne einen andern Standpunkt einzunehmen als den menschlich-sittlichen. In diesem Sinne steht er in der That hoch erhaben über jedem positiven Religionsgesetz, so christlich oder so philosophisch=heidnisch er auch dem Einen und Andern — stets nach den persönlichen Wünschen inquisitorischer Forscher — erscheinen möge.

Zwei und ein halbes Jahrhundert sind seit der ersten Gesammtausgabe seiner Dramen vergangen, und noch ist der Eifer, ihn zu erforschen oder zu „erklären", immer im Steigen geblieben. Und wie die ewige große Wahrheit von Irrwegen umgeben ist, so ist auch Er, so viel Großes und Schönes auch seine Anregung bei edeln Geistern hervorgebracht hat, daneben umsponnen worden von mancherlei verwirrenden Netzen. So verschieden aber auch die Vorstellungen von dem

Wesen seiner Größe sein mögen, — in der Liebe zu dem frei=
gebigen Segenspender finden sich Alle zusammen, die ihm
näher zu kommen gesucht. Und die fortdauernde Pflege eines
so hohen Gutes, wie uns seine Poesien geworden sind, hat doch
ihren wesentlichen Grund in dem bessern Theile im Menschen.
Nur aus einer großen und kraftvollen Nation konnte eine solche
Erscheinung hervorgehn; aber es muß auch eine gute und zum
Großen berufene Nation sein, die — wie die deutsche — einen
solchen Geist sich anzueignen verstand.

Namen- und Sachregister.

Inhalt.

www.ingramcontent.com/pod-product-compliance
Lightning Source LLC
Chambersburg PA
CBHW051509100726
47898CB00005B/1383